U0455685

白先勇精选集

世纪文学经典　白先勇　著

SHIJI WENXUE
JINGDIAN

谪仙记

北京燕山出版社

"世纪文学 60 家" 书系总策划

白烨、陈骏涛、倪培耕、贺绍俊、张红梅

"世纪文学 60 家" 评选专家名单

(以姓氏笔画为序)

丁　帆　南京大学中文系教授

王中忱　清华大学中文系教授

王晓明　华东师范大学中文系教授

王富仁　汕头大学中文系教授

白　烨　中国社会科学院文学研究所研究员

孙　郁　鲁迅博物馆研究员

吴思敬　首都师范大学文学院教授

杨　义　中国社会科学院文学研究所研究员

杨匡汉　中国社会科学院文学研究所研究员

张中良　中国社会科学院文学研究所研究员

张　炯　中国社会科学院文学研究所研究员

张　健　北京师范大学文学院教授

陈子善　华东师范大学中文系教授

陈思和　复旦大学中文系教授

陈晓明　北京大学中文系教授

陈骏涛　中国社会科学院文学研究所研究员

於可训　武汉大学文学院教授

孟繁华　沈阳师范大学教授

赵　园　中国社会科学院文学研究所研究员

洪子诚　北京大学中文系教授

贺绍俊　沈阳师范大学教授

谢　冕　北京大学中文系教授

程光炜　中国人民大学中文系教授

雷　达　中国作家协会创研部研究员

黎湘萍　中国社会科学院文学研究所研究员

出版前言

　　"世纪文学60家"书系的创编与推出,旨在以名家联袂名作的方式,检阅和展示20世纪中国文学所取得的丰硕成果与长足进步,进一步促进先进文化的积累与经典作品的传播,满足新一代文学爱好者的阅读需求。

　　为使"世纪文学60家"书系的评选、出版活动,既体现文学专家的学术见识,又吸纳文学读者的有益意见,我们采取了专家评选与读者投票相结合的方式。我们依据20世纪华文作家在中国现当代文学史上的地位与影响,经过反复推敲和斟酌,确定了100位作家及其代表作作为候选名单。其后,又约请25位中国现当代文学专家组成"世纪文学60家"评选委员会,在100位候选人名单的基础上进行书面记名投票,以得票多少为顺序,产生了"世纪文学60家"的专家评选结果。为了吸纳广大读者对20世纪华文作家及作品的相关看法和阅读意向,我们与"新浪网·读书频道"全力合作,展开了为期两个月的"华文'世纪文学60家'全民网络大评选"活动。2005年12月16日,读者评选结果在"新浪网·读书频道"正式公布。为了使"世纪文学60家"的评选与编选,能够比较客观地反映专家和读者两方面的意见,经过反复协商,最终以各占50%的权重,得出了"世纪文学60家"书系入选名单。

　　"世纪文学60家"书系入选作家,均以"精选集"的方式收入其代表性的作品。在作品之外,我们还约请有关专家、学者撰写了研究性序言,编制了作家的创作要目,为读者了解作家作品、创作特点和其在文学史上的地位,提供必要的导读和更多的资讯。

"世纪文学60家"评选结果

排名	作家	专家评分	读者评分	评选结果	排名	作家	专家评分	读者评分	评选结果
1	鲁 迅	100	100	100	31	赵树理	85	55	70
2	张爱玲	100	97	98.5	32	梁实秋	67	71	69
3	沈从文	100	96	98	33	郭沫若	70	65	67.5
4	老 舍	94	94	94	33	陈忠实	67	68	67.5
4	茅 盾	100	88	94	35	张恨水	64	70	67
6	贾平凹	94	92	93	36	苏 童	58	75	66.5
7	巴 金	94	90	92	36	冰 心	51	82	66.5
7	曹 禺	100	84	92	38	穆 旦	78	52	65
9	钱锺书	80	99	89.5	39	丁 玲	78	47	62.5
10	余 华	85	92	88.5	40	顾 城	29	95	62
11	汪曾祺	100	76	88	41	舒 婷	51	69	60
12	徐志摩	85	89	87	42	张承志	67	51	59
12	莫 言	94	80	87	43	王 朔	45	72	58.5
14	王安忆	94	77	85.5	44	刘震云	58	58	58
15	金 庸	70	98	84	45	韩少功	54	57	55.5
15	周作人	94	74	84	46	阿 城	54	56	55
17	朱自清	70	93	81.5	47	张 洁	64	44	54
18	郁达夫	78	83	80.5	48	三 毛	22	85	53.5
19	戴望舒	94	66	80	49	铁 凝	51	53	52
20	史铁生	80	79	79.5	50	张 炜	60	40	50
20	北 岛	78	81	79.5	50	李劼人	78	22	50
22	孙 犁	94	62	78	52	宗 璞	64	33	48.5
22	王 蒙	78	78	78	53	郭小川	58	36	47
24	艾 青	94	60	77	53	柳 青	58	36	47
25	余光中	78	73	75.5	55	施蛰存	51	42	46.5
26	白先勇	85	64	74.5	56	张贤亮	42	49	45.5
27	萧 红	85	61	73	56	刘 恒	64	27	45.5
27	路 遥	60	86	73	56	高晓声	45	46	45.5
29	闻一多	78	67	72.5	56	李 锐	51	40	45.5
30	林语堂	54	87	70.5	60	徐 訏	45	43	44

目录
CONTENTS

序言　为逝去的"情"与"美"造像　刘俊 001

中短篇小说

玉卿嫂 003

谪仙记 041

永远的尹雪艳 059

金大班的最后一夜 071

游园惊梦 083

长篇小说

孽子 105

创作要目 395

序言

为逝去的"情"与"美"造像

刘　俊

一

　　白先勇,广西桂林人。1937 年 7 月生于广西南宁,其时正逢"七七事变"。其父为北伐、抗日名将白崇禧。抗战爆发,白崇禧赴南京就任国民政府军事委员会副总参谋长,白先勇与其他兄弟姐妹随母亲马佩璋留在家乡。由于战争频仍,白先勇曾在桂林、重庆、上海、广州、香港等地接受小学教育,中学先就读于香港的一个教会学校,后进入台北的建国中学。

　　1956 年,白先勇高中毕业,因成绩优异被保送成功大学水利系,1957年因"对工程完全没有兴趣",加上在书店看到夏济安主编的《文学杂志》,于是决定改考台湾大学外文系。考入台湾大学外文系后与李欧梵、欧阳子、陈若曦、王文兴等人同班。1958 年在老师夏济安主编的《文学杂志》上发表短篇小说《金大奶奶》。1960 年与同班同学一起创办《现代文学》杂志——该杂志于 1973 年暂时停刊,1977 年复刊,1984 年终刊。六七十年代的《现代文学》在推动和深化现代主义文学运动方面对台湾文学产生了很大的影响。

　　1963 年大学毕业后,白先勇入美国爱荷华大学"作家工作坊"攻读硕士学位。1965 年获硕士学位后赴加州大学圣塔·芭芭拉校区任教,先后任讲师、助理教授、副教授、教授。

　　白先勇的主要作品有短篇小说集《寂寞的十七岁》《台北人》;长篇小说《孽子》;散文/文论集《蓦然回首》《明星咖啡馆》《第六只手指》《树犹如此》;电影/话剧剧本《金大班的最后一夜》《游园惊梦》等。此外,白先勇还编著有数种与昆曲相关的作品《白先勇说昆曲》《姹紫嫣红牡丹亭》《牡丹还魂》等。2000年花城出版社出版了《白先勇文集》五卷。1999年白先勇的《台北人》名列三十本"台湾文学经典"小说类的首位。同年,香港《亚洲周刊》评选"二十世纪中文小说100强",《台北人》名列第七。

二

当白先勇在上个世纪50年代后期开始在台湾文坛崭露头角的时候,台湾文坛正经历着一个重要的转折时期。一方面,日据时期的台湾作家需要从日语向中文进行语言转换,这一历史的要求客观上使"语言转换的一代"作家在这一时期基本处于"失语"状态。另一方面,当局主导的官方文学则继续提倡和号召"反共文学";而在民间,从50年代初就开始的现代主义文学运动,正在诗歌界逐渐发酵并有日趋蓬勃之势。

就白先勇个人而言,他自幼受到中国古典文学的良好熏陶,养成了对中国古典文学的兴趣和爱好,从《诗经》《楚辞》到唐诗宋词,从元曲到明清小说、传奇,他都大量阅读,广为汲取。对于西方的新兴学说,白先勇自然也不陌生,他就读的台湾大学外文系,是当时台湾介绍和引进西方现代主义文学的重镇,置身其间,自然会深受影响。而他的老师夏济安对文学深刻、独立的见解(如强调文学的艺术性、反对滥情和文艺腔,对中国语言的欧化现象不以为然等),也对他加深对文学的理解,起到了积极的作用。再加上白先勇自己的特别身世(出身名门、自幼生病、生逢乱世、父亲由得势到失势),种种因素的共同作用,使他对文学形成了自己独特的理解和认识——这使他在60年代的台湾文坛脱颖而出。

白先勇对文学认识的独特性主要体现为把文学视为表现人性的一种艺术。在白先勇看来,第一,文学具有自足性,它是它自己而不是任何其他东西的附庸;第二,文学应把自己的焦点集中在表现人性(人的自然性和社会性的合成)的复杂性方面,挖掘人的生存形态的多样性和人的精神、心理世界的丰富性,写出"人类心灵中难以言说的痛楚";第三,文学是一门艺术,其艺术成就的高低取决于"作品的文学技巧及其形式结构是否成功地表达出作品的内容题材……一本作品愈成功,文学技巧与内容题材愈相符合"。

由于对文学有着明确的认识，因此在形成自己的文学风格和艺术特质的时候，白先勇可以说怀有相当自觉的追求。从总体上看，白先勇是把中国文学传统作为根本，在此基础上融汇西方的文学精神和文学技巧。对于白先勇来说，所谓中国文学传统，是指：(1)为人生而艺术的思想(教化传统)；(2)儒、道、释三教合一的东方精神；(3)强烈的"忧患意识"和"历史感"；(4)追求含蓄美、注重意象营造、擅长以语言动作刻画心理、精心运用白描手法等。而西方的文学精神和文学技巧则是指：(1)西方现代主义文学精神，特别是西方的存在主义哲学、文学；(2)西方的基督教精神(悲天悯人)；(3)西方近代以来发达的小说技巧理论，如自觉的视角、观点意识，对"叙述法"和"戏剧法"的明确区分等。需要强调的是，虽然中国文学传统和西方文学精神、技巧对于白先勇而言均极重要，但他在处理这两者关系的时候，是以"中"为"体"，以"西"为"用"的。

三

　　从总体上看，白先勇的小说创作大致可以分为五个大的阶段，散文创作则基本上可以分为两个阶段，戏剧、戏曲的创作有两个时期比较突出，电影剧本的创作则因应着电影制作的要求进行，没有表现出明显的阶段性。本文重点介绍白先勇的小说、散文创作，兼及他的戏剧、戏曲创作(制作)。

　　白先勇小说创作的五大阶段主要为：第一阶段——1958 至 1962 年，为出国前的小说创作；第二阶段——1964 至 1965 年，为出国初期的小说创作；第三阶段——1965 至 1971 年，为《台北人》小说集的创作期；第四阶段——1971 至 1977 年，为长篇小说《孽子》的创作期；第五阶段——1979 至今，为后期创作阶段。

　　第一阶段包括的小说有：《金大奶奶》《我们看菊花去》《闷雷》《月梦》《玉卿嫂》《黑虹》《小阳春》《青春》《藏在裤袋里的手》《寂寞的十七岁》《那晚的月光》等。这些作品大都描写"情感"的世界，这无疑与创作这些小说时的白先勇正是一个风华正茂的年轻大学生有关——年轻人总是更多地与"情感"的话题联系在一起。不过，在白先勇的这些小说中，情感总是残缺的，人在情感的世界中似乎总是遭遇失败：《金大奶奶》中的金大奶奶爱金大，金大却不爱她；《闷雷》中的福生嫂最后是自己关上了和刘英之间"爱"的大门;《玉卿嫂》中玉卿嫂对庆生那份强烈的爱得到的却是背叛;《黑虹》中的耿素棠真正的"爱"只属于过去;《我们看菊花去》中的"我"和姐姐是如此的相爱,但对于深爱的人却必须用欺骗的方式把她送进医院的精神科;甚至在得到了"爱"的《那晚的月光》中,得到的"爱"也变了质。至于《月梦》《青春》《藏在裤袋里的手》《寂寞的十七岁》等涉及特殊情感心理(《藏在裤袋里的手》)和性向形态(含有同性恋情感的《月梦》《青春》《寂寞的十七岁》)等,其"爱"的结果也无一不是以悲剧收场。年轻的白先勇在这一时期虽然写的是青年人热衷的情感领域,但他在其中隐含的意味却相当沉重:他是在以残缺的爱为视阈,揭示人类的生存困境在情感领域的表现。

第二阶段包括的小说有:《芝加哥之死》《上摩天楼去》《香港一九六〇》《安乐乡的一日》《火岛之行》《谪仙记》等。此时白先勇已来到美国,在爱荷华大学"作家工作坊"进行创作研究。出国对于白先勇来说是人生的一大转折,国外的人生经验和人生感受也与以往显著不同,与此相对应,这一时期白先勇创作的主题转向了对文化冲突和生命放逐的书写。《芝加哥之死》中的吴汉魂,从他的名字中就可以知道他是一个在美国和中国(台湾)之间无所归依的被放逐的中国人,他的"死亡"几乎是一种必然(因为他已经没有属于自己的"魂"了)。其他几篇或写一个追求艺术的姐姐到美国后却变成了一个"物质女郎"(《上摩天楼去》),或写一个试图坚守中国文化传统的中国人甚至在自己的家庭中都无法"坚守"的悲哀(《安乐乡的一日》),或写受到现代西方观念"洗礼"的女性使富有传统文化精神的男性险遭"灭顶之灾"(《火岛之行》),或写身在国外因遭历史、家庭变故而失魂落魄、自我放纵的"流浪"的中国人——李彤在某种意义上讲是一个女性"吴汉魂"(《谪仙记》)。这些作品,基本上都反映了中国人在海外(美国)的人生图景和精神世界,体现了白先勇对于中西文化冲突的深刻思考,以及对 20 世纪中国人在海外的悲剧人生的深切同情。由于在国外留学期间阅读了大量中外经典名著,并在"作家工作坊"受到了系统的写作训练,这一时期白先勇的小说创作相对于早期创作,在艺术上有了质的飞跃——更理性更节制,更懂得情绪控制和节奏把握,更注重内容和形式的和谐统一。

第三阶段的小说后来基本上都收入短篇小说集《台北人》中,包括《永远的尹雪艳》《一把青》《岁除》《金大班的最后一夜》《那片血一般红的杜鹃花》《思旧赋》《梁父吟》《孤恋花》《花桥荣记》《秋思》《满天里亮晶晶的星星》《游园惊梦》《冬夜》《国葬》等。初到美国的文化"震撼"逐渐平复之后，积淀在白先勇心灵深处的个人和家族记忆开始涌动——而他的个人和家族记忆是与中国近、现代历史密切相关的，于是，经由个人、家族的生活见闻和历史记忆，书写那个时代的沧桑流变和置身动荡年代的人物的悲剧命运，就成为《台北人》的核心内容。需要特别指出的是，《台北人》中的人物，上到将军、将军夫人，下到士兵、妓女，不论他们的身份有多大的区别、地位有多大的差距，却都在历史洪流的作弄下，难逃"失败"的命运结局。从某种意义上讲，白先勇是在通过这些人物向我们昭示：他们虽然属于那个时代，可他们的意义却并不只限于他们所属的时代，在他们的身上其实具有着一种寓言性和象征性——他们不可避免的悲剧结局，说到底是人类在"时间"和"命运"双重作用下的一种宿命。

第四阶段是长篇小说《孽子》。这是一部描写同性恋者人生经历和心路历程的小说。小说以四位年轻的同性恋者各自不同的人生轨迹，辐射出同性恋社会的各个侧面以及主流社会对他们由排斥到同情再到接纳的过程。李青、小玉、老鼠、吴敏由于是同性恋者，遭到家庭和社会的放逐——"父亲"的形象在这个过程中起着关键性的作用，因为"父亲"在某种意义上是家庭和社会的象征。于是，李青等人（包括傅卫、龙子、阿凤）或不被"父亲"理解、谅解而遭"父亲"驱逐，或没有"父亲"，在被家庭和社会（以"父亲"为代表）放逐之后，他们开始了"寻父"——也是寻求社会的理解——的艰苦而又漫长的过程。傅老爷子的出现意味着主流社会对同性恋者的理解和接受。小说通过为傅老爷子送葬这一情节，让李青等人完成了从"孽子"向"人子"的回归，表明了主流社会对同性恋者的最终接纳。白先勇在《孽子》中塑造了一群有血有肉的同性恋者形象，意在向世人表明"同性恋者也是人"，小说既贯穿着道德反思，也充满了人道主义精神。

第五阶段的小说创作包括《夜曲》《骨灰》《Danny Boy》《Tea for Two》等。这一时期白先勇的小说创作，向两个方向拓展、深化。相对于在此之前小说创作对中国大陆的涉及只限于 1949 年之前，《夜曲》和《骨灰》描写的范围则延伸至 1949 年以后的中国大陆，视野宏阔，思想深邃，具有震撼人心的力量。《Danny Boy》和《Tea for Two》以极为敏感的领域作为创作题材：描写患有艾滋病的同性恋者的人生形态。在某种意义上讲这两篇小说是对《孽子》的深化，它将隐含在《孽子》中的"同性恋者也是人"这一思想推广到"患有艾滋病的同性恋者也是人"，小说对患有艾滋病的同性恋者病中岁月的艰辛以及彼此的互助、扶持进行了艺术的描绘，也对社会予以他们的理解、同情和关爱进行了充分的展示。作为白先勇后期小说创作的主要成果，这些作品在主题上有所拓展、深化，在艺术手法上则保持了他一贯的圆熟、精致并有所发展。

四

白先勇以小说家名世，其实他的散文创作也成就不凡，迄今为止结集出版的散文集计有《明星咖啡馆》《蓦然回首》《第六只手指》《树犹如此》《昔我往矣》等多种。从类型上看，白先勇的散文创作大致可以分为两类：一为学术性较强的文学（文化）评论——议论性散文；一为情感浓烈的怀人忆旧之作——文学性散文。前者主要以序、读后感、书评、评论（演讲和访谈为其变体）等形式出现，后者则以对亲人、挚友和往事的深情回忆为主。从创作时间上看，白先勇的散文创作从20世纪60年代就已开始，到90年代进入高产期。从类型分布上看，他在80年代以前的散文以文学（文化）评论为主，80年代以后追思故人和缅怀往昔的作品则逐渐增多。

白先勇的议论性散文——文学（文化）评论——涉及的内容主要有：（1）通过对其他作家的创作评价，直接或间接地阐述他自己的人生体验、创作思考和文学理念。如他在评论丛甦、施叔青、欧阳子等人的作品时特别强调的"生命""成长""死亡""性""疯狂""人类心理""形式控制""语言风格"等要素，透露的正是他自己创作时对这些"要素"的重视；（2）回顾走过的文学道路和创作历程，特别是通过对《现代文学》杂志的深情回忆和价值说明，勾勒出那个时代台湾文学的历史风貌；（3）对中国传统文化中的精华——昆剧的大力提倡和推广，成为白先勇20世纪80年代后期散文创作的重要主题；（4）对艾滋病危害人类的担忧和焦虑,是白先勇散文创作的又一重大主题。

白先勇的文学性散文主要体现在"怀人"和"忆旧"两个方面。从《天天天蓝——追忆与许芥昱、卓以玉几次欢聚的情景》到《第六只手指——纪念三姐先明以及我们的童年》到《文学不死——感怀姚一苇先生》再到《树犹如此——纪念亡友王国祥君》,白先勇的"怀人"散文情真意切,感人至深,读后令人为之动容。"忆旧"散文写的是历史,表现的是沧桑,是白先勇在小说创作领域关注历史的特质在散文领域的延续,这类作品的代表有《上海童年》《少小离家老大回——我的寻根记》《冠礼》《克难岁月——隐地的〈少年追想曲〉》等。这些作品既有白先勇的个人回忆,也有他对一个时代的记录,最终都成了一段历史的见证。

如果把白先勇的两类散文视为一个整体的话,那么在总体上,白先勇的散文在艺术形态上主要有以下几个特点:(1)感情深厚而又内敛;(2)语言生动而又富于变化,具体表现为形象化、音乐化、柔情化、含蓄化;(3)小说化形态浓烈;(4)回顾视角和回放截面的有效运用。这些特点的合成,构成了白先勇散文艺术的独特性,也使白先勇的散文足以位居20世纪华文散文的前列。

五

上世纪八九十年代和最近这些年,是白先勇戏剧、戏曲创作(制作)的两个高峰期,昆剧则为这两个高峰期的核心。早在1946年,幼时的白先勇就被昆剧的艺术魅力深深地打动。二十年后,当他创作小说《游园惊梦》的时候,古老的昆剧在他的小说中再次复活。1982年,白先勇把他的小说《游园惊梦》改编成舞台剧(话剧)搬上了舞台,昆剧作为小说中的重要元素也在舞台上立体呈现。1987年,白先勇以加州大学教授的身份来到复旦大学讲学,有上海、南京之行。这趟大陆之旅,他在上海看了《长生殿》,在南京看了"三梦"(《惊梦》《寻梦》《痴梦》),并与大陆昆剧界人士结缘——1988年大陆版的舞台剧(话剧)《游园惊梦》就邀请昆剧名角华文漪担任女主角。1992

年,白先勇在台北制作了由华文漪主演的昆剧《牡丹亭》。1999年他在台北新舞台与张继青举行"文曲星竞芳菲"的昆剧对谈会。2002年至2004年,白先勇亲任青春版昆剧《牡丹亭》的制作人,集聚两岸三地的文化精英,打造了一出充满青春气息的全本昆剧《牡丹亭》,上演后在两岸三地引起轰动,反响强烈。所到之处,盛况空前,甚至深受当代大学生的欢迎,在广大青年学子中引起了强烈反响,激发起他们强烈的文化自豪感和文化自信心。而让青年知识分子更加热爱自己的传统文化,正是白先勇制作该剧的一个核心目的——通过一出戏,不但要培养出一代年青的演员,更要培养出一代富有青春朝气的年轻观众,因为昆剧,乃至传统文化传承的重任,将要由他们来担当。

六

在20世纪世界范围内的华文文学中,白先勇无疑是个重要的存在。当白先勇在六七十年代的台湾文坛崛起的时候,肇始于20世纪初的华文白话新文学已经有了近半个世纪的历史,产生了像鲁迅、老舍、巴金、沈从文、张爱玲、钱钟书、穆旦等一大批伟大作家。在如此丰厚的文学积累面前,白先勇又能为它提供些什么新的东西呢? 或者说,白先勇在这一文学中的贡献,究竟是什么呢?

从总体上看,白先勇对20世纪华文文学的贡献主要体现在如下几个方面:

(1)对"传统"和"现代"的几近完美的融合。20世纪的华文文学,几乎是宿命地面对着"传统"与"现代"的关系问题,对这一问题的认识和处理方式,考验着20世纪华文文学中的每一位作家。从白先勇的文学世界中我们看到,白先勇成功地回应了这个时代的文学对作家提出的挑战,在"传统"与"现代"之间,找到了一个相当成功的契合点。白先勇的小说在最外在的阅读层次上给人的感觉是传统的"现实主义",在他的大多数小说中,有人物,有情节,有发展,有结局,语言明白晓畅,非常符合华人传统的审美心理和阅读习惯。然而,在这个表面的阅读层的背后,白先勇的小说又极具"现代主义"色彩：从大胆叛逆的精神气质的流露，到观念上对人的生存困境的思考和表达；从对一些惊世骇俗题材的一再涉及（如同性恋），到意识流手法的"中国化"运用……所有这些，无不体现着白先勇小说的"现代"特征。在白先勇的笔下，其文学世界是在"传统"的外壳下潜隐着"现代"的内核，"传统"是其根基，"现代"是其精髓。"现代"被融入"传统"，以"传统"表现着"现代"。在20世纪的华文作家中，能将"传统"与"现代"的关系处理得如此圆融的，白先勇应当说是典范之一。

（2）塑造了一群唯有在他的文学世界中才会出现的人物形象。无论是早期《寂寞的十七岁》中的金大奶奶、玉卿嫂、杨云峰，还是后来《台北人》中的尹雪艳、朱青、金大班、钱夫人、娟娟、赖鸣升、余嵚磊，更不用说《孽子》中的李青、小玉、阿凤、王夔龙，这些人物虽然地位不同，身份各异（有军人有贵妇人，有学者名流有普通中学生，有妓女有同性恋者），但在穿越两个世界（或是生死之间，或是爱恨之间，或是大陆台湾之间，或是世俗社会和同性恋世界之间）、难以忘怀过去、敢爱敢恨、充满沧桑感、颇具神秘性等方面，却有着某种内在的相似性。在20世纪的华文文学中，如此专注和执着地表现这样一群特殊的人物，并通过他们展现人性中的某些"原罪""原欲"，以及人生中的诸多"不可测因素"乃至"宿命"，比白先勇更用心的作家，应该不多。

（3）具有强烈而又深厚的"历史感"。中国文学历来有着青睐"历史"的传统，文学中对"历史"的涉及主要表现在这样两个方面：一为对历史的直接代入，一为在作品中灌注进历史感。在白先勇的小说世界中，"历史"不仅是贯穿始终的一个不可或缺的"角色"（海外著名学者夏志清教授就认为《台北人》甚至可以说是部民国史），更体现为作者的一种深厚的"历史感"：在白先勇的笔下，无论是达官贵人，还是下层百姓，不管是自觉还是不自觉，这些"历史中人"都生活在现实环境和历史回忆的错位之中——而作者正是通过对他们的这种处境的深刻揭示，流露出他对人在历史长河中的相似状态的轮回，对人在历史面前的渺小，以及对历史给人留下的沧桑感的洞察、体认、自觉和感慨。

（4）自成一格的语言形态。20 世纪华文白话新文学的语言相对于传统文学语言无疑是个质的改变——从以文言为正宗转而为以白话为主体。这种转变是突进式的，然而在确立了白话的正宗地位之后，现代白话文学的语言迈向成熟的过程却不是一蹴而就的，从早期胡适的平白、鲁迅的艰深，到 30 年代老舍的密实、沈从文的稚拙，再到 40 年代张爱玲的玲珑、钱钟书的机巧，白话文学的语言自身其实一直在不断地发展和完善着。白先勇的出现应当说在语言上给现代白话文学提供了一种新的姿态和气象：它既糅合了传统白话的精髓（以《红楼梦》为代表），又融铸进现代白话的成果（鲁迅的简洁、郁达夫的流畅、吴组缃的清朗）；既蕴涵了传统诗词的节奏和神韵，也吸纳了西方文学语言的某些表达方式。因此，白先勇的语言是在平实中富有变化，在晓畅中内蕴节奏，既雍容典雅，又平易近人，看似柔弱含蓄，实则内含劲道，寓浓情于淡笔，含悲悯于笔端，不温不躁，不疾不徐。与前辈作家相比，白先勇的语言比胡适典雅，比鲁迅顺畅，比沈从文精致，不像张爱玲那么冷辣，也没有钱钟书那么刻薄。白先勇的语言，是一种圆熟的、绚烂之极归于平淡的现代白话语言，是一种从容大气、饱满而又细致的现代白话语言。

因此，如果要问白先勇为 20 世纪的华文文学提供了什么，我们至少可以说，他在处理"传统"与"现代"的关系、塑造独特的人物形象、"历史感"的具备、语言的成熟四个方面有着自己独特的贡献——而这些贡献，正是白先勇在文学史上的意义和价值所在。

SHIJI WENXUE
JINGDIAN

中短篇小说

玉卿嫂

一

我和玉卿嫂真个有缘，难得我第一次看见她，就那么喜欢她。

那时我奶妈刚走，我又哭又闹，吵得我妈也没得办法。天天我都逼着她要把我奶妈找回来。有一天逼得她冒火了，打了我一顿屁股骂道：

"你这个娃仔怎么这样会扭？你奶妈的丈夫快断气了，她要回去，我怎么留得住她？这有什么大不了！我已经托矮子舅妈去找人来带你了，今天就到。你还不快点替我背起书包上学去，再要等我来抽你是不是？"

我给撵了出来，窝得一肚子闷气。吵是再也不敢去吵了，只好走到窗户底有意叽咕几声给我妈听：

"管你找什么人来，横竖我不要，我就是要我奶妈！"

我妈在里面听得笑着道：

"你们听听，这个小鬼脾气才犟呢，我就不相信他奶妈真个有宝不成？"

"太太，你不知道，容哥儿离了他奶妈连尿都屙不出来呢！"胖子大娘的嘴巴顶刻薄，仗着她在我们家做了十几年的管家，就倚老卖老了。我妈讲话的时候，她总爱搭几句辞儿凑凑趣，说得我妈她们全打起哈哈来。当着一大堆人，这种话多难听！我气得跑到院子里，把胖子大娘晾在竹竿上的白竹布衣裳一把扯了下来，用力踩得像花脸猫一般，然后才气咻咻的去催车夫老曾拉人力车送我上学去。

就是那么一气，在学堂里连书也背不出来了。我和隔壁的唐道懿还有两个女生一起关在教室里留堂。唐道懿给老师留堂是家常便饭，可是我读到四年级来破题儿第一遭。不用说，鼻涕眼泪早涂得一脸了，大概写完大字，手上的墨还没有洗去，一擦一摸，不晓得成了一副什么样子，跑出来时，老曾一看见我就拍着手笑弯了腰，我狠命地踢了这个湖南骡子几下，踢得他直叫要回去告我妈。

回到屋里，我轻脚轻手，一溜烟跑到楼上躲进自己房中去了。我不敢声张，生怕他们晓得我挨老师留堂。哪晓得才过一下子，胖子大娘就扯起喉咙上楼来找我了，我赶快钻到帐子里去装睡觉，胖子大娘摇摇摆摆跑进来把我抓了起来，说是矮子舅妈带了一个叫玉卿嫂的女人来带我，在下面等着呢，我妈要我快点去见见。

矮子舅妈能带什么好人来？我心里想她老得已快缺牙了，可是看上去才和我十岁的人差不多高。我顶讨厌她，我才不要去见她呢，可是我妈的话不得不听啊！我问胖子大娘玉卿嫂到底是个什么样子的人，胖子大娘眯着眼睛笑道："有两个头，四只眼睛的！你自己去看吧，看了她你就不想你奶妈了。"

我下楼到客厅里时，一看见站在矮子舅妈旁边的玉卿嫂却不由得倒抽了一口气，好爽净，好标致，一身月白色的短衣长裤，脚底一双带绊的黑布鞋，一头乌油油的头发学那广东婆妈松松地挽了一个髻儿，一双杏仁大的白耳坠子却刚刚露在发脚子外面，净扮的鸭蛋脸，水秀的眼睛，看上去竟比我们桂林人喊作"天辣椒"如意珠那个戏子还俏几分。

我也说不出什么道理来，一看见玉卿嫂，就好想跟她亲近的。我妈问我请玉卿嫂来带我好不好时，我忙点了好几下头，也顾不得赌气了。矮子舅妈跑到我跟前跟我比高，说我差点冒过她了，又说我愈长愈体面。我也不爱理她，一径想找玉卿嫂说话。我妈说我的脸像个小叫花，叫小丫头立刻去舀洗脸水来，玉卿嫂忙过来说让她来帮我洗。我拉着她跟她胡诌了半天，我好喜欢她这一身打扮，尤其是她那对耳坠子,白得一闪一闪的,好逗人爱。可是我仔细瞧了她一阵子时,发觉原来她的额头竟有了几条皱纹,笑起来时,连眼角都拖上一抹鱼尾巴了。

"你好大了?"我洗好脸忍不住问她道,我心里一直在猜,我听胖子大娘说过,女人家额头打皱,就准有三十几岁了,她笑了起来答道:

"少爷看呢?"

"我看不出,有没有三十?"我竖起三个指头吞吞吐吐地说。

她忙摇头笑道:

"还有那么年轻?早就三十出头喽!"

我有点不信,还想追着问下去,我妈把我的话头打断了,说我是傻仔,她跟玉卿嫂讲道:

"难得这个娃仔和你投缘,你明天就搬来吧,省得他扭得我受不了。"

矮子舅妈和玉卿嫂走了以后,我听见我妈和胖子大娘聊天道:

"喏,就是花桥柳家他们的媳妇,丈夫抽鸦片的,死了几年,家道落了,婆婆容不下,才出来的。是个体面人家的少奶奶呢!可怜穷了有什么办法?矮子舅妈讲是我们这种人家她才肯来呢。我看她倒蛮讨人喜欢。"

"只是长得太好了些,只怕——"胖子大娘又在挑唆了,她自己丑就不愿人家长得好,我妈那些丫头,长得好些的,全给她挤走了。

二

我们中山小学的斜对面就是高升戏院,是唱桂戏的,算起来是我们桂林顶体面的一家了。角色好,行头新,十场戏倒有七八场是满的。我爸那时在外面打日本鬼,蛮有点名气,戏院里的那个刘老板最爱拍我们马屁,我进了戏院不但不要买票,刘老板还龇着一嘴银牙,赶在我后面问我妈好,拿了瓜子又倒茶,我白看了戏不算,还很有得嚼头。所以我放了学,天时早的话,常和老曾到戏院里逛逛,回去反正我们都不说出来，所以总没有吃过我妈的排头。有时我还叫唐道懿一起去，好像我做东一样，神气得了不得。我和他都爱看武戏，什么黄天霸啦，打得最起劲，文戏我们是不要看的，男人家女人家这么你扯我拉的，肉麻死了。

我跟唐道懿溜到后台去瞧那些戏子佬打扮，头上插起好长的野鸡毛，红的黑的颜料子直往脸上抹，好有意思。因为我从小就长得胖嘟嘟，像个粉团儿，那些戏子佬看见我就爱得要命，一窝蜂跑过来逗我玩。我最喜欢唱武生的云中翼，好神气的样子，一杆枪耍在手中，也不见分量似的，舞起来连人都看不见了。那个唱旦角的天辣椒如意珠也蛮逗人喜欢，眉眼长得好俏；我就是不爱看做小生那个露凝香，女人装男人，拿起那把扇子摇头摆尾的，在台上还专会揩油呢，怎么好意思！此外还有好多二流角色和几个新来的我都不太熟，可是脸谱儿和名字我倒还记得。

我见过玉卿嫂的第二天，一放了学，我就飞跑出来催老曾快点送我回去，唐道懿追着出来又要我带他去看戏，说是这天做《关公走麦城》呢，我上了车回答他道：

"明天我再带你去，今天我没空，我要回家去看玉卿嫂。"

"谁是玉卿嫂啊？"他大惊小怪的问。

"就是我的新奶妈哪。"我喊惯了奶妈一时改不过口来。

"哈哈，容容这么大个人还要请奶妈来喂奶呢！"唐道懿拍着手来羞我，两道鼻涕跑出来又缩了进去，邋遢死了！我涨红了脸骂了他几声打狗屁，连忙叫老曾拖车子走了。

我一进了屋就嚷着要找玉卿嫂，我妈说她早来了，在我房里收拾东西呢。我三步作两步地跨到楼上房中去，看见玉卿嫂正低着头在铺她的床。她换了一身亮黑的点梅纱，两只手膀子显得好白净。我觉得她实在长得不错，不过她这种漂亮，一点也不像我们家刚嫁出去那个丫头金婵，一副妖娆娇俏的样子，她一举一动总是那么文文静静的，大概年纪到底比金婵大得多，不像金婵那么整天疯疯癫癫的了。我轻手轻脚地走到她后面，大声喝了一下，吓得玉卿嫂回过头来直拍着胸口笑道："我的少爷,你差点把我的魂都吓了走。"我笑得打跌,连忙猴向她身上跟她闹着玩,我跟她说她来带我,我好开心,那几天我奶妈不在,我一个人睡在楼上,怕得不得了,夜晚尿胀了也不敢爬起来屙,生怕有鬼掐脚似的,还落得胖子大娘取笑半天。我跟她在房里聊了好一会儿,我告诉她我们家里哪个人好,哪个人坏,哪个人顶招惹不得,玉卿嫂笑着说道:

"管他谁好谁坏,反正我不得罪人,别人也不会计算我的。"

我忙摇着手说道:

"你快别这么想!像胖子大娘,就坏透了,昨天她在讲你长得太好了,会生是非呢!"

三

大概玉卿嫂确实长得太好了些,来到我们家里不上几天就出了许多故事。自从她跨进了我家大门,我们屋里那群斋狠了的男光棍用人们,竟如同苍蝇见了血,玉卿嫂一走过他们跟前,个个的眼睛瞪得牛那么大,张着嘴,口水都快流出了似的。胖子大娘骂他们像狗舔屎一样,好馋。这伙人一背过脸,就叽叽喳喳,不知在闹些什么鬼。我只是听不见罢咧,要是给我捉到了他们在嚼嘴混说我们玉卿嫂我可就要他们好看!

有一晚吃了饭,我去找门房瞎子老袁,要爬到他肩上骑马嘟嘟,到我们花园去采玉兰。我们花园好大,绕一圈要走老半天,我最喜欢骑在老袁肩上爬到树上去摘花了。其实老袁这个人样样好,就是太爱看女人,胖子大娘讲他害火眼准是瞧女人瞧出来的。我走到大门口,看见他房里挤了好些人在聊天,湖南骡子老曾、厨房里打杂的小王,还有菜园里浇粪的秦麻子,一群人交头接耳不知在编派谁,我心里很不受用,忙踮了脚走到窗户底下,竖起耳朵用力听。

"妈那巴子!老子今天早晨看见玉卿嫂在晾衣服,一双奶子鼓起那么高,把老子火都勾了上来了。呸!有这么俏的婊子,和她睡一夜,死都愿了。"讲话的是小王,这个人顶下作,上次把我们家里一个丫头睡起了肚子,我妈气得把他撵了出去,他老子跑来跪倒死求活求,我妈才算了。

"你呀,算了罢,舔人家的洗脚水还攀不上呢。"老曾和小王是死对头,一讲话就要顶火的。

"罢、罢、罢,"老袁摇手插嘴道,"这几天,你送小少爷回来,怎么一径赶着要替小少爷提书包上楼呢?还不是想去闻闻骚?"讲得他们都笑起来了,老曾气得咿呀唔呀的,塞得一嘴巴湖南话,说也说不清楚。

秦麻子忙指着老袁道:"你莫在这里装好了,昨天玉卿嫂替太太买柿子回来,我明明瞧见你忙着狗颠屁股似的去接她的篮子,可不知又安着什么心!"

几个七嘴八舌,愈讲愈难听,我气得一脚踢开了门,又起腰恨恨地骂道:

"喂!你们再敢多说一句,我马上就去告诉玉卿嫂去,看她饶不饶得过你们。"

哪晓得小王却涎着脸笑嘻嘻地向我央道:"我的好少爷,别的你千万莫跟她说,你只问她我小王要和她睡觉,她肯不肯。"

那几个鬼东西哄然笑了起来,我让他们笑呆了,迟疑了好一会儿,连忙回头跑到楼上找到玉卿嫂,气喘喘地跟她讲:"他们都在说你坏话,小王讲他要和你睡觉呢!你还不快点去打他的嘴。"

玉卿嫂红了脸笑着说:"这起混账男人哪有什么好话说,快别理他们,只装听不见算了。"

我不依,要逼着她去找他们算账,玉卿嫂说她是新来的,自然要落得他们嚼些牙巴,现在当作一件正经事闹开来,太太晓得不是要说她不识数了?

可是第二天就有事情来了。姑婆请我妈去看如意珠的《昭君和番》,屋里头的人乘机溜了一半,那晚我留在房中拼命背书,生怕又挨老师罚。

"嘀嗒嘀，

嘀嗒嘀，

钟摆往来不停息，

不停息，

不停息，

——"

我的头都背大了，还塞不进去，气得把书一丢，一回头，却看到玉卿嫂踉踉跄跄跑了进来，头发乱了，掉了一绺下来，把耳坠都遮住了，她喘得好厉害，胸脯一起一伏的。我忙问她怎么回事，她喘了半天说不出话来，我问她是不是小王欺负她了，她点了一点头，我气得忙道：

"你莫怕，我等我妈回来马上就讲出来，怕不撵他出去呢!"玉卿嫂忙抓住，再三求我不要告诉我妈，她说：

"这没有什么大不了，少爷千万别闹出来，反倒让别人讲我轻狂，那个死鬼吃了我的苦头，谅他下次再也不敢了。"

第二天，我看见小王眼皮肿得像核桃那么大，青青的一块，他说是屙尿跌青的，听得我直抿着嘴巴笑。

四

我们在桂林乡下还有些田，由我们一个远房叔叔代收田租，我们叫他满叔。他长得又矮又胖，连颈子也看不见，背地里我们都喊他作坛子叔叔。一年他才来我们家里两三次，只来给我妈田租钱罢了。胖子大娘说坛子叔叔本来穷得快当裤子了，帮我们管田以后，很攒了两个钱，房子有了一大幢，只少个老婆罢了。他和花桥柳家有点亲，所以玉卿嫂叫他作表哥的。不知怎么回事，自从玉卿嫂来了以后，满叔忽然和我们来往得勤了。巴巴结结今天送只鸡来，明天提个鸭来。有事没事，也在我们家里泡上半天。如果我妈不在家，他就干坐着，等到我放学回来，他就跟到我房间里和我亲热得不得了，问长道短的："容哥儿爱吃什么? 要不要吃花桥的碗儿糕? 满叔买来给你。"平常他一来只会跟我妈算钱，很不大理睬我的。现在突然跑来巴结我，反倒弄得我一头雾，摸不清门路了。我问胖子大娘为什么坛子叔叔近来这样热络，她笑着答道：

"傻哥子，这点你还不懂，你们坛子叔叔看上了你的玉卿嫂，要讨她做老婆啦。"

"不行啊，他讨了她去没人带我怎么办呢？"我急得叫了起来。

"我说你傻，你把你玉卿嫂收起来，不给满叔看见不就行了。"胖子大娘咯咯咯地笑着教我道。

以后坛子叔叔来我们家，我总要把玉卿嫂拖得远远的，不让他看见，哪晓得他一来就借个故儿缠着玉卿嫂跟她搭讪，我一看见他们两人讲话，就在外面顿着脚叫道：

"玉卿嫂，你来，我有事情要你做。"玉卿嫂常给满叔缠得脱不得身，直到我生了气喊起来，"你聋了是不是？到底来不来的啦！"玉卿嫂才甩下坛子叔叔，急急忙忙一面应着跑过来，我埋怨她半天，直向她瞪白眼。她忙辩道：

"我的小祖宗，不是我不来，你们满叔老拖住我说话，我怎么好意思不理人家呢？"

我向她说，满叔那种人少惹些好，他心里不知打些什么主意呢。玉卿嫂说她也是百般不想理他的，只是碍着情面罢咧。

果然没有多久，坛子叔叔就来向我妈探口气想娶玉卿嫂做媳妇了，我妈对他说道："我说满叔，这种事我也不能做主，你和她还有点亲，何不你自己去问问她看？"

满叔得了这句话，喜得抓耳挠腮，赶忙挽起长衫，一爬一爬，喘呼呼地跑上楼去找玉卿嫂去，我也急着跟了上去，走到门口，只听到满叔对玉卿嫂说道：

"玉妹，你再想想看，我表哥总不会亏待你就是了，你下半辈子的吃、穿，一切包在我身上，你还愁什么？"

玉卿嫂背着脸说道：

"表哥，你不要提这些事好不好？"

"你嫌我老了？"坛子叔叔急得直搓手。

玉卿嫂没有出声。

"莫过我还配不上你不成？"坛子叔叔有点气了，打鼻子里哼了一下道，"我自己有几十亩田，又有一幢大房子，人家来做媒，我还不要呢。"

"表哥，这些话你不要来讲给我听，横直我不嫁给你就是了！"玉卿嫂转过身来说道，她的脸板得铁青，连我都吓了一跳。她平常对我总是和和气气的，我不晓得她发起脾气来那样唬人呢。

"你——你——"坛子叔叔气得指着玉卿嫂直发抖道，"怎么这样不识抬举，我讨你，是看得起你，你在这里算什么？老妈子！一辈子当老妈子？"

玉卿嫂走过来将门帘"豁啷"一声摔开，坛子叔叔只得讪讪地跑了出来。我赶在他前面，跑到大门口学给老袁他们听，笑得老袁拍着大腿滚到床上去。等到坛子叔叔一爬一爬走出大门时，老袁笑嘻嘻地问他道："满老爷，明天你老人家送不送鸡来啦？送来的话，我等着来帮你老人家提进去。"

满叔装着没听见，连忙揩着汗溜走了。

五

自从玉卿嫂打回了满叔后，我们家里的人就不得不对她另眼相看了。有的说她现存放个奶奶不会去做，要当老妈子；有的怪她眼睛长在额头上，忒过无情。

"我才不信！"胖子大娘很不以为然的议论道，"有这么刁的女人？那么标致，那么漂亮的人物，就这样能守得住一辈子了？"

"我倒觉得她很有性气呢。"我妈说道，"大家出来的人到底不同些，可笑我们那位满叔，也不自量，怎么不抹得一鼻子灰？"

从此以后，老袁、小王那一伙人却对玉卿嫂存了几分敬畏，虽然个个痒得恨不得喉咙里伸出手来，可是到底不敢轻举妄动，只是远远地看着罢了。

不管怎么样,我倒觉得玉卿嫂这个人好亲近得很呢。看起来,她一径都是温温柔柔的,不多言不多语。有事情做,她就闷声气,低着头做事;晚上闲了,她就上楼来陪着我做功课,我写我的字,她织她的毛线,我从来没有看见她去找人扯是拉非,也没看过她去院子里伙着老曾他们听莲花落。她就爱坐在我旁边,小指头一挑一挑,戳了一针又一针地织着。她织得好快,沙沙沙只听得竹针的响声。有时我不禁抬头瞅她一眼,在跳动的烛光中,她的侧脸,真的蛮好看。雪白的面腮,水葱似的鼻子,蓬松松一绺溜黑的发脚子却刚好滑在耳根上,衬得那双耳坠子闪得白玉一般;可是不知怎的,也就是在烛光底下,她额头上那把皱纹子,却像那水波痕一样,一条一条全映了出来,一、二、三——我连数都能数得出几根了,我不喜欢她这些皱纹,我恨不得用手把她的额头用力磨一磨,将那几条皱纹桵平去。尤其是当她锁起眉心子,怔怔出神的当儿——她老爱放下毛线,这样发呆的——我连她眼角那条鱼尾巴都看得清清楚楚了。

"你在想什么鬼东西呀?"我有时忍不住推推她的膀子问她道。

她慌忙拿起毛线,连连答道没有想什么,我晓得她在扯谎,可是我也懒得盘问她了,反正玉卿嫂这个人是我们桂林人喊的默蚊子,不爱出声,肚里可有数呢。

我喜欢玉卿嫂还有一个缘故:她顺得我,平常经不起我三扭,什么事她都差不多答应我的。我妈不大喜欢我出去,不准我吃摊子,又不准上小馆,怕我得传染病。热天还在我襟上挂着一个樟脑囊儿,一径要掏出来闻闻,说是能消毒,我怕死那股气味了。玉卿嫂来了以后,我老撺掇她带我出去吃东西,她说她怕我妈讲话。

"怕什么?"我骂她道,"只有我们两人晓得,谁会去告诉妈妈,你不肯去,难道我不会叫老曾带我去?"她拿我是一点都没有办法。我们常常溜到十字街去吃哈盛强的马肉米粉,哈盛强对着高升戏院,专门做戏院子的生意,尤其到了夜晚,看完戏的人好多到这里来吃消夜的。哈盛强的马肉米粉最出名,我一口气可以吃五六碟,吃了回来,抹抹嘴,受用得很,也没见染上我妈说的什么霍乱啦,伤寒啦。

只有一件事我实在解不过来,任我说好说歹,玉卿嫂总不肯依我。原来不久玉卿嫂就要对我说她要回婆家一趟,我要她带我一起去,她总不肯,一味拿话哄着我道:

"远得很哪!花桥那边不好走,出水东门还要过浮桥,没的把你跌下水去呢!快别去,在屋里好好玩一会儿,回头我给你带几个又甜又嫩的大莲蓬回来噢!"

她一去就是老半天,有时我等得不耐烦了,忍不住去问胖子大娘:

"玉卿嫂为什么老要回婆家呢?"

"你莫信她,她哄你的,容哥儿,"胖子大娘瘪起嘴巴说道,"她回什么鬼婆家啊——我猜呀,她一定出去找野男人去了!"

"你不要瞎扯!你才去找野男人,我们玉卿嫂不是那种人。"我红了脸驳胖子大娘。

"傻哥子!她跟她婆婆吵架才出来的,这会子又巴巴结结跑回去?你们小娃子她才哄得倒,她哪能逃得过老娘这双眼睛。你看,她哪次说回婆家时,不是扮得妖妖精精的?哪,我教你一个巧法子:下次她去的时候,你悄悄地跟着她屁股后头捉她一次,你就知道我是不是瞎扯了。"胖子大娘的话讲得我半信半疑起来,我猛然想起玉卿嫂出门的时候,果然头上抿了好多生发油,香喷喷,油光水滑的,脸上还敷了些鸭蛋粉呢。

去花桥要出水东门,往水东门,由我们家后园子那道门出去最近——这是玉卿嫂说的,她每次回婆家总打后门去。礼拜天她又要去了,这次我没有出声,我赖在床上,暗暗地瞅着她,看她歪着头戴上耳坠子,对了镜子在钳眉毛。

"我去了,噢。"她临走时,跑来拧了一下我的腮帮子,问我想吃什么,她好带回来。

"上次那种大莲蓬就好。"我转过身去装着无所谓的样子说,她答应一定替我挑个最大的回来,说完,她匆匆地走了。我闻到一股幽香，那一定是从玉卿嫂身上发出来的。

当她一下了楼梯，我赶忙跳了起来，跟在她后面进了后园子。我们后园种了一大片包谷，长得比我还高。我躲在里面，她回了几次头都没看见。我看她出了后门，并不往右手那条通水东门的大路去，却向左边手走，我知道，出左手那条小街就是一撮七拐八弯的小巷子，尽是些小户人家，一排一排的木板房子住着卖豆浆的也有，拖板车的也有，唱莲花落的瞎婆子，削脚剔指甲的，全挤在那里，我们风洞山这一带就算那几条巷子杂。那种地方我妈平常是踏脚都不准我踏的，只有老袁去喊莲花落的时候，我才偷着跟去过几次，邋遢死了，臭的！玉卿嫂不知跑去做什么鬼？她那么干净个人，不怕脏？我连忙蹑手蹑脚跟了过去，玉卿嫂转了几个弯，往一条死弄堂走了去，等我追上前，连个人影都看不见了，我打量了一下，这条死弄堂两边总共才住着六家人，房子都是矮踢踢的，窗户才到我下巴那么高，我踮起脚就瞧得里面了。我看这些人穷得很，连玻璃窗都装不起，尽是棉纸糊的，给火烟熏得又焦又黄。我在弄堂里走了几个来回，心里一直盘算，这六个大门可不知玉卿嫂在哪一扇里面，我踱到右手第三家门口时，忽然听到了玉卿嫂的声音，我连忙走过去把耳朵贴在门缝上，却听到她正和一个男人在讲话呢。

"庆生，莫怪我讲一句多心话，我在你身上用的心血也算够了，你吃的住的，那一点我没替你想到？天冷一点，我就挂着你身上穿得单，主人赏一点好东西，我明明拿到嘴边，只是咽不下去，总想变个法儿留给你，为了找这间房子，急得我几个晚上都睡不着，好不容易换了些金器，七凑八凑，才买得下，虽然单薄些，却也费了我好多神呢。只是我这份心意不知——"玉卿嫂说着忽然我听见她带着哭声了。

"玉姐，你莫讲了好不好——"那个叫庆生的男人止着她道，他的声音低低的，很带点嫩气呢。

"不，不，你让我说完，这是郁在我心里的话——你是晓得的，我这一生还有什么指望呢，我出来打工，帮人家做老妈子，又为的是哪一个？我也不敢望你对我怎么好法子，只要你明白我这份心意，无论你给什么嘴脸给我看，我咬紧牙根，总吞得下去。像那天吧，我不要你出去做事，你就跟我红脸，得！我的眼泪挂到了眼角我都有本事给咽了进去，我为什么不喜欢你出去呢？我怕你身子弱，劳累不得。庆弟，你听着，只要你不变，累死苦死，我都心甘情愿，熬过一两年我攒了钱，我们就到乡下去，你好好地去养病，我去守着你服侍你一辈子——要是你变了心的话——"玉卿嫂呜呜咽咽哭泣起来了，庆生却低声唧唧哝哝跟玉卿嫂说了好些话，玉卿嫂过了一会，叹了一口气又说道：

"我也不指望你报答我什么——只要你心里，有我这个人，我死也闭上眼睛了——喏，你看，这包是我们太太天天吃高丽参切剩下来的渣子，我一天攒一点，攒成这么一包，我想着你身子单弱，渐渐天凉起来，很该补一补，我们这种人哪能吃得起什么真的人参燕窝呢，能有这点已经算不错了。天天夜里，你拿个五更鸡罐子放上一抓，熬一熬，临睡前喝这么一碗，很能补点血气的，我看你近来有点虚浮呢，晚上还出汗不出？"

"这阵子好多了，只是天亮时还有一点。"

"你过来，让我仔细瞧瞧你的脸色——"

不知这庆生是什么样的人？我心想，玉卿嫂竟对他这么好，我倒要瞧一瞧了。我用力拍了几下门面，玉卿嫂出来开门时一看见是我，吓了一大跳，连忙让我进去急着问道：

"我的小祖宗爷，你怎么也会到这种地方来了，家里的人知不知道啦？"

我拍着手笑道：

"你放心吧，我也是跟着你屁股后头悄悄地溜出来的，我看你转了几个弯子，忽然不见了，害得我好惨，原来你躲在这里呢，你还哄我回婆家去了——这是你什么人啦？"我指着站在玉卿嫂旁边那个后生男人问她道，玉卿嫂忙答道："他是我干弟弟，喏，庆生，这就是我服侍的容容少爷，你快来见见。"

庆生忙笑着向我作了一个揖，玉卿嫂叫他去把她平常用的那个杯子洗了倒杯茶来，她自己又去装了一盘干龙眼来剥给我吃，我用力瞅了庆生几下，心想难怪玉卿嫂对他那么好，好体面的一个后生仔，年纪最多不过二十来岁，修长的身材，长得眉清目秀的，一头浓得如墨一样的头发，额头上面的发脚子却有点点卷，也是一杆直挺挺的水葱鼻，倒真像玉卿嫂的亲弟弟呢！只是我看他面皮有点发青，背佝佝的，太瘦弱了些。他端上茶杯笑着请我用茶时，我看见他竟长了一口齐垛垛雪白的牙齿，好好看，我敢说他一定还没有剃过胡子，他的嘴唇上留了一转淡青的须毛毛，看起来好细致，好柔软，一根一根，全是乖乖地倒向两旁，很逗人爱，嫩相得很。一点也不像我家老袁的络腮胡，一丛乱茅草，我骑在他肩上，扎得我的大腿痛死了。他对我讲，他是天天剃才剃出这个样子来的。

"好啊！"我含着一个龙眼核指着庆生向玉卿嫂羞道，"原来你收着这么一个体面的干弟弟也不叫我来见见。"说得庆生一脸通红，连耳根子都涨得血红的，我发觉他害羞得很呢，我进来没多一会儿，他红了好几次脸了，他一笑就脸红，一讲也爱脸红，嗫嗫嚅嚅，腼腼腆腆的，好有意思！我盯着他用力瞧时，他竟局促得好像坐也不是站也不是了，两只手一忽儿将将头发，一忽儿抓抓衣角，像没得地方放了似的。玉卿嫂忙解说道：

"少爷，不是我不带你来，这种地方这么邋遢哪是你能来的？"

"胡说！"我吐了龙眼核说道，"外面巷子邋遢罢咧，你干弟弟这间房多干净，你看，桌子上连灰尘都没有的。"我在桌子拿手指划了一划给她看。庆生这间房子虽然小，只放得下一铺床和一张桌子，可是却收拾得清清爽爽的，蚊帐被单一律雪白，和庆生那身衣服一样，虽然是粗布大褂，看起来却爽眼得很。

我着实喜欢上玉卿嫂这个干弟弟了，我觉得他蛮逗人爱，脸红起来的时候好有意思。我在他那里整整玩了一个下午，我拉着他下象棋，他老让我吃他的子，吃得我开心死了。玉卿嫂一径要催着我回去，"急什么？"我摔开她的手说道，"还早得很呢。"一直到快吃夜饭了，我才肯离开，临走时，我叫庆生明天等着，我放了学就要来找他玩。

走到路上玉卿嫂跟我说道：

"少爷，我有一件事情不知你能不能答应，要是能，以后我就让你去庆生那儿玩，要是不能，那你什么念头都别想打。"我向她说，只要让我和庆生耍，什么事都肯答应。

她停下来，板起脸对我说："回到家里以后，无论对谁你都不准提起庆生来，做得到不？"她的样子好认真，我连忙竖起拇指赌咒——哪个讲了嘴巴生疔！不过我告诉她胖子大娘这回可猜错了，我说：

"她讲你是出来找野男人呢，你说好不好笑？要是你准我讲的话，我恨不得一回去就告诉她，你原来有一个极体面的干弟弟——什么野男人！"

六

第二天，我连上着课都想到庆生，我们算术老师在黑板上画着好多根树干在讲什么鬼植树问题：十棵树，九个空，二十棵树，十九个空——讲得我的头直发昏，我懒得听，我一直想着昨天我和庆生下棋——实在有趣！他要吃我的车时，有意跟我说："留神啊，少爷，我要吃车啦。"我连忙把棋子抢在手中，笑着和他赖，他也红着脸笑了起来，露出一嘴齐垛垛的牙齿，我真奇怪他嘴上那须毛为什么那么细那么软呢？像竖不起来似的，我忽然起了一个怪念头：要是我能摸一摸庆生的软胡须，一定很舒服的——想着想着我忍不住发笑了，坐在我旁边的唐道懿掐了我大腿一把问道："疯啦？好好的怎么笑起来了？"我用肘子拐了他一下瞪着他道："嘘！莫吵，人家在想黑板上的题目呢！"

下午三点多钟就放了学，回到家门口，我连大门都不进就把书包撂给老曾催他回："去，去，去告诉太太听，我去姑婆那里去了，吃夜饭才回来。"只有去姑婆家，我妈才顶通融，反正姑婆记性又不好，我哪天去，她也记不得那么多，所以说去她那里，最妥当。我心里头老早打好主意了:先请庆生到高升去看日戏,然后再带他去哈盛强吃马肉米粉。我身上带了一块光洋,八个东毫,早上刚从扑满里拿出来的。光洋是去年的压岁钱,东毫是年三十夜和老袁他们掷骰子赢来的。

我走到庆生房子门口,大门是虚掩着的,我推了进去,看见他脸朝着外面,蜷在床上睡午觉,我轻脚轻手走到他头边,他睡得好甜,也不晓得我来了。我蹲了下来,仔细瞧了他一阵子,他睡着的样子好像比昨天还要好看似的。好光润的额头,一大绺头发弯弯地滑在上面,薄薄的嘴唇闭得紧紧的。我看到他鼻孔微微的翕动着,睡得好斯文,一点也不像我们家那批男用,个个睡起来“呼啦呼啦”的,嘴巴歪得难看死了。真是不知怎么回事,我一看见他嘴唇上那转柔得发软的青胡须就喜得难耐,我忍不住伸出手去摸了一下他嘴上的软毛毛,一阵痒痒麻麻的感觉刺得我笑了起来,他一个翻身爬了起来,抓住了我的手,两只眼睛一直愣愣发呆,还不知道是怎么回事。“哈哈,我在要你的软胡须呢!”我笑着告诉他,突的他的脸又开始红了起来——红、红、红从颈脖一直到耳根子去了。

“哪,哪,哪,莫怕羞了,”我把他拉下床来一面催他道,“快点换衣服,我请你去看戏,然后我们去上小馆。”他迟疑了半天,吞吞吐吐,想说什么又不说了似的,后来终于说道:“我想我们还是不要出去的好,少爷!——”

“不行!”我急得顿脚嚷道,“人家特地把压岁钱带来请你的,喏,你看!”我把一块光洋掏出来亮给他看,一面拉着他就跑出门口了。

进了戏院我找到了刘老板告诉他说我请一个朋友来看戏要他给两个好位子给我们,我有意掏出四个东毫来给他,他连忙塞进我袋子里一迭声嚷着:“这个使不得,容少爷,你来看戏哪还用买票,请还请不来呢!”说着他就带我们到第三排去了。

庆生坐了下来,一直睁着眼睛东张西望,好像乡巴佬进城看见了什么新鲜事儿一样。

“难道你以前从来没来过这里看戏?”我问他道,他咬着下唇笑着摇头,很不好意思的样子,我诧异得不得了,我到高升好多次,连我自己都数不清了呢。我连忙逗能的教起他戏经来——我告诉他哪出戏好，哪出戏坏，这戏园子有些什么角色，各人的形容又是怎么样的，讲得我津津有味。

这天的戏是《樊江关》，演樊梨花的是一个叫金燕飞的二流旦角，这个女孩儿我在后台看过几次，年纪不过十七八岁，画眉眼、瓜子脸，刁精古怪的，是一个很叫人怜的女娃子。我听露凝香说因为她嗓子不太好，所以只能唱些刀马旦的戏。这天她穿了一身的武打装束，头上两管野鸡毛颤抖抖地，一双上挑的画眉眼左顾右盼，好俊俏的模样。

庆生看得入了神，一对眼睛盯着台上也没有转过。

"喂，你喜不喜欢台上这个姑娘？"我凑到他耳边向他打趣道。他倏地转过头来愕然望着我，像个受了惊的小兔儿似的，一双眸子溜溜转，过了一会儿，他干咳了几声，没有答话，突然转过头去，一脸憋得紫涨，我看见他脖子上的青筋都暴起来了。我吓了一大跳，连忙不敢出声了。

看完戏，我就请庆生到哈盛强去吃马肉米粉，我们各人吃了五碟，我要请客，他一定不肯，争了半天，到底还是他付了钱。我们走出来时看着天时还早，我就让他牵着手慢慢荡街荡回去。我和他一路上聊了好多话，原来他早没了爹娘，靠一个远房舅舅过活，后来他得了痨病，人家把他逼了出来，幸亏遇着他玉姐才接济了他。

"你怎么自己不打工呢？"我问他道。

他有点不好意思答道：

"玉姐说我体子虚，不让我做工。"

我问了他好多事情，他总说玉姐讲要他这样，玉姐讲要他那样，我觉得真奇怪，这大个人了，怎么玉卿嫂一径要管着他像小孩儿似的呢。

走到我们后园门口我和他分手时，我又问他道：

"你喜不喜欢看戏？"他笑着点了点头。

"那以后你常常到学校门口来接我，我带你一同去。"

他嗫嗫嚅嚅地说：

"恐怕——恐怕玉姐不喜欢呢。"

唉！又是玉姐。

我一进到房中就跑到玉卿嫂面前嚷着说道：

"喂，你猜今天我跟庆生玩些什么？"

她放下毛线答说不知道。

"告诉你吧！我们今天去高升看戏来，金燕飞的——"我兴高采烈的正想说给她听，哪晓得她也没搭腔，竟低下头织她的毛线去了。我心里好不自在，用力踢了她的绒线球一下嘟嚷道：

"这算什么？人家兴兴头头的，你又来泼冷水了。"

她仍旧低着头淡淡地答道：

"戏院子那种地方不好，你以后不要和庆生去。"她的声音冷冰冰的——她从来没对我这样说过话呢。以前我去看戏，她知道了没说什么，为什么和她干弟弟去她就偏不高兴了呢？我不懂。

七

其实这两姐弟的事情我不懂的还多得很呢。不知怎的，我老觉得他们两人有点奇怪，跟别人很不一样，比如说吧，胖子大娘也还不是有一个干弟弟叫狗娃的，可是她对他一点也不热络，一径骂他作臭小子，狗娃向她讨些我们厨房的剩锅巴，费上好一番口舌，还要吃一顿臭骂，才捞到几包。可是玉卿嫂对他干弟弟却是相差得天远地远。

平日玉卿嫂是连一个毫子都舍不得用的。我妈的赏钱、她自己替人家织毛线、绣鞋面赚来的工钱，一个子一个子全放进柜子里一个小漆皮匣子中，每次到了月尾，我就看见她把匣子打开，将钱抖出来，数了又数，然后仔仔细细的用条小手巾包好揣到怀里，拿到庆生那儿去。

每次玉卿嫂带我到庆生那里，一进门她就拖着庆生到窗口端详半天，一径问着他这几天觉得怎么了？睡得好不好？晚上醒几次？

还出虚汗没有？天亮咳得厉害不厉害？为什么还不拿棉袄出来，早晚着了凉可怎么是好？天凉了，吃些什么东西？怎么不买斤猪肝来炖炖？菠菜能补血，花生牛肺熬汤最润肺——这些话连我都听熟了。

玉卿嫂真是什么事都替庆生想得周周全全的，垫褥薄了，她就拿她自己的毡子来替他铺上；帐子破了洞，她就仔仔细细地替他补好；她帮他钉纽子、做鞋底、缝枕头囊——一切芝麻绿豆大的小事情，她总要亲自动手。要是庆生有点不舒服，她煎药熬汤的那份耐性才好呢，搅了又搅，试了又试。有一次庆生感了风寒，玉卿嫂盘坐在他床上，拿着酱油碟替庆生在背上刮痧时，我直听到她刮了多久就问了多久："痛不痛？我的手太重了吧？你难过就叫，噢。"忽儿她拿着汗巾子替他揩汗，忽儿她在他背上轻轻地帮他揉搓，体贴得不得了。

玉卿嫂对庆生这份好是再也没说了，庆生呢，要是依顺起来，也算是百般的迁就了，玉卿嫂说一句他就应一句，像我们在学校里玩鸡毛乖乖一样，要他东歪就东歪，要他西歪就西歪。然而我老觉得他们两个人还是有点不对劲，不知怎么的，玉卿嫂一径想狠狠地管住庆生，好像恨不得拿条绳子把他拴在她裤腰带上，一举一动，她总要牢牢地盯着，要是庆生从房间这一头走到那一头，她的眼睛就随着他的脚慢慢地跟着过去，庆生的手动一下，她的眼珠子就转一下，我本来一向觉得玉卿嫂的眼睛很俏的，但是当她盯着庆生看时，闪光闪得好厉害，嘴巴闭得紧紧的，却有点怕人了。庆生常常给她看得发了慌，活像只吃了惊的小兔儿，一双眸子东窜西窜，似乎是在躲什么似的。我一个人来和庆生玩还好些，我们下着棋有谈有笑，他一径露着一嘴齐埭埭的牙齿，好好看。要是玉卿嫂坐在旁边，他不知怎么搞的，马上就紧张起来了，心老是安不下来，久不久就拿眼角去瞟玉卿嫂一下，要是发现她在盯着他，他就忙忙垂下眼皮，有时突地两只手握起拳头，我看到他手背的青筋都暴起来了。说起来也怪得很，庆生虽然万分依从玉卿嫂，可是偶尔他却会无缘无故为些小事跟玉卿嫂拗得不得了，两人僵着，默默地谁也不敢出声，我那时夹在中间最难过了，棋又下不成，闷得好像透不过气来似的，只听得他们呼吸得好重。

有一件事情玉卿嫂管庆生管得最紧了,除了买东西外,玉卿嫂顶不喜欢庆生到外面去。为了这件事,庆生也和玉卿嫂闹过好几次别扭。我最记得有一天晚上,我妈到姑婆那儿去了。玉卿嫂带了我往庆生那儿,庆生不在屋里,我们在他房里等了好一会儿他才回来,玉卿嫂一看见他马上站起来劈头劈脸冷冷地问道:

"到哪里去来?"

"往水东门外河边上荡了一下子。"庆生一面脱去外衣,低着头答道。

"去那里做什么?"玉卿嫂的眼睛盯得庆生好紧,庆生一直没有抬起头来。

"我说过去荡了一下子。"

"去那么久?"玉卿嫂走到庆生身边问着他,庆生没有出声。玉卿嫂接着又问:

"一个人——?"她的声音有点发抖了。

"这是什么意思? 当然一个人!"庆生侧过脸去咳了几声躲开她的目光。

"我是说——呃——没有遇见什么人吧?"

"跟什么人讲过话没有?"

"真的没有?"

庆生突然转过脸来喊道:

"没有! 没有! 没有! ——"

庆生的脸涨得好红,玉卿嫂的脸却变得惨白惨白的,两个人嘴唇都抖——抖得好厉害,把我吓得不敢出声,心里直纳闷。他们两人怎么一下子变得一点也不斯文了呢?

八

桂林的冷天讲起来也怪得很,说它冷,从来也没见下过雪,可是那一股风吹到脸上活像剃刀刮着似的,寒进骨子里去,是干冷呢。我年年都要生冻疮，脚跟肿得像红萝卜头，痛死啦。好在天一转冷学校就放寒假了，一直放过元宵去。这下我可乐了，天天早上蜷在被窝里赖床，不肯起来，连洗脸水都要玉卿嫂端上床来。我妈总爱把我揪起来，她讲小娃子家不作兴睡懒觉，没的睡出毛病来。她叫玉卿嫂替我研好墨，催我到书房去写大字。讲老实话吧，我就是讨厌写字，我写起来好像鬼画符，一根根蚯蚓似的，在学校里总是吃大丙。我妈讲，看人看字，字不正就是心不正，所以要我多练。天又冷，抓起笔杆，手是僵的，真不是味道。我哪有这么大的耐烦心？鬼混一阵，瞅着我妈不防备早一溜烟跑出去找唐道懿逍遥去了。我和他常到庆生那儿，带了一幅过年要的升官图，三个人赶着玩。

过阴历年在我们家里是件大事。就是蒸糕，就要蒸十几天才蒸得完，一直要闹到年三十夜。这几天，我们家里的人个个都忙昏了头，芋头糕、萝卜糕、千层糕、松糕，甜的咸的，要蒸几十笼来送人，厨房里堆成了山似的。我妈从湖南买了几十笼鸡鸭，全宰了，屋廊下的板鸭风鸡竟挂了五六竹篙。我反正是没事做，夹在他们里面搓糯米团子玩，捏一个鸡，搓一个狗，厌了，一股脑全抛到阴沟里去，惹得胖子大娘鸡猫鬼叫跑来数说我一番。我向她咧咧嘴，屁都不理她。

我妈叫玉卿嫂帮忙钳鸭毛，老曾小王那一干人连忙七手八脚抢着过去献殷勤儿，一忽儿提开水，一忽儿冲鸭血，忙得狗颠屁股似的。胖子大娘看着不大受用，平常没事她都要寻人晦气排揎一顿的，这时她看见这边蒸糕的人都拥了过去，连忙跑到玉卿嫂面前似笑非笑地说道：

"我的妹子，你就是块吸铁，怎么全把我那边的人勾过来了。好歹你放几个回去帮我扇扇火，回头太太问起来怎么糕还没有蒸好，我可就要怨你了！"

玉卿嫂听得红了脸，可是她咬着嘴唇一句也没有回。我听见老袁在我旁边点头赞道："真亏她有涵养！"

我们家只有初一到初三不禁赌，这几天个个赌得欢天喜地。三十晚那天年糕就蒸好了。老袁他们老早把地扫好，该做的通通做了。

大年初一不做事，讨吉利。年三十那天下午，玉卿嫂赶忙替我洗好了脚；我们桂林人的规矩到了年三十夜要早点洗脚，好把霉气洗去。

我妈接了姑婆和淑英姨娘来吃团圆饭，好一同陪着守岁。那晚我们吃火锅，十几样菜胀得我直打嗝，吃完已经是八九点钟了。先由我起，跟我妈辞年，然后胖子大娘领着用人们，陆陆续续一批批上来作揖领赏。我的压岁钱总是五块光洋，收在口袋里，沉甸甸的，跑起来叮当响。老袁他们辞过年马上一窝蜂拥了出去，商量着要在老袁房里开起摊子掷骰子了。我连忙跑上楼去，想将压岁钱拿一大半给玉卿嫂替我收起来，然后剩下两块钱去跟老袁他们掷骰子去。

我一进房的时候，发觉玉卿嫂一个人坐在灯底下，从头到脚全换上新的了。我呆了呆，半晌说不出话来。

"少爷，你发什么傻啊！"玉卿嫂站起来笑着问我道。

"哦!"我掩着嘴嚷道，走过去摸了一摸她的衣服，"你怎么穿得像个新媳妇娘了？好漂亮!"

玉卿嫂是寡婆子，平常只好穿些素净的，不是白就是黑，可是这晚她却换了一件枣红束腰的棉滚身，藏青裤子，一双松花绿的绣花鞋儿，显得她的脸儿愈更净扮，大概还搽了些香粉，额上的皱纹在灯底下都看不出来了。只见脑后乌油油地绾着一个髻儿，抿得光光的，发亮了呢。我忙问她想到哪儿去，穿得这一身，她说哪儿也不去，自己穿给自己看罢咧。我走近了，竟发觉她的腮上有点红晕，眼角也是润红的，我凑上去尖起鼻子闻了一闻，她连忙歪过头去笑着说道：

"刚才喝了一盅酒，大概还没退去。"我记得她从来不喝酒的，我问她是不是让人灌了。她说不是，是她刚才一个人坐着闷了，才喝的。我嚷道：

"可了不得! 胖子大娘讲吃闷酒要伤肝伤肺的，来来来，快陪我去掷骰子，别郁在这里。"我拉了她要走，她连忙哄着我叫我先去，回头她就来，我将三块大洋揣到她怀里就一个人找老袁他们去了。

到了老袁房里时，里面已经挤满了人，我把他们推开爬到桌子上盘坐着，小王一看见我来就咧开嘴巴说道：

"小少爷,快点把你的压岁钱抓紧些,回头仔细全滚进我荷包里来。"

"放屁!"我骂他道:"看我来剿干你的!"

哪晓得我第一把掷下去就是幺二三"甩辫子",我气得一声不响,小王笑弯了腰,一把将我面前两个东毫扫了过去说道:"怎么样,少爷,我说你这次保不住了。"

果然几轮下去,我已经输掉一块光洋了,第二次又轮到小王坐庄时,我狠狠地将另外一块一齐下了注,小王掷了个两点。

"哈哈,这下子你可死得成了吧?"我拍着手笑道,劈手将他的骰子夺过来。捞起袖子往碗里一掷,一转就是一对六,还有一只骰子骨碌碌直在碗里转,我喊破了喉咙大叫:"三四五六、三四五六。"小王翘起小指头,直指着那骰子嘘道:"嘘、嘘、嘘,幺点!"咣啷一声,偏偏只现出一个红圈圈来。我气得差不多想哭了,眼睁睁瞧着小王把我那块又白又亮的光洋塞进他荷包里去。我赶忙跳下来揪住小王道:"你等着,可别溜了,我去跟玉卿嫂拿了钱,再来捞本!"他们都说晚了,劝我明天再来,我哪里肯依,急得直跺脚嚷道:"晚什么? 才十一点多钟,我要是捞不回本,还要你们掷通宵呢!"

九

我三脚两跳爬上楼,可是我捞开门帘时,里面却是阒黑的,玉卿嫂不晓得跑到哪里去了。我走下楼找了一轮也没见她,我妈她们在客厅里聊天,客厅门口坐着个倒茶水的小丫头春喜,晃着头在打瞌睡。我把她摇醒了,悄悄地问她看见玉卿嫂没有,她讲好一会儿以前恍惚瞧见玉卿嫂往后园子去,大概解溲去了。

外面好黑,风又大,晚上我一个人是不敢到后园子去的。有一次浇粪的秦麻子半夜里掉进了粪坑,胖子大娘说是挨鬼推的呢,吓得秦麻子烧了好多纸钱,可是我要急着找玉卿嫂拿钱来翻本呀!我得抓了那个小丫头陪着我一起到后园子去,壮壮胆。冬天我们园里的包谷全剩了枯秆儿,给风吹得窸窸沙沙的,打到我脸上好痛,我们在园子里兜了一圈,我喉咙都喊哑了,连鬼都不见一个。急得我直跺脚嘟嚷道:"玉卿嫂这个人真是,拿了人家的钱不晓得跑到哪儿去了!"当我们绕到园门那儿的时候,我突然发现木门的栓子是开了的,那扇门给风吹得吱呀吱呀的发响,我心里猛然一动,马上回头对春喜说道:"你回去吧,我心里有数了。"春喜一转背,我就开了园门溜出去了。

外面巷子里冷冷清清的,大家都躲在屋子里守岁去了。我在老袁房里还热得额头直冒汗,这时吃这迎面吹来的风一逼,冷得牙齿打战了。巷子里总是滑叽叽的,一年四季都没干过,跑起来踩得叽喳叽喳,我怕得心都有点发寒,生怕背后有个什么东西跟着一样,吓得也不敢回头。我转过一条巷子口的时候,"呜——哇——"一声,大概墙头有一对猫子在打架,我汗毛都竖了起来,连忙拔腿飞跑,好不容易才跑进那条死弄堂里,我站在庆生的窗户外面,连气都喘不过来了。里面隐隐约约透出蜡烛光来,我踮起脚把窗上的棉纸舐湿了一块,戳一个小洞,想瞅瞅玉卿嫂到底背着我出来在这里闹什么鬼,然后好闯进去吓吓他们。可是当我眯着一只眼睛往小孔里一瞧时,一阵心跳比我刚才跑路还要急,捶得我的胸口都有些发疼了。我的脚像生了根似的,动也不会动了。

里面桌子上的蜡烛跳起一朵高高的火焰,一闪一闪的,桌子上横放着一个酒瓶和几碟剩菜,椅背上挂着玉卿嫂那件枣红滚身,她那双松花绿的绣花鞋儿却和庆生的黑布鞋齐垛垛地放在床前。玉卿嫂和庆生都卧在床头上,玉卿嫂只穿了一件小襟,她的发髻散开了,一大绺乌黑的头发跌到胸口上,她仰靠在床头,紧箍着庆生的颈子,庆生赤了上身,露出青白瘦瘠的背来,他的两只手臂好长好细,搭在玉卿嫂的肩上,头伏在玉卿嫂胸前,整个脸都埋进了她的浓发里。他们床头烧了一个熊熊的火盆,火光很暗,可是映得这个小房间的四壁昏红的,连帐子上都反出红光来。

玉卿嫂的样子好怕人,一脸醉红,两个颧骨上,油亮得快发火了,额头上尽是汗水,把头发浸湿了,一缕缕地贴在上面,她的眼睛半睁着,炯炯发光,嘴巴微微张开,喃喃讷讷说些模糊不清的话,忽然间,玉卿嫂好像发了疯一样,一口咬在庆生的肩膀上来回地撕扯着,一头的长发都跳动起来了。她的手活像两只鹰爪抠在庆生青白的背上,深深地陷了进去一样。过了一会儿,她忽然又仰起头,两只手扎住了庆生的头发,把庆生的头用力揿到她胸上,好像恨不得要将庆生的头塞进她心口里似的,庆生两只细长的手臂不停地颤抖着,如同一只受了重伤的小兔子,瘫痪在地上,四条细腿直打战,显得十分柔弱无力。当玉卿嫂再次一口咬在他肩上的时候,他忽然拼命地挣扎了一下用力一滚,趴到床中央,闷声着呻吟起来,玉卿嫂的嘴角上染上了一抹血痕,庆生的左肩上也流着一道殷血,一滴一滴淌在他青白的胁上。

突然间,玉卿嫂哭了出来。立刻变得无限温柔起来,她小心翼翼地爬到庆生身边,颤抖抖地一直问道:"怎么了——?""怎么了——?"她将面腮偎在他的背上,慢慢地来回熨帖着,柔得了不得。不久她就在他受了伤的肩膀上,很轻地亲一会儿,然后用一个指头在那伤口上微微地揉几下——好体贴的样子,生怕弄痛了他似的,她不停地呜咽着,泪珠子闪着烛光一串一串滚到他的背上。

也不晓得过了好久,我的脚都站麻了,头好昏,呆了一会儿,我回头跑了回去,上楼蒙起被窝就睡觉,那晚老做怪梦——总梦到庆生的肩膀在淌血。

"到底干姐弟可不可以睡觉啦?"第二天我在厨房里吃煎年糕时,把胖子大娘拉到一边悄悄地问她。她指着我笑道:

"真正在讲傻话!那可不成了野鸳鸯了?"她看我怔着眼睛解不过来,又弯了腰在我耳边鬼鬼祟祟的说道:

"哪,比如说你们玉卿嫂出去和人家睡觉,那么她和她的野男人就是一对野鸳鸯,懂不懂?"说完她就呱呱呱呱笑了起来——笑得好难看的样子,讨厌!我就是不喜欢把玉卿嫂和庆生叫作"野鸳鸯"。可是——唉!为什么玉卿嫂要咬庆生的膀子,还咬得那么凶呢?我老想到庆生的手臂发抖的样子,抖得好可怜。这两姐弟真是怪极了,把我弄得好糊涂。

第二天玉卿嫂仍旧换上了黑夹衣,变得文文静静的,在客厅里帮忙照顾烟茶,讲起话来还是老样子——细声细气的,再也料不着她会咬人呢!可是自从那一晚以后,我就愈来愈觉得这两姐弟实在有点不妥了。他们两人在一起的时候,我竟觉得像我们桂林七八月的南润天,燠得人的额头直想沁汗。空气重得很,压得人要喘气了,有时我看见他们两人相对坐着,默默的一句话也没有,玉卿嫂的眼光一直落在庆生的脸上,胸脯一起一伏的,里面好像胀了好多气呼不出来,庆生低着头,嘴巴闭得紧紧的,手不停地在抠桌子——咯吱咯吱地发着响声,好像随时随地两个人都会爆发起来似的。

直到元宵那一晚,我才看到他们两人真的冲突起来了。吓得我好久都不敢跟玉卿嫂到庆生那儿去。

那一晚玉卿嫂在庆生那里包汤圆给我吃消夜,我们吃完晚饭没有多久就去了。不知道怎么搞的,那晚他们两人的话特别少,玉卿嫂在搓米粉,庆生调馅子,我在捏小人儿玩。玉卿嫂的脸是苍白的,头发也没有拢好,有点凌乱,耳边那几缕松松地垂了下来。在烛光下,我看见玉卿嫂额头上的皱纹竟成了一条条的黑影,深深地嵌在上面。她的十个手指动得飞快,糯米团子搓在她手心中,滚得像个小圆球,庆生坐在她对面拿着一双竹筷用力在盆子里搅拌着一堆糖泥。他的眼睑垂得低低的,青白的颧骨上映着两抹淡黑的睫毛影子,他紧紧地咬着下唇,露出一排白牙来,衬得他嘴唇上那转青嫩的髭毛愈更明显了。

两个人这样坐着半天都不讲一句话,有时外面噼里啪啦喇响起一阵爆仗声,两人才不约而同一齐抬起头往窗外看去。当他们收回眼光的时候,玉卿嫂的眼睛马上像老鹰一样罩了下来,庆生想避都避不及了,慌得左右乱窜,赶忙将脸扭过去,脖子上暴起青筋来。有一次当她的目光又扫过来的时候,庆生的手突然抖了起来,手中的一只筷子"啪"的一声竟折断了。他陡然站起将手里那半截往桌上用力一砸,匆匆地转身到厨房去,断筷子一下子跳了起来,落到玉卿嫂胸上,玉卿嫂的脸立刻转得铁青,手里的糯米团子一松,崩成了两半滚到地上去。她的目光马上也跟着庆生的背影追了过去,她没有讲话,可是嘴角一直牵动着。

庆生没有吃汤圆,他讲他吃不下去,玉卿嫂只叫了他一声,看他不吃,就和我吃起来了。庆生在房里踱来踱去,两手一直插在裤子的口袋里,我们吃完汤圆时,外面爆仗声愈来愈密,大概十字街那边的提灯会已经开始了。我听老曾讲,高升戏院那些戏子佬全体出动,扎了好些台阁,扮着一出一出的戏参加游行呢。如意珠扮蜘蛛精,金燕飞扮蚌壳精,热闹得了不得。

庆生踱到窗口,立在那儿,呆呆地看了一会儿外面天上映着的红火。玉卿嫂一直凝视着他的背影,眨都不眨一下,也在出神。庆生突然转过身来,当他一接触到玉卿嫂的眼光,青白的脸上立刻慢慢地涌上血色来了,他的额头发出了汗光,嘴唇抖动了半天,最后用力迸出声音沙哑地说道:

"我要出去一下子!"

玉卿嫂怔着眼睛望着他,好像没有听懂他的话似的,半晌才徐徐站起身来,低低地说道:

"不要出去。"她的声音又冷又重,听起来好怕人。

"我要去!"庆生颤抖抖地喊道。

"不要——"玉卿嫂又缓缓地说道,声音更冷更重了。

庆生紧握着拳头,手背上的青筋都现了出来,他迟疑了好一会儿,额头上的汗珠都沁出来了。突地他走到墙壁将床壁上挂着的棉袄取下来,慌慌忙忙地穿上身去,玉卿嫂赶快走过去一把揪住庆生的袖子问道:

"你要到哪儿去?"她的声音也开始抖起来了。

庆生扭过头去,嘴巴闭得紧紧的没有出声,她的耳根子涨得绯红。

"不、不——你今天晚上无论如何不要出去,听我的话,不要离开我,不要——"

玉卿嫂喘吁吁地还没有说完，庆生用力一挣，玉卿嫂打了一个跟跄，退后两步，松了手。庆生赶忙头也不回就跑了出去，玉卿嫂站在门边伸着手，嘴巴张开好大，一直喘着气，一张脸比纸还要惨白。隔了好一会儿，她才转过身来，走到桌子旁边呆呆地坐了下来。我站在旁边也让他们吓傻了，这时我才走过去推推玉卿嫂的肩膀问她道：

"你怎么啦？"

玉卿嫂抬起头望着我勉强笑道：

"我没有怎样，少爷，你乖，让我歇一歇，我就同你回家去。"

她的眼睛里滚着闪亮的泪珠子，我看见她托着头倚在桌子上的样子，憔悴得了不得，一下子好像老了许多似的。

十

一过了元宵，学堂就快上课了，我妈帮我一查，作业还少了好些，她骂了我一顿道：

"再出去野吧！开学的时候，吃了老师的板子，可别来哭给我听！"

我吐了一吐舌头，不敢声张，只得乖乖的天天一早爬起来就赶大小字，赶得手指头都磨起了老趼，到了开学那天，好不容易才算凑够了数。

这几天，我都被拘在家里，没敢出去耍。玉卿嫂又去过庆生那儿一次，我也没敢跟去，她回来时，脸色和那天夜晚一样又是那么惨白惨白的。

开了学，可就比不得平常了，不能任着性子爱去哪儿就去哪儿。偏偏这几天高升戏院庆祝开张两周年，从元宵以后开始，演晚大戏。老曾去看了两夜，头一夜是《五鼠闹东京》，第二夜是《八大锤》，他看了回来在老袁房里连滚带跳，讲得天花乱坠：

"老天，老天，我坐在前排真的吓得屁都不敢放，生怕台上的刀子飞到我颈脖子呢！"

他装得活灵活现的,说得我好心痒,学校上了课我妈绝对不准我去看夜戏的,她讲小娃子家不作兴半夜三更泡在戏院子里,第二天爬不起来上课还了得。唉,《五鼠闹东京》,云中翼要起双刀不晓得多好看呢!我真恨不得我妈发点慈悲心让我去戏院瞅一瞅就好了。

可巧十七那天,住在南门外的淑英姨娘动了胎气,进医院去了,这是她头一胎,怕得要命。姨丈跑来我们家,死求活求,好歹要我妈去陪淑英姨娘几天,坐坐镇,压压她的胆儿。我妈辞不掉,只得带了丫头,拿了几件随身衣服跟姨丈去了。她临走时嘱咐又嘱咐,叫我老实点,乖乖听玉卿嫂的话。她又跟胖子大娘说,要是我作了怪,回头马上告诉她,一定不饶我。我抿着嘴巴笑,直点头儿应着。等我妈一跨出大门,我马上就在客厅蹦跳起来,大呼小叫,要称王了。胖子大娘很不受用,吆喝着我道:

"你妈才出门,你就狂得这般模样,回头闯了祸,看我不抖出来才怪!"

我妈不在家,我还怕谁来?我朝胖子大娘吐了一泡口水回她道:

"呸,关你屁事,这番话留着讲给你儿子孙子听,莫来训我,我爱怎么着就怎么着,与你屁相干!"说完我又翘起屁股朝她拍了两下,气得她两团胖腮帮子直打战儿,一迭声乱嚷起来。要不是玉卿嫂跑来把我拉开,我还要和她斗嘴斗下去呢,这个人,忒可恶!

当然,那晚第一件事就是上戏院。我已经和唐道懿约好了,一吃完晚饭要他在他家门口等着,我坐老曾的黄包车去接他。玉卿嫂劝我不要去戏院子,她讲那种地方杂七杂八的。我不依,好不容易才候着我妈出门,这种机会哪里去找?

高升门口真是张灯结彩,红红绿绿,比平常越发体面了。这晚的戏码是《拾玉镯》和《黄天霸》,戏票老早都卖完了,看戏的人挤出门口来。急我直顿脚抱怨老曾车子不拉快些,后来幸亏找了刘老板,才加了一张长板凳给我们三个人坐。黄天霸已经出场,锣鼓声响得叫人的耳朵都快震聋了。台上打得是紧张透顶,唐道懿嘴巴张得老大,两道鼻涕跑出来也忘记缩进去,我骂他是个鼻涕虫,他推着我嚷道："看嘛、看嘛，莫在这里混吵混闹！"打手们在台上打一个筋斗，我们就拍着手，跟着别人发了疯一样喊好。可是武打戏实在不经看，也没多时，就打完了，接下去就是《拾玉镯》。

扮孙玉姣的是金燕飞，这晚换了一身崭新的花旦行头，越发像朵我们园子里刚开的芍药了。好新鲜好嫩的模样儿，细细的腰肢，头上簪了一大串闪亮的珠花，手掌心的胭脂涂得鲜红，老曾一看见她出场，就笑得怪难看的哼道："嘿！这个小狐狸精我敢打赌，不晓得迷死了好多男人呢。"

我和唐道懿都骂他下作鬼。我们不爱看花旦戏，拿着一钏镯子在台上扭来扭去，不晓得搞些什么名堂。戏院子里好闷，我们都闹着要回去了，老曾连忙涎嘴涎脸央求我们耐点烦让他看完这出戏再走。我跟他说，他要看就一个人看，我们可要到后台去看戏子佬去了。老曾巴不得一声向我们作了好几个揖，撺掇着我们快点走。

我们爬到后台时，里面人来人往忙得不得了。如意珠看见我们连忙把我们带到她的妆台那儿抓一大把桂花软糖给我们吃。过了一会儿，做扇子生的露凝香也从前台退了进来，她摘下头巾，一面挥汗一面嘘气向如意珠嘟囔道：

"妈那巴子的！那个小婊子婆今夜晚演得也算骚了，我和她打情骂俏也没捞上半点便宜，老娘要真是个男人，多那一点的话，可就要治得她服服帖帖了。"

"你莫不要脸了，"如意珠笑道，"人家已经有了相好啦，哪里用着你去治！"

"你说的是谁？"露凝香鼓着大眼睛问道，"我怎么不知道？是不是前几天我们在哈盛强碰见和她坐在一起那个后生仔？"

"可不是他还是谁，"如意珠剔着牙齿说道，"提起这件事来，才怪呢！那个小刁货平常一提到男人她就皱眉头，不晓得有好多阔佬儿金山银山堆在她面前要讨她做小，她连眼角都不扫一下，全给打了回去。可是她对这个小伙子，一见面，就着了迷，我敢打赌，她和他总共见过不过五六次罢咧，怎样就亲热得像小两口子似的了？尤其最近这几天那个小伙子竟是夜夜来接她呢,我在后门碰见他几次,他一看有人出来,就躲躲藏藏慌得什么似的,我死命盯过他几眼,长得蛮体面呢——我猜他今晚又来看戏了——"如意珠说着就拉开一点帘子缝探头出去张了一会儿,忽然回头向露凝香招手嚷道:

"喏,我说得果然不错,真的来了,你快点来看。"

露凝香忙丢了粉扑跑过去,挤着头出去,看了半晌说道:"唔,那个小婊子婆果然有几分眼力,是个很体面的后生仔,难怪她倒贴都愿了。"

我也挤在她们中间伸头出去瞧瞧,台底下尽是人头,左歪右晃的看得眼睛都花了,我一直问着如意珠到底是哪一个。她抱起我指给我看说道:

"右边手第三排最末了那个后生男人,穿着棉袄子的。"我顺着她的手指看过去,不由得惊讶得喊了起来:

"哎呀,怎么会是庆生哪!"

露凝香和如意珠忙问我庆生是谁。

"是我们玉卿嫂的干弟弟!"我告诉她们道,她们笑了起来,又问谁是玉卿嫂呢,我告诉她们听玉卿嫂是带我的人。

"玉卿嫂是庆生的干姐姐,庆生就是她的干弟弟。"我急得指手画脚的向她们解说着,露凝香指着我呱呱呱呱笑了起来说道:

"这有什么大不了呀,容容少爷看你急得这个样子真好玩!"

我真的急——急得额头都想冒汗了,一直追着如意珠问她庆生和金燕飞怎样好法,是只有一点点好呢,还是好得很,如意珠笑着答道:

"这可把我们问倒了,他们怎样好法,我实在说不上来,回头他到戏院子后门来接金燕飞的时候,你在那儿等着就看到了。"

"这有什么好急呀?"露凝香插嘴说道,"你回去告诉你们玉卿嫂好了,她得了一个又标致,又精巧——"她说到这里咕噜咕噜笑了起来,"——又风骚的小弟妇!"

唔,我回家一定告诉玉卿嫂,一定要告诉她听。

十一

《拾玉镯》可演得真长呢,台下喝彩喝得我心烦死了,屁股好像有针戳一般,连坐不住,唐道懿直打哈欠吵着要回去睡觉了,我喝住他道:

"等一下子!耐不住,你就一个人走,我还有事呢。"

好不容易才挨到散场,我吩咐老曾在大门口等我,然后拉着唐道懿匆匆忙忙穿过人堆子绕到高升戏院的后门去,我们躲在一根电线杆后面,离着高升后门只有十几步路。

"你闹些什么鬼呀?"唐道懿耐不住了,想伸头出去。

"嘘,别出声!"我打了他头顶一下,把他揪了进来。

后门开了,戏子们接二连三地走了出来,先是如意珠和露凝香,两个人叽叽呱呱,疯疯癫癫地叫了黄包车走了。紧跟着就是云中翼和几个武生,再就是一批跑龙套的,过了好一会儿,等到人走空了,才有一个身材细小的姑娘披着坎肩子走出来,才走几步,就停了下来迟迟疑疑地向左右张了好一阵子。这时从黑暗里迎出了一个男人,一见面,两个人的影子就合拢在一起了。天上没有月亮,路灯的光又是迷迷蒙蒙的,可是我恍恍惚惚还是看得清楚他们两人靠得好近好近的,直到有人走过来的时候,他们两人才倏地分开,然后肩并肩走向大街去。我连忙拉了唐道懿悄悄地跟着他们后面追过去。他们转到戏院前面,走到十字街哈盛强里面去了。哈盛强点着好多盏汽灯,亮得发白,我这下才指着里面回头问唐道懿道:

"这下你该看清楚是谁了吧?"

"哦——原来是庆生。"他张着一把大嘴,鼓起眼睛说道,我觉得他的样子真傻!

十二

玉卿嫂在房里低着头织毛线,连我踏进房门她都没有觉得。她近来瘦了好些,两颊窝进去了,在灯底下,竟会显出凹凹的暗影了,我是跑上楼梯来的,喘得要命,气还没有透过来我就冲向她怀里,拉着她的袖子,一头往外跑,一头上气不接下气地嚷着说道:

"快、快,今天晚上我发现了一桩顶新鲜的事儿,你一定要去看看。"

"什么事啊!"玉卿嫂被我拖得趄趄趔趔的,一行走一行问道,"半夜三更,怎么能出去——"

我打断她的话题摇着手说道:"不行! 不行! 你一定要去一趟,这是你自己的事啊!"

我们坐在人力车上,任凭玉卿嫂怎么套我的话,我总不肯露出来,我老说:

"你自己去看了就晓得。"

我们在哈盛强对面街下了车,我一把将玉卿嫂拖到电线杆后面,压低声音对她说道:"你等着瞧吧,就要有好戏看了。"

对面那排小馆子已经有好几家在收拾店面,准备打烊了。只有哈盛强和另外一家大些的仍旧点着雪亮的煤气灯,里面还有不少人在消夜,蒸笼的水汽还不时从店里飘出来。

隔了一会儿,庆生和金燕飞从哈盛强走了出来,金燕飞走在前面,庆生挨着她紧跟在后面,金燕飞老歪过头来好像跟庆生说话似的。庆生也伏向前去,两个人的脸靠得好近——快要碰在一起了似的。金燕飞穿着一件嫩红的短袄,腰杆束得好细,走起路来轻盈盈的,好看得紧呢。庆生替她提着坎肩儿,两个人好亲热的样子。

"喏,你可看到了吧? ——"我一只手指着他们说道,另一只手往后去捞玉卿嫂的袖子,一抓,空的,我忙回头,吓得我蹲下去叫了起来,"喔唷! 你怎么了?"

玉卿嫂不晓得什么时候已经滑倒在地上去了,她的背软瘫瘫地靠在木杆上,两只手交叉着抓紧胸脯,浑身都在发抖。我凑近时,看到她的脸变得好怕人,白得到了耳根了,眼圈和嘴角都是发灰的,一大堆白吐沫从嘴里淌了出来。她的眼睛闭得紧紧的,上排牙齿露了出来,拼命咬着下唇,咬得好用力,血都沁出来了,含着口沫从嘴角挂下来,她的胸脯一起一伏,抖得衣服都颤动起来。

我吓得想哭了,拼命摇着她肩膀喊着她,摇了半天她才张开眼睛,长长地叹了一口气,然后颤抖抖地用力支撑着爬了起来,我连忙搂着她的腰,仰着头问她到底怎么了,她瞪着我直摇头,眼珠子怔怔的,好像不认得我了似的,一忽儿咧咧嘴,一忽儿点点头,一脸抽动得好难看,喉咙管里老发着呼噜呼噜的怪声,又像哭又像笑,阴惨惨的好难听。

她呆立了一阵子,忽然将头发拢了拢,喃喃地说道:

"走——走啊——去找他回来——去、去、去——"

她一行说着,一行脚不沾地似的跑了起来,摇摇晃晃,好像吃醉了酒一样,我飞跑着追在后面喊她,她没有理我,愈跑愈快,头发散在风里,飘得好高。

十三

外面打过了三更,巷子里几头野狗叫得人好心慌,风紧了,好像要从棉纸窗外灌进来似的。

玉卿嫂进了庆生屋里,坐在他床头一直呆呆的一句话都没有讲过,她愣愣地瞪着桌子上爆着灯花的蜡烛,一脸雪白,绷得快要开拆了似的。一头长发被风吹乱了,绞在一起,垂到胸前来。她周身一直发着抖,我看见她苍白的手背不停地在打战,跳动得好怕人,我坐在她身边也不敢作声了,喉咙干得要命。

我们在庆生房里等了好一刻,庆生才从外面推门进来,他一看见玉卿嫂坐在里面时,顿时一呆,一阵血色涌上了脖子,站在屋中央半晌没有出声,他两手紧紧地握着拳头,扭过一边去。玉卿嫂幽幽地站了起来,慢慢一步一步颤巍巍地扶着桌子沿走过去,站在庆生面前,两道眼光正正地落在庆生脸上,两个人都没有说话,呼吸得好急促。

过了一会儿,玉卿嫂忽然跃上前,两只手一下箍住庆生的颈子,

搂得紧紧的,头直往庆生怀里钻,迸出声音,沙哑地喊着:

"庆生——庆弟——你不能这样——你不能这样对待我啊,我只有你这么一个人了,你要是这样,我还有什么意思呢?——庆弟——弟弟——"

庆生一面挣扎,一面不停地闷着声音喊着玉姐,他挣扎得愈厉害,玉卿嫂箍得愈紧,好像全身的力气都用出来了似的,两只手臂抖得更厉害了。

"不、不——不要这样——庆生,不要离开我,我什么都肯答应你——我为你累一辈子都愿意,庆弟,你耐点烦再等几年,我攒了钱,我们一块儿离开这里,玉姐一生一世都守着你,照着你,服侍你,疼你,玉姐替你买一幢好房子——这间房子太坏了你不喜欢——玉姐天天陪着你,只要你肯要我,庆弟,我为你死了都肯闭眼睛的,要是你不要我,庆弟——"

庆生挣扎得一脸紫涨,额头上的青筋暴起小指头那么粗,汗珠子一颗颗冒了出来,他用力将玉卿嫂的手慢慢使劲掰开,揪住她的膀子,对她说道:

"玉姐,你听着,请你不要这样好不好,你要是真的疼我的话,你就不要来管我,你要管我我就想避开你,避得远远的,我才二十来岁呢,还有好长的半辈子,你让我舒舒服服地过一过,好不好,玉姐,我求求你,不要再来抓死我了,我受不了,你放了我吧,玉姐,我实在不能给你什么了啊,我——我已经跟别人——"

庆生放了玉卿嫂,垂头闷闷地咳了一声,喉咙颤抖得哑了嗓,他抱了头用力扒着自己的头发,烦恼得不得了似的。玉卿嫂僵僵地站着,两只手臂直板板地垂了下来,好像骨头脱了节一样,动都不晓得动了。她的脸扭曲得好难看,腮上的肌肉一凹一凸,一根根牵动着,死灰死灰的,连嘴唇上的血色都退了。她呆立了好一阵子,忽然间两行眼泪迸了出来,流到她嘴角上去,她低了头,走向门口,轻轻地对我说道:

"走吧,少爷,我们该回去了。"

十四

淑英姨娘生了一个大胖娃仔,足足九磅重,是医生用钳子钳出来的,淑英姨娘昏了三天才醒过来,当然我妈又给拖住了。

这几天,我并不快活,我老觉得玉卿嫂自从那夜回来以后变得怪透了。她不哭,不笑,也不讲话,一脸惨白,直起两个眼睛。要不就是低着头忙忙地做事,要不就蜷在床上睡觉,我去逗她,也不理我,像是一根死木头,走了魂一样,蓬头散发,简直脱了形。

到了第四天晚上,玉卿嫂忽然在装扮起来。她又穿上了她那素素净净白白的衣裳,一头头发挹得光光的拢到后面绾成了一个松松的髻儿,一对白玉的耳坠子闪闪发亮了。她这几天本来变得好消瘦好憔悴,可是这晚,搽了一点粉,装饰一下,又变得有点说不出的漂亮了,而且她这晚的脾气也变好了似的,跟我有说有笑起来。

“少爷!”她帮我剥着糖炒栗子,问我道,“你到底喜不喜欢我呢?”

“我怎能不喜欢你?”我敲了她一下手背说道,“老实跟你讲吧,这一屋除了我妈,我心里头只有你一个人呢。”

她笑了起来说道:“可是我不能老跟着你啊!”

“怎么不能? 要是你愿意的话,还可以在我们家待一辈子呢!”

她剥完了一堆糖炒栗子给我吃以后,突然站了起来抓住我的手对我说道:

“少爷,要是你真的喜欢我的话,请你答应我一件事,行不行?”

“行啊。”我嚷道。

“我今天晚上要出去到庆生那儿有点事,很晏才能回来,你不要讲给别人听,乖乖地自己睡觉。你的制服我已经烫好了,放在你床头,一摸就摸得到,记住不要讲给别人听。”

她说完忽然间紧紧地搂了我一下,搂得我发痛了,她放了手,匆匆地转身就走了。

那一晚我睡得很不舒服，夜里好像特别长似的，风声、狗叫、树叶子扫过窗户的声音——平常没在意，这时通通来了。我把被窝蒙住头，用枕头堵起耳朵来，心里头怕得直发慌，一忽儿听到天花板上的耗子在抢东西吃，一忽儿听到屋檐上的猫在打架，吵得好心烦，连耳根子都睡发烧了。也不晓得几更鼓我才朦朦胧胧合上眼睛睡去，可是不知怎么搞的那晚偏偏接二连三做了许多怪梦——梦里头又看到了玉卿嫂在咬庆生的膀子，庆生的两只青白手臂却抖得好怕人。

十五

一早我就被尿胀醒了，天还是蒙蒙亮的，窗外一片暗灰色，雾气好大，我捞开帐子，发现对面玉卿嫂的床上竟是空的。我怔怔地想了一下，心里头吃了一惊——她大概去了整夜都没有回来呢，我恍恍惚惚记起了夜里的梦来，纳闷得很。我穿了一件小袄子，滑下床来，悄悄地下楼走进了后园子，后门栓子又是开的，我开了园门就溜出去了。

雾气沾到脸上湿腻腻的；太阳刚刚才升起来，透过灰色的雾，射出几片淡白的光亮，巷子地上黏黏湿湿，微微地反着污水光，踩在上面好滑。有几家人家的公鸡，一阵急似一阵地催叫起来，拖板车的已经架着车子咯吱咯吱走出巷子口来了，我看不清楚他们的脸，可是有一两个的嘴巴上叼着的烟屁股却在雾气里一闪一闪发着昏红的暗光。我冻得直流清鼻涕水，将颈子拼命缩到棉袄领子里去。

我走到庆生的屋子门口时，冻得两只手都快僵了，我哈了一口气，暖一暖，然后叫着拍拍他的门，里面一点声音都没有。我等了一会儿，不耐烦了，转过身去用屁股将门用力一顶，门没有拴牢，一下子撞开了，一个趔趄，跌了进去，坐在地上，当我一回头时，嘴巴里只喊了一声"哎呀！"趴在地上再也叫不出第二声了。

桌子上的蜡烛只烧剩了半寸长，桌面上流满了一饼饼暗黄的蜡泪，烛光已是奄奄一息发着淡蓝的火焰。庆生和玉卿嫂都躺在地上,庆生仰卧着,喉咙管有一个杯口那么宽的窟窿,紫红色的,血凝成块子了,灰色的袄子上大大小小沁着好多血点,玉卿嫂伏在庆生的身上,胸口插着一把短刀,鲜血还不住地一滴一滴流到庆生的胸前,月白的衣裳染红了一大片。

庆生的脸是青白色的,嘴唇发乌,卷卷地发脚贴在额上,两道眉毛却皱在一起。他的嘴巴闭得好紧,嘴唇上那转淡青色的须毛还是那么齐齐地倒向两旁,显得好嫩相。玉卿嫂一只手紧紧地挽在庆生的颈子下,一边脸歪着贴在庆生的胸口上,连她那只白耳坠子也沾上了庆生喉咙管里流出来的血痕。她脸上的血色全褪尽了,嘴唇微微的带点淡紫色。她的眉毛是展平的,眼睛合得很拢,脸上非常平静,好像舒舒服服在睡觉似的。庆生的眼睛却微睁着,两只手握拳握得好紧,扭过头,一点也不像断了气的样子,他好像还是那么年轻,那么羸惫,好像一径在跟什么东西挣扎着似的。

我倒在他们旁边,摸着了他们混合着流下来的红血,我也要睡下去了,觉得手上黏湿湿的,冷得很,恍恍惚惚,太阳好像又从门外温吞吞地爬了进来似的。

十六

我在床上病了足足一个月,好久好久脑子才清醒过来。不晓得有多少个夜晚我总做着那个怪梦——梦见玉卿嫂又箍着庆生的颈脖在咬他的膀子了,鲜红的血一滴一滴一滴流到庆生青白的胁上。

谪 仙 记

　　慧芬是麻省威士礼女子大学毕业的。她和我结了婚这么些年经常还是有意无意地要提醒我：她在学校里晚上下餐厅时，一径是穿着晚礼服的。她在厨房里洗蔬菜的当儿，尤其爱讲她在威士礼时代出风头的事儿。她说她那时候的行头虽然比不上李彤，可是比起张嘉行和雷芷苓来，又略胜了一筹。她们四个人都是上海贵族中学中西女中的同班同学。四个人的家势都差不多的显赫，其中却以李彤家里最有钱，李彤的父亲官做得最大。那时她们在上海开舞会，总爱到李彤家虹桥路那幢别墅去。一来那幢德国式的别墅宽大堂皇，花园里两个大理石的喷水泉，在露天里跳舞，泉水映着灯光，景致十分华丽；二来李彤是独生女，她的父母从小把她捧在掌上长大的，每次宴会，她母亲都替她置备得周到异常，吃的，玩的，布满了一园子。

　　慧芬说一九四六年她们一同出国的那天，不约而同地都穿上了一袭红旗袍，四个人站在一块儿，宛如一片红霞，把上海的龙华机场都照亮了。她们互相看看，忍不住都笑弯了腰。李彤说她们是"四强"——二次大战后中美英俄同被列为"四强"。李彤自称是中国，她说她的旗袍红得最艳。没有人愿意当俄国，俄国女人又粗又大，而且那时上海还有许多白俄女人是操贱业的。李彤硬派张嘉行是俄国，因为张嘉行的块头最大。张嘉行很不乐意，上了飞机还在跟李彤斗嘴。机场里全是她们四人的亲戚朋友，有百把人，当她们踏上飞机回头挥手告别的当儿，机场里飞满了手帕，不停地向她们招摇，像一大群蝴蝶似的。她们四个人那时全都是十七八岁，毫不懂得离情别意，李彤的母亲搂着李彤哭得十分伤心，连她父亲也揩眼睛，可是李彤戴着一副很俏皮的吊梢太阳镜，咧着嘴一径笑嘻嘻的。一上了飞机，四个人就叽里呱啦谈个没了起来。飞机上有许多外国人，都看着她们四个周身穿得红彤彤的中国女孩儿点头微笑。慧芬说那时她们着实得意，好像真是代表"四强"飞往纽约开世界大会似的。

开始的时候，她们在威士礼的风头算是出足了。慧芬总爱告诉我周末约她出去玩的男孩子如何如何之多，尤其当我不太逢迎她的时候，她就要数给我听，某某人曾经追过她某某人对她又如何如何，经常提醒我她当年的风华。我不太爱听她那些逸事，有时心里难免拈酸，可是当我看到慧芬那一双细白的手掌在厨房里让肥皂水泡得脱了皮时，我对她不禁格外地怜惜起来。慧芬到底是大家小姐，脾气难免娇贵些，可是她和我结婚以后，家里的杂役苦差，她都操劳得十分奋勇，使得我又不禁对她敬服三分。慧芬说在威士礼时她们虽然各有千秋，可是和李彤比起来，却都矮了一截。李彤一到威士礼，连那些美国的富家女都让她压倒了。威士礼是一个以衣相人的地方。李彤的衣裳多而别致，偏偏她又会装饰，一天一套，在学校里晃来晃去，着实惹目。有些美国人看见她一身绫罗绸缎，问是不是中国皇帝的公主。不多久，她便成了威士礼的闻人，被选为"五月皇后"。来约她出游的男孩子，难以数计。李彤自以为长得漂亮，对男孩子傲慢异常，有一个念哈佛法学院叫王珏的男学生，人品学问都是第一流，对李彤万分倾心，可是李彤表面总是淡淡的，王珏失了望便不去找她了。慧芬说她知道李彤心里是喜欢王珏的，可是李彤装腔装惯了，一下子不愿迁就，所以才没有和王珏好起来。慧芬说她敢打赌李彤一定难过了好一阵子，只是李彤嘴硬，不肯承认罢了。

不久李彤家里便出了事，国内战事爆发了，李彤一家人从上海逃难出来，乘太平轮到台湾，轮船中途出了事，李彤的父母罹难，家当也全淹没了。李彤得到消息时在医院里躺了一个多月，她不肯吃东西，医生把她绑起来，天天打葡萄糖和盐水针。李彤出院后沉默了好一阵子，直到毕业时，她才恢复了往日的谈笑。可是她们一致都觉得李彤却变得不讨人喜欢了。况且那个时候，每个人的家里都遭到战乱的打击，大家因此没有心情再去出风头，只好用功读书起来。慧芬提到她在威士礼的时代，总要冠上：当我是 Sophomore 的时候。后两年，她是不大要提的。

我亲自看到李彤，还是在我和慧芬的婚宴上。我和慧芬是在波士登认识的，我那时在麻省理工学院念书，慧芬在纽约做事，她常到波城来探亲。可是慧芬却坚持要在纽约举行婚礼，并且以常住纽约为结婚条件之一。她说她的老朋友都在纽约做事，只有住在纽约才不觉得居住在外国。我们的招待会在 Long Island 的新居举行，只邀了我们两人要好的朋友。慧芬卸了新娘礼服出来便把李彤、张嘉行和雷芷苓拉到我跟前正式介绍一番。其实她不必介绍我已经觉得她们熟得不能再熟了。慧芬老早在我跟前把她们从头到脚不知形容了多少遍。见面以后，张嘉行和雷芷苓还差不了哪里去，张胖雷瘦，都是神气十足的女孩子。至于李彤的模样儿我却觉得慧芬过分低估了些。李彤不仅自以为漂亮，她着实美得惊人。像一轮骤从海里跳出来的太阳，周身一道道的光芒都是扎得人眼睛发疼的。李彤的身材十分高挑，五官轮廓都异常飞扬显突，一双炯炯露光的眼睛，一闪便把人罩住了，她那一头大卷蓬松的乌发，有三分之二掠过左额，堆泻到肩上来，左边平着耳际却插着一枚碎钻镶成的大蜘蛛，蜘蛛的四对足紧紧蟠在鬓发上，一个鼓圆的身子却高高地飞翘起来。李彤那天穿着一袭银白底子飘满了枫叶的闪光缎子旗袍，那些枫叶全有巴掌大，红得像一球球火焰一般。女人看女人到底不太准确，我不禁猜疑慧芬不愿夸赞李彤的模样，恐怕心里也有几分不服。我那位十分美丽的新娘和李彤站在一起却被李彤那片Б光很专横地盖过去了。那天逢着自己的喜事，又遇见慧芬那些漂亮的朋友，心中感到特别喜悦。

"原来就是你把我们的牌搭子拆散了，我来和你算账！"

李彤见了我，把我狠狠地打量了几下笑着说道。李彤笑起来的样子很奇特，下巴翘起，左边嘴角挑得老高，一双眼皮儿却倏地挂了下来，好像把世人都要从她的眼睛里撺出去似的，慧芬告诉过我，她们四个女孩子在纽约做事时,合住在一间四房一厅的公寓里,下了班常聚在一起搓麻将,她们自称是四强俱乐部。慧芬搬出后,那三个也各自散开另外搬了家。

"那么让我加入你们的四强俱乐部交些会费好不好?"我向李彤她们微微地欠了一下身笑着说道。我的麻将和扑克都是在美国学的,这里的朋友聚在一起总爱成个牌局,所以我的牌艺也跟着通练了。三个女孩听见我这样说,都笑了起来说道:

"欢迎!欢迎!幸亏你会打牌,要不然我们便不准黄慧芬嫁给你了。我们当初约好,不会打牌的男士,我们的会员是不许嫁的。"

"我早已打听清楚你们的规矩了。"我说,"连你们四强的国籍我都牢记了。李彤是'中国'对吗?"

"还提这个呢?"李彤嚷着答道,"我这个'中国'逢打必输,输得一塌糊涂。碰见这几个专和小牌的人,我只有吃败仗的份,你去问问张嘉行,我的薪水倒有一半是替她赚的呢。"

"自己牌不行,就不要乱赖别人!"张嘉行说道。

"李彤顶没有 Sportsmanship。"雷芷苓说。

"陈寅,"李彤凑近我指着张嘉行她们说道,"我先给你一个警告:和这几个人打牌——包括你的新娘子在内——千万不要做大牌。她们都是小和大王。我这个人打牌要就和辣子,要就宁愿不和牌!"

慧芬和其他两个女孩子都一致抗议,一齐向李彤攻击。李彤却微昂着首,倔强地笑着,不肯输嘴。她发鬓上那枚蜘蛛闪得晶光乱转,很是生动。我看见这几个漂亮的女孩子互相争吵,非常感到兴味。

"我也是专喜和大牌的。"我觉得李彤在三个女孩子的围攻下显得有点孤单,便附和她说道。

"是吗?是吗?"李彤亢奋地叫了起来,伸出手跟我重重地握了一下,"这下我可找到对手了!过几天我们来较量较量。"

那天在招待会上,只见到李彤一个人的身影穿来插去,她那一身的红叶子全在熊熊地燃烧着一般,十分的惹目。我那些单身的男朋友好像遭那些火头扫中了似的,都显得有些不安起来。我以前在大学的同房朋友周大庆那晚曾经向我几次打听李彤。

我和慧芬度完蜜月回到纽约以后,周大庆打电话给我要请我们去 Central Park 的 Tavern on the Green 去吃饭跳舞,他要我替他约李彤做他的舞伴。周大庆在学校喜欢过几个女孩子,可是一次也没有成功。他的人品很好,长得也端正,可是却不大会应付女孩们。他每次爱上一个人都十分认真,因此受过不少挫折。我知道他又喜欢上李彤了。我去和慧芬商量时,慧芬却说关于李彤的事情我最好不要管,李彤太过任性。我知道周大庆是个非常诚实的人,所以一定央及慧芬去帮他约李彤出来。

我们去把李彤接到了 Central Park,她穿了一袭云红纱的晚礼服,相当潇洒,可是她那枚大蜘蛛不知怎的却爬到了她的肩膀的发尾上来,甩荡甩荡的,好像吊在蛛丝上一般,十分刺目。周大庆早在 Tavern on the Green 里等我们。他新理了头发,耳际上两条发线修得十分整齐。他看见我们时立刻站了起来,脸上笑得有点僵硬,还像在大学里站在女生宿舍门口等候舞伴那么紧张。我们坐定后,周大庆打开了桌子上一个金纸包的玻璃盒,里面盛着一朵紫色的大蝴蝶兰。周大庆说那是给李彤的礼物。李彤垂下眼皮笑了起来,拈起那朵蝴蝶兰别在她腰际的飘带上。周大庆替我们叫了香槟,李彤却把侍者唤来换了一杯 Manhattan。

"我最讨厌香槟了,"李彤说道,"像喝水似的。"

"Manhattan 是很烈的酒呢。"周大庆看见李彤一口便将手中那杯酒喝掉一半,脸上带着忧虑的神情向李彤说道。

"就是这个顶合我的胃口。"李彤说道,几下便把一杯 Manhattan 喝尽了,然后用手将杯子里那枚红樱桃撮了起来塞到嘴里去。有一个侍者走过来,李彤用夹在手指上那截香烟指指空杯说道:

"再来一杯 Manhattan。"

李彤一面喝酒,一面同我大谈她在 Yonkers 赌马的事情。她说她守不住财,总是先赢后输。她问我会不会扑克,我说很精通。李彤便伸出手来隔着台子和我重重握了一下，然后对慧芬说道：

"黄慧芬，你的先生真可爱，把他让给我算了，我和他可以合开一家赌场。"

我们都笑了起来。周大庆笑得有点局促，他什么赌博都不会。李彤坐下来后一直不大理睬他，他有几次插进嘴来想转开话题，都遭李彤挡住了。

"那么你把他拿去吧。"慧芬推着我的肩膀笑着说道。李彤立了起来拉着我的手走到舞池里，头靠在我肩上和我跳起舞来。舞池是露天的，周围悬着许多琥珀色的柱灯，照在李彤的发及衣服上十分好看。

"周大庆很喜欢你呢，李彤。"我在李彤耳边说道，周大庆和慧芬也下到了舞池里来。

"哦，是吗？"李彤抬起头来笑道，"叫他先学会了赌钱再来追我吧。"

"他的人很好。"我说。

"不会赌钱的人再好也没用。"李彤伏在我肩上又笑了起来。

一餐饭下来，李彤已喝掉了五六杯酒，李彤每叫一杯，周大庆便望着她讪讪地笑着。

"怎么，你舍不得请我喝酒是不是？"李彤突然转过头来对周大庆道，她的两颊已经泛起了酒晕，嘴角笑得高高地挑起，周大庆窘住了，赶快嗫嚅地辩说道：

"不是的，我是怕这个酒太凶了。"

"告诉你吧，没有喝够酒，我是没劲陪你跳舞的。"说着李彤朝侍者弹了一下手指又要了一杯 Manhattan。喝完以后，她便立起身来邀周大庆去跳舞。乐队正在奏着一支"恰恰"，几个南美人敲打得十分热闹。

"我不大会跳恰恰。"周大庆迟疑地立起身来说。

"我来教你。"李彤径自走进了舞池，周大庆跟了她进去。

李彤的身子一摆便合上了那支"恰恰"激烈狂乱的拍子。她的舞跳得十分奔放自如，周大庆跟不上她，显得有点笨拙。起先李彤还将就着周大庆的步子，跳了一会儿，她便十分忘形地自己舞动起来。她的身子忽起忽落，愈转圈子愈大，步子愈踏愈颠蹶，那一阵"恰恰"的旋律好像一流狂飙，吹得李彤的长发飘带一齐扬起，她发上那枚晶光四射的大蜘蛛衔住她的发尾横飞起来。她飘带上那朵蝴蝶兰被她抖落了，像一团紫绣球似的滚到地上，遭她踩得稀烂。李彤仰起头，垂着眼，眉头皱起，身子急切地左右摆动，好像一条受魔笛制住了的眼镜蛇，不由己在痛苦地舞动着，舞得要解体了一般。几个乐师愈敲愈起劲，奏到高潮一齐大声喝唱起来。别的舞客都停了下来，看着李彤，只有周大庆还在勉强地跟随着她。一曲舞罢，乐师们和别的舞客都朝李彤鼓掌喝彩起来，李彤朝乐师们挥了一挥手，回到了座位，她脸上挂满了汗珠，一绺头发覆到脸上来了。周大庆一脸紫涨，不停地在用手帕揩汗。李彤一坐下便叫侍者要酒来。慧芬拍了一拍李彤的手背止住她道：

"李彤，你再喝就要醉了。"李彤双手搂住慧芬的脖子笑道：

"黄慧芬，我的好黄慧芬。今晚你不要阻拦我好不好？你不知道我现在多么开心，我从来没有这样开心过！"

李彤指着她的胸口一迭迭嚷着，她眼睛里射出来的光芒好像烧得发黑了一般。她又喝了两杯 Manhattan 才肯离开，走出舞厅时，她的步子都不稳了。门口有个黑人侍者替她开门，她抽出一张十元美金给那个侍者摇摇晃晃地说道：

"你们这儿的 Manhattan 全世界数第一！"

回到家中慧芬埋怨了我一阵说：

"我叫你不要管李彤的事，她那么任性，我真替周大庆过意不去。"

我和慧芬在纽约头一两年过得像曼赫登的地下车那么闹忙那么急促。白天我们都上班，晚上一到家，便被慧芬那班朋友撮了出去。周末的两天，总有盛宴，日程常常一两个月前已经排定。张嘉行和雷芷苓都有了固定的男友。张的是一个姓王的医生;雷的是一个叫江腾的工程师。他们都爱打牌,大家见面,不是麻将便是扑克。两对恋人的恋爱时间,倒有大半是在牌桌上消磨过去的。李彤一直没有固定的对象,她的男伴经常掉换。李彤对于麻将失去了兴趣,她说麻将太温吞。有一个星期六,李彤提议去赌马,于是我们一行八人便到了Yonkers 跑马场。李彤的男伴是个叫邓茂昌的中年男人,邓是从香港来的,在第五街上开了一个相当体面的中国古玩店,李彤说邓是个跑马专家,十押九中。那天的太阳很大,四个女孩子都戴了阔边遮阳帽,李彤穿了一条紫红色的短裤子,白衬衫的领子高高倒翻起来,很是佻㒓。

马场子里挤满了人,除了邓茂昌外,我们都不谙赛马的窍门。他非常热心,跑上跑下替我们打听消息,然后很带权威地指挥我们押这一匹,押那一匹。头一两场,我们都赢了三四十块。到第三场时邓茂昌说有一匹叫 Lucky 的马一定中标,要我们下大注,可是李彤却不听他的指示说道:

"我偏不要这一匹,我要自己选。"

"李彤,你听我这次话好不好? Lucky 一定中彩的。"邓茂昌焦急地劝说李彤,手里捏着一大沓我们给他下注的钞票。李彤翻着赛马名单指给邓茂昌道:

"我要买 Bold Lad。"

"Lucky 一定会赢钱的,李彤。"邓茂昌说。

"我要买 Bold Lad,他的名字好玩,你替我下五十块。"

"李彤,那是一匹坏马啊。"邓茂昌叫道。

"那样你就替我下一百块。"李彤把一沓钞票塞到邓茂昌手里,邓茂昌还要和李彤争辩,张嘉行向邓茂昌说道:

"反正她一个月赚一千多,你让她输输吧。"

"怎么见得我一定会输?"李彤扬起头向张嘉行冷笑道,"你们专赶热门,我偏要走冷门!"

那一场一起步,Lucky 果然便冲到了前面,两三圈就已经超过别的马一大段了。张嘉行、雷芷苓和慧芬三个人都兴奋得跳了起来。李彤押的那匹 Bold Lad 却一直落在后面。李彤把帽子摘了下来,在空中拼命摇着,大声喊道:

"Come on, my boy! Come on!"

李彤蹦着喊着,满面涨得通红,声音都嘶哑了,可是她那匹马仍旧没有起色,遥遥落在后面。那一场下来,Lucky 中了头彩,我们每人都赢了一大笔,只有李彤一个人输掉了。下几场,李彤乱押一阵,专挑名字古怪的冷马下注。赛完后,我和慧芬赢得最多,两人一共赢了五百多元,而李彤一个人却输掉了四百多。慧芬很高兴,她提议我们请吃晚饭,大家一同开到百老汇上一家中国酒馆去叫一大桌酒席。席间邓茂昌一直在谈他在香港赌马的经验,张嘉行她们听得很感兴味,不停地向他请教。李彤却指着邓茂昌道:

"今天就是你穷捣蛋,害得我输了那么多。"

"要是你听我的话就不会输了。"邓茂昌笑着答道。

"我为什么要听你的话? 我为什么要听你的话?"李彤放下筷子朝着邓茂昌道,她那露光的眼睛闪得好像要跳出来了似的。

"好啦,好啦,下次我们去赌马,我不参加意见好不好……"邓茂昌赔笑说道。

"谁要下次跟你去赌马?"李彤斩断了邓茂昌的话冷冷说道,"要去,我一个人不会去?"

邓茂昌没有再答话,一径望着李彤尴尬地赔着笑脸,我们也觉得不自然起来,那顿饭大家都没有吃舒服。

在纽约的第三个年头,慧芬患了严重的失眠症。医生说是她神经过于紧张的缘故,然而我却认为是我们在纽约的生活太不正常损害到她的健康。没有等到慧芬同意,我便向公司请调,到纽约州北部 Buffalo 的分公司去当工程师。搬出纽约的时候,慧芬嘴里虽然不说,心中是极不愿意的。张嘉行却打电话来责备我说,把她们的黄慧芬拐跑了。在 Buffalo 住了六年,我们只回过纽约两次。一次是因为雷芷苓和江腾结婚,另一次是赴张嘉行和王医生的婚礼。两次婚礼上都碰到李彤。张嘉行结婚,李彤替她做伴娘。李彤消瘦了不少,可是在人堆子里,还是那么突出,那么扎眼。招待会是在王医生 Central Park West 上的大公寓里举行的。王医生的社交很广,与会的人很多,两个大厅都挤得满满的,李彤从人堆里闪到我跟前要我陪她出去走走,她把我拉到慧芬身边笑着说道:

"黄慧芬,把你先生借给我一下行不行?"

"你拿去吧,我不要他了。"慧芬笑道。

"当心李彤把你丈夫拐跑了。"雷芷苓笑道。

"那么正好,我便不必回 Buffalo 去了。"慧芬笑道说。

我和李彤走进 Central Park 的时候,李彤对我说道:

"屋子里人多得要命,闷得我气都透不过来了。老实告诉你吧,陈寅,我是要你出来陪我去喝杯酒去。张嘉行从来不干好事,只预备了香槟,谁要喝那个。"

我们走到 Tavern on the Green 的酒吧间,我替李彤要了一杯 Manhattan,我自己要了一杯威士忌。李彤喝着酒和我聊了起来。她说她又换了工作,原来的公司把她的薪水加到一千五一个月,她不干,因为她和她的主任吵了一架。现在的薪水升高,她升成了服装设计部门的副主任,不过她不喜欢她的老板,恐怕也做不长。我问她是不是还住在 Village 里,她说已经搬了三次家了。谈笑间,李彤已经喝下去三杯 Manhattan。

"慢点喝,李彤,"我笑着对她说道,"别又像在这里跳舞那天晚上那样喝醉喽。"

"亏你还记得,"李彤仰起头大笑起来,"那天晚上恐怕我真的有点醉了,一定把你那个朋友周大庆吓了一跳。"

"他倒没有吓着,不过他后来一直说你是他看过最漂亮的女孩子。"

"是吗?"李彤笑道,"我想起来了,前两个月我在 Macy's 门口还碰见他,他陪他太太去买东西。他给了我他的新地址,说要请我到他家去玩。"

"他是一个很好的人。"我说。

"他确实很好，每年他都寄张圣诞卡给我，上面写着：祝你快乐。"李彤说着又笑了起来，"他很有意思，可惜就是不会赌钱。"

我问李彤还去不去赌马，李彤一听到赛马劲道又来了，她将半杯酒一口喝光，拍我的手背嚷道：

"我来告诉你：上星期我一个人去 Yonkers 押了一匹叫 Callant Knight 的马。爆出了冷门！独得了四百五。陈寅，这就算是我一生最得意的一件事了。你还记得邓茂昌呀，那个跑马专家滚回香港结婚去了。没有那个家伙在这里瞎纠缠，我赌马的运气从此好转，每押必中。"

李彤说着笑得前俯后仰，一迭声叫酒保替她添酒。我们喝着聊着，外面的天都暗了下来，李彤站起来笑道：

"走吧，回头慧芬以为我真是把她的丈夫抢走了。"

在 Buffalo 的第二年，我们便有了莉莉。莉莉五岁进幼稚园的时候，慧芬警告我说：如果我再在 Buffalo 呆住下去，她便一个人带莉莉回纽约，仍旧去上班。她说她宁愿回纽约失眠去。我也发觉在 Buffalo 的生活虽然有规律，可是这种沉闷无聊的生活对我们也是非常不健康的。于是我们全家又搬回纽约，在 Long Island 上买了一幢新屋。慧芬决定搬进新房子的第一个周末大宴宾客，把我们的老朋友又一齐请来。那天请了张嘉行和雷芷苓两对夫妇，李彤是一个人来的。此外还有王医生带来的几个朋友。慧芬为了这次宴客准备了三天三夜，弄了一桌子十几样中国菜。吃完饭成牌局的时候，慧芬要和张嘉行、雷芷苓和李彤四个人凑成一桌麻将，她说要重温她们"四强俱乐部"时代的情趣，可是李彤打了四圈便和扑克牌这一桌的一位男客对调了。她说她几年都没有碰过麻将，张子都忘掉了。为了使慧芬安心玩牌，我没有加入牌局，替她两边招呼着。当大家玩定了以后，我便到内厅以男客为主的扑克牌桌去看牌。可是我到那儿时，却没有看到李彤。男客们说李彤要求暂退出几盘，离开了桌子。我在屋内找了一轮都没有寻见她，当我打开连着客厅那间纱廊的门时，却看见李彤在里面，靠在一张乘凉的藤摇椅上睡着了。

纱廊里的光线暗淡，只点着一盏昏黄的吊灯。李彤半仰着面，头却差不多歪跌到右肩上来了。她的两只手挂在扶手上，几根修长的手指好像脱了节一般，十分软疲地悬着。她那一袭绛红的长裙，差不多拖跌到地上，在灯光下，颜色陈暗，好像裹着一张褪了色的旧绒毯似的。她的头发似乎留长了许多，覆过她的左面，大绺大绺地堆在胸前，插在她发上那枚大蜘蛛，一团银光十分生猛地伏在她的腮上。我从来没有看到李彤这样疲惫过，无论在什么场合，她给我的印象总是那么佻侻，那么不驯，好像永远不肯睡倒下去似的，我的脚步声把她惊醒。她倏地坐了起来，掠着头发，打了一个哈欠说道：

"是你吗，陈寅？"

"你睡着了，李彤。"我说。

"就是说呀，刚才在牌桌上有点累，退了下来，想在这里休息一会儿，想不到却睡了过去——你来得正好，替我弄杯酒来好吗？"

我去和了一杯威士忌苏打拿到纱廊给她，李彤吞了一大口，叹了一下说道：

"喔唷！凉得真舒服。我刚才在牌桌上的手气别扭极了，一晚上也没拿着一副像样的牌。你知道打 Show hand 没有好牌多么泄气。我的耐性愈来愈坏，玩扑克也觉得没什么劲道了。"

客厅里面慧芬、张嘉行、雷芷苓三个人不停地谈笑着。张嘉行的嗓门很大，每隔一会儿便听见她的笑声压倒众人爆开起来。扑克牌那一桌也很热闹，清脆的筹码，叮叮当当地滚跌着。

"大概张大姐又在摸清一色了。"李彤摇了一摇头笑道。李彤看上去又清瘦了些，两腮微微地削了下去，可是她那一双露光的眼睛，还是闪烁得那么厉害。

"再替我去弄杯酒来好吗？"李彤把空杯子递给我说道。

我又去和了一杯威士忌拿给她。正当我们在纱廊里讲话的当儿，我那个五岁大的小女儿莉莉却探着头跑了进来。她穿了一身白色的绒睡袍,头上扎了一个天蓝的冲天结,一张胖嘟嘟的圆脸,又红又白,看着实在叫人疼怜。莉莉是我的宠儿,每天晚上总要和我亲一下才肯睡觉。我弯下身去,莉莉踮起脚来和我亲了一下响吻。

"不和 auntie 亲一下吗?"李彤笑着对莉莉说道。莉莉跑过去扳下李彤的脖子,在李彤额上重重地亲了一下。李彤把莉莉抱到膝上对我说道:

"像足了黄慧芬,长大了也是个美人儿。"

"这是什么,auntie?"莉莉抚弄着李彤手上戴的一枚钻戒问道。

"这是石头。"李彤笑着说。

"我要。"莉莉娇声嚷道。

"那就给你。"李彤说着就把手上那枚钻戒卸了下来,套在莉莉的大拇指上。莉莉举起她肥胖的小手,把那枚钻戒舞得闪闪发光。

"那么贵重的东西不要让她玩丢了。"我止住李彤道。

"我真的送给莉莉的。"李彤抬起头满面认真地对我说道,然后俯下身在莉莉脸上亲了一下说道,"Good girl,给你做陪嫁,将来嫁个好女婿好吗? 去,去,拿去给你爸爸替你收着。"

莉莉笑吟吟地把那枚钻戒拿给我,便跳蹦蹦去睡觉了。李彤指着我手上的大钻戒说道:

"那是我出国时我妈妈给我当陪嫁的。"

"你那么喜欢莉莉,给你做干女儿算了。"我说道。

"罢了,罢了,"李彤立起身来,嘴角又笑得高高地挑了起来说道,"莉莉有黄慧芬那么好个妈妈还要我干什么? 你看看,我也是个做母亲的人吗? 我们进去吧,我已经输了好些筹码,这下去捞本去。"

这次我们回到纽约来,很少看到李彤。我们有牌局,她也不大来参加了。有人说她在跟一个美国人谈恋爱,也有人却说她和一个南美洲的商人弄得很不清楚。一天,我和慧芬开车下城,正当我们转入河边公路时,有一辆庞大金色的敞篷林肯,和我们的车子擦身而过,朝前飞快驶去,里面有一个人大声喊道:

"黄——慧——芬——"

慧芬赶忙伸头出去,然后啧着嘴叹道:

"李彤的样子真唬人!"

李彤坐在那辆金色敞车的右前座,她转身向后,朝着我们张开双手乱招一阵。她头上系了一块黑色的大头巾,被风吹起半天高。那辆金色车子像一丸流星,一眨眼,便把她的身影牵走了。她身旁开车的那个男人,身材硕大,好像是个美国人。那是我们最后一次看见李彤。

雷芷苓结婚的第四年才生头一个孩子,两夫妻乐得了不得。她的儿子做满月,把我们请到了她 Riverdale 的家里去。我们吃完饭成上牌局,打了几轮扑克,张嘉行两夫妻才到。张嘉行一进门右手高举着一封电报,便大声喊道:

"李彤死了! 李彤死了!"

"哪个李彤?"雷芷苓迎上去叫道。

"还有哪个李彤?"张嘉行不耐烦地说道。

"胡说,"雷芷苓也大声说道,"李彤前两个星期才去欧洲旅行去了。"

"你才胡说。"张嘉行把那封电报塞给雷芷苓,"你看看这封电报,中国领事馆从威尼斯打给我的。李彤在威尼斯游河跳水自杀了。她没有留遗书,这里又没有她的亲人,还是警察从她皮包里找到我的地址才通知领事馆打来这封电报。我刚才去和这边的警察局接头,打开她的公寓,几柜子的衣服——我都不知怎么办才好!"

张嘉行和雷芷苓两人都一齐争嚷着:李彤为什么死? 李彤为什么死? 两个人吵着声音都变得有点愤慨起来,好像李彤自杀把她们两人都欺瞒了一番似的。慧芬把那封电报接了过去,却一直没有作声。

"这是怎么说? 她也犯不着去死呀!"张嘉行喊道,"她赚的钱比谁都多,好好的活得不耐烦了?"

"我劝过她多少次：正正经经去嫁一个人。她却一直和我嬉皮笑脸，从来不把我的话当话听。"雷芷苓说道。

"这么多人追她，她一个也不要，怪得谁?"张嘉行说。

雷芷苓走到卧房里拿出一张照片来递给大家说道：

"我还忘记拿给你们看，上个礼拜我才接到李彤从意大利寄来的这张照片——谁料得着她会出事?"

那是一张彩色照。李彤站着，左手捞开身上一件黑大衣，很佻㒓的叉在腰上，右手却戴了白手套做着招挥的姿势，她的下巴扬得高高的，眼睑微垂，还是笑得那么倔强，那么孤傲，她背后立着一个大斜塔，好像快要压到她头上来了似的。慧芬握着那张照片默默地端详着，我凑到她身边，她正在看相片后面写着的几行字：

亲爱的英美苏：

　　这是比萨斜塔

　　　　中国　一九六〇年十月

张嘉行和雷芷苓两人还在一直争论李彤自杀的原因。张嘉行说也许因为李彤被那个美国人抛掉了，雷芷苓却说也许因为她的神经有点失常。可是她们都一致结论李彤死得有点不应该。

"我晓得了，"张嘉行突然拍了一下手说道，"李彤就是不该去欧洲! 中国人也去学那些美国人，一个人到欧洲乱跑一顿。这下在那儿可不真成了孤魂野鬼了? 她就该留在纽约，至少有我们这几个人和她混，打打牌闹闹，她便没有工夫去死了。"

雷芷苓好像终于同意了张嘉行的说法似的，停止了争论。一时大家都沉默起来，雷芷苓和张嘉行对坐着，发起怔来，慧芬却低着头一直不停地翻弄那张照片。男客人坐在牌桌旁，有些拨弄着面前的筹码，有些默默地抽着烟。先头张嘉行和雷芷苓两人吵嚷得太厉害，这时突然静下来，客厅里的空气骤地加重了一倍似的，十分沉甸起来。正当每个人都显得有点局促不安的时候，雷芷苓的婴儿在摇篮里哇的一声哭了起来，宏亮的婴啼冲破了渐渐浓缩的沉寂。雷芷苓惊立起来叫道：

"打牌！打牌！今天是我们宝贝的好日子，不要谈这些事了。"

她把大家都拉回到牌桌上，恢复了刚才的牌局。可是不知怎的，这回牌风却突然转得炽旺起来，大家的注愈下愈大。张嘉行捞起袖子，大声喊着：

"Show hand！Show hand！"

将面前的筹码一大堆一大堆豁琅琅推到塘子里去。雷芷苓跟着张嘉行也肆无忌惮地下起大注来。慧芬打扑克一向谨慎，可是她也受了她们感染似的，一动便将所有的筹码掷进塘子里。男客人们比较能够把持，可是由于张嘉行她们乱下注，牌风愈翻愈狂，大家守不住了，都抢着下注，满桌子花花绿绿的筹码，像浪头一般一忽儿涌向东家，一忽儿涌向西家。张嘉行和雷芷苓的先生一直在劝阻她们，可是她们两人却像一对战红了眼的斗鸡一般，把她们的先生横蛮地挡了回去，一赢了钱时便纵身趴到桌子上，很狂妄地张开手将满桌子的筹码扫到跟前，然后不停地喊叫，笑得泪水都流了出来。张嘉行的声音叫得嘶哑了，雷芷苓的个子娇小，声音也细致，可是她好像要跟张嘉行比赛似的，拼命提高嗓子，声音变得非常尖锐，十分的刺耳。输赢大了，一轮一轮下去，大家都忘了时间，等到江腾去拉开窗帘时，大家才发觉外面已经亮了。太阳升了出来，玻璃窗上一片白光，强烈的光线闪进屋内，照得大家都眯上了眼睛，张嘉行丢下牌，用手把脸掩起来。江腾叫雷芷苓去暖咖啡，我们便停止了牌局。结算下来，慧芬和我都是大输家。

我和慧芬走出屋外时，发觉昨晚原来飘了雪。街上东一块西一块，好像发了霉似的。冰泥地上，都起了一层薄薄的白绒毛，雪层不厚，掩不住那污秽的冰泥，沁出点点的黑斑来。

Riverdale 附近，全是一式酱色陈旧的公寓房子。这是个星期天，住户们都在睡早觉，街上一个人也看不见，两旁的房子，上上下下，一排排的窗户全遮上了黄色的帘子，好像许多只挖去了瞳仁的大眼睛，互相空白地瞪视着。每家房子的前方都悬了一架锯齿形的救火梯,把房面切成了迷宫似的图样。梯子都积了雪,好像那一根根黑铁上,突然生出了许多白毛来。太阳升过了屋顶,照得一条街通亮,但是空气寒冽,鲜明的阳光,没有丝毫暖意。

慧芬走在我前面,她披着一件大衣,低着头,看着地,在避开街上的污雪,她的发髻松散着,垂落到大衣领上,显得有点凌乱。我忘了戴手套,两手插在大衣口袋里,仍旧觉得十分僵冷。早上的冷风,吹进眼里,很是辛辣。昨晚打牌我喝多了咖啡,喉头一直是干干的。我们的车子也结了冻,试了好一会儿才发燃火。当车子开到百老汇上时,慧芬打开了车窗。寒气灌进车厢来,冷得人很不舒服。

"把窗子关起来,慧芬。"我说。

"闷得很,我要吹吹风。"慧芬说。

"把窗子关起来,好吗?"我的手握着方向盘被冷风吹得十分僵疼。慧芬扭着身子,背向着我,下巴枕在窗沿上,一直没有作声。

"关起窗子,听见没有?"我突然厉声喝道,我觉得胸口有一阵按捺不住的烦躁,被这阵冷风吹得涌了上来似的。慧芬转过身来,没有说话,默默地关上了车窗。当车子开进 Times Square 的当儿,我发觉慧芬坐在我旁边哭泣起来了。我侧过头去看她,她僵挺挺地坐着,脸朝着前方一动也不动,睁着一双眼睛,空茫茫失神地直视着,泪水一条条从她眼里淌了出来,她没有去揩拭,任其一滴滴掉落到她的胸前。我从来没有看见慧芬这样灰白这样憔悴过。她一向是个心性高强的人,轻易不肯在人前失态,即使跟我在一起,心里不如意,也不愿露于形色。可是她坐在我身旁的这一刻,我却感到有一股极深沉而又极空洞的悲哀,从她哭泣声里,一阵阵向我侵袭过来。她的两个肩膀隔不了一会儿便猛烈地抽搐一下,接着她的喉腔便响起一阵喑哑的呜咽,都是那么单调,那么平抑,没有激动,也没有起伏。顷刻间,我感到我非常能够体会慧芬那股深沉而空洞的悲哀,我觉得慧芬那份悲哀是无法用话语慰藉的,这一刻她所需要的是孤独与尊重。我掉过头去,不再去看她,将车子加足了马力,在 Times Square 的四十二街上快驶起来。四十二街两旁那些大戏院的霓虹灯还在亮着，可是有了阳光却暗淡多了。街上没有什么车辆，两旁的行人也十分稀少，我没有想到纽约市最热闹的一条街道，在星期日的清晨，也会变得这么空荡，这么寂寥起来。

永远的尹雪艳

一

　　尹雪艳总也不老。十几年前那一班在上海百乐门舞厅替她捧场的五陵年少,有些头上开了顶,有些两鬓添了霜;有些来台湾变成了铁厂、水泥厂、人造纤维厂的闲顾问,但也有少数却升成了银行的董事长、机关里的大主管。不管人事怎么变迁,尹雪艳永远是尹雪艳,在台北仍旧穿着她那一身蝉翼纱的素白旗袍,一径那么浅浅地笑着,连眼角儿也不肯皱一下。

　　尹雪艳着实迷人。但谁也没能道出她真正迷人的地方。尹雪艳从来不爱搽脂抹粉,有时最多在嘴唇上点着些似有似无的蜜丝佛陀;尹雪艳也不爱穿红戴绿,天时炎热,一个夏天,她都浑身银白,净扮得了不得。不错,尹雪艳是有一身雪白的肌肤、细挑的身材、容长的脸蛋儿配着一副俏丽恬静的眉眼子,但是这些都不是尹雪艳出奇的地方。见过尹雪艳的人都这么说,也不知是何道理,无论尹雪艳一举手、一投足,总有一份世人不及的风情。别人伸一伸腰、蹙一下眉,难看,但是尹雪艳做起来,却又别有一番妖媚了。尹雪艳也不多言、不多语,紧要的场合插上几句苏州腔的上海话,又中听、又熨帖。有些荷包不足的舞客,攀不上叫尹雪艳的台子,但是他们却去百乐门坐坐,观观尹雪艳的风采,听她讲几句吴侬软语,心里也是舒服的。尹雪艳在舞池子里,微仰着头,轻摆着腰,一径是那么不慌不忙地起舞着;即使跳着快狐步,尹雪艳从来也没有失过分寸,仍旧显得那么从容、那么轻盈,像一球随风飘荡的柳絮,脚下没有扎根似的。尹雪艳有她自己的旋律。尹雪艳有她自己的拍子。绝不因外界的迁异,影响到她的均衡。

尹雪艳迷人的地方实在讲不清,数不尽。但是有一点大大增加了她的神秘。尹雪艳名气大了,难免招忌,她同行的姊妹淘醋心重的就到处嚼起说:尹雪艳的八字带着重煞,犯了白虎,沾上的人,轻者家败,重者人亡。谁知道就是为着尹雪艳享了重煞的令誉,上海洋场的男士们都对她增加了十分的兴味。生活悠闲了,家当丰沃了,就不免想冒险,去闯闯这颗红遍了黄浦滩的煞星儿。上海棉纱财阀王家的少老板王贵生就是其中探险者之一。天天开着崭新的开德拉克,在百乐门门口候着尹雪艳转完台子,两人一同上国际饭店廿四楼的屋顶花园去共进华美的消夜。望着天上的月亮及灿烂的星斗,王贵生说,如果用他家的金条儿能够搭成一道天梯,他愿意爬上天空去把那弯月牙儿掐下来,插在尹雪艳的云鬓上。尹雪艳吟吟地笑着,总也不出声,伸出她那兰花般细巧的手,慢条斯理地将一枚枚涂着俄国乌鱼子的小月牙饼拈到嘴里去。

王贵生拼命地投资,不择手段地赚钱,想把原来的财富堆成三倍、四倍,将尹雪艳身边那批富有的逐鹿者一一击倒,然后用钻石玛瑙穿成一根链子,套在尹雪艳的脖子上,把她牵回家去。当王贵生犯上官商勾结的重罪,下狱枪毙的那一天,尹雪艳在百乐门停了一宵,算是对王贵生致了哀。

最后赢得尹雪艳的却是上海金融界的一位热可炙手的洪处长。洪处长休掉了前妻,抛弃了三个儿女,答应了尹雪艳十条条件;于是尹雪艳变成了洪夫人,住在上海法租界一幢从日本人接收过来的华贵的花园洋房里。两三个月的工夫,尹雪艳便像一株晚开的玉梨花,在上海上流社会的场合中以压倒群芳的姿态绽放起来。

尹雪艳着实有压场的本领。每当盛宴华筵,无论在场的贵人名媛,穿着紫貂、围着火狸,当尹雪艳披着她那件翻领束腰的银狐大氅,像一阵三月的微风,轻盈盈地闪进来时,全场的人都好像给这阵风熏中了一般,总是情不自禁地向她迎过来。尹雪艳在人堆子里,像个冰雪化成的精灵,冷艳逼人,踏着风一般的步子,看得那些绅士以及仕女的眼睛都一齐冒出火来,这就是尹雪艳:在兆丰夜总会的舞厅里、在兰心剧院的过道上,以及在霞飞路上一幢幢侯门官府的客堂中,一身银白,歪靠在沙发椅上,嘴角一径挂着那道吟吟浅笑,把场合中许多银行界的经理、协理,纱厂的老板及小开,以及一些新贵和他们的夫人都拘到跟前来。

可是洪处长的八字到底软了些,没有抵得住尹雪艳的重煞。一年丢官,两年破产,到了台北来连个闲职也没捞上。尹雪艳离开洪处长时还算有良心,除了自己的家当外,只带走一个从上海跟来的名厨司及两个苏州娘姨。

二

尹雪艳的新公馆落在仁爱路四段的高级住宅区里,是一幢崭新的西式洋房,有个十分宽敞的客厅,容得下两三桌酒席。尹雪艳对她的新公馆倒是刻意经营过一番。客厅的家具是一色桃花心红木桌椅。几张老式大靠背的沙发,塞满了黑丝面子鸳鸯戏水的湘绣靠枕,人一坐下就陷进了一半,倚在柔软的丝枕上,十分舒适。到过尹公馆的人,都称赞尹雪艳的客厅布置妥帖,叫人坐着不肯动身。打麻将有特别设备的麻将间,麻将桌、麻将灯都设计得十分精巧。有些客人喜欢挖花,尹雪艳还特别腾出一间有隔音设备的房间,挖花的客人可以关在里面恣意唱和。冬天有暖炉,夏天有冷气,坐在尹公馆里,很容易忘记外面台北市的阴寒及溽暑。客厅案头的古玩花瓶,四时都供着鲜花。尹雪艳对于花道十分讲究,中山北路的玫瑰花店常年都送来上选的鲜货。整个夏天,尹雪艳的客厅中都细细地透着一股又甜又腻的晚香玉。

尹雪艳的新公馆很快地便成为她旧雨新知的聚会所。老朋友来到时,谈谈老话,大家都有一腔怀古的幽情,想一会儿当年,在尹雪艳面前发发牢骚,好像尹雪艳便是上海百乐门时代永恒的象征,京沪繁华的佐证一般。

"阿媛,看看干爹的头发都白光喽! 侬还像枝万年青一式,愈来愈年轻!"

吴经理在上海当过银行的总经理,是百乐门的座上常客,来到台北赋闲,在一家铁工厂挂个顾问的名义。见到尹雪艳,他总爱拉着她半开玩笑而又不免带点自怜的口吻这样说。吴经理的头发确实全白了,而且患着严重的风湿,走起路来十分蹒跚,眼睛又害沙眼,睫毛倒插,常年淌着眼泪,眼圈已经开始溃烂,露出粉红的肉来。冬天时候,尹雪艳总把客厅里那架电暖炉移到吴经理的脚跟前,亲自奉上一盅铁观音,笑吟吟地说道:

"哪里的话,干爹才是老当益壮呢!"

吴经理心中熨帖了,恢复了不少自信,眨着他那烂掉了睫毛的老花眼,在尹公馆里,当众票了一出"坐宫",以苍凉沙哑的嗓子唱出:

> 我好比浅水龙,
> 被困在沙滩。

尹雪艳有迷男人的功夫,也有迷女人的功夫。跟尹雪艳结交的那班太太们,打从上海起,就背地数落她。当尹雪艳平步青云时,这起太太气不愤,说道:凭你怎么爬,左不过是个货腰娘。当尹雪艳的靠山相好遭到厄运的时候,她们就叹气道:命是逃不过的,煞气重的娘儿们到底沾惹不得。可是十几年来这起太太一个也舍不得离开尹雪艳,到了台北都一窝蜂似的聚到尹雪艳的公馆里,她们不得不承认尹雪艳实在有她惊动人的地方。尹雪艳在台北的鸿翔绸缎庄打得出七五折,在小花园里挑得出最登样的绣花鞋儿,红楼的绍兴戏码,尹雪艳最在行,吴燕丽唱《孟丽君》的时候,尹雪艳可以拿得到免费的前座戏票,论起西门町的京沪小吃,尹雪艳又是无一不精了。于是这起太太,由尹雪艳领队,逛西门町,看绍兴戏,坐在三六九里吃桂花汤团,往往把十几年来不如意的事儿一股脑儿抛掉,好像尹雪艳周身都透着上海大千世界荣华的麝香一般,熏得这起往事沧桑的中年妇人都进入半醉的状态,而不由自主都津津乐道起上海五香斋的蟹黄面来。这起太太常常容易闹情绪。尹雪艳对于她们都一一施以广泛的同情,她总耐心地聆听她们的怨艾及委屈,必要时说几句安抚的话,把她们焦躁的脾气一一熨平。

"输呀,输得精光才好呢!反正家里有老牛马垫背,我不输,也有旁人替我输!"

每逢宋太太搓麻将输了钱时就向尹雪艳带着酸意抱怨道。宋太太在台湾得了妇女更年期的痴肥症,体重暴增到一百八十多磅,形态十分臃肿,走多了路,会犯气喘。宋太太的心酸话较多,因为她先生宋协理有了外遇,对她颇为冷落,而且对方又是一个身段苗条的小酒女。十几年前宋太太在上海的社交场合出过一阵风头,因此她对以往的日子特别向往。尹雪艳自然是宋太太倾诉衷肠的适当人选,因为只有她才能体会宋太太那种今昔之感。有时讲到伤心处,宋太太会禁不住掩面而泣。

"宋家阿姐,'人无千日好,花无百日红',谁又能保得住一辈子享荣华、受富贵呢?"

于是尹雪艳便递过热毛巾给宋太太揩面,怜悯地劝说道。宋太太不肯认命,总要抽抽搭搭地怨怼一番:

"我就不信我的命又要比别人差些!像侬吧,尹家妹妹,侬一辈子是不必发愁的,自然有人帮衬侬。"

三

尹雪艳确实不必发愁,尹公馆门前的车马从来也未曾断过。老朋友固然把尹公馆当作世外桃源,一般新知也在尹公馆找到别处稀有的吸引力。尹雪艳公馆一向维持它的气派。尹雪艳从来不肯把它降低于上海霞飞路的排场。出入的人士,纵然有些是过了时的,但是他们有他们的身份,有他们的派头,因此一进到尹公馆,大家都觉得自己重要,即使是十几年前作废了的头衔,经过尹雪艳娇声亲切的称呼起来,也如同受过诰封一般,心理上恢复了不少的优越感。至于一般新知,尹公馆更是建立社交的好所在了。

当然,最吸引人的,还是尹雪艳本身。尹雪艳是一个最称职的主人。每一位客人,不分尊卑老幼,她都招呼得妥妥帖帖。一进尹公馆,坐在客厅中那些铺满黑丝面靠枕的沙发上,大家都有一种宾至如归、乐不思蜀的亲切之感。因此,做会总在尹公馆开标,请生日酒总在尹公馆开席,即使没有名堂的日子,大家也立一个名目,凑到尹公馆成一个牌局。一年里,倒有大半的日子,尹公馆里总是高朋满座。

尹雪艳本人极少下场,逢到这些日期,她总预先替客人们安排好牌局;有时两桌,有时三桌。她对每位客人的牌品及癖性都摸得清清楚楚,因此牌搭子总配得十分理想,从来没有伤过和气。尹雪艳本人督导着两个头干脸净的苏州娘姨在旁边招呼着。午点是宁波年糕或者湖州粽子。晚饭是尹公馆上海名厨的京沪小菜:金银腿、贵妃鸡、炝虾、醉蟹——尹雪艳亲自设计了一个转动的菜牌,天天转出一桌桌精致的筵席来。到了下半夜,两个娘姨便捧上雪白喷了明星花露水的冰面巾,让大战方酣的客人们揩面醒脑,然后便是一碗鸡汤银丝面做了消夜。客人们掷下的桌面十分慷慨,每次总上两三千。赢了钱的客人固然值得兴奋,即使输了钱的客人也是心甘情愿。在尹公馆里吃了玩了,末了还由尹雪艳差人叫好计程车,一一送回家去。

当牌局进展激烈的当儿,尹雪艳便换上轻装,周旋在几个牌桌之间,踏着她那风一般的步子,轻盈盈地来回巡视着,像个通身银白的女祭司,替那些作战的人们祈祷和祭祀。

"阿媛,干爹又快输脱底喽!"

每到败北阶段,吴经理就眨着他那烂掉了睫毛的眼睛,向尹雪艳发出讨救的哀号。

"还早呢,干爹,下四圈就该你摸清一色了。"

尹雪艳把个黑丝面靠枕枕到吴经理害了风湿症的背脊上,怜恤地安慰着这个命运乖谬的老人。

"尹小姐,你是看到的。今晚我可没打错一张牌,手气就那么背!"

女客人那边也经常向尹雪艳发出乞怜的呼吁,有时宋太太输急了,也顾不得身份,就抓起两颗骰子啐道:

"呸!呸!呸!勿要面孔的东西,看你霉到啥个辰光!"

尹雪艳也照例过去,用着充满同情的语调,安抚她们一番。这个时候,尹雪艳的话就如同神谕一般令人敬畏。在麻将桌上,一个人的命运往往不受控制,客人们都讨尹雪艳的口彩来恢复信心及加强斗志。尹雪艳站在一旁,叼着金嘴子的三个5,徐徐地喷着烟圈,以悲天悯人的眼光看着她这一群得意的、失意的,老年的、壮年的,曾经叱咤风云的、曾经风华绝代的客人,狂热地互相厮杀,相互宰割。

四

新来的客人中,有一位叫徐壮图的中年男士,是上海交通大学的毕业生;生得品貌堂堂,高高的个儿,结实的身体,穿着剪裁合度的西装,显得分外英挺。徐壮图是个台北市新兴的实业巨子。随着台北市的工业化,许多大企业应运而生,徐壮图头脑灵活,具有丰富的现代化工商管理的知识,才是四十出头,便出任一家大水泥公司的经理。徐壮图有位贤惠的太太及两个可爱的孩子。家庭美满,事业充满前途,徐壮图成为一个雄心勃勃的企业家。

徐壮图第一次进入尹公馆是在一个庆生酒会上。尹雪艳替吴经理做六十大寿,徐壮图是吴经理的外甥,也就随着吴经理来到尹雪艳的公馆。

那天尹雪艳着实装饰了一番,穿着一袭月白短袖的织锦旗袍,襟上一排香妃色的大盘扣;脚上也是月白缎子的软底绣花鞋,鞋尖却点着两瓣肉色的海棠叶儿。为了讨喜气,尹雪艳破例地在右鬓簪上一朵酒杯大血红的郁金香,而耳朵上却吊着一对寸把长的银坠子。客厅里的寿堂也布置得喜气洋洋。案上全换上才铰下的晚香玉，徐壮图一踏进去，就嗅中一阵沁人脑肺的甜香。

"阿媛，干爹替侬带来顶顶体面的一位客人。"吴经理穿着一身崭新的纺绸长衫，佝着背，笑呵呵地把徐壮图介绍给尹雪艳，然后指着尹雪艳说：

"我这位干小姐呀，实在孝顺不过。我这个老朽三灾五难的还要赶着替我做生。我忖忖：我现在又不在职，又不问世，这把老骨头天天还要给触霉头的风湿症来折磨。管他折福也罢，今朝我且大模大样地生受了干小姐这场寿酒再讲。我这位外甥，年轻有为，难得放纵一回，今天也来跟我们这群老朽一道开心开心。阿媛是个最妥当的主人家，我把壮图交把侬，侬好好地招待招待他吧。"

"徐先生是稀客，又是干爹的亲戚，自然要跟别人不同一点。"尹雪艳笑吟吟地答道，发上那朵血红的郁金香颤巍巍地抖动着。

徐壮图果然受到尹雪艳特别的款待。在席上，尹雪艳坐在徐壮图旁边一径殷勤地向他劝酒让菜，然后歪向他低声说道：

"徐先生，这道是我们大师傅的拿手，你尝尝，比外面馆子做得如何。"

用完席后，尹雪艳亲自盛上一碗冰冻杏仁豆腐捧给徐壮图，上面却放着两颗鲜红的樱桃。用完席成上牌局的时候，尹雪艳走到徐壮图背后看他打牌。徐壮图的牌张不熟，时常发错张子，才是八圈，已经输掉一半筹码。有一轮，徐壮图正当发出一张梅花五筒的时候，突然尹雪艳从后面欠过身伸出她那细巧的手把徐壮图的手背按住说道：

"徐先生，这张牌是打不得的。"

那一盘徐壮图便和了一副"满园花"，一下子就把输出去的筹码赢回了大半。客人中有一个开玩笑抗议道：

"尹小姐，你怎么不来替我也点点张子，瞧瞧我也输光啦。"

"人家徐先生头一趟到我们家，当然不好意思让他吃了亏回去的喽。"徐壮图回头看到尹雪艳正朝着他满面堆着笑容，一对银耳坠子吊在她乌黑的发脚下来回地浪荡着。

客厅中的晚香玉到了半夜,吐出一蓬蓬的浓香来。席间徐壮图喝了不少热花雕,加上牌桌上和了那盘"满园花"的亢奋,临走时他已经有些微醺的感觉了。

"尹小姐,全得你的指教,要不然今晚的麻将一定全盘败北了。"

尹雪艳送徐壮图出大门时,徐壮图感激地对尹雪艳说道。尹雪艳站在门框里,一身白色的衣衫,双手合抱在胸前,像一尊观世音,朝着徐壮图笑吟吟地答道:

"哪里的话,隔日徐先生来白相,我们再一道研究研究麻将经。"

隔了两日,果然徐壮图又来到了尹公馆,向尹雪艳讨教麻将的诀窍。

五

徐壮图太太坐在家中的藤椅上,呆望着大门,两腮一天天消瘦,眼睛凹成了两个深坑。

当徐太太的干妈吴家阿婆来探望她的时候,她牵着徐太太的手失惊叫道:

"哎呀,我的干小姐,才是个把月没见着,怎么你就瘦脱了形?"

吴家阿婆是一个六十来岁的妇人,硕壮的身材,没有半根白发,一双放大的小脚,仍旧行走如飞。吴家阿婆曾经上四川青城山去听过道,拜了上面白云观里一位道行高深的法师做师父。这位老法师因为看上吴家阿婆天生异禀,飞升时便把衣钵传了给她。吴家阿婆在台北中设了一个法堂,中央供着她老师父的神像。神像下面悬着八尺见方黄绫一幅。据吴家阿婆说,她老师父常在这幅黄绫上显灵,向她授予机宜。因此吴家阿婆可以预卜凶吉,消灾除祸。吴家阿婆的信徒颇众,大多是中年妇女,有些颇有社会地位。经济环境不虞匮乏,这些太太的心灵难免感到空虚。于是每月初一十五,她们便停止一天麻将,或者标会的聚会,成群结队来到吴家阿婆的法堂上,虔诚地念经叩拜,布施散财,救济贫困,以求自身或家人的安宁。有些有疑难大症,有些有家庭纠纷,吴家阿婆一律慷慨施以许诺,答应在老法师灵前替她们祈求神助。

"我的太太，我看你的气色竟是不好呢！"吴家阿婆仔细端详了徐太太一番，摇头叹息。徐太太低首俯面忍不住伤心哭泣，向吴家阿婆道出了衷肠话来。

"亲妈，你老人家是看到的，"徐太太流着泪断断续续地诉说道，"我们徐先生和我结婚这么久，别说破脸，连句重话都向来没有过。我们徐先生是个争强好胜的人。他一向都这么说：'男人的心五分倒有三分应该放在事业上。'来台湾熬了这十来年，好不容易盼着他们水泥公司发达起来，他才出了头，我看他每天为公事在外面忙着应酬，我心里只有暗暗着急。事业不事业倒在其次，求祈他身体康宁，我们母子再苦些也是情愿的。谁知道打上月起，我们徐先生竟好像变了一个人似的。经常两晚三晚不回家。我问一声，他就摔碗砸筷，脾气暴得了不得。前天连两个孩子都挨了一顿狠打。有人传话给我听，说是我们徐先生外面有了人，而且人家还是个有头有脸的人物。亲妈，我这个本本分分的人哪里经过这些事情？人还撑得住不走样？"

"干小姐，"吴家阿婆拍了一下巴掌说道，"你不提呢，我也就不说了。你晓得我是最怕兜揽是非的人。你叫了我声亲妈，我当也就向着你些。你知道那个胖婆儿宋太太呀，她先生宋协理搞上个什么'五月花'的小酒女。她跑到我那里一把鼻涕一把眼泪要我替她求求老师父。我拿她先生的八字来一算，果然冲犯了东西。宋太太在老师父灵前许了重愿，我替她念了十二本经。现在她男人不是乖乖地回去了？后来我就劝宋太太：'整天少和那些狐狸精似的女人穷混，念经做善事要紧！'宋太太就一五一十地把你们徐先生的事情原原本本说了给我听。那个尹雪艳呀，你以为她是个什么好东西？她没有两下，就能笼得住这些人？连你们徐先生那么个正人君子她都有本事抓得牢。这种事情历史上是有的：褒姒、妲己、飞燕、太真——这起祸水！你以为都是真人吗？妖孽！凡是到了乱世，这些妖孽都纷纷下凡，扰乱人间。那个尹雪艳还不知道是个什么东西变的呢！我看你呀，总得变个法儿替你们徐先生消了这场灾难才好。"

"亲妈,"徐太太忍不住又哭了起来,"你晓得我们徐先生不是那种没有良心的男人。每次他在外面逗留了回来,他嘴里虽然不说,我晓得他心里是过意不去的。有时他一个人闷坐着猛抽烟,头筋叠暴起来,样子真唬人。我又不敢去劝解他,只有干着急。这几天他更是着了魔一般,回来嚷着说公司里人人都寻他晦气。他和那些工人也使脾气,昨天还把人家开除了几个。我劝他说犯不着和那些粗人计较,他连我也呵斥了一顿。他的行径反常得很,看着不像,真不由得不叫人担心哪!"

"就是说呀!"吴家阿婆点头说道,"怕是你们徐先生也犯着了什么吧?你且把他的八字递给我,回去我替他测一测。"

徐太太把徐壮图的八字抄给了吴家阿婆,说道:

"亲妈,全托你老人家的福了。"

"放心,"吴家阿婆临走时说道,"我们老师父最是法力无边,能够替人排难解厄的。"

然而老师父的法力并没有能够拯救徐壮图。有一天,正当徐壮图向一个工人拍起桌子喝骂的时候,那个工人突然发了狂,一把扁钻从徐壮图前胸刺穿到后背。

六

徐壮图的治丧委员会吴经理当了总干事。因为连日奔忙,风湿又弄犯了,他在极乐殡仪馆穿出穿进的时候,一径挂着拐杖,十分蹒跚。开吊的那一天,灵堂就设在殡仪馆里。一时亲朋好友的花圈丧幛白簇簇地一直排到殡仪馆的门口来。水泥公司同仁挽的却是"痛失英才"四个大字。来祭吊的人从早上九点钟开始络绎不绝。徐太太早已哭成了痴人,一身麻衣丧服带着两个孩子,跪在灵前答谢。吴家阿婆却率领了十二个道士,身着法衣,手执拂尘,在灵堂后面的法坛打解冤洗业醮。此外并有僧尼十数人在念经超度,拜大悲忏。

正午的时候,来祭吊的人早挤满了一堂,正当众人熙攘之际,突然人群里起了一阵骚动，接着全堂静寂下来，一片肃穆。原来尹雪艳不知什么时候却像一阵风一般地闪了进来。尹雪艳仍旧一身素白打扮，脸上未施脂粉，轻盈盈地走到管事台前，不慌不忙地提起毛笔，在签名簿上一挥而就地签上了名，然后款款地步到灵堂中央。客人们都倏地分开两边，让尹雪艳走到灵台跟前，尹雪艳凝着神，敛着容，朝着徐壮图的遗像深深地鞠了三鞠躬。这时在场的亲友大家都呆如木鸡。有些显得惊讶，有些却是愤愤，也有些满脸惶惑，可是大家都好似被一股潜力镇住了，未敢轻举妄动。这次徐壮图的惨死，徐太太那一边有些亲戚迁怒于尹雪艳，他们都没有料到尹雪艳居然有这个胆识闯进徐家的灵堂来。场合过分紧张突兀，一时大家都有点手足无措。尹雪艳行完礼后，却走到徐太太面前，伸出手抚摸了一下两个孩子的头，然后庄重地和徐太太握了一握手。正当众人面面相觑的当儿，尹雪艳却踏着她那轻盈盈的步子走出了极乐殡仪馆。一时灵堂里一阵大乱，徐太太突然跪倒在地，昏厥了过去，吴家阿婆赶紧丢掉拂尘，抢身过去，将徐太太抱到后堂去。

当晚，尹雪艳的公馆里又成上了牌局，有些牌搭子是白天在徐壮图祭悼会后约好的。吴经理又带了两位新客人来。一位是南国纺织厂新上任的余经理；另一位是大华企业公司的周董事长。这晚吴经理的手气却出了奇迹，一连串地在和满贯。吴经理不停地笑着叫着，眼泪从他烂掉了睫毛的血红眼圈一滴滴淌落下来。到了第二十圈，有一盘吴经理突然双手乱舞大叫起来：

"阿媛，快来！快来！'四喜临门'！这真是百年难见的怪牌。东、南、西、北——全齐了，外带自摸双！人家说和了大四喜，兆头不祥。我倒霉了一辈子，和了这副怪牌，从此否极泰来。阿媛，阿媛，侬看看这副牌可爱不可爱？有趣不有趣？"

吴经理喊着笑着把麻将撒满了一桌子。尹雪艳站到吴经理身边，轻轻地按着吴经理的肩膀，笑吟吟地说道：

"干爹，快打起精神多和两盘。回头赢了余经理及周董事长他们的钱，我来吃你的红！"

金大班的最后一夜

当台北市的闹区西门町一带华灯四起的时分,夜巴黎舞厅的楼梯上便响起了一阵杂沓的高跟鞋声,由金大班领队,身后跟着十来个打扮得衣着入时的舞娘,绰绰约约地登上了舞厅的二楼来,才到楼门口,金大班便看见夜巴黎的经理童得怀从里面窜了出来,一脸急得焦黄,搓手搓脚地朝她嚷道:

"金大班,你们一餐饭下来,天都快亮喽。客人们等不住,有几位早走掉啦。"

"哟,急什么? 这不是都来了吗?"金大班笑盈盈地答道,"小姐们孝敬我,个个争着和我喝双杯,我敢不生受她们的吗?"金大班穿了一件黑纱金丝相间的紧身旗袍,一个大道士髻梳得乌光水滑地高耸在头顶上;耳坠、项链、手串、发针,金碧辉煌地挂满了一身,她脸上早已酒意盎然,连眼皮盖都泛了红。

"你们闹酒我还管得着吗? 夜巴黎的生意总还得做呀!"童经理犹自不停地埋怨着。

金大班听见了这句话,且在舞厅门口煞住了脚,让那群咭咭呱呱的舞娘鱼贯而入走进了舞厅后,她才一只手撑在门柱上,把她那只鳄鱼皮皮包往背上一搭,一眼便睨住了童经理,脸上似笑非笑地开言道:

"童大经理,你这一箩筐话是顶真说的呢,还是闹着玩,若是闹着玩的,便罢了。若是认起真来,今天夜晚我倒要和你把这笔账给算算。你们夜巴黎要做生意吗?"金大班打鼻子眼里冷笑了一声。"莫怪我讲句居功的话:这五六年来,夜巴黎不靠了我玉观音金兆丽这块老牌子,就撑起今天这个场面了?华都的台柱小如意萧红美是谁给挖来的?华侨那对姊妹花绿牡丹粉牡丹难道又是你童大经理搬来的吗?天天来报到的这起大头里,少说也有一半是我的老相识,人家来夜巴黎花钞票,倒是捧你童某人的场来的呢!再说,我的薪水,你们只算到昨天。今天最后一夜,我来,是人情,不来,是本分。我说句你不爱听的话:我金兆丽在上海百乐门下海的时候,只怕你童某人连舞厅门槛还没跨过呢!舞场里的规矩,哪里就用得着你这位夜巴黎的大经理来教导了?"

金大班连珠炮似的把这番话抖了出来,也不等童经理搭腔,径自把舞厅那扇玻璃门一摔开,一双三寸的高跟鞋跺得通天价响,摇摇摆摆便走了进去。才一进门,便有几处客人朝她摇着手,一迭声的"金大班"叫了起来。金大班也没看清谁是谁,先把嘴一咧,一只鳄鱼皮皮包在空中乱挥了两下,便向化妆室里溜了进去。

娘个冬采!金大班走进化妆室把手皮包豁啷一声摔到了化妆台上,一屁股便坐到一面大化妆镜前,狠狠地啐了一口。好个没见过世面的赤佬!左一个夜巴黎,右一个夜巴黎。说起来不好听,百乐门里那间厕所只怕比夜巴黎的舞池还宽敞些呢,童得怀那副脸嘴在百乐门淘粪坑未必有他的份。金大班打开了一瓶巴黎之夜,往头上身上乱洒了一阵,然后对着那面镜子一面端详着发起怔来。真正霉头触足,眼看明天就要做老板娘了,还要受这种烂污瘪三一顿鸟气。金大班禁不住地摇着头颇带感慨地吁了一口气。在风月场中打了二十年的滚,才找到个户头,也就算她金兆丽少了点能耐了。当年百乐门的丁香美人任黛黛下嫁棉纱大王潘老头儿潘金荣的时候,她还刻薄过人家:我们细丁香好本事,钓到一头千年大金龟。其实潘老头儿在她金兆丽身上不知下过多少功夫,花的钱恐怕金山都打得起一座了。那时嫌人家老,又嫌人家有狐臭,才一脚踢给了任黛黛。她曾经对那些姊妹淘夸下海口:我才没有你们那样饿嫁,个个去捧块棺材板。可是那天在台北碰到任黛黛,坐在她男人开的那个富春楼绸缎庄里,风风光光,赫然是老板娘的模样,一个细丁香发福得两只膀子上的肥肉吊到了柜台上，摇着柄檀香扇，对她说道：玉观音，你这位观音大士还在苦海里普度众生吗？她还能说什么？只得牙痒痒地让那个刁妇把便宜捞了回去。多走了二十年的远路，如此下场，也就算不得什么轰烈了。只有像萧红美她们那种眼浅的小婊子才会捧着杯酒来对她说：到底我们大姐是领班，先中头彩。陈老板，少说些，也有两巴掌吧？刚才在状元楼，夜巴黎里那一起小娼妇，个个眼红得要掉下口水来了似的，把个陈发荣不知说成了什么稀罕物儿了。也难怪，那起小娼妇哪里见过从前那种日子？那种架势？当年在上海，拜倒在她玉观音裙下，像陈发荣那点根基的人，扳起脚指头来还数不完呢！两个巴掌是没有的事，她老早托人在新加坡打听得清清楚楚了：一个小橡胶厂，两栋老房子，前房老婆的儿女也早分了家。她私自估了一下，三四百万的家当总还少不了。这且不说，试了他这个把月，除了年纪大些，顶上无毛，出手有点抠巴，却也还是个实心人。那种台山乡下出来的，在南洋苦了一辈子，怎能怪他把钱看得天那么大？可是阳明山庄那幢八十万的别墅，一买下来，就过到了她金兆丽的名下。这么个土佬儿，竟也肯为她一掷千金，也就十分难为了他了。至于年纪哩，金大班凑近了那面大化妆镜，把嘴巴使劲一咧，她那张涂得浓脂艳粉的脸蛋儿，眼角子上突然便现出了几把鱼尾巴来。四十岁的女人，由得你理论别人的年纪吗？饶着像陈发荣那么个六十大几的老头儿，她还不知在他身上做了多少手脚呢。这个把月来，在宜香美容院就不知花了多少冤枉钱。拉面皮、扯眉毛——脸上就没剩下一块肉没受过罪。每次和陈老头儿出去的时候，竟像是披枷戴锁，上法场似的，勒肚子束腰，假屁股假奶，大七月里，绑得那一身的家私——金大班在小肚子上猛抓了两下——发得她一肚皮成饼成饼的热痱子，奇痒难耐。这还在其次，当陈老头儿没头没脸问起她贵庚几何的当儿，她还不得不装出一副小娘姨的腔调，矫情地捏起鼻子反问他：你猜？三十岁？娘个冬采！只有男人才瞎了眼睛。金大班不由得扑哧地笑出了声音来。哄他三十五，他竟吓得嘴巴张起茶杯口那么大，好像撞见了鬼似的。瞧他那副模样，大概除了他那个种田的黄脸婆，一辈子也没近过别的女人。来到台北一见到她，七魂先走了三魂，迷得无可无不可的。可是凭他怎样，到底年纪一大把了。金大班把腰一挺，一双奶子便高高地耸了起来。收拾起这么个老头儿来，只怕连手指头儿也不必翘一下哩。

金大班打开了她的皮包，掏出了一盒美国骆驼牌香烟点上一支，狠狠地抽了两口，才对着镜子若有所悟地点了一下头，难怪她从前那些姐妹淘个个都去捧块棺材板，原来却也有这等好处，省却了多少麻烦。年纪轻的男人，哪里肯这么安分？哪次秦雄下船回来，不闹得她周身发疼？她老老实实告诉他：她是四十靠边的人了，比他大六七岁呢，哪里还有精神来和他穷纠缠？偏他娘的，秦雄说他就喜欢比他年纪大的女人，解事体，懂温存。他到底要什么？要个妈吗？秦雄倒是对她说过：他从小便死了娘，在海上漂泊了一辈子也没给人疼过。说实话，他待她那份真也比对亲娘还要孝敬。哪怕他跑到世界哪个角落头，总要寄些玩意儿回来给她：香港的开什米毛衣、日本的和服绣花睡袍、泰国的丝绸，啰啰唆唆，从来没有断过；而且一个礼拜一封信，密密匝匝十几张信纸，也不知是从什么尺牍抄下来的："兆丽吾爱"——没的肉麻！他本人倒是个痴心汉子，只是不大会表情罢了。有一次，他回来，喝了点酒，一把抱住她，痛哭流涕。一个彪形大汉，竟倒在她怀中哭得像个小儿似的。为了什么呢？原来他在日本，一时寂寞，去睡了一个日本婆，他觉得对不起她，心里难过，这真正从何说起？他把她当成什么了？还是个十来岁的女学生，头一次谈恋爱吗？他兴冲冲地掏出他的银行存折给她看，他已经攒了七万块钱了，再等五年——五年，我的娘——等他在船上再做五年大副，他就回台北来，买房子讨她做老婆。她对他苦笑了一下，没有告诉他，她在百乐门走红的时候，一夜转出来的台子钱恐怕还不止那点。五年——再过五年她都好做他的祖奶奶了。要是十年前——金大班又猛吸了一口烟，颇带惆怅地思量道——要是十年前她碰见秦雄那么个痴心汉子，也许她真的就嫁了。十年前她金钱财宝还一大堆，那时她也存心再找一个对她真心真意的人。上一次秦雄出海，她一时兴起，到基隆去送他上船,码头上站满了那些船员的女人,船走了,一个个泪眼汪汪,望着海水都掉了魂似的。她心中不由得倒抽了一口冷气,这次她下嫁陈发荣,秦雄那里她连信也没去一封。秦雄不能怨她绝情,她还能像那些女人那样等掉了魂去吗?四十岁的女人不能等。四十岁的女人没有工夫谈恋爱。四十岁的女人——连真正的男人都可以不要。那么,四十岁的女人到底要什么呢?金大班把一截香烟屁股按熄在烟缸里,思索了片刻,突然她抬起头来,对着镜子歹恶地笑了起来。她要一个像任黛黛那样的绸缎庄,当然要比她那个大一倍,就开在她富春楼的正对面,先把价钱杀成八成,让那个贫嘴薄舌的刁妇也尝尝厉害,知道我玉观音金兆丽不是随便招惹得的。

"大姐——"

化妆室的门打开了,一个年轻的舞娘走了进来向金大班叫道。金大班正在用粉扑扑着面,她并没回过头去,从镜子里,她看见那是朱凤。半年前朱凤才从苗栗到台北,她原是个采茶娘,老子是酒鬼,后娘又不容,逼了出来。刚来夜巴黎,朱凤穿上高跟鞋,竟像踩高跷似的。不到一个礼拜,便把客人得罪了。童得怀劈头一阵臭骂,当场就要赶出去。金大班看见朱凤吓得抖索索,缩在一角,像只小兔儿似的,话都说不出来。她实在憎恶童得怀那副穷凶极恶的模样,一赌气,便把朱凤截了下来。她对童得怀拍起胸口说过:一个月内,朱凤红不起来,薪水由她金兆丽来赔。她在朱凤身上确实费了一番心思,舞场里的十八般武艺她都一一传授给她,而且还百般替她拉拢客人。朱凤也还争气,半年下来,虽然轮不上头牌,一晚上却也有十来张转台票子了。

"怎么了,红舞女?今晚转了几张台子了?"金大班看见朱凤进来,黯然坐在她身边,没有作声,便逗她问道。刚才在状元楼的酒席上,朱凤一句话也没说,眼皮盖一直红红的,金大班知道,朱凤平日依赖她惯了,这一走,自然有些慌张。

"大姐——"

朱凤隔了半晌又颤声叫道。金大班这才察觉朱凤的神色有异。

她赶紧转过身,朝着朱凤身上,狠狠地打量了一下,刹那间,她恍然大悟起来。

"遭了毒手了吧?"金大班冷冷问道。

近两三个月,有一个在台湾大学念书的香港侨生,夜夜来捧朱凤的场,那个小广仔长得也颇风流,金大班冷眼看去,朱凤竟是十分动心的样子。她三番四次警告过她:阔大少跑舞场,是玩票,认起真来,吃亏的总还是舞女。朱凤一直笑着,没肯承认,原来却瞒着她干下了风流的勾当,金大班朝着朱凤的肚子盯了一眼,难怪这个小娼妇勒了兜肚也要现原形了。

"人呢?"

"回香港去了。"朱凤低下了头,吞吞吐吐地答道。

"留下了东西没有?"金大班又追逼了一句,朱凤使劲地摇了几下头,没有作声。金大班突然觉得一腔怒火给勾了起来,这种没耳性的小婊子,自然是让人家吃的了。她倒不是为着朱凤可惜,她是为着自己花在朱凤身上那番心血白白糟蹋了,实在气不愤。好不容易,把这么个乡下土豆儿脱胎换骨,调理得水葱儿似的,眼看着就要大红大紫起来了,连万国的陈胖婆儿陈大班都跑来向她打听过朱凤的身价。她拉起朱凤的耳朵,咬着牙齿对她说:再忍一下,你出头的日子就到了。玩是玩,耍是耍,货腰娘第一大忌是让人家睡大肚皮。舞客里哪个不是狼心狗肺?哪怕你红遍了半边天,一知道你给人睡坏了,一个个都捏起鼻子鬼一样地跑了,就好像你身上沾了鸡屎似的。

"哦——"金大班冷笑了一下,把个粉扑往台上猛一砸,说,"你倒大方!人家把你睡大了肚子,拍拍屁股溜了,你连他鸟毛也没抓住半根!"

"他说他回香港一找到事,就汇钱来。"朱凤低着头,两手搓弄着手绢子,开始嘤嘤地抽泣起来。

"你还在做你娘的春秋大梦呢!"金大班霍然立了起来,走到朱凤身边,狠狠啐了一口,"你明明把条大鱼放走了,还抓得回来?既没有那种捉男人的屄本事,裤腰带就该扎紧些呀。现在让人家种下了祸根子,跑来这里一把鼻涕一把眼泪——哪一点叫我瞧得上?平时我教你的话都听到哪里去了。那个小王八想开溜吗?厕所里的来沙水你不会捧起来当着他灌下去?"金大班拉近了朱凤的耳根子喝问道。

"那种东西——"朱凤往后闪了一下,嘴唇哆嗦起来,"怕痛啊——"

"哦——怕痛吧!"金大班这下再也耐不住了,她一手扳起了朱凤的下巴,一手便戳到了她眉心上,"怕痛?怕痛为什么不滚回你苗栗家里当小姐去?要来这种地方让人家搂腰摸屁股?怕痛?到街上去卖家伙的日子都有你的份呢!"

朱凤双手掩起面,失声痛哭起来。金大班也不去理睬她,径自点了根香烟猛抽起来,她在室内踱了两转,然后突然走到朱凤面前,对她说道:

"你明天到我那里来,我带你去把你肚子里那块东西打掉。"

"啊——"朱凤抬头惊叫了一声。

金大班看见她死命地用双手把她那微微隆起的肚子护住,一脸抽搐着,白得像张纸一样。金大班不由得怔住了,她站在朱凤面前,默默地端详着她,她看见朱凤那双眼睛凶光闪闪,竟充满了怨毒,好像一只刚赖抱的小母鸡准备和偷它鸡蛋的人拼命了似的。她爱上了他了,金大班暗暗叹息道,要是这个小婊子真的爱上了那个小王八,那就没法了。这起还没尝过人生三昧的小娼妇,凭你说烂了舌头,她们未必听得入耳。连她自己那一次呢,她替月如怀了孕,姆妈和阿哥一个人揪住她一只膀子,要把她扛出去打胎。她捧住肚子满地打滚,对他们抢天呼地地哭道:要除掉她肚子里那块肉吗?除非先拿条绳子来把她勒死。姆妈好狠心,到底在面里暗下了一把药,把个已经成了形的男胎给打了下来。一辈子,只有那一次,她真的萌了短见:吞金、上吊、吃老鼠药、跳苏州河——偏他娘的,总也死不去。姆妈天天劝她:阿媛,你是聪明人。人家官家大少,独儿独子,哪里肯让你毁了前程去?你们这种卖腰的,日后拖着个无父无姓的野种,谁要你,姆妈的话也不能说没有道理。自从月如那个大官老子,派了几个卫士来,把月如从他们徐家汇那间小窝巢里绑走了以后,她就知道,今生今世,休想再见她那个小爱人的面了。不过那时她还年轻,一样也有许多傻念头。她要替她那个学生爱人生一个儿子,一辈子守住那个小孽障,哪怕街头讨饭也是心甘情愿的。难道卖腰的就不是人吗?那颗心一样也是肉做的呢。何况又是很标致的大学生。像朱凤这种刚下海的雏儿,有几个守得住的?

"拿去吧,"金大班把右手无名指上一只一克拉半的火油大钻戒卸了下来,掷到了朱凤怀里,"值得五百美金,够你和你肚子里那个小孽种过个一年半载的了。生了下来,你也不必回到这个地方来。这口饭,不是你吃得下的。"

金大班说着便把化妆室的门一摔开,朱凤追在后面叫了几声她也没有答理,径自跺着高跟鞋便摇了出去。外面舞池里老早挤满了人,雾一般的冷气中,闪着红红绿绿的灯光,乐队正敲打得十分热闹,舞池中一对对都像扭股糖儿似的粘了一起摇来晃去。金大班走过一个台子,一把便让一个舞客捞住了,她回头看时,原来是大化纺织厂的董事长周富瑞,专来捧小如意萧红美的。

"金大班,求求你做件好事。红美今夜的脾气不大好,恐怕要劳动你去请请才肯转过来。"周富瑞捏住金大班的膀子,一脸焦灼地说道。

"那也要看你周董事长怎么请我呢。"金大班笑道。

"你和陈老板的喜事——十桌酒席,怎样?"

"闲话一句!"金大班伸出手来和周富瑞重重握了一下,便摇到了萧红美那边,在她身旁坐下,对她悄悄说道:

"转完这一桌,过去吧。人家已经等掉魂了。"

"管他呢,"萧红美正在和桌子上几个人调笑,她头也不回就驳回道,"他的钞票又比别人的多值几文吗?你去跟他说:新加坡的蒙娜正在等他去吃消夜呢!"

"哦,原来是打翻了醋罐子。"金大班笑道。

"呸,他也配?"萧红美尖起鼻子冷笑了一声。

金大班凑近萧红美耳朵对她说道：

"看在大姐脸上，人家要送我十台酒席呢。"

"原来你和他暗地勾上了，"萧红美转过头来笑道，"干吗你不去陪他？"

金大班且不搭腔，乜斜了眼睛瞅着萧红美，两只手一把便抓到了萧红美的奶子上，吓得萧红美鸡猫鬼叫乱躲起来，惹得桌上的人都笑了。萧红美忙讨了饶，和金大班咬耳说道：

"那么你要对那个姓周的讲明白，他今夜完全沾了你的光，我可是没有放饶他。你金大姐是过来人，'打铁趁热'这句话不会不懂，等到凉了，那块铁还扳得动吗？"

金大班倚在舞池边的一根柱子上，一面用牙签剔着牙齿，一面看着小如意萧红美妖妖娆娆地便走到了周富瑞那边桌子去。萧红美穿了一件石榴红的透空纱旗袍，两筒雪白滚圆的膀子连肩带臂肉颤颤地便露在了外面，那一身的风情，别说男人见了要起火，就是女人见了也得动三分心呢。何况她又是个头一等难缠的刁妇，心黑手辣，耍了这些年，就没见她栽过一次筋斗。那个姓周的，在她身上少说些也贴了十把二十万了，还不知道连她的骚舐着了没有？这才是做头牌舞女的材料，金大班心中暗暗赞叹道，朱凤那块软皮糖只有替她拾鞋子的份儿。虽然说萧红美比起她玉观音金兆丽在上海百乐门时代的那种风头，还差了一大截，可是台北这一些舞厅里论起来，她小如意也是个拔尖货了。当年数遍了上海十里洋场，大概只有米高梅五虎将中的老大吴喜奎还能和她唱个对台。人家都说她们两人是九天媱女白虎星转世，来到黄浦滩头扰乱人间的；可是她偏偏却和吴喜奎那只母大虫结成了小姊妹，两个人晚上转完台子便到惠而康去吃炸子鸡，对扳着指头来较量，哪个的大头耍得多、耍得狠、耍得漂亮。伤风败德的事，那几年真干了不少，不晓得害了多少人，为着她玉观音妻离子散、家破人亡。后来吴喜奎抽身得早，不声不响便嫁了个生意人。她那时还直纳闷，觉得冷清了许多。来到台北，她到中和乡去看吴喜奎。没料到当年那只张牙舞爪的母大虫，竟改头换面，成了个大佛婆。吴喜奎家中设了个佛堂,里面供了两尊翡翠罗汉。她家里人说她终年吃素念经,连半步佛堂都不肯出。吴喜奎见了她,眼睛也不抬一下,摇着个头,叹道:啧,啧,阿丽,侬还在那种地方惹是非吓。听得她不由心中一寒。到底还是她们乖觉,一个个鬼赶似的都嫁了人,成了正果。只剩下她玉观音孤鬼一个,在那孽海里东飘西荡,一蹉跎便是二十年。偏她娘的,她又没有吴喜奎那种慧根。西天是别想上了,难道她也去学吴喜奎起个佛堂,里面真的去供尊玉观音不成?作一辈子的孽,没的玷辱了那些菩萨老爷!她是横了心了,等到两足一伸,便到那十八层地狱去尝尝那上刀山下油锅的滋味去。

"金大班——"

金大班转过头去,她看见原来靠近乐队那边有一台桌子上,来了一群小伙子,正在向她招手乱嚷,金大班认得那是一群在洋机关做事的浮滑少年,身上有两文,一个个骨子里都透着骚气。金大班照样也一咧嘴,风风标标地便摇了过去。

"金大班,"一个叫小蔡的一把便将金大班的手捏住笑嘻嘻地对她说道,"你明天要做老板娘了,我们小马说他还没吃着你炖的鸡呢。"说着桌子上那群小伙子都怪笑了起来。

"是吗?"金大班笑盈盈地答道,一屁股便坐在小蔡两只大腿中间,使劲地磨了两下,一只手勾到小蔡脖子上,说道:"我还没宰你这头小童子鸡,哪里来的鸡炖给他吃?"说着她另只手暗伸下去在小蔡的大腿上狠命一捏,捏得小蔡尖叫了起来。正当小蔡两只手不规矩的时候,金大班霍然跳起身来,推开他笑道:"别跟我闹,你们的老相好来了,没的教她们笑我'老牛吃嫩草'。"

说着几个转台子的舞女已经过来了,一个照面便让那群小伙子搂到舞池子中,贴起面婆娑起来。

"喂,小白脸,你的老相好呢?"

金大班正要走开的时候,却发现座上还有一个年轻男人没有招人伴舞。

"我不大会跳,我是来看他们的。"那个年轻男人嗫嚅地答道。

金大班不由得煞住了脚,朝他上下打量了一下,也不过是个二十上下的小伙子,恐怕还是个在大学里念书的学生,穿戴得倒十分整齐,一套沙市井的浅灰西装,配着根红条子领带,清清爽爽的,周身都露着怯态,一望便知是头一次到舞场来打野的嫩角色。金大班向他伸出了手,笑盈盈地说道:

"我们这里不许白看的呢,今晚我来倒贴你吧。"

说着金大班便把那个忸怩的年轻男人拉到了舞池里去。乐队正在奏着《小亲亲》,是一支慢四步。台上绿牡丹粉牡丹两姊妹穿得一红一绿互相搂着腰,妖妖娆娆地在唱着:

你呀你是我的小亲亲,
为什么你总对我冷冰冰?

金大班借着舞池边的柱灯,微仰着头,端详起那个年轻的男人来。她发觉原来他竟长得眉清目秀。趣青的须毛都还没有长老,头上的长发梳得十分妥帖,透着一阵阵贝林的甜香。他并不敢贴近她的身体,只稍稍搂着她的腰肢,生硬地走着。走了几步,便踢到她的高跟鞋,他惶恐地抬起头,腼腆地对她笑着,一直含糊地对她说着对不起,雪白的脸上一下子通红了起来。金大班对他笑了一下,很感兴味地瞅着他,大概只有第一次到舞场来的嫩角色才会脸红,到舞场来寻欢竟也会红脸——大概她就是爱上了会红脸的男人。那晚月如第一次到百乐门去,和她跳舞的时候,羞得连头都不抬起来,脸上一阵又一阵地泛着红晕。当晚她便把他带回了家里去,当她发觉他还是一个童男子的时候,她把他的头紧紧地搂进她怀里,贴在她赤裸的乳房上,两行热泪,突地涌了下来。那时她心中充满了感激和疼怜,得到了那样一个羞赧的男人的童贞。一刹那,她觉得她在别的男人身上所受的玷辱和亵渎,都随着她的泪水流走了一般。她一向都觉得男人的身体又脏又丑又臭,她和许多男人同过床,每次她都是偏过头去,把眼睛紧紧闭上的。可是那晚当月如睡熟了以后,她爬了起来,跪在床边,借着月光,痴痴地看着床上那个赤裸的男人。月光照到了他青白的胸膛和纤秀的腰肢上,她好像头一次真正看到了一个赤裸的男体一般,那一刻她才了悟原来一个女人对一个男人的肉体,竟也会那样发狂般地痴恋起来。当她把滚热的面腮轻轻地偎贴到月如冰凉的脚背上时,她又禁不住默默地哭泣起来了。

"这个舞我不会跳了。"那个年轻的男人说道。他停了下来,尴尬地望着金大班,乐队刚换了一支曲子。

金大班凝望了他片刻,终于温柔地笑了起来,说道:

"不要紧,这是三步,最容易,你跟着我,我来替你数拍子。"

说完她便把那个年轻的男人搂进怀里,面腮贴近了他的耳朵,轻轻地、柔柔地数着:

一二三——

一二三——

游园惊梦

　　钱夫人到达台北近郊天母窦公馆的时候,窦公馆门前两旁的汽车已经排满了,大多是官家的黑色小轿车,钱夫人坐的计程车开到门口她便命令司机停了下来。窦公馆的两扇铁门大敞,门灯高烧,大门两侧一边站了一个卫士,门口有个随从打扮的人正在那儿忙着招呼宾客的司机。钱夫人一下车,那个随从便赶紧迎了上来,他穿了一身藏青哔叽的中山装,两鬓花白。钱夫人从皮包里掏出了一张名片递给他,那个随从接过名片,即忙向钱夫人深深地行了一个礼,操了苏北口音,满面堆着笑容说道:

　　"钱夫人,我是刘副官,夫人大概不记得了?"

　　"是刘副官吗?"钱夫人打量了他一下,微带惊愕地说道,"对了,那时在南京到你们大悲巷公馆见过你的。你好,刘副官。"

　　"托夫人的福。"刘副官又深深地行了一礼,赶忙把钱夫人让了进去,然后抢在前面用手电筒照路,引着钱夫人走上一条水泥砌的汽车过道,绕着花园直往正屋里行去。

　　"夫人这向好?"刘副官一行引着路,回头笑着向钱夫人说道。

　　"还好,谢谢你,"钱夫人答道,"你们长官夫人都好呀?我有好些年没见着他们了。"

　　"我们夫人好,长官最近为了公事忙一些。"刘副官应道。

　　窦公馆的花园十分深阔,钱夫人打量了一下,满园子里影影绰绰,都是些树木花草,围墙周遭,却密密地栽了一圈椰子树,一片秋后的清月,已经升过高大的椰子树干子来了。钱夫人跟着刘副官绕过了几丛棕榈树,窦公馆那座两层楼的房子便赫然出现在眼前,整座大楼,上上下下灯火通明,亮得好像烧着了一般;一条宽敞的石级引上了楼前一个弧形的大露台,露台的石栏边沿上却整整齐齐地置了十来盆一排齐胸的桂花,钱夫人一踏上露台,一阵桂花的浓香便侵袭过来了。楼前正门大开,里面有几个仆人穿梭一般来往着,刘副官停在门口,哈着身子,做了个手势,毕恭毕敬地说了声:

"夫人请。"

钱夫人一走入门内前厅,刘副官便对一个女仆说道:

"快去报告夫人,钱将军夫人到了。"

前厅只摆了一堂精巧的红木几椅,几案上搁着一套景泰蓝的瓶尊,一只观音尊里斜插了几枝万年青;右侧壁上,嵌了一面鹅卵形的大穿衣镜。钱夫人走到镜前,把身上那件玄色秋大衣卸下,一个女仆赶忙上前把大衣接了过去。钱夫人往镜里瞟了一眼,很快地用手把右鬓一绺松弛的头发捩了一下,下午六点钟才去西门町红玫瑰做的头发,刚才穿过花园,吃风一撩,就乱了。钱夫人往镜子又凑近了一步,身上那件墨绿杭绸的旗袍,她也觉得颜色有点不对劲儿。她记得这种丝绸,在灯光底下照起来,绿莹莹翡翠似的,大概这间前厅不够亮,镜子里看起来,竟有点发乌。难道真的是料子旧了?这份杭绸还是从南京带出来的呢,这些年都没舍得穿,为了赴这场宴才从箱子底拿出来裁了的。早知如此,还不如到鸿翔绸缎庄买份新的。可是她总觉得台湾的衣料粗糙,光泽扎眼,尤其是丝绸,哪里及得上大陆货那么细致、那么柔熟?

"五妹妹到底来了。"一阵脚步声,窦夫人走了出来,一把便挽住了钱夫人的双手笑道。

"三阿姐,"钱夫人也笑着叫道,"来晚了,累你们好等。"

"哪里的话,恰是时候,我们正要入席呢。"

窦夫人说着便挽着钱夫人往正厅走去。在走廊上,钱夫人用眼角扫了窦夫人两下,她心中不禁觊觎起来:桂枝香果然还没有老。临离开南京那年,自己明明还在梅园新村的公馆替桂枝香请过三十岁的生日酒,得月台的几个姐妹淘都差不多到齐了——桂枝香的妹子后来嫁给任主席任子久做小的十三天辣椒,还有她自己的亲妹妹十七月月红——几个人还学洋派凑份子替桂枝香定制了一个三十寸双层的大寿糕,上面足足插了三十根红蜡烛。现在她总该有四十大几了吧?钱夫人又朝窦夫人瞄了一下。窦夫人穿了一身银灰洒朱砂的薄纱旗袍,足上也配了一双银灰闪光的高跟鞋,右手的无名指上戴了一只莲子大的钻戒,左腕也笼了一副白金镶碎钻的手串,发上却插了一把珊瑚缺月钗,一对寸把长的紫瑛坠子直吊下发脚外来,衬得她丰白的面庞愈加雍容矜贵起来。在南京那时,桂枝香可没有这般风光,她记得她那时还做小,窦瑞生也不过个次长,现在窦瑞生的官大了,桂枝香也扶了正,难为她熬了这些年,到底给她熬出了头了。

"瑞生到南部开会去了,他听说五妹妹今晚要来,还特地着我向你问好呢。"窦夫人笑着侧过头来向钱夫人说道。

"哦,难为窦大哥还那么有心。"钱夫人笑道。一走近正厅。里面一阵人语喧笑便传了出来。窦夫人在正厅门口停了下来,又握住钱夫人的双手笑道:

"五妹妹,你早就该搬来台北了,我一直都挂着,现在你一个人住在南部那种地方有多冷清呢!今夜你是无论如何缺不得席的——十三也来了。"

"她也在这儿吗?"钱夫人问道。

"你知道呀,任子久一死,她便搬出了任家,"窦夫人说着又凑到钱夫人耳边笑道,"任子久是有几份家当的,十三一个人也算过得舒服了。今晚就是她起的哄,来到台湾还是头一遭呢。她把'赏心乐事'票房里的几位朋友搬了来,锣鼓笙箫都是全的,他们还巴望着你上去显两手呢。"

"罢了,罢了,哪里还能来这个玩意儿!"钱夫人急忙挣脱了窦夫人,摆着手笑道。

"客气话不必说了,五妹妹,连你蓝田玉都说不能,别人还敢开腔吗?"窦夫人笑道,也不等钱夫人分辩便挽了她往正厅里走去。

正厅里东一堆西一堆,锦簇绣丛一般,早坐满了衣裙明艳的客人。厅堂异常宽大，呈凸字形，是个中西合璧的款式。左半边置着一堂软垫沙发，右半边置着一堂紫檀硬木桌椅，中间地板上却隔着一张两寸厚刷着二龙抢珠的大地毯。沙发两长四短，对开围着，黑绒底子洒满了醉红的海棠叶儿，中间一张长方矮几上摆了一只两尺高的青天细瓷胆瓶，瓶里冒着一大蓬金骨红肉的龙须菊。右半边八张紫檀椅子团团围着一张嵌纹石桌面的八仙桌，桌上早布满了各式的糖盒茶具。厅堂凸字尖端，也摆着六张一式的红木靠椅，椅子三三分开，圈了个半圆，中间缺口处却高高竖了一档乌木架流云蝙蝠镶云母片的屏风。钱夫人看见那些椅子上搁满了铙钹琴弦，椅子前端有两个木架，一个架着一只小鼓，另一个却齐齐地插了一排笙箫管笛。厅堂里灯光辉煌，两旁的座灯从地面斜射上来，照得一面大铜锣金光闪烁。

窦夫人把钱夫人先引到厅堂左半边，然后走到一张沙发跟前对一位五十多岁穿了珠灰旗袍、带了一身玉器的女客说道：

"赖夫人，这是钱夫人，你们大概见过面的吧？"

钱夫人认得那位女客是赖祥云的太太，以前在南京时，社交场合里见过几面。那时赖祥云大概是个司令官，来到台湾，报纸上倒常见到他的名字。

"这位大概就是钱鹏公的夫人了？"赖夫人本来正和身旁一位男客在说话，这下才转过身来，打量了钱夫人半晌，款款地立了起来笑着说道。一面和钱夫人握手，一面又扶了头，说道：

"我是说面熟得很！"

然后转向身边一位黑红脸、身材肥硕、头顶光秃、穿了宝蓝丝葛长袍的男客说：

"刚才我还和余参军长聊天，梅兰芳第三次南下到上海在丹桂第一台唱的是什么戏，再也想不起来了。你们瞧，我的记性！"

余参军长老早立了起来，朝着钱夫人笑嘻嘻地行了一个礼说道：

"夫人久违了。那年在南京励志社大会串瞻仰过夫人的风采的。我还记得夫人票的是《游园惊梦》呢！"

"是呀，"赖夫人接嘴道，"我一直听说钱夫人的盛名，今天晚上总算有耳福要领教了。"

钱夫人赶忙向余参军长谦谢了一番，她记得余参军长在南京时来过她公馆一次，可是她又仿佛记得他后来好像犯了什么大案子被革了职退休了。接着窦夫人又引着她过去，把在座的几位客人都一一介绍一轮。几位夫人太太她一个也不认识，她们的年纪都相当轻，大概来到台湾才兴起来的。

"我们到那边去吧，十三和几位票友都在那儿。"

窦夫人说着又把钱夫人领到厅堂的右手边去。她们两人一过去，一位穿红旗袍的女客便踏着碎步迎了上来，一把便将钱夫人的手臂勾了过去，笑得全身乱颤说道：

"五阿姐，刚才三阿姐告诉我你也要来，我就喜得叫道：'好哇，今晚可真把名角儿给抬了出来了！'"

钱夫人方才听窦夫人说天辣椒蒋碧月也在这里，她心中就踌躇了一番，不知天辣椒嫁人这些年，可收敛了一些没有。那时大伙儿在南京夫子庙得月台清唱的时候，有风头总是她占先，扭着她们师傅专拣讨好的戏唱。一出台，也不管清唱的规矩，就脸朝了那些捧角的，一双眼睛钩子一般，直伸到台下去。同是一个娘生的，性格儿却差得那么远。论到懂世故，有担待，除了她姐姐桂枝香再也找不出第二个人来。桂枝香那儿的便宜，天辣椒也算捡尽了。任子久连她姐姐的聘礼都下定了，天辣椒却有本事拦腰一把给夺了过去。也亏桂枝香有涵养，等了多少年才委委屈屈做了窦瑞生的偏房。难怪桂枝香老叹息说："是亲妹子才专拣自己的姐姐往脚下踹呢！"钱夫人又打量了一下天辣椒蒋碧月，蒋碧月穿了一身火红的缎子旗袍，两只手腕上，铮铮锵锵，直戴了八只扭花金丝镯，脸上勾得十分入时，眼皮上抹了眼圈膏，眼角儿也着了墨，一头蓬得像鸟窝似的头发，两鬓上却刷出几只俏皮的月牙钩来。任子久一死，这个天辣椒比从前反而愈更标劲，愈更佻达了。这些年的动乱，在这个女人身上，竟找不出半丝痕迹来。

"哪,你们见识见识吧,这位钱夫人才是真正的女梅兰芳呢!"

蒋碧月挽了钱夫人向座上的几位男女票友客人介绍道。几位男客都慌忙不迭站了起来朝了钱夫人含笑施礼。

"碧月,不要胡说,给这几位内行听了笑话。"

钱夫人一行还礼,一行轻轻责怪蒋碧月道。

"碧月的话倒没有说差,"窦夫人也插嘴笑道,"你的昆曲也算得了梅派的真传了。"

"三阿姐——"

钱夫人含糊叫了一声,想分辩几句。可是若论到昆曲,连钱鹏志也对她说过:

"老五,南北名角我都听过,你的'昆腔'也算是个好的了。"

钱鹏志说,就是为着在南京得月台听了她的《游园惊梦》,回到上海去,日思夜想,心里怎么也丢不下,才又转了回来娶她的。钱鹏志一径对她讲,能得她在身边,唱几句"昆腔"作娱,他的下半辈子也就无所求了。那时她刚在得月台冒红,一句"昆腔",台下满堂彩,得月台的师傅说:一个夫子庙算起来,就数蓝田玉唱得最正派。

"就是说呀,五阿姐,你来见见,这位徐经理太太也是个昆曲大王呢,"蒋碧月把钱夫人引到一位着黑旗袍,十分净扮的年轻女客跟前说道,然后又笑着向窦夫人说,"三阿姐,回头我们让徐太太唱'游园',五阿姐唱'惊梦',把这出昆腔的戏祖宗搬出来,让两位名角上去较量较量,也好给我们饱饱耳福。"

那位徐太太连忙站了起来,道了不敢。钱夫人也赶忙谦让了几句,心中却着实嗔怪天辣椒太过冒失,今天晚上这些人,大概没有一个不懂戏的,恐怕这位徐经理太太就现放着是个好角色,回头要真给抬了上去,倒不可以大意呢。运腔转调,这些人都不足畏,倒是在南部这么久,嗓子一直没有认真吊过,却不知如何了。而且裁缝师傅的话果然说中:台北不兴长旗袍喽。在座的——连那个老得脸上起了鸡皮皱的赖夫人在内,个个的旗袍下摆都缩得差不多到膝盖上去了,露出大半截腿子来。在南京那时,哪个夫人的旗袍不是长得快拖到脚面上来了？后悔没有听从裁缝师傅,回头穿了这身长旗袍站出去,不晓得还登不登样。一上台,一亮相,最要紧。那时在南京梅园新村请客唱戏,每次一站上去,还没有开腔就先把那台下压住了。

"程参谋,我把钱夫人交给你了。你不替我好好伺候着,明天罚你做东。"

窦夫人把钱夫人引到一位三十多岁的军官面前笑着说道,然后转身悄声对钱夫人说:"五妹妹,你在这里聊聊,程参谋最懂戏的,我得进去招呼着上席。"

"钱夫人久仰了。"

程参谋朝着钱夫人,立了正,利落地一鞠躬,行了一个军礼。他穿了一身浅泥色凡立丁的军礼服,外套的翻领上别了一副金亮的两朵梅花中校领章,一双短筒皮靴靠在一起,乌光水滑的。钱夫人看见他笑起来时,咧着一口齐琭琭净白的牙齿,容长的面孔,下巴剃得青亮,眼睛细长上挑,随一双飞扬的眉毛,往两鬓插去,一杆葱的鼻梁,鼻尖却微微下侷,一头墨浓的头发,处处都揿得妥妥帖帖。他的身段颀长,着了军服分外英发,可是钱夫人觉得他这一声招呼里却又透着几分温柔,半点也没带武人的粗糙。

"夫人请坐。"

程参谋把自己的椅子让了出来,将椅子上那张海绵椅垫挪挪正,请钱夫人就了座,然后立即走到那张八仙桌端了一盅茉莉香片及一个四色糖盒,钱夫人正要伸出手去接过那盅石榴红的瓷杯,程参谋却低声笑道:

"小心烫了手,夫人。"

然后打开了那个描金乌漆糖盒,侷下身去,双手捧到钱夫人面前,笑吟吟地望着钱夫人,等她挑选。钱夫人随手抓了一把松瓤,程参谋忙劝止道:

"夫人,这个东西顶伤嗓子。我看夫人还是尝颗蜜枣,润润喉吧。"

随着便拈起一根牙签挑了一枚蜜枣,递给钱夫人,钱夫人道了谢，将那枚蜜枣接了过来，塞到嘴里，一阵沁甜的蜜味，果然十分甘芳。程参谋另外多搬了一张椅子，在钱夫人右侧坐了下来。

"夫人最近看戏没有?"程参谋坐定后笑着问道。他说话时，身子总是微微倾斜过来，十分专注似的，钱夫人看见他又露了一口白净的牙齿来，灯光下，照得莹亮。

"好久没看了，"钱夫人答道，她低下头去，细细地啜了一口手里那盅香片，"住在南部，难得有好戏。"

"张爱云这几天正在国光戏院演《洛神》呢，夫人。"

"是吗?"钱夫人应道，一直俯着首在饮茶，沉吟了半晌才说道，"我还是在上海天蟾舞台看她演过这出戏——那是好久以前了。"

"她的做功还是在的，到底不愧是'青衣祭酒'，把个宓妃和曹子建两个人那段情意，演得细腻到了十分。"

钱夫人抬起头来，触到了程参谋的目光，她即刻侧了头去，程参谋那双细长的眼睛，好像把人都罩住了似的。

"谁演得这般细腻呀?"天辣椒蒋碧月插了进来笑道，程参谋赶忙立起来，让了座。蒋碧月抓了一把朝阳瓜子，跷起腿嗑着瓜子笑道："程参谋，人人说你懂戏，钱夫人可是戏里的'通天教主'，我看你趁早别在这儿班门弄斧了。"

"我正在和钱夫人讲究张爱云的《洛神》，向钱夫人讨教呢。"程参谋对蒋碧月说着，眼睛却瞟向了钱夫人。

"哦，原来是说张爱云吗?"蒋碧月扑哧笑了一下，"她在台湾教教戏也就罢了，偏偏又要去唱《洛神》，扮起宓妃来也不像呀！上礼拜六我才去国光看了，买到了后排，只见她嘴巴动，声音也听不到，半出戏还没唱完，她嗓子先就哑掉了——嗳唷，三阿姐来请上席了。"

一个仆人拉开了客厅通到饭厅的一扇镂空卍字的桃花心木推门。窦夫人已经从饭厅里走了出来。整座饭厅银素装饰，明亮得像雪洞一般，两桌席上，却是猩红的细布桌面，盆碗羹箸一律都是银的。客人们进去后都你推我让，不肯上坐。

"还是我占先吧，这般让法，这餐饭也吃不成了，倒是辜负了主人这番心意!"

赖夫人走到第一桌的主位坐了下来,然后又招呼着余参军长说道:

"参军长,你也来我旁边坐下吧。刚才梅兰芳的戏,我们还没有论出头绪来呢。"

余参军长把手一拱,笑嘻嘻地道了一声:"遵命。"客人们哄然一笑便都相随入了席。到了第二桌,大家又推让起来了,赖夫人隔着桌子向钱夫人笑着叫道:

"钱夫人,我看你也学学我吧。"

窦夫人便过来拥着钱夫人走到第二桌主位上,低声在她耳边说道:

"五妹妹,你就坐下吧。你不占先,别人不好入座的。"

钱夫人环视了一下,第二桌的客人都站在那儿带笑瞅着她。钱夫人赶忙含糊地推辞了两句,坐了下去,一阵心跳,连她的脸都有点发热了。倒不是她没经过这种场面,好久没有应酬,竟有点不惯了。从前钱鹏志在的时候,筵席之间,十有八九的主位,倒是他占先的。钱鹏志的夫人当然上座,她从来也不必推让。南京那起夫人太太,能僭过她辈分的,还数不出几个来。她可不能跟那些官儿的姨太太去比,她可是钱鹏志明公正道迎回去做填房夫人的。可怜桂枝香那时出面请客都没份儿,连生日酒还是她替桂枝香做的呢。到了台湾,桂枝香才敢这么出头摆场面,而她那时才冒二十岁,一个清唱的姑娘,一夜间便成了将军夫人了。卖唱的嫁给小户人家还遭多少议论,又何况是入了侯门?连她亲妹子十七月月红还刻薄过她两句:姐姐,你的辫子也该铰了,明日你和钱将军走在一起,人家还以为你是他的孙女儿呢!钱鹏志娶她那年已经六十靠边了,然而怎么说她也是他正正经经的填房夫人啊。她明白她的身份,她也珍惜她的身份。跟了钱鹏志那十几年,筵前酒后,哪次她不是捏着一把冷汗,凭是多大的场面,总是应付得妥妥帖帖的?走在人前,一样风华蹁跹,谁又敢议论她是秦淮河得月台的蓝田玉了?

"难为你了,老五。"

钱鹏志常常抚着她的腮对她这样说道。她听了总是心里一酸,许多的委屈却是没法诉的。难道她还能怨钱鹏志吗？是她自己心甘情愿的。钱鹏志娶她的时候就分明和她说清楚了。他是为着听了她的《游园惊梦》才想把她接回去伴他的晚年的。可是她妹子月月红说的呢，钱鹏志好当她的爷爷了，她还要希冀什么？到底应了得月台瞎子师娘那把铁嘴：五姑娘，你们这种人只有嫁给年纪大的，当女儿一般疼惜算了。年轻的，哪里靠得住？可是瞎子师娘偏偏又捏着她的手，眨巴着一双青光眼叹息道：荣华富贵你是享定了，蓝田玉，只可惜你长错了一根骨头，也是你前世的冤孽！不是冤孽还是什么？除却天上的月亮摘不到，世上的金钱财宝，钱鹏志怕不都设法捧了来讨她的欢心。她体验得出钱鹏志那番苦心。钱鹏志怕她念着出身低微，在达官贵人面前气馁胆怯，总是百般怂恿着她，讲排场，耍派头。梅园新村钱夫人宴客的款式怕不噪反了整个南京城，钱公馆里的酒席钱，"袁大头"就用得罪过花啦的。单就替桂枝香请生日酒那天吧，梅园新村的公馆里一摆就是十台，摩笛的是仙霓社里大江南北第一把笛子吴声豪，大厨师却是花了十块大洋特别从桃叶渡的绿柳居接来的。

"窦夫人，你们大师傅是哪儿请来的呀？来到台湾我还是头一次吃到这么讲究的鱼翅呢。"赖夫人说道。

"他原是黄钦之黄部长家在上海时候的厨子，来台湾才到我们这儿的。"窦夫人答道。

"那就难怪了，"余参军长接口道，"黄钦公是有名的美食家呢。"

"哪天要能借到府上的大师傅去烧个翅，请起客来就风光了。"赖夫人说道。

"那还不容易？我也乐得去白吃一餐呢！"窦夫人说，客人们都笑了起来。

"钱夫人，请用碗翅吧。"程参谋盛了一碗红烧鱼翅，加了一羹匙镇江醋，搁在钱夫人面前，然后又低声笑道：

"这道菜，是我们公馆里出了名的。"

钱夫人还没来得及尝鱼翅，窦夫人却从隔壁桌子走了过来。敬了一轮酒，特别又叫程参谋替她斟满了，走到钱夫人身边，按着她的肩膀笑道：

"五妹妹，我们俩好久没对过杯了。"

说完便和钱夫人碰了一下杯，一口喝尽，钱夫人也细细地干掉了。窦夫人离开时又对程参谋说道：

"程参谋，好好替我劝酒啊。你长官不在，你就在那一桌替他做主人吧。"

程参谋立起来，执了一把银酒壶，弯了身，笑吟吟便往钱夫人杯里筛酒，钱夫人忙阻止道：

"程参谋，你替别人斟吧，我的酒量有限得很。"

程参谋却站着不动，望着钱夫人笑道：

"夫人，花雕不比别的酒，最易发散。我知道夫人回头还要用嗓子，这个酒暖得正好，少喝点儿，不会伤喉咙的。"

"钱夫人是海量，不要饶过她！"

坐在钱夫人对面的蒋碧月却走了过来，也不用人让，自己先斟满了一杯，举到钱夫人面前笑道：

"五阿姐，我也好久没有和你喝过双盅儿了。"

钱夫人推开了蒋碧月的手，轻轻咳了一下说道：

"碧月，这样喝法要醉了。"

"到底是不赏妹子的脸，我喝双份儿好了，回头醉了，最多让他们抬回去就是啦。"

蒋碧月一仰头便干了一杯，程参谋连忙捧上另一杯，她也接过去一气干了，然后把个银酒杯倒过来，在钱夫人脸上一晃。客人们都鼓起掌来喝道：

"到底是蒋小姐豪兴！"

钱夫人只得举起了杯子，缓缓地将一杯花雕饮尽。酒倒是烫得暖暖的，一下喉，就像一股热流般，周身游荡起来了。可是台湾的花雕到底不及大陆的那么醇厚，饮下去终究有点割喉。虽说花雕容易发散，饮急了，后劲才凶呢。没想到真正从绍兴办来的那些陈年花雕也那么伤人。那晚到底中了她们的道儿！她们大伙儿都说，几杯花雕哪里就能把嗓子喝哑了？难得是桂枝香的好日子，姐妹们不知何日才能聚得齐，主人尚且不开怀，客人哪能尽兴呢？连月月红十七也夹在里面起哄：姐姐，我们姐妹俩儿也来干一杯，亲热亲热一下。月月红穿了一身大金大红的缎子旗袍，艳得像只鹦哥儿，一双眼睛，鹘伶伶的尽是水光。姐姐不赏脸，她说，姐姐到底不赏妹子的脸，她说道。逞够了强，捡够了便宜，还要赶着说风凉话。难怪桂枝香叹息：是亲妹子才专拣自己的姐姐往脚下踹呢。月月红——就算她年轻不懂事，可是他郑彦青就不该也跟了来胡闹了。他也捧了满满的一杯酒，咧着一口雪白的牙齿说道：夫人，我也来敬夫人一杯。他喝得两颧鲜红，眼睛烧得像两团黑火，一双带刺的马靴啪嗒一声并在一起，弯着身腰柔柔地叫道：夫人——

"这下该轮到我了，夫人。"程参谋立起身，双手举起了酒杯，笑吟吟地说道。

"真的不行了，程参谋。"钱夫人微俯着首，喃喃说道。

"我先干三杯，表示敬意，夫人请随意好了。"

程参谋一连便喝了三杯，一片酒晕把他整张脸都盖了过去了。他的额头发出了亮光，鼻尖上也冒出几颗汗珠子来。钱夫人端起了酒杯，在唇边略略沾了一下。程参谋替钱夫人拈了一只贵妃鸡的肉翅，自己也夹了一个鸡头来过酒。

"嗳唷，你敬的是什么酒呀？"

对面蒋碧月站起来，伸头前去嗅了一下余参军长手里那杯酒，尖着嗓门叫了起来，余参军长正捧着一只与众不同的金色鸡缸杯在敬蒋碧月的酒。

"蒋小姐，这杯是'通宵酒'哪。"余参军长笑嘻嘻地说道，他那张黑红脸早已喝得像猪似的了。

"呀呀啐，何人与你们通宵哪！"蒋碧月把手一挥，操起戏白说道。

"蒋小姐，百花亭里还没摆起来，你先就'醉酒'了。"赖夫人隔着桌子笑着叫道，客人们又一声哄笑起来。窦夫人也站了起来对客人们说道：

"我们也该上场了，请各位到客厅那边宽坐去吧。"

客人们都立了起来，赖夫人带头，鱼贯而入进到客厅里，分别坐下。几位男票友却走到那档屏风面前几张红木椅子就了座，一边调弄起管弦来。六个人，除了胡琴外，一个拉二胡，一个弹月琴，一个管小鼓拍板，另外两个人立着，一个擎了一对铙钹，一个手里却吊了一面大铜锣。

"夫人，那位杨先生真是把好胡琴，他的笛子，台湾还找不出第二个人呢，回头你听他一吹，就知道了。"

程参谋指着那位操胡琴姓杨的票友，在钱夫人耳根下说道。钱夫人微微斜靠在一张单人沙发上，程参谋在她身旁一张皮垫矮圆凳上坐了下来。他又替钱夫人沏一盅茉莉香片，钱夫人一面品着茶，一面顺着程参谋的手，朝那位姓杨的票友望去。那位姓杨的票友约莫五十上下，穿了一件古铜色起暗团花的熟罗长衫，面貌十分清癯，一双手手指修长，洁白得像十管白玉一般，他将一柄胡琴从布袋子里抽了出来，腿上垫上一块青搭布，将胡琴搁在上面，架上了弦弓，随便咿呀地调了一下，微微将头一垂，一扬手，猛的一声胡琴，便像抛线一般蹿了起来，一段《夜深沉》，奏得十分清脆嘹亮，一奏毕，余参军长头一个便跳了起来叫了声："好胡琴！"客人们便也都鼓起掌来。接着锣鼓齐鸣，奏出了一支《将军令》的上场牌子来。窦夫人也跟着满客厅一一去延请客人们上场演唱，正当客人们互相推让间，余参军长已经拥着蒋碧月到胡琴那边，然后打起丑腔叫道：

"启娘娘，这便是百花亭了。"

蒋碧月双手捂着嘴，笑得前俯后仰，两只腕上几个扭花金镯子，铮铮锵锵地抖响着。客人们都跟着喝彩，胡琴便奏出了《贵妃醉酒》里的四平调。蒋碧月身也不转，面朝了客人便唱了起来，唱到过门的时候，余参军长跑出去托了一个朱红茶盘进来，上面搁了那只金色的鸡缸杯，一手撩了袍子，在蒋碧月跟前做了半跪的姿势，效那高力士叫道：

"启娘娘,奴婢敬酒。"

蒋碧月果然装了醉态,东歪西倒地做出了种种身段,一个卧鱼弯下身去,用嘴将那只酒杯衔了起来,然后又把杯子当啷一声掷到地上,唱出了两句:

> 人生在世如春梦
> 且自开怀饮几盅

客人们早笑得滚作了一团,窦夫人笑得岔了气,沙着喉咙对赖夫人喊道:

"我看我们碧月今晚真的醉了!"

赖夫人笑得直用绢子揩眼泪,一面大声叫道:

"蒋小姐醉了倒不要紧,只是莫学那杨玉环又去喝一缸醋就行了。"

客人们正在闹着要蒋碧月唱下去,蒋碧月却摇摇摆摆地走了下来,把那位徐太太给抬了上去,然后对客人们宣布道:

"'赏心乐事'的昆曲台柱来给我们唱'游园'了,回头再请另一位昆曲皇后、梅派正宗传人——钱夫人来接唱'惊梦'。"

钱夫人赶忙抬起了头来,将手里的茶杯搁到左边的矮几上,她看见徐太太已经站到了那档屏风前面,半背着身子,一只手却扶在插笙箫的那只乌木架上。她穿了一身净黑的丝绒旗袍,脑后松松地绾了一个贵妇髻,半面脸微微向外,莹白的耳垂露在发外,上面吊着一丸翠绿的坠子。客厅里几只喇叭形的座灯像数道注光,把徐太太那窈窕的身影,袅袅娜娜地推送到那档云母屏风上去。

"五阿姐,你仔细听听,看看徐太太的'游园'跟你唱的可有个高下。"

蒋碧月走了过来,一下子便坐到了程参谋的身边,伸过头来,一只手拍着钱夫人的肩,悄声笑着说道。

"夫人,今晚总算我有缘,能领教夫人的'昆腔'了。"

程参谋也转过头来,望着钱夫人笑道。钱夫人睇着蒋碧月手腕上那几只金光乱窜的扭花镯子,她忽然感到一阵微微的晕眩,一股酒意涌上了她的脑门似的,刚才灌下去的那几杯花雕好像渐渐着力了,她觉得两眼发热,视线都有点蒙眬起来。蒋碧月身上那袭红旗袍如同一团火焰,一下子明晃晃地烧到了程参谋的身上,程参谋衣领上那几枚金梅花,便像火星子般,跳跃了起来。蒋碧月的一对眼睛像两丸黑水银在她醉红的脸上溜转着,程参谋那双细长的眼睛却眯成了一条缝,射出了逼人的锐光,两张脸都向着她,一齐咧着整齐的白牙,朝她微笑着,两张红得发油光的面靥渐渐地靠拢起来,凑在一块儿,咧着白牙,朝她笑着。笛子和洞箫都鸣了起来,笛音如同流水,把靡靡下沉的箫声又托了起来,送进"游园"的《皂罗袍》中去——

　　　　原来姹紫嫣红开遍

　　　　似这般都付与断井颓垣

　　　　良辰美景奈何天

　　　　便赏心乐事谁家院——

　　杜丽娘唱的这段"昆腔"便算是昆曲里的警句了。连吴声豪也说:钱夫人,您这段《皂罗袍》便是梅兰芳也不能过的。可是吴声豪的笛子却偏偏吹得那么高(吴师傅,今晚让她们灌多了,嗓子靠不住,你换支调门儿低一点儿的笛子吧)。吴声豪说,练嗓子的人,第一要忌酒;然而十七月月红却端着那杯花雕过来说道:姐姐,我们姐妹俩儿也来干一杯。她穿得大金大红的,还要说:姐姐,你不赏脸。不是这样说,妹子,不是姐姐不赏脸,实在为着他是姐姐命中的冤孽。瞎子师娘不是说过:荣华富贵——蓝田玉,可惜你长错了一根骨头。冤孽啊。他可不就是姐姐命中招的冤孽吗?懂吗?妹子,冤孽。然而他也捧着酒杯过来叫道:夫人。他笼着斜皮带,戴着金亮的领章,腰杆扎得挺细,一双带白铜刺的长筒马靴乌光水滑地啪嗒一声靠在一起,眼皮都喝得泛了桃花,却叫道:夫人。谁不知道南京梅园新村的钱夫人呢？钱鹏公,钱将军的夫人啊。钱鹏志的夫人。钱鹏志的随从参谋。钱将军的夫人。钱将军的参谋。钱将军。难为你了,老五,钱鹏志说道,可怜你还那么年轻。然而年轻人哪里会有良心呢？瞎子师娘说,你们这种人,只有年纪大的才懂得疼惜啊。荣华富贵——只可惜长错了一根骨头。懂吗？妹子,他就是姐姐命中招的冤孽了。钱将军的夫人。钱将军的随从参谋。将军夫人。随从参谋。冤孽,我说。冤孽,我说。(吴师傅,换支低一点儿的笛子吧,我的嗓子有点不行了。哎,这段《山坡羊》。)

　　　　没乱里春情难遣

　　　　蓦地里怀人幽怨

　　　　则为俺生小婵娟

　　　　拣名门一例一例里神仙眷

　　　　甚良缘把青春抛的远

　　　　俺的睡情谁见——

　　那团红火焰又熊熊地冒了起来了,烧得那两道飞扬的眉毛,发出了青湿的汗光。两张醉红的脸又渐渐地靠拢在一处,一齐咧着白牙,笑了起来。笛子上那几根玉管子似的手指,上下飞跃着。那袅袅袅的身影儿,在那档雪青的云母屏风上,随着灯光,仿仿佛佛地摇曳起来。笛声愈来愈低沉,愈来愈凄咽,好像把杜丽娘满腔的怨情都吹了出来似的。杜丽娘快要入梦了,柳梦梅也该上场了。可是吴声豪却说,"惊梦"里幽会那一段,最是露骨不过的。(吴师傅,低一点儿吧,今晚我喝多了酒。)然而他却偏捧着酒杯过来叫道:夫人。他那双乌光水滑的马靴啪嗒一声靠在一处,一双白铜马刺扎得人的眼睛都发疼了。他喝得眼皮泛了桃花,还要那么叫道:夫人。我来扶你上马,夫人,他说道,他的马裤把两条修长的腿子绷得滚圆,夹在马肚子上,像一双钳子。他的马是白的,路也是白的,树杆子也是白的,他那匹白马在猛烈的太阳底下照得发了亮。他们说:到中山陵的那条路上

098

两旁种满了白桦树。他那匹白马在桦树林子里奔跑起来,活像一只麦秆丛中乱窜的白兔儿。太阳照在马背上,蒸出了一缕缕的白烟来。一匹白的,一匹黑的——两匹马都在淌着汗。而他身上却沾满了触鼻的马汗。他的眉毛变得碧青,眼睛像两团烧着了的黑火,汗珠子一行行从他额上流到他鲜红的颧上来。太阳,我叫道。太阳照得人的眼睛都睁不开了。那些树杆子,又白净,又细滑,一层层的树皮都卸掉了,露出里面赤裸裸的嫩肉来。他们说:那条路上种满了白桦树。太阳,我叫道,太阳直射到人的眼睛上来了。于是他便放柔了声音唤道:夫人。钱将军的夫人。钱将军的随从参谋。钱将军的——老五,钱鹏志叫道,他的喉咙已经咽住了。老五,他喑哑地喊道,你要珍重吓。他的头发乱得像一丛枯白的茅草,他的眼睛坑出了两只黑窟窿,他从白床单下伸出他那只瘦黑的手来,说道,珍重吓,老五。他抖索索地打开了那只描金的百宝匣儿,这是祖母绿,他取出了第一层抽屉。这是猫儿眼。这是翡翠叶子。珍重吓,老五,他那乌青的嘴皮颤抖着,可怜你还这么年轻。荣华富贵——只可惜你长错了一根骨头。冤孽,妹子,他就是姐姐命中招的冤孽了。你听我说,妹子,冤孽啊。荣华富贵——可是我只活过那么一次。懂吗?妹子,他就是我的冤孽了。荣华富贵——只有那一次。荣华富贵——我只活过一次。懂吗?妹子,你听我说,妹子。姐姐不赏脸,月月红却端着酒过来说道,她的眼睛亮得剩了两泡水。姐姐到底不赏妹子的脸,她穿得一身大金大红的,像一团火一般,坐到了他的身边去。(吴师傅,我喝多了花雕。)

迁延,这衷怀那处言
淹煎,泼残生除问天——

就在那一刻,泼残生——就在那一刻,她坐到他身边,一身大金大红的,就是那一刻,那两张醉红的面孔渐渐地凑拢在一起,就在那一刻,我看到了他们的眼睛:她的眼睛,他的眼睛。完了,我知道,就在那一刻,除问天——(吴师傅,我的嗓子。)完了,我的喉咙,摸摸我的喉咙,在发抖吗? 完了,在发抖吗? 天——(吴师傅,我唱不出来了。)天——完了,荣华富贵——可是我只活过一次,——冤孽、冤孽、冤孽——天——(吴师傅,我的嗓子。)——就在那一刻:就在那一刻,哑掉了——天——天——天——

　　"五阿姐,该是你'惊梦'的时候了。"蒋碧月站了起来,走到钱夫人面前,伸出了她那一双戴满了扭花金丝镯的手臂,笑吟吟地说道。

　　"夫人——"程参谋也立了起来,站在钱夫人跟前,微微倾着身子,轻轻地叫道。

　　"五妹妹,请你上场吧。"窦夫人走了过来,一面向钱夫人伸出手说道。

　　锣鼓笙箫一齐鸣了起来,奏出了一支《万年欢》的牌子。客人们都倏地离了座,钱夫人看见满客厅里都是些手臂交挥拍击,把徐太太团团围在客厅中央。笙箫管笛愈吹愈急切,那面铜锣高高地举了起来,敲得金光乱闪。

　　"我不能唱了。"钱夫人望着蒋碧月,微微摇了两下头,喃喃说道。

　　"那可不行,"蒋碧月一把捉住了钱夫人的双手,"五阿姐,你这位名角儿今晚无论如何逃不掉的。"

　　"我的嗓子哑了。"钱夫人突然用力摔开了蒋碧月的双手,嘎声说道,她觉得全身的血液一下子都涌到头上来了似的,两腮滚热,喉头好像让刀片猛割了一下,一阵阵地刺痛起来,她听见窦夫人插进来说:

　　"五妹妹不唱算了——余参军长,我看今晚还是你这位黑头来压轴吧。"

　　"好呀,好呀,"那边赖夫人马上响应道,"我有好久没有领教余参军长的《八大锤》了。"

　　说着赖夫人便把余参军长推到了锣鼓那边。余参军长一站上去,便拱了手朝下面道了一声"献丑",客人们一阵哄笑,他便开始唱了一段金兀术上场时的《点绛唇》：一面唱着，一面又撩起了袍子，做了个上马的姿势，踏着马步便在客厅中央环走起来，他那张宽肥的醉脸涨得紫红，双眼圆睁，两道粗眉一齐竖起，几声呐喊，把胡琴都压了下去。赖夫人笑得弯了腰，跑上去，跟在余参军长后头直拍着手，蒋碧月即刻上去加入了他们的行列，不停地尖起嗓子叫着："好黑头！好黑头！"另外几位女客也上去跟她们喝彩，团团围走，于是客厅里的笑声便一阵比一阵暴涨了起来。余参军长一唱毕，几个着白衣黑裤的女佣已经端了一碗碗的红枣桂圆汤进来让客人们润喉了。

窦夫人引了客人们走到屋外露台上的时候，外面的空气里早充满了风露，客人们都穿上了大衣，窦夫人却围了一块白丝大披肩，走到了台阶的下端去。钱夫人立在露台的石栏旁边，往天上望去，她看见那片秋月恰恰地升到中天，把窦公馆花园里的树木路阶都照得镀了一层白霜似的，露台上那十几盆桂花，香气却比先前浓了许多，像一阵湿雾似的，一下子罩到了她的面上来。

"赖将军夫人的车子来了。"刘副官站在台阶下面，往上大声通报各家的汽车。头一辆开进来的，便是赖夫人那辆黑色崭新的林肯，一个穿着制服的司机赶忙跳了下来，打开车门，弯了腰毕恭毕敬地候着。赖夫人走下台阶，和窦夫人道了别，把余参军长也带上了车，坐进去后，却伸出头来向窦夫人笑道：

"窦夫人，府上这一夜戏，就是当年梅兰芳和金少山也不能过的。"

"可是呢，"窦夫人笑着答道，"余参军长的黑头真是赛过金霸王了。"

立在台阶上的客人都笑了起来，一齐向赖夫人挥手作别。第二辆开进来的，却是窦夫人自己的小轿车，把几位票友客人都送走了。接着程参谋自己开了一辆吉普军车进来，蒋碧月马上走了下去，捞起旗袍，跨上车子去，程参谋赶着过来，把她扶上了司机旁边的座位上，蒋碧月却歪出半个身子来笑道：

"这辆吉普车连门都没有，回头怕不把我摔出马路上去呢。"

"小心点开啊，程参谋。"窦夫人说道，又把程参谋叫了过去，附耳

嘱咐了几句,程参谋直点着头笑应道:

"夫人请放心。"

然后他朝了钱夫人,立了正,深深地行了一个礼,抬起头来笑道:

"钱夫人,我先告辞了。"

说完便利落地跳上了车子,发了火,开动起来。

"三阿姐再见!五阿姐再见!"

蒋碧月从车门伸出手来,不停地招挥着,钱夫人看见她臂上那一串扭花镯子,在空中画了几个金圈圈。

"钱夫人的车子呢?"客人快走尽的时候,窦夫人站在台阶下问刘副官道。

"报告夫人,钱将军夫人是坐计程车来的。"刘副官立了正答道。

"三阿姐——"钱夫人站在露台上叫了一声,她老早就想跟窦夫人说替她叫一辆计程车来了,可是刚才客人多,她总觉得有点堵口。

"那么我的汽车回来,立刻传进来送钱夫人吧。"窦夫人马上接口道。

"是,夫人。"刘副官接了命令便退走了。

窦夫人回转身,便向着露台走了上来,钱夫人看见她身上那块白披肩,在月光下,像朵云似的簇拥着她。一阵风掠过去,周遭的椰树都沙沙地鸣了起来,把窦夫人身上那块大披肩吹得姗姗扬起,钱夫人赶忙用手把大衣领子锁了起来,连连打了两个寒噤,刚才滚热的面腮,吃这阵凉风一逼,汗毛都张开了。

"我们进去吧,五妹妹,"窦夫人伸出手来,搂着钱夫人的肩膀往屋内走去,"我去叫人沏壶茶来,我们俩正好谈谈心——你这么久没来,可发觉台北变了些没有?"

钱夫人沉吟了半晌,侧过头来答道:

"变多喽。"

走到房子门口的时候,她又轻轻地加了一句:

"变得我都快不认识了——起了好多新的高楼大厦。"

SHIJI WENXUE
JINGDIAN

长篇小说

孽 子

放 逐

一

三个月零十天以前，一个异常晴朗的下午，父亲将我逐出了家门。阳光把我们那条小巷照得白花花的一片，我打着赤足，拼命往巷外奔逃，跑到巷口，回头望去，父亲正在我身后追赶着。他那高大的身躯，摇摇晃晃，一只手不停地挥动着他那管从前在大陆上当团长用的自卫枪。他那一头花白的头发，根根倒竖，一双血丝满布的眼睛，在射着怒火；他的声音，悲愤，颤抖，嘎哑地喊道：

畜生！畜生！

二

布 告

查本校夜间部高三下丙班学生李青于本月三日晚十一时许在本校化学实验室内与实验室管理员赵武胜发生淫猥行为为校警当场捕获该生品行不端恶性重大有碍校誉除记大过三次外并勒令退学以儆效尤

特此公告

省立育德中学校长高义天

一九七〇年五月五日

在我们的王国里

一

在我们的王国里,只有黑夜,没有白天。天一亮,我们的王国便隐形起来了,因为这是一个极不合法的国度:我们没有政府,没有宪法,不被承认,不受尊重,我们有的只是一群乌合之众的国民。有时候我们推举一个元首——一个资格老,丰仪美,有架势,吃得开的人物,然而我们又很随便,很任性地把他推倒,因为我们是一个喜新厌旧、不守规矩的国族。说起我们王国的疆域,其实狭小得可怜,长不过两三百公尺,宽不过百把公尺,仅限于台北市馆前路新公园里那个长方形莲花池周围一小撮的土地。我们国土的边缘,都栽着一些重重叠叠、纠缠不清的热带树丛:绿珊瑚、面包树、一棵棵老得须发零落的棕榈,还有靠着马路的那一排终日摇头叹息的大王椰,如同一圈紧密的围篱,把我们的王国遮掩起来,与外面世界暂时隔离。然而围篱外面那个大千世界的威胁,在我们的国土内,却无时无刻不尖锐地感觉得到。丛林外播音台那边,那架喧嚣的扩音机,经常送过来外面世界一些耸人听闻的消息。中广公司那位女广播员,一口京腔,咄咄逼人地叫道:美国太空人登陆月球! 港台国际贩毒私枭今晨落网! 水肥处贪污案明日开庭!

我们一个个都竖起耳朵,好像是虎狼满布的森林中,一群劫后余生的麋鹿,异常警觉地聆听着。风吹草动,每一声对我们都是一种警告。只要那打着铁钉的警察皮靴,咯轧咯轧,从那片棕榈丛中,一旦侵袭到我们的疆域里,我们便会不约而同,倏地一下,作鸟兽散。有的窜到播音台前,混入人堆中;有的钻进厕所里,撒尿的装撒尿,拉屎的装拉屎;有的逃到公园大门,那座古代陵墓般的博物馆石阶上,躲入那一根根矗立的石柱后面,在石柱的阴影掩蔽下,暂时获得苟延残喘的机会。我们那个无政府的王国,并不能给予我们任何的庇护,我们都得仰靠自己的动物本能,在黑暗中摸索出一条求存之道。

我们这个王国,历史暧昧,不知道是谁创立的,也不知道始于何时,然而在我们这个极隐秘、极不合法的蕞尔小国中,这些年,却也发生过不少可歌可泣、不足与外人道的沧桑痛史。我们那几位白发苍苍的元老,对我们提起从前那些斑斑往事来,总是颇带感伤而又不免稍稍自傲地叹息道:

"唉,你们哪里赶得上那些日子?"

据说若干年前,公园里那顷莲花池内,曾经栽满了红睡莲。到了夏天,那些睡莲一朵朵开放了起来,浮在水面上,像是一盏盏明艳的红灯笼。可是后来不知为了什么,市政府派人来,把一池红莲拔得精光,在池中央起了一座八角形的亭阁,池子的四周,也筑了几栋红柱绿瓦的凉亭,使得我们这片原来十分原始朴素的国土,凭空增添了许多矫饰的古香古色,一片世俗中透着几分怪异。我们那几位元老提起此事,总不免抚今追昔地惋叹:

"那些鲜红的莲花哟,实在美得动人!"

于是他们又互相道出一些我们从来没有听过的姓名,追怀起一些令人心折的古老故事来。那些故事的主角,都是若干年前,脱离了我们的国籍,到外面去闯江湖的英雄好汉。有的早已失踪,音讯俱杳。有的夭折,墓上都爬满了野草。可是也有的,却在五年、十年、十五年、二十年后,一个又深又黑的夜里,突然会出现在莲花池畔,重返我们黑暗王国,围着池子急切焦灼地轮回着,好像在寻找自己许多年前失去了的那个灵魂似的。于是我们那些白发苍苍的元老,便点着头,半闭着眼,满面悲悯,带着智慧,而又十分感慨地结论道:

"总是这样的,你们以为外面的世界很大么?有一天,总有那么一天,你们仍旧会乖乖地飞回到咱们自己这个老窝里来。"

二

昨天,台北市的气温,又升到了四十摄氏度。报纸上说,这是二十年来,最炎热、最干旱的一个夏天。整个八月,一滴雨水也没下过。

公园里的树木，热得都在冒烟。那些棕榈、绿珊瑚、大王椰，一丛丛郁郁蒸蒸，顶上罩着一层热雾。公园内莲花池周围的水泥台阶，台阶上一道道的石栏杆，白天让太阳晒狠了，到了夜里，都在喷吐着热气。人站在石阶上，身上给热气熏得暖烘烘、痒麻麻的。天上黑沉沉，云层低得压到了地面上一般。夜空的一角，一团肥圆的大月亮，低低浮在椰树顶上，昏红昏红的，好像一只发着猩红热的大肉球，带着血丝。四周没有一点风，树林子黑魆魆，一棵棵静立在那里。空气又浓又热又闷，胶凝了起来一般。

因为是周末的晚上，我们都到齐了，一个挨着一个，站在莲花池的台阶上，靠着栏杆，把池子围得密密的。池子的周围，浮满了人头，在黑暗中，一颗颗，晃过来、晃过去，在绕着池子打圈圈。在幽冥的夜色里，我们可以看到，这边浮着一枚残秃的头颅，那边飘着一绺麻白的发鬓，一双双睁得老大、闪着欲念的眼睛，像夜猫的瞳孔，在射着精光。低低的、沙沙的、隐秘的私语，在各个角落，嗡嗡营营地进行着。偶尔，一下孟浪的笑声，会唐突地迸发到浓热的夜空里，向四处滚跳过去。当然，这阵放肆的笑声，是从我们的师傅杨教头那儿发出来的。杨教头穿着一身绛红的套头紧身衫，一个胖大的肚子箍得圆滚滚的挺在身前，一条黑得发亮的奥龙裤子，却把个屁股包得扎扎实实隆在身后，好像前后都挂着一只大气球似的。杨教头穿来插去，在台阶上来回巡逻，忙着跟大家打招呼。手中擎着一柄两尺长的大纸折扇，扇一张，便亮出扇面"清风徐来"、扇底"好梦不惊"八个龙飞凤舞的大字来。杨教头喘吁吁地叫着、笑着，一走动，身前身后的肉皮球便颤抖抖，此起彼落地波动起来，很嚣张，很有架势。杨教头自封为公园里的总教头。他说，我们这个老窝里，地上有几根草他都数得出，在他手下调理出来的徒子徒孙，少说些，怕也不下三五十人。他常常挥舞着他手上那柄两尺长的折扇，一杆指挥棒似的，猛地戳到我们前来，喝骂道：

"这起尿养的，师傅在公园出道，你们还都在娘胎里头呢！敢在师傅面前逞强么？吃屎不知香臭的兔崽子们！"

有一次,小玉穿了一件猩红翻领衬衫,一条宝蓝喇叭裤,脚下的半筒靴,磕踩磕踩,在台阶上亮来亮去,很俊,很帅,很骚包。不知怎的却触怒了我们师傅,他伸手一招锁骨擒拿法,便将小玉一只手扭到了背后去,冷笑道:

"你这几根轻骨头,亮给谁看?在师傅面前献宝么?可知道师傅像你那点年纪,票戏还去杨宗保呢!你的骨头有几斤,我倒要来称一称。"

说着另一只手,在小玉脖子狠狠一捏,小玉痛得直叫哎哟,一连讨了二十个饶。我们的师傅杨金海杨总教头,在公园里确实是个很有来历、很有身价的人物。他是我们的开国元老,公园里的人,他泰半相识,各人的脾性好恶,他通通摸得一清二楚。杨教头,手段圆滑,八面玲珑,而且背后还有几个有头有脸的人替他撑腰,所以在公园里很吃得开。从前杨教头在中山北路六条通里几家酒馆饭店都当过经理领班,各色人等都应付过,见闻广博,路子特多,许多酒店旅馆都有他的眼线。哈啰哈啰,洋泾浜的英文,他说得出一大串,多得死嘎,日本话也能来几句,因此人又叫他六条通,条条都通。

据说我们师傅杨教头从前也是好人家的子弟。他老爸在大陆上还在山东烟台当过地方官呢,跑到台湾却在台北六条通开了一家叫桃源春吃夜宵的小酒馆来,杨教头便在酒馆子里替他父亲掌柜。那时候,公园里的人,夜夜都去桃源春捧场,生意着实兴盛了一阵。后来公园里的流氓也夹了进去,勒索生事,把警察招了去。有些人怕事,便不去上门了,生意一淡,关门大吉。后来别人又陆续开了潇湘、香槟、六福堂,但通通不成气候。公园里的人,至今还是怀念着杨教头那家桃源春。他们说,冬天夜里,公园里冷了,大家挤到桃源春去,暖一壶绍兴酒,来两碟卤菜。大家醺醺然,敲碗的敲碗,敲碟的敲碟,勾肩搭背,一齐哼几支流行曲子,那种情调实在是好的。杨教头提起桃源春,便很得意:

"我那家桃源春么,就是个世外桃源!那些鸟儿躲在里头,外面的风风雨雨都打不到,又舒服又安全。我呢,就是那千手观音,不知道普度过多少只苦命鸟！"

后来杨教头跟他老爸闹翻了，跑了出来。原因是老头子银行里的存款，他狠狠地提走了一大笔。据说那笔钱，完全用在了我们师傅的宝贝干儿子原始人阿雄仔的身上。阿雄仔是山地郎，会发羊痫风的，走着走着，扑通就会倒下去，满嘴吐着白沫子。那次他昏倒在马路上，一双腿让汽车撞断了，在台湾疗养院住了半年，花了几十万，是杨教头出的钱。阿雄仔身高六尺三，通身漆黑，胸膛上的肌肉块子铁那么硬。一双手爪，大得出奇，熊掌一般。有时候，他跟我们开玩笑，傻愣愣地伸出一双大手，抱住我们，使劲一搂。他的臂力大得惊人，吃他箍一下，全身的骨头都轧碎了似的，痛得我们大叫起来。阿雄仔最好吃，我们逗他，拿根冰棒在他脸上晃一下，说："叫声哥哥！"他便伸手来抢，咧开嘴傻笑，咬着大舌头，叫道："高高、高高。"其实他比我们要大十几岁，总有三十了。每次出来，他跟在杨教头身后，手里总是大包小包拎着：陈皮梅、加应子、花生酥，一面走一面往嘴里塞，见了我们，便扬起手里的零食，叫道："要不要？"我们每人，他都分一点。有时杨教头看不过去，便用扇子敲他一记脑袋，骂道：

"你穷大方吧，回头搞光了，我买根狗屎给你吃！"

"徒弟们，还傻站在这里干吗？"我们师傅杨教头踅到我们堆子里来，一把扇子指点了我们一轮一喝道，"那些大鱼回头一条条都让三水街的小幺儿钓走了，剩下几根隔夜油条，我看你们有没有胃口要？"

说着杨教头刷一下，豁开了他那柄大折扇，"清风徐来""好梦不惊"，拼命扇动起来。原始人阿雄仔竖在杨教头身后，庞然大物，好像马戏团里的大狗熊一般。他穿着一件亮紫尼龙运动衫，崭新的，把他胸膛上的肌肉，绷得块块凸起。

"哎，阿雄仔，你这件新衣裳好帅，是老龟头送给你的吧？"

小玉伸出手去捶了一下阿雄仔的胸膛，我们都笑了起来。我们想激我们师傅，就拿阿雄仔来开胃，老龟头是个六十开外的老色鬼，颈子上长满了牛皮癣。公园里的人，谁也不理他，他只有躲在黑暗里,趁我们不防备,猛伸出手来,抓我们一把。有一次,他拿了一包煮花生,把阿雄仔哄走了。事后我们师傅气得发昏,揪住老龟头,打得臭死。

"你他妈狗娘养的,你那一身才是老龟头送的呢!"杨教头一把扇子戳到小玉额上,骂道,"雄仔这件衣裳么,你问问他自己,是谁买给他的?"

"达达买给我的。"阿雄仔咬着大舌头,痴笑道。

"傻仔,在哪里买的?"

"今日公司。"

"多少钱?"

"一百——"

"他娘的,一百八!"杨教头一个响巴掌打到阿雄仔宽厚的背上,呵呵地笑了起来,"啊哟!这个小贼,原来躲在这里——"

杨教头发现老鼠畏畏缩缩躲在小玉身后,抢前一把,揪住了老鼠的耳朵,把他拖了出来,捉住老鼠的手梗子,喝道:

"你们快去拿把刀来,我来把这双贼爪子剁掉!这双贼手留来做什么?一天到晚只会偷鸡摸狗!找死也不找好日子,我介绍人给你,要你去打炮,谁许你偷别人东西的?师傅的脸都让你丢尽了!不等人家报警,我先把你这个死贼揪进警察局去,狠狠地修理修理,明天我就去告诉乌鸦,叫他把你吊起来打!"

"师傅——"老鼠挣扎着,仓皇叫道,一张瘦黄的小三角脸,扭曲得变了怪相。

"哦,"杨教头冷笑道,"你也知道害怕?上次不是我讲情,乌鸦早揍死你了,钢丝鞭的滋味你还记得么?"

杨教头扬手便给了老鼠两下耳光,打得老鼠的头晃过来、晃过去,然后又用扇柄戳了他两下额头,才带着阿雄仔,扬长而去。他那一身肥肉,很有节奏地前后起伏波动着。

"你又偷人家什么东西了?"小玉问道。

"我不过拿了他一支钢笔罢咧,什么屁稀奇!"老鼠撇了一撇嘴,吐了一泡口水，"那个死郎，讲好三百，只给了老子两百。"

"哟，你什么时候又涨价了？三百？"小玉诧异道。

老鼠讪讪地咧开嘴，忸怩了半天，才吞吞吐吐道：

"他要来那一套。"

他伸出他那根细瘦的手臂，捞起袖子，露出膀子来。我们都凑过去看，借着碎石径那边射过来的荧光灯，我们看见老鼠那清瘦的臂膀上，冒着三枚乌黑的泡疮。

"喔唷，这是什么玩意儿？"小玉用手去摸。

"哎——"老鼠触电般跳了起来，"别碰，好痛，是火泡子——那个死郎用香烟头烧的。"

"你这个该死的贼东西，你又搞这一套了，"小玉指着老鼠的鼻尖说道，"总有一天你撞见鬼，把你剁成肉饼吃掉！"

老鼠吱吱傻笑了两声，龇着他那一口焦黄的牙齿。

"小玉！"老鼠低声恳求道，"你去替我向师傅讲一讲，千万别去告诉乌鸦好不好？"

"我替你讲情，你怎么谢我？请我去看新南阳的'吊人树'吧？"小玉揪了老鼠耳朵一下，"你这个小贼，以后偷了东西，别忘记跟小爷分赃。"

"没有问题，"老鼠咧开嘴笑道，他低下头去，抬起手臂，瞅着他自己臂上那几枚乌黑的燎泡，好像很感兴味似的。

小玉去了一会儿，回来向老鼠说道：

"师傅讲：暂且饶了你这条小狗命，下次再犯，一定严办！瞧瞧你那副德性，提到乌鸦便吓得屁滚尿流！我问你，你到底怕他什么？是不是他那个东西特别大，把你的魂吓掉了还是怎的？"

我们都大笑起来，老鼠也跟我们笑得吱吱叫。乌鸦是老鼠的长兄，老鼠说，他自小便没了爹娘，是在乌鸦家里长大的。乌鸦在江山楼晚香玉当保镖，脾气凶暴得不得了。老鼠在他那里，整天让他拳打脚踢，像个小奴隶一般。我们问老鼠为什么不跑出来。老鼠耸耸肩，也讲不出什么理由，他说他跟乌鸦跟惯了。有一次，老鼠偷了一个客人一只手表,警察找到乌鸦家。乌鸦把老鼠吊了起来,一根三尺长的钢丝鞭一顿狠抽,打得老鼠许久伸不直腰,见了我们,佝着背,歪扯着脸,笑得一副怪模样。

"阿青。"

小玉在我耳朵旁叫了一下,悄悄扯了我一把衣裳。我跟着他,走下台阶,钻进那丛樟木林中去。

"拜托,拜托。"小玉抓住我的手臂,兴奋地央求道。

"怎么样? 又要我替你圆谎了? 怎么请我吧。"

"好兄弟,明天我带两个大芒果回来给你吃,"小玉笑道,"回头老周来找我,你就说我阿母生病,回三重埔去了。"

"算了吧,"我摇手笑道,"上次也是说你老母有病,他还信么?"

"管他信不信!"小玉冷笑道,"我又没有卖给他。懒得跟他吵罢咧!"

老周是小玉的干爹,两个人好好分分也有一年多了。老周在中和乡开了一家染织厂,手头还很宽,一天到晚给小玉买东西。上个礼拜,老周才送给小玉一只精工表,小玉戴着那只精工表,到处亮给人看:"是老周买给我的!"我问小玉,是不是跟定老周了,小玉却嘘了一口气,叹道:"老头子对我不错的,就是管得太狠,吃不消!"老周逼小玉搬到中和乡跟他住,小玉不肯,只答应一个礼拜去三四天。小玉是匹小野马,老周降不住他,两人常常为了这个吵架。

"这次又是个什么新户头啦?"我问道。

"告诉你,千万替我保密,是个华侨。"

"嘿,拜华侨干爹了呢!"

"师傅告诉我,是从东京来的,本省人,据说很神气,我这就到六福客栈去见他去。"

小玉说着,蹦蹦跳跳,便往树林子外面跑去,一面又回头向我叫道:

"老周那里千万拜托!"

树林中都是毒蚊子，站了片刻工夫，我的手臂已经给叮起好几个包了。我抓着痒，往外走去，突然身后有一只手，搭到我肩上。

"谁?"

我吓了一跳，猛回转身，却看见吴敏那张脸，在幽暗中，好像一张飘在空中的白纸。

"是你吓! 什么时候出院的?"

"今天下午。"吴敏的声音微弱、颤抖。

"你这个家伙，出来了也不告诉我们一声!"

"我就是来找你们的，刚才老鼠告诉我，你跟小玉到这里来了。"

我朝莲花池那边走去，吴敏却一把抓住我的手臂央求道:

"不要到那边去好么? 人那么多。"

我回转身，往公园大门博物馆那边走去，小径两旁的荧光路灯，紫色的灯光，照在吴敏脸上，好像涂了一层蜡，惨白惨白，一点血色也没有。他那张原来十分清秀的面庞，两腮全削下去了，一双乌黑露光的大眼睛，坑得深深的。他举起手，去擦额上的汗，我发觉他左腕上，仍然系着一圈纱布绷带，好像戴着一只白手铐似的。那天吴敏躺在台大医院急诊室里，左手腕上，割下了两寸长的一道刀痕，鲜红的筋肉都翻了出来，淌得一身的血。吴敏没钱交不出保证金，医院不肯替他输血。幸亏我、小玉、老鼠我们三人及时赶到，一个人输了五百西西的血给他，才保住了他一条性命。他见了我们，两只失神的大眼睛眨巴眨巴，嘴巴张了半天，一句话也说不出来。小玉却气得蹦跳，骂道:

"你妈的，这种下作东西，为什么不去跳楼? 摔死不干脆些? 还要小爷来输血!"

吴敏割腕的前一天，还到公园里来，见到我们，说道:

"阿青，我不想活了。"

他说时，笑笑的，我们都以为他在开玩笑。

小玉接口道:

"你去死，你去死，你死了我来替你烧纸钱!"

谁知道他真的用把刀片把手腕子割得鲜血淋淋。

"阿青——"吴敏嗫嚅地叫了我一声,我们在博物馆石阶上,背靠着石柱坐了下来。

"嗯?"我望着他。

"你能借点钱给我么?"吴敏一直低着头,"我还没吃晚饭。"

我伸手到裤袋掏了半天,掏出了三张皱瘪瘪带着汗臭的拾元钞票来,递给了他。

"就是这点了。"

"过两天再还给你。"吴敏含糊说道。

"免啦,"我挥了挥手,"你没钱,为什么不向师傅去讨?"

"不好意思再向他开口了,"吴敏干笑了一下,"住院的钱都是他垫的,一万多块呢。"

"哇,这次师傅好大方!"我叫道,"到底你是他心爱的徒儿!"

"我答应他,以后一定要想办法还他的。"

"这么多钱,你一辈子也还不清。我看你还是快点去找个有钱的干爹,替你还债吧。"我笑道。

吴敏一直垂着头,那只绑着白纱布的手不停在地上画字,半晌,幽幽地问道:

"阿青,那天你到张先生家,到底见到张先生没有?他对你说些什么来着?"

吴敏割腕那天下午,我到敦化南路光武新村去找张先生。从前吴敏住在张先生家,我到那儿找过他一次,吴敏正跪在地板上,揪着一块大抹布,在擦地板。他打着赤膊,一双光足,一头的汗。他看见我非常高兴,从冰箱里拿了一瓶苹果西打来请我喝。他跪在地板上,一面奋力擦,一面跟我聊天。张先生那间公寓布置得非常华美,一套五件头黑漆皮高靠背的大沙发,几案都是银光闪闪克罗米架子镶玻璃面的。客厅正面墙有一座高酒柜,里面摆着各式各样的洋酒瓶。

"张先生这个家真舒服,我一辈子能待在这里,也是愿的。"吴敏仰起面对我笑道,他一脸绯红,热汗淋淋。

那天我到张先生家，张先生正靠坐在客厅里一张沙发上，跷着脚，在看电视，客厅里放着冷气，凉阴阴的。张先生只穿了一条铁灰的绸睡裤，脚下趿着一双宝蓝缎子拖鞋。来开门的是萧勤快——我们都叫他小精怪。小精怪长得浓眉大眼，精壮得像匹小蛮牛，但是一把嘴却甜得像蜜糖，我们师傅杨教头对他说道：

"小精怪，你那把嘴这么会讲话，树上那只八哥儿，你去替我哄下来。"

"张先生，"我进到客厅里便对张先生说道，"吴敏自杀了。"

张先生起初吃了一惊。

"人呢？死了么？"

"在台大医院，手腕割开了，正在输血。"

"哦——"

张先生舒了一口气，却又转过头去看电视去了。彩色荧光幕上，映着"群星会"，青山和婉曲两人正做着情人的姿态，在合唱：

菠萝甜蜜蜜
菠萝就像你

萧勤快也踅了过来，一屁股坐在张先生旁边，一只脚却蜷到沙发上，手在抠着脚丫子，两个人好像同时都给青山和婉曲的歌吸住了，看着电视，眼睛也不眨一下。青山挽着婉曲的腰，踱来踱去，一首歌都快唱完了，张先生才猛然记起了似的，转过头来，问我道：

"吴敏自杀，你来找我干什么？"

张先生大约四十上下，开了一家贸易洋行，专门出口塑胶玩具。他是个英俊的男人，鼻梁修挺，头发抿得一丝不苟，鬓角微微带着一丝花白。可是他那张削薄的嘴，右边嘴角却斜拖着一条深得发黑的痕迹，好像一径挂着一抹冷笑似的。吴敏躺在急诊室里输血的时候，在我耳根下央求：请张先生到医院去一趟。可是我望着张先生嘴角那抹近乎凶残的笑容，一时舌结，一句话也说不出来了。

"你来得正好,吴敏还有一包旧衣服留在这里,你顺便带给他吧,"张先生说着却向萧勤快指示了一下,"去把那包衣服拿来。"

萧勤快赶忙跳下沙发,跑到里面去,取出一包旧衣服来。那是几件发了黄皱成一团的内衣裤,还有两件破旧的花衬衫。萧勤快把那包旧衣服朝我手里一塞,连翻了几下他那双鼓鼓的金鱼眼,满脸得色。我回到台大医院,没有把那旧衣服拿出来,我对吴敏说:张先生不在家。

"阿青,你知道,我在张先生家也住了一年多了。总是规规矩矩守在家里,一次都没有自己出来野过。张先生的脾气不好,可是我总是顺从他的。他爱干净,我天天都拼命擦地板。起初我不会烧菜,常挨骂。后来看食谱,看会了,张先生有次笑着对我说:'小吴,你的豆瓣鲤鱼跟峨嵋的差不多了。'我高兴得了不得,以为张先生心里很喜欢呢。哪晓得他那天无缘无故发了一顿脾气,便叫我马上搬走,多一天都不许留。我没想到张先生竟是一个那样没有情义的人。阿青,你那天到底见着张先生没有? 他还在生气么? ——"

吴敏的声音从黑暗中传来,颤抖抖地,听得人心烦。突然间,我好像又看到了张先生嘴角上那道深深的、凶残的笑痕了似的,我打断了吴敏的怨诉:

"我见着他了,他跟萧勤快两人坐在沙发上看电视,看'群星会'。"

"哦——"吴敏暧昧地叹了一口气,过了片刻,他立起身来。

"我先走了,我去买点东西吃。"

吴敏走下台阶,他那张白纸一样的脸,在黑暗里飘泊着。

回到莲花池那边,已是午夜时分。播音台的扩音器,已经寂灭,公园里的游人,都已离去。于是我们的王国,从黑暗里便倏地涌现了出来。莲花池的台阶上,黑影幢幢。三水街那一群小幺儿,三三两两,木屐踏得啪嗒啪嗒,异常嚣张。亭子那边,我们那位德高望重的元老盛公,正拖着蹒跚的步子,踱向我们的师傅杨教头,衰疲地探问道:"有新鲜的孩子么?"盛公已经老耄,而且背脊还患了严重的风湿。

他找孩子做伴,只是为着陪他老人家消个夜、喝杯烧酒罢了。盛公晚上常常失眠,他说他只要看一看一张年轻的面庞,他那颗不甘寂寞的心便如同服了一粒安眠药似的,才肯消歇。盛公是万年青影片公司的董事长,摄制过好几张超级文艺爱情影片,赚了不少钱。据说盛公从前在上海自己也是位红小生,跟许多有名的女明星配过戏,可是他却无限感叹地对我们说道:"荣华富贵有什么用?孩子,青春才是世上最宝贵的东西哪!"那个尾随在老鼠后面、气吁吁叫着"耗子精"的,是聚宝盆的江浙名厨卢司务,卢司务体重两百零五磅,笑起来,好像一尊欢喜佛。他对老鼠有偏爱:"老鼠么,我就喜欢他那几根排骨,好像啃鸭翅膀,愈啃愈有味!"远远在树林子那边、掩掩藏藏、不敢抛头露面的,是一群良家子弟的大学生;那几个还来不及脱去制服的是外岛回来、到台北度假的充员士兵;还有一些三重镇到公园来打秋风登记有案的小流氓;还有西门町拍卖行、裁缝铺、皮鞋店的小伙计。也有心脏科的名医生,一位军法官,还有曾经红得发紫现在已经秃了头常戴着一顶巴黎帽的台语明星;还有那位皱得满面山川狂热地追求美的影子的艺术大师,艺术大师常常说一些我们不甚明了的话:"肉体,肉体哪里靠得住?只有艺术,只有艺术才能常存!"所以他把我们王国里的美少年,都画成了图画。当然,还有我们那位资格最老、历尽沧桑的老园丁郭老。郭老一个人远远地企立在那棵绿珊瑚的下面,白发白眉,睁着他那双老眊的眼睛,满怀悲悯地瞅着公园里这一群青春鸟,在午夜的黑暗里,盲目地、危急地四处飞扑。郭老在长春路开了一家照相馆青春艺苑。他收集了我们的照片,贴成了一本厚厚的相簿,取名"青春鸟集"。他把我编成八十七号,命名为小苍鹰。

在我们这个王国里,我们没有尊卑,没有贵贱,不分老少,不分强弱。我们共同有的,是一具具让欲望焚炼得痛不可当的躯体,一颗颗寂寞得发疯发狂的心。这一颗颗寂寞得疯狂的心,到了午夜,如同一群冲破了牢笼的猛兽,张牙舞爪,开始四处猖猖狂狂地猎狩起来。在那团昏红的月亮引照下,我们如同一群梦游症的患者,一个踏着一个的影子,开始狂热地追逐,绕着那莲花池,无休无止,轮回下去,追逐我们那个巨大无比充满了爱与欲的梦魇。

在黑暗中,我踏上了莲花池的台阶,加入了行列,如同中了催眠术一般,身不由己,绕着莲花池,一圈一圈不停地转着。黑暗中,我看见那一双双给渴望、企求、疑惧、恐怖,炙得发出了碧火的眼睛,像萤火虫似的,互相追扑着。即使在又浓又黑的夜里,我也尖锐地感觉得到,其中有一对眼睛,每次跟我打照面,就如同两团火星子,落到我的面上,灼得人发疼。我感到不安,我感到心悸,可是我却无法回避那双眼睛。那双炯炯的眼睛,是那样的执着、那样的急切,好像拼命在向我探索、向我恳求什么似的。他是一个身材高瘦的陌生人,在公园里,我从来没有见他出现过。

"去吧,不碍事的,"我们师傅杨教头在我身后凑近我耳根低声指示道,"我看见他跟了你一夜了。"

那个陌生客已走下了台阶,站在石径那端一棵大王椰下,面朝着我这边,高高地矗立在那里,静静地,然而却咄咄逼人地在那儿等待着。陌生客,平常我们都尽量避免,以免搭错了线,发生危险。我们总要等我们的师傅鉴定认可后,才敢跟去,因为杨教头看人,从来不会走眼。我走下台阶,步到那条通往公园路大门的石径上。我经过那位陌生客的面前,装作没看见他,径自往大门走去,我听见他跟在我身后的脚步声,踏在碎石径上。我走出公园大门,一直往前,蹭到台大医院那边,在没有人迹的一条巷子口路灯下,停下脚来,等候着。

在路灯下,我才看清楚,那个陌生客,跟我站在一起,要比我高出大半个头,总有六尺以上,一身嶙峋的瘦骨,一根根往外撑起。他身上那件深蓝的衬衫,好像是绷在一袭宽大的骨架上似的。他那长方形的面庞,颧骨高耸,两腮深削下去,鼻梁却挺得笔直的,一双修长的眉毛猛地往上飞扬,一头厚黑的浓发,蓬松松地张起。他看起来,大约三十多岁,脸上的轮廓该十分直挺的,可是他却是那般的枯瘦,好像全身的肌肉都干枯了似的。只有他那双深深下陷、异常奇特的眼睛,却像原始森林中两团熊熊焚烧的野火,在黑暗中碧荧荧地跳跃

着,一径在急切地追寻着什么。当他望着我,露出一丝笑容的时候,我便提议道:

"我们到圆环去。"

三

瑶台旅社二楼二五号房的窗户,正遥遥向着圆环那边的夜市。人语笑声,一阵阵浪头似卷了上来,间或有一下悠长的小喇叭猛然奋起,又破又哑,夜市里有人在兜卖海狗丸。对面晚香玉、小蓬莱那些霓虹灯招牌,红红绿绿便闪进了窗里来。房中燠热异常,床头那架旧风扇轧轧地来回摇着头。风,吹过来,也是燥热的。

在黑暗中,我们赤裸地躺在一起,肩靠着肩。在黑暗中,我也感得到他那双闪灼灼、碧荧荧的眼睛,如同两团火球,在我身上滚来滚去,迫切地在搜索,在觅求。他仰卧在我的身旁,一身嶙峋的瘦骨,当他翻动身子,他那尖棱棱的手肘不意撞中我的侧面,我感到一阵痛楚,喔地叫了一声。

"碰痛你了,小弟?"他问道。

"没关系。"我含糊应道。

"你看,我忘了,"他把那双又长又瘦的手臂伸到空中,十指张开,好像两把钉耙一般,"这双手臂只剩下两根硬骨头了,有时戳着自己也发疼——从前不是这个样子的,从前我的膀子也跟你的那么粗呢,你信不信,小弟?"

"我信。"

"你几岁了?"

"十八。"

"就是了,从前我像你那样的年纪,也跟你差不多。可是一个夏天,也不过三个月的光景,一个人的一身肉,会骤然间耗得精光,只剩下一层皮、一把骨头。一个夏天,只要一个夏天——"

他的声音,从黑暗里传来,悠远、飘忽,好像是从一个深邃的地穴里,幽幽地冒了出来似的。

常常在午夜,在幽冥中,在一间隐蔽的旅栈阁楼,一铺破旧的床上,我们赤裸着身子,两个互相隐瞒着姓名的陌生人,肩并肩躺卧在一起,陡然间,一阵告悔的冲动,我们会把心底最隐秘、最不可告人的事情,互相吐露出来。我们看不清彼此的面目,不知道对方的来历,我们会暂时忘却了羞耻顾忌,将我们那颗赤裸裸的心,挖出来,捧在手上互相观看片刻。第一次跟我到瑶台旅社来的,是一个中学体育老师,北方人,两块腹肌练得铁板一样硬,那晚他喝了许多高粱,嘟嘟哝哝,讲了一夜的醉话。他说他那个北平太太是个好女人,对他很体贴,他却偏偏不能爱她。他心中暗恋的,是他们学校高中篮球校队的队长。那个校队队长,是他一手训练出来的,跟了他三年,情同父子。可是他却无法对那个孩子表露他的心意。那种暗恋,使他发狂。他替他提球鞋、拿运动衫,用毛巾给他揩汗。但是他就不敢接近那个孩子。一直等到毕业,他们学校跟外校最后一次球赛,那天比赛激烈,大家情绪紧张。那个队长却偏偏因故跟他起了冲突。他一阵暴怒,一巴掌把那个孩子打得坐到地上去。那些年来,他就渴望着抚摸,想拥抱那个孩子一下。然而,他却不知道为了什么,失去控制,将那个孩子脸上打出五道红指印。那五道指印,像烙痕般,一直深深刻在他的心上,时时隐隐作痛。那个体育老师,说着说着,一个北方彪形大汉,竟呜呜哭泣起来,哭得人心惊胆跳。那晚下着大雨,雨水在窗玻璃上蜿蜒地流着。对面晚香玉的霓虹灯影,给混得红绿模糊一片。

　　"五天前,我的父亲下葬了。"

　　"嗯?"我没有听懂他的话。

　　"五天以前,我父亲下葬在六张犁极乐公墓,"他在抽一根烟,烟头在黑暗中亮起红红的一团火,"据说葬礼很隆重,我看见签名簿上,有好多政府要人的名字。可是我却不知道六张犁在哪儿,我从来没有去过。你知道么,小弟?"

　　"你从信义路一直走下去,就到了,极乐公墓在六张犁山上。"

　　"信义路四段下去么?台北的街道改得好厉害,通通不认识了,我有十年没有回来——"他吸了一下烟,长长地嘘了一口气,"前天夜里,我才从美国回来的,走到南京东路一百二十二巷我们从前那栋老房子,前后左右全是些高楼大厦,我连自己的家都认不出来了。从前我们家后面是一片稻田。你猜猜,田里有些什么东西?"

"稻子。"

"当然,当然,"他摇着一杆瘦骨嶙峋的手臂笑了起来,"我是说白鹭鸶,小弟。从前台北路边的稻田里都是鹭鸶,人走过,白纷纷地便飞了起来。在美国这么些年,我却从来没看见一只白鹭鸶。那儿有各种各样的老鹰、海鸥、野鸭子,就是没有白鹭鸶。小弟,有一首台湾童谣,就叫《白鹭鸶》,你会唱么?"

"我听过,不会唱。"

白鹭鸶
车粪箕
车到溪仔坑——

他突然用台湾话轻轻地哼了起来,《白鹭鸶》是一支天真而又哀伤的曲子,他的声音也变得幼稚温柔起来。

"你怎么还记得?"我忍不住笑了。

"我早忘了,一回到台北不知怎的又记起来了。这是我从前一个朋友教我的,他是一个台湾孩子。我们两人常跑到我们家后面松江路那头那一片稻田里去,那里有成百的鹭鸶。远远看去好像田里开了一片野百合。那个台湾孩子就不停地唱那首童谣,我也听会了。可是这次回来,台北的白鹭鸶都不见了。"

"你是美国留学生么?"我问道。

"我不是去留学,我是去逃亡的——"他的声音倏地又变得沉重起来,"十年前,我父亲从香港替我买到一张英国护照,把我送到高雄,搭上了一只日本邮轮,那只船叫白鹤丸,我还记得,在船上,吃了一个月的酱瓜。"

他猛吸了两口烟,沉默了半晌,才严肃地说道:

"我父亲临走时,对我说:'你这一去,我在世一天,你不许回来!'所以,我等到我父亲过世后,才回到台湾,我在美国,一等等了十年——"

"小弟,你知道么?我的护照上有一个怪名字:Stephen Ng。广东人把'吴'念成'嗯',所以那些美国人都从鼻子眼里叫我'嗯,嗯,嗯'——"

说着他自己先笑了起来,我听着很滑稽,也笑了。

"其实我姓王,"他舒了一口气,"王夔龙才是我的真名字。那个'夔'字真难写,小时候我总写错。据说夔龙就是古代一种孽龙,一出现便引发天灾洪水。不知道为什么我父亲会给我取这样一个不吉祥的名字。你的名字呢,小弟?"

我犹豫起来,对陌生客,我们从来不肯吐露自己的真姓名的。

"别害怕,小弟,"他拍了一拍我的肩膀,"我跟你,我们都是同路人。从前在美国,我也从来不肯告诉别人自己的真姓名。可是现在不要紧了,现在回到台北,我又变成王夔龙了。Stephen Ng,那是一个多么可笑的名字呢?Stephen Ng死了,王夔龙又活了过来!"

"我姓李,"我终于暴露了自己的身份,"他们都叫我阿青。"

"那么,我也叫你阿青吧。"

"你是在美国旧金山么?"我试探着问道,我们公园里有一个五福楼的二厨,应聘出国,到旧金山唐人街一家饭馆当起大厨师来。他写信回来说,旧金山满街都是我们的同路人。

"旧金山?我不在旧金山,"他猛吸了一口烟,坐起来,把烟头扔到床前的痰盂里,然后双手枕到脑后,仰卧到床上。

"是纽约,我是在纽约上岸的,"他的声音,又飘忽起来,让那扇电风扇吹得四处回荡,"纽约全是一些几十层的摩天大楼,躲在下面,不见天日,谁也找不着你。我就在那些摩天大楼的阴影下面,躲藏了十年,常常我藏身在纽约最黑暗的地方——中央公园,你听说过么?"

"纽约也有公园么?"

"怎么没有?那儿的中央公园要比咱们的新公园大几十倍,黑几十倍,就在城中心,黑得像一潭无底深渊。公园里有好多黑树林,一丛又一丛,走了进去,就像迷宫一般,半天也转不出来。天一暗,纽约的人,连公园的大门也不敢进去。里面发生过好多次谋杀案,有一个人的头给砍掉了,身体却挂在一棵树上。还有一个人,一个年轻孩子,身上给戳了三十几刀——"

他说着却叹了一口气道:

"美国到处都是疯子。"

"中央公园里,也有我们同路人么?"我悄声问道。

"唉,太多了,我上了岸,第三天晚上,便闯进中央公园里去。就在那个音乐台后面一片树林里,一群人把我拖了进去,我数不清,大概总有七八个吧。有几个黑人,我摸到他们的头,头发好似一饼纠缠不清的铁丝一般。他们的声音在黑暗里咻咻地喘着,好像一群毛茸茸的饿狼,在啃噬着一块肉骨头似的。在黑暗中,我也看得到他们那森森的白牙。一直到天亮,一直到太阳从树顶穿了下来,他们才突然警觉,一个个夹着尾巴溜走了,只剩下一个又老又丑的黑人,跪在地上,兀自抖瑟瑟地伸出手来,抓我的裤角。我走出林子外,早晨的太阳照得我的眼睛都张不开了——"他把那一双瘦嶙嶙像钉耙似的长手臂伸到空中,抓了两下,"一夜工夫,我觉得我手臂上的肉,都给他们啃掉了似的,红红紫紫,一块块的伤斑。那个夏天,我跟那些美国人一样,也疯了起来,疯得厉害。我看着自己身上的肉,像头皮屑,一块块纷纷掉落,就像那些麻风病人一般,然而我一点知觉也没有。有一天,我坐在大街上,拿着一把刀片,在割自己的小腿,一刀刀割得鲜血直流——"

"噢,为什么呢?"我问道,他讲得那样舒坦,好像是在割鸡割鸭似的。

"我要试试,我还有没有感觉。"

"不痛么?"

"一点也不痛,我只闻到血腥味。"

"嗳,"我暧昧地叫了起来,我觉得风扇吹到身上,毛毛的。

124

"有几个女人看见,吓得大叫。警察跑过来,把我送到了疯人院里去。你去过疯人院么,阿青?"

"没有。"

"疯人院里也有意思呢。"

"怎么会?"

"疯人院里有好多漂亮的男护士。"

"是么?"我笑道,好奇起来。

"我进的那家疯人院在赫逊河边,河上有许多白帆船,我天天就坐在窗口数帆船。我顶记得,有一个叫大伟的男护士,美得惊人,一头闪亮的金发,一双绿得像海水的眼睛。他起码有六尺五,疯人院里的男护士都是大个子。他拿着两颗镇静剂,笑眯眯地哄我吞下去,我猛一把抓住他的手,按到我的胸房上,叫道:'我的心,我的心呢?我的心不见了!'他误会我向他施暴,用擒拿法一把将我掀到地上去。你猜为什么?我讲的是中文,他听不懂!"

说着我们两个人都笑了起来。

"他们放我出去,夏天早已过了,中央公园里,树上的叶子都掉得精光。我买了一包面包干,在公园里喂了一天的鸽子——"

他突然沉默起来,我侧过头去看他,在黑暗中,他那双眼睛,碧荧荧地浮在那里。床头那架风扇轧轧地扇过来一阵阵热风,我背上湿漉漉地浸在汗水里。窗外圆环夜市那边,人语车声,又沸沸扬扬地涌了过来。兜卖海狗丸的破喇叭,吹得分外起劲,可是不知怎的,那样暗哑的一只喇叭,却偏不停地在奏那首《六月茉莉》,一支极温馨的台湾小调,小时候,我常常听到的,现在让这些破喇叭吹得呜呜咽咽,听着又滑稽,又有股说不出的酸楚。

"那些莲花呢,阿青?"

"什么?"我吃了一惊,沉寂了半天,他的声音突然冒了起来。

"我是说公园里那些莲花,都到哪里去了?"

"噢,那些莲花么?听说市政府派人去拔光了。"

"唉,可惜了。"

"他们都说那些莲花很好看呢。"

"新公园是全世界最丑的公园，"他笑道，"只有那些莲花是美的。"

"据说是红睡莲，对么？"

"对了，鲜红鲜红的。从前莲花开了，我便去数。最多的时候，有九十九朵。有一次，我摘了一朵，放在一个人的掌心上，他捧着那朵红莲，好像捧着一团火似的。那时候，他就是你这样的年纪，十八岁——"我感到他那钉耙似的手，尖硬的手指，伸到我的头发里，轻轻地在耙梳着，他那双野火般跳跃的眼睛，又开始在我身上滚动起来，那样急切，那样强烈地乞求着，我感到一阵莫名的惧畏起来。

"王先生，我得走了。"我坐起身来。

"不能在这里过夜么？"他看见我在穿衣裤，失望地问道。

"我得回去。"

"明天可以见你么，阿青？"

"对不起，王先生，明天我有约。"

我低下身去系鞋带，我不知道我为什么撒这个谎。我并没有约会，可是明天，至少明天，我不能见他。我害怕看到他那双眼睛，他那双眼睛，好像一径在向我要什么东西似的，要得那么凶猛，那么痛苦。

"那么什么时候再能见到你呢？"

"我们在公园里，反正总会再碰面的。"

我走到房门口时，回头说道。一口气，我跑下瑶台旅社那道黑漆漆，咯吱咯吱发响的木楼梯，跑出那条湿叽叽臭熏熏的窄巷，投身到圆环那片喧嚣拥挤，到处挂满了鱿鱼、乌贼，以及油腻腻猪头肉的夜市中。我站到一家叫醉仙的小食店门口，望着那一排倒钩着油淋淋焦黄金亮的麻油鸭，突然间，我感到一阵猛烈的饥饿。我向老板娘要了半只又肥又大的麻油鸭，又点了一盅热气腾腾的当归鸡汤。咕嘟咕嘟，一下子我先把那盅带了药味滚烫的鸡汤，直灌了下去，烫得舌头都麻了，额上的汗水，簌簌地泻下来，我也不去揩拭，两只手，一只扯了一夹肥腿，一只一根翅膀，左右开弓地撕啃起来，一阵工夫，半只肥鸭,只剩下一堆骨头,连鸭脑子也吸光了。我的肚子鼓得胀胀的,可是我的胃仍旧像个无底大洞一般,总也填不满似的。我又向老板娘要了一碟炒米粉,窸窸窣窣,风扫残叶一般,也卷得一根不剩。结账下来,一共一百八十七。我掏出胸前口袋里那卷钞票,五张一百元的,从来没有人给过我那么多钱。刚才他把皮夹里所有的钞票都翻出来给我了,还抱歉地说:刚回来,没有换很多台币。

离开圆环,我漫步荡回锦州街的住所去。中山北路上,已经没有什么行人,紫白色的荧光灯,一路静荡荡地亮下去。我一个人,独自跨步在人行道上,我脚上打了铁钉的皮靴,击得人行道的水门汀嗑、嗑、嗑发着空寂的回响。我把裤带松开,将身上湿透了的衬衫扯到裤子外面,打开了扣子。路上总算起了一阵凌晨的凉风。把我的湿衬衫吹得扬得起来。我全身的汗毛微微一张,我感到一阵沉滞的满足,以及过度满足后的一片麻木。

四

弟娃——

我猛然惊坐起来,听见自己叫喊道。满地扎眼的阳光,已是中午时分,房中热气沸腾。背上的汗水一条条流下来,好像许多根毛虫在上面爬动,痒痒麻麻的。床上的草席印着一大块阴黑的汗迹,又是一个火烈的大热天。我跟小玉合租的这间房间,是三夹板隔出来的,只有五个榻榻米大,除了一张床,两只竹篾笼子,什么都放不下了。因为朝西,一到下午,太阳凶狠地射进来,房里就像蒸笼,热得人惴惴不安。

我坐在床上,头感到一阵刚睡醒的昏疲,喉头却干得在冒火。窗外传来一阵女人的尖笑,大概锦州街那些吧女都热得跑到巷子里去乘凉调笑去了。巷子里的酒吧还没有上市,收音机却开得大大的,喷出一流狂噪的爵士乐来。渐渐的,我仿佛记了起来,刚才朦胧间,我看见了弟娃。他就站在我的床头,穿着他的童军制服,有肩带的那一套。我清清楚楚地看到他那张雪白的娃娃脸,他笑嘻嘻地伸出手来,对我说道：

"阿青，我的口琴呢？"

去年弟娃生日，十五岁，我送了一管口琴给他，是在功学社买的，蝴蝶牌，两百七十块，花了我半个月的送报钱。弟娃爱得不忍释手，上学他把口琴插在裤子后面袋里，晚上他便放在枕头底下。睡到床上，还要拿出来吹两下，开始弟娃只会吹单音，后来我教他和声，他一学便会，而且吹得比我还要有板有眼。那时候学校里正在教《踏雪寻梅》，弟娃天天回家便吹奏这首轻快得像流水似的曲子。有时我们上了床，熄了灯，弟娃还要把口琴掏出来，把被窝蒙起头来吹，口琴声从被窝里透出来，闷得呜呜地响。有一次，把父亲吵醒了，他气冲冲跑进来，一把将弟娃被窝掀开，弟娃怕挨揍，赶紧双手抱住头，缩成一团。父亲看着，竟笑了。那是唯一的一次，我看见父亲那张苍纹满布严峻的脸上，绽开那样一抹慈蔼的笑容。我跳下床，从床底拖出我那只竹篾笼子，从里面掬出了我送给弟娃的那管蝴蝶牌口琴来。几个月没有擦拭，口琴的白铜皮有点发黄了。我放到口边随便吹了两下，声音还是十分清越的，只是有点霉味。我从家里跑出来的那天，这管口琴正好插在裤袋里。是我从家里唯一带出来的东西。

三个多月了，这是第一次，我想起弟娃来。这三个多月，是一连串没有记忆的日子。白天，我们到处潜伏着，像冬眠的毒蛇，一个个分别蜷缩在自己的洞穴里。直到黑夜来临，我们才苏醒过来，在黑暗的保护下，如同一群蝙蝠，开始在台北的夜空中急乱地飞跃。在公园里，我们好像一队受了禁制的魂魄，在莲花池的台阶上，绕着圈圈，在跳着祭舞似的，疯狂地互相追逐，追到深夜，追到凌晨。我们窜逃到南阳街，一窝蜂钻进新南阳里，在那散着尿臊的冷气中，我们伸出八爪鱼似的手爪，在电影院的后排，去捕捉那些面目模糊的人体。我们躲过西门町霓虹灯网的射杀，溜进中华商场上中下各层那些闷臭的公厕中。我们用眼神，用手势，用脚步，发出各种神秘的暗号，来联络我们的同路人。我们在万华，我们在圆环，我们在三水街，我们在中山北路——我们鬼祟地穿进一条条潮湿的死巷，闪入一间间黝暗腐朽日据时代残留下来的客栈里。直到夜深,直到夜真的深了,路上的行人绝了迹,我们才一个个从各个角落里,爬回到大街上来,这时,这些冷落的、不设防的街道,才是真正属于我们的。我们手里捏着一叠沁着汗水的新台币,在黎明前的一刻,拖着我们流干精液的身体,放肆而又虚脱,漫步蹭回各自的洞穴里去。

这三个多月来,我的脑袋里,一直是空空的,好像有人将我的头盖揭开,把我的大脑一下子挖掉了一般,一点思念,一点感觉也没有了。弟娃,我最心爱的弟娃,我竟没有去想过他。可是刚才那一刻,他却明明站在我的床前,离得我那样近,伸手出来,笑嘻嘻地向我说道:阿青,我的口琴呢?我记得我一把抓住了他的手,他的手是冰凉的。就像那晚一样,父亲先去睡了,我一个人坐在弟娃身边守住他,我去捏他的手,他的手冰冷,冷得叫我打了一个寒噤。我们在他身体下面垫了许多块砖头大的干冰。那些干冰一直在冒冷烟,弟娃如同睡在雾中一般。在市立殡仪馆,他们把他装进了一副小棺材里。他的小棺材,薄薄的,像只木箱,我趁他们不备,溜进了停尸间去,掀开了弟娃的棺材盖。弟娃十分局促地仰卧在里头,他们替他化了妆,在他那张雪白的娃娃脸上,涂上了淡淡的胭脂。他们把他的双手合拢在胸前,他的肩膀都给挤得拱缩了起来。弟娃看来好像在装睡的模样,满面调皮滑稽,好像随时都忍不住要笑出来似的。我们把弟娃运到碧潭公墓去,两个抬棺的脚夫,粗手粗脚,棺材从车上抬下来,东碰西撞,棺材头撞在车门上砰砰作响。我一阵暴怒,走过去,猛推了脚夫一把,喝道:

"轻些,知道么?"

"还不起来? 日头晒屁股了!"

丽月探头进来笑道,她只穿了奶罩三角裤,披着一件粉红绸子的短袖睡衣,一头发卷还没有拆去。

"小玉回来过么?"我问道。

"问你呀,那个小玻璃,昨晚又野到哪里去了,"丽月乜斜着眼睛

129

瞅着我，扑哧一声笑了出来，"阿青，你老实招来吧，昨晚你钓到大鱼没有？是条青花还是条老泥鳅？"

"还有饭么？"我不理会丽月。

"你上个月欠我的伙食还没还清，还想吃饭么？"

"先还一百，这总可以了吧？"我从裤袋里掏出一张一百元的钞票来，丽月一把抢了过去，笑道：

"快去吧，早上做的稀饭都发馊啦。"

我跟着丽月，走到她隔壁房去。她的房间，只跟我们的隔了一层薄薄的三夹板。从前丽月那个美国大兵情人强尼和她同居的时候，她把我们这间房布置成一间小客厅。强尼抛下她回美国后，她便分租给小玉，只收他四百块一个月，还让他搭中饭。小玉认识老周后，常常不回来住，他便叫我搬了进来，分担他一半租钱。

丽月是小玉的表姐，她很疼小玉，常常揪住小玉的腮叫他小玻璃。丽月体格很棒，而且风骚，在纽约吧里大红特红，那些美国兵都叫她丽丽。丽月用手捧起她那两团大奶子，面一扬，很不屑地说道："怕什么？老娘有的是本钱！"有时候她白天去上班，家中阿巴桑忙着做事，便把她那个三岁大和强尼生的那个杂种仔小强尼赶到我们房间来，要我们看顾。那个杂种是个小可爱，一身洁白的娃娃肉，绿莹莹的眼珠子，却是一头乌黑微卷的头发。丽月本来把她的杂种仔丢给了孤儿院，后来舍不得，又去把他接了回来。丽月说，小杂种的老爸，是个很标致的美国郎。她案上有一张他穿了一身白色海军制服的照片，咧着嘴，一双眼睛花花的，风风流流的模样。丽月跟他同居，倒贴了他一年，还替他生了一个小杂种，他拍拍屁股，便溜回国去了。一共只来过三封信，寄了二十块美金给小强尼买圣诞礼物。丽月无可奈何地叹道："美国鸟，是很有良心的么？"然而她说她并不恨他，她原谅他，他来了她还要跟他睡觉。

"啊唷，有鱿鱼吃！"

我看丽月房中饭桌上摆着一碟酸菜炒鱿鱼，一碗白稀饭。

"丽月姐,你真是一个好人!"我摸了一下丽月扎实润凉的膀子。

"去你的,少拍老娘马屁,"丽月坐到我对面笑道,"我问你,玉仔昨晚到底又到哪里去打野食去了?"

"小玉么? 找到一位华侨干爹啦,是从东京来的。"

"伊娘咧!"丽月咯咯骚笑了起来,"那个小玻璃专爱吃'沙西米'! 去年有一个大阪来的华侨,开中华料理的。玉仔为了他失魂落魄,做了好几个月的樱花梦。昨天半夜老周还来找他,我替他撒谎,说他回三重镇去了。老周只是不信,抓住我诉苦,一口呢呢侬侬的上海话,我也听不大懂。我看那个胖阿公对玉仔还有几分真心。"

"老周上星期才给小玉买了一只精工表,一千五,自动的,还有日历呢。"

"我看到啦,玉仔戴在手上亮来亮去,"丽月笑叹道,"谁教那个胖阿公偏偏迷上这个没心肝的玻璃货,算他倒霉!"

"阿母——"

阿巴桑带着小强尼走了进来,那个小杂种一看到他母亲,便摇摇晃晃,笑嘻嘻地一头撞进他母亲怀里叫道。丽月一把将小强尼抱了起来,剥开他的开裆裤,在他那浑圆的小屁股上咬了一口,恨道:

"你这个小野仔,小杂种,你要了你阿母的命啦!"

阿巴桑是个大胖子,性情异常急躁,爬上楼半天还喘不过气来,脸上的汗水滴滴答答的。她把手里一对红蜡烛,两炷香,四五串锡箔元宝,还有一大沓纸钱往桌上一搁,便一五一十跟丽月算起账来,我猛然才想起,今天竟是七月十五,中元节了。

"你给谁烧冥钱,丽月姐?"我问道。

"给我那个死鬼阿爸呀!"丽月叹息道,她提起一串元宝来,窸窸窣窣地抖响着,"他在的时候,天天向我讨钱。死了,梦里头还要向我讨。不烧给他,我害怕,怕他到阎王面前去告状。"

"丽月姐,你分一半元宝给我,我给钱给你。"我掏出了二十块钱来递给丽月。

"你又烧给谁啦?"丽月诧异道。

"我烧给我阿弟。"

"他也向你要钱么?"

"他向我要口琴,"我说,"今天是他的生日——十六岁了。"

"口琴?"丽月哈哈大笑,"那个地方大概也有口琴卖的吧? 人家说,阴间跟我们这里一样,什么都有。一定也有许多酒吧,我死翘翘了就到下面去当吧女去! 要不然,越战打死那么多美国兵,怎么办?"

丽月笑得乱晃起来,两个大奶子战弹弹的,她指着我叫道:

"玻璃鬼! 玻璃鬼! 你和玉仔两人死了,一定也变成玻璃鬼。你活着是什么货,死了也是什么货,想改也改不了!"

我把两串元宝拿回房中,搁在床上,然后到澡房去冲了一个冷水澡,把头发也洗干净了。我换上了一套新买的衣服,一条深蓝达克龙的西装裤,一件套头蓝白条子的紧身衫。我把一头又长又硬桀骜不驯的头发也梳得整整齐齐,还抿上了一些小玉的发蜡。临走时,我将那管蝴蝶牌的口琴,插到后面裤袋里。我经过丽月房门口,丽月吹了一声口哨,叫道:

"这一身打扮,又去找郎客了!"

我头也没回,跑下楼去,闯进了外面的世界里。中山北路上上下下,好像都落满了白色冒烟的溶液一般,空气热得在闪闪颤动。我赶忙掏出我那副宽边深黑的墨镜来戴上,这副太阳眼镜,是一个客人遗留在旅馆里五斗柜上的,我收了起来,据为己有。白天在人群里,我便戴上这副宽边墨镜,把脸遮去一半。这样,即使碰见熟人,也可以装着没有看见,回避过去。

我在中山北路乘上公共汽车,坐到车子的最后一排角落里去,汽车里很燥热,刚洗完澡,一坐下来,一身又湿了。我要乘到西门町,然后转到南机场去。母亲就住在南机场那边。有五年多,没有见到母亲了,我得到关于她最后的消息,是她在南机场跟一个开地下茶室的男人同了居。那还是弟娃告诉我的,他曾经到南机场去看过母亲两三回。母亲带他到西门町一条龙去吃蒸饺,两人吃了三笼。可是母亲后来却吩咐弟娃:以后没有事,不要再去找她了。这次弟娃去世,母亲并不知道。好几次我都想去告诉她，不知怎的，总没有去成。因为许多年没有跟母亲见过面，怕见了大家尴尬，没有话说。

想到母亲，想到弟娃，我又不禁想起我们那个七零八落、破败不堪的家来。

五

我们的家，在龙江街，龙江街二十八巷的巷子底里。就如同中国地图上靠近西伯利亚边陲黑龙江那块不毛之地一样，龙江街这一带，也是台北市荒漠的边疆地区。充军充到这里来的，都是一些贫寒的小户人家。我们那条巷子里，大多是一些不足轻重的公家单位中下级人员的宿舍。两排木板平房，一栋栋旧得发黑，木板上霉斑点点，门窗瓦檐通通破烂了，像一群褴褛的乞丐，拱肩缩背，挤在一堆。左边第一栋是秦参谋家，一扇大门给台风刮掉了，一直没有补上，好像秃着嘴巴，缺了一颗门牙似的。秦参谋喜欢坐在大门缺口一张矮凳上，手里抱着一把胡琴，自拉自唱，据他自己说他唱的是麒麟童麒派，嗓子沙哑得患了重伤风一般。去年他中了风，脸走了形，嘴巴歪掉了。可是他仍奋力地唱着《逍遥津》，很苍凉地在喊：欺寡人——。他一张嘴，下巴便好像掉下来了似的，一脸痛苦不堪的神情。右边第一栋住着萧队长和黄副队长两家，萧太太和黄太太吵了十几年的架，因为两家共用一个厨房。常常在深夜里从她们厨房中传出来一声声有板有眼的砧板咒。橐、橐、橐的刀声，配着尖厉的诅咒，在寒风中，听得人毛骨悚然。萧太太是大块头，声音洪亮，总是占上风。黄太太却干瘦得像只缩了水的黄瓜，一径瘪着嘴，泪眼汪汪，满面凄苦，好像给萧太太咒得永世不得超生了似的。大概大家的生活都很困难，一家家传出来，都是怨声。我记得，那么些年，我们那条巷子好像从来没有安宁过。这边哭声刚歇，那边吆喝怒骂又汹汹然扬了起来。然而我们那条二十八巷，却是一条叫人不太容易忘怀的死巷：它有一种特殊的腐烂臭味，一种特殊的破败与荒凉。巷子两侧的阴沟，常年都塞满了腐烂的菜头、破布、竹篾、发锈的铁罐头，一沟浓浊污黑的积水，太阳一晒，郁郁蒸蒸，一股强烈的馊气，便冲了上来，在巷子里流转回荡。巷子中央那个敞口的垃圾箱，内容更是复杂。常常在堆积如山的馊物上，会赫然躺着一只肚子鼓得肿胀的死猫，暴着眼睛龇着白牙；不知是谁家毒死的，扔在那里，慢慢开始腐化；上面聚满了绿油油一颗颗指头大的红头苍蝇，人走过，嗡地一下都飞了起来，于是死猫灰黑的尸身上，便露出一窝白蠕蠕爬动的蛆来。巷子是黄泥地，一场大雨，即刻变成一片泥泞，滑叽叽的，我们打着赤足，在上面吱吱喳喳地走着，脚上裹满了泥浆，然后又把黄滚滚的泥浆带到屋里去。如果天气久旱，风一刮，整条巷子飞沙走石。于是一家家破缺的墙头撑出来的竹篙上，那些破得丝丝缕缕的尿布、三角裤、床单、枕头，在黄蒙蒙的风沙中，便异常热闹地招翻起来。

这条死巷巷底，那栋最破、最旧、最阴暗的矮屋，便是我们的家。前年黛西台风过境，把我们的屋顶掀走了一角。我跟父亲用一块黑色的大油布铺在漏洞上，遮盖起来，上面压了许多红砖头。雨下得大，屋内还是会漏的，于是铅桶、面盆、有时连痰盂也用上，到处接水。如果雨一夜不歇，屋内便叮叮咚咚，响到天明。我们的房子特别矮，阳光射不进来，屋内的水泥地分外潮湿，好像一径湿漉漉在出汗一样，整栋屋子终年都在静静的，默默的，发着霉。绿的、黄的、黑的，一块块霉斑，从墙脚下，毛茸茸地往上爬，一直爬到天花板上。我们的衣服，老是带着一股辛辣呛鼻的霉味，怎么洗也洗不掉。

然而父亲却说，我们能够弄到那样一幢房子，已经是万幸了。民国三十八年，父亲那个兵团在大别山和八路军交战，被围困了一个多礼拜，救兵赶不到，父亲被俘虏了。后来逃脱，来到台湾，革去了军籍。幸亏父亲一个旧日的老战友黄子伟黄处长，卖了一个人情，才让父亲暂时栖住在这栋矮小破烂的宿舍里。差不多每个星期天，父亲都到隔壁二十六巷黄子伟叔叔家里去，去的时候，总是拎着一瓶红露酒，一包盐脆花生；然后和黄叔叔两人对坐着，用水碗子装酒，你一碗我一碗地猛灌，嘴里的花生米嚼得咔嚓咔嚓。父亲本来就是一个刚毅木讷，不善言辞的人，喝了酒，更加一句话也没有了。他默默地坐

在那里,一脸紫涨,两眼通红,一直挨到太阳下去,屋内黑了,父亲才立起身来,干咳一声,说道:

"呃,不早了——"

"在这里吃饭吧。"黄叔叔也立起身来。

"改天再来。"

父亲也不等黄叔叔回话,便踏着他那受过严格训练的军人步伐,昂然离去。他的胸脯夸张地挺着,头高扬到滑稽的地步,一双穿得张了口的旧皮靴,踏在地上,发着啪哒啪哒空洞的响声。

据说父亲从前打日本人是立过功勋的——这是他自己告诉我们的。他讲到"长沙大捷"那一仗,突然间会变得滔滔不绝,操着他那浓浊的四川土腔,夹七夹八口齿不清地吐出一大堆我们半懂不懂的话来。他那张磨得灰败,皱纹满布的黑脸上,那一刻,会倏地闪起一片骄傲无比的光彩。父亲说,那一仗下来,长沙郊外那条河河水染得通红,他那柄马刀,砍日本人的头砍得刀锋卷起。他房中案头上一张全身戎装的照片,捆着斜皮带,穿着长筒马靴,手里捧着一顶穿了几个弹孔的日军军盔,脸上露着胜利的得色。那张照片,便是在长沙郊野战场上拍的,地上七横八竖都躺满了士兵的死尸。那时父亲刚升团长,并且还受了勋。父亲的床头搁着一只小小的红木箱,箱子用一把铜锁锁住,箱子里便珍藏着父亲那枚二等宝鼎勋章。在我考上育德中学高中那一年,有一天,父亲把我召进他房中,郑重其事地把他床头那只小红木箱捧到案上,小心翼翼地将箱子打开,里面搁着一枚五角星形的红铜镀金勋章,中间嵌着蓝白两色珐琅瓷的宝鼎。镀金已经发乌了,花纹缝里金面剥落的地方,沁出了点点铜绿来。系在顶角的那条红蓝白三色缎带,也都泛了黄。父亲指着那枚旧勋章,对我说道:

"阿青,我要你牢牢记住:你父亲是受过勋的。"

我觉得那枚勋章很好看,便伸手去拿,父亲将我的手一把挡开,皱起眉头说道:

"站好! 站好!"

等我立正站好，双手贴在裤缝上，父亲才拿起那枚勋章，别在我的学生制服衣襟上，然后他也立了正，一声口令喝道：

"敬礼！"

我不由自主，赶忙将手举到额上，向父亲行了一个举手礼。我差不多笑出了声来，但是看见父亲板着脸，满面严肃，便拼命忍住了。父亲说，等我高中毕业，便正式将那枚宝鼎勋章授给我。他一心希望，我毕业的时候，保送凤山陆军军官学校，继承他的志愿。

父亲做了一辈子的军人，除了冲锋陷阵以外，别无所长，找事十分困难。又是靠黄叔叔的面子，才挤进了一家公私合营的信用合作社，挂了一名顾问的闲职，月薪三千台币。在机关里，他连张办公桌也没有的，其实用不着天天去上班。可是父亲每天仍旧穿着他那唯一一套还像样的藏青哔叽中山装，手臂下夹着一只磨得泛了白，拉链只能拉拢一半的公事黑皮包，跑出跑进，踏着他那僵硬的军人步伐，风尘仆仆地去赶公共汽车。父亲跟旧日的同僚，通通断绝了来往。有一次，有两个父亲的老部下，到我们家来探望他，父亲穿着内裤躲进了厕所里，隔着门对我悄声命令道：

"快去告诉他们，不在家！"

就在我们那间闷热潮湿，终年发着霉的客厅里，父亲顽强地坐在他那张磨得油亮的竹靠椅上，打着赤膊，流着汗，戴着老花眼镜，在客厅那盏昏暗的灯下，一日复一日，一年复一年，在翻阅他那本起了毛脱了线上海广益书局出版的《三国演义》。有一年台北地震，我们屋顶的砖瓦震落了好几块，我们都吓得跑到巷子里去。等我们回返家中，却发觉父亲仍旧屹然端坐在客厅的竹椅上，手里兀自捏住他那本《三国演义》，他头上那盏吊灯，给震得像钟摆一般，来回地摆荡着。

父亲独自坐在客厅里研究天下大势"分久必合，合久必分"的道理时，母亲便一个人在客厅外的天井中，蹲在地上，弯着腰，在搓洗那些堆积如山无穷无尽的床单衣裳。因为贴补家用，母亲每天都去兜揽一大堆别人家的床单衣裳回来洗。她常年都埋葬在那堆脏衣裳里，弓着背，拼命地搓，奋力地洗，两只手在肥皂水里，一径泡得红彤形的。她蹲在地上,捞起裙子,露出一双青白的小腿来,一头乌黑的长发扎成一刷大马尾,拖在身后。有时候,母亲一面搓洗,一面一个人忘情地哼着台湾小调,搓着搓着,她会突然扬起面,皱着眉头,放声唱了起来:

　　啊——啊——被人放弃的小城市——寂寞孤单影——

　　她的声音尖细,凌厉,颤抖抖的一声奋扬起来,听得人毛骨悚然,比《悲情城市》里那个台语悲旦白莺唱得还要叫人心酸。

　　母亲的身世和来历都是十分暧昧不明的。据说她是桃园乡下一户养鸭人家的养女,养父是个酒鬼,百般虐待,幸亏养母还疼她,少受了许多罪。可是有一天,养父一把镰刀飞过去,把她额头上削去了一块皮,于是她便逃了出来,跑到中坜,在第一军团军营附近一家下等茶室,当起女招待来。那段日子,母亲的行为大概不甚检点,经常跟第一军团那些军爷们制造事件。有一次,两个少尉军官为她争风吃醋,动起武来,险些出了人命案子。事情闹大了,母亲在中坜立不住脚,才到台北来帮人做下女。黄姗姗怀孕时,请了母亲临时帮忙,就是那样,便跟父亲搭上了。那年父亲四十五,母亲才十九岁。黄姗姗提起这件事,总捂起嘴巴笑:

　　"我是叫你们阿母送红蛋去的,谁知你们阿爸红蛋留下,连人也留下了!"

　　母亲年轻时,大约的确是一个很有风情的女人。她长得身段娇巧,细细的腰肢,一头丰盛的长发,乌亮亮像匹黑缎子披到背上来。她那张雪白的娃娃脸,一小撮嘴巴,嘴角翘翘的,满脸稚气,看起来,好像是一个总也长不大的小女孩一般。可是她那双大大的,深坑下去的眼睛,一双乌亮的眸子里,却一径闪烁得像两只受了惊的小鹿一般,东躲西藏,充满了彷徨疑惧。有时候,她会突然眉头一锁,一双大眼睛便像两团黑火般燃烧了起来,好像心中一腔怨毒都点着了似的。

　　母亲站在父亲身边,只到他的肩膀。两个人走在街上,父亲昂头挺胸,好像在阅兵,大步大步地跨着,母亲跟在他身后,碎步追赶,不住地两边张望。那样一个苍老灰败,满头白发倒竖的大男人,身后却跟着一个娃娃脸,惊惶不定的小女子——他们两人,是我们巷子中,一对极不相称,走在一起令人发噱的老夫少妻。

然而父亲大概也曾热爱过母亲的,只是他表示的方式却十分的暴烈。有一次,母亲在门口跟一个卖菜的小伙子调笑,她拿一根萝卜去敲那个年轻男人敞裸的胸膛,那个小伙子便乘机捏了一下母亲的膀子。父亲恰巧撞见了,回家以后,也不发言,倏地从门背后抽出一根藤鞭子,嗖、嗖、嗖在母亲背上便猛抽了三下。母亲跌倒在地,她细小的身躯蜷缩成一团,两只肩膀猛烈地抽搐着,一双青白的小腿,不断地在蹬踢。她躺在地上的那副样子,使我想起我们过年时宰杀的一只小母鸡,喉头割断了,躺在地上,两只鸡爪子,不断痉挛地蹬踢着,在做垂死的挣扎,一身雪白的羽毛,溅满了鲜红的血点子。母亲躺在地上,并不哭泣,也不叫喊,一脸青苍,一小撮嘴巴紧紧闭着。她那双大眼睛,望着父亲,好像要跳了出来似的。第二天,母亲没有起床。父亲回家时,却将一包花纸包着的盒子,往母亲床头一塞,急急转身便走了出去。盒子里是一件崭新的细麻纱连衣裙,豆绿的底子,起着大团大团的红芍药。母亲爬下床,将新衣裳换上,站在镜子面前左顾右盼起来。可是她露在外面的背项上,却添了两条手指粗的鞭痕,横斜在那里,青红青红地浮肿起来,像两条蛇,蟠爬在她那雪白的背上。

我八岁的那年,有一天,母亲忽然失踪了。她带走了她所有的衣裳,也带走了父亲买给她的那条花裙子。她跟了小东宝歌舞团里一个小喇叭手,私奔而逃。她也参加了他们那个歌舞团,环岛巡回表演去了。小东宝歌舞团的宿舍,本来驻扎在长春路,母亲常常去领他们团员的衣服回来洗。有一次,我经过他们宿舍,窥见母亲正跟那些团员们混在一起,在唱歌。那个小喇叭手,是个二十来岁的小伙子,穿了一身绛红的制服,胸前两排金色铜扣,袖子上两道宽宽的金边,他歪戴着一顶白色金边的帽子,露着两片渗黑油亮的发鬓来。他双手举着一管闪烁的铜喇叭，仰着身子，吹奏得异常嚣张。母亲夹在一伙女团员中间，一齐笑嘻嘻地在唱《望春风》。她的头上也歪戴着一顶白色金边的男人帽子，我从来没有看见她笑得那般开心过。

母亲出走的那个晚上，父亲擎着他从前在大陆上当团长用的那管自卫手枪，虚恫地摇挥着，跑了出去，声称要去毙掉那对狗男女。可是他半夜回来，却醉得连路都走不稳了。他把我和弟娃叫去，咿咿唔唔训了一大顿我们不甚明了的话，讲到后来，他自己却失声痛哭起来，他那张皱纹满布灰败苍老的脸上，泪水纵横——那是我所见过，最恐怖，最悲怆的一张面容。弟娃吓得大哭，我却感到全身的汗毛都张开了，寒意凛凛。

母亲出走，我似乎并没有感到特别难过。大概因为母亲对我从小嫌恶，使我对她只有畏惧，没有依恋。母亲生我的时候，头胎难产，子宫崩血，差点送掉性命，因此，她一口咬定我是她前世的冤孽，来投胎向她讨命的。她常常用大拇指来搓平我的额头，对我说道：

"黑仔，莫要皱眉头，小孩子额头上有皱纹，要不得，犯凶的。"

母亲叫我黑仔，叫弟娃白仔。我长得像父亲，高大黝黑，弟娃却跟母亲脱了形。一身雪白，一张娃娃脸，他那一双乌黑的大眼睛，好像是从母亲那里借来的，可是却没有母亲眼里那股怨毒，一径眨巴眨巴，好像在憨笑似的。母亲说，她怀着弟娃时，梦见了送子观音，弟娃是观音娘娘特地送给她的，所以才长得跟她那样像。她亲自给弟娃缝了一套火红绸子的衣服，脖子上给他戴了一只镀银的白铜项圈，项圈上挂着十二生肖的铃铛，弟娃满地一爬，那些龙蛇虎兔的铃铛便叮叮当当地响了起来，于是母亲大乐，一把便将弟娃抱起搂入怀中，从他头顶一直亲到他那双胖嘟嘟圆滚滚的小腿上，亲得弟娃扎手舞脚，咯咯不停傻笑。

有一天，母亲在天井里替弟娃洗澡，她用她自己那块檀香皂，把弟娃一身擦满了肥皂泡子，她坐在木盆边，佝着背，一头乌黑的长发，袅袅地婉伸到膝上，她一面掬起手，舀水浇到弟娃白白胖胖的身子上，一面柔柔地哼着《六月茉莉》。弟娃笑，母亲也笑，他们母子俩清脆欢悦的笑声,在那金色的阳光照耀下,回荡着。等到母亲走进屋内去拿毛巾,我走了过去,站在木盆边,正当弟娃笑嘻嘻向我伸出手的那一刻,我一把抓住他的膀子,在他那白白嫩嫩的娃娃肉上,狠狠地咬下了八枚青红的牙齿印。母亲赶出来,举起火钳将我的膝盖打得乌青肿肿,好几天,走路都是瘸的。我看着那青肿的膝盖,流出脓血来,心中只感到一阵报复的快意,我不哭,也不讨饶。那次后,母亲对我又添了几分嫌恶,说我一定是五鬼投的胎。

然而母亲一走,我跟弟娃两个人却突然变得相依为命起来。弟娃一向是跟母亲睡的,母亲出走那天晚上,他却跑到我房中,爬到我床上,拼命挤到我怀里来,大概他心里害怕。那晚我自己也很疲倦,便搂住他,学母亲那样,拍着他的背,一块儿睡去。

母亲离家后,我只见过她一次。那是她出走的第四个年头,我刚上初中。小东宝歌舞团回到台北,在三重镇美丽华戏院表演。我偷偷带着弟娃,乘公共汽车过台北桥到三重镇去。美丽华原来是演歌仔戏的,在重新路一个巷子口,戏院只是一个三夹板围起的大棚子,大门入口的地方,垂着两幅花布门幔,围墙板壁上,贴满了彩色广告海报:小东宝歌舞团青春热舞。上面印着许多露着大腿的舞女。一个戴着花纸帽的男人,站在入口处,举着一只讲话筒,大声呼喊:标致小姐! 精彩表演! 我带着弟娃买了两张票,挤进了戏院,里面黑压压的人头,差不多满座了,闹哄哄的。戏棚里是水泥地,地上撒满了果皮、瓜子壳、香烟头、汽水瓶子。座位是一条条没有靠背的长板凳,挤得密密的。观众差不多全是男人,许多打着赤膊,汗津津地露着上体。大多数的人都跶着木屐,坐下来后,便将木屐踢掉,一只光脚板蜷到凳子上。里面的空气混浊,暖烘烘的一股子汗酸脚臭。我跟弟娃挤到戏台左侧最边头的一张凳子上坐了下来。戏台上挂着一张破旧的茶红幔子,台上有一排反射的座灯,把戏台照得通亮。戏台右边坐着歌舞团的乐队,有五个人,都穿着他们那绛红色铜扣金边的制服,在那里大吹大打,好像万华市场大拍卖时洋鼓洋号那般喧嚣,那样热闹。我发觉带着母亲私奔的那个小喇叭手,就坐在乐队前排,第二个座位上。他扬着头,鼓着腮帮子,眼睛瞪得老大,吹奏得很得意似的,手上的喇叭照得金光闪闪。他没有戴帽子,梳了一个十分标劲的飞机头,乌光水滑的。台上的司仪擎着麦克风出来报了幕,讲了几句疯话,台下掀起一阵口哨飞彩,突然间,六个舞女便从幕后跑了出来。她们都穿着短短的粉红裙子,白白的大腿全露在外面,每个人的头上箍着一圈亮晶晶的金色锁片子,两只手腕上也戴满了闪烁的手钏子。她们出来后,肩靠肩站成一排,等乐队换了一支曲子,她们倏地都甩出一只手来,往台下一指,一齐尖声唱了起来:

　　宝岛姑娘真美丽——

　　台下的观众更加兴奋起来,大声叫道:跳!跳!跳!乐队敲打得愈来愈急切,于是台上的舞女互相勾肩搭背,一字排开,开始飞踢大腿,跳起舞来。她们一边踢,一边唱,手钏子铮铮当当。台下的男人们,拍手的拍手,叫好的叫好。司仪手执着麦克风,也在大声喊:嗨!嗨!嗨!好像在替那些舞女加油似的。
　　我和弟娃的座位很偏,看得不太清楚。我站了起来,张了半天,赫然发觉,原来台上左边第一个舞女,就是母亲。她们六个人,都搽得一脸大团大团红彤彤的胭脂,眉毛眼睛画得又是蓝又是紫,脸谱勾得一模一样,不容易分别。母亲已经三十出头了,可是她身材娇小,又那样打扮着,看起来,竟像个十八九岁的小姑娘。她比其他的舞女都矮小,踢起腿来,总比她们迟缓一些。她一径咧着涂得红红的嘴巴,露着一口白牙,做出一副笑容来。可是她那双大眼睛却一直急切地眨巴着,好像十分仓皇吃力的模样。我告诉弟娃,母亲也在上面跳舞,弟娃赶忙爬到凳子上去,寻找了片刻,突然,他叫了一声:
　　"阿母——"便站在凳子上哭泣起来了。

六

　　南机场克难街两边,都是卖西瓜的小贩,地上撒满了吃剩的西瓜皮西瓜子。稀烂鲜红的西瓜肉,东一块,西一块,招来许多嗡嗡的苍蝇。在太阳底下晒狠了,那些烂红的西瓜皮肉,都在冒着一股发了酵甜腻的馊气。母亲住的那栋房子就在克难街底的一个贫民窟里。那是一栋十分奇特的建筑物,一所日据时代残留下来两层楼的一座水泥房子,墙壁坚厚,墙上没有窗户,只有一个个小黑洞,整座房子灰秃秃,像是一座残破的碉堡,据说是日本人驻军用的。我进到房子里,一道螺旋形的水泥楼梯,蜿蜒上升,伸到那看不清的幽暗里去。里面阴森森,洋溢着一股防空洞里潮湿的霉味。一座楼里不知道住了多少户人家,里面人声嘈杂,大人的喝骂,小孩的啼哭,可是因为幽暗,只见黑影幢幢,却看不清人的面目。我扶着那道水泥栏杆,摸索着,爬到了二楼顶,母亲住的那家门口去。大门敞着,有一个老太婆坐在门口一张矮凳上,点着头在打盹。那个老太婆穿着一件黄白麻纱的敞领汗衫,她颈子上的皱肉,像鸡皮似的,松垂了下来;她脑后挂着一小撮发髻,前额上的毛发却掉光了,一大片粉红的发癣侵到她眉毛上,好像她前额上的头皮给揭掉了一般,露出鲜红的嫩肉来。

"阿巴桑,黄丽霞在么?"我卸掉了墨镜,招呼她道。

"嗯?什么人?"老太婆睁开眼睛,嘎声问道。

"黄丽霞,阿丽。"

老太婆也不答话,清了一清喉咙,叭一下往地上吐了一口浓痰,朝我狠狠打量了一下,才用手往里面一间房间指了两下。我走进去,穿过一道砖砌的巷堂,巷堂底那房,房门垂着一张酱黄的布帘。我捞开帘子,房中黝黯,什么也看不见,只有随着帘缝射进去一道昏惨惨的日光。我探索着走进房中,里面又闷又热,迎面扑来一阵腥膻的恶臭,好像是死鸡死猫身上发出腐烂的秽气一般。

"阿母——"我悄悄叫了一声。

我伫立片刻,等到眼睛渐渐习惯了房中的幽暗后,才模糊看到房中有张挂着一顶方帐的床,床上隆起好像躺着一个人。我走了过去,站在床前,又叫道:

"阿母,是我,阿青。"

"阿青么?"

那是母亲的声音,尖细,颤抖,从黑暗中,幽幽地传了过来。一阵窸窸窣窣摸索的声音,啪的一下,床头一盏晕黄的电灯打亮了。母亲佝偻着侧卧在床上,身上裹着一件黑色绒线外套,下半身也裹着一条花布套棉被。她的头深深地陷入了枕头里,枕头边堆着厚厚一沓粗黄的卫生纸;床上罩着的那顶方帐,乌黑乌黑的,好像是用旧了的抹布拼凑起来的一般,缀满了一块块的补丁。我走到她床头边,她掉过脸来,我猛吃一惊,她那张脸完全变掉了。她原来那张圆圆的娃娃脸,两颊的肉好像给挖掉了一样,深深地凹了进去,颧骨嶙峋地耸了起来,她的两只大眼睛整个陷落了下去,变成了两个大黑洞,眼塘子乌青,像两块淤伤,脸肉蜡黄,两边太阳穴贴了两片拇指大的黑膏药,一头长发睡成了一饼一饼的乱疙瘩。她的两只手紧紧抓拢,像一对蜷起的鸡爪子,她那本来十分娇小的身躯,给重重叠叠的衣裳被窝裹在床上,骤然看去,像是一个干缩了的老女婴,她伸出她那鸡爪般的手。一把捞住了我的手腕,尖起她凄厉的声音,迫促地叫道:

"你来得正好,阿青。快,快,把你阿母抱起来,床前有个痰盂,你看见吗?"

我把被窝掀开,将母亲从床上抱起来,她的身体干瘦得只剩下一把骨头,我一只手托住她的背脊,我摸得到她背脊上突起来的一节节的硬骨。她身上透着一股呛鼻的药味和汗臭。我把她放在痰盂上,痰盂里已装满了半盆黄浊浊的尿液,我进来时闻到那股奇异的腥膻,就是那里发出来的。母亲坐在痰盂上,佝着身子,怨怨艾艾地说道:

"刚才我唤破了喉咙也没有人理我,那个死老婆子在装聋呢! 他们看见你阿母病动不得了,便都来欺负我。她敢站在我房门口,对她儿子说:'那个查某不中用啦,还医她做什么?' ——"母亲嘻嘻地冷笑了两声,"考背,偏偏你阿母又死不去,天天在这里拖!"

母亲解完小便,用几张粗黄的卫生纸揩干净。我把她从痰盂上抱起来,放回床上。

"我怕冷,阿青,替我把被盖好,"母亲颤抖着声音叫道。我赶忙将被窝裹到她身上。她这间房间的窗户都紧紧关了起来,而且还蒙上了厚帘子,我的背上一直在淌汗。

"你知道么? 阿青,他们都在等我死呢!"母亲压低了声音,她伸出她那瘦得只剩下一把筋骨乌黑的右手来给我看,她的无名指上犹松松地套着一枚磨得泛了红的金戒指。"他们等我一死,就要来脱我这只金戒指。别做他娘的春梦啦! 我吞到肚子里去,也不会给那两个夭寿的! 可是阿青,你阿母穷得要命,想吃片西瓜也没有钱买——"

母亲说着,她那双深坑的眼睛打量了我一下,突然笑道:

"嘿嘿,你这一身穿得蛮标致嘛,你发财了么,阿青? 乖仔,给点钱给你阿母买东西吃好么? 我饿了一天了,他们拿来的东西,是喂猪的糠,哪是人吃的?"

我掏出昨天剩下的两百块钱,分了一张一百元给母亲,母亲那双瘦得像鸡爪子的手,捏住那张钞票,直打战。她那张变得丑怪破烂的脸却绽开了,笑得像个小女孩一般。她急忙把那张钞票塞到枕头底下,生怕别人看见,会抢走似的。她把钱藏好,拍拍枕头,仰卧下去,长长地舒了一口气。

"医生说,毒跑到骨头去了,要锯掉——"母亲用手在她下身划了一下,"两条腿都要锯掉,锯一条腿要七千块钱呢! 莫说我没钱,有钱我也不锯! 医生说,毒已经散开了,一攻心就要死了。死不是死,我这种女人还活着做什么——"母亲突然颤巍巍地撑起身来,她那双陷落的大眼睛灼灼地闪起光来,"阿青,你答应你阿母一件事好么? 阿母从来没有求过你,你就替你阿母做这一件事好么?"

"好的。"我应道。

"你阿母是活不长的了,阿母死了,你到庙里去,替你阿母上一炷香,哪个庙都行。你去跪在佛祖面前,替你阿母向佛祖求情。你阿母一辈子造了许多许多罪孽,你求佛祖超生,放过你阿母,免得你阿母在下面受罪。你阿母一生的罪孽,烧成灰都烧不干净! 死,你阿母是不怕的,就是怕到下面那些罪受不了——"

母亲说着,她那深坑的眼眶突然冒出两行眼泪来,流到她那凹下去的面颊上。我将床头那沓粗黄的卫生纸递了两张给她。她接过去,揩了揩面上的泪水,擤了一擤鼻涕,才又倒卧到床上去。隔了半晌,她长长地嘘了一口气,叹道:

　　"你们阿爸,其实他对我,也还不错的。只是,只是——"

　　她皱起眉头,咂了咂嘴。突然间,她嘴巴一撇,轻佻地笑了起来,问我道:

　　"怎么啦? 老头子还好么? 还天天呷酒么?"

　　"不知道,"我摇了摇头,"我有三个多月没看见他了——阿母,我也离开家了。"

　　"是么? 是么?"母亲亢奋起来,眨着她那双下陷闪烁的眼睛。随即她却伸出手来,拍了一拍我的手背,点着头,叹道:"你也跑出来了,阿青。"

　　"是阿爸赶我出来的,"我说道。

　　"哦,是么?"

　　母亲喃喃应道,她的大眼睛默默地注视着我,手搁在我的手背上。一刹那,我感到我跟母亲在某些方面毕竟还是十分相像的。母亲一辈子都在逃亡、流浪、追寻,最后瘫痪在这张堆塞满了发着汗臭的棉被的床上,罩在乌黑的帐子里,染上了一身的毒,在等死。我毕竟也是她这具满载着罪孽,染上了恶疾的身体的骨肉,我也步上了她的后尘,开始在逃亡,在流浪,在追寻了。那一刻,我竟感到跟母亲十分亲近起来。

　　"那么,现在只剩下弟娃一个人跟着你阿爸了?"母亲细颤的声音,变得酸楚起来。

　　"阿母——"我觉得我的喉头好像给塞住了,叫不出声音来了似的。

　　"阿青,弟娃到底是你的亲骨肉,你对他是要好的——"

　　"阿母,弟娃死了,"我终于大声说了出来,好像胸中一块淤血,一下子吐了出来似的。母亲呆呆地望着我,似乎没有听懂我的话,"弟娃死了三个多月了,阿母——"

我坐到母亲头边,紧紧执住她那双瘦小的手爪子,我的手心在沁冷汗,我的牙关打着战,我俯下身去,向母亲急切地倾诉起来。我告诉她:弟娃是生肺炎死的。长春路康福医院的吴医生说他是重感冒,只给他打了一针退烧针。第三天,弟娃便昏迷了。他一夜咳嗽,全身烧得滚烫。我们送他到台大医院去急救。他们给他上了氧气,弟娃直着脖子喘了一夜,天亮时,才断的气。断气的时候,是我抱住他的。医院里的人,要把弟娃抬走。我用脚猛踢他们,不准他们碰他。后来阿爸将我拉开,医院里的人,用一块白布把弟娃盖了起来,抬走了。母亲静静地听着,没有作声,我讲完后,我们默默地相对了好一会儿。突然间,母亲奋力挣脱了我的手,僵直直地便从床上坐了起来,一只手颤抖抖地指着我,厉声喝道:

"你们把我的白仔害死了!"

"阿母,"我立起了身来。

"肺炎?什么肺炎?我不懂! 你们把我的白仔害死了——"母亲那双深坑的眼睛闪得好像要跳出来了似的,消瘦的脸,扭曲起来,又像哭,又像笑,"我知道,一定是你,你这个黑心的,你把我的白仔害死了,还跑来哄我,告诉我生什么肺炎死的。是你把我的白仔害死的,我要你赔命——"

母亲那双鸡爪似的手握着拳头捶起床来,一面放声悲号,一声比一声大,一声比一声惨烈。外面那个老太婆噔噔噔跑了进来,双手乱挥,嚷道:

"疯了! 疯了!"

我退了几步,跑出了母的房间,跌跌撞撞,从那道幽暗回旋的水泥楼梯,奔了下去,母亲那尖厉的惨嚎,一声声从楼上追逐下来。我逃到房子外面,脚下犹自不停地奔跑着。外面烈日,白得天旋地转,我感到一阵晕眩,冷汗从头上水泻一般,流了下来。我跑了一段路,才停下来,喘着气,回头望去,那座碉堡似的水泥楼房,灰秃秃地矗立在烈日的太阳下,墙上布满了一个个小黑洞,好像一座大监狱似的。

七

西门町的野人咖啡室也是我们联络站之一,有时候小玉、老鼠、吴敏我们几个人要互通消息,便到野人去留一张字条:"八点钟新南阳门口。""九点半中华路商场二楼吴抄手。"下午四点钟,台北已经给八月的太阳烤得奄奄一息了,我钻进野人的地下室里,每张桌子早坐满了人,三三两两,全是青少年的头颅。他们身上穿着大红大黄,聚在一堆,并成了一朵朵的向日葵。里面灯光昏朦,乳白的冷气烟霭,在浮动着,冷气里充满了辛辣的烟味。那架大唱机正在扩着火爆的摇滚乐。披头士放肆地在喊:

Ya——Ya——Ya——

我觑了半天,发现只有靠冷气机的那一角,有一张台子,是一个人坐着的,我走过去,问道:

"这里有人坐吗?"桌上摆着几只盛冷饮的空杯。

他抬起头,摇了一下。我摘下墨镜,在他对面坐了下来,他指着两只空杯说:"他们刚走。"

他是一个约莫十四五岁的男孩,穿着一件洗得泛了白的童军制服,上衣拉到裤子外面,也没有扣好,小腹露了出来。制服的两条肩带,一条钮子掉了,翻了起来。他的背靠着冷气机,腿跷到一张椅子上,脚上一双凉鞋,大脚趾露在外面,一翘一翘地动着。他面前的冷饮杯空掉了,里面那根麦管也给咬折了。他手里夹着根香烟,看见我坐下,赶忙塞到嘴里猛抽两下,可是他夹烟的姿势一看就知道是个刚学抽烟的嫩角色。

"刚才走的两个家伙,昨天夜里偷了一架老美的汽车。"他告诉我,很兴奋的样子。

"什么牌子的汽车?"

"宾士!"

"喔唷,高级车嘛。"

"他们开去兜风,开到仁爱路四段,一撞便撞到了电线杆上。两个小子爬出车来,鬼一样地溜掉了。他们说,那架崭新的宾士,撞得像只瘪了嘴的癞蛤蟆!"

他说着,开心地笑了起来。我想到那部美国佬的汽车撞成癞蛤蟆的模样,也禁不住笑了。他咯咯地笑个不停,那张晒得鲜红的圆脸上,咧着两颗又白又大的门牙。他的头发大概暑假刚留起来的,只有寸把长,鬟鬟地覆在额上。我看见他制服左胸上绣着恒毅中学五九三的学号。

"那两个小子是西门町兄弟帮的。"

"你也是他们一伙的吗?"我问他。

"才不是!"他嘴巴一撇,十分不屑,"兄弟帮那些家伙最污了!"

我点了一杯番石榴汁,用麦管吸了两口。我发觉他在干瞅着我,拼命在吸烟,我便对他说:

"分一半给你。"

他起先有点不好意思,迟疑了片刻,终于讪讪地笑着将空杯推了过来,我倒上一半番石榴汁给他。

"我喝了一杯凤梨汁、一杯芒果汁,就还没喝番石榴汁。我在这里泡了一个下午,四个多钟头,钱也喝光了。本来我还打算去看电影的。"他呡着番石榴汁笑道。

"你一个人在这里穷泡干什么?"

"到哪里去呀? 外头热得发昏!"他咋了一下舌头。

"去游水呀!"

"昨天我才去东门游泳池,挤得像沙丁鱼,水是臭的! 本来我打算留在家里看武侠小说,喂,你也练武功么?"

"我的段数才高哩,我在小学就看《射雕英雄传》了!"

"哈,哈,我也刚看完《射雕》,"他拍起手叫道,"我在恒毅住宿,天天晚上躲在被窝里用手电筒照着看,好过瘾! 有一天,给吴大块头捉到了,把那《射雕》全部没收去了。吴大块头是我们的舍监,有两百磅,一讲话,就气喘,指着我骂道:'侬这个小鬼头,顶勿守规矩!'"

"你是上海瘪三么?"

他又咯咯地笑个不停。

"勿是！勿是！"他猛摇头，打着上海腔，"我后妈是上海女人，她一天到晚指我的额头骂：'小赤佬！小赤佬！'她说要是恒毅开除我，她就把我送到阿里山上面那间中学去。你听过上海女人骂人么？她们的声音像刮玻璃那么尖！我后妈一喊，我老爸便捂起耳朵开溜。他从前还是飞行员哩。就是喷射机也没有我后妈的嗓子刺耳！"

"你老爸从前开什么飞机？"

"轰炸机，B—25，轰——"他用手做了一个飞机俯冲的姿势，"他现在在家里养鸡。"

"什么？"唱机里正在放一支汤姆琼斯的歌，声音奇大，我听不清楚。

"他养鸡！"他大声叫道，"我们家有五百多只来亨鸡。"

我突然笑了起来，我觉得没有比开轰炸机的驾驶员养来亨鸡更滑稽的事了。

"我们家臭烘烘的，鸡屎臭！我老爸天天在鸡棚里捡鸡蛋，我后妈就在屋里搓麻将。从早上搓到半夜，从半夜搓到天亮。你猜我后妈为什么不喜欢我待在家里？"

"你调皮捣蛋。"

"勿是！勿是！"他又笑着摇头，"我在家，她就输钱。因为我爱看武侠小说，看'书'把她看'输'了。她说我是个倒霉鬼。"

"倒霉鬼，你叫什么名字？"

"赵英，赵子龙的赵，英雄的英。"

"他们都叫我阿青。"

"几点钟了，阿青，"他用手拨我的手表来看，随着又叹了一口气，说道：

"凄惨，才四点半，我后妈又在打麻将，要我八点钟以后再回家。"

"我们看电影去。"我提议道。

他从口袋里掏了半天，掏出一张五块钱的钞票。

"我出来时，带了五十块的，打弹子输掉了二十。"他又吐了一下舌头。

"我请你。"我说。

"真的么?"

"我们去看新世界的《独臂刀》。"

"棒极了!"他叫了起来,"我最爱看王羽的武侠片,打得真过瘾。"

"快点,"我立起身,"我们去赶四点半的那一场。"

我们钻出野人,连跑带跳,穿过西门町几条闹街,赶到新世界去。《独臂刀》是最后一天,又是星期日,好座位都卖光了。我们只买到两张前座第三排的票。坐在椅子上,头仰得高高的,银幕上的人头大得不得了,砍砍杀杀,血肉横飞,那些刀刀剑剑好像要飞到我们头上来了似的。我去买了一包五香牛肉干,跟赵英一边啃,一边看王羽满天里打跟斗,他的动作干脆利落,是真功夫,打得确实过瘾。

"应该还来个续集。"我们看完戏,走出戏院,赵英意犹未尽地说道。

"续集我来编。"我说道。

"你怎么编?"

"编个《无臂刀》,把王羽那一条手臂也砍掉。"

"没有手怎么拿刀?"

"傻子,不会运气功么?"我笑道。

赵英也咧着两颗大门牙咯咯地笑了起来。我们正穿过斑马线,一辆计程车驶过来,倏地停下,恰好停在赵英身边,赵英顺手便在车头上打了一掌,打得车头嘭的一响,他并起两根指,学电影里王羽那副姿势,指着计程车司机喝道:

"哒! 小侠在此,不得无礼!"

我们跑过街去,只听得计程车司机在后面哇哇乱骂。六点多钟,西门町的人潮开始汹涌起来,我们穿过一些大街小巷,总是人挤人,暖烘烘的,都是人气。我们吃多了牛肉干,嘴里闹渴,我摸摸口袋,只剩下二十多块钱了,便在一家冰果店买了两根红豆冰棒,一人一根,沿了武昌街，一路啃着，信步走到了西门町淡水河的堤岸上。淡水河上的夕阳，红得像团大火球，在河面上熊熊地烧着。

淡水河堤五号水门这一带，是西门町闹区的边缘。那些高楼大厦排列到这边，倏地便矮塌了一大截，变成一溜破烂的平房，七零八落，好像被那些高楼大厦挤得摇摇欲坠，快坍到河里去了似的。西门町的繁华喧嚣，到了这里，突然消歇，变得荒凉起来。住在这些破烂矮屋的居民，大多是做木材生意的，附近的堤岸边，堆满了长条的滚木，这些滚木都在水里泡过，上面生了霉菌。我跟赵英越着滚木堆，爬到了堤岸上。堤上空荡荡的没有人，堤下的淡水河，好像给那团火球般的夕阳烧着了似的，滚滚浊浪，在迸跳着火星子。河对面的三重镇，上空笼罩着一片黑蒙蒙的煤烟，房屋模糊，好像是一大团稀脏的垃圾堆在河对岸。远处通往三重镇的中兴大桥，长长地横跨在河中央，桥上车辆来来往往，如同一队首尾相接的黑蚁。河面上有一只机帆，满载着煤屑，嘟嘟嘟在发着声音，一面巨大的黑帆，正缓缓地朝着天边那团大火球撞去。

"好红的太阳！"

赵英爬上了河堤叫道，朝着夕阳奔跑过去，风把他的衣角拂了起来，长长的河堤上，他那身影映着那轮火红的夕阳，伶俐地跳跃着。他跑到长堤尽头，停了下来，回头向我张开双臂招挥起来，我忙跟了过去，赵英犹自喘息着，笑道：

"你看，有人在钓鱼。"

河堤下面不远的沙滩岸边，地上插着两根钓鱼竿，钓鱼的人不知哪里去了，钓竿给钓丝拖得弯弯的。

"这里的鱼多得很，我也来钓过。"我说道。

"是么？有些什么鱼？"

"鲫鱼、鲤鱼、鲢鱼，通通有。"

"你钓到鱼了么？"

"当然，钓过好多条。"

"真的么？"

"有一次我跟我弟弟来,钓到两条巴掌大的鲤鱼。"

"喔唷,豆瓣鲤鱼很好吃呢!"赵英笑道。

"鲤鱼最容易钓,这里水脏,鲤鱼多。"

"你用什么做钓饵?"

"蚯蚓,就在河边可以挖得到,这里的蚯蚓好肥,有指头那么粗。"

"棒透了!"赵英拍手道,他在堤上坐了下来,"哪天我们来挖蚯蚓,钓鱼好么?"

"好的,"我应道,我也坐了下来,我感到裤子后面口袋有根硬东西梗在那里,我伸手去掏,是那管口琴。

"什么牌子的?"赵英瞅见我手上的口琴,问道。

"蝴蝶牌。"我将口琴递给他看。

"是名牌嘛。"赵英接过口琴,端详了片刻。

"你也会吹口琴么?"我问道。

"当然,"赵英昂起头,得意洋洋,"我是我们学校口琴社的社员,青年节我代表我们学校出去比赛,还得过第二名哩!"

"那么你吹吹看。"我说道。

"你要听什么?"

"你最近学了什么歌?"

"有一首英文歌:You Are My Sunshine 你听过么?"

"嘿,你还会洋歌呢!"

"You are my sunshine

my only sunshine

You make me happy

When skies are gray——"

赵英咧着嘴,唱了两句。

"是我们学校里美国神父教我们的。"

赵英双手捧起口琴,试了两下,便吹奏起来了,他吹得十分纯熟滑溜,和声的拍子也扣得很准。

"硬是要得嘛。"赵英奏毕,我拍手笑道。

"这管口琴声音简直棒极了!"赵英嘻嘻说道,"从前我有一管国光牌的,也很棒。可是放在宿舍里,不知给哪个小子偷掉了,气得我发昏! 几天吃不下饭去。我要去买一管新的,你猜我后妈说什么? '丢了正好,有了那个东西,你书也不念!'你说气不气人?"

赵英手里颠来倒去玩弄着那管口琴,捧到嘴边去吹一下,又用衣角去揩拭一下。

"这管口琴送给你。"我说道。

"真的?"赵英抬起头来,眼睛瞪得老大,不敢置信地笑道。

"你再吹一支歌来听,这管口琴就真的送给你。"

"没问题,你还要听什么?"

"《踏雪寻梅》你会吹么?"

"当然会!"

赵英赶忙又捞起衣角来把口琴用力擦了一下,试吹了两下,奏起一支《踏雪寻梅》来。他盘坐在地上,歪着头,捧着口琴,在嘴边来回灵敏地滑动着,双手一张一合。夕阳罩在他的身上,把他那张圆圆的脸照得又红又亮,他手上的口琴,闪着金红的光辉。一阵傍晚的暖风,从淡水河面拂了上来,将嘹亮的口琴声,拂得悠悠扬起。《踏雪寻梅》,我跟弟娃在学校里都学过的,是吴暖玉老师教的。弟娃的声音很好,最爱唱歌,洗澡的时候,也一个人自得其乐唱个不停,大概是母亲那儿传过来的。吴暖玉很喜欢弟娃,说他有音乐天才,把他推荐到怀灵堂的唱诗班去唱圣诗。礼拜天弟娃穿着白袍子,唱起诗来嘴巴张得圆圆的,很滑稽的模样。初中毕业晚会,吴暖玉让弟娃上台去唱《踏雪寻梅》,她钢琴伴奏。弟娃穿着一身童军制服,围了一条白领巾,领巾上锁着一枚银色的铜环,一张雪白的娃娃脸兴奋得通红。他太紧张了,声音都有些颤抖。唱完下来,一直追着我问:阿青,我唱得怎么样? 并不怎么样,我说。弟娃急得一头的汗,吴老师说还不错嘛。你穷紧张,嗓子都发抖了。嗳、嗳,弟娃急得直顿足。不错! 不错! 唱得很有感情,像歌王卡罗素,我拍着弟娃的肩膀笑道。真的么? 弟娃在我身后追着问道。真的么,阿青。你莫着急,弟娃,我说。

弟娃,我来替你想办法。阿青,我不要去念大同工职,弟娃坐在河堤上,手里握着那管口琴,我要念国立艺专。不要紧,弟娃,我来慢慢想办法。可是阿爸说学音乐没有用,弟娃低着头,拱着肩,手里紧紧握着那管口琴。我来替你想办法,我说,弟娃,再等两年,等我做了事,我来供你念书。可是阿爸说学音乐要饿饭,弟娃的头垂得低低的,夕阳照在他手里那管口琴上,闪着红光。弟娃,莫着急,我说。阿爸说念大同出来,马上可以到工厂去做事。再等两年,弟娃。我不要到工厂去,弟娃的声音颤抖抖的。等我做了事,我来供你。我要去念艺专。再等两年,弟娃。弟娃手里那管口琴跳跃着火星子。弟娃。弟娃。弟娃的颈背给夕阳照得通红。弟娃,莫着急。弟娃。弟娃——

"啊——"

他惊叫道,他的两只手拼命挣扎。我的双手从他背后围到他前面,紧紧地箍住了他的身体。我的面颊抵住他的颈背。我的双臂使尽了力气,箍得自己的膀子都发疼了。他的一只手肘猛撞到我的胁上,一阵剧痛,我松开了手。他跳开了,转过身,一脸惊惶,不停地喘气。半晌,当的一声,他把那管口琴掷到我脚跟前,抖着声音,说道:

"你这个人,你想干什么——"

火红的夕阳,照得我的眼睛都张不开了,我感到全身的血液倏地都冲进了脑门里一般,头胀得发疼,太阳穴迸跳起来,耳朵一直嗡嗡发响。在夕阳影里,我看见赵英的身子急切地跳跃着,转瞬间,变成了一个小黑点,消失在河堤的那一端。堤上空荡荡的,那管口琴,躺在地上,犹自闪着红光。我俯下身去,将口琴拾了起来,沿着堤岸,朝中兴大桥那边走去。桥上的荧光灯已经亮起,好像一拱白虹,远远跨在淡水河上。我猛回过头去,看见西门町那边上空,霓虹灯网已经张了起来,好像一座高耸入云的彩色森林一般。

八

里面是黝黑的,电灯坏了,只有靠铁路那边那扇窗户透进来西门町中华商场那些商店招牌闪烁的灯光。在黝黑中,我也看得到他那双眼睛,夜猫般的瞳孔,在射着渴切的光芒。他那肿大的身躯,庞然屹立在那里,急迫地在等待着。我立在洗手盆前,打开水龙头,哗啦哗啦,不停地在冲洗着双手。在燠热的黑暗里,强烈的阿摩尼亚,一阵阵从小便池那边汹涌上来。楼下的几家唱片行,在打烊的前一刻,竞相播放着最后一支叫器的流行歌曲。自来水哗啦哗啦地流着,直流了十几分钟,他才拖着迟疑的步子,那肿大的身影,探索着移了过来。

在幽森的黑暗里,我看到他那颗残秃得发了白的头颅在上下地浮动着。那天晚上,在学校的化学实验室中,我也看到赵武胜那颗光秃肥大的头颅,在急切地晃动。实验室里,满溢着硝酸的辛味,室中那张手术台似的实验桌上,桌面常年让硝酸腐蚀得崎岖不平,我仰卧在上面,背脊磕得直发疼。桌沿两排铁架上,试管林立,硝酸的辛辣,呛人眼鼻。那晚,我躺在那张实验桌上,脑里一直响着铁锤的敲击声音:冬、冬、冬,一下又一下,一直在我的天灵盖上敲打着。我看见他们将一枚枚五寸长的黑铁钉,敲进弟娃那块薄薄的棺材盖里。铁锤一下去,我的心便跟着紧缩起来,那么长的铁钉,刺下去,好像刺进弟娃的肉里一般。前一天的下午,弟娃刚下葬,脚夫们将他那副薄棺材缓缓地降入那个黑洞穴里,当棺材轰然着地的那一刻,我眼前一黑,昏死了过去。空隆——空隆——空隆——中华商场外面铁路上,有火车急驶过来,穿过西门町的心脏。车声愈来愈近,愈响,就在窗下,陡然间,整座中华商场的大楼都震撼了起来。我企望着窗外那些闪烁的灯光,突然兴起一股奔逃的念头,往那扇窗户外面,飞跃出去。可是我并没有马上离开,我将一团温湿不知数目的钞票塞进裤袋里,又扭开了水龙头,哗啦哗啦,在黑暗中,一直让凉水冲洗我那双汗污的手。

九

小苍鹰——

回到公园,在大门口,我碰到我们的老园丁郭老。他正企立在博

155

物馆前的石阶上，白发白眉，一身玄黑，在向我打招呼。

郭老是我来到公园头一晚遇见的人。那天下午，我给父亲逐出家门后，身上没有带钱，在台北街头流浪到半夜，终于走进了公园里。从前我曾听过一些公园的故事，那些故事，好像聊斋传奇。可是那晚，我独自立在公园大门博物馆石阶前，仰望着博物馆那座圆顶的建筑物，巍峨矗立在苍茫的夜空下，门前一排合抱的石柱，我真的觉得好像闯进了一座巨大的古代陵墓一般。穿过公园里黑魆魆的丛林时，我心中充满了惧畏、好奇，以及一股惴惴然的兴奋。我摸索着闪进了莲花池中央那座八角亭阁内，缩在一角，屏息静气，从亭阁的窗棂窥望出去。在昏红的月光下，我头一次看到池畔的台阶上，那些幢幢黑影，围绕着莲花池，无休无止，在打着圈圈。我又饿又倦，支撑不住，蜷卧在亭内的椅子上，终于矇着了过去，直到一个声音，在我耳边呼唤道：

"小弟——"

我才惊醒，倏地坐了起来。是郭老进来，把我唤醒了。

"莫害怕，小弟。"郭老拍着我的肩膀安抚道。

我睡得一身冰冷，牙关一直在发抖，答不出话来。郭老在我身边坐下，在朦胧的月光下，我也看得到郭老那一头长长的白发，覆到了耳后，好像一挂柔软的银丝一般，他那双雪白的长眉，直拖到眼角上。

"是头一次进来吧?"郭老朝我点了点头，笑叹道，他的声音苍老，沙哑，"不用紧张，这里都是咱们同路人。你们一个个迟早总会飞到这个老窝里来的。我就是这里的老园丁，这里的人都叫我郭公公，你们来了，先要向我报到的。喏，你瞧……"

郭老指向外面莲花池台阶上，一个全身着黑，高高细细的人影，正晃荡荡，踱过去。

"那个瘦鬼是小赵，人都叫他赵无常。十二年前，他头一夜到公园里来报到，也是我来迎接他的。"

"十二年前?"我惊讶道。

"唉、唉，"郭老惋叹道，"十二年可不算短吓? 对啦，十二年前一个夜里，就像你今晚一样，他闯进了咱们这个老窝来。那时候他不是这副鸦片鬼模样的，扎扎实实，还是个挺体面的小伙子哩！谁知道，几年下来，耗得只剩下了几根骨头，我看他现在连一百磅都不到了。刚进来，我还替他拍过几张相片，你看了再也不相信……"

郭老摇了两下头。

"青春艺苑，你听过么？"郭老问我。

"没有。"

"傻小子，那么有名的照相馆你都没听说！"郭老笑道，"是我开的，就在长春路。从前我还是个小有名气的摄影师呢！其实我拍照单是为了兴趣，喜欢找些有灵气，有个性的人来拍。比如公园里这些娃娃，野虽野，一个个倒性格得很，最合我的胃口。他们的相片，我集了一大册呢。"

郭老说着却立起了身来，对我说道：

"小弟，这里睡不得的，睡着了要着凉。来，我带你回去，我那里还有糯米糕，绿豆稀饭，你跟我回家，我给你瞧瞧我那些杰作，让我来慢慢讲些公园里的故事给你听。"

郭老的青春艺苑在长春路二段的一条巷子里，两层楼，楼下是照相馆，窗橱内放置着许多幅艺术人像。

"这是阳峰，你认识么？"郭老指着正当中一帧非常英俊的男人相片问我，我摇摇头，那个男人梳着一个标劲的飞机头，笑眯眯的。

"十几年前，他是台语片的红小生，演《港都夜雨》《悲情城市》出名的。"

"我听说过《悲情城市》，可是没有看过。"我说道，我记得母亲从前看《悲情城市》看了三次，看一回哭一回。

"你当然没有看过，那是张好老好老的片子了，"郭老微笑道，"阳峰有时也会溜到公园来，现在他一径戴着一顶巴黎帽，把脑袋遮住，他的头开了顶，秃光了。他演《悲情城市》的时候，还神气得很呀！人家称他是台湾的宝田明——幸亏我替他拍了这张照，把他年轻时的样子留了下来。"

郭老领着我上了楼,楼上是他的住所,客厅的墙壁上也挂满了影像,人物风景都有,全是黑白照。有的是一角坍塌的庙宇,有的是一枝刚绽开的杏花。有一张整幅都是一个皱得眉眼不分的老人脸,也有一张却是一个初生婴儿圆嘟嘟隆起的小屁股。

　　"从前我参加过许多摄影比赛,我的人像还得过全省影展的金鼎奖呢。现在上了年纪,不行了,"郭老伸出他那双筋络虬结干枯的手给我看,"生风湿,拿起照相机,便发抖。"

　　郭老命我坐下,他走到冰箱那边,取出了一碟白莹莹的糯米糕来,又舀了一碗绿豆稀饭,搁到我面前茶几上。我也不等郭老开口,伸出一只污黑的手,抓起一块糯米糕便往嘴里塞,第一块还没咽下去,第二块又塞进嘴里了,米糕扫光了,端起那碗绿豆稀饭,稀里呼噜地便往嘴里倒,喝得太急,流得一下巴。

　　"啧,啧,"郭老咂嘴道,"饿成这副德性,一天没吃东西了吧? 是从家里逃出来的么?"

　　我用手背揩去了下巴上的稀饭,没有作声。

　　"连鞋子也没有穿!"郭老指着我那双泥裹裹的光脚叹道,他随手拾起了一双草拖鞋,撂到我脚跟前,"你不必告诉我,你的故事我已经猜中八九分了——像你这样的野娃娃,这些年,我看得太多喽。你等我去换件衣裳,让我这个老园丁来讲讲公园里的历史给你听。"

　　郭老蹭到房中,不一会儿出来,身上却披上了一袭宽大的白绸子睡袍,脚上趿着双黑缎面的拖鞋,飘飘曳曳地摇了过来,双手捧着一只蓝布包袱,在我身边坐下。

　　"小弟,我来给你瞧瞧我这件宝物,"郭老双手颤抖抖地解开了包袱的结,里面是一本深红色绒面,五英寸厚的大相簿,绒面上印着"青春鸟集"四个烫金大字。绒面旧得发了乌,烫金早已剥落得斑斑点点了。

　　"公园的历史,都收在这个里头了……"郭老缓缓地掀开了相簿的封面。

　　相簿里,一页页排得密密的,都贴满了相片。大大小小,全是一些少年像,各种神情,各种姿势,各种体态都有。有的昂头挺胸,一脸十七八岁天不怕地不怕的孟浪,有的畏畏怯怯,一双双睁得大大的眼睛里,充满了过早的忧伤、惊惧。有一个是兔唇,有一个断了一只腿,有许多鼻尖上犹自爆满了青春痘。但也有几个却长得端端正正,眉眼间透着一股灵秀聪明。每张相片下面,都编了号,注明了日期和名字。

"呵、呵,这就是我的小麻雀了,"郭老用手轻轻地抚拭了一下一张像,脸上突然绽开一抹怜爱的笑容,郭老脸上皱纹重叠,一笑一脸便龟裂了一般。照片里的孩子剃着光头,打着赤膊,浑圆的脸上笑嘻嘻的两枚酒窝,门牙却缺掉了一颗。相片下面注着"四十三号,小憨仔,民国四五年"。

"小家伙,才十四岁,就从宜兰逃到台北来流浪了。撒谎、偷东西什么都来,是个毫不知羞耻的小东西!天天就会缠着我给他买小美冰淇淋吃。还会勒索呢,说什么也不肯让我替他照相。这一张,是我一桶椰子冰淇淋换来的。可是后来,到底也飞掉了。倒是留了一张字条:郭公公,我走了,拿了你五十块钱……"

郭老摇了一摇他那银发皤然的头颅。

"两年后,我又碰见了那只小麻雀,他躲在三水街一条不见天日的死巷里,蹲在臭烘烘的阴沟旁,长满了一脸的毒疮。"

郭老翻开了另一页,上面贴着一张横眉怒目的少年全身像,少年斜靠在一条陋巷巷口的一堵破墙上,穿了一件背心汗衫,一只手叉着腰,手膀子的肌肉块子节节瘤瘤地坟起,一丛硬发,竖直高高的。

"就是他!"郭老突然用手指重重戳了一下那张少年的照片。

"你瞧,"他拉开睡袍的领子,他那松绉的颈皮上,齐耳根,蜿蜒着一条三寸长的疤痕,"我这条老命也差点送在这个小流氓的手里。他叫铁牛,我把他比做枭鸟,凶残暴戾,就像那只恶鸟!去年年夜,他向我讨钱,我给他一百块,他嫌少,满嘴脏话,我气起来就打了他一记耳光,那个小凶手竟动起刀来了!"

郭老愤愤地嘘了一口气。

"若说那个小家伙天良完全泯灭了呢,也不见得。那天半夜,他又跑了回来。我不开门,他就跳墙进来,扑到我脚跟下,痛哭流涕,头磕得嘣嘣响,求我饶赦他,收容他,直叫我郭公公。上回他在公园里抽'爱情税',拿刀片去割人家女孩子的裙子,给警察捉了去,苦头吃足。本来要送到外岛去管训的,全靠我千方百计把他保了出来。我问他为什么毛病不改,他说他就是看不惯女人,我问他:'你看不惯女人,你母亲不是女人么?'你猜他说什么?'谁知道她是不是!'"

郭老摇头笑了起来。

"这个小子横不横?不过他也有他的道理,他连他母亲是谁也不知道,他是在三重镇的阴沟里滚大的。这个浑小子,麻烦多着呢,日后也不知道要闹出什么事故来!"

郭老起身去沏了一壶酽酽的红茶,替我斟了一杯,我们一面饮茶,郭老抱住那本厚厚的相簿,一页页翻下去,一面讲给我听许许多多公园里传奇的故事,一个比一个引人入胜,一个比一个惊心动魄……

"喏,他叫桃太郎,你瞧瞧,是不是有点像小林旭?他爸爸是日本人,在菲律宾打仗打死的。莫看他长得清清秀秀,性子却是一团火。不知怎的,偏偏跟西门町红玫瑰一个理发师十三号爱上了;两个人双双逃到台南去。十三号原定了亲的,到底给家里人捉将回去,一逼便结了婚。成亲的那个晚上,桃太郎还去吃喜酒。喝得嘻嘻哈哈,跟新郎两人你一杯我一杯猛灌。谁知道他吃完喜酒,一个人走到中兴大桥,一纵身便跳到淡水河里,连尸身也捞不到。十三号天天到淡水河边去祭,桃太郎总也不肯浮起,人家说他的怨恨太深,沉到河底,浮不上来了……"

"这一个,这一个是涂小福,上个月我还到市立精神疗养院去看他,给他带了两盒掬水轩的饼干去,他见了我,一把拉住我的袖子,笑嘻嘻地问道:'郭公公,美国来的飞机到了么?'五年前,小涂跟一个从旧金山到台湾来学中文的华侨子弟缠上了,两个人轰轰烈烈地好了一阵子,后来那个华侨子弟回美国去,涂小福就开始精神恍惚起来,天天跑到松山机场西北航空公司的柜台去问:'美国来的飞机到了么?……'"

"这些鸟儿,"郭老感慨道,"不动情则已,一动起情来,就要大祸降临了!"

郭老翻到中间的一页,停了下来。整页只有一张大照片,差不多占满了,照片下面注着:

五十号,阿凤,民国四十七年

相片是八英寸长六英寸宽的一张黑白半身照,已经微微泛黄了。相中是一个面貌长得十分奇异的少年,约莫十七八岁。少年身上穿着一件深黑翻领衬衫,衬衫的纽扣全脱落了,衬衫角齐腹部打了一个大结,胸膛敞露,胸上刺着密密匝匝错综的凤凰、麒麟文身,还有一条独角龙,张牙舞爪,盘踞在胸口。少年一头又黑又粗的头发,大卷大卷,狮鬃一般怒蓬起来,把额头都遮去了,一双长眉,飞扬跋扈,浓浓的眉心却连结成一片。鼻梁削挺,犀薄的嘴唇,狠狠地紧闭着。一双露光的大眼睛,猛地深坑了下去,躲在那双飞扬的眉毛下,在照片里,也在闪烁不定似的,脸是一个倒三角,下巴兀地削下去,尖尖翘起。

郭老对着这张影像,注视良久,他那一头柔丝般的银发,在颤颤地闪着光。

"这些孩子里,他的身世,最是离奇,最是凄凉了……"
郭老那苍老、沙哑的声音,突然变得悲戚起来,开始缓缓地流着。

十

"阿凤,是台北万华出生的,万华龙山寺那一带,一个无父、无姓的野孩子。阿凤的母亲,天生哑巴,又有点痴傻,见了男人,就咧开嘴憨笑。但是哑巴女偏偏却长得逗人喜爱,圆滚滚一身雪白像个粉团,人都叫她'粽子妹',因为她从小便跟着她老爸在龙山寺华西街夜市摆摊子,卖肉粽。有人走过他们摊子,哑巴女便去拉住人家的衣角,满嘴咿咿呀呀,别人看见她好玩,便买她两只肉粽。后来哑巴女长大了,还是那样不懂顾忌。有时候她一个人乱逛,逛到宝斗里妓女户的区域去,她趿着一双木屐,手里拎着一挂烤鱿鱼,一路啃一路摇摇摆摆,脚下踢踢踏踏,自由自在。冲着那些寻欢的男人,她也眯眯笑。附近一些小流氓,欺负她是哑巴,把她挟持了去睡觉,回家后,她向她老爸指手画脚,满嘴咿呀,她老爸看见她蓬头散发,裙子上溅了血,气得就是一顿毒打。每次哑巴女给她老爸打了,便打着赤足跑到龙山寺前面坐在路边一个人默默掉泪。邻近那些年轻摊贩们,看见哑巴女哭泣,互相使眼色,笑道:'粽子妹又挨扎了!'哑巴女十八岁那一年,一个台风来临的黄昏,她收了摊子,推着车子回家,半路上便遭一群流氓劫走了,一共五个人。哑巴女那次却拼命抗拒,那几个流氓把她捆绑起来,连门牙都磕掉了一枚,事后把她抛到龙山寺后面的阴沟里,在大风雨中,哑巴女一身污秽爬了回去。就是那一夜,哑巴女受了孕。她父亲给她乱服草药,差点没毒死,大吐大泻,胎始终打不下来。怀足了十个月,难产两天多,才生下一个结结实实哭声洪亮的男婴来。哑巴女父亲多一刻也不许留,连夜便用一只麻包袋装起那个哇哇哭叫的男婴,送到了灵光育幼院里。阿凤便是在中和乡那家天主教的孤儿院里长大的。

“从小阿凤便是一个禀赋灵异的孩子,聪敏过人,什么事一学便会,神父们教他要理问答,他看一遍,便能朗朗上口。院里有一位河南籍姓孙的老修士,特别喜欢他,亲自教他识字讲解圣经的故事。但是阿凤那个孩子的脾气,却是异乎常人的古怪,忽冷忽热,喜怒无常。他最不合群,在院里一向独来独往,别的孤儿惹了他,他拳打脚踢便揍过去。当他犯了众怒,那些孩子联合起来修理他,他却连手也不回,任他们泥巴沙子撒了一头一脸,然后独个儿到自来水龙头去慢慢冲洗干净,孙修士问起他脸上的青肿,他狠狠闭着嘴,一声也不吭。阿凤自小便有一个怪毛病,会无缘无故地哭泣。一哭一两个时辰停不下来,哭得全身痉挛。有时候,三更半夜,他会一个人躲到院中小教堂里,伏在椅子上呜呜抽泣。孙修士发觉了,问他哭什么,他总说心口发疼,不哭不舒服。阿凤渐渐长大,变得愈来愈乖戾了。一个圣诞夜,院长领着孩子们在教堂做弥撒,他拒绝上前领圣礼。院长申斥了他几句,他突然暴怒起来,跑到圣坛上,一把将几尊瓷圣像扫落地上,砸得粉碎。院长把他关了一个礼拜的禁闭,孙修士天天领着他跪诵玫瑰经。阿凤十五岁的那一年,他终于从灵光育幼院逃了出来,再也没有回去过。

"阿凤一闯进公园,便如同一匹脱了缰的野马,横冲直撞,那一身勃勃的野劲,谁也降不住他,就是我的话,他还顺从三分。因为他刚出道时,便跟公园三重镇几个登记有案的流氓干上了,给捅了好几刀。是我把他带回家,替他疗好的。他躺在床上,抚弄着自己腹上一道红肿的伤口,对我笑着道:

"'郭公公,再戳深一点,就省了你这些麻烦了!'

"阿凤——他真是个公园里的孩子,公园里的一只野凤凰。他在莲花池畔的台阶上,逛来逛去,蓬着一头狮鬃似的黑发,昂头挺胸,一副目中无人的狂劲儿。当时还有不少老头子迷他呢!万年青电影公司的盛公就是其中的一个,盛公想收养他,把他带回到他八德路那间公馆里,将他从头到脚打扮起来,替他在西门町上海造寸缝了一套法兰绒浅灰的西装,又在亨得利买了一只银壳的劳力士戴在他的手腕上,把他装扮得阔少爷一般,然后带他上丽夜去吃西餐。盛公倒是有意栽培,想送他进学校念书,将来让他拍电影,当明星。可是那只野凤凰在盛公馆里,只待了一个星期便又飞回到公园里来了。西装手表当得精光,当了几千块,他把公园里那些野孩子一大伙带到杨教头开的那家桃源春去,点了两桌菜,跟那些野孩子猛吃猛喝,大打牙祭,喝醉了,他便爬到桌子上去唱歌,唱雨夜花。正当大家乐不可支,拍手喝彩,他却跳下桌子,一个人头也不回地走掉了。

"因为他的脾气难缠,公园里的人,纵是有心,也不大敢去招惹。到了他十八岁那一年,合该气数已到,偏偏遇见了他那个煞星。对头是个大官的儿子,还是个独生子呢,因为属龙,小名叫龙子,龙子人长得体面,世家又显赫,大学毕业,在一家外国公司做事,本来都预备要出国留学了,原该是前程似锦的。哪晓得龙子跟阿凤一碰头,竟如同天雷勾动了地火,一发不可收拾起来。龙子在松江路底,租了一间公寓,悄悄筑了一个小窝巢,把阿凤藏到了里面。那时松江路底还是一片稻田,他们那幢小公寓就在田边,一打开窗子,就看得见一大顷绿油油的稻秧了。他们两个人打着赤膊光着脚,跑到田里去挖田螺捉泥鳅,糊得一身的烂泥,坐在田边,敲破一只香瓜,你一口我一口便大嚼起来,两个人确实过过一段快乐的日子的。但是那只野凤凰哪里肯那样安安分分守在巢里? 有时半夜三更他便飞回到公园去了,骑在莲花池畔的石栏杆上,仰起头,在数星星。龙子追了来,要他回家,他说:'这就是我的家,你要我回到哪里去?' 偏生龙子也是一副狂风暴雨的脾气,两人一言不合,在公园里便揪斗成一团,一身的衣裳也扯得稀烂,打完了,又坐在台阶上,互相抱头痛哭。公园里的人,都笑他们,说他们得了'失心疯'。那段时期,常常在深夜里,龙子坐了一部计程车,满台北找了去,见了人就问:'你看见阿凤么?'公园里有些人吃醋,有些人幸灾乐祸,编出许多话来:'阿凤到新南阳去了。''阿凤跟人到桃源春吃消夜去了。''阿凤么? 不是让盛公带走了么?' 于是龙子就真的一一到那些地方去追寻,有时追到天都亮了,才一个人失魂落魄地回到公园里来,在那莲花池畔的台阶上,焦灼地来回走着,从这一头走到那一头,从那一头走回到这一头。

"有一天晚上,阿凤跑到我这里来,一脸发青,一双深坑的眼睛闪得要跳出来似的。

"'郭公公——'他的声音都在发痛,'我要离开他了,我再不离开他,我要活活地给他烧死了。我问他,你到底要我什么? 他说,我要你那颗心。我说我生下来就没有那颗东西。他说:你没有,我这颗给你。真的,我真的害怕有一天他把他这颗东西挖出来,硬塞进我的胸口里。郭公公,你是知道的,从小我就会逃,从灵光育幼院翻墙逃出来,到公园里来浪荡。他在松江路替我租的那间小公寓,再舒服也没有了。他从家里偷偷搬来好多东西:电扇、电锅、沙发,连他自己那架电视也搬了来,给我晚上解闷。可是——可是不知怎的,我就是耐不住,一股劲想往公园里跑。郭公公,你记得么?我十五岁那年在公园里出道,头一次跟别人睡觉,就染上了一身的毒,还是你带我到市立医院去打盘尼西林的。我对他说:我一身的毒,一身的肮脏,你要来做什么?他说:你一身的肮脏我替你舔干净,一身的毒我用眼泪替你洗掉。他说的是不是疯话?我说:这世不行了,等我来世投胎,投到好好的一家人家,再来报答你吧。郭公公,我又要溜掉了,飞走了,开始逃亡了!'

"阿凤失踪了两个多月,龙子找遍了全台北,找得红了眼,发了狂。在一个深夜里,那还是一个除夕夜,龙子终于在公园的莲花池畔又找到了阿凤。阿凤靠在石栏杆上,大寒夜穿着一件单衣,抖瑟瑟的,正在跟一个又肥又丑,满口酒臭的老头子,在讲价钱。那个酒鬼老头出他五十块,他立刻就要跟了去。龙子追上前拼命拦阻,央求他跟他回家,阿凤却一直摇头,望着龙子满脸无奈。龙子一把揪住他的手说:'那么你把我的心还给我!'阿凤指着他的胸口:'在这里,拿去吧。'龙子一柄匕首,正正地便刺进了阿凤的胸膛。阿凤倒卧在台阶的正中央,滚烫的鲜血喷得一地——"

郭老的声音戛然中断,眼帘渐渐垂下,他那张龟裂般的皱脸,好像蒙上了一层蛛网似的。

"后来呢?"沉默了半晌,我嗫嚅问道。

"后来么——"郭老那苍哑的声音微微颤抖起来,"龙子坐在血泊里,搂住阿凤,疯掉了。"

我在郭老家里居留了三天,听郭老把公园里的沧桑史原原本本地叙述了一遍。他教授我公园里许多的规矩,什么人可以亲近,什么人应该远离,什么时候风声紧,应当躲避。郭老的"青春艺苑"请了一位照相师傅,普通客人,便由照相师傅在楼下照。但我的像,郭老却亲自在楼上替我拍,自己拿到暗房去冲洗。拍了十几张,他才选中一张半身像,编进了他那本"青春鸟集"里。我的编号是八十七号,郭老说,我就是一只小苍鹰。临离开,郭老又找出了一套旧衣裳来给我换上,那套衣裳是铁牛留下来的,他跟我的身材差不多。郭老塞了一百块钱到我口袋里,双手按着我的肩膀,定定地注视着我,沉重地叮嘱道:

"去吧,阿青,你也要开始飞了。这是你们血里头带来的,你们这群在这个岛上生长的野娃娃,你们的血里头就带着这股野劲儿,就好像这个岛上的台风地震一般。你们是一群失去了窝巢的青春鸟。如同一群越洋过海的海燕,只有拼命往前飞,最后飞到哪里,你们自己也不知道——"

十一

"他终于又回来了。"

郭老跟我两人步向莲花池的时候,自言自语说道。

"你说谁,郭公公?"我侧过头去问他。

"你昨天晚上遇见的那个人。"

"你认识他么?"我诧异道。

郭老点了点头,叹道:

"我就知道总有一天,他又会回到这个地方来的。"

我们走近台阶,郭老却停了下来,指向聚在台阶上那一伙人,对我说:

"上去吧,你去听去,他们正在谈论他,已经闹了一夜了。"

台阶上众星拱月一般,一大伙人围绕着我们师傅杨教头正在那里指手画脚,大家似乎都非常兴奋激动。老龟头、赵无常,还有三水街的一帮小幺儿也在竖着耳朵听。原始人阿雄仔昂头挺胸,立在杨教头身后,双手插着腰,庞然大物,如同一个耀武扬威的镖师一般。

"小兔崽子,快给我过来!"杨教头一看见我,便嗖地一下手上两尺长的扇子指向我,一迭声嚷道:"让师傅瞧瞧,身上少了块肉,扎了几个洞没有。"

我走上台阶,杨教头一把将我揪过去,身前身后摸了几下,笑道:

"算你命大，还活着回来。你知道昨晚你跟谁睡觉了？"

"他叫王夔龙，刚从美国回来的。"

"肉头！"杨教头一巴掌掴到我背上，"王夔龙是谁你也不知道？"

"他知道个屁，"赵无常嘴巴一撇，"他那时只怕还穿着开裆裤哩！"

赵无常一张鬼脸瘦得剩下三个指头宽，身子像根竹篙，裹着一件黑色套头衫，晃荡晃荡，颈脖扯得长长的。我们这一伙儿里，赵无常的资格最老，他喜欢向我们倚老卖老，夸耀他从前在公园里的风光。

"乖乖，"赵无常的声音又破又哑，呱呱聒噪，好像老鸦，朝我张开一口焦黑的烟屎牙，"你昨晚下了水晶宫去陪'龙子'去啦！"

"龙子和阿凤"的故事，在公园的沧桑史里，流传最广最深，一年复一年，一代又一代地传下来，已经变成了我们王国里的一则神话。经过大家的渲染，龙子和阿凤都给说成了三头六臂的传奇人物。我怎么也想象不到，昨天晚上跟我躺在一块儿，伸张着一双钉耙似的手臂的那个人，就是我们传说中的那个又高又帅，经常穿着天青色衬衫跟公园里野孩子狂恋的龙子。

"昨晚我就疑心了，"杨教头兴奋地扇着扇子，"可是他整个人好像刚从火炉里爬出来似的，烤得焦烂，哪里还认得出来？倒是他在台阶上，走来走去那副火烧心的急相，还是跟从前一模一样。有人说，这些年他一直关在疯人院里，又有人说，他老早出国躲了起来。谁料得到？十年后，深更半夜，他猛地又钻了出来！"

"就是说啊，"赵无常又开始怀旧起来，"我顶记得他从前找寻阿凤那股疯劲了。我不该开了一句玩笑：'阿凤跟盛公回家了！'他揪贼似的把我揪进了车子里，逼着我带他到盛公家，半夜去敲人家的门。盛公以为流氓捣乱，把警察都叫了来。后来我问阿凤：'你怎么这样冷心冷面？'阿凤扯开衣服，露出一身的刺青，指着胸口上那条张牙舞爪的独角龙，说道：'我冷什么？我把他刺到身上了还冷什么？你哪里知道？总有一天，我让他抓得粉身碎骨，了了了这场冤债！'我们那时只当他说癫话,谁知日后果然应验了。"

"那个姓王的,神气什么? 真以为他是大官儿子了? 一双眼睛长在额头上,"老龟头突然气不愤地插嘴道,他在嚼槟榔,一张口一嘴血红,"有一晚,他独自坐在台阶上,大概在等他那个小贱人,我看见他孤零零,好心过去跟他搭讪,只问了一句:'王先生,听说你父亲是做大官的呀。'他立起身便走,理也不理,老子身上长了麻风不成?"

"你这个老无耻!"杨教头笑骂道,"人家老子王尚德不是做大官是做什么的? 要你这个老泼皮去巴结? 我问你:你算老几? 人家理你? 癞蛤蟆也想吃天鹅肉? 真正是个不要脸的老梆子!"

我们都笑了起来,老龟头搔了两下他颈子上那块长了鱼鳞似的牛皮癣,塞住了口。

"前几天我在电视上才看到王尚德的葬礼,"赵无常插嘴道,"嚄,好大的场面! 送葬的人白簇簇地挤满了一街,灵车前的仪仗队骑着摩托车,乱神气!"

我也在报上看到王尚德逝世的消息,登得老大,许多要人都去祭悼了。王尚德的遗像和行述,占了半版。王尚德穿着军礼服,非常威风。他的行述我没有仔细看,密密匝匝,一大串的官衔。

"要不是他老子做大官,他杀了人还不偿命么?"老龟头余恨未消似的说道。

"偿什么命? 他人都疯了,"杨教头答道,"法官判他'心智丧失'。开庭那天我去了的,检察官问他为什么杀人,他摇着双手大喊:'他把我的心拿走了! 他把我的心拿走了!'不是疯了是什么?"

"那一阵子,闹得满城风雨,我还记得,"赵无常划燃了火柴点上一支香烟深深地吸了一口,"报纸上的社会版,天天登,龙子和阿凤两人的相片都上了报,有家报纸的标头还损得很:'假凤虚凰,迷离扑朔。欲海情天,此恨绵绵。'开庭那天我也在,法院就在一女中的斜对面,挤得人山人海,招来好多女学生。王夔龙一出来,她们也跟着叫:'龙子,龙子'——"

"儿子们!"杨教头猛然将扇子一举,露出"好梦不惊"来,"散会吧,穿狗皮的来了!"

　　远处有两个巡警,大摇大摆,向莲花池子这边跨了过来。他们打着铁钉的皮靴,在碎石径上,踏得喀轧喀轧发响。我们倏地都做了鸟兽散,一个个溜下了石阶,各分西东,寻找避难的地方去了,我们的师傅杨教头,领着原始人阿雄仔,极熟练,极镇定的,混入了扩音台前的人群里。于是,我们莲花池畔的那个王国,骤然间,便消隐了起来。

　　"阿青!"

　　我走进黑林子里,跟一个人迎面撞了一个满怀,是小玉。

十二

　　"明天晚上八点整,在梅田,一分钟也不许晚!"

　　我们坐在衡阳街大世纪的二楼,过道末端的一个鸳鸯座上,一个人吮着一杯冰柠檬水,小玉那双飞挑的桃花眼兴奋得炯炯发光。大世纪也是我们常到的联络站,比野人咖啡馆幽静多了。

　　"梅田在哪里?"我问道。

　　"驴蛋!"小玉捶了我一下,"梅田也没听过!就在中山北路国宾饭店过来两条巷子里。那里的台湾小菜,比青叶、梅子还要棒。明天晚上,他就请我们这几个人。"

　　"台湾小菜有什么稀奇?他是华侨,你为什么不带他去上大酒馆?五福楼呀,聚宝盆呀。我们也沾沾光,去吃桌酒席?"

　　"嘻,说你不生性!"小玉世故起来,"人家林样,离家这么多年,头一次回来,总想尝尝家乡味吓!大酒馆,你怕没有生意人请他?我喜欢梅田那个地方,乱有情调。烤花枝,凉拌九孔——美丽多多!"

　　小玉告诉我:那个日本华侨叫林茂雄,有五十多岁了。本来是台北人,后来打仗,给日军征到中国大陆去,在东北长春军医院里,当了七八年的护理人员。后来他在东北娶了一个满洲姑娘,生了一儿一女。战后他全家跟一个东北朋友一同到日本合伙经商,苦了好些年,最近才发迹起来。这次,他们在东京的那家成城药厂,派他到台湾来设立经销部,他才有机会重返故乡。

"我今天带着林样逛了一天的台北,两人逛得好开心!"小玉一脸容光焕发,"阿青,林样人很好呢,你看——"他指着他身上那件红黑条子开什米龙的新衬衫,"是他买给我的。"

"你这个势利鬼!"我笑道,"你一看见日本来的华侨,眼睛都亮了,难道你真的又去拜个华侨干爹不成?"

小玉冷笑道:"华侨干爹为什么不能拜? 我老爸本来就是华侨嘛——他现在就在日本。"

"哦?"我诧异道,"那你为什么不早告诉我? 又说你老爸早死掉了,葬在你们杨梅乡下。那天我还明明听见你向老周讨钱,说是买香烛替你老爸上坟。你哄死人不赔命!"

"告诉你?"小玉打鼻孔眼里哼了一下,"为什么要告诉你? 谁我也没告诉!"

我们公园里的人,见了面,什么都谈,可是大家都不提自己的身世,就是提起也隐瞒了一大半,因为大家都有一段不可告人的隐痛,说不出口的。

"阿青,我问你,"小玉突然歪起脖子,一脸歹意地觑着我笑道,"你有老爸么?"

"什么话!"

"你老爸姓什么?"

"姓李! 姓什么?"我有点恼怒起来,猛吸了两口柠檬水。

"你老爸真的姓李? 你真的知道你老爸是谁,呃?"小玉的嘴角挑起,笑得非常刁恶。

"干你娘!"我忍不住一拳豁了过去。

"呵,呵,"小玉却得意非凡地笑了起来,"你看,白问你一声,你就输不起了!"

他俯下头去,默默地吮着他的柠檬水,半晌,他倏地头一昂,掉在额上的一绺长发一下甩回到头顶上,两颗鲜亮,一双桃花眼闪烁起来。

"告诉你们? 告诉你们我是一个无父的野种? 我从来没见过我

老爸,也不知道他是谁。我不姓王,那是我阿母的姓。我阿母告诉我,我阿爸是一个日本华侨,姓林,叫林正雄。他有个日本姓,中岛,我阿母叫他:'那卡几麻。'我的身份证上,父亲那一栏填着'殁'。人家问我:'你老爸呢?''死啦。''老早死啦。'我总装作满不在乎——"小玉耸耸肩,"可是我心里一直在想:那个马鹿野郎不知道现在在哪里? 在东京? 在大阪? 还是掉到太平洋里去了? 那年他回台湾做生意,替资生堂推销化妆品。他去上酒家,在东云阁碰到我阿母——两人就那样姘上了。我阿母说,她上了那个马鹿野郎的大当! 他回日本,说定一个月就要接我阿母去,我阿母已经怀了我了。哪晓得连他东京的地址都是假的,一封封信都退了回来。我从小就对我阿母说:'阿母,莫着急,我去替你把那卡几麻找回来。'从前我一天到晚跑那些观光旅馆:国宾、第一、六福客栈,通通跑遍了,你猜我去干什么?"

"去兜生意。"

"卵椒!"小玉笑了起来,"我去旅馆柜台去查,查日本来的旅客名单。唉,艰苦呢! 先查他的中国名字,又要查他的日本名字。我常常做大梦:我那个华侨老爸突然从日本回来,发了大财,来接我阿母跟我到东京去。"

"又在做你的樱花梦啦!"我笑道。

"阿青,你等着瞧,总有一天,我会飞到东京去,去赚大钱,赚够了,我便接我阿母去,我来养她,让她好好享几年福,了了她一辈子想到日本去的心愿。我要她离开她现在这个男人——那个混账东西,不许我们两母子见面呢!"

"这又是为了什么?"

"嘻,"小玉叹了一口气,"我在他的面里下了半瓶'巴拉松'。"

"乖乖,你还会毒人哪!"我咋了一下舌头。

"那个山东大汉,人并不坏。他整天叫'入你奶奶''俺入你奶奶'。"小玉笑道,"他是个货运司机,开大卡车的,从前在部队里当过驾驶兵。山东佬,壮得像条牛,我阿母一把就让他抓到床上去了。我跟他两人起先混得还不坏,他到台中运货回来,总带盒我最爱吃的凤梨干给我。喝了两口酒,他便捏起鼻子学女人声音唱河南梆子逗我笑。可是有一次,我在家里跟人打炮,却让山东佬当场捉到了!"

"小无耻,怎么偷人偷到家里去了!"我叫道。

"有什么稀奇?"小玉耸了一下肩膀,"我十四岁就带人回家到厨房里打炮去了。我们住在三重镇,附近有好几个老头子对我好,常给我买东西:钢笔、皮鞋、衬衫,给我买一样,我就跟他们打一次炮,叫他们干爹,有一个卖牛肉汤的,是个大麻子,可是他最疼我。晚上我到他摊子去,他总给我盛一大碗牛肉汤,热腾腾的,又是牛筋,又是瘦肉,还有香菜,喝得受用得很!他家里有老婆的,我便带他回家,从后门溜进厨房里去。谁知那次却偏偏让那个山东佬撞了正着。你猜他拿什么家伙来打我?卡车上的铁链子!'屄精!屄精!'他一边骂,一条铁链子劈头劈脸就刷下来。要不是我阿母拦住,我这条小命早就归了阴了!你说,我要不要毒他?"小玉望着我,一脸无可奈何的神情。

"幸好没毒死,"小玉叹了一口气,"他在医院里洗胃,我阿母却赶了回来,把我的衣服打了一个包袱,一条金链子套在我脖子上,对我说道:'走吧,等他回来你就没命了!'就那样,我便变成了'马路天使'。"

说着小玉咯咯地笑了起来。

"老周昨晚又来找过你了,"我突然记起了丽月的话,"丽月说,那个胖阿公气咻咻的。要是他知道你又在外面打野食,他不撕你的肉才怪!"

"去他的,"小玉立起身来,拾起了桌上的账单,"那个馊老头子,好麻烦。好兄弟,拜托拜托,你替我撒个谎吧,就说小爷割盲肠去了!"

回到锦州街,丽月还没有下班。阿巴桑已经带着小强尼睡下了,全屋电灯都已熄灭。我摸到房里,在暝暗中,却突然看到下午搁在床上的那一串锡箔元宝,正在微微地闪着银光。我提起那串抖瑟瑟的元宝,穿过厨房,走到外面的天台上去,天台一角,一只装满了沙的洋铁罐里,一炷香,还在燃着几点星火,大概是阿巴桑烧祭留下来的。我蹲下身去,划亮了一根火柴,点燃了手里那串锡箔。那些元宝烧得嘶嘶地响,一个个烧成了灰。一缕一缕,飘落到地上,颤颤地独自闪着暗红的火烬。我抬头望去,天上那轮七月十五日中元节的月亮,又红又大,偏西了,正压在远处高楼的顶尖上。

返转房中,我连衣裳也没有脱,汗黏黏地便倒卧床上去。我的身体已经疲倦得发麻,四肢瘫痪在草席上,好像解体了一般,动弹不得。在黑暗中,我看见窗外反射进来那些酒吧的霓虹灯,像彩蛇般,在窜动着。渐渐的,我的脑子却愈来愈清醒起来。三个多月了,这是头一晚,我突然感到我竟是如此思念着弟娃,思念得那般渴切、猛烈。

十三

晚上八点整,我们到了中山北路的梅田。我们的师傅杨教头只带了原始人阿雄仔跟我两人去,老鼠因为乌鸦不准出来,吴敏头晕,在杨教头家休息。杨教头穿得正正经经,一件泡泡纱草青条子的西装上衣,一身粽子一般,箍出了圆滚滚的几节肉来,还系着根宽领带,绿绸子底爬满了朱红的瓢虫。一头一脸的热汗,白衬衫早沁得透湿。他把阿雄仔也打扮了一番,套上了一件不合身的花格子西装,袖子太短,露出里面一大截衬衫来,拱肩缩背像足了马戏团里穿着外衣的大黑熊。在梅田门口,杨教头转身叮嘱我们:

"今晚规矩些,在人家华侨客面前,莫给师傅丢脸!"

梅田果然有点情调,装潢是东洋风,门口跨着一拱小桥,桥下水池,流水潺潺,桥尾迎面还有一座假山,山顶闪着一盏小青灯。里面收拾得窗明几净,冷气细细地凉着。四周墙上镶着扇形的壁灯,晶红的灯光,朦朦胧胧,几个女招待的笑靥上,都好像涂着一层毛毛的红晕一般。餐馆尽头,有人在演奏电子风琴,琴声悠悠扬起。一位女招待迎上来,把我们带上了二楼,楼上是隔间雅座,女招待揭开第二间的珠帘,小玉及那位华侨客林茂雄已经坐在里面等候着了。我们进去,林茂雄赶忙起身过来迎接,小玉紧跟在他身后。林茂雄是个五十上下的中年人,两鬓花白,戴着一副银丝边眼镜,一张端正的长方脸,一笑,眼角拖满了鱼尾纹。他穿了一身铁灰色西装,系着根暗条领带,银领带夹上镶着一颗绿玉。杨教头抢上前去,先跟林茂雄重重地握了一下手,又替我跟阿雄仔两人引见了。林茂雄把杨教头让到上座,将我跟阿雄仔安插在杨教头左右。大家坐定后,杨教头一把扇子指向小玉,说道:

"怎么样,林样?我这个徒弟还听话吧?"

"玉仔很乖哩。"林茂雄侧过头去,望着小玉笑道,他说得一口东北腔的国语,小玉挨坐在林茂雄身旁,笑吟吟的。他穿了一件水绿白翻领的衬衫,一头长发,梳得整整齐齐,好像刚吹过风,一副头干脸净的模样。

"玉仔,他这几天做我的导游,我们看了不少地方。台北,我是完全不认识了——"

林茂雄一手扶在小玉的肩上,微笑着。

"今天中午!我才带林样到华西街吃海鲜来,林样说,比东京便宜多了,又好吃!"小玉面带得色地笑道。

"你说吧,林样,怎么谢我这个师傅,"杨教头唰地一下,打开折扇,扇了起来。饭馆有冷气,杨教头的胖脸上,汗珠子仍然滚滚而下。

"就是说啊,所以今晚特地要请杨师傅来喝杯酒呢!"林茂雄笑应道。

"光喝酒是不够的,"杨教头摇头道,"日后咱们有机会到东京,林样也得导游一番,叫咱们开开眼界,听说东京的孩子也标致得紧哪!"

"杨师傅到东京来,我一定做向导,带你到新宿去观光。"

"那些日本孩子看见我们师傅,只怕吓得大气都不敢出了!"小玉在旁边插嘴道。

"呔!我把你这个不孝的畜生!"杨教头手一扬,厉声喝道,旋即却放下手来叹了一声:"林样,你不知道,徒弟大了,师傅难做,怄气得很!这几个东西,笨的笨,蠢的蠢,都上不得台盘,唯独这个小家伙,鬼灵精怪,一把嘴,又像刀,又像蜜,差点的人,也降不住他。林样,我看他跟你竟有点投缘。"

"玉仔跟我两人很合得来。"林茂雄笑着拍了一拍小玉的后脑袋瓜。

一个十六七岁的女招待揭帘走了进来,端上一盆洁白的冰毛巾让我们揩面,又递给我们一人一张菜牌。林茂雄先让杨教头:

"杨师傅,你是行家,请先点吧。今天是玉仔的主意,吃台湾小菜。"

"我随和得很,什么都吃,连人肉也吃!"

我们都笑了起来,女招待笑得用手捂住了嘴。

"那么,就来碟西施舌吧,尝尝美人舌头的味道!"

"嗨。"那个女招待赶忙应声写了下来。

"玉仔,你想要吃什么?"林茂雄转头问小玉。

"烤花枝,我要吃烤花枝!"小玉嚷道。

林茂雄又让阿雄仔,阿雄咧开大嘴笑嘻嘻地说:

"鸡、鸡——"

"现什么宝?"杨教头低声笑骂道,"给他来道烤鸡腿吧!"

"嗨。"女招待又赶忙应道。

我点了一碟盐酥虾,林茂雄自己也加了几个菜:一道烧鳗,一道家常豆腐,一碟酸菜炒肚丝。

"日本人不吃内脏,我有好些年没有吃到炒肚丝了。"林茂雄笑叹道。

"先生要喝什么酒?"女招待怯生生地问道。

"把你们的陈年绍兴热来,"杨教头命令道,"加酸梅!"

女招待去暖了一壶绍兴酒来,一只高玻璃杯里盛着酸梅,她要替我们斟酒,小玉却赶忙接了过去道:

"不必了,让我来。"

女招待应着走了出去,小玉把酒筛到装酸梅的杯里,浸渍片刻,先替林茂雄斟上一杯,又把别人的酒杯都注满了,才立起身来,双手

捧起酒杯,朝林茂雄敬道:

"林样,今晚是你给我面子。我先干了这杯酒,表示我一点敬意吧。"

说着小玉便举杯,一口气咕嘟咕嘟将一杯酒饮尽了,一张脸顿时鲜红起来,一双飞挑的眼睛眼皮也泛了桃花。

"慢来、慢来,别呛着了。"林茂雄赶紧伸出手制止道。

"我从来不喝急酒的,"小玉笑道,"今晚实在高兴,所以放肆了!"

"啧、啧,"杨教头咂嘴道,"林样,你本事大,这个小家伙脑后那块反骨大概给你抽掉了——竟变得这般彬彬有礼起来!"

"玉仔一直很懂礼嘛。"林茂雄笑道,自己也吮了一口酒。

"没有的事!"杨教头摆手道,"他在别人面前,张牙舞爪,就像只小斗鸡,你真是把他收服了!"

"等一下菜来了,先吃点才喝,空肚子闹酒,要醉了。"林茂雄低声对小玉说道。

"好的。"小玉点头应道。

女招待送菜上来,头两道是烤花枝,烤鸡腿。林茂雄挟了一块烤花枝,搁在小玉碟子里。阿雄仔看见那盘焦黄油亮的肥鸡腿,伸出只大手爪便去抓。我整天只吃了两枚烧饼,老早饿得肚子不停地叽咕叽咕发响,一闻到那阵烤鸡腿的肉香,顿时一嘴巴的清口水,手上的筷子跟阿雄仔的手爪差不多同时伸到盘中最大那只鸡腿上。

"喂,你们客气些!"杨教头喝道,转向林茂雄道歉道:"林样,请多多包涵!我命苦,收了这么个傻仔,又加上一群没见过世面的徒儿,处处出洋相!"

"让他们去吧,"林茂雄笑道,"难得孩子们吃得这么开心!"

林茂雄说着把外衣也卸了,小玉赶忙接了过去,挂到衣架上。杨教头也除下了西装,把领带也松开了。林茂雄双手端起酒杯来,向杨教头敬酒道:

"杨师傅,请你先受了我这杯酒。"

杨教头也慌忙不迭地举杯回敬道：

"林样是远客，我应当先敬。"

两人对过杯以后，林茂雄沉思了片刻，却向杨教头郑重地说道：

"杨师傅，今晚请你来，我还有一件事想跟你商量：玉仔是个聪明孩子，我看他也还懂得好歹，由他这样浪荡下去，恐怕糟蹋了——"

"林样！"杨教头将扇子往桌上一拍，"你这句话，正说到我的心坎儿上！我是他师傅，难道还不望他好？他从前那些干爹，有的开店铺、有的开洋行。他肯上进，谋份正经差事，还不易如反掌？偏偏这个小家伙，天生一副贱骨头！没常性，三天两头，一言不合，大摇大摆地就开小差。他自己不爱好，我当师傅的，拿他也无可奈何。"

"当然、当然，"林茂雄赔笑道，"师傅哪有不疼徒弟的道理？是这样的，咱们成城药厂，在台北松江路设了间经销处，要雇用一批人。我想把玉仔安插在公司里，有份差事，学个一技之长，对他日后是好的。所以先向师傅问准，备个案。"

"那敢情好！"杨教头应道，"林样肯提拔，是他的福。只是一件：要看他本人如何。小家伙，肚里的鬼，只怕有一打！"

"我已经问过他了，他自己说愿意。"林茂雄侧过头去望着小玉笑道。

"替林样做事，我尽心就是了。"小玉一脸正经地说道。

"这回可是你自己说的，"杨教头指向小玉，"咱们等着瞧吧——这倒好，日后伤风头痛，直到小玉那里拿药就是了！"

"我们销的，大部分是补药，'胖美儿'之类，"林茂雄笑道，"台湾市场小，西德货竞争又厉害，生意恐怕也不太好做。"

"人事呀！这里什么都讲人事！要拉大医院，又要拉大医生，药品才销得出去。"

"我们已经开始做广告，征经销员了——我的意思，就是想叫玉仔跑跑外务经销。"

"那行，他那把嘴还要得！"杨教头嘉许道。

谈笑间，我跟阿雄仔两人已经把鸡腿啃得只剩下几根骨头，一时菜都上齐了,而且林茂雄又一直叫我们不要拘束,我跟阿雄仔两个人,筷子调羹并用,虾子鳗鱼豆腐肚丝,一人盛满了一盘。梅田的台湾小菜果然胜过青叶梅子,味道精致得多。我心里想下次不知几时才有机会上馆子,吃够本再说。

"这些年,我一直想回来看看——"林茂雄呷了一口酒,缓缓说道,"没料到台北竟变得这么繁华,好像十年前的东京一样。玉仔今天带我走过八条通——从前我们的老家就在那里——现在全是旅馆酒店,眼都看花了!"

"那一带变动得厉害,"杨教头接嘴道,"从前咱们在六条通开了一家'桃源春',轰轰烈烈了一阵子——现在那家酒馆已经换了两个老板,改成什么'阿里山'了!门口漆得大红大绿,走过那里我看着就刺心!林样这次回来,亲人都看到了?"

"老一辈的都不在喽,"林茂雄唏嘘道,"这次回来,我倒想找一位少年时代的朋友——"

林茂雄若有所思地顿了下来,他的双颊,微微地泛起酒后的酡色,墙上的扇形壁灯,晶红的光照在他那一头花白的头发上,涂上了一层晕辉。他的嘴角漾着一抹怅然的微笑,眼角的皱纹都浮现了起来。

"他叫吴春晖,我们住在一条巷子里,两个人很亲近,跟兄弟一样。那时我们一同上台北工业学校,学化工。两人还约好,日后一块儿到日本去学医,回来合开诊所。谁知道战事一来,我却给征到大陆东北,一去便是这么些年——"

"我也到过东北,冰天雪地,耳朵差点没给冻掉!"杨教头插嘴道。

"是啊,我刚到长春的时候,生满了一脚的冻疮,寸步难行。"林茂雄摇头笑道,"后来才知道东北人的靴子里原来都塞满了乌拉草取暖的。"

"那个吴春晖呢?"小玉好奇地问道。

"嗳,"林茂雄叹息道,"他可怜,给日军拉去东南亚打仗去了,下落不明,也不知道他现在还活着没有?"

"他长得是什么样子?"小玉问道。

"我只记得他年轻时候的面貌——"林茂雄沉吟了片刻,他打量了小玉一下,笑道,"说起来,你跟他,眉眼间倒有几分相似。"

"是么?"小玉笑道,"那个容易,林样,我陪你去找!"

"傻仔,"林茂雄搔了一搔他那花白的发鬓,"隔了三十年,我们相见也不认识了呀!"

"不要紧,只要痛下决心,一条街一条街,一个城一个城去找,总有一天找得到。"小玉颇为自信地说道。

"真正是小孩子说话。"林茂雄摇头笑道。

小玉起身拣了一块烤鳗鱼,敬到林茂雄的碟子里。林茂雄吃了一口,赞道:

"这家烧烤,确实不错。"

"听说东京的中国饭馆也多得很哪。"小玉探问道。

"日本人爱吃中华料理,他们常常在中国饭馆宴客,在日本开餐馆很赚钱。东京有一家留园,是满洲皇族开的。气派大得很,普通人还吃不起哩,一道水晶鸡,日币三千元!"

"林样,我到东京去,在中国餐馆打工,行么?"小玉问道。

"你会烧菜么?"

"不会可以学嘛。"

"那边餐馆常常请不到厨子。"

"那么我赶快到烹饪学校报名,考个厨子执照去。"小玉笑道。

"你不必打这些鬼主意了!"杨教头道,"林样回日本,干脆把你装进箱子里,提走了事! 林样,听说这几年东京也繁荣得不得!"

"东京变得更厉害,"林茂雄叹道,"战后我们去,差不多炸平了,眼看着一栋栋高楼建了起来。我们老板有眼光,一去便在新宿番众町那一带买下一块地,就那样发了起来——他是我太太的舅舅,就是他把我们接去日本帮忙的——"

"番众町那里有一家酒吧叫一番馆,里面的孩子都穿着和服的。"小玉插嘴道。

"你怎么知道?"林茂雄诧异道。

"一番馆在番众町七十五番地。"小玉笑嘻嘻地说。

"你这个孩子,"林茂雄摸了小玉的头一下,"好像东京去过多少次似的,这么熟!"

"我有一本东京地图,"小玉笑道,"那些街道我都背熟了,我去了,一定不会迷路。有一天,我一定要到新宿一番馆去瞧瞧那些穿和服的日本孩子去——林样,要是我穿起和服来,会好看么?"

"你穿上和服,倒像个日本娃娃。"

"《好色一代男》林样看过么?"小玉问道,"是一部彩色古装片。"

"《好色一代男》?"林茂雄皱起眉头思索了片刻,"是好老的影片了吧?"

"池部良演的,"小玉说道,"他在电影里穿了一件白绸子黑缎带的和服,乱潇洒一阵! 林样也有和服么?"

"有一件,在家里穿穿。"

"什么颜色?"

"灰的。"

"哦,我喜欢白绸子的。以后我也去买一件;不过听说好的贵得很。要是我在东京穿起和服来,他们真的把我当作日本仔怎么办?我又不会说日本话,只会一句:我哈腰——果哉一麻司,还是师傅教的。你肯教我说日文么,林样?"

"那要看,"林茂雄微笑道,"你在公司里做事努不努力!"

"那我一定拼命干就是了!"小玉笑道。

几碟菜我跟阿雄仔两个人,闷声不响扫掉了一大半,阿雄仔用手拉鸡腿吃,两手抓得油叽叽,啃完了鸡腿,又吮手指头。小玉点的烤花枝,他只吃了两夹,其余的我趁他说话,都暗暗地计算光了,几道菜,烤花枝最爽口,又香又脆。吃到最后,一只碟里只还剩下一枚盐酥虾,我挟起送进嘴里,连头带尾一齐吞了下去。吃完菜,我们把两瓶绍兴酒也捣鼓光了,才散席。

十四

"盛公家开'派对'!"

这个消息,像一则不胫而走的谣言,从早上开始,便在台北市我们这个隐秘的地下国度里,每一个角落,散布开来。从八德路传到中山北路,从中山北路流到西门町,从西门町越过淡水河吹到三重镇,然后再回头,落到万华三水街那条热臭污秽的死巷中。在大街上,在小巷中,在野人地下室,在新南阳的后排座椅上,当然,最后归集到我们的老窝公园里——大家见了面,都会心地一笑,互相传递,互相印证:

"盛公又开'派对'了。"

"八德路二段。"

"晚上十点钟。"

十点钟,八德路二段一条弄堂里,早已停满了脚踏车、摩托车,还有一两部小轿车。盛公那幢两层楼的花园洋房,外面看去,一片昏暗,连门灯都没有开。楼房上下,门窗紧闭,帘幕低垂。外人看见,都会以为宅内的人,早已安息,灯火俱灭。谁也不会察觉,那座外表十分安静规矩的巨宅里,一个秘密聚会,正在如火如荼地进行着。只有走近客厅时,才听到里面隐隐约约的人语笑声以及管弦的悠扬。客厅门口,一排排,一行行,早已堆满了各式各样的鞋子,有尖着头系带子的老式生生皮鞋,有镂着小洞的白皮鞋,有泥滚滚发着胶臭的运动鞋,还有几双赤裸裸的高跟木屐。盛公家的客厅,十分宽大,容得下四五十人,可是里面一片黑压压都挤满了人头。客厅中央那盏大吊灯,旋转出红、绿、紫三种颜色的灯光,配着唱机播放出来《碎心花》的探戈节奏,转得偌大一间客厅,像只大水缸,各色水浪,波涛起伏。一个个人的身上脸上,时红时绿,好像一群色彩艳异的热带鱼,在五颜六色的水波中,载浮载沉。里面的人,都扯高了喉咙,叫着笑着跳着,可是谁也听不清谁的话。因为客厅那座两吨半的冷气机,正开足了马力,轰轰地喷射,把人语笑声,镇压下去。门窗关闭得紧,客厅里一径酝着一股清一色浓浊的男人味。

主人盛公坐在客厅一端凸起的台上一张檀木的太师椅上，居高临下，睁着他那双老眊的眼睛，既感兴味而又无可奈何地瞅着那一群暖烘烘的青春肉体，半刻也不肯安分地蹦跳着，飞跃着。盛公穿了一件黑丝绸香港衫，左边胸袋上绣着一朵醉红的海棠花。头上残剩的一绺缕缕梳得妥妥帖帖地覆在头顶上。因为常年风湿，盛公的背一径痛得弯成一把弓，背后衬着两只软泡泡的黑丝绒的椅垫。盛公的万年青电影公司刚推出一部文艺片《灵与肉》，轰动港台，创下近年来的票房纪录。盛公心花怒放，便开起"派对"，来庆祝《灵与肉》的成功，连电影中那支主题曲《碎心花》也得了一个大奖。盛公对我们，确实是慷慨的。时常无缘无故，他会叫一桌酒席，让我们吃得兴高采烈，他夹在我们中间，拍着我们的背，说道："能吃就吃吧，孩子。像我，连块排骨都啃不动喽。"盛公镶了一口的假牙，只能吃虾仁蒸蛋、鸡血豆腐。盛公喜欢诉说他过去辉煌的故事：他从前在上海，是天一公司的台柱小生，跟徐来、王人美都配过戏。他说徐来最美，不愧是标准美人。他把他从前那些剧照拿出来，给我们看，我们都笑了起来。盛公悻悻然喝道："笑什么？难道你们还不相信这就是我么？"我们确实不相信，相片里那个年轻英俊，眉眼灵秀的男人，竟会变成一个瘪嘴驼背的丑老头，上次盛公开"派对"，我们吃完喝完，大家成群结队，一哄而散，谁也不肯留下来陪盛公消夜，喝红枣桂圆汤，听他那些讲了又讲的古老故事。在空旷的客厅里，盛公独自颓然靠在太师椅上，茶几上，烟尸酒罐，糖纸瓜子壳，堆积如山。盛公突然感伤起来，淌下了两滴衰老的眼泪，对杨教头慨叹道：

"杨胖子，老来无子，到底是凄凉的。"

杨教头是盛公唯一的知己，盛公的感慨，只有他才能了解。

"算了吧，盛公，"杨教头安慰他道，"养儿子，不孝顺，也是枉然！"

"那块料还不错，"盛公转向坐在左手凳子上的杨教头说道，他正觑着老眊的眼睛，指向人群中一个身着火红紧身衫的少年。少年的身材很帅，长腿细腰，一个倒三角的胴体，宽厚的胸膛上，两块胸肌嚣张地隆起，少年扬面昂首，左顾右盼，一副目中无人的狂态，都堆在他那似笑非笑，上挑的嘴角上。盛公识人，《灵与肉》中的男主角林天，一经他提拔，登时平步青云，熠熠地便红了起来。

"那个骚东西么？"

杨教头用扇子遥点了红衣少年一下，歪过头去，凑到盛公耳下，报告了一段少年的履历：

华国宝，人都叫他华骚包，一天到晚爱亮出他身上那几斤健身房练出的肌肉来。读过一年艺专，便自以为是电影明星了。是个刁狂无比的浮滑少年。然而人却聪明绝顶，也有才，倒真是一块料！看见么？跟在他身后，寸步不离，戴着一顶巴黎帽的，他是谁？是阳峰哪，《悲情城市》《心酸酸》，从前台语片那个过了气的红小生。他整日在小华身后，就好像在追逐自己的影子一般。这两年阳峰的魂只怕也给他磨掉了，供他吃、供他住、供他读书。华国宝却冷冷地说道："我并不稀罕！"

老鼠在人群中审来审去，趁人不觉，从茶几上攫走了那包还未开封的"长寿"，迅速地塞进了裤子后面的口袋里，又挤到那张大理石面的八仙桌边，从一只朱漆的四色糖盒里，狠狠地抓起一大把金银纸包着的巧克力，正要往胸袋放，却让聚宝盆的卢司务一把捉住了手梗子，老鼠咧着一口焦黄的牙齿，无奈地笑道："卢爷，要吃糖么？"卢胖子笑得像尊欢喜佛，大肚子顶到老鼠的胸上："糖，我不要吃，我倒想啃你的骨头！"

吴敏那张脸变得愈更苍白了，他退缩到客厅远远的一角，闪躲到那架卐字乌木屏风后面去，掏出手帕，揩拭他额上的冷汗。他左手上的绷带还没有除去，白白的一圈，套在腕上，手铐一般。张先生刚跨了进来，他穿了一套很体面天蓝色沙市井的夏天西装，头发抿得一丝不苟，下巴剃得铁青，他右边嘴角拖着的那一道深纹，在红艳艳绿森森的灯光下，如同一条阴黑的刀痕，斜横在那里，好像一径在凶残地微笑着似的。萧勤快跟在他身后，浓眉大眼，茁壮得像头小公牛，见了人便咧开他的厚嘴唇,得意地笑道:"我们刚到华声去看戏,《灵与肉》。"

心脏科的名医史医生正伸出手去,按了一按三水街小幺儿花仔的胸脯,说道:"花仔,你的心长歪了,难怪你这个人也是歪的。"史医生常常要我们到他的永乐诊所去检查身体,他给我们义诊,连金霉素也是赠送的。史医生的诊所里有人送他一块匾:仁心仁术。他确实是一个仁医,非常关心我们的健康,常常给我们讲解卫生常识。

铁牛叉着腰,敞着胸,企立在那里,一头铁硬的怒发,根根倒竖,一条黑帆布的腊肠裤,箍得腿上的肌肉波浪起伏,皮带也不系,裤头滑得低低的,全身都在暴放着野蛮的男性——可是艺术大师说,他在铁牛的身上,终于找到了这个岛上的原始生命,就像这个岛上的台风海啸一般,那是一种令人震慑的自然美。他替铁牛画了好几张画像,他说,那才是他真正的杰作。艺术大师非常鄙薄那一群大学生,"文明和教育,把他们的生命力都斫伤了,"他冷笑道,"他们像什么?一束塑胶花!"然而那群大学生却独自围成了一个小圈圈,嘴里夹着洋文,沾沾自喜地在跳着探戈的花步。

在盛公这间门窗紧闭、帘幕低垂、冷气机开得轰轰响的客厅里,我们一个个都放浪形骸地蹦跳起来,愈跳愈剽悍,愈猖狂,一个个都夸张地笑着,叫着,好像在向外面那个合法的世界挑战、报复一般。在那转得忽红忽绿的灯光下,我看到了盛公那衰老无奈的脸,阳峰那张追悼哀伤的脸,华国宝那张狂傲的脸,吴敏那张苍白的脸,张先生那张一径浮着一抹凶残微笑的脸,这一张张年老的、年轻的、美貌的、丑陋的脸上,都漾着一股若有所失的暧昧神情,好像都在企图遮掩什么似的,遮掩一些最黑暗最黑暗的隐痛?一颗常年流着血不肯结疤的心?在那盏旋转灯下,我又看到了那张古铜色高额削腮的脸——立在我面前的是那个头一次带我到瑶台旅社去,小腹练得铁板一般硬的中学体育教员,他正朝着我,伸出了他那筋络崎岖的手臂来。在旋转灯下,我看见了一只只的手:吴敏那只绑着白绷带受了重创的手,老鼠那只被烟头烙起了燎泡的手,阳峰那只向华国宝伸了出来而又痛苦迟疑缩了回去的手。在这个封闭拥塞的小世界里,我们都伸出了一只只饥渴绝望的手爪,互相凶猛地抓着、抚着、撕着、扯着,好像要从对方的肉体抓回一把补偿似的。体育教员那只手,像钢爪一般,一把扣住我的右腕,拗得我的手骨直发疼。他是那样急切地望着我,红丝满布的眼里,好像又有千言万语要向我倾吐一般。我闻到他呼吸里喷出的酒味,他又醉了,就像那天夜里一样,醉得口齿不清,向我倾诉了一大堆他的伤心历史,那样一个北方大汉,竟会恸哭得令人手足无措。我感到非常尴尬,我实在不忍见到那张古铜色醉脸上泪水纵横的模样。在人堆中,肉磨着肉,我盲从奋力地蹦着跳着,一阵突如其来莫名的悲哀,千钧压顶陡然罩了下来。我觉得客厅里的氧气好像骤然抽掉,胸口一闷,令人窒息起来。我猛地挣脱了体育教员钢爪似的手,奋力推开人堆,窜逃到客厅外面去。在客厅门口,我从那堆混杂的鞋子中,找到了我那双打着铁钉张了口的皮靴子。

十五

午夜,公园里热浓的空气稍稍清凉下来,那丛樟木林子,正在喷吐着一蓬蓬沁人脑脾的辛香。十七的月亮比十五的又昏暗了些,托在最高那棵大王椰的顶上,如同一团烧得快成灰烬的煤球,独自透着晕红晕红的余晖。四周沉寂,只有莲花池那边的台阶上,传来剁、剁、剁,一声又一声孤独的步音,焦灼、迫切,渐渐消失到远方,蓦地回头,却又转身过来,愈来愈急,愈来愈响。他那高大的身影,穿过来,穿过去。嶙峋、突兀,从台阶这一端蹬蹬到台阶那一端,无休无止地在徘徊,在踟蹰,直到他跟我撞了个照面,他才倏地煞住了脚,一双钉耙似的长手臂扣到我的肩上,他那双炯炯的眼睛,逼视着,如同原始森林中的两团野火,猛地跳跃了起来。

"我一直在找寻你,阿青,找了好久了。"

十六

"他们都说是我杀害了他,是么?"

黑暗中，龙子的声音，好像久埋在地底的幽泉，又开始汩汩地涌现上来。

"我杀死的不是阿凤，阿青，我杀死的是我自己。那一刀下去，正正插中了我自己的那颗心，就那样，我便死去了，一死便死了许多年——"

我们两个人，肩靠着肩，躺在一铺垫着浸凉藤席的沙发床上。在南京东路三段的一条巷子底，王夔龙父亲那幢日据时代留下来的古旧的官邸里，我们躺在龙子从前那间临靠后院的卧房内。床脚下，点着一饼浓郁的蚊烟香，香烟袅袅上升，床头的纱窗外，几扇芭蕉的阔叶，黑影参差，忽开，忽合，在扫动着。院子里有夏虫的鸣声，颤抖，悠扬，一声短，一声长。

"许多年，我藏在纽约的曼赫登上，中央公园斜对面七十二街一座公寓大厦的小阁楼里，变成了一个不见天日的野鬼。白天，我躲在百老汇一家地窖酒吧里，打零工，赚些零用钱。到了深夜，到了深深的夜里，我才露面，开始在曼赫登那些灯光灿烂，行人绝迹的街道上游荡起来，从四十二街一直走到第八街，走到两条腿酸疲得抬不动了，我便在华盛顿广场的喷水池边，坐了下来，坐在那里，坐到天明。有时候，我乘地下车，在纽约的地底下，横冲直闯，从一路车换到另一路，一直乘到方向完全迷失，才从地底下爬出来，跨入一片完全陌生的黑暗地带，在那些黑影幢幢的高楼中间，盲目地乱转起来。有一次，半夜三更，我闯进了哈林黑人区，那个夏天，黑人暴动，每夜都有警察在跟黑人揪斗，那晚我走到一团黑漆漆的人群中间，也给警察拳打脚踢赶上了警车，捉到拘留所里去。可是那时我并不懂得害怕，因为我一点感觉也没有——

"一个风雨交加的夜里，我站在河边公园的一棵大榆树下，雨水从树叶树枝上冲下来，浸得我全身透湿透湿，我的双足陷在泥沼里，愈陷愈深，泥浆灌进了我的鞋子内，冻得我一双脚都发了麻，我一直望着远处华盛顿大桥在风雨中闪烁着的灯光，全然忘却了还有一个人跪在我的脚下，在啃食着我的身体。又一个大雪纷纷的冬夜，我在时报广场一家专演男色电影的通宵戏院里,倒在最后一排,昏昏睡了过去。醒来时,大概已是清晨,一间又黑又大的戏院里,上上下下只剩下我一个人坐在那里,大银幕上人体乱跳,可是我完全没有看见,只是当我低头看表时,手腕上那只我在台湾考上大学时父亲送给我做纪念的劳力士却无翼而飞,让人家顺手剥走了。那些年,我在纽约的街头上流浪,前前后后,大约总吃了几百只牛肉饼吧。可是我却一直不知道牛肉饼是什么味道,我失去了味觉,嚼什么东西,都如同木屑一般。有一次,我在格林威治村买了一只牛肉饼,一口下去,把舌尖咬下了一块肉来,一嘴的血,我自己也不知道,和着自己的血肉,把牛肉饼一齐吞下到肚里去。然而有一天,我突然恢复了知觉——

　　"那是一个圣诞夜,纽约大街的圣诞树上都点满了红红绿绿的彩灯,到处都在唱平安夜,那晚落雪落得早,五六点钟,曼赫登上已经变白了,人们跟家人聚在屋内,开始圣诞晚餐。我也跟着一群人,在吃圣诞晚餐。我们一共有一百多个,有六七十岁全身松弛得像只空皮囊的老人,有十几岁四肢刚刚圆滑鼓胀的少年,有白人、黑人、黄人、棕色人,在那个圣诞夜里,我们从各处奔逃到二十二街躲入一幢又黑又旧的高楼里,在一间间蒸汽迷漫的密室内,我们赤裸着身子,围在一块儿聚餐,大家静默而又狂热地吞噬着彼此的肉体。我离开那间三层楼像迷宫一般的土耳其蒸汽浴室,出到街上,外面已经蒙蒙亮了,天上的雪花给寒风刮得乱飞,到处白茫茫的一片。我坐地下车回家,走过中央公园门口,突然间,里面树丛中闪出一团黑影来,紧紧跟在我的身后。平常夏夜里,中央公园那一带树荫下,经常人影幢幢,在那里互相追逐。就是冬天,有时候,还会剩下几个孤魂野鬼,在寒风中,彷徨徘徊,直到天明。那天,我已精疲力竭,遍身麻木,于是便加速脚步,往七十二街里走去。走到公寓门口,后面跟着我的那个人,却追了上来,声音颤抖地叫道:'先生,有零钱么?我饿了。'我回头看,发觉那竟是一个十几岁的孩子。他裹在一件黑呢带斗篷的大衣里,斗篷盖在眉上,遮掉他半张脸,他佝着背,一身抖瑟瑟的。我对他说,我楼上有热可可,他便跟了我上去。进到房中,他脱去大衣,里面只穿了一件暗红色破旧的套头紧身衫,露出他那瘦羸的身子来。他有一头大卷大卷乌黑的头发,蓬松松的堆在眉上,一双大得出奇的黑眼睛深深嵌在他那张削薄青白的脸上,烁烁发光。他看起来约莫十六七岁,像是一个波多黎各的孩子。我冲了一杯热可可端给他,他接过去,双手捧起杯子,也不怕热,咕嘟咕嘟一口气喝得精光,他那张冻得青白的脸上才渐渐泛出一丝血色来。他坐在我的床沿上,一双大眼睛望着我,在期待着。我知道,那些孩子们要的是什么,二十块、三十块,一个礼拜的饭钱,一个礼拜的房租。我过去伸出手去剥他的衣服,我要尽快打发他走,好蒙头睡觉。当我的手指尖戳中他的胸前,他突然啊的一声惊叫了起来,我赶忙缩回手,孩子抬起了头,对我歉然地笑着,可是他的眉头却紧皱着,一双大眼睛好像痛得在进跳似的。他自己缓缓地将衣衫卸下,露出了赤裸的上身来。在他那瘦骨嶙峋青白青白的胸膛上,横横斜斜,赫然印着几条伤痕,条条有手指大小,青的青,红的红,交叉的地方,一块伤疤,有酒杯口大,正正压在他的心口上,伤口破了,发了炎,浮肿起来,鲜红的,在淌着黄色的浆液。孩子告诉我,前几天的一个晚上,他在公园里,撞见一个穿皮夹克骑摩托车裤带上挂满了铿铿锵锵白铜锁匙有虐待狂的家伙,将他带了回去,用一根长长的铁链子把他捆绑了起来,鞭着他像狗似的在地上爬。'绑得太紧了,磨破了——'孩子指着他胸口上那块酒杯大的伤疤说道,他嘴角上一直浮着一抹歉然的笑容,那一刻,就在那一刻,突然间,我在他心口鲜红的伤疤上,看见了那把刀,那把正正插在阿凤胸口上的刀。阿凤倒卧在地上,一身的血,也是那样望着我,一双大眼睛痛得乱跳,可是他那抖动的嘴角上,也是那样,挂着一抹无可奈何歉然的笑容。多少年来,我完全失去了记忆,失去了知觉。可是那一刻,那一刻我好像触了高压电一般,猛地一震,心中掀起一阵剧痛,痛得我眼前一黑,直冒金星。我抓起那个孩子一双冰凉的手,握在掌中,拼命揉搓。我跪倒在他面前,把他那双又脏又湿裹满了雪泥的靴子脱掉,捧起他那双僵冻肮脏的脚,搂进怀里,将面腮抵住他的脚背,来回摩擦,一直抚弄到他那双僵冻的脚温暖了为止。那个孩子被我弄得手足无措起来,我也不顾他反对,把他抱上了床,替他脱去衣裤,去找了一瓶双氧水,用棉花蘸了,替他把他胸上的伤痕轻轻洗干净,然后将一张厚厚的毛毯盖到他身上去。我坐在他头边的地板上,守着他,直到他闭上眼睛,疲倦地睡去。我站起来走到窗边,斜对面中央公园里,树上地上都盖满了一层洁白的雪,太阳刚升起,照得一片晶亮,炫人眼目。我企立在窗前,一身的血,在翻腾,在滚烧,脸上一阵阵的热,如同针刺一般。从前的事,一幕一幕,像万花筒似的,拼凑起来。猛抬眼,我瞥见窗玻璃里,映着一具骷髅般的人影,多少年来,那是我第一次,看到了自己——

"那个孩子,在我那里居留了三个多月。他的名字叫哥乐士,哥乐士是波多黎各人,是从圣璜来的,他的英文破破碎碎,夹满了西班牙话。他告诉我,三年前他们全家移民到纽约,父亲不愿负担家累,弃家而走,母亲就那样疯掉了,给关进了市立神经病院。有一天,我们走过东河河边,哥乐士指给我看,对面河岸凸出一个半岛,半岛尖端,有一所红砖大楼,四周都围了很高的铁丝网。'我母亲就关在那里头。'哥乐士对我说道,他说他在纽约街头已经流浪了一年多了,遇见过不少奇奇怪怪的人,也染上了一身的恶疾,他的生殖器上,凸起一块块的红斑,我带他到医院去治疗,他患了二期梅毒,打了许多针。他的内衣裤总沾着点点斑斑黄浊的脓汁,晚上换下来,我便用消毒药水替他洗干净。我那铺单人床窄小,晚上我们躺在一起,我一翻身,手肘触中他胸上的创伤,总是痛得他从睡梦中叫醒,于是我便把我的床让了出来给他睡,我躺在他床下的地板上,在黑暗中,我听得到他均匀熟睡的鼻息。三个多月,我天天喂他鸡蛋牛奶,还有草莓冰淇淋——哥乐士人瘦,食量却大得出奇,每天可以吃一小桶冰淇淋哩——他的面颊渐渐丰满起来,胸前那几道铁链子箍出来的创伤也慢慢平复了,结成一条条殷红的疤痕。有一天,哥乐士告诉我他要去探望他的母亲,可是他一去,再也没有返来——

"然而,阿青,哥乐士失踪了,可是在纽约曼赫登那些棋盘似的街道上,还有千千万万个像哥乐士那样的孩子,日日夜夜,夜夜日日,在流浪、在窜逃、在染着病，在公园里被人分尸。那么多，那么多，走了又来，从美国各个大城小镇。有时候在中央公园的树丛里，有时候在地下车站的厕所中，有时候在四十二街的霓虹灯下，我会突然看到一双闪烁烁的大眼睛，那是阿凤的眼睛，痛得在跳跃的大眼睛。于是我便禁不住要伸出手去抚摸那个孩子的面颊，问他：'你饿了么?' 有一次半夜我带了一个十三四岁的犹太孩子回家——他蜷卧在公园外面人行道的长靠椅上，睡着了。我把我的床让给他睡，可是天还没亮，他却爬了起来，到处翻我的东西。我没有作声，看着他把我的皮夹从裤袋里拿出来，还顺手牵走了我一副太阳眼镜。又一次，我带了一个饿得发抖的意大利孩子回去，我煮了通心粉喂他吃，吃完后，他却倏地抽出一把弹簧刀来，逼我要钱，那天正好我的现款用光了。他以为我说谎，暴怒起来，一刀戳到我胸上，戳偏了，没有中要害。我倒在地上，也没有呼救，血一直沁到我的夹克外面来。我听得到自己的血一滴一滴落到地板上，渐渐昏迷了过去。第二天，房东太太叫救护车来把我送进了医院，在里面住了一个星期，输了两千 CC 的血。我的肉体虽然很虚弱，可是感觉却异样地敏锐起来，敏锐得可怕，好像神经末梢全部张开了，一触便发痛。出院那天，是个星期天的下午，走出医院外面，八十三街近公园那里，靠墙坐着一个老黑人，一个满头花白的瞎子乞丐，眨着一双青光眼，在拉着一架破烂的手风琴。冬天的夕阳把他那张皱得眉眼模糊的脸照得赤红。那个老黑人正拉奏着一首黑人民谣：Going Home。手风琴的声音在寒冷的暮风里，颤抖抖的。我背着夕阳，踏着自己的影子，走着走着，突然心中涌起一股强烈的欲望：我也要回家，回到台北，回到新公园，重新回到那莲花池畔。可是我还得等两年，两年后，我父亲才过世——"

龙子那汩汩上冒的声音，突然间好像流干了似的，戛然中断。窗外那轮暗红的月亮，冉冉沉落到那几扇肥肥大大的芭蕉叶上来了，院子里的夏虫，一声短，一声长，仍在细颤颤地叫唤着。我的眼睛酸涩得张不开了，蒙着过去，等到醒来，纱窗外已经透着青濛濛的曙光。我感到呼吸困难，胸上好像压着一根沉甸甸的铁柱一般，是王夔龙那只钉耙般的手臂,正正地横卧在我的心口上。

"你喜欢什么颜色的衬衫? 阿青?"王夔龙带我回来的时候,问我道。

"蓝的。"我说。

"明天我们到西门町替你去买一件。"他把我脱下的衬衫挂到门背上,我的衬衫右肘,破了一个大洞。

王夔龙要求我搬到他父亲南京东路那幢古老的住宅里,跟他一块儿住。

"再给我一个机会吧,让我照顾你。"

他在黑暗中向我幽幽地乞求道,他说怎么我也会有那样一双眼睛,一双痛得在跳的眼睛,他头一晚在公园里便发觉了,他伸出他那只瘦嶙嶙的大手,在不停梳耙着我的头发。离开家三个多月,在有一顿无一顿,昼夜颠倒的流浪日子里,也曾有几次,半夜里突然惊醒,有时在后车站的下流旅馆里,有时候在万华一间又脏又热的小阁楼一铺陌生的床上,也有一次,竟倒卧在公园里博物馆前的台阶上,醒来的那一刻,心中确实渴望着有一间能长久栖留的居所,可是有人要收容我的时候,我却又借故溜脱了。我在公园里才出道一个星期,便遇见了一个好心人,一个姓严的中年人,他在西门町银马车当经理。他介绍我到银马车去当小弟,并且收容我到他金华街的那间公寓里。他对我说:才出来还有救,陷下去就要万劫不复了。我穿上了银马车雪白洁净的制服,托着咖啡、红茶、酸梅汤、芒果冰淇淋,十小时不停脚地周旋在那些到西门町来看电影买东西的客人中间。到了第四天晚上,我在厕所里悄悄地脱下制服,换上自己的衣裳,趁人不注意,从后门溜了出去。我从中华路朝着小南门一直奔跑下去,愈跑愈快,一口气奔回到公园里,跳到莲花池畔的台阶上。我突然起了一个逃走的念头,逃出王夔龙父亲这幢古老的官邸外面去。前些时在新南阳看过一张美国西部片:《黑峡双枭》。是讲落为草莽出没峡谷的两兄弟——哥哥是亨利方达演的。两人一生抢劫为恶,最后被官兵追赶,哥哥掉进了流沙里,弟弟伸手去救,一齐给拖进了泥淖中,两个人揪着扯着，慢慢沉沦下去，最后只剩了四只手，伸在流沙外，拼命地在抓。我轻轻将龙子的手臂从我胸上挪开，他那根钉耙似的手臂，压在我心口上，那样重，直往下沉，我觉得就如同黑峡谷里强盗哥哥伸出的那只急切拼命的手一般，要将我拖进流沙里去似的，我悄悄地下了床，穿上我那件破了洞的衬衫，走了出去。外面的铁闸大门上了锁，铁闸很高，门上耸着三尺长黑色的铁戟。我费了很大的劲，才翻越出去，把小腿都刺出了血。

十七

下午三点钟，台北市热得像一只走投无路的大癞毛狗，舌头吊得老长，在嗬嗬地拼命喘息。阳光劈射下来，炙得人的头皮直发痛。我到圆环江山楼去找老鼠。他在盛公的"派对"上跟我约好一同到新南阳去看"吊人树"。老鼠要请我的客，因为前几天他做了一票，颇为得意。老鼠住在他哥哥乌鸦那里，就在晚香玉后面一栋阁楼上，是晚香玉老鸨陈朱妹的房子。晚香玉那些妓女都在睡午觉，一间间幽暗的黑洞，有些连帘幔也没有放下，隐隐约约看得到里面床上，躺着一堆堆黄黄白白的肉。天气热，那些妓女都把外衣卸了，只穿着奶罩及三角裤，透出来一阵阵浓浊的脂粉香及人肉味。我穿过走廊走进后院，在阁楼下吹了几下口哨，两短一长——是我跟老鼠、小玉、吴敏我们四个人之间的暗号。阁楼上一扇窗户倏地张开，探出一颗小头来，老鼠笑得眯起了眼，龇牙咧嘴。他鬼鬼祟祟回头探望了一下，向我打了一个手势，要我上去。我爬上一条极长极窄又暗又陡的石级，上面阁楼的门，却是紧闭着的。呀的一声门开了一条缝，里面顿时有人厉声喝道：

"什么人？"那是乌鸦的声音。

"莫要紧，是阿青，"老鼠应道，向我咋了一下舌头。他打着赤膊，只穿了一条黄白粗布的内裤，裤带奇长，打了一个蝴蝶结还有一头吊到膝盖上，甩来甩去。

原来里面在赌牌九，密密地围了一桌子人，男男女女有八九个，门窗都关得严严的,下了竹帘,开了灯,两把高脚电扇对面呼呼地来回吹着。赌钱的人都在抽烟,一屋子的乌烟瘴气。陈朱妹正在推庄,哗啦啦奋力地洗着一副骨牌。她是一个胖大的龟婆,身上只套着一件麻背心,一双肥大的奶子,甩浪浪地便吊到了桌面上,两筒膀子粗黑,肉肉节节,像一对蹄髈一般,头上乌油油地梳了一只麻花髻,上面扣着一副黄澄澄厚厚重重的金发押,左边鬓上却插着一串玉兰花,花色都泛黄了。乌鸦坐在天门上,一只腿蜷了起来,踏在长凳上,上身赤精大条,露出一叠叠虬盘起伏的肌肉块子来,赤黑的背胛上,汗珠子颗颗黄豆一般大。乌鸦赌得一脸飞红,额上的青筋都暴了起来,一双火眼,凶光外露,他一只手伸下去,不停地在抠着脚丫子。乌鸦是个六尺开外的猛汉,身量彪悍魁梧,是晚香玉的保镖头目。老鼠说,他哥哥乌鸦从前在三重镇打铁出身的,他喝醉了酒,钳起一块红红的铁,擂到老鼠脸上便要烙他的嘴。牌桌上,男男女女,都赌得冒火了似的,男人全脱了上衣,女人扎的扎头发,翻的翻领子,桌面上花花绿绿堆满了钞票。挨在乌鸦身边,穿着一件粉红底滚豆绿边连衣裙的是乌鸦的姘妇桃花。桃花头上扎了一条洒花手帕,扎得脑后一撮发尾子高高翘起,像鸭屁股一般。陈朱妹洗好牌,大家纷纷下注,乌鸦押天门,厚厚的两沓钞票便摔了下去。陈朱妹板着一张扁平脸,一双关刀眉,高高扬起,乌黑的厚嘴唇别成了一把弯弓,一脸煞气腾腾。她掷了骰子,把各家的牌推了出去,等到大家一翻开,她才倏地大嘴一张,一口金牙闪闪发光,手上两张骨牌叭的一下,猛拍到桌上,破口大喊:

"至尊宝,三丁配老猴,通吃!"

几乎异口同声,桌上的男男女女,都骂了一声干!正当大家恨的恨,悔的悔,摔牌的摔牌,吐口水的吐口水,陈朱妹却咕咕咕笑得像刚下蛋的老母鸡,扑到桌上,展开两筒蹄子般的粗黑手臂,把桌面的钞票两扫便扫到她面前去了。乌鸦回过头,跟桃花两人狠狠地互相埋怨了几句,两人的脸色都很难看。老鼠忙跟我挤了一下眼睛,把我带到后面厨房里去。他告诉我,乌鸦他们赌得很凶,有时一晚输赢几万。聚赌的人，各家妓女户的老鸨、保镖都有，还有一些熟嫖客。有时候赌红了眼，便动起武来。有一次，一个流氓嫖客在骨牌上掐记号，给乌鸦当场抓住，一顿毒打，把那个流氓打得下巴颚都脱了节。

"等我服侍他们喝完绿豆汤，我们再溜出去。"老鼠对我说道。厨房案上，搁着一大锅绿豆汤，锅里浮着一块冰砖。老鼠伸出一只手指到那锅绿豆汤里搅了两下，笑道：

"够凉了，我们先来喝他两碗，受用受用！"

老鼠舀了两碗满满的绿豆汤，递了一碗给我。

"快喝、快喝，烂桃子看见，又要鬼叫了！"

老鼠把桃花叫烂桃子，他说桃花洗澡他去偷看，活像一只烂桃子。我们咕嘟咕嘟一口气把绿豆汤喝光，老鼠嘴巴上粘了一圈绿茸茸的汤汁，他伸出舌头，上下一转，竟舔得干干净净。他向我扮了一个鬼脸，吱吱地笑了起来，我踢了他一脚屁股，喝问他道：

"你这个小贼，昨晚在盛公'派对'里你办了多少货，快从实招来！"

"嘘！"老鼠嘘了我一下，咧着一口焦黄的牙齿笑道："你莫闹，我带你去看，昨晚可捞到不少宝货！"

老鼠把我带到他房间里，那是厨房边一间只有四个榻榻米大的行李房，里面堆满了破旧的箱子笼子，中间挤着一铺小竹床，房中没有窗户，热得像烤箱，闷着一股霉臭。老鼠进去，捻亮了床头一盏四十烛光的小电灯。他钻进床底，拖出一只生了黑锈的洋铁箱来，箱上锁着一把大铜锁，老鼠双手把那只洋铁箱捧起，紧紧搂在胸前，对我笑道：

"这是我的百宝箱。"

他从枕头套里掏出了一把钥匙，打开箱子，里面五颜六色，琳琅满目，全是老鼠偷来的宝贝，他一样样全翻了出来，散得一床，好像小孩子摆家家酒一般：两副太阳眼镜，一副金边的只剩下一面镜片子。五管自来水笔，派克五十一一支，派克二十一三支，犀飞利一支。手表两只，一只铁达时，一只宝露华。打火机七枚，各种牌子都有。六

194

把大大小小的指甲剪,袖扣四副,领带夹两根,钥匙链两条,一金一银,全生了锈。还有缺了齿的梳子数把,还有牛角靴拔,还有各式各样的瓶瓶罐罐烟缸烟碟,不知名目的破铜烂铁一大堆。老鼠盘坐在床上,四周围着他的赃物,他眉飞色舞地一件一件指着告诉我他的宝物的来历,每一件他都记得清清楚楚,人时地一点也不差。那一对水晶玻璃镂花的心形烟碟原来是摆在天使饭店的会客室里的。那支银套犀飞利原是衡阳街成源文具公司柜台上的样品。两条钥匙链,一条是在日新大戏院里摸到的,一条却是一个童军老师身上的,本来上面还挂了一枚铜口哨,老鼠趁他熟睡的当儿便牵走了。至于那几个牛角靴拔,全是生生皮鞋公司的赠送品。

"这管钢笔拿去当掉算了,"我捡起那管金套子宝蓝笔杆的派克五十一说道,"当出几个钱,咱们去吃吴抄手。"

"去你的!"老鼠猛一把劈手将那支派克笔夺过去,死命握在手里,"我才舍不得呢! 这支笔,是我最心爱的宝贝儿!"

老鼠将那管派克笔的金套在内裤上狠命地磨了几下,将汗污拭去。

"阿青,你吃过广东点心么?"老鼠擎着那管金套派克一面观赏着问我道。

"怎么没吃过? 马来亚、枫林小馆都去过。"

"从前我还不知道杀骑马是什么东西呢。"老鼠突然感慨起来。

"那因为你是个土包子。"

"我怎么能跟你们比?"老鼠乜斜着眼睛瞅着我,自怨自艾起来,"你和小玉、吴敏你们都是大牌,有那些大爷们请你们上馆子。我是除了卢胖子卢爷的聚宝盆,什么大饭馆也没有去过——就是上个月去过红宝石,吃广东点心。是黄先生带我去的,黄先生那个人够意思得很! 他点了一桌子的虾饺、烧卖、叉烧包,吃完又买了一盒杀骑马给我带回来当早饭。他在高雄一家观光饭店当经理,还叫我到高雄去玩呢。这支派克五十一就是他的。"

"你这个忘恩负义的小贼,"我笑骂道,"人家对你好,你还要偷人家的东西。"

"你莫要瞎说!"老鼠拼命摇手抗议道,"我哪里是忘恩负义?我实在是心里喜欢他这管笔,拿来玩玩,做纪念。反正他们有钱人,哪里在乎呢?"

"好吧,那你昨晚捞到多少宝贝,快点抖出来,大家分赃分赃。"

"好哥哥,昨晚可中了头彩!"老鼠拾起那只宝露华咧着嘴笑道,"这只表不知是哪位大爷留在洗手间的,得来不费吹灰之力! 瞧瞧,全自动,还有日历哪!"

老鼠摇了一摇那只宝露华,凑到我耳边。

"还有香烟呢?"

"什么香烟?"老鼠眨了一眨他那双小眼睛。

"你娘的,还装蒜!"我推了他一把,"昨晚我明明看见你一包一包的长寿往屁股后头塞。还不快点拿出来招待哥哥,难道还要等我来搜贼赃不成?"

老鼠笑嘻嘻从草席下面摸出了一包压得扁扁的长寿来,我赶快一把抢走。他又伸手到席子下面摸索了半天,掣出两包印了英文的锡纸包来。

"这两包不晓得是什么货色,是我昨晚从一个家伙的后裤袋里摸出来的。大概是咖啡精,我们去冲来喝。"

老鼠撕开一角,里面却战弹弹地跌出一只东西来,是一只米黄色的胶套子,像只婴儿吮奶的胶奶头。我们两人都怔了一下,同时哈哈大笑起来。我一拳揍到老鼠头上,笑得弯下了腰去,骂道:

"你这个下流贼,这种东西也去偷,不怕晦气!"

老鼠把另一包也拆了,一只大拇指上套上一只,对着摇来摇去,好像在玩布袋戏一般。

"你莫笑,"老鼠说道,"这种东西,也值几个钱。回头我去卖给楼下那些嫖客,对他们说:'美国货,一定保险!'"

"老鼠!"外面桃花尖厉的声音叫了起来,"把绿豆汤端出来。"

老鼠赶忙跳下床,七手八脚把床上的赃物急急放回他的百宝箱内,将箱子锁上,藏回床底,才匆匆走出去。他用一只茶盘,托了六碗盛得满满的绿豆汤,兢兢业业地端到牌桌那边。赌客们刚推完一庄,在检讨得失。老鸨陈朱妹眉开眼笑在舔着大拇指数钞票,她面前的票子已经高高堆到她下巴上去了。一个手上戴了四枚金戒指,一副扭花赤金镯头的中年胖大妇人,双手铿铿锵锵拍了几个大巴掌,嚷道:

"阿巴桑今天走的什么运? 连吃三庄,吃得老娘尿干毛尽!"

陈朱妹也不搭腔,径自撅着乌厚的嘴唇,一五一十地在数钞票。另外一个男人一脸紫涨,气急败坏地抓起那一对骰子,搓了又搓,捏了又捏,又猛吐口水啐道:

"干! 干你娘! 干你老祖公!"

桃花倚在乌鸦身后,嘟嘟囔囔,满口怨言:

"叫你莫押天门,你偏不听! 连副天九都给吃掉了,还能押? 你这不是'耗子舔猫鼻——找死'?"

乌鸦闷声不响,佝起背,一只手猛抠脚,一只手却拈起一块骨牌叭叭叭在桌上拍得震响。老鼠踅过去,把绿豆汤一碗碗递给客人,走到乌鸦眼前,他涎着脸,吞吞吐吐地说道:

"阿哥,我跟阿青看电影去了。"

乌鸦猛回头,手一扬,鼓起一双火眼喝道:

"去看电影么? 我要你去见阎王哩!"

老鼠不提防,脚下一个趔趄,手里那碗绿豆汤淋淋沥沥泼得乌鸦一背,桃花的裙子上也溅满了。乌鸦跳起身来反手一巴掌掴到老鼠脸上,老鼠头一翻,便仰跌到地上去。乌鸦赶上去又狠狠地踹了几脚,踹得老鼠吱吱惨叫,捧着肚子在地上滚成了一团。乌鸦还要举脚蹬,桃花赶上去死命拉住,喊着:

"打死他啦! 你打死他啦!"

其余的赌客也拥上来拉劝了一阵,乌鸦才悻悻然,嘴里咒骂着,一背撒满了汤汁,跑了进去。桃花把老鼠从地上拉了起来,老鼠弯着腰,歪着头,瞅着桃花,他嘴巴两边流着两道鲜血,好像添了两撇红胡

子一般,他那张瘦黄的脸,扭曲成一团,又像哭,又像笑。桃花拎起老鼠的耳朵,也在他额上敲了一下栗子,骂道:

"死郎,没长眼睛么!"

"免啦!"陈朱妹走过来,摸了一摸老鼠的头,塞了两张十块钱的钞票给他,笑道,"阿婆请你吃红!"

老鼠佝起身子,手里捏住那两张钞票,趔趔趄趄,裤带一甩一甩,蹿到厨房里去。他打开水龙头,满头满脸先冲洗了一阵,叭叭几下,朝水槽里吐出了好几泡带血的口水。他抬起头来,一双小眼睛眨巴眨巴,脸上血水斑斑,活像歌仔戏里,一脸涂满了胭脂的小丑。他那洗衣板似的肋骨上,有两三块茶杯口大的淤青。

"伊娘咧!"隔了半晌,老鼠又啐了一泡带血的口水,他抬起他那根细瘦的左膀子,低着头,瞅了半天,自言自语道:"发脓了。"

他膀子上那几个乌黑紫胀的燎泡,有两个特别大的,已经冒出白白的脓头来。

"你自己去看戏吧,"老鼠把搁在案上,刚才陈朱妹给他的那两张十元钞票拾起来,递给我,"我不去了。"

"我也不去了,"我说,"我去找小玉去。"

楼下晚香玉那些妓女已经睡醒,一个个搽脂抹粉地装扮起来,准备上市了。

十八

成城药厂办事处在松江路一座办公大楼下面,写字间的陈设看起来都是崭新的,里面日光灯照得通亮,冷气阴阴地开着。外面玻璃窗橱,陈列着大幅大幅的广告画,有肉脐脐雪白滚圆满地滚爬的婴儿,有笑盈盈穿着艳装的淑女。窗橱里摆满了药瓶样品、胖美儿、保女容、安赐百乐。我推开门走进去,看见小玉正在收拾写字桌上的茶杯烟碟,几个女职员都在打开皮包,有的拿梳子,有的拿口红出来,对镜整妆,预备下班了。小玉穿了一身制服,浅蓝衬衫,深蓝长裤,胸前口袋还绣了"成城"的招牌,一头长发都剪掉了,蓄了个两寸长的平头,俨然一副大公司小职员的模样。我忍不住笑了起来,小玉赶忙向我使眼色,迎上来,在我耳边悄说道:

"莫闹,再等五分钟,下了班我请你去吃冰淇淋。"

小玉把写字桌收拾干净了,才堆着笑脸,向一个穿了西装塌鼻大嘴的男人请示道:

"潘经理,我可以走了么?"

潘经理朝着小玉一双金鱼眼一滚,从鼻子眼里哼了一声,小玉便连忙带着我,溜了出去。我们走到南京东路一家百乐坐了下来,一个人要了一客芒果冰淇淋。

"你这副德性,这下子再也销不出去了!"我指着小玉的平头笑道。

"休得胡说!"小玉笑道,"小爷现在是成城药品股份有限公司的正式外务推销员,还销什么? 要销就销胖美儿!"

"你们林样呢?"

"林样到桃园去视察工厂去了。这几天厂里的设备完全装好,下星期开工。林样说,我在这里做事要检点,免得别的职员说闲话,所以我去把头也剃了。"

"啧、啧,"我摇头叹道,"没想到王小玉竟变得这么乖了! 到底找到个华侨干爹,看样子,真是想从良了!"

"好兄弟,"小玉拍了一拍我的肩膀,"你出道不久,还有得折腾呢! 我王小玉可是在公园里打过滚来了的,不是小爷吹牛皮,在公园里,我王小玉也算是个头牌大红人了。好多老头子想收养我呢,找个干爹从良不容易? 可是第一,要我心里愿意,第二,也总要对我有几分真心嘛! 我又不是块肉骨头,让人随便啃来啃去。"

"你这话就扯淡!"我笑道,"老周对你还不够真心? 又是手表,又是衣服。"

"老周对我也还罢了,"小玉耸耸肩,"可是我就讨厌他是个老骚公鸡,一见了小爷就拉扯。有一次,我伤风,对他说:'老周,今夜总可免了吧？'哪晓得睡到半夜，他又把我弄醒了！"

"你少假正经了，你这个骚兮兮的东西，"我笑道，"难道你的华侨干爹就不拉扯你了！"

"哄你不是人！"小玉举手发誓道，"头一晚我到六福客栈，去找林样，我们洗了澡躺在床上，喝啤酒，吃花生米，聊了一夜的天。我一直问他日本的事情，他真有耐性，通通告诉我，我看见林样人好，把身世也讲了给他听，后来讲累了，便枕在他手臂上睡了过去。"

冰淇淋来了，我一面吃着，一面问他在成城上班的情形，薪水如何。

"两千大元！"

"还不够你买烟抽哩！"

"慢慢来嘛，"小玉笑道，"潘经理说，六个月见习完了，做得好还有佣金拿。老潘你看见了？妈的，活像头老虎狗！头一天上班就挨了他一顿官腔——好兄弟，我问你：化学你懂不懂？"

"化学？怎么不懂？我在高中的化学念得还不错，考了个八十分。"

"这就妥了！"小玉拍了一掌，"好哥哥，你教教我化学吧，我念到初二就跑了出来，化学老早忘得精光，只记得教化学那个老头子告诉我们：'二硫化碳，招气入鼻，有腐卵臭。'——"

小玉用手招气到鼻子里。

"怎么？难道你要去念书么？"我诧异道。

"是这样的，"小玉叹道，"林样说，我没有专门技术，在成城没有好位置，升不上去。他要供我去上夜校，去念个工专，毕业出来，可以在药厂里当技师，那才有前途。我去开南工职打听，考初三插班，化学是主科，别科还可以自己抱抱佛脚，化学我只记得'腐卵臭'，考个屁？好哥哥，你替我补习补习，临阵磨枪，我考上了，一定好好请你。"

"不要等考上了，我们先去吃一条龙吧！"

"一条龙，一条蛇都可以，你要吃龙肉我也给你弄来。"小玉央求道。

"看你力争上游,也罢了。既然拜师,就先叫声师傅吧。"

"师傅、师傅,你要我天天叫你老子我也干,你不懂得我这个心!"小玉指着他的胸口叫道,"这是天掉下来的机会,我候了这么久,才候到像林样这样一个救星。人家瞧得起我,你说我要不要发愤向上?等我在成城做出点成绩来,说不定林样看见我有出息,日后东京总公司那边有机会,让我调到东京,去跟他做事去。"

"原来你在钓大鱼放长线呢!看不出你倒蛮有心计。"我笑道。

"什么心计呢,人总想往上爬嘛,对不对?我想趁暑假,好好温书,考上开南,秋季便可以上夜校了。阿青,你看我这个样子,还像个学生么?"

小玉摸着自己新剃的平头,笑嘻嘻地问我道,我打量了他一下:

"倒有几分像,不过你那双桃花眼太邪,人家一看就知道你是个'马路天使',快去弄副眼镜戴起来,遮遮邪气。"

小玉捂住双眼咯咯地笑了起来。我们走出百乐时,我把老鼠给乌鸦毒打的情形告诉小玉,小玉冷笑了一声,说道:

"你莫可怜他,老鼠那个东西带贱!上次他挨了钢丝鞭,我怂恿他搬出来,跟我们挤着住,你猜他说什么?'我从小在乌鸦那里住惯了。'——"

小玉哭丧着脸学老鼠的模样,随即叭的一泡口水吐到松江路的阴沟里。

"乌鸦那种王八蛋,敢动小爷一根毛,一瓶巴拉松老早送他上西天!"

十九

过了两天,小玉下了班,果真带了两本正中书局吴国贤编的初中理化来找我,替他补习,又提了两挂荔枝来贿赂我。房里热,我们都赤了上身,坐在地板上,我一面剥荔枝,一面开始讲解一些基本的化学观念,氧化还原。幸亏我初中念的,也是吴国贤这本书,大概还记得。小玉离开学校久了,名词符号忘得精光。我讲一句,他问一句,连个最简单的分子式还搞不清楚,急得抓耳挠腮,一头的汗。

"你妈的,"我抓起吴国贤的初中理化,敲了小玉那新剃的平头一下,"你吊老头子那么会动脑筋,念起化学来,一脑子的糨糊!"

"吊老头子有什么难?"小玉眼睛瞪起铜铃那么大,直抹汗,"化学这个玩意儿哪里有那么容易?明明是水,为什么又写成 H_2O?"

"小玉,我看你不必去考开南了,你去念台大考古系,我管保你不用考试,他们还会给你奖学金呢?"

"为什么?"

"你真驴!"我笑道,"你对老古董这么有研究,台大考古系要聘你去做研究员了——以后我们就叫你'王考古'吧!"

"老古董有什么不好?"小玉笑得一双桃花眼眯成了一条缝,"古董愈老愈值钱嘛!"

我跟小玉两人足足闹了两个钟头,汗流浃背,总算把几个化学符号弄清楚了。吃晚饭的时候,丽月回来,刚做了头,耳朵边吊满了一绺绺弹簧似的发卷子,甩甩荡荡地便跨进房里来,看见小玉,先扑哧一笑,又伸出手去摸了小玉的头一下。

"玉仔,你干脆把头剃光,到狮头山去当玻璃和尚去!你这几天,人影子也不见,阿青说你拜了一个从东京来的华侨干爹,还是开什么药厂的。以后我那个杂种仔吃维他命,也不用买,就向你表舅要好了!"

"下次我带几瓶胖美儿来给小强尼,吃得他胖嘟嘟的。"小玉笑道。

"怎么啦,小玻璃,你现在有了个开药厂的干爹,该当大经理了?"丽月乜斜着眼睛,瞅着小玉笑道。

"没有的事!"小玉笑嘻嘻地说道,"我现在不过是个推销员,上礼拜才开始上班,我们总公司就在松江路,哪天你来参观嘛,丽月姐。"

"啧,啧,啧,"丽月摇头叹道,"好了不起,总算又上班了!从前我介绍你到天母那个美国人家里当 boy,你上了三天班就跑了出来,还骂得人家屁钱不值一个!"

"那个美国佬是什么东西?有资格用小爷?"小玉跷起大拇指指了一指自己的鼻尖。

"哦,大概只有你华侨干爹才有资格用你,对么?"

"人家林样不一样,人家还要供我去读夜校呢;今天我就是来找阿青替我补习的,我要去考开南了。"

"这倒是新闻!"丽月错愕道,"太阳该从西边出来了。从前阿姨一天到晚向我诉苦:'我们玉仔又逃学喽!'几时见你正经上过一天学?"

"学校里那些小王八整天叫我浅丘琉璃子,我还去上他狗屁学!"小玉愤愤然叫道。

"谁叫你瞎编故事?在东京出生的?"丽月笑道,"而且我看你长得确实也有几分像浅丘琉璃子!"

小玉脸一红,有点不好意思起来。

"阿巴桑,快来看,我们这里来了一个学生仔!"丽月朝着阿巴桑招手笑道,阿巴桑正牵着小强尼喘吁吁地走了进来,阿巴桑那胖大的身躯,胸前湿得黑黑的一大块汗迹,她觑起眼睛,朝着小玉打量了一下,唔了一声道:"天热,头发剪短了凉快!"

小强尼却瞪着他那双绿玻璃珠似的眼睛,瞅着小玉在发傻。

"小杂种,是表舅,不认识啦?"

小玉伸出手去一把将小强尼揽进怀里,小强尼扎手舞脚地尖笑了起来。

"今晚吃什么菜,阿巴桑?"丽月问道。

"酸菜炒肚丝,芋头泥。"

"冰箱里那半只鸡也拿出来炖汤吧,人家玉仔要上学了,慰劳他一下。"

二十

我跟吴敏约好,我在房间里等他。我在二楼二一五,他在三楼三四四。杨教头叫我和吴敏到中山北路京华饭店去,只告诉我们旅馆房间的号码。那个人临离开房时,没有开灯,留下了房间钥匙,搁在床头五斗柜上,在黑暗中低声说道:房钱已经付过了。我没有看清他的面貌,也没有问他的姓名。他开门掩身出去时,我只觉得他的背影很高,大约有六尺。隔壁的七七餐厅是开通宵的,凌晨一点了,犹自传来隐隐约约的音乐声,我躺在床上,抽完了一支烟,吴敏才敲门。

我跟吴敏两人,悄悄地走下楼去,也不到柜台去还房间钥匙,趁着柜台的伙计不注意,溜出了京华饭店。一出去,我们两人不约而同地便跑起步来,往圆山那个方向跑去,跑了一段路,灯光渐疏,我们才停下来,松了一口气。路上行人已经绝迹,路的两头都是空荡荡的,我的一只手搂在吴敏的肩膀上,我们两人的脚步,同一步调,在人行道上,橐橐地一直响了下去。

"小敏,你的手好了吗?"我看见吴敏的左腕上的纱布绑带已经除去。

"结疤了。"吴敏把左手却插进了裤袋里去。

"你这个家伙,那天要不是我和小玉老鼠及时赶到,你这条小命早送掉了!真没出息,姓张的那种人,也值得你去为他割手!难怪小玉骂你,他前天还说,要你把他的血还给他呢!"

吴敏俯下头去,一边踢着脚。

"也不是这样说,"吴敏低声说道,"我在张先生那里住了那么久,不知不觉便把他那里当作自己的家了。那天突然间给张先生撵了出来,一时心慌,觉得走投无路,才做出那种事来。张先生那里你是知道的,干干净净,舒舒服服,怎么不教人留恋呢?"

我记得我每次到光武新村张先生的公寓去找吴敏,他不是在擦地板,便在洗厨房,把张先生那个家,收拾得有条不紊。我还跟他开玩笑说张先生请到一位最好的小管家。

"阿青,我记得我头一夜搬到张先生家,在他那间洗澡间里,足足磨了一个多钟头。"吴敏摇着头笑道。

"你在洗澡间里玩那么久干什么?"

"你不知道,张先生家那间洗澡间有多棒,全是天蓝色的瓷砖砌成的,连澡缸也是蓝的——我从来没有看过那么漂亮的洗澡缸,澡缸上面还有瓦斯炉,一打开龙头,热水哗啦哗啦就出来了。我放了满满一缸热水,泡在里头,一直舍不得爬起来,泡得一身红彤彤——那是我一生中,第一次洗了那么个舒服澡!"

"你这副德性!把张先生的洗澡间也说成天堂了!"我忍不住好笑。

"你哪里懂得?"吴敏叹道,"我跟你说过,我从小便跟着我老爸到处流浪,我们租的房子,就从来没有一个洗澡间。夏天还可以在天井里冲凉,冬天两三个礼拜才去一次澡堂子。身上臭得自己闻见也要作呕。我又是最爱干净的人,张先生那个洗澡间,不是天堂是什么?"

吴敏的父亲,在台北监狱,坐牢已经坐了两年多了。他在万华一带贩毒,卖白面,给抓了起来。他父亲是广东梅县人,吴敏说刚到台湾时,他老爸身上还带了几根金条的,可是他好赌如命,喜欢赌台湾人的四色牌,把金条输光了,便干起贩毒的勾当来。头一次下牢,吴敏的母亲刚怀了他,出世几年都没有见过他老爸,他是在新竹他叔叔家长大的。他父亲出狱把他接走了,东飘西荡,混了几年,又给捉进牢去。

"给人家扫地出门,滋味不好受哩。"吴敏幽幽地说道。

"我知道,"我用力搂了他的肩膀一下,那天父亲将我撵出门,我身上没有带钱,在西门町逛了一个下午,平时走过老大房,起士林,玻璃窗橱里那些糕饼,从来也没有注意过,可是那天,那一沓沓一堆堆的红豆糕芝麻饼,看得人直咽口水,腹中咕噜咕噜响个不停,胃里空得直发慌。

"我跟着我老爸流浪,两三年倒换了七八个住的地方。总是因为欠房租,让房东撵走。有一次我们住在延平北路一条巷子里,那家房东太太是个母夜叉。我们欠租,赖了两天,她豁琅琅一家伙把我们的东西统统扔到巷子里去。脸盆、漱口杯,到处滚。我老爸两副最心爱的四色牌,也撒得一地。我老爸先溜了,留下我一个人满地捡东西,邻居都在围着看。那一刻我恨不得钻到地下去!搬进张先生家后,我以为总算有了个落脚的地方,所以特别小心,半点错也不敢犯,没想到末了还是让张先生扫地出门。"吴敏又那样怨怨艾艾起来。

我们走到圆山儿童乐园门口,停了下来,坐在门口外面的石阶上,我们都脱去了鞋子,打了赤足,并肩靠在一起。白天这一带那么热闹,儿童乐园里都是孩子们的尖笑声。此刻四周都是静悄悄的,只有吴敏那怨艾的声音,在黑暗里浮沉着。

"那天黄昏,我提了个破箱子,从张先生家走出来,愈走愈迷糊,自己都不知道走到哪里去了。经过一条小河,大概是舒兰街那边吧,我把那只破箱子往河里一扔,心里想:人都不想活了,还要箱子做什么?我是不愤的,我并没有做错事,张先生也那么不留情——"

"张先生是个'刀疤王五',有什么情?"

"'刀疤王五'?"吴敏愕然道。

"他笑起来,嘴角上好像划过一刀似的,不像个'刀疤王五'像什么?"

"你真缺德,那么会损人!"吴敏有点不以为然。

"哟,你这条小命差点送在那个姓张的手里,还那么卫护他!"

吴敏双手抱膝,佝起身子,半晌,才缓缓说道:

"张先生那个人,脾气是怪一些,有点忽冷忽热,捉摸不定。但是我看他也不是完全没有心肝,只是不太容易亲近。他撵我出门的头一天,对我特别好,还送了一只声宝牌的小收音机给我玩,又赞我的豆瓣鲤鱼做得够味,那晚难得他兴致那么高,跟我两人喝光了一瓶白干,对我说道:'阿敏,你知道,你跟我算是跟得最久的了,你想你能跟我一辈子么?'我当然说能,张先生却冷笑道:'你又来哄我了!你们这些兔崽子,全是一个模子刻出来的,给你们几分颜色,你们就爬到人头上来了!'张先生告诉过我,从前有个孩子跟他住,他很宠那个小家伙,谁知那个小家伙不但不领情,还倒踢一脚,把他的东西偷得精光溜走。张先生一提起就恨。我半开玩笑对张先生发誓道:'张先生,你不信我,我就死给你看!'他叹了一口气,一脸的酒意,摸摸我的头说道:'阿敏,你哪里懂得?四十岁的人,不能伤心,也伤不起!'阿青,你莫笑,我宁愿在张先生家天天洗厨房洗厕所,也强似现在这样东飘西荡游牧民族一般。阿青,你的家呢?你有家么?"

"我的家在龙江街,"我说,"龙江街二十八巷。"

"难道你不想家吗?"

"我的家漏了,漏得好厉害。叮叮咚咚!叮叮咚咚——"我笑了起来。"前年黛西台风过境,把我们家的屋角掀走了一大块!"

我记得第二天,台风过后,我们家里涨水,泥滚滚的雨水,冒过了床脚,总有一尺深,父亲率领着我和弟娃,我们三个人都打着赤膊,穿着短内裤,父亲手里提着一只大铅桶,我和弟娃用脸盆,父子三人,拼命舀水往屋外泼。父亲嘴里一直哼哼嘿嘿在咒骂,弟娃却咬着嘴唇偷笑,好像舀水是件乐事似的。水退后,我们那所又阴又湿的矮房子里,一股泥腥,总也除不掉。父亲后来弄来几把艾草来烧,他说可以去毒,因为弟娃皮肤敏感,中了湿气,发得一身的红疹子。

"你家人呢,你不想念他们?"

"我想我的弟弟。"我说。

"他在哪里?"

"他睡在这个下面。"我往地上指了一指。

"哦——"吴敏转过头来,望着我,路灯下,他那清秀的脸上,满布着稚气,"他长得像你么?"

我把他搂过来,在他面颊上亲了一下。

"他长得倒有点像你,乖乖。"

"莫开玩笑了。"吴敏咯咯地挣扎着笑了起来。

我提着鞋子站了起来,吴敏也立起身,我们两人,光着脚板啪哒啪哒跑到了中山北路的路中央去,我跑在前面,吴敏跟在我身后,一条中山北路,连汽车也看不见了。

"小敏,我们是匈奴还是鲜卑?"我一边跑着步,喘着气回头问吴敏。

"嗯?"

"你不是说我们是游牧民族么?"

"是匈奴吧?"吴敏笑了起来。

"匈奴王叫什么来着?"

"叫单于。"

"那么我是大单于你是二单于。"

吴敏追上来,气吁吁地问道:

"游牧民族,逐水草而居,我们呢,阿青? 我们逐什么?"

"我们逐兔子!"我叫道。

我们都哈哈笑了起来,我们的笑声在夜空里,在那条不设防的大马路上,滚荡下去。

二十一

回到锦州街,已经两点多,我房里的灯竟还亮着,大概小玉回来睡觉了。这两个礼拜,小玉下了班来找我补化学,但是补完后,他仍旧回去陪他的林样,不在我那里睡觉。可是我一上到楼梯,便听到房间里有人吵架的声音,我心中暗叫不好,是老周,到底让他逮住了。老周来过几次,都让我和丽月两人敷衍过去。有一次,我告诉老周,小玉的外婆得了绞肠痧,小玉赶回杨梅去了——那是小玉教我讲的,其实他外婆家根本不认他两母子。老周在我房里,站在床边,指手画脚。他那一张肿胖的面包脸,油汗淋淋,赤得像猪肝,一下巴铁青的胡须桩子,好像根根倒张了起来一般,眼睛瞪得怒圆,在冒火。身上一件孔雀蓝的绸夏威夷衫,肥厚的背峰上湿透了一大块。

"你说吧?"老周指着小玉喝道,他那一口上海国语,讲急了,舌头在打结,"你这几天到底在哪里卖? 捞了多少啦?"

小玉坐在床沿上,穿着老周送给他的那件猩红衬衫,胸前一排纽子都打开了,跷着腿子,打着一双赤足。嘴里歪叼着根香烟,也不答话,呼噜呼噜,猛抽了几口,吐了两个烟圈,才冷笑道:

"你周大爷又不是我的老鸨,我在哪里卖,你管不着。捞了多少,也不必跟你算账,难道周老板还要来抽我的头不成?"

"不要脸的贱货!"老周狠狠地啐了一口,"你瞒得过老子了? 谁不知道你泡上了一个日本华侨——"老周突然又转向我瞪了一眼,"你们这起小赤佬,全是一个鼻孔出的气! 我问你——"老周的手差不多戳到了小玉头上,"那个华侨佬,一夜贴你多少了?"

"林样么?"小玉又吸了一口烟,慢条斯理地答道,"我是不要他的钱的。"

"你听听!"老周又转向我,这回却嘿嘿地笑了,"你看他下流到哪一径? 人家是华侨,他就颠着屁股上去,白赔了! 你以为你交上个华侨就涨了身价? 一样还不是个卖货? 有本事,就马上叫你那华侨佬带你回日本去,叫他拿个笼子把你养起来。"

"林样说,他正在替我办手续,申请入境证。等我到了东京,要不要他养,还要考虑一下哩。"

小玉说话时,半仰着面,一脸得色。老周却一下子找不出话来了,闷吼了两声,脸上的油汗鲜亮鲜亮,一条条往下流。小玉不慌不忙地把半截香烟按熄在一只破酱油碟里,却倏地立起身来,脸一沉,指着老周厉声喝道:

"你小爷白赔谁,干你屁事? 你姓周的又没有我的卖身契子。谁不知道我是公园里的大卖货? 还要你来替我做广告? 我下流,你不下流? 你不下流,你就颠起屁股上来——"

啪的一下,小玉脸上早着了一记响巴掌,小玉头一歪,另一边又挨了一巴掌。小玉蹦跳起来,喊道:"你敢打人? 小爷到警察局去告你!"

小玉一头撞到老周怀里,揪住老周的衣领便往外跑。老周抡起拳头乱揍一轮,小玉左闪右闪死也不肯放手,两人扭成了一团。我赶紧上去,将小玉扯开。老周喘了半天,嗓子都发抖了,说道:

"我买给你那么些东西——"

小玉一纵身钻到床底,哗啦啦拖出一只破皮箱来,掀开盖子便豁琅一倒,把里面的东西都倒到地板上,乱抓乱掏,抓起了三条西装裤,六件各色衬衫,裹成一团往老周怀里一塞,手上那只精工表也褪了下来,掷给了老周。老周捧着一堆花花绿绿的衣裤,气咻咻正要往门外走去,小玉赶上去,连揪带扯,把身上那件猩红衬衫也脱了下来,扔到老周肩上,喊道:"拿去!"

老周刚离开,丽月却香喷喷地闯了进来,她穿了一袭镂空的黑纱裙,透着一身的肉色。

"这是怎么说? 警察来抄过家了么?"丽月用高跟鞋踢了一下撒得一地的衣服。小玉立在乱物堆中,赤着上身,一头一脸的汗水。

"老周刚来过。"我朝丽月使了一下眼色。

"哦,"丽月笑道,"胖阿公呷醋了! 咦——"

丽月凑近小玉,扳起他的下巴颏,小玉腮上一边五道赤红的指印,小玉赶忙推开丽月的手,垂下头去。

"挨揍啦,"丽月摇头叹道,"这就是乱拜干爹的下场! 到阿姐那边去吧,小玻璃。阿巴桑熬了桂花酸梅汤,去喝一碗,解解热毒。"

"阿姐这么晚才回来,生意忙啊!"我笑道。

"好说,差点命都没有了!"丽月把胸口的扣子松开,露出胸脯来,用手扇了两下,"今晚吧里来了个大黑人,总有六尺五,起码一吨重,活像架坦克车! 他一直缠住你阿姐,还要找你阿姐出去开心呢。我哄他上便所,便从后门溜走了。"

二十二

"阿青。"

"嗯!"我刚蒙着,小玉又把我推醒了。

"我睡不着。"小玉一个人躺在黑暗里抽烟。

"睡不着你就去宝斗里去卖!"我翻过身去没好气地应道。

"阿青,林样已经走了。"

我的瞌睡已经让小玉吵醒了大半,他把烟递给我,我吸了一口。

"几时走的?"

"今天早上。前天东京总公司打电话来催,那边业务忙,他们老板又病倒了,马上要他回去。"

"那还不好,你的华侨干爹多可以接你去东京了。"

小玉转过身来,一只手撑着头。

"昨天晚上,我跟林样谈到半夜。林样真周到,什么都替我安排好了。他在我们公司里另外给我安插了一个位置,做潘经理的助手,一个月五千块,比现在要多一倍。"

"嚇,这下你可抖了,玉仔。"

"他说他回去后,仍旧会按月寄钱来,供我去读夜校,他要我好好去考试。"

"那么我先来考你一下,硫酸的分子式是什么?"

"H_2SO_4。"

"要得嘛,小子,开窍了。"

"其实我认真起来,也能读书的。可是——我不要去考开南了。"

"什么?"我叫了起来,"你拿你哥哥开玩笑!大热天,替你补习。"

"成城我也不要去做了。潘经理你看见了?凶神恶煞,我还去受他那副老虎狗的脸嘴呢?五千块,哪里捞不到?裤带松一松,只怕还不只那一点。"

"臭美!"我笑道,"你值那么多?"

"我去上班,念书,全是讨林样的欢心呀,他走了,还有什么心思?昨晚他跟我讲得很坦白,他说以后有机会,他会回来看我,东京,他是不能带我去的——"

小玉猛吸了一口烟,深深地舒了一口气。

"他那位满洲太太倒没有关系,只会念佛,不管事的。就是他那个儿子太厉害。他儿子知道他的事,有一次,在新宿一家酒吧门口,他儿子撞见他带着一个孩子出来,回家后闹得天翻地覆,弄得他简直无法做人。他儿子便乘机要挟,家里的事,他儿子倒做了一半主。把我带到东京,他儿子发觉了,更不得了。"

"你的樱花梦又碎了,玉仔。"我说道。

"我倒一点也没有怨林样呢。人家对我真心,才肯对我讲真话。临走时,他也很舍不得,身上的几千块台币都掏了出来给我,他常用的一支派克六一也留下给我做纪念了。阿青,我和林样在一起没有多少日子,可是每一天我都是快乐的,从来我也没给人家那样爱惜过——"

小玉把烟按熄在床头的酱油碟里,躺了下去,双手枕在头底,沉默了半晌,突然问我道:

"《好色一代男》你看过么,阿青?"

"没有,我很少看日本片。"

"池部良在里头真帅!他穿了雪白的一身和服,站在一棵樱花下面,——我到东京去,就想穿得那样一身雪白,在樱花树下照张相。"

"你穿起和服来,我看倒真像浅丘琉璃子!"

"你知道,阿青。《好色一代男》是我阿母带我去看的,她自己看过五六遍。她说,我那个卖资生堂化妆品的阿爸,穿起和服来,像足了电影里的池部良。"

"小玉,我看你想去日本想疯了!"

"你知道什么?你们有老爸的人懂个屁!我这一生,要是找不到我那个死鬼阿爸,我死也不肯闭目的!"

"好吧,就算你到日本去,找到你老爸了,他不认你,你怎么办?"我看见小玉那般认真,便存心逗他道。

"我也不一定要他认嘛!"小玉冷笑道,"我那么不要脸?自己老爸不认,还要死赖不成?我是要知道确实有这么一个人就行了,就算他长得不像池部良也不要紧,我要看看那个马鹿野郎,是个牛头马面,还是个七爷八爷!"

"要是你爸爸已经死了呢,小玉,那么你的心血不是白费了?"我再激他一下。

"他死了么?他的骨头总还在吧!"小玉的声音有点愤愤然起来,"我去把他的骨头捡回来,运到我们杨梅乡下去,好好地造一个墓,供起来,竖一块大理石的墓碑,刻几个大大的金字:显考林正雄之墓。

以后清明,我便可以真的替他去扫墓了——"

"玉仔,我看你游水游到日本去算了。"

"游得过去我一定游,"小玉叹了一口气说,"阿青,有一天,我要是真能离开这个地方到东京去,我就改名换姓,从头来起。好兄弟,我十四岁便在公园里出道,前后也快四年了。你以为那个地方那么好混么?你看看赵无常,还不到三十哩,好像哪个坟里爬出来似的。我听说,有人给他五十块,他就跟了去。我看见他那个鸦片鬼的模样,心里就发寒。你说老古董,也不好伺候呢!我跟老周也有一年多了。今晚他那些话,很好听么?就算我不好,在外面野,他来找我,讲几句好话,我也会跟他回去的,到底他对我还不算坏哩!你听见了?他骂小爷是卖货哩!笑话,他又不是百万富翁,那两个臭钱,就想买小爷了?"

小玉猛捶了床一下,却又落寞地叹道:

"不是自己的亲骨肉,到底是差些的。连林样那样体贴的人,还不能自己做主呢!"

"算了,玉仔,"我拍了一拍小玉的肩膀安慰他道,"反正你是个考古专家,不怕找不到真古董。"

"也难呀,"小玉笑叹道,"看走眼也是常有的。"

"睡觉吧,玉仔,天都快亮了。"我转过身去。

"阿青,"小玉突然好像记起了什么似的,一骨碌翻身起来,推我道,"你喜不喜欢吃猪耳朵?"

"猪耳朵?"我笑了起来,"我喜欢吃卤的。"

"明天我带你去吃卤猪耳朵。我阿母今天下午托人带信给丽月姐,要我明天回三重去吃中元拜拜。她那个山东佬到高雄送货去了。"

"万岁!"我叫道,"好久没吃拜拜了。明天我要狠狠灌他几盅老酒。"

"这次小爷回去,吃他娘一对大猪耳!"

二十三

我们睡到第二天中午,两人睡得一身汗,爬起来,冲了个冷水澡,都换上了干净衣服,才出去。小玉先到西门町今日百货公司去买了一大堆资生堂化妆品带给他母亲。他说他母亲虽然上了些年纪,可是仍旧喜欢搽胭抹粉,所以他每次回去,总带些给她,他把那些化妆品用一张印了青松白鹤的花布包袱包了起来,那张包袱就是他跑出来,他母亲替他包衣服用的,他一直留着。小玉母亲住在三重镇天台戏院后面一条摆满了摊子,人挤人的小巷里。我们到了小玉母亲家的大门口,小玉却不敢进去,带了我悄悄地绕到后门厨房,探头探脑张了半天,回头向我咋了一下舌头说道:

"那个山东佬果然走了,他跟我阿母说:'俺抓住那个小兔崽子,劈开他的狗脑袋!'"

小玉清了一清喉咙,才高声叫道:"阿母,玉仔回来了。"

小玉母亲从后门跑了出来,她看见小玉,先满头满脸摸了一阵,又扎实地捏了一下小玉膀子,说道:

"怎么又瘦了? 天天吃些什么? 丽月那个婊子刻薄你么? 一定天天在外面野,没好好吃,对么?"她又打量了小玉一下,说:"头发倒剪短了。"

小玉母亲大概四十七八了,可是却打扮得非常浓艳。脸上着实糊了一层厚厚的脂粉,眉毛剃掉了,两道假眉却画得飞扬跋扈,嘴上的唇膏涂得鲜亮。她身上穿了一件菜青色飞满了紫蝴蝶的绸子连衣裙,一身箍得丰丰满满,前面露出一大片白白的胸脯来。从前小玉母亲大概是个很有风情的红酒女,她那双泡泡眼,虽然拖了两抹鱼尾纹,可是一笑,却仍旧眯眯地泛满了桃花。小玉那双眼睛,就是从他母亲那里借来的。

"阿母,我带阿青来吃拜拜。"小玉牵了我过去见他的母亲。

"好极了,"小玉母亲一把搂住小玉的膀子,往里面走去,一面对我笑道,"我们隔壁老邻居火旺伯家里宰了一头两百多斤的大猪公,今晚我们都过去。"

"阿母,你擦的是什么香水?难闻死了。"小玉凑到他母亲脖子上,尖起鼻子闻了一下,他母亲一巴掌打到他屁股上,笑骂道:

"阿母擦什么香水,干你屁事?"

进到里面厅堂,小玉笑吟吟地把手上那个包袱解开,在桌子上抖出了几瓶化妆品来:一瓶香水,一瓶雪花膏,一管口红,一支描眉毛的画笔。

"这是'夜合香',有薄荷香的,夏天擦最好,你闻闻。"小玉打开那瓶玉绿色玻璃瓶的香水,擎到他母亲鼻子下面。

"也不怎么样,"小玉母亲撇了撇嘴笑道,却径自打开那罐雪花膏闻了一下,"倒是这瓶雪花膏还不错,我那瓶擦完了,正要去买。"

小玉将香水倒了几滴在手掌上,用手指蘸了,在他母亲耳根下点了两下,其余的又抹到她头发上去。

"这点像足了你那个死鬼老爸!"小玉母亲瞅着他点头叹道,"你老爸从前就爱搞这些胭脂水粉,他走了除了你这个祸根子什么也没留下来,资生堂的粉底倒丢下二三十盒。我用不了都拿去送人去了。阿青,"小玉母亲摩挲着小玉的腮转向我笑道,"我偏偏生错了,把他生成了个查埔郎,从前我的眉毛都是玉仔替我画的,我老说:'玉仔是个查某就好了!'也免得淘气,到处闯祸——"

"阿青,你不知道,"小玉笑嘻嘻抢着说道,"阿母怀着我的时候,跑去庙里拜妈祖,她向妈祖求道:'妈祖呵,让我生个查某吧。'哪晓得那天妈祖她老人家偏偏伤风,耳朵不灵把'查某'听成'查埔'了,便给了我阿母一个男胎——"

"死团仔,死团仔呵——"小玉母亲笑得全身乱颤,轻轻批了小玉面颊一下,一面用手绢擦着眼睛跑了进去,不一会儿,端出了一大盘西瓜来,放在那张油腻得发黑的饭桌上,她递给我和小玉一人一大片鲜红的西瓜,我们都渴了,稀里哗啦地啃了起来。小玉母亲挨在小玉身边坐了下来,手上擎着一柄大蒲扇,一面替小玉打扇。小玉母亲这间厅堂,阴暗狭窄,连窗户也没有一个,案上又点着两根蜡烛,一大炷香,在供着保生大帝,空气很燠热,我和小玉两人额上的汗水,不停地流泻。

"丽月那个婊子怎么啦?天天还跟那些美国郎混么?"小玉母亲问道。

"丽月姐的生意愈来愈旺啦,纽约吧里她最红。有时候郎客多了,她忙都忙不过来。常常叫腰痛,要我替她按摩。"小玉咯咯笑道。

"呸,"小玉母亲啐了一口,"那个贱东西!前几年她跑来看我,哭哭啼啼,说是她那个美国大兵丢下她溜了。那时候我替她拉线。喏,玉仔,就是火旺伯那个大仔春发呀,丽月那个婊子,还嫌人家长得丑,斗鸡眼,碎麻子。人家阿发哥的皮鞋生意现在做大啦!火旺伯一家人都发财了。丽月不听我的话,叫她打掉那个小杂种她不肯,现在拖着个不黄不白的东西,累死她一辈子!"

"阿母,你那时为什么没有把我打掉,生下我这个小杂种,累死你一辈子,也害我活受罪。"小玉抬头笑问他母亲,他鼻尖上沾了两滴红红的西瓜水。

小玉母亲一把大蒲扇啪哒啪哒拍了几下,无可奈何地叹了一口气:

"还不是你那个死鬼老爸林正雄'那卡几麻'?那个野郎,我上死了他的当!他说他回日本一个月就要接我去呢——你看,你现在都这么大了。"

"阿母,"小玉突然歪着头叫他母亲道,"我差一点找到林正雄——你那个'那卡几麻'了!"

"什么?"小玉母亲惊叫道。

"我说差一点,"小玉拍了拍他母亲的肩膀,"这个人也姓林,叫林茂雄,差了一个字!那晚他告诉我他的名字,我的心都差点跳了出来。我问他有日本姓没有,是不是姓中岛?他说没有。阿母,你说可惜不可惜?"

"这是个什么人?"

"他也是个日本华侨,从东京来的,到台湾来开药厂。"

216

"哦，"小玉母亲摇头叹道，"你又去乱拜华侨干爹了。"

"这个林茂雄不一样，他对我很好呢。他在台北办事处给了我一个位置，晚上还要供我去读书。"

"真的么？"小玉母亲诧异道，"这下该你交运了。玉仔，不是阿母讲你，你在台北混来混去，哪里混得出个名堂来？现在碰到这样好心人，就该好好跟着人家，学点东长西短，日后也不至于饿饭哪！"

"可是人家已经回东京去了，"小玉耸了一耸肩，"去了也不知几时再来。"

"唉——"小玉母亲有点失望起来，叹了一口气。

"阿母，"小玉凑近他母亲，仰起脸问道，"你老实告诉我。"

"告诉你什么？"

"你一共到底跟几个姓林的男人睡过觉？"

"天寿！"小玉母亲一巴掌打到小玉脑袋瓜上，笑骂道，"这种话也对你阿母说得的么？还当着外人呢，也不怕雷公劈？"

"阿青，"小玉指着他母亲笑道，"阿母从前在东云阁红得发紫，好多男人追她，比丽月姐还要红。"

"丽月是什么东西？拿她来跟阿母比，也不怕糟蹋了你阿母的名声？"小玉母亲撇着嘴，满脸不屑，"从前我在东云阁当番，随随便便的客人，我正眼都不瞧一下呢！哪里像丽月那种贱料子？黑的白的都拉上床去。"

"可是你告诉过我，那时追你的人，姓林的就有三四个呢！"

"咳。"小玉母亲暧昧地叹了一声。

"阿母，你到底跟几个姓林的男人睡过觉嘛？"

"死囝仔，"小玉母亲沉下脸来说道，"你阿母跟几个姓林的男人睡过觉，关你什么事？"

"你跟那么多个姓林的男人睡过觉，你怎么知道资生堂那个林正雄一定是我父亲呢？"

"傻仔，"小玉母亲摸了一摸小玉的头，瞅着他，半晌才幽幽地说道，"你阿母不知道，还有谁知道？"

"阿母——"

小玉突然两只手揪住他母亲的胸襟,一头撞进他母亲怀里,放声恸哭起来。他那颗头,像滚柚子一般,在他母亲那丰满的胸脯上擂来擂去,两只手乱抓乱撕,把他母亲身上那件菜青色的绸裙扯得嘶嘶地发出裂帛声来。他的肩膀猛烈地抽搐着,一声又一声,好像什么地方剧痛,却说不出来,只有干号似的。小玉母亲被小玉摇得左晃右晃,几乎搂不住了。她胸前鼻涕、眼泪、西瓜水给小玉涂得一块块的湿印。她额上脸上汗水淋淋漓漓地泻着,把她一张涂得浓脂艳粉的面庞,洗得红白模糊。她一直忙乱地拍着小玉的背,过了半晌,等小玉稍微停歇下来,她才解下头发上扎着的一块手帕,替小玉揩脸,又替他擤鼻子,一面哄着:

"玉仔,你听阿母讲。早起我到火旺伯那里,对他说:'火旺伯,今天夜里,我们玉仔要回来探望阿公呢,你们那对猪耳朵一定要留给他啊!'火旺伯他们去年生意做得好,今年拜拜舍得花钱,火旺伯笑眯眯说道:'秀姐,你那个小团仔肯回来看阿公,十对猪耳朵也留给他!'我去看来,那对猪公的耳朵,又肥又大,他们卤得浸碱浸碱的,才好吃呢!"

小玉那双桃花眼肿得红红的,两道鼻涕犹自挂着,他母亲对他说一句,他便点一下头,呼的一下,把流出来的鼻涕又吸了进去,双肩兀自在抽动。

傍晚六点多钟的时分,三重镇的大街小巷,老早塞得满满的了。吃拜拜的人从各处蜂拥而至。做拜拜的人家,酒菜挤到了屋外来,骑楼下,巷子里,一桌连着一桌,大块大块的肥猪肉,颤抖抖地,堆成一座座小肉山,油亮亮,黄晶晶的猪皮,好像热得在淌汗。有些人家,在庙里祭供的神猪刚抬回来,歇在门口,几百斤重的一只硕肥猪公,便惬惬意意地趴卧在牲架上,身上披了红布,嘴里衔着一枚鲜红的橘柑刮得头光脸净,眯着一双小眼睛,好像笑得十分得意的模样。酒菜多是前一天都做好的,摆在桌子上,一大盘一大盘都在发着肉馊,混着香烛的浓味,氤氤氲氲地浮散起来。一点风也没有,三重镇上空那层煤烟,乌压压地便罩了下来,一张张油汗闪闪的脸上,都抹了一层淡淡的黑烟,可是人们的胃口却大开起来,大嗜大嚼,一碗碗的米酒淋淋泻泻地便灌了下去,整个三重镇都在叫喊欢腾。

火旺伯家的拜拜果然丰盛,满满一桌十六盆,还有许多海味:烤花枝、凉拌九孔全鱼就有三条,红的红,黄的黄,张嘴竖目地躺在盆里。火旺伯挟了一大块卤得黄爽爽油滴滴的猪耳朵搁在小玉碟子里,张开缺了门牙的秃嘴巴,一脸皱纹笑道:

"玉仔,快吃,吃了长两只猪耳朵像猪公那么大!"

小玉笑得乱晃,抓起那块猪耳朵便往嘴里塞,塞得一嘴满满的,两腮都鼓了起来,那块猪耳朵尖上犹自带着几根竖起的猪毛,小玉也吞下去了。火旺伯又扯了一只当归鸭的大腿放在我碗里,一瓶福寿酒也搁在我们面前,他摸摸我和小玉的头,要我们呷酒。小玉母亲老早喝得一脸醉红,头发也用手帕扎了起来,隔着桌子便跟火旺伯的大儿子斗鸡眼春发对上了,"八仙、八仙"地猜起拳来。三拳两胜,小玉母亲输了,三杯满满的福寿酒,一杯一杯地灌得一滴不剩,喝完,还很有气概地把杯子倒过来一亮,给大家看,全桌人于是都喝彩起来。火旺伯乐得秃嘴巴张起老大,摇着头叫:"呵——呵——"

小玉和火旺伯那个爆得一脸青春痘的小儿子春福也对上了手。他们一拳一杯福寿酒。小玉要我监酒,他说阿福最会赖酒。头一拳,春福一个"全福寿"便把小玉吃住了,春福喜得擦拳摩掌,拿起杯子便要灌。

"莫要急,等我先吃块猪耳朵。"

小玉抓起一块猪耳朵,嚼了半天。春福等不及了,卡住小玉的脖子要灌他,小玉一把推开他,笑道:

"喝不是喝,怕什么?"

第二轮,小玉叫"四季财",出了两个指头,春福叫"五金龟",也出了两个指头,一看输了,赶忙又加了一个,嘴里犹自叫道:

"小玉又输了! 小玉又输了!"

"伊娘咧,"小玉急得一脸通红,"你是个大癫子,这么会撒赖!"

说着倒了一杯酒也要去灌春福,两个人正扭成一团,难分难解,春福却突然间抬起头叫道:

　　"你看,小玉,山东佬来了!"

　　"在哪里?"小玉霍然立起身来,手里的杯子哐啷一声跌到桌上,溅得一桌子的酒,两头乱张,一脸惊惶。小玉母亲却赶了过来,猛推了春福一把,叱道:

　　"死郎,你吓我们玉仔做什么?"

　　她转过身去,拍着小玉的背说道:

　　"莫怕,玉仔,他来了又怎的? 他又不是阎王? 他敢动你一根头发,阿母跟他拼命!"

　　"莫要紧,莫要紧,"火旺伯也咂嘴叫道,"玉仔,呷酒,阿公再给你一块猪耳朵。"

　　小玉坐了下去,一声不响,啃起猪耳朵来。春福在旁边一直向他挤眉眨眼笑。小玉装作没有看见,径自满满地倒了一盅福寿酒,大口大口地灌了下去。

　　吃完拜拜,小玉母亲已经喝得七八成了。她扶着小玉的肩膀趔趔趄趄地走回家中。一进门,她便把脚上一双漆金凉鞋踢掉了,身上那件菜青色的绸裙子也卸了下来,里面只穿了一件半透明的黑衬裙,小腹箍得成了两节。她扎头发的手绢松了,几绺乱发掉落到脖子上,给汗浸湿了,一条条垂挂着,她脸上的脂粉老早溶成红白一片。她坐到一张长凳上,张开两只腿子,用手在面上扇了两下。她把小玉拖了过去,按到她身旁,一双泡泡的桃花眼,惺惺忪忪,瞅着小玉,半晌,她用手将小玉额上的汗水抹了一把,撂掉,才叹了一口气,口齿不清地说道:

　　"玉仔,你知道,你阿母是要你回来的。"

　　"我知道。"小玉低着头应道。

　　"那个山东佬,脾气暴,他对你阿母还不错的。有两个钱便拿回家来,而且外面又没有女人。玉仔,你要明白,你阿母现在不比从前,人老了,不中用了——"

小玉一直垂着头,两手撑在凳子上,肩膀拱得高高的。

"其实山东佬对你本来也不错的。也难怪他,你做出那种事来——"

"阿母,我要走了。"小玉立起身来说道。

"你不在这里过夜么?"小玉母亲也站了起来。

"不了,我在台北还约了人。"

小玉拾起了桌上那包袱便要往大门走去,小玉母亲却一把将包袱搂了过去,她跑到供案那边,将案上供着的两盘红龟粿一共八枚,倒到包袱里,打了两个结才拿去给小玉,挂在他手臂上。我们走出大门,小玉母亲打着赤足又追出了两步,说道:

"下个月七号,他要到台中去两天,我再给你带信吧。阿青,你也一起来玩嗽。"

我们上了回台北的公共汽车,我问小玉:

"今晚你不到'老窝'去报到么?"

"不去,我要到天行去找吴老板。"

"你又去吃回头草。"我笑道。

吴老板在西门町开天行拍卖行,是小玉的老相好。对小玉殷勤过一阵子,小玉嫌老吴一嘴烂牙齿,有口臭,便不理他了。

"吃吃回头草有什么关系?"小玉冷笑道,"反正我又不是一匹好马。老吴从前答应要送我一只手表的,我这次去向他要。"

"你专会敲老头子。"我说。

小玉却伸出他的左手,手梗子光光的。他从前戴着老周送给他的那只精工表,常常爱举起手亮给别人看,说:"老周送给我的。"

"我记得我念小学六年级,火旺伯买了一只精工表给春福,春福带到班上,整天把手甩到我脸上说:'我老爸买给我的。'有一天上体育课,他把手表脱在教室里,我去偷了来,晚上戴了一夜,第二天,我把那只表丢到阴沟里,让水冲走了。从那时起,我便一直想要一只精工表。"

公共汽车走到台北大桥上,因为回台北的人多,桥上车辆挤得满满的,公共汽车走得非常迟缓。我伸头到车窗外回首望去,三重镇那边,灯火朦胧,淡水河里也闪着点点的灯光。天上一片红昏昏的月亮,悬在三重镇那污黑的上空,模模糊糊。我突然记了起来,那次我带弟娃到三重美丽华去看小东宝歌舞团表演,母亲在台上踢着腿子,她那涂满了脂粉的脸上,竟是笑得那般吃力,那般痛苦。那晚我和弟娃乘公共汽车回台北,走到台北大桥上,弟娃伸出头到车窗外,频频往三重那边望去。我握住他的手,他的手心在发冷汗。

“你在看什么,阿青?”小玉问我。

“看月亮。”我说。

二十四

“五十洋! 五十洋谁要?”

我走进公园,莲花池的一角,围了一大堆人,老远就听到我们师傅杨教头放纵的笑声了。杨教头穿了一身亮紫的香港衫,挺胸叠肚,一把扇子唰唰声开了又合。原始人阿雄仔立在他身后,巨灵一般,一双大手捧住一只鼓胀的纸袋,一把把的零食直往嘴里塞。人堆中央,原来是老龟头站在那里,呕喝着一口湖南土腔,在喊价钱。他身旁,依偎着一个孩子,他正执着孩子的一只手,举得高高的,在淫笑。那个孩子约莫十四五岁,剃着青亮的头皮,一张青白的娃娃脸,罩着一件白粗布汗衫,开着低低的圆领,露出他那细瘦的颈项来。他下面系着一条宽松松洗得泛了白的蓝布裤子,脚上光光的,打着赤足。孩子一颗光头颅东张西望,一径咧开嘴,朝着众人在憨笑。

“你这头老黄鼠狼!”杨教头扇子一收,点了老龟头一下,“哪里去偷来这么一只小子鸡?”

他走上前去捏了一把那孩子的手膀子,又摸了一下他那细瘦的颈脖,笑骂道:

“这么个小雏儿,连毛还没长齐,拿来中什么用? 你这个老梆子,敢情穷疯了? 也不知是从什么垃圾堆上捡来的,亏你有脸拿来卖!”

老龟头一把将杨教头推开,羞怒道:

"去你娘的,老子又没卖你儿子,你急什么?"

杨教头给推猛了,往后打了两个跟跄,撞到了阿雄仔身上,阿雄仔暴怒起来,一阵咆哮,举起大拳头便向老龟头抡过去,老龟头一缩头退了下去,赶忙堆下笑脸来央求道:

"杨师傅,快叫住你那个巨无霸,给他捶一下,老骨头要碎啦!"

杨教头一边拦住阿雄仔赞他道:

"好儿子,看在你达达分上,且饶他一命吧!"

却又一柄扇子指到老龟头鼻尖上:

"老屁眼,你可看到了? 下次再敢冒犯本教头,我儿子要取你的狗命呢!"

阿雄仔昂起头满面得色,从袋子里掏出一串麻花糖来,塞到嘴里,嚼得咔嚓咔嚓。

"五十洋!"老龟头又把孩子的手举了起来,他转向聚宝盆卢司务卢胖子谄笑道:"卢爷,你爱啃骨头,这是个瘦的,你拿回去受用吧!"

卢胖子笑眯眯地挺着他那个大肚子趋近那个孩子,胸前背后一摸,咂嘴道:

"倒是一块好排骨!"

说着又拎起孩子的耳朵,笑问道:

"小东西,我带你回家睡觉去好么?"

孩子瞅着卢胖子,半晌,突然咧开嘴笑嘻嘻地指着阿雄仔手里那串麻花糖,叫道:

"糖、糖。"

众人一怔,都哄笑了起来。

"原来是个傻的!"卢胖子也摇头笑叹道。

原始人阿雄仔却从纸袋里掏出了一串麻花糖来,递到孩子手上,说道:

"给你。"

孩子一把抢过去,三下两下,通通塞进了嘴里,两腮都塞得鼓了起来,他和原始人阿雄互相瞪着,在傻笑,两个人都嚼得咔嚓咔嚓。

"昨晚我是在公园路口碰见这个傻东西的,"老龟头也忍不住笑了起来,"你们猜,他站在街口干什么?原来他光着屁股在撒尿呢!"

众人又笑了起来。

"我把他带了回去,谁知道这个傻东西什么也不懂,一碰他,他就咯咯傻笑!"老龟头搔着他颈上那一饼饼的牛皮癣,无奈地叹道。

"儿子们! 拉警报啦!"杨教头的扇子唰地一下张开了。

网球场那边,两个巡夜的警察,远远地朝我们这边逼近过来。他们的皮靴,老早便在碎石径上喀轧喀轧地响了起来。于是我们便很熟练地,一个个悄悄溜下了台阶,四处散去。老龟头扣住那个孩子的手腕,半拖半拉便往公园门口匆匆走去。

"我来把他带走。"

在公园门口,我截住了老龟头。我抽出了两张二十元,一张十元的钞票,塞进老龟头的手里。

二十五

我把孩子带回锦州街,丽月还没下班。我悄悄溜进厨房,打开冰箱,偷了一瓶小强尼喝的味全鲜奶,跟一只又红又大的芒果——这是丽月的禁果,因为价钱贵,我和小玉平常是不许碰的。回返房中,我看见那个孩子竟爬上了我的床,盘坐在那里,一双光脚板,全是污泥,他那颗剃得青亮的头颅,在灯下反着光。他一瞥见我手上那瓶鲜奶便雀跃起来,伸手就要抓。

"你叫什么名字?"我把那瓶鲜奶举得高高的。

"小弟。"孩子答道。

"傻东西,"我笑道,"你的名字呢? 你总有个名字吧?"

孩子怔怔地望着我,嘴巴张成一个 O 形。他有一双大而黑的眼睛,定定地瞪着人,眨也不眨一下。

"小——弟——"半晌,孩子又喃喃地重复道,"他们都叫我小——弟——"

"好吧,"我笑道,"我也叫你小弟好了。你叫我阿青,懂么?

阿——青——"

"阿——青——"他拖长声音学我道。

我把那瓶鲜奶的盖子打开,递给他,他捧起瓶子便灌,咕嘟咕嘟,如获甘露一般,一口气喝掉了半瓶。奶汁沿着他的嘴角流了下来,滴在他那白粗布汗衫上。他一连几口把鲜奶喝光了,才咂咂嘴,惬意地嘘了一口气,双手却一直紧紧握住空奶瓶,不肯放。我坐在地板上,把那只芒果剥开一半,咬了两口,芒果肉厚多汁,又甜,还有苹果香,正吃得起劲,抬头却发觉小弟坐在床上,一直觑着我,嘴巴半张,眼睛跟着我手中的芒果在移动。

"好吃鬼!"我禁不住笑了起来,"刚喝完牛奶,怎么还是这副馋相!"

小弟咽了一下口水,大眼睛眨了两眨。

"你想吃,就下来,芒果汁滴到床上洗不掉的。"我向他招手道。

小弟踌躇了片刻,终于把空瓶子丢下,一骨碌爬了起来,跳到地板上,爬到我身边。

"你的家呢,小弟,你住在哪里?"我一面替他剥开剩下的半只芒果,问他道。

"万——华——"小弟想了一下,应道。

"什么街,几号,知道么?"

"万——华——"

"万华什么街,小弟?"

"嘻——"他竟有点不耐烦似的摇了摇头。

"是不是延平北路?"

他愣愣地瞅着我,不出声了。

"你连自己的家在哪里都不知道,怎么办?"

咕噜咕噜小弟突然笑了起来,他笑得很奇特,咯咯咯咯,一连串快速清脆的笑声,倏地会中断停下来,一双眼睛睁得老大,愣头愣脑呆个半晌,看着好像不碍事了,突又继续咯咯地笑下去,笑得前俯后仰,一颗剃得青亮的头乱晃一阵。

"你还笑!"我轻斥他道,"这下你惨了,回不了家!"

小弟止住了笑,却漫不经意地叹了一声道:

"嗳——"

我把剥掉皮的半只芒果递到他手里,他捧着就是一口,淋淋漓漓,鼻尖下巴都沾上了橙黄的芒果汁,他把一只芒果啃得很干净,果核的须也吮得津津有味。我去拿他的果核,他推开我的手,颇为不悦地哼道:

"嘻——"

我发觉他的颈背上薄薄地敷着一层泥灰,他坐在我身边,我闻得到他身上发出来触鼻的汗酸,大概好几天都没有洗澡了。

"邋遢鬼,我带你去冲凉。"我不由分说把他拉了起来,执着他一只手,带他到洗澡房去。我用铅桶接了一桶冷水,并帮着他把衣服脱掉。我递了一只葫芦水瓢给他,说道:

"你自己冲吧,我去拿毛巾来给你。"

他拿着那只葫芦水瓢,左看右看,赤身露体地站在那里。

"这样冲,傻子!"

我夺过他手里的水瓢,舀了一瓢水,从他头顶上便浇了下去。他赶忙护住头缩起脖子,一面笑得咯咯地乱躲,我把他捉住,又一连往他身上冲了好几瓢水,才把我洗澡用的那块玛丽药皂拿来,替他擦背。

"小弟,你家里有什么人?"

他思索了片刻,说道:

"阿爸。"

"你阿爸做什么的?"我问他。

"杨桃——芭乐——红柿——"

他一样样唱数着。

"什么杨桃、芭乐,我问你阿爸是做什么事的?"我不禁好笑。

"还有龙眼!"他突然记了起来,很得意地补充道,然后却又若无其事地说:"阿爸卖果果。"

"你家里还有什么人呢,小弟?"

"阿婆——凤姨——"

"你阿母呢?"

小弟怔了半晌,回头望着我,眼睛睁得老大。

"阿母上山去了——凤姨说,阿母上山去了——"

他说着又咕噜咕噜地笑了起来,笑得头一点一点瘦棱棱的肩胛抽搐着。

"小弟,"我按住他的肩膀,说道,"你这样乱跑出来,你家里人找不到你怎么得了?"

"嗡——嗡——鸡——"他咿呀道。

"什么鸡?"

"红——公——鸡——"他又唱了一遍,"凤姨教我的:红——公——鸡——尾——巴——长——"

我忍不住哈哈地大笑起来,舀了一大瓢水,哗啦啦便从他头顶上浇了下去。我替小弟冲完凉后,从架上拿下一块毛巾递给他,要他揩干身子。我正弯下身去收拾铅桶水瓢,小弟却将毛巾摞下,赤着身子便往外跑去,我赶忙抢上前抓住他,捡起毛巾,把他的下体围了起来,才让他走出澡房。我自己也打了一桶水,冲了一个冷水浴。然后把小弟换下来的脏衣裤,跟我自己的一块儿泡在一只洗衣木盆里,并且洒上了肥皂。阿巴桑对我还不错,有时我换下的衣服她也就一并洗了,不过一定要头一夜泡过,刚换下的脏衣服,她是不受理的。等我回到房中,却看见小弟光着身子,毛巾掉到地上,蜷卧在我的床上,睡着了,他的嘴巴半开着,嘴角在流着唾涎。

二十六

朦胧间,我伸出手去,搂到他的肩膀上。他的皮肤凉湿,在沁着汗水。他的背向着我,双腿弯起,背脊拱成了一把弓。窗外已经开始发白了,透进来的清光,映在他剃得青亮的头颅上。刹那间我还以为是弟娃躺在身旁。母亲出走的头一年,弟娃跟我同睡一床,因为害怕,总是要我搂住他。后来我们长大了,弟娃仍旧常常挤到我床上来,我们躺在一块儿,摆龙门阵。弟娃那时刚迷上武侠小说——是我引他入门的——第一部看的是七侠五义连环图,整夜跟我喋喋不休议论起五鼠闹东京来。他把自己封为锦毛鼠白玉堂,又派我做钻天鼠卢方。白玉堂年轻貌美,武功高,难怪弟娃喜爱,而且白玉堂那一种老幺的骄纵,弟娃原也有几分相似。冬天寒夜,我们房间窗户漏风,冷气从窗缝里灌进来,午夜愈睡愈冷,双足冰冻,于是弟娃便钻到我的被窝里,两人挤成一团,互相取暖,一面大谈翻江鼠智擒花蝴蝶。大概是由于小时的习惯,当我朦胧睡去的当儿,总不禁要伸出手去,把弟娃搂进怀里。我拾起床下地上的那块毛巾,替他把背上一条条流下来的汗水轻轻拭掉。我自己也睡得全身发热,汗津津的,而且喉头干裂,在发火,大概拜拜喝多了酒,脑袋有点昏胀。我爬起来,走到洗澡间打开水龙头去冲了一下头,喝了一大口冷水,回到房中,天已大亮。小弟仍旧蜷着身子,睡得很熟。我拿了一件破衬衫,盖住他的下身,自己穿上外衣,提着漱口盂,便下楼去买豆浆去了。外面满天满地的红火太阳,连早上的风,都是热乎乎的。

我走到隔壁巷子的豆浆摊上,买了一漱口盂豆浆,两套烧饼油条。回到家中,一上楼便听到我房中一阵嘻嘻哈哈。原来小玉、吴敏、老鼠都来了,三个人围住床站着。小弟盘坐在床中央,赤身露体,咧着嘴在对他们憨笑。小玉三个人指指点点,叽叽咕咕,好像在观赏动物园里的猴子似的。

"阿青,你哪里找来这样一个小憨呆?"小玉见到我,拍起手笑得弯了腰,"刚才我们进来,问他:'你是谁? 在这里干什么?'谁知道他在床上站了起来,捞起小鸡鸡便叫道:'嘘嘘。'吓得我赶忙跑过去端起你的脸盆来把他兜住!"

"你妈的,为什么不拿你自己的脸盆?"我骂道,地上我那只搪瓷盆里接了半盆黄黄的尿液。

老鼠看见我手上的豆浆便要抢着喝,我一把推开他。

"是买给那个小家伙喝的!"我说道。

"嘿!"老鼠吱吱笑道,"阿青在养小汉子哩!"

吴敏却过去伸手摸了一摸小弟的头,笑道:

"你们瞧,他的头光得真有趣!"

我把他们三人赶开,把一漱口盂豆浆递给了小弟。他捧起漱口盂一连喝了两大口,很满足似的长长地嘘了一口气。我把一套烧饼油条也给了他,他接过去,兴高采烈地啃嚼起来。我正要开始吃另一套,没提防却让老鼠一把扣住了手腕子,把烧饼狠狠地咬去了一大块。

"妈的耗子嘴!"我笑骂道,我把昨天晚上老龟头在公园里拍卖小弟的情形讲给他们听。

"可恼呀,老贼!"小玉哇哇喊道。

"那个老不修!"老鼠满嘴烧饼,"等我拿根棒槌去狠狠捅他一捅!"

"他那一颈子的牛皮癣!"吴敏皱起了眉头。

原来小玉他们是来找我到东门游泳池去游泳的,三个人连毛巾都带来了。我说游泳池里人挤人,水脏脏,有什么意思?不如到萤桥水源地,去河里泡泡,惬意得多。三个人都欢呼了起来,连说怎么早没想到?

"这个小家伙怎么办?"我指着坐在床上的小弟说道,"我本来打算今天把他送回家去的,可是他连家在哪里也说不清楚。"

小玉却走过去,拎起小弟一只耳朵,说道:

"小乖乖,哥哥们带你到河里去洗澡,洗鸟鸟,好不好?"

小弟愣愣望着小玉,满面惶惑。吴敏推过小玉,笑道:

"小弟,我们带你到河里去游水,这样游好么?"吴敏手划了两划,比给小弟看。

"爱——玉——冰——"小弟一个字一个字念道。

"好、好、好,我们去买爱玉冰给你吃!"吴敏拍着他的肩膀道。

小弟突地咕噜咕噜笑了起来,笑得前俯后仰,一颗青亮的头乱晃一阵。

"伊娘咧!"老鼠骂道,"分明是个小神经郎!"

我们一致决议,把小弟一同带去萤桥。我搜出一套旧衣服来给小弟穿上,一件破白衬衫像外套似的罩在他身上,晃荡晃荡,一条卡叽裤长得拖到地板上,只好将裤管卷起,用两个别针别上。没有鞋子,便让他打赤足。小玉他们是租了三辆脚踏车骑来的,我们五个人,我载小弟,小玉载吴敏,老鼠打单,他的车后夹着我们的毛巾。小弟坐在我车后,我命他搂紧我的腰。小玉的脚踏车骑得歪歪倒倒,差点撞到安全岛上去。吴敏在车后直叫:

"小心! 小心!"

"摔不死的,吴小弟!"小玉喝道,"你割手都不怕,现在鬼叫鬼叫!"

老鼠骑的是一部跑车,坐垫耸起老高,他的屁股飞翘。老鼠尖起嘴在吹口哨。一忽儿抢上前去摸小玉一把脸,一忽儿退到后面踢吴敏一下腿子。小玉的车摇晃得更厉害了。小玉一头大汗,嘴里咒声不绝,什么话都骂了出来。小弟坐在我身后也乐得呵呵笑了。我们打着、骂着、喊着、笑着,三辆脚踏车,浩浩荡荡,一路呼啸到达萤桥水源地。下车后,大家的衣服都已湿透。

因为久未下雨,水源地一带的新店溪河水很浅,河面窄了许多,又露出了不少沙滩来,沙滩上大大小小星列着一颗颗灰黑的鹅卵石。近水处,却是一大片狗尾草,一丛丛都在吐着大蓬的絮子,迎风摇曳,在烈日下,白得发亮。新店溪是台北唯一一条尚未遭到严重污染的河了,河水还有些绿意。从前暑假,我总带着弟娃骑脚踏车到水源地来游泳。两个人晒得像烫熟了的虾子,红头赤脸地跑回去。过了两天,弟娃便开始褪皮,总是先从鼻尖起,一张鲜红的脸,露出个白鼻头来。我们趁着台风来临以前,在水源地游个饱。台风一来,河水便混浊了,而且水位涨高,有漩涡,便不能游了。我们几个人推着车子,下到岸边沙滩上,钻进了那片狗尾草里,草比人高,躲在里面,岸上的人看不见我们。我们都脱下了外衣,只穿了一条内裤,一个个从草丛里跑了出来,往河边走去。鹅卵石给太阳晒得滚烫,我们的光脚板踏在上面,灼得刺痛,啊唷啊唷都喊了起来,连跑带跳,急往水边奔去。小玉穿了一条大红尼龙三角裤,跑在最前面,老鼠赶上去,摸了他屁股一把,笑嘻嘻问道:

"小玉,你这条内裤是偷你老母的吧?"

小玉转身一脚踢到老鼠胯下,老鼠吓得赶忙往后跳了两步。

"耗子精!"小玉喊道:"看小爷把你小卵蛋子踢出来!"

小弟走得慢,落在后面,大概沙滩上的石块太烫了,他走不稳,趔趔趄趄,一跤跌坐在地上,啊啊乱叫。我回转身去,将他一把从地上拉起,拖着他直往水边跑去。

到了岸边,小玉猛不防将老鼠推了个狗趴屎跌落水中。河边浅处都是淤泥,老鼠一头栽下去,手忙脚乱,半天才挣了起来,双手抓满了烂泥,满头满脸糊着污黑的泥浆,嘴里呸呸在吐着口水。我们都拍手哈哈大笑起来。老鼠气急败坏,连跌带爬便要去捉小玉。小玉赶忙三脚两跳往河里跑去,一阵水花,便纵身往河心游去了。小玉会游蛙式,很灵快。老鼠差劲,跟在后面,只会狗扒,头捣蒜一般,一点一点,半天仍旧浮在那里,游不了几呎,没多时,竟落在小玉身后一大截。

"老鼠加油!"我跟吴敏都在岸上大叫道。

游到河心,老鼠看见大势已去,怎么样也赶不上小玉了,只得折了回来。爬上岸,早已累得面红耳赤,嘴都合不拢了。

"这下可真的变成水老鼠了!"吴敏笑嘻嘻说道。

"干你娘!"

老鼠恼羞成怒起来,伛下身去,掬起一捧水便泼到吴敏脸上。吴敏也不甘示弱,脚一扬,踢起了一团泥浆,飞溅到老鼠身上。两个人同时往水里跑去,站在浅水中,双手乱拨,打起水仗来。水花洒到空中,映着日光,变成一串串晶亮夺目的珠子。老鼠和吴敏一个手臂上印着一枚枚乌黑的烙泡,一个手腕上刻着一道殷红的刀痕。两个人都抡舞着那只受过创伤的手臂,愈战愈勇,直到后来,两人都筋疲力尽了。打着打着,愈打愈近,终于抱成了一团,头搁在对方的肩上,只有喘气的份儿。

我正看得出神,不提防,依偎在我身边的小弟,不知什么时候径自跑到水中去了,水深齐胸,他高举起两根细瘦的臂膀,左摇右晃,太阳直射到他的青头皮上,反映着亮光。我也赶忙追下水中,河水冽凉,一下去,一身暑热尽消。正当我赶到小弟身后,他却双手扑通扑通划起水来。他的头浸到水中,双腿一阵蹬踢,像只翻身入水的小鸭子,居然浮了起来,而且还不规则地在水面前进着。

"小家伙,你也会浮水呵!"

小弟扒了一阵,头抬出水面,我对他笑道。

"嘻嘻。"小弟咧开嘴,猛喘气。

"过来!"我向他招手道,"我来教你游蛙式。"

我双手在水中划了两下蛙式给他看。

"弟兄们!"小玉在对岸喊道,"快过河来呀!"

小玉站在桥下的石墩上,双手朝着我们挥舞。老鼠和吴敏都哗啦一声纵身入水,往对岸游去。小弟急得朝小玉那边猛指,也要跟着他们往河心划去。

"慢着!"我拉住他道,"你一个人游不过去的!"

他突然变得固执起来,嘴里呜呜啊啊,拖着我就要往外跑。

"小弟,你听着!"我喝道,"你一定要过河,我背着你游过去。这样子:你双手搂住我的腰,腿跟着我一齐夹水。"

我把他双手箍在我的腰上,我们在水中试了一试,居然还可以配合。

"老鼠、吴敏,我们也过来了!"

我一面向老鼠吴敏叫道,跟小弟两人,他搂住我的腰,一齐夹着水,缓缓往河心浮去。老鼠和吴敏回转了头,护住我们两侧,四个人,像一小队舰队似的,往对岸慢慢开去。河水浅,很平静,一点浪头也没有。我背着小弟,并不感到十分吃力。我记得从前带了弟娃到水源地来游泳,开始他不会换气,只能游二三十公尺,还不敢过河。后来我把他教会了,第一次渡河,我陪着他一同游过去,游到一半时,弟娃呛了一口水,害怕起来,便要回头。我忙叫住他,不许他回去,命他搂住我的腰,带领着他,游到对岸。那是个七月的黄昏,太阳快下山去,落在萤桥的那边,红红的一团。那天水急风大,我们朝着火红的夕阳,一同奋力地夹着水,游了半天,才到彼岸。因为那是弟娃第一次渡河,他爬上岸时,兴奋得欢呼起来,夕阳照得他一脸金红金红。

"万岁!"

小玉叫道,他伸出手提了我们一把,把我跟小弟两人拉上岸去。老鼠跟吴敏也爬了上来,我们五个人,一身水淋淋的,在岸边的水泥墩上围着坐下来休息。桥上及沿岸街道车声人语喧哗异常,中午下班的人,来往匆匆。桥下有风,吹到身上,非常凉快。小弟坐在墩上,一双腿甩来甩去,嘴里咿咿呀呀,怡然自得地哼起不成曲调的歌声来。

"小憨呆!"小玉拍了一把小弟的光脑袋,笑道,"看不出你还会唱歌呢!"

"'小老鼠'——凤姨教我的,"小弟歪起头颇为得意地答道,"还有'红公鸡'——"

"好、好,小弟,"吴敏怂恿他道,"你那支'小老鼠',好听,快唱!"

"岂有此理!"老鼠低声咕噜道。

小——老——鼠——

嘴——巴——尖——

偷了鸡蛋——又偷面——

小弟索性放声唱了起来,一个字一个字,上气不接下气;可是却很起劲,脖子也拉长了。小玉、吴敏和我老早笑得跌倒在地上,捧着肚子叫哎唷。小玉仰卧在地上指着老鼠叫道:

"这只老鼠的嘴巴还要尖,还会偷鸡巴呢!"

老鼠立起身跑过去踢了小玉两脚,又揪起小弟一只耳朵喝道:

"小东西,以后对你老鼠哥哥不得无礼! 听到么? 这支混账歌以后不许再唱!"

"那么我唱红公鸡,"小弟说道。

"免啦,免啦,"老鼠皱起眉头十分不耐地斥道,"你那些歌回去唱给你阿青哥哥一个人听。我们不要听,我们要去捉螃蟹去!"

萤桥下面岸坡上有许多洞,洞里有螃蟹。有一次老鼠捉了七八只回来,拿到我们那里,用油炸了,鲜红喷香,小玉、吴敏我们四个人分吃了。我们把小弟一个人留在石墩上,便跑到桥下岸边,去翻石头。老鼠性急,也不等我们围好,一下便把一块大石头翻开,里面赫然跑出一只茶杯口大的青花蟹,横行着飞跑逃掉。老鼠连爬带跌,也没有追上,等我们赶过去,那只青花蟹老早跑入水里,无影无踪。老鼠恨得甩手顿足,呱呱怪叫,到处猛翻石头。我们几个人忙了一大阵,只捉到两只铜钱大的软壳蟹。老鼠拎着那两只软壳蟹,一边咒一边骂吐了两泡口水,索性扔到河里去。我们都感到肚子饿了,正打算走回岸上去买糯米饭团吃,却发觉石墩上,小弟不见了,我们一急,同声喊道:

"小弟——"

"那个小憨呆,莫不掉进河里去了?"小玉嘀咕道。

"我们到桥上去看看。"吴敏提议道。

有一条石级引到桥上,我们一窝蜂跑了上去,跨上萤桥。桥上挤满了车辆行人,桥头围着一大堆人,指指点点,在哄笑。我们跑过去,发觉原来是小弟站在人堆中央,全身赤裸,内裤不知脱到哪里去了,露出了下体来。他两手交叉护着他那瘦白的胸膛,胸口溅满了红色的汁液,蜿蜒下流滴着。他愣愣地望着众人,嘴巴咧开,在痴笑,可是一双眼睛眨巴眨巴充满了惊惶的神色。人群多半是一些好奇的小孩及少年,有几个女学生,前来探了一下头,却赶紧捂住嘴,跑掉了。小弟面前站着两个趿木屐,梳包头横眉怒目的小流氓。其中一个手里正拿了两块吃剩了一半鲜红的西瓜往小弟身上砸去,老鼠先钻进人堆,他一个箭步抢身过去,猛推了那个小流氓一把,喝道:

"干你娘,你敢打人么?"

"神经郎!"那个小流氓恶声相向道。

"他随地小便!"另外一个理直气壮地帮腔道。

"他随地小便!关你屁事?"老鼠指手画脚跳骂道:"没小到你嘴巴里就行啦!"

围观的人都哄笑起来,两个小流氓擦拳摩掌便要跟老鼠干上了。

"弟兄们,动手了呢!"小玉高声嚷道,我们都挤进了圈内,四个人,一字排开,护住小弟,都摆上了架势。两个小流氓看见我们人多势众,苗头不对,一面开溜,一面喊道:

"我们去叫警察,来捉神经郎!"

我们四个人,互相使了一个眼色,我跟小玉一人拉住小弟一只手,老鼠和吴敏在前头开路,五个人拉拉扯扯,跑过桥去。到了桥尾,我们连爬带滚地从岸坡滑下了河滩。等我们钻进那丛狗尾草,回到我们藏车子衣服的地方,我们都瘫倒在地上,动弹不得了。我们躺在滚热的沙上,喘了半天气,大家才不约而同地笑着进出了一声:

"干——"

二十七

"我这里又不是疯人院,神经郎你也带回来!出了事怎么办?"

丽月发觉我收留小弟过夜,便嚷了起来。

"不要紧,他什么都不懂,不会闯祸的,"我忙替小弟解说道,小弟盘坐在我的床上,晒得红头赤脸,他瞅着丽月,眼睛一连眨巴了几下。

"你说得好轻巧!"丽月指到我脸上来,"他这么疯疯癫癫地跑了出来,他家里人一定到处在找了,说不定早已报了警了呢!你快把他送回家,免得警察找上门来,说我们这里私藏疯人。"

"送他到哪里呢?"我摊开手笑道,"他连自己的家在什么地方都说不清——只晓得在万华。"

"咳,都是你惹的麻烦!"丽月狠狠瞪了我一眼,一屁股便坐到了小弟身边,打量了他一下,然后堆下笑脸,哄着他说道:

"来,小弟,告诉丽月姐听:你家在哪里?万华哪条街?是不是广州街？有个大庙叫龙山寺的,你晓不晓得?"

小弟的嘴巴半张开,呆呆地望着丽月。

"你不讲? 你乱跑出来,你阿母急死喽! 你阿母在找你哪,知不知道?"

丽月伸出手去摸了一摸小弟的光头,小弟突然间咕噜咕噜笑了起来,笑得前后乱晃,嘴里哼歌一般吐出一连串咿咿唔唔的娃娃语。

"这是什么名堂?"丽月骇异道。

我笑了起来。

"他告诉你:阿母上山去了、阿母上山去了——"

"嗳——"丽月摇头叹息,"是个白痴仔!"

"果——果——"小弟叫道。

小强尼噔噔噔跑了进来,手里抓住一只杨桃在啃。

阿巴桑跟在后面,气吁吁的肚子挺得老高。小弟一骨碌便爬下了床来,伸手便要去抓小强尼手里那只杨桃,小强尼赶快躲到阿巴桑身后去。

"小孩子的东西你也来抢!"阿巴桑扬手便要打,小弟头一缩,闭上了眼睛。

"阿巴桑,你到冰箱去拿一只来给这个小神经吧!"丽月笑道。

"要拿你叫阿青去拿!"阿巴桑嚷道,"冰箱里的芒果也不见了,小强尼的牛奶也少了两瓶——你问问阿青,都到哪里去了?"

我赶忙跑出房间,丽月在后面尖骂道:

"你想死啊! 你敢动我的芒果,二十块一个,你明天不去买一个赔来,你看我还有饭给你吃不?"

我去冰箱里拿了一只杨桃来递给小弟。

"你听到了?"我笑着说道,"我挨骂了,都是因为你好吃!"

小弟接过那只碧澄澄的杨桃却舍不得吃了。擎在手中,颠来倒去地玩弄着。

"你听着,"丽月对我说道,又指了一指小弟,"这可是你找来的累赘,你自己去想办法。今夜你快把这个小神经送走——送到哪里

236

我不管,送到警察局也好,精神病院也好。"

"丽月姐,"我赔笑道,"你是个好心人,今天已经晚了,就让这个小家伙在这里再过一夜吧,明天我去报警让警察把他带走就是了。"

"不行!"丽月摇手道,"你和小玉两个玻璃货住在我这里,已经给我招来多少麻烦——要人的也来了、打架的也来了。现在又加上这么个白痴仔,我自己也要疯了!何况你上个月的房租三百块还没缴清,还敢收留人呢,气起来我连你一齐撵出去!"

"我保证!"我拍拍胸脯道,"今晚我一定把钱弄来,缴清房租,这下总可以商量了吧?"

"你把钱弄来了再讲——"丽月的口气松动了,却乜斜起眼睛瞅着我扑哧地笑了一下,"今晚的线可放长些,钓条大金鱼回来!"

我离开时,跟阿巴桑讲了许多好话,要她照顾小弟一下,回头有剩菜,盛碗饭给他吃。

"天这么热,还要我去服侍那个小神经郎!"阿巴桑大不以为然。

"拜托嘛,阿巴桑,我买斤荔枝回来给你吃。"

阿巴桑吃荔枝一次可以吃五斤,有一次吃得流鼻血了,只得去买凉茶来喝。

"要买就买新鲜的!"阿巴桑哼了一下,"上次那些生虫的也拿回来。"

我赶到公园里,找到我们师傅杨教头,他和原始人阿雄仔都坐在莲花池的石栏杆上,肩并肩,一个庞然巨物,一个胖成一团。我踅过去向杨教头伸手借钱,借五百块。

"师傅,"我笑着叫道,"实在有急用,过两天一定奉还。"

"我开银行么?"杨教头呵斥道,"个个都来向我调头寸!这样吧,我来替你想条活路,你先到大世纪去等我。我替你去请位财神爷来。"

我走到衡阳路大世纪,选了一个清静的角落坐下,要了一杯芭乐汁,大约等待半个钟头后,杨教头带了一个人来,他叫那个人坐在我身边,自己坐在我对面。

"这是赖老板,"杨教头介绍道,然后朝那个姓赖的挤了一下眼睛,笑道:

"怎么样,赖老板,我说得不错吧?这个少年郎可还标致?"

那个姓赖的挪了一下身子,歪着头朝我上下打量起来。他是个四十上下的肥硕男人,一张赤红的猪肝脸,在玫瑰红的灯光下,闪着亮湿的油汗。他的头发剪得短短的,齐中间分,烧烫过了,起着细致的波纹。他身上穿着一件玉绿间金线的泰国丝绸香港衫,坐下来,便把个肚子给箍了出来。他那左手肥秃的无名指上,戴着一枚厚重的方金大戒。他打量我的时候,一双肿泡的眼睛挤满了笑意。我低下头去,兀自吮着自己的芭乐汁。

"阿青,赖先生就是西门町永昌西装店的大老板,"杨教头向那个姓赖的努了努嘴,笑道,"人家赖老板要送你一条西装裤呢——定做的!"

"你的腰围几寸,小弟?我来替你量量——"那个姓赖的趁势伸过手来捏了我的腰一把,我赶忙闪开了,他和杨教头都呵呵地笑了起来。

"一身的硬肌肉嘛!"姓赖的笑道,"练过功夫了么?"

"我这个徒弟的童子功很不错,差不多练就金刚不坏之身了。"杨教头说着跟那个姓赖的又纵声笑了起来,杨教头弹了下指头,侍应生端来两瓶冰啤酒。

"你自己说吧,小弟,"那个姓赖的拍了一拍我肩膀,"你要马海,还是要达克龙的。"

我一直低着头,在吮麦管。

"我看来条奥龙的吧,"杨教头代我答道,"上次我到你们永昌看到新到的一批奥龙西装料,很不错,夏天凉爽,我本来想做套西装的。一问四千五,唬得我赶忙溜掉了。你们大店的西装,咱们是做不起的!"杨教头长长地叹了一口气,非常憾恨的模样。

"杨师傅要套西装还有什么问题?这点小意思我们永昌还送得

起!"姓赖的很四海地拍了一拍胸,"明天早上我在店里,杨师傅来量身好了。"

"我这副身材,恐怕贵店要吃点亏哩。"杨教头低下头去,无奈地瞄了一下他那溜溜圆水桶似的腰身。

"你想我们对号么?"姓赖的倾身上前,在杨教头耳际悄声问道,一双肿泡泡的小眼睛却向我一溜。

"这个徒儿,十八般武艺,样样俱全!"

杨教头跟那个姓赖的又挤眉眨眼了一阵。突然间,我感到我的大腿上痒麻麻有毛虫在爬动一般,是姓赖的一只手从桌底下伸了过来,几个指头慢慢往我腿上爬上来。我感到全身汗毛一张,伸下手去一把攥住了姓赖的那只肥秃秃戴着方金大戒的手掌,提上来便往桌上一拍,拍得啤酒瓶都迸跳了一下。

"师傅,我先走了!"

我霍然立起身来,头也不回便急急往大世纪门口走去,杨教头在我身后追赶着,我只听到他压低声音在怒喝:

"阿青——"

我离开大世纪,便直奔西门町的银马车,去找严经理。严经理是湖南人,湖南衡阳。我刚离家的头一个星期便在公园里遇见了他,他把我带回他金华街那间公寓里,要我搬进去跟他一起住。他在银马车替我安排了一个职位,当侍应生。他皱起眉头,指着我的脸训道:

"小娃仔,你刚出道,还有救。快点做份正经事。你在公园里混,陷下去就要万劫不复了!"

我在银马车做了三天,溜走的时候,口袋里还有一把严经理金华街的公寓钥匙,总也没有机会拿去还他。我到银马车走进经理室,冲着严经理便深深一鞠躬向他请安道:

"严经理,你好。"

"嘿!小鬼头,你还有脸来见我?"严经理见了我先是一怔,旋即余愠未消地说道,"我还以为你给抓到火烧岛去了!"

"请经理帮个忙。"我笑着说道。

"原来你也还有用得着我的一天！"严经理冷笑道。

"要向经理通融一下，先借五百块钱，救救急。"我欠身笑道。

"借钱？哪有那么容易？"

"缴不出房租，房东要撵人了呢。"我央求道。

严经理朝我点着头叹息道：

"真是块贱料子，我那里让你白住，你不安分。偏偏自甘下流——听说你在公园里混得很不错，还缺什么钱？"

我低下了头去，半晌说道：

"经理先借我五百块，我设法还就是了。如果经理这里有事，我愿来做，扣薪水好了。"

"听你的口气，想改邪归正了？"严经理终于心软了，"再给你一个机会吧，我们这里有个小弟请三天病假，正要找人代班，明天两点钟，你来报到。"

说着他从皮夹里抽出三张一百元的钞票来，说道：

"成不成器，就要看你自己的造化了！先给你三百，你来上班，再补给你。"

我接过严经理的钱，千谢万谢，然后跑出了银马车，在路边水果摊买了一斤荔枝，又在五香斋门口一个卖萝卜丝饼的摊子上，买了四枚刚烤好的萝卜丝饼，两甜两咸。这一家的萝卜丝饼做得特别好，壳子又软又酥，馅儿肯放猪油，特别香。从前在育德上夜校，放学回家，在西门町转公共汽车，要是袋里还有钱剩，我就跑到这家摊子买四枚萝卜丝饼回去，跟弟娃两人分着吃消夜。冬天夜里，我便把报纸包好的萝卜丝饼塞到胸前夹克里去，拉上拉链，回到家里，饼子还是暖暖的。有时候弟娃睡着了，我便把他拉起来，两人坐在床上，摊开报纸，吃得一床的芝麻。

小弟已经横卧在床上，脱得精光，衬衫内裤丢得一地，睡得很熟了。我走近床边，赫然发觉，垫在他下半身的那片草席上，黑阴阴湿了一大块。我赶忙放下手中的荔枝及那包萝卜丝饼，过去将他推醒。

"起来、起来。"我双手执住他的膀子，将他揪了起来，他睡眼惺忪

240

地瞪着我,左腮上睡得红红的一格格席子印。

"你看,你闯祸了!"我指着席子那块尿渍对他说,我揭开席子,下面垫褥也浸湿了,黄黄的一摊。我看小弟兀自傻愣愣地站在那里,东张西望,禁不住有点恼火,走过去顺手一巴掌,啪的一下便打在他屁股上。

"这么大个人还溺床!"

我出手重了些,小弟被我打得啊的一声,往前打了一个踉跄,他惊惶地望着我,一只手摸着屁股,蹭到房间一角去。我把草席跟垫褥都抽了起来,搂到洗澡房去,褥子没法洗,只好暂时挂在架子上,等到有太阳再拿出去晒。草席我便用抹布洒上肥皂粉猛力揩拭,换了几次水,才把那块尿渍洗干净,拿到厨房后面天台的晾衣架上,挂起来晾干。转回房中,小弟却蹲缩在房间角落里,双手搂住膝盖,蜷成一团。他看见我走进来,嘴巴闭得紧紧的,眼睛睁得浑圆。我拾起那包萝卜丝饼,坐在他对面,将报纸打开,摊在地板上。

"你看,小弟,我买了萝卜丝饼回来给你吃。"我挑了一枚甜的递给他,他怔怔地睬着我,也不伸手来拿。

"这是甜的,好吃得很呢。"我笑着把饼子送到他面前,他却倏地歪过了头去。

"不吃算了,我来吃!"我几口便把那枚甜饼吃掉。

"好香!"我咂着嘴,瞄了他一眼,他的眼睛随着我的嘴巴一上一下地动着。

"要不要?"我又拿了一枚咸的送到他嘴边,突然他手一拨,便将那枚饼子打落到地上,滚得一地的芝麻。

"你想死呀!"我用手猛敲了一下他那剃得青亮的光头顶,爬起身,把滚到床脚的那枚萝卜丝饼捡回来,吹了两下。小弟双手抱住他那个光头,嘴巴一撇一撇,开始呜呜地哭泣起来,眼泪一颗一颗滚落到他那瘦伶伶青白的胸胁上。我立在这个光着头赤着身、泪珠滚滚的孩子面前,突然感到有点手足无措起来。我蹲下身去,拍拍他的肩膀,笑道:

"跟你开玩笑的,小家伙,又没有真的打你。"

他不理会,仍旧死命护住头,肩膀一耸一耸地抽泣着。

"得了、得了,以后不碰你就是了。"我把他的头乱抚摸了一阵。

去年弟娃十五岁生日的前一天晚上,我揍了他一顿,把他的鼻子打出了血来。弟娃对我,一向顺从,那晚不知怎的,他却发起牛脾气来。那晚轮到他去洗碗,他躲在房中,坐在床上,看我租来的连环图《黄天霸》看得入了迷。我叫他好几声,他也不理睬。我伸手去夺他手上的书,他一把推开叫道:"去你的!"我一阵暴怒,一拳抢过去,捶到他面门上,将他打翻到床上。我从来没有对他那样粗暴过,那一下失手,把他的鼻血打了出来。弟娃不哭,也不作声,只拿了一叠厚厚的卫生纸,仰起头,一张张在揩拭鼻孔里流出来的鲜血。我吓了一跳,完全慌了手脚。到了晚上,我们躺下了,在黑暗里我还不时听到弟娃用卫生纸擤鼻子的声音。那一夜我都没有睡好,心中异常懊恼。第二天,我把那管功学社买来的蝴蝶牌口琴送给弟娃时,弟娃竟乐得开口笑了。捧着那管口琴,吹来吹去一刻也舍不得放下,他的鼻翼上还沾着一小块没有洗干净的血斑。

我哄了小弟好一会儿,他终于停止了哭泣。我去拿了一块湿面巾来替他揩了面,又递了一枚甜萝卜丝饼给他。这回他接了过去,吃得兴高采烈起来,一下子,两枚饼子都吃得精光,嘴角上还沾了几粒芝麻。

"萝卜丝饼好吃么,小弟?"

我们一块躺在硬床板上时,我问他道。

"唔。"他应道。

"你喜欢吃甜的,还是咸的?"

"甜的——"他想了一会儿。

"那么下次我光买甜的给你吃,好不好。"

"噽。"

"你不许再溺床,溺床没得吃。"

"呵呵。"他笑了起来。

"今天游水好玩么?"

"好嘛。"

"过两天,我们再去水源地。"

"嗷。"

"你知道,台风来了就不能游了,"我说,晚上收音机广播,菲律宾那边有强烈台风爱美丽,正向台湾吹来,如果风向不变,一两天内,会掠过台湾北部。

"台风——大风,呼、呼、呼,懂不懂?"

"呼——呼——"小弟学我道,我笑了起来。

"小弟,我们睡觉吧。"我说。

"嗷。"他应道。

我侧过身,伸过手去,搂住了他那瘦骨棱棱的肩膀。

二十八

早上,天气果然变了。晴一阵,雨一阵,气压转低,皮肤上的汗冒也冒不出来,台风爱美丽大概真的快要来了。我先起床,小弟侧着身还在熟睡,他那瘦白的背脊上,睡起一条条横横斜斜的红印,是硬床板梗出来的。我走进洗澡间,阿巴桑正蹲在水池边,在搓洗衣服,她一看见我,便指向澡房中垂挂着的草席褥子嚷道:

"你挂得这一间洗澡房,走都走不进来!"

"我马上收去,"我赔笑道,"昨晚那个小家伙溺了床——他没有给你麻烦吧,阿巴桑?"

"还讲呢!"阿巴桑哼道,"莫看那个小神经,人瘦,吃起饭来,呼噜呼噜像个猪仔,给他一碟菜,一下子扫光,又去抓小强尼碗里的肉饼,我拦也拦不住。昨晚丽月给你那个小痴仔弄得哭笑不得!"

"为什么?"

阿巴桑甩了一甩手上的肥皂泡沫,却咕咕地先笑了起来:

"昨天晚上'中国娃娃'的朱娣、梦娜、还有吴露露,跑来找丽月聊天,几个疯婆子一边啃西瓜、一边咕咕呱呱,她们笑吴露露,笑她去做假奶。正说得热闹，你那个小痴仔一头闯了进去，身子光光，挨着丽月便坐到她身边，几个人吓了一跳。小痴仔伸出双手去摸丽月的脸，又用头去擂她的胸脯，丽月大笑，叫道：'要你娘的命啦!'将他一把推到吴露露怀里。吴露露、朱娣、梦娜，几个人躲的躲，喊的喊，闹得鸡飞狗跳。后来还是丽月拿了一片西瓜，连哄带拉，才把那个小神经撺了出来。"

"想不到小家伙还会闹众香国哩!"我笑道。

"我看你啊，快点把他弄走吧，"阿巴桑说着又叹了一口气，"不知他爹娘造了什么孽!"

"我正在想办法，找他的家，找到了马上把他带走，"我安抚阿巴桑道:"阿巴桑，昨晚我带了一挂荔枝回来给你，颗颗这么大!"我用手比了一下。

"唔，"阿巴桑哼了一下，说，"我不信，拿来看看。"

我洗完脸，回到房中，小弟已经爬起来了，兀自坐在床沿上，双眼惺忪，在发愣。他一看见我，却咧开嘴，笑了起来。我过去把我一套旧衣服从床底掣了出来，递给他，要他穿上，一面嘱咐他道：

"小弟，我出去有事，你待在家里不要到外头去，懂不懂?"

"噢。"小弟点点头，应道。

"那么你不许脱衣服，"我扯了一扯小弟身上的衬衫，打了他一下屁股，笑道，"光着屁股到处跑，羞不羞?"

"球、球。"小弟欢呼道，一只红蓝白的彩色大皮球滚进屋子来，滚到小弟脚边，小弟一脚踢去，踢得那只皮球花溜溜地乱转。小强尼穿着开裆裤跑了进来，爬到地上便去捉球，一面不停发出咯咯的笑声。小弟也匍匐到地板上，跟小强尼一同抢起球来。

我拎起昨晚买回来的那挂荔枝拿到厨房里去给阿巴桑，阿巴桑剥了一颗送到嘴里，然后唔了一下。我交给她两百块钱，要她转给丽月。

"这是我欠丽月的房租，剩下的，过两天一定凑给她。"

我又留下二十块钱，请阿巴桑买菜时带两个馒头回来给小弟吃。

走出门外，天上细雨飘斜，一团团的乌云上下移动。抬头望去，我看见楼上我的房间那扇窗户突然冒出一颗青亮的头来，小弟趴在窗沿上，正在探望，我向他招了一招手，他举起双手也乱挥了两下。

"小家伙——"我叫道。

"呀——呀——"他在楼上应道。

我赶到西门町银马车，下午班正好开始，严经理看见我去报到，颇为赞许，说道：

"看样子，你是上路了？"

"经理栽培，还敢不识抬举么？"我笑道。

"几时这么知好歹了？"严经理撇了一下嘴，"快去换制服吧。"

我换上侍应生白褂子黑长裤制服，又开始冰咖啡、柠檬水、红豆汤、甘蔗汁，团团转托起盘来。进来避雨避暑的客人，都在谈爱美丽，台风风速又加强了，暴风半径扩张到五百里，大约明天下午登陆台湾北部。晚上西门町那一带的店铺打烊以后，都纷纷在玻璃橱窗外面加上了防风木板。银马车做到十点关门，严经理把小账分摊给我们，每人分得三十五块。他将我叫到经理室去，从口袋里掏出了两张一百元的钞票给我。

"这是你昨天问我借的，凑足五百块钱，给你拿去交房租——这次不是来骗我了？"

我接过钞票赶忙起誓道：

"这次确实是真的了，昨天已经交给房东两百块，还欠一百。"

严经理打量了我一下，沉吟道：

"你代完三天工，有什么打算呢？又回去干那一行么？"

我突然感到脸上一热，低下头去含糊说道：

"我试试看，去找份工作——要是经理这里用得着人，我愿意回来。"

"现在没有缺，下个月有一个小弟要走，我再通知你，"严经理认真地说道，"快回去吧，台风要来了。"

我临离开银马车,到厨房里去将搁在碗柜里的一只牛皮纸袋取了出来,袋子里有两块栗子蛋糕,是下午一桌赶电影的客人,来不及吃完,留下的。我装在袋子里藏在碗柜,预备晚上带回去,跟小弟一同消夜。坐在回家的公共汽车上,我心中开始盘算:丽月那里,不知道还能让小弟住多久?拖不下去了,把那个小家伙放到哪里去?我想代完三天班,向严经理开口,我愿意搬回他那间金华街的公寓跟他一块儿住——我还有一把他公寓的钥匙没有还给他——我可以告诉他,小弟是我的弟弟,请他暂时收容。如果我在银马车正式当侍应生,规规矩矩托盘子,也许他会答应。严经理对我很好,一直要我"改邪归正"。如果万一他不答应,我还想到一个人——母亲的养母,我的外婆吴好妹。母亲的养父过世后,母亲跟外婆又开始来往了。母亲曾带我跟弟娃到桃园县龙潭去探望过外婆。外婆吴好妹是一个肥大健壮的女人,一双放大脚,行走起来,啪哒啪哒比她饲养的那些鸭子还要快捷。外婆是个热心人,很疼爱我们,第二天一早便挽着一只大篮子,领着我跟弟娃到鸭棚去捡鸭蛋去,几百只鸭子早放到池塘里去了。鸭棚内,鸭屎鸭毛堆中,露着一只只青色的鸭蛋来。我跟弟娃兴奋得乱叫,也顾不得鸭屎臭,满地去挖掘鸭蛋。弟娃走路都走不稳,在鸭棚里摇摇摆摆,抓得一手的鸭屎。母亲也赶了来,外婆对她笑道:

　　"阿丽,把他们留在这里算了,替我捡鸭蛋。"

　　去年外婆到台北来看我们,带了两只蕃鸭仔来,一只黑的给我,一只白的给弟娃。提到母亲,她又骂了几句,掉下几滴眼泪来,临走时,对我说:

　　"放了假,带着弟娃,到乡下来吧。"

　　那两只蕃鸭仔,一个秋天,却长大了,一黑一白,闪亮的羽毛,鲜红的肉冠子,见了人便会摇着屁股哈哈地虚张声势。我们叫它们阿黑阿白。饲喂那两只蕃鸭,便变成了我跟弟娃两人每天的大事。我们常到舒兰街那条小河边去挖蚯蚓,河边泥土肥沃,蚯蚓根根有小指那么粗。我们挖满了一只洋铁罐回来,喂得两只蕃鸭肉叽叽的,肥得屁股都快垂到了地上。到了过年,父亲把两只鸭子捉来,一刀一个,两只的头都剁掉了。父亲嫌那两只蕃鸭屙得天井里到处的鸭粪,奇臭难闻,招来许多苍蝇,而且去年过年,父亲又没有钱多加年菜。两只鸭子,阿黑拿来炖汤,阿白香酥。父亲把香酥鸭腿子,一只夹给我,一只给弟娃,自己却啃着鸭颈子下酒。我倒吃得很开胃,弟娃却白着脸,鸭腿子碰都没有碰。父亲问他,他推说肚子不舒服。我知道,他心疼他的阿白,吃不下去。饭后我悄悄对他说:

"傻子,有什么好难过的。暑假我们去桃园,再向阿婆要两只蕃鸭仔来养就是了,替你去选只白的,好不好?"

我跟弟娃始终没有去成桃园。我想如果我带小弟去外婆家,住几天大概是不成问题的。我可以帮着大舅赶鸭子,小弟呢,跟着外婆吴好妹去捡鸭蛋,大概总还行的吧。

"丽月姐,怎么样?房租交清了,这下你不赶我们走了吧?"

回到锦州街,第一件事便是拿一百元给丽月,把尾数缴清。我知道丽月的脾气,她对我和小玉虽然大方,房租却是不许久欠的。丽月正在房里跟阿巴桑两人商讨什么事情,她接过我的钞票,却对我说道:

"你坐下来,阿青。"

"丽月姐,我也上班了,"我坐下来笑道,"在银马车,我这个班一个月还不及你一夜晚的出差费呢。"

"阿青,"丽月抽了一口烟,缓缓说道,"今天下午,你那个疯仔出了事。"

"出了什么事?"我急问道。

"他把我们小强尼弄伤啦!"阿巴桑抢着说道。

"是这样子的。"丽月解释道,"下午他跟小强尼两人抢球,他推了小强尼一把,小强尼一跤磕到桌子角上,把一颗门牙磕掉了——"

"可怜啊,一嘴的血!"阿巴桑指着嘴巴比划道。

"该死!等我去揍他!"我叫道。

"我早就打了他一顿屁股了,"阿巴桑愤愤然,"那个痴仔,还笑呢!"

我站起来,要往自己房间走,丽月却叫住我道:

"你不必去了,我已经把他送走了。"

我一下愣住,瞪着丽月没有出声。

"送走了? 送到哪里去了?"半晌,我责问道,我的声音有点颤抖起来。

"警察来了——"阿巴桑插嘴道。

"警察局派了一部车子来,把他带走了,"丽月说道,她又加了一句,"走了算了,也给你省麻烦——"

"你们凭什么叫警察?"我突然大声喝道,我感到一阵急怒,"你们把我的小弟弄到哪里去了?"

"你也疯啦!"丽月叫了起来。

"我去找他,"我把手上那袋栗子蛋糕往桌上一掷,气冲冲地叫道,"找不到,我要你们负责——"

我在中山北路上一直奔走下去,迎面疾风,还夹着阵阵乱雨点。台风的风头已经到了。路上没有行人,两旁的荧光灯,紫濛濛的,在风雨中发着雾光。我一口气跑到南京东路口的三分局,跟分局门口的值班警察说明来意,他带领我进去,去见里面办公室的一位警官。那位警官四十上下,焦黄干瘦,人却和气。他办公桌上放着一架手提收音机,正在细细地播着京戏。警官知道我来寻人,便拿出一份表格来,要我填写,问我道:

"你找的是你什么人?"

我迟疑了半晌,答道:

"是我的弟弟。"

"什么名字?"

"小弟——"我只好答道。

"我是问他的本名。"

"先生,"我解说道,"我这个弟弟有点毛病——我是说,他的脑筋不太好,像个两三岁的小孩子——"

"嘻,"警官摇手止住我叹道,"我懂了,你是说你弟弟是个白痴?这又是件无头案了。上个月,在圆环附近,我们还抓走一个神经病的女人,她在圆环大街上,赤身露体,蹦蹦跳跳。我们问她姓什么,她自己也说不上来——到现在还关在台北精神疗养院,没有人去认领呢。"

"先生,我那个弟弟,送来三分局了么?"我探问道。

"我们这里没有记录,就是送了,我们也不会收留。这种案件,普通会送总局特别处理,分发到几个精神病院去。台北的病院满了,有时还会送到新竹、桃园去呢——"

警官说着,却突然停下来,全神贯注地聆听起来,他桌上收音机正在报告台风消息:强烈台风爱美丽今晨零时已推进至北纬二四度,东经一二四度以每小时十公里的风速向台湾北端进袭——

"老弟,"警官严肃地对我说道,"爱美丽快登陆了。"

他看见我还站着发怔,不肯离去,便安慰我道:

"这样吧,你先回去。明天我们这里有消息再通知你。你最好到总局去查查,要是已经送进病院倒好了,你放心,那里反正有医生护士照料,出不了事的。"

从三分局出来,我在街上茫然徘徊起来,一直步上了中山桥去。风把我的衬衫吹得鼓胀,可是背上的汗水不停地一条条直往下流。天上黑沉沉,桥下的台北市,却淹没在凄迷昏黄的灯海里。伫立在桥上,我又开始感到那一片无边无际的寂寞起来。

二十九

先生,你们这里有没有送来一个光头赤足的男孩?先生,你们这里有一个神经不正常的少年么?十四五岁,打着赤足的?先生,是昨天送来的,他没有姓、没有名字,他叫小弟——

第二天一早,我便出去,满台北到处去寻找那个白痴仔了。我先到三分局、四分局,最后到总局,都没有问出下落,最后只好赶到台北精神疗养院去。疗养院里守门的护士不让我进入病房,只许我在铁栏杆外观望。他告诉我，青少年的病人一共只有两个，可是都是三个多月以前进院的。有一个走了出来，是个戴着玳瑁边眼镜，一脸长满了青春痘十六七岁的胖少年，他穿了一件绿布睡袍，伸出一双猪蹄似的肥膀子，像患了夜游症一般，往前摸索行走着。

"不是这个吧？"男护士指了一指胖少年，悄声问道。

"不是——先生——"我说道，"他是个白白瘦瘦的孩子，剃着个青亮的和尚头的。"

中午，台北市已经罩入了暴风半径，风势一阵比一阵猛烈起来。仁爱路两旁高大的椰子树给风刮得枝叶披离，长条长条的大树叶，吹折了，坠落在马路上，萧萧瑟瑟地滚动着。杭州南路一根电线杆倒成了四十五度角，一束束的电线，松垮了下来，垂到地上，交通警察正在吹着哨子指挥车辆绕道而行。马路上的行人，都给吹得摇摇晃晃。一个女人的一把塑胶花雨伞，嗖地一下给刮到了半空中，像脱了线的风筝，载浮载沉地飘摇起来。一阵暴雨，重庆南路马上淹没了，黄浊浊的小川，在路上急湍地蛇行着。衡阳街成都路两旁骑楼上竖立的商店招牌，给风笞挞得惊惶失措，一齐在哐啷抖响。"大三元"吹落了，洋铁皮的招牌框在柏油路上翻滚，发出尖锐的声音。我坐公共汽车赶回西门町，银马车停业一天没有开门。我感到饥饿起来，可是西门町一带的小吃店，大都关了门。我顶着风走到武昌街，希望能够在那里找到几家摊贩。有几个卖水果的正在收拾摊子，推着推车，提早回家。一阵狂风迎面卷来，几个摊贩同时都弯下身子，拼命顶住满载着香瓜、芭乐的推车。遥遥落在最后面的一个摊贩，是一个身材娇小的年轻女人，一头的长发给风吹得乱飞，她穿着一条土红的布裙，裙子也吹了起来，露出她那双青白的小腿。她那架推车上，堆满了鲜红的西洋柿。女人整个人都往前倾斜，肩膀抵住推车，然而她那细弱的身躯，竟敌不过猛劲的风势，呼呼两下，给逼得一连往后踉跄，她脚下一松，一下坐跌到地上去。推车前后一颠簸，哗啦啦便震落了十几枚西洋柿，鲜红的滚得一地。我赶忙跑过去，抓住推车手柄，将车子稳住。女人从地上挣了起来。她看见一地的西洋柿，有几枚还浸在污

水里,痛惜叹道:

"嗳。"

她捞起裙子,弯下身,去将地上那些红柿子,一只只拾了起来,兜在裙子里。她把几枚没有跌伤的,用裙角揩了一揩,仍旧放回推车上,剩下五六枚,跌得裂开了,果汁淋淋漓漓流了出来。女人挑了一枚特别大的,递给我道:

"我们吃掉吧——这些卖不出去了的。"

我也不客气,道了一声谢,便接过柿子,大口啃了起来。柿子熟透了,沁甜如蜜。女人自己也挑了一枚,跟我两人立在风中,一同吃着跌破的柿子。她大约二十七八岁,深坑的大眼睛,尖尖的下巴,大概刚使过劲,青白的脸上,泛着红晕。大约她看我吃得兴高采烈,她那双深坑的大眼睛,纵容地注视着我,笑道:

"很甜呢,是吗?"

说着她又递了一枚跌伤了的柿子给我。我有许多年没有吃过这种透熟沁甜的西洋软柿了。我记得那年母亲离家出走的前两天,她对我突然变得异样的温柔起来,那天她买了几枚西洋柿回家,竟意外地把我叫到天井中,坐在矮凳上,跟她一块儿剥柿子吃。那几枚西洋柿已经烂熟,手一撕,皮便扯掉。母亲剥好一枚柿子,自己先咬了一口,惊喜地叫道:

"真甜呵!"

顺手便把剩下的半枚递给我,我咬了两口,果然甜丝丝的,却又带着些许柿子特有的涩味。

"好吃么?"母亲微笑道,她摘下手帕来,替我拭去口角上的柿子汁。大概因为母亲从来没有对我那样亲昵过,她那次突发的爱抚,使我感到受宠若惊,而且惶惑不解,竟至于有点尴尬起来。

"黑仔,你知道么? 你阿母小时卖过柿子的呢!"母亲若有所思地追忆道,母亲很少提起她在桃园乡下养父母家的生涯,偶尔提起,也是一片愤恨,"我们乡下园里,有十几棵柿子树,就在池塘边。柿子熟了,吃不完,你阿婆便叫我拿去镇上去卖,卖不掉的,我就统统自己吃掉——"母亲说着咯咯地笑了，"——吃多了，肚子发疼！"

母亲笑得前俯后仰，她那一头长长的黑发一匹黑缎似的波动起来。我看见母亲笑得那般开心，乐得像个小女孩一般，也跟着她笑了起来，那是唯一的一次，我们母子俩在一块儿笑得那般忘情。两天后，母亲便失踪了。

"我要买两斤柿子。"我对那个摊贩女人说道。

"十五块一斤——"她打量着我说，随着挑了四枚最大最鲜红的，用秤称了一下，递给我看，风把秤锤吹得飘荡起来。

"两斤二两，就算你两斤吧。"她好意地说道。

"谢谢你。"

我道了谢，把三十块钱钞票塞了给她。

她将钱收到裙子口袋里，推起她的车子，顶着风，吃力地行走下去，她的头发，在风中，飘得老高。偶一回头，她望着我，却又笑了，我捏着那袋柿子，乘上了公共汽车，往南机场去。我要把那袋又红又大的西洋柿，拿去送给母亲。

到达南机场克难路母亲居住的那间碉堡似的阴暗潮湿的水泥楼房里，来开门的，又是上次那个额上生满了白癜的老太婆，她见了我，没等我开口便说道：

"你是阿丽的大儿子阿青，是么？"

"我给阿母送点东西来，阿巴桑。"我应道。

老太婆让了我进去，走到里面那间昏幽的厅堂，她止住我道：

"你稍等。"

说着她径自蹭到里面，搬出一只竹篾编的箱笼来，嘭地一下丢落地上，掀开了盖子，喘吁吁地指着笼子里说道：

"阿丽留下的东西，都在这里了。"

竹篾笼里，塞满了破烂的衣物，母亲上次身上裹着的那件透着药味的黑绒线衫也覆盖在里面。老太婆弯下身去，伸手到笼子里翻掀了一阵，把母亲两件斑斑点点泛了黄的亵衣也扯了出来，笼里发出一阵刺鼻的怪味。

"没有什么值钱的东西,你要呢,就拿几件去。"老太婆仰起面对我说道。

"是几时的事——"我悄声问道。

"你上次什么时候来的?"老太婆偏过头去,眯起眼睛想了一下问道,她脑后吊着的那一小团稀疏的发髻,好像随时都会剥落似的。

"是中元节,七月十五。"

"对啦,就是第二天,半夜三更断的气。"

我双手紧捏住那袋柿子,看着老太婆蹲在地上,把笼子里的破烂左翻右翻,半天她立起身来,拍了一拍手,唠叨起来:

"阿丽病了那么久,在床上都睡了三个多月,用了多少钱,你知道么?我们并不是有钱的人家啦,很艰苦呢。这次事情,火葬费就是三千块——是阿丽自己要烧的,我们是遂她的愿。老实说,我儿子也算对得起她了——"老太婆又咂嘴又叹气,向我数说,她看见我没有搭腔,一直瞅着竹篾箱笼里那一堆破烂,她便冷笑了一声,说道:

"她那只金戒指么?值几个钱?早赔进去了。你今天来得正好。你阿母留下了话:无论如何,要你把她的骨灰送回你们家去,葬在她小儿子的旁边——"

"她的骨灰放在哪里?"我打断了她的话。

"大龙峒大悲寺,我们已经跟庙里的老师傅讲好了,你自己去取吧。"

大悲寺是一个破旧荒凉的庙宇。四周围着七零八落的违章建筑。有些贫苦老人无处安身,便挤到寺里去栖住去了。我进到寺内,看到里边三五成群,衣着褴褛的老人,拱缩在一堆。有的在条凳上呆坐,有的交头接耳在私语。一个小沙弥引我去见寺里住持,他是一个七十左右的老和尚,一脸皱得眉眼不清,矮小的身躯,干枯得只剩下一袭骨架,身上那件黑袈裟,拖拖曳曳,差不多垂到了地上。我向他说明来意,老和尚的听觉失灵,我讲话,他便用手兜住耳朵,他那张瘪得深坑下去的秃嘴巴,一径开翕着,喃喃不停。我在他耳朵边喊了几次母亲的名字,他才若有所悟似的,点了点头。

"黄——丽——霞——她是半个多月以前进来的吧?"老和尚的

声音颤抖而沙哑。

“是的，老师傅。”

“他们说，她在等她的儿子，等他来领她回家——”

“我就是她的儿子，黄丽霞的儿子。”我弯下身去，在他耳边大声说道。

“咳。”老和尚叹了一口气，喃喃自语地念了几句，然后朝我挥了一下手，说道：

“跟我来吧，小弟。”

老和尚颤巍巍地走了出去，一阵劲风把他那袭袈裟吹得抖瑟瑟地飘起，他那枯瘦的身躯连晃了几下。我跟在他身后，向寺庙右侧的极乐殿走去，殿里是置放灵骨的所在，里面暝暗，靠正面墙有一个三叠层的木架，密密地排着三排一只只酱黑色圆肚子的骨灰坛，木架上端点着一盏黯淡的长明灯。骨灰坛上都贴了标签，有的年代久了，没人收葬，坛上积了一层灰，标签变得焦黄，上面的姓氏字迹都模糊了。

“黄丽霞在这里。”

老和尚走过去，弯下身，颤抖抖地伸出手来，按到第二排左边第四只坛子上。我赶忙蹭过去。那是一只新坛子，在幽暝中，还微微地反着光。标签是白的，上面写着“桃园黄丽霞”几个字。骨灰坛约一尺高，是黑陶坯，表面粗糙，挤在其他几个骨灰坛的中间。

“你来把你母亲带走吧。”

老和尚回头向我说道，我将手上那袋柿子挟到腋下，佝下身去，双手将母亲那只骨灰坛捧了起来。

“老师傅，我要到殿上去上一炷香。”我对老和尚说道。老和尚点了点头，他那张坑下去的瘪嘴开翕了两下，然后蹒跚地引领着我，踱过走廊，往正殿上走去。到了大悲殿门口，他却止住了脚，对我说道：

“小弟，把你的母亲放在殿外头，里面有佛祖菩萨，她是不能进去的。”

我把母亲的骨灰坛放置在大悲殿门槛外面地上，步入殿内，殿门上端悬着一块乌木横匾，“苦海慈航”四个大字金漆已经剥落，木匾齐中间开了一道裂痕。殿内神龛暗沉沉的,布满了灰尘,殿中央那尊巨大的佛祖塑像,大概因为香火不盛,年久失修,金面熏得焦黄,莲座也缺裂了。供台上供着香烛果品,风从殿外卷进来,吹得香烟乱绕。我把那几枚鲜红的西洋柿搁到台上的供碟里,向老和尚要了一炷香,因为风大,划了三根火柴才点燃,一阵浓郁的香烟扑到脸上来,熏得我的眼睛酸辣辣的。我双手握住那炷香,插到台上一只蓝瓷香盆里,退回到殿中央,在那尊巨大的佛像面前,跪拜了下去。我自己从来没有进过寺庙,烧香拜佛。可是记得小时候,每年观音诞,母亲便买了香烛到板桥那间香火鼎盛的观音妈庙去进香。有一次她带了我和弟娃一块儿去,要我们跟她一同跪拜观音菩萨,她那娇小的身躯匍匐在观音大士的脚下,一头的长发几乎吊到了地上。母亲双手合十,嘴里喃喃念念,在祈求倾诉,她那双深坑的大眼睛,闪烁得厉害,在发着异常痛苦的光芒。那天中元节,我去探访她,她紧握住我的手,要我到寺里替她上一炷香,乞求佛祖超生,赦她一生的罪孽。那时她那双变成了两个黑洞的眼里,也那样充满了惧畏和惊惶。母亲大概一生都在害怕着什么,所以她那双眼睛才会那样一径闪烁不定,如同一只受惊的小鹿,四处乱窜。一辈子,她都在惊惧,在窜逃,在流浪。她跟着她那些男人,一个又一个,漂泊了半生,始终没有找到归宿,最后堕落瘫痪在她那张塞满棉被发着汗臭药味的破床上,染上了一身的恶毒——她临终时,必是万分孤绝凄惶的。然而她那具残破的躯骸已经焚烧成灰,封装在殿外那只粗陶的坛里,难道坛里的那些灰烬仍带着她生前的罪孽么?我朝着佛祖一头磕了下去,额头抵住佛殿冰凉的磨石地上。

“小弟,快送你母亲回去吧,大风要来了——”

祈求完毕,老和尚颤着声音向我招手道,他企立在殿外的石阶上,身上那袭黑袈裟,给风吹得急切地抖动着。

三十

在龙江街二十八巷我们家的那个巷口,我便叫计程车停了下来。

巷子里了无人迹,各家门窗紧闭,只有墙头缺口一根根光秃秃的晾衣竹篙兀自撑出墙外来,那些破烂得丝丝缕缕的尿布三角裤大概老早收走了。左边秦参谋家的大门仍旧缺着一扇,剩下的另一扇,在风中咿咿呀呀来回乱晃。巷中的垃圾堆,还在那里,黄黄黑黑地高耸着。阴沟里涨了雨水,混浊浊的秽物冲到了路面,一片泞泥。风刮进巷子,发出呜呜的呼声,使得我们这条破败的死巷,显得愈更荒凉,而且急乱。我把母亲的骨灰坛,紧紧搂在胸前,我的手心在发汗,那只圆肚子的坛子有点滑溜,不容易捧牢。风大逼人,脚下不甚稳靠,一步一步,兢兢业业,我将母亲的骨灰坛,护送到家。

我们家屋檐角上那块黑油布,仍然覆盖在那里,上面压着许多块红砖,砖头都发了黑霉。前年黛西台风过境,把我们的屋顶,掀走了一角。第二天,父亲领着我跟弟娃,我们父子三人合力把这片漏洞用油布遮了起来。我爬上屋顶,父亲站在梯子上,弟娃在下面传递砖头。可是爱美丽要比黛西强烈得多,这一角漏洞,不知能不能抵挡得住今晚的暴风雨。我从大门缝中,看到里面家中的门窗都关闭着,没有开灯,尚未到六点,父亲下班大概还没有赶回来。我捧着母亲的骨灰坛,站在我们家的大门口,刹那间,我几乎忘却了我曾经离家已经四个月了,而且还是让父亲逐出家门的。我将母亲的骨灰坛搁在地下,纵身越墙翻爬到屋内,打开大门,将母亲的遗骸,迎接到家里。我们那间阴湿低矮的客厅,在昏暗中,我也闻得到那一股常年日久墙上地上发出来呛鼻的霉味,那股特有的霉味是如此的熟悉,一入鼻,我顿时感到,真的又回到了家。我捻开厅中那盏昏黄的吊灯,将母亲的骨灰坛,放置在我们那张油黑的饭桌上。客厅里一切依旧,连父亲那张磨得发亮的竹靠椅位置也没有移一下,端端正正地坐落在厅中的吊灯下,椅旁的一张小几上,搁着父亲那副老花眼镜。夏天的晚上,屋内热气未消,我们都到门口去乘凉,父亲一个人留在屋内,打着赤膊,就坐在那张竹靠椅上,戴着老花眼镜,在那盏昏暗的吊灯下,聚精会神地阅读他那本翻得起毛、上海广益书局出版的《三国演义》。只有蚊子叮他一下,他才啪的一巴掌打到大腿上,猛抬起头来,满脸悲然不平。陡然间,我又忆起父亲那张极端悲怆的面容来——母亲出走的那天夜里,父亲喝醉后,一脸泪水纵横,苍纹满布,他的眼睛暴满了血丝,咿咿唔唔对我们训了一夜的醉话——我一辈子也不能忘怀他那张悲怆得近乎恐怖的面容。突然我觉得我再也无法面对父亲那张悲痛的脸。我相信,父亲看见我护送母亲的遗骸回家,他或许会接纳我们的。父亲虽然痛恨母亲堕落不贞,但他对母亲其实并未能忘情。他房中挂在墙上那张跟母亲合照唯一的一张相片,一度取了下来,许多年后,又悄悄地挂回了原处。如果母亲生前,悔过归来,我相信父亲也许会让她回家的。而我曾经是父亲惨淡的晚年中,最后的一丝希望:他一直希望我有一天,变成一个优秀的军官,替他争一口气,洗雪掉他被俘革职的屈辱。我被学校那样不名誉地开除,却打破了他一生对我的梦想。当时他的愤怒悲愤,可想而知。有时我也不禁臆测,父亲心中是否对我还有一丝希冀,盼望我痛改前非,回家重新做人。到底父亲一度那般器重过我,他对我的父子之情,总还不至于全然决裂的。然而我感到我绝对无法再面对父亲那张悲痛得令人心折的面容。顷刻间,我了悟到,为什么母亲生前,在外到处漂泊堕落,一直不敢归来——她多次陷入绝境一定也曾起过归家的念头——大概也害怕面对父亲那张悲痛灰败的脸吧。一直到她死亡后,才敢回家。母亲死了,竟还害怕,怕流落在外面,变成孤魂野鬼。她那躯满载着罪孽的肉体烧成了灰烬还要叫我护送回家,回到她最后的归宿,可见母亲对我们这个破败得七零八落的家,也还是十分依恋的。

　　我从裤袋里摸出了一张纸来,那是一张京华饭店的信笺,信笺背面写着"七七九七四一",那是上次京华饭店那个客人留给我的电话号码。我在信笺正面,给父亲写下了两行字,压在饭桌上,母亲的骨灰坛旁:

　　父亲大人:
　　　母亲已于中元节次日去世。这是母亲的骨灰坛。

母亲临终留言，嘱儿务必将她遗体护送回家，并下葬弟娃墓旁。

青儿留

我必须在父亲回来以前离开，以免与他碰面。临走前，我到我与弟娃从前那个房间去打了一转。弟娃的铺盖拿走了，只剩下空空的一架竹床。我的床上，草席枕头都在那里。枕头上还叠着我一套制服，衣物鞋袜，文具书籍，统统未曾移动过，但是整个房间都敷上了一层厚厚的灰沙，几个月没有人打扫过了。我什么也没有拿，把房门仍旧掩上，走出了家门。巷里的风，迎面横扫过来，夹着疾雨，打在脸上，阵阵麻痛。我逆着风，往巷外疾走，愈走愈快，终于像上次一样，奔跑起来，跑到巷口，回首望去，我突然感到鼻腔一酸，泪水终于大量地涌了出来。这一次，我才真正尝到了离家的凄凉。

三十一

晚上十时许，爱美丽终于登陆了，整个台北市都叫啸了起来，新公园里那一棵棵矗立的大王椰，给台风刮得像一群从疯人院潜逃出来的狂人，披头散发，张牙舞爪地乱晃。豪雨来了，乘着风，乱箭一般，急一阵，缓一阵，四处迸射。我在风雨交加中，钻进了公园内莲花池中央那间亭阁里，在倚窗的板凳上坐了下来，我踢掉了鞋子，鞋肚子里，灌满了泥水，走起来，叽喳叽喳；从头到脚，早已淋得透湿，风吹来，我感到全身浸凉。四周是那样的喧腾，可是我赤着足，盘坐在板凳上，内心却是异样的沉寂。我不要回到锦州街那间小洞穴里去，踞在那间小洞穴里，在这样一个夜里，会把人闷得窒息。在这样一个狂风暴雨的台风夜，我又奔回到我们的王国里来，至少在这黑暗护罩着的一小撮国土中，绝望后，仍可怀着一线非分的痴心妄想。

在莲花池四角上的亭子里，仿仿佛佛几缕黑影，在移动着。大概也是我们几个同路人，在这个台风夜，跟我一样，投奔到我们这个黑暗的王国里来吧。猛然间，从莲花池的一端，冒出一个高大的人影，在池边的台阶上,冲着风,蹭蹬过去。狂风将他身上那件白色的雨衣,吹得高高扬起。我认得出来,那嶙峋的身躯,那踽踽的步伐——是龙子,是王夔龙。在这样一个暴风雨的黑夜里,难道他在他父亲遗留下南京东路那间古旧的官宅里,竟也无法安身,要冲出那两扇铁闸门,奔回到我们这个老窝里来? 他来找什么呢? 他真的来找他的阿凤,他那个野凤凰不成? 阿凤之死,在公园里,早已变成了一则传说,这个传说,随着岁月愈来愈神秘,愈来愈多姿多彩了。三水街的几个小幺儿最喜欢说鬼话,他们说,常常在雨夜,公园莲花池边,就会出现一个黑衣人,那个人按着胸口,在哭泣,他们说,那个人,就是阿凤,他的胸口,给戳了一刀,这么多年,一直在淌血。他们指着台阶上的几团黑斑,说道:那就是阿凤当年留下来的血迹,这么多年的雨水,也冲洗不掉。那天晚上王夔龙带我到他南京东路那间官宅里时,我们赤裸着身子躺在床上,肩靠着肩,他将他那双瘦得像钉耙似的手臂伸到空中,对我倾诉:他给他那个大官父亲放逐外国的那几年,蛰居在纽约曼赫顿七十二街上一栋公寓的阁楼上,一到深夜,他便爬出来,在曼赫顿那些大街小巷,像游魂一般,开始流浪起来,从一条街荡到另一条,在那迷宫似的棋盘街道上,追逐纽约夜里那一大群浪荡街头的孩子们,他跟随着他们,一齐投身到中央公园那片无边无涯的黑暗中去。他说纽约中央公园要比台北新公园大几十倍,树林要厚几十倍,林子里,那些幢幢的黑影也要多几十倍。可是纽约也会有台风么? 我突然想到,也会有这种狂风暴雨的黑夜么? 王夔龙告诉我,纽约会下雪,大雪夜,中央公园那些树都裹上了一层白雪,好像穿着白衣的巨灵一般,雪夜里,总也还剩下几个孤魂野鬼,在公园里盘桓不去,穿插在雪林间。一个圣诞夜里,他告诉我,他在公园门口遇到一个抖瑟瑟饥寒交迫的孩子,我还记得他说那个孩子是波多黎各人,叫哥乐士,他把那个孩子带了回去,调了一杯热可可给他喝,他说那个波多黎各孩子一双眼睛大得出奇,胸口上印着一个茶杯口大鲜红的伤痕。王夔龙从莲花池角上一间亭子里走出来,他的身旁,多了一个人,那是一个矮小瘦弱,走起路来,一蹦一跳,瘸跛得厉害的身影——我认得出来,那是三水街的小金宝。小金宝是个天生残废,右足的脚趾,长得连成一排,朝内翻,走路只好用脚背。平常他不敢在公园露面,只有深更半夜,或是刮风下雨,公园里的人迹稀少了,他才蹦着跳着,一颠一拐,从树丛里钻出来,左顾右盼,活像一只惊惶不定的小鹿。龙子把他身上那件白雨衣张开,裹覆到小金宝瘦弱的身上,两个人一大一小,合成一团白影,一同消逝在狂风暴雨的黑夜里。

而我一个人仍旧坐在亭阁里的板凳上,卷起一双赤足,在呐喊呼啸的风雨声中,沉寂地等待着,直到夜愈深,雨愈大,直到一个庞大臃肿的身影,水淋淋地闪进亭阁里来,朝着我,迟缓、笨重,但却咄咄逼人地压凌过来。

三十二

台风过后,暑热刮走了,蚊子也刮光了。空气里,湿凉湿凉的,都是水分。天上的月亮好像也洗过了似的,变白了,一团模糊的白影,映在墨黑润湿的夜空中。公园里满地的残枝败叶,那一排大王椰树太招风,吹得枝叶狼狈,有几棵,长叶吹折了,披挂下来,露出了残秃的树顶。绿珊瑚全倒塌了,乱糟糟枝干纠缠在一处。整个公园遭历大劫一般,满目疮痍。

郭老在公园大门博物馆的石级上,背着双手,踱来踱去,他穿了一件玄黑大褂,满头白发如雪。他紧皱着一双白眉,在发愁。原来昨天傍晚,台风刚过,铁牛在公园里,终于闯下了大祸。有一对青年男女,躲在莲花池中的亭阁里,搂搂抱抱。男的是个外岛放假回来的充员士兵,女的是护士小姐。两个人做得过火了些,偏偏却给铁牛撞见了,那个愣小子的疯病又发作起来,破口便骂人家狗男女,侵占咱们的地盘,我们这个老窝,哪里容得外人进来撒野?又指着那个护士说了许多不干净的话,那个充员兵一怒,便和铁牛干上了。铁牛在他小腹上戳了一刀,把人家杀成重伤。刑警赶来,铁牛愈加癫狂,几个刑警乱棍齐下,把他打得头破血流,滚跌在地下。

“要不是我抢过去挡住,那个愣小子早就死在乱棍下了!”

郭老慨然对我说道：

"铁牛一看见我，便滚爬到我的脚下，一把搂住我的腿，哭喊道：'郭公公——快救我——他们要打死我了——'他脸上流满了血，刑警把他拉走，他却拼命死抓住我的衣角不放，呜呜地哭泣得像个小儿似的。"

"这次——"郭老哀叹道，"他们一定会把他送到火烧岛去了——"

我记得离家的那天晚上，头一次闯进公园里来，郭老把我带回去，收容在他家里，他让我观阅他收集的那本"青春鸟集"，一面把公园里的沧桑史原原本本讲给我听。他指着铁牛那张照片叫他枭鸟，他那时就预言道，铁牛日后必定闯下滔天大祸。他说这都是我们血里头带来的，我们的血里头就带着这股野劲儿，就好像这个岛上的台风地震一般。

"你们是一群失去了窝巢的青春鸟。"他满面悲容对我说道，"如同一群越洋过海的海燕，只有拼命往前飞，最后飞到哪里，你们自己也不知道——"

星期六的夜晚，而且台风又过去了，公园里的青春鸟统统飞了回来，如同一群蝙蝠，在洞穴里避过风雨，一只只趁着夜色朦胧，都飞回到自己这个老窝里来，大家聚在一起，互相取暖，唧唧啾啾，彼此传递一些荒诞不经的是非消息。

啪的一声，我一走上莲花池的台阶头上早挨了一下，我们师傅杨教头一看见我，一把扇子便劈头敲了下来，大声喝道：

"我打你这个大胆妄为的小奴才！师傅这块金字招牌也让你砸掉了！日后你还想师傅照顾你，给你介绍客人呢！"

"那晚真的肚子痛，先走了。"我赔笑道。

"肚子痛？"杨教头冷笑道，"你得了绞肠痧么？人家永昌赖老板可是个有头有脸的人物，西装铺都开了两三家。我看你还像个人才把你捧出去，人家还要给你缝衣裳、做裤子呢！抬举你了？哪点配不上你？搭什么臭架子？我看你天生就是个贱胚！只配到这种地方来卖,一斤一块钱!"

"达达,钱钱。"原始人阿雄仔突然从杨教头身后伸过一只巨灵般的大手来。

"为什么又要钱?"杨教头转过头厉声问道。

"糖糖。"阿雄仔咧开嘴痴笑道。

"你刚才那一袋呢?"

"老鼠吃了,还有小玉,还有——"阿雄仔搓着一双大手,笑着说道,还没说完,杨教头手一扬,阿雄仔脸上早挨了一下清脆的耳光。

"败家子!"杨教头恨道,"总有一天达达给你败光为止! 你这个傻鸟,让那群兔崽子这般摆布!"

阿雄仔吃了一记耳光,头一缩,讪讪地拖着笨重的身体,溜掉了。我看见杨教头火气旺,也赶快趁机钻进了人堆中去。

"贼骨头,"我一把叉住老鼠的脖子叫道,"有福共享,糖呢?"

老鼠笑嘻嘻从裤袋掏了一把桂花软糖来,一共六粒。

"就剩了这些了。"老鼠哑着嘴说道。

"你们又去骗那个傻仔的东西吃了,回头师傅要抽你们筋呢!"我剥了一粒桂花软糖,送到嘴里。

"罢呀!"小玉过来却从我手中夺去了两粒糖去,"师傅刚才到处找你,要拿你去阉掉呢。他说:'剁掉他那根棒子,看他还鸟不鸟?'我听说你不肯跟老赖睡觉,有什么不好? 睡一觉一套西装。"

"他一手的冷汗,"我说,不知怎的,我突然想到那个姓赖的那一张戴着方金戒指肥胖的手掌,在我大腿上爬行时,凉凉湿湿,好像几条毛虫在蠕动一般。小玉和老鼠一愣,旋即哈哈大笑起来。

"老赖手出冷汗,阿青屁股打战。"小玉拍手笑道。

我和小玉老鼠三个人开始围着莲花池打转起来,莲花池的台阶洒满了赭黑的落叶与树枝,我们三个人,踏着断枝残叶,加入那一批批在台阶上搜索追寻的夜行队伍。走到第一个转角,角上亭子里,闪出了一张苍白的脸来。吴敏连跑带跳地爬上了台阶,老远便向我们招手唤道:

"等一等——等我一等。"

我们停了下来,等到吴敏气喘喘地跑过来后,我的右手揽住他的肩膀,左手揽住小玉,小玉勾住老鼠,我们四个人,一字排开,浩浩荡荡地迈向前去。我和小玉的皮靴子,后跟都打上了铁钉,我们的脚步声,击在水泥地上,发着橐橐橐的响声,我们踏着前面队伍的影子,像走马灯似的又开始轮回追逐起来。我们经过通往池中亭阁的石梯下,一级级石梯上都坐满了人,是一群三水街的小幺儿,有好几张新面孔,大概是刚出道的雏儿。坐在最高一级穿着一身黑衣裳的便是赵无常,他居高临下,嘴里叼着根香烟,沙哑着嗓子,在给那群小幺儿讲古。他在公园里辈分比我们高得多,可是我们并不甩他,不买他的账,他只好在那些刚出道的小幺儿面前,倚老卖老,述说些他当年在公园里的风光。

"我们那时是公园里的'四大金刚'——"赵无常总爱这样开头,那群小幺儿,一个个抬起头仰着面,无限敬畏地倾听着,"杂种仔桃太郎、小神经涂小福、还有——还有我们那个最放浪最癫狂的野凤凰阿凤。那时我们四个人轰轰烈烈,差点没把整座公园闹得翻过来!"

"你们不知道呀,赵老大当年是个风流金刚,就是风流得过了头,才给玉皇大帝打落到地狱里,当了个黑无常!"小玉笑嘻嘻地站在石级下,调侃赵无常道,那群小幺儿都乐得咯咯地笑了起来。

"你他妈的臭嘴烂舌混账王八,"赵无常挟着香烟那只手朝着小玉乱点一阵,叫骂道:"当年你赵大爷在园里风流,你身上毛还没长一根,懂个屁?"他狠狠瞪了小玉一眼,却转过头去,继续跟那些小幺儿们去讲古去了。

"小兄弟,你们到西门町红玫瑰去理过发没有?"他问道,那些小幺儿都摇摇头。

"下次你们理发一定要到红玫瑰,去找十三号去。你们问他:'十三号,你的桃太郎呢?'你一提桃太郎,理发一定免费。十三号会从头到尾讲给你们听,他和桃太郎的那一段孽缘。七月十五,有人还看见十三号在淡水河边中兴桥下烧纸钱,他在烧给桃太郎。桃太郎的尸首始终没有找到,人家都说桃太郎怨恨太深了,不肯浮起来。"赵无常猛抽一口烟,叹道:"我记得他跳淡水河的那天晚上,还来找过我,他刚吃完十三号的喜酒出来,喝得烂醉。他告诉我,新娘子是个超级胖婆,像条航空母舰,屁股上可以打得下一桌麻将,十三号恐怕有点招架不住呢。他一边说一边笑,笑得泪水直流——谁知道一眨眼,他却嘭地一下跳到河里去了!"

"后来呢?"一个小幺儿急着问道。

"糊涂蛋!"赵无常喝骂道,"人死了还有什么后来?后来十三号年年都到淡水河边去祭他,不祭他害怕,怕桃太郎去找寻他。桃太郎死后,他大病一场,头发脱得精光,有人说,是给桃太郎拔掉的。"

"你们这群小东西哪里赶得上咱们那个大风大浪的时代?"赵无常颇为不屑地感叹道,"那几个人,谈起恋爱来,不死也要疯。涂小福到今天还关在疯人院里呢。他就是爱那个华侨仔爱疯的呀!那个华侨仔回美国后,涂小福连他睡过的枕头也舍不得换,一天到晚抱在怀里。后来他疯了,一听到天上的飞机,就哇哇地哭。天天跑到松山机场,西北航空公司的柜台去问:'美国来的飞机到了吗?'那个小神经还会用英文问呢!伟大吧?"

"那个野凤凰呢?"另外一个小幺儿怯怯地探问道。

"阿凤么?嗳——"赵无常又深深地吸了一口烟,长叹一声,"他的故事可就说来话长了。"

赵无常那沙哑的声音,在潮湿的夜空里游动着,龙子和阿凤那一则新公园神话,又一次在莲花池的台阶上,慢慢传开:阿凤他是一个无父无姓的野孩子。

"——是啊,他们两人是前世注定的,那个姓王的是来向阿凤讨命的,你们见过么?你们见过那样疯狂的人么?早上五点钟,王夔龙还在公园里等他,就在这里,就在这个台阶上,从这一头走到那一头,从那一头走到这一头,像头关在铁笼里的猛兽似的,急得到处乱撞。等到阿凤跟别人睡觉回来,王夔龙就打得他鼻血直流,打完又把他搂在怀里痛哭,那个阿凤只是笑,说道:'你要我的心么?我生来就没有这颗东西。'你们说,这不是疯话是什么?出事的那天晚上,一个大除夕夜,我们都在这里,就在这个台阶的中央,阿凤抖瑟瑟地只穿了一件薄衬衫,王夔龙那一刀,正正插在他的胸口上。他抱住他一身的血,直叫:'火!火!火!'——"

我们踱到莲花池的另一端,池里水涨了许多,一片黑潭,映着一抹濛白的月亮。

"从前池里长满了莲花,都是红的。"我指着空空的莲花池说道。

"市政府派人来拔光了。"小玉说。

"莲花开的时候,一共有九十九朵。"我说。

"你少吹牛,你怎么知道有九十九朵?"老鼠不以为然,哼了一下撇嘴道。

"是龙子告诉我听的。"我说。

小玉老鼠吴敏都好奇起来,一直追着问我龙子和阿凤的故事。

"龙子有一次摘了一朵莲花,放在阿凤手上,他说,那朵莲花,红得像一团火。"

我们四个人绕着莲花池,一圈又一圈地走了下去,我双手勾住小玉和吴敏的肩,一面接过去,细细地诉说起我所知道的公园里那一则古老的故事来,直到深夜,直到那片昏朦的月亮消逝到乌云堆里,直到陡然间,黑暗里一声警笛破空而来,七八道手电筒闪电一般从四面八方射到了我们的脸上身上。一阵轧然的皮靴声,踏上了台阶,十几个刑警,手里执着警棍,吆喝着围了上来。这一次,我们一个也没能逃脱,全体戴上了手铐,一齐落网。

三十三

在警察局的拘留所里,我们排着长龙,一个个都搜了身。老鼠身上的赃物也全给掏了出来:十几包花花绿绿的火柴,火柴盒上印着国宾饭店的招牌,还有两把铜调羹,一对胡椒瓶,大概也是饭店里污来的,都让警察装进了一只牛皮纸袋,编上了号。在两个三重镇小流氓身上搜出了一把匕首,一把扁钻,凶器当场没收,两个小子也带走了,单独审问。搜完身，我们填好表格，一个个打了指印，然后才鱼贯而入进到讯问室内。我们大家都在埋怨铁牛，就因为他在公园杀伤人，警察才到公园里去突击检查的，原来公园开始实行宵禁，我们都犯了逾时游荡的罪名，有些犯了前科登记有案的家伙，开始紧张起来，因为怕给送到外岛管训。有一个前科累累进过两次感化院的三水街小幺儿，在我身后叹了一口气，自言自语道："这次真要唱《绿岛小夜曲》了。"

讯问我们的，是一个胖大粗黑，声如洪钟的警官，坐在台上，一座铁塔一般。他剃着个小平头，一张大方脸黑得像包公，一头一脸，汗水淋漓，他不时揪起台上一条白毛巾来揩汗，又不时地喝开水。讯问室里的日光灯，照得如同白昼，照在我们汗污的脸上，一个个都像上了一层白蜡，在闪光。胖警官一声令下，老鼠中了头彩，两个警察下来，把他瘦伶伶地便提了上去。

"什么名字？"胖警官喝问道。

"老鼠。"老鼠应道，龇着一口焦黄的牙齿，兀自痴笑。他站在台前，歪着肩膀，身子却扭成了 S 形。

"老鼠？"胖警官两刷浓眉一耸，满面愕然，"我问你身份证上填的是啥名字？"

"赖阿土，"老鼠含糊应道，我们在下面却忍不住笑了起来，因为从来没想到老鼠还会叫赖阿土，觉得滑稽。

"深更半夜，在公园里游荡，你干的是什么勾当？"胖警官问道。

老鼠答不上辞，周身忸怩。

"你说吧，你在公园里有没有风化行为？"胖警官官腔十足地盘问道。

老鼠回过头来，望着我们讪讪地笑，脸上居然羞惭起来。

"你在公园里卖钱么？多少钱一次？"胖警官那硕大的身躯颇带威胁地往前倾向老鼠，"二十块么？"

"才不止那点呢！"老鼠突然嘴巴一撇，十分不屑地反驳道。我们都嗤嗤地笑了起来，胖警官那张黑胖脸也绽开了，喝道：

"嘎！瞧不出你还有点身价哩！"胖警官笑道，"我问你：你在公园里胡混，你父亲知道么？"

老鼠又是一阵忸怩，折腾起来。

"你父亲叫什么名字？"胖警官脸一沉，厉声追问。

"先生，"老鼠的声音细细的，"我不知道，我还没有出世我父亲就死了。"

"哦？"胖警官踌躇起来，他举起杯子喝了一口水，用毛巾揩揩脖子上的汗水，他瞪了老鼠片刻，似乎有点无可奈何，便问了几个例行问题，挥手叫人把老鼠带走了。第二个轮到吴敏，胖警官朝他上下打量了一下，单刀直入便问道：

"你比他长得好，身价又高些了？"

吴敏把头低了下去，没有搭腔。

"你是〇号么？"胖警官瞅着吴敏颇带兴味地问道，旁边两个警察抿着嘴在笑。吴敏一下子脸红起来，一直红到了耳根上，他的头垂得更低了。

"我问你：你在公园里拉过客，做过生意没有？"胖警官大声逼问道，吴敏仍旧低着头。胖警官翻了一翻吴敏的身份证。

"吴金发是你父亲么？"

"是的。"吴敏抖着声音答道。

"你家在新竹？"

"那是我叔叔的地址。"

"你父亲呢？他现在在哪里？"

"在台北。"吴敏迟疑着答道。

"台北什么地方？"

吴敏扭着脖子却不出声了。

"你父亲在台北的住址，你一定要招出来！"胖警官恫吓着喝道，"你在公园里鬼混，我们要通知他，把你带回家里去，好好管教。快说吧，你父亲住在哪里？"

"台北——"吴敏的声音颤抖起来。

"嗯?"胖警官伸长了脖子。

"台北监狱。"吴敏的头完全佝了下去。

"呸!"胖警官不禁啐了一口,"你老子也在坐牢?这下倒好,你们两父子倒可以团圆了。"

说得我们大家都笑了起来,胖警官也呵呵地笑了两声,把吴敏打发走了,一连又问了几个三水街的小幺儿,那几个小幺儿都有前科的,胖警官认得他们,指着其中花仔骂道:

"你这个小畜生又作怪了?上次橡皮管子的滋味还没尝够?"花仔却做了一个鬼脸,咯咯痴笑了两声。

轮到原始人阿雄仔的时候,他却发起牛脾气起来,怎么也不肯上去。

"傻仔,你去,不要紧的。"杨教头安抚他道。

"达达,我不要!"阿雄仔咆哮道。

"达达在这里,他们不会为难你的,听话,快去。"杨教头推着阿雄仔上去,两位警察走下来,去提阿雄仔,阿雄仔赶忙躲到杨教头身后去了。

"先生,让我来慢慢哄他。"杨教头一面挡住警察,一面赔笑道。其中一个却把杨教头一把拨开,伸手便去逮阿雄仔,谁知阿雄仔一声怒吼,举起一双戴着手铐的手,便往那个警察头上劈去,警察头一歪,手铐落到肩上,警察哎唷了一声,往后踉跄了几步。另一个赶忙抽出警棍,在阿雄仔头上冬、冬、冬,一连痛击十几下,阿雄仔喉咙里咕咕闷响,他那架像黑熊般高大笨重的身躯,左右摇晃,嘭地一声,像块大门板,直直地便跌倒到地上去了。他的嘴巴一下子冒出一堆白泡来,一双手像鸡爪一般抽搐着,全身开始猛烈痉挛起来。杨教头赶忙蹲下去,掏出一把钥匙来,撬开阿雄仔牙关,然后向警察叫道:

"先生,快,拿开水来。他发羊痫风了!"

大家一阵骚动,胖警官把台上那杯开水,赶忙拿了过来,递给杨教头,杨教头从胸袋里掏出两颗红药丸来,塞到阿雄嘴里,用开水灌下去。胖警官命令警察把阿雄仔抬出去休息,他自己却去拨电话去叫医生。经过阿雄仔这一闹,胖警官大概兴味索然了,其余几个人,草草地讯问一番,通通收押。讯问完毕,胖警官的制服都湿透了,他揪起毛巾,揩干净头脸上的汗,走下台来,一手叉着腰,一手指点了我们一番,声音洪亮,开始教训我们:

"你们这一群,年纪轻轻,不自爱,不向上,竟然干这些堕落无耻的勾当!你们的父兄师长,养育了你们一场,知道了,难不难过?痛不痛心?你们这群社会的垃圾,人类的渣滓,我们有责任清除、扫荡——"

胖警官愈说愈奋亢,一只手在空中激动地摇挥着,他那张方型铁黑的大脸,又开始沁出一颗颗黄豆大的汗珠子。他讲到后来,声音也嘶哑了,突然停了下来,望着我们,怔怔地瞅了半晌,最后叹了一口气,惋惜道:

"看起来,你们一个个都长得一副聪明相,可是——可是——"

胖警官摇着头,却找不出话来说了。

那晚,我们全部都关在拘留所里,大家席地而坐,挤成一团,一齐在发着汗酸和体臭。有几个熬不住了,东歪西倒,张着嘴在流口水,头一点一点在打瞌睡。花仔尖细着嗓子,却在哼"三声无奈"。

"干你娘,哼你娘的丧,"小玉不耐烦起来,骂道,"在牢里还想卖不成?"

花仔头一缩不作声了。

"这下子,感化院去得成了!"老鼠叹道。

"不知道哪一个好?桃园那个还是高雄那个?"吴敏插嘴问道。

"听说高雄那个比较好,"我说,"桃园那个还要戴脚镣的。"

"你们猜,咱们会不会送到火烧岛去?"老鼠咋了一下舌头,"我看铁牛那个小子,送到火烧岛老早喂了鲨鱼了。"

"你这个死贼,要送火烧岛,第一个就该押你去!"小玉笑道。

"要去,咱们四个人一齐去,"老鼠咧开嘴吱吱笑道,"弟兄们,有福共享,有难同当。"

"这起屄养的!"杨教头突然睁开眼睛骂道,他一直在一旁打盹养神,"你们又没有杀人放火,犯了什么滔天大罪,要送到火烧岛去？还不快点替我把嘴闭上！师傅想法子把你们弄出去就是了!"

我们几个人都没有下监,只是几个有前科的流氓及小幺儿,给送到桃园辅育院去了。我们的师傅杨教头,把傅崇山傅老爷子请了出来,将我们保释了出去。

安 乐 乡

一

傅崇山傅老爷子是有名的大善人,我们师傅杨教头常常向我们提起傅老爷子的善行。公园里的孩子,有好几个遭到危难,都全靠傅老爷子营救,才得重见天日。十年前师傅手下有一员大弟子叫阿伟的,在师傅开的那家桃源春的门口,与一个滋事的流氓动了武,把那个流氓杀成重伤,给刑警捉去,本来是要送往外岛管训的,也是师傅去求傅老爷子出面,动人事,请律师,把阿伟保释出来。阿伟是个空军遗腹子,十六岁便混进了公园,是个极为桀骜不驯的少年。傅老爷子不但把阿伟保出狱,而且还供他读书,在他身上不知花去多少心血,终于把那块顽石也感化得点了头,改邪归正,考上海事专科,前年上船出海到欧洲去了。师傅向我们坦白:吴敏割腕自杀在台大医院的用费一万八千块,都是傅老爷子出的。因为傅老爷子不愿让人知道,所以师傅总也没有提起。师傅指着吴敏叹道:

"你知道什么？你那条小命儿也是傅老爷子给你捡回来的哩!"

原来傅崇山傅老爷子从前在大陆当过官,所以在军警界还有几分老面子。抗战期间,傅老爷子当到副师长,驻守五战区,在徐州跟日本人还打过硬仗呢。来到台湾,傅老爷子退了役,与朋友合伙经商,开了一家叫大方的纺织厂,他自己是董事长。师傅说,那几年,纺织厂生意做得好,傅老爷子着实过过一段相当惬意的生活,很享了一阵子福,闲来跟从前几个老战友去打打猎,有时还会远征到花莲,爬

270

到山上去打野猪。要不然就跟几个戏迷朋友,到永乐戏院,去看顾剧团的京戏。傅老爷子最欣赏胡少安演的《赵氏孤儿》,胡少安贴这出戏,傅老爷子必定到场。可是民国四十七年,那年冬天,傅老爷子家中发生了巨变,傅老爷子的独生子傅卫突然惨死,死时才二十六岁,陆军官校刚毕业两年,正调到竹子坑当排长,训练新兵。有一天,傅卫被部下发现死在他自己的寝室里,倒卧在床上,手里还紧抓住一柄手枪,可是面部却炸开了花,子弹从他口腔穿进了后脑,官方判断是手枪走火,意外死亡。白发人送黑发人,傅老爷子受到这个打击,一下子就病倒了,心脏病猝发,送到荣民总医院,足足躺了三个多月,出院时,傅老爷子整个人都脱了形,人瘦掉一半,背全弯驼,压得头也抬不起来,变成了一个衰飒的老人,而且性格也整个改变,他把大方纺织厂董事长的位子辞去,闭门隐居,谢绝亲友,差不多整整一年,连大门也不出一步。傅老爷子的太太死得早,家中只剩下一个服侍他的老女佣吴大娘。这些情形都是吴大娘后来告诉师傅听的。吴大娘说,那一年中,傅老爷子总共还没说过十句话,天天坐在客厅里发怔,好像患了痴呆症一般。等他恢复过来,傅老爷子却把从前的亲友关系都断绝了,他唯一的活动,便是到中和乡那家天主教孤儿院灵光堂,去照顾那些孤儿。每个礼拜去三次,风雨无阻,吴大娘说,傅老爷子一定是想儿子想疯了,才会到孤儿院去为那群无父无母的野娃娃做老牛马,连他们的屎尿他都肯亲自动手扫除干净。

其实傅老爷子并不是我们圈子里的人。师傅说,他帮助公园里的孩子,完全是出于一片爱心,就如同他照顾灵光堂里那些孤儿一样。傅老爷子一向默默行善,本人甚少出面,所以我们圈子里只听闻有这样一位活菩萨,真正见过傅崇山傅老爷子本人面目的还没有几个。我们师傅跟傅老爷子的渊源是因为家里的关系。我们师傅跟傅老爷子是同乡,都是山东人,师傅的老太爷从前在大陆就跟傅老爷子有来往,后来师傅因为偷太爷的钱,给原始人阿雄仔疗伤,阿雄仔发羊痫风让汽车把腿撞断,太爷一气便把师傅撵了出去。师傅最落魄的那段时期,全靠傅老爷子救济,在傅老爷子家里住了好一阵子,后

271

来才到六条通一家酒馆去当经理的。所以师傅提到傅老爷子,总有三分敬意,称他是大恩人。

"儿子们!"

师傅挥舞着手里那柄折扇,向我们叮嘱道:

"师傅讲话,你们且竖起耳朵听着。今天带你们去见的傅崇山傅老爷子,不比常人,他就是你们的救命恩人了!"

我们从拘留所保释出来,师傅便要带我们去参见傅老爷子,当面向他叩谢。师傅发给我们一个人一百元,到红玫瑰去理了发,大家换上干净衣服,临行前,师傅又再三训诫了我们一番。

"大热天,亏了老爷子亲自奔走,才把你们这批东西救出来。回头见到他,不要连个谢字也说不上来,一个个站没站相,坐没坐相,贼窝里爬出来似的,师傅的老脸也让你们丢尽!老鼠呢?"

"有!"老鼠忸怩着走上前去,师傅皱起眉头打量了老鼠一下,"瞧你这副贼眉贼眼,我先警告你,今天到了傅老爷子那里要守规矩,还胆敢毛手毛脚,我先抽你的筋!"

老鼠只是龇着一嘴黄牙,讪讪傻笑,师傅又把小玉唤了过去。

"你伶牙俐齿,能说惯道,今天又该你去耍贫嘴、逞本事喽?"

"傅老爷子是什么人?他那儿哪里轮得到我们小孩子耍贫嘴、逞本事了?"小玉赶忙分辩道。

"你知道就好!"师傅冷笑道。

"师傅信不过,我去把嘴巴缝起来就是了。"小玉笑道。

"你把那张屎嘴缝起来,倒也是我的福,耳根子清净些!"师傅对我和吴敏也嘱咐了一番。

"你们两个么,口齿又太笨些!回头老爷子问起什么,照实答就是了。"

"是,师傅。"我跟吴敏齐声应道。

最后师傅把阿雄仔拉到跟前,替他将衬衫塞进裤子里,又用手巾揩掉了他脸上的汗水,然后才领着我们,一行六人,浩浩荡荡,去参拜傅崇山傅老爷子去。

二

傅崇山傅老爷子的家在南京东路的一条巷子里,离松江路不远。那一带都盖了新的高楼大厦,把傅老爷子那幢平房住宅团团夹在中间。那是一栋日式木屋,房子相当古旧了,大概是日据时代遗留下来的,屋顶的灰黑瓦片都生了青苔,大门的朱漆也龟裂剥落了。可是住宅庭院深广,沿着围墙,密密地栽了一转高大的龙柏,郁郁苍苍,把房屋掩护住,气派森严。大门顶上,却涌出了一大丛九重葛来,殷红的刺藤花,累累一片,在夕阳中,爆放得异常灿烂夺目。

我们到达傅老爷子家,来开门迎接的是傅老爷子的老女佣吴大娘。吴大娘是个满头白发矮小的女人,大概是一双放大脚,走起路来,脚下左一拐右一拐,一张脸皱成了一团,眉眼不分。

"吴婆婆,老爷子在家吧?"我们师傅满脸堆下笑容来问道。

"等了你们一下午啦,快进去呗!"吴大娘的口音跟师傅的一模一样,也是山东腔。

师傅领头,我们跟在后面鱼贯而入,通过一条石径,往屋内走去,石径两旁都种满了竹子,一进去,便感到一片清凉。吴大娘闩上门后,一拐一拐抢到师傅前面。

"老爷子这几天还好吧?"师傅搭腔道。

"好啥?"吴大娘回头咕哝道,"前晚老毛病又犯了,心痛了一夜,昨天才去荣总看了丁大夫。一点儿也不肯休息,今天一早又撑着到中和乡去了。这把年纪,这种身体,哪里还有精神去服侍那些蹦蹦跳跳的小玩意儿呢?劝也没用,有啥办法?"

"老爷子是菩萨心肠,那群小可怜,他是要紧的。"师傅顺嘴答道。

"杨爷,这个道理俺还不懂得么?"吴大娘在屋子门口索性停了下来,"他老人家要做善事,积阴德,那还不好?你不在这里不晓得,晚上他心疼起来,头上汗珠子黄豆那么大,把俺吓得一夜不敢合眼。那种罪,不好受!"

"下次老爷子发病,我派个徒弟来轮班,换你老人家去休息,好不好?"师傅安抚吴大娘道。

"那敢情好,"吴大娘点头称善,"也让俺这个老不死的喘口气——只怕你杨爷嘴里说说罢咧,过后还不是撂到脑后去了!"

"吴婆婆,下次我就派他来,"师傅指着我说道,"这个徒弟最老成,做事可靠。"

吴大娘走近来,觑起眼睛朝我打量了一下,皱成一团的脸上却绽开了一个笑容来,唔了一下,点头说道:

"很健壮的一个小子。"

我们走上玄关,吴大娘从鞋柜里掣出六双草拖鞋来,让我们一一换上。

"都来了么?"我们刚走到客厅门口,里面便传出来一个苍老沙哑的声音问道。

"都带来了,"师傅在门外大声应道,"来参见老爷子。"

吴大娘拉开推门,傅崇山傅老爷子便从里面颤巍巍地迎了出来。傅老爷子果然驼得厉害,他的身躯虽然硕大,可是整个背都弯了下去,背峰高高耸起,身后好像背负着一座小山似的,把头压得抬不起来,行走时,喘吁吁地往前伸长脖子,很吃力的模样。傅老爷子起码六十开外了,一头倒竖的短发,洒满了银霜,须眉也都铁灰了,一张方阔的国字脸上,寿斑累累,宽耸的额头,三道沟纹,好像用刀刻出来似的,又深又黑。一双眼睛,大概泪腺有毛病,泪水汪汪的。他身上穿着一套灰白府绸旧唐装,脚上跶着一双黑布鞋。

"还不上去跟老爷子磕头!"

师傅手里那柄扇子一指,朝我们吆喝道,我们几个人你望着我,我望着你,挤挤攘攘,不知所措。

"蠢材!"师傅咬牙低声骂道,"磕个头也不会吗?"

小玉乖巧些,抢上去,朝着傅老爷子便要深深下拜。

"免了,免了。"傅老爷子赶忙扶起小玉,并示意要我们都坐下。他自己先坐到一张垫着厚靠背的沙发椅上,师傅在他左侧一张椅子上坐了下来,我们才一一坐下。我跟小玉吴敏老鼠四个人挤在傅老爷子对面的一张长沙发上,阿雄仔却坐到师傅脚下一张踏脚圆凳上去。

"吴嫂,你去倒几杯汽水来。"傅老爷子吩咐吴大娘道。

"俺熬了红豆汤,又蒸了千层糕,喝汽水干啥?"吴大娘驳回道。

"那么更好了,"傅老爷子笑道,"这几个孩子也该饿了。"

傅老爷子转向师傅,开始询问我们各人的姓名、年岁以及生活起居,每个人都问得相当详细,师傅一一作答时,傅老爷子那双泪水汪汪的眼睛却一直瞅着我们,偏着背不住地点头,最后傅老爷子似乎要说什么却没有说出来似的,嘴皮微微抖动了两下,长长地叹出了一口气:"唉——"

傅老爷子这间客厅摆设十分简朴,除了沙发茶几外,只有靠墙的中央搁着一张红木的长条供案,案上有一樽天青瓷瓶,瓶里插一束白色的姜花。花瓶旁边有一只同色的大碗,碗里盛着几色鲜果。墙上悬着两张镶了黑边镜框的巨幅相片。右边那张是傅老爷子盛年时候在大陆着军装的半身照,身上佩挂齐全,胸前系着斜皮带,大概是当副师长的时候,那时他的身子却是笔挺的,很英武,一脸威严。左边那张是个青年军官,穿着少尉制服。一定是傅老爷子死去的那个儿子傅卫了。傅卫跟傅老爷子有几分貌似,也是一张方脸宽额头,可是傅卫的眉眼却比傅老爷子俊秀些,没有傅老爷子那股武人的煞气。墙上另一角挂一柄指挥刀,大概年代已久,刀鞘已蒙上一层铜锈。客厅里,隐隐的一径透着一股姜花的甜香。客厅另外一面是几扇糊棉纸的推门,推门拉开了,外是后院,院中有假山水池,池里浮满了绿萍,假山有流水入池,一直发着琤琤琮琮的声音。

"杨金海,"半晌傅老爷子向师傅开腔道,"莫怪我说你,这回你也太胡闹了!孩子们不懂事,你怎么倒领头作乱,大伙儿闹到警察局去,是什么意思?"

我们师傅杨金海教头赶忙离座站了起来,指手画脚地分辩道:

"这是天大的冤枉!老爷子,这次实在不能怪我。这几个东西虽然愣头愣脑,跟着我胆子都还小。杀人放火绝对不敢。就连欺诈恫吓我也不许的,就算这个小贼——"师傅指了老鼠一下,指得老鼠直眨眼睛,"有时手脚不干净,也是芝麻绿豆的小玩意儿,还让我打得贼死。这次都是让叫铁牛的那个囚根子给整的,那个亡命痞子在公园里无法无天,早该送到火烧岛去囚起来,省得咱们清清白白的人受连累!"

"你们哪里懂得?"傅老爷子叹了一口气,"这回是我托了天大的人情才把你们弄出来。要不然,老早下的下监,送的送外岛去了。杨金海,你要明白,我已退隐多年,从前军警界几个老朋友,退的退,死的死,新起来的这批少壮派,与我没有渊源,并不买账。这次勉强得很,我老着脸,把一个多年没有来往的老同僚抬了出来,才让我具保。日后你们再闹事,恐怕我这个保人也要受连累哩!"

"老爷子说得郑重,我记在心里,把他们管得严点就是了。"师傅毕恭毕敬地应诺道,坐回到自己的座位上。

傅老爷子却一径蹙着眉,忧心忡忡地说道:

"杨金海,你领着这群孩子,在公园里胡混,总不是办法,终究要闯祸的。应该替他们找份正经差事,才是长久之计。"

"老爷子说得好轻巧!"师傅一柄扇子啪地打在手心上,"这几只公园里赶出来的邋遢猫,正经人家谁肯收容? 还有一层:这群小亡命,千万莫错估了他们,一个个还性格得很呢! 差点的老板未必降得住。我试过几次的,旅馆、饭店、戏院,介绍去当小弟。不出三天,一个个又溜了回来,说道:'外面世界容不下,还是回到自己老窝里舒服些。'老爷子,俺有啥办法?现在更好了,公园宵禁,连老窝也封掉了! 今天带了这批可怜虫来,还要老爷子替俺们做主,指点迷津呢!"

傅老爷子勉强把头抬起来,用手搔了一搔一头银霜似的短发,笑道:

"我才要数落你,你反来替我出难题! 当年你把阿伟带来,我不该心软了一下,把我拖累了那么些年,我为他受的罪,三天六夜也说不完。好不容易功德圆满,把他送上了船。你现在又带了这一群孩子来缠我,我纵然有心成全他们,恐怕精力也不逮了——"

说着吴大娘走了进来，手上的茶盘端着红豆汤及千层糕。

"杨爷又来生啥事故了？"吴大娘插嘴道，"你一进来俺不是跟你提过，老爷子前天才闹心痛呢？"师傅立起身来，一面去接过吴大娘手里的茶盘，赔笑道：

"吴婆婆，你不提我还不敢提，你是知道的，老爷子有病，是不许人家问的。"

"这也没有什么，是多年的老毛病了，"傅老爷子舒了一口气，指着胸口道，"这里常常绞疼。"

"丁大夫怎么说呢？"

傅老爷子淡淡地笑了一下。

"大夫还能说什么？到了这把年纪，心脏衰弱了，冠状脉有点阻塞。"

"那么老爷子倒是不能大意呢。"师傅认真说道。

吴大娘把一碗碗的红豆汤分给了我们，每人一只小碟里盛了一块晶莹的千层糕。

"俺也是这么说呀，"吴大娘径自唠叨，"这里到中和乡要转两道车，下雨天，公共汽车爬上爬下，万一摔一跤，怎么得了？"

吴大娘分派完毕，拾起茶盘，脚下左一拐右一拐地走了，临走时又对我们说道：

"喝完了厨房里还有，熬了一大锅。"

"不瞒老爷子说，"师傅干咳了两声，正襟危坐起来，"老爷子身体不舒服，我们是不该来打扰的。这次我把几个孩子带来，一来是给老爷子磕头谢恩，二来也是向老爷子备个案。老爷子可还记得我从前开的那家桃源春酒馆子？"

"是了，"傅老爷子点首道，"你开得好好的怎么又关了？"

"咳，"师傅顿足道，"还不是没有后台撑腰，流氓警察轮流生事。不瞒老爷子说，桃源春那时着实风光了一番的，至今公园里的人还念念不忘，一直怂恿我重起炉灶，恢复桃源春当年的盛况呢。其实我自己也从来没死心，只是没有机会没有本钱罢咧。现在时机到了！公园宵禁,那群鸟儿正在发慌,没个落脚处。我来另筑个窝巢,不怕他们不飞过来。不瞒老爷子说,我连地方也寻妥了,就在这南京东路同一条街上,一百二十五巷里——"

我们师傅杨金海教头,唰地一下将折扇打开,一面起劲扇着,一面兴高采烈地向傅老爷子报告筹备经过。最先是万年青电影公司董事长盛公出的主意,盛公说:杨胖子,你出面,我在幕后支持你,把个酒馆子开起来,日后咱们也有个地方走动走动。盛公答应借二十万,师傅又做了一个会,一万一股,我们圈子里有头有脸的人物,都参加了。聚宝盆的卢司务、永昌西装店的赖老板还认了两股,顶让费一切都不成问题。

"如果顺利,中秋就可以开张啦,"师傅滔滔不绝地说下去,"我找了一家装潢店去估了一下,怎么将就装修也需十万块呢。现在无论做啥,动着就是钱哪。凭良心说,俺开这个酒馆子,一半也是为了这几个小亡命,走投无路。在酒馆子里当伙计,总还强似街头流浪嘛——"

傅老爷子一直凝神倾听着,这时陡地举起手止住师傅问道:

"新酒馆叫什么来着?"

"正要向老爷子讨个利市,请老爷子赐个名儿呢。"师傅赔笑道。

傅老爷子驼着背,眼睛半闭,沉思了片刻,微笑着说道:

"从前在南京,我住在大悲巷,巷口有一家小酒店,有时我也去吃个夜宵,我记得酒店的名字叫'安乐乡'。"

"安乐乡!好彩头!"师傅一迭声地叫了起来。

三

南京东路一百二十五巷里,大多是酒馆饭店。巷口是凤城,一家生意鼎盛的粤菜馆,饭馆在二楼,楼下是贩卖部,橱窗里倒挂着一排排焦黄晶亮的油鸡烧鸭。紧隔壁是一家叫梅苑的日本料理,门口悬了一溜一只只西瓜大晕红的纸灯笼,再过去是韩国烤肉店阿里郎,阿里郎正对面是家西餐馆金天使,玻璃门窗吊着许多肉叽叽光着屁股张着翅膀的小天使。一到晚间,整条巷子霓虹灯五光十色地便亮了起来,烤肉香于是便开始在巷中横流四窜。巷中还挤满了摊贩,卖荔枝龙眼的,卖烤鱿鱼的,还有一个摊子在卖炸麻雀,油锅旁边排着一串串炸得焦黑的小鸟儿,晚上巷子里挤满了人,汽车也开不进来了。在这浮面的繁华喧嚣下,我们的新窝巢安乐乡却掩藏得非常隐秘,不是我们的同路人,很容易便被隐瞒过去。因为安乐乡的外面,没有招牌,大门紧挨着金天使的左侧,狭窄的一条门缝,仅仅能容得一人通过,接着便是一条陡直的楼梯一级级伸引下去,楼梯口只悬着一盏淡黄的小灯,光线昏暗,走下去,得扶着栏杆,摸索下降,直到下面,一转右,两扇玻璃门便唰地一声,自动张开,里面赫然别有洞天,进入了安乐乡中。

安乐乡的地下室酒馆有六十坪大。东西两壁镶满了水银镜子,灯光人影互相反射又反射,照出重重叠叠的幻象来。灯光一律是琥珀色的,映得整间酒馆浴在濛濛夕雾中一般。东面靠着壁镜是一条长吧台,台沿包着殷红的漆皮,台面打着派利斯。吧台有十二张独脚旋转圆凳,坐在圆凳上,可以面对着壁镜中的影子对饮。吧台后面的案架上,摆满了各式酒瓶,从红牌威士忌到台湾啤酒,从三星白兰地到五加皮。西面靠壁是一行六套双人靠座,座椅也是殷红漆皮的,座背高耸。大型圆桌只有一张,在酒馆的一角,坐得下十个人,是让人订座请客的。在进门处,右手有一个圆台,台上摆着一架电子琴,琴上搁着一只麦克风,让客人兴来唱歌。地下室没有窗户,经常得开冷气,调节里面的空气。

安乐乡,开张的前几天,我们师傅杨金海杨教头把我们集中起来,扎实训练了一番,把开酒店的规矩全部传授给我们,而且每个人都分派了职务。小玉跟我分配到酒吧企台,当酒保。小玉嘴巴巧,善应对。坐吧台的客人,由他招呼笼络。我在一旁,负责配酒。师傅说,消夜小菜,赚头有限,要紧还是在酒上头,一本万利,所以我们两人的责任,最是重大。

"站到吧台后头,就由不得你们耍性格了!"师傅训诫我们道,

"少爷架子趁早给我收起来,客人三教九流,喝了几杯,嘴里大荤大素也是有的。你们只管装聋作哑,笑脸相迎就是了。客人进来,咱们只认他的荷包,其他一概勿论!"

师傅把各种酒排在吧台上,指点我们:

"本地酒,价钱定死了,无啥作为。洋酒可就有讲究了!四十块钱一杯,却有几种卖法。"

他拿出一瓶红牌威士忌,酒杯里搁了冰块,倒入一点儿酒,羼上苏打水,示范给我们看。

"酒少了,客人不乐意,酒多了,咱们赔不起。你们走着瞧吧。客人好讲话,就多羼些苏打冰块,碰着难缠的,就老老实实,给够量。客人一高兴,买杯酒送给你们,也是有的。咱们这行有个规矩:酒保当班,滴酒不沾。免得醉了生事。客人送酒,你们暗地里斟上汽水就是了。至于这杯酒钱,也有个行情:四六拆账。你们拿六成,酒馆拿四成。你们不吃亏,老板也赚钱,皆大欢喜!"

分派下来,吴敏托盘送酒,端菜跑堂。老鼠打杂、清桌子、收碗碟、拖地板、洗厕所,一任包办。阿雄仔也有了职位,守门站岗,送往迎来。阿雄仔门口一站,巨灵门神一般,对一些前来滋事的小流氓,有吓阻之效。师傅又商得聚宝盆卢司务卢胖子同意,把他手下一个三厨叫小马的暂借过来,掌厨做消夜。消夜酒菜,我们只列四味:卤肫肝、鸭翅膀、白切肚、五香牛肉,聊备一格,职务派定,我们都很兴奋,恨不得安乐乡早日开张,我们好穿上杏黄色胸口绣红字的新制服上班。只有老鼠闷闷不乐,一双小眼睛斜瞅着我们师傅抱怨道:

"师傅,怎么拖地板、扫厕所这些臭事都轮到我一个人头上来呢?酒保我也会当呀——"

他还没说完,早就挨师傅啐了一口。

"你们听听!凭他这副贼脸嘴也想上台盘呢,客人看见没的隔夜酒饭也要呕出来。你乖乖地每天替我把厕所打扫干净,我要闻到尿臊,就拿乃沙水来灌你!小玉、阿青、吴敏——你们都仔细听着:酒杯、碗碟,打碎一只,薪水照扣。上班时间,偷懒、开小差、浑水摸鱼,一概不准。头一次警告,连犯三次,休怪师傅我无情,一律扫地出门!都听见了?"

"听见啦!"我们几个齐声应道。

四

八月十五中秋节,安乐乡终于开业了。早上已经有花店送花篮来,万年青电影公司董事长盛公送来的那只最大,有六尺高,几百朵艳红的玫瑰花扎成了一扇大大的孔雀开屏,红缎飘带上却题着一副对联:

莲花池头风雨骤
安乐乡中日月长

永昌西服店的赖老板,天行拍卖行的吴老头,都送了贺礼,聚宝盆卢司务卢胖子送来的是本行货色,一桌十二色酒菜,是卢司务亲自下厨炮制的,由小马送过来,装在两只大抬盒里。

六点钟,我们都已准备停当,开上了冷气,琥珀色的灯光,从两面壁镜反射出来,映得整间地下室,金雾茫茫的一片。我们各就各位,都穿了清一色的杏黄制服,每个人的胸口绣上了"安乐乡"三个红字,领子上还系着一只红领花。小玉的头发长出了寸把长,一顺溜覆在额上,一双吊梢桃花眼,笑眯眯的,更加俏皮了,站在吧台后面,俨然小酒保的模样。阿雄仔最神气,他笔直立在大门口,满面严肃,像座守门神。老鼠和吴敏一直跑出跑进,师傅不停地指挥着他们两人,搬西搬东,忙个不停。师傅也换上了一套崭新深黑色奥龙西装——是永昌的赖老板送的,西装做得很贴身,圆球似的肚子屁股包裹得前翘后挺,里面穿了一件熨得棱角分明的白衬衫,领上也系了一只大红蝴蝶结,把个肉嘟嘟的双下巴,挤得吊了下来。尽管冷气森森,师傅胖脸上的汗珠子,仍旧不停地滚,手中那柄扇子,扇得唰唰响。

八时整,安乐乡的两扇自动门豁地张开,公园里的那一群鸟儿,

281

一只只抖擞擞地都飞扑了进来。不一会儿,我们这个新窝巢里,黑压压都浮满了人头,我们圈内知名的人物,差不多全体到齐。突兀兀立在人堆中,最抢眼的,当然是华国宝了,华国宝近来愈更骚包,因为盛公果然看中了"这块料",在万年青的新片里《情与欲》让他当上第二男主角,因为《灵与肉》在台湾、香港及星马上演都大卖座,盛公又赶紧抢拍这个续集。华国宝穿了一袭蓝汪汪亮丝绸长袖衬衫,袖口却翻卷起来,左腕上松松地绾着一串宽边银手链,胸口的几粒纽扣故意松开着,肌肉波伏的胸膛上,悬着一枚鸽卵大的玛瑙垂饰;他穿了一条雪白的喇叭裤,裤腰却扎得紧紧的,系着一根猩红的宽皮带。华国宝的头昂得更高了,旁若无人,好似一只踌躇满志,羽毛灿烂的孔雀一般。阳峰仍旧戴着他那顶遮掩残秃的巴黎帽,坐在酒吧台最边的一个座位上,远远地望着华国宝,早衰的脸上,更加无奈了。花仔率领着三水街的一群小么儿拉拉扯扯便挤到了电子琴的旁边,争着点曲,要琴师弹奏。"日日春",一个叫道。"情难守",另一个叫道。"阮不知啦!阮不知啦!"又另一个喊道。琴师杨三郎在日据时代还是一个小有名气的乐师,写过几首曲子,让酒女们唱得红遍台北。杨三郎的眼睛已经半盲了,晚上也戴着一副黑眼镜,僵木的脸上,一径漾着一抹茫然的笑容。他调整了配音,头一昂,悠扬的电子琴声,在嗡嗡嘤嘤的人声笑语中,猛然奋起。于是坐在第一桌的那四个正在服役的充员兵,更提高了声音。其中有一个,正津津乐道,在讲他班上的一个老班长,把他灌醉了勾引他的趣事。四个充员兵都剃着短短的小平头,脸上晒得赤红,身上还穿着制服,大概从外地赶回台北,一下了车就直奔前来,还来不及回家更换。隔壁一桌是大学生,两个是社会系的,他们说:有一天,他们两人要合写一本社会调查:"新公园青春鸟的迁徙习性。"几个大学生今晚到安乐乡来替他们的朋友饯行,他们都举起了啤酒杯,预祝今年毕业的马来西亚侨生一帆风顺,侨生马上要返回槟榔屿了。台湾的一切,使他依依不舍,在台湾他度过了四年热情而又叫人心碎的日子。侨生苦恋山地歌手曹族美男子蓝若水的故事,是我们圈子里,常常提起的佳话。都来了:西门町的老板跟小伙计。心脏科的名医生跟军法官。艺术大师坐在一角,闷闷不乐,铁牛最后那张画,始终没有来得及完成。铁牛送到了火烧岛,大师的灵感也跟着烧成了灰烬一把。到哪儿再去寻找像铁牛那样原始、那样野性、那样令人血脉贲张的纯男性模特儿?大师惋惜道。

另外的一角,坐着另外一个中年男人,也在闷闷不乐。他嘴角上的那一道沟纹更加深了,好像脸上印了一道黑色的裂痕一般。光武新村的张先生居然也来了。他闷闷不乐,有两种传说。一种是他把小精怪萧勤快赶了出去,因为嫌他手脚不干净,偷了张先生一架加隆照相机出去卖。还有一种说法是小精怪把张先生甩掉了,因为小精怪搭上了一个德国商人,给介绍到香港德航去做事去了。总而言之,张先生又挂了单,一个人在愤愤地喝着闷酒。聚宝盆的卢司务兴致最高昂,挺着一个水桶大的肚皮,在人堆里奋力寻找他的耗子精。整个安乐乡挤得连转身都困难了。两边的壁镜,互相辉映,把人影照得加倍又加倍,在琥珀色的灯光下,晃动交叉好像一群在夕阳影中兴奋得蹦跳的企鹅一般。

万年青董事长盛公终于光临了,可是却给摒挤在门外,无法进来。我们师傅杨金海杨教头见到了,赶紧拨开一条路,迎了过去,半拥半推,将盛公护送到酒吧台前,一迭声喝令小玉道:

"白兰地、三个5,快点送上来!"

又转头向盛公道:"盛公,盼了你一晚,生怕你老人家不肯赏光呢!"

"杨胖子,今天是什么日子?就是天上下雹子也要来的!"盛公笑道,"我今晚有个应酬,在五福楼给绊住了。我还是装肚子痛,逃席的呢。"

盛公穿了一件绛红底起大白团花的夏威夷衫,乳白裤子,镂空白皮鞋,头上仅存的三绺毛发,仍旧抹了油,梳得井井有条,贴在顶上。

"盛公今晚很美丽呀!"小玉笑吟吟地称赞道,他奉上一杯白兰地,又替盛公点上一支三个5。

"你们听听! 吃老头子的豆腐呢!"盛公笑得眉眼皱成了一团。

"盛公的豆腐是'营养豆腐',吃了延年益寿呀!"小玉笑道。

盛公乐呵呵,眼泪水都笑了出来,跟我们师傅杨教头说道:

"有这个小淘气在这里,你们安乐乡还怕不生意兴隆么?"

说着却掏出了两张百元大钞,掷给小玉道:

"好孩子,好好做,做发了,好处多的是!"

小玉接过赏钱,笑道:

"盛公天天晚上来赏光,咱们的好处就多了。"

"杨胖子,"盛公眯觑着眼睛,点头说道:"总算偿了你的心愿,当年'桃源春'的盛况,今晚果然又恢复了!"

师傅双手一拱,就朝盛公拜了下去。

"都是托你老的洪福!"

师傅替盛公拿了烟酒,在前面开路,不停地嚷着借光,把盛公护送到了圆桌那边去,圆桌早坐满了一群少年家,华国宝也在那里等候着了。盛公一过去,少年家都倏地立起了身来,抢着让位。据说《情与欲》里还有两个男配角没有找定,那些少年家都暗暗在做明星梦,想在盛公面前表现一番,或许捞到一个角色。

小玉把盛公的两百块赏钱塞进了胸袋里,赵无常却轻飘飘脚不沾地似的倚到了吧台边,一双眼睛朝小玉上下一掠,冷笑道:

"嘿,挂牌了! 不知道卫生局检查合格了没有? 有没有发正式牌照?"

赵无常照旧一身的黑,一张瘦长的马脸,粉刷过一般,垩白的,一张口便露出了两排焦黄的烟屎牙来。

"咱们还得去检查检查,"小玉笑嘻嘻回嘴道,"有些'老妓无毒',早就免疫了呢!"

说着却将一盅啤酒往赵无常面前一推,推得杯里的酒液来回浪荡,直冒白泡。

"拿去灌吧,这杯白送,今晚由咱们安乐乡来倒贴!"

小玉也不等赵无常答话,径自走到吧台的另一端,从我手中把一杯红牌威士忌接了过去，搁在心脏科名医史医生的面前。

"史医生，我有病。"小玉说道。

"你有什么病，小家伙？"史医生猛吸了两下烟斗，颇感兴味地问道，"明天到我诊所来，我来替你全身检查。"

史医生常常给我们义诊，他是个劫富济贫的仁医，据说有一次盛公去找史医生，量了一量血压，就挨了五百元。

"我有心病。"小玉指了一指胸口道。

"心病？那正是我的专长。我来给你照照爱克司光，做个心电图。"

"照不出来的，"小玉叹道，"我这个心病有点怪，只怕你这位大医生也没有妙方：我一看见像你这样漂亮的男人，心就乱跳。怎么办？你能治么？"

"这是风流病！"史医生呵呵地笑了起来，"你这种心病，咱们这儿无药可治。听说外国倒有一种电疗法：给你看一张男人的照片就电你一下，电到你一看见男人就想呕吐为止。"

"罢了，罢了！"小玉双手护住胸口嚷了起来，"那样电法，病没治好，心倒先电死了！"

张先生已经喝到第三杯闷酒，都是吴敏送过去的。这次吴敏见到张先生，额头上不再出冷汗了，因为小精怪萧勤快没有跟来。吴敏将一杯白兰地捧给了张先生，并且殷勤地递上一块洒了香水的冰毛巾。张先生抓起毛巾，在脸上愤恚地抹了两把，可是并没能抹掉他嘴角边那道近乎凶残的沟痕。

"那个小贱人，你可看到了？"小玉凑近我耳边低声说道，"他在吃回头草呢！"

卢胖子伸手一捞，一把又揪住了老鼠一只耳朵。

"耗子精，今晚我来捧你的场，招呼你也不来跟我打一声。"卢胖子真的有三分气了。

"卢爷，"老鼠歪着头，脸上扭成了怪相，讨饶道，"你也可怜可怜我吧！这一夜哪里有半刻空闲？腿都快跑断喽。"

卢胖子把老鼠的耳朵拎到他的嘴边,叽咕了几句,老鼠笑得吱吱怪叫,挣脱了卢胖子的手,一溜烟,窜进了人堆里。

盛公那边最热闹,圆桌子坐满了做明星梦的少年家,身后还有站着的,都在聚精会神地聆听盛公讲古,追述三四十年代的星海浮沉录。

"你们听过标准美人徐来没有?"盛公问道,少年家面面相觑。

"他们还没出娘胎,懂得什么徐来徐去呀?"我们师傅坐在盛公身边插嘴道,"盛公,你老和徐来合演的《路柳墙花》我倒看过的,你在那张片子里头俊俏得紧哪!"

盛公那张皱成了一团的脸上突地绽开了一个近乎羞赧的笑容来,抚摸了一下头顶仅剩的三绺头发,不胜唏嘘。

"杨胖子,亏你还记得《路柳墙花》。那倒是'明星'一张招牌片,'明星'是靠它起死回生的呢。"

师傅告诉过我们,盛公是三十年代的红小生,有名的美男子。那时候上海南京许多女学生都争着买盛公签了名的照片,挂在闺房中。盛公提起当年盛况不免惆怅,因此他最肯提拔后进,偏爱美少年,譬如像华国宝,盛公说,华骚包那副骚兮兮的模样,倒有几分像他当年。

盛公把三四十年代那一颗颗熠熠红星的兴亡史,娓娓道来,说到惊心动魄处,盛公却戛然而止,觑着他那双老眈的眼睛,朝向围他而坐的那些少年家巡逡一周,喟然叹道:"青春就是本钱,孩子们,你们要好好地珍惜哪!"

安乐乡的冷气渐渐不管用了,因为人体的热量,随着大家的亢奋、激动以及酒精的燃烧,愈升愈高。在这繁华喧闹的掩蔽下,在我们这个琥珀色的新窝巢中,我们分成一堆堆,一对对,交头接耳,互相急切地倾吐,交换一些不足与外人道的秘辛。在这个中秋夜,大家从四面八方奔来聚在这个地下室里,不分老少,不分贵贱,骤然间,混成了一体,纵使还有个人深藏不露的苦痛、忧伤、哀愁、憾恨,也让集体的笑语、戏谑、癫狂,以及杨三郎那一声紧似一声的电子琴一下子掩盖下去。杨三郎扬起头,他那张戴着黑眼镜的沧桑斑斑脸上,又漾起了一抹茫然的笑容来。他换上配音，奏出了他在日据时代亲自谱写的一曲《台北桥勃露斯》。

五

一二五巷里的霓虹灯已经熄灭，饭馆酒店，开始打烊了。只有梅苑门口那几只西瓜大的灯笼，一个个晕红的，还悬在那里。到底是中秋了，到了半夜，巷子里起了一阵带着凉意的微风，吹得那些晕红的灯笼来回地摆荡，最后一批吃消夜的客人，刚从梅苑走出来，坐上计程车，驶出了巷口，于是一二五巷，便渐渐沉寂下来。骤然间，从巷口凤城酒店的楼头，一轮满月，涌了出来，光亮夺目，大得惊人。有许多年了，我没有注意过中秋夜的月亮。没想到竟是如此庞大，如此灿烂。好像一盏大探照灯，高悬巷口一般。自从那年母亲出走后，我们家里便没有过过中秋。从前母亲在家时，每逢中秋，她都要拜月娘的。到了晚上，月亮升到中天，母亲就领了弟娃跟我到后院天井里去烧香，母亲独自伏身上香拜月，我跟弟娃就去抓供桌上掬水轩的五仁月饼来吃。父亲从来不到天井里来，等到母亲拜完月亮，就切一碟月饼给父亲送进去。只有那一年例外，那是母亲在家最后的一个中秋，父亲却破例到后院去参加我们一起赏月。那年中秋，父亲的合作社关双饷，我们的月饼也每人多加了一枚，一枚五仁，外加一枚豆蓉的。那晚的月亮分外光明，照得我们天井里的水泥地都发了白，照得母亲那匹黑缎似的长发披在背上熠熠发光，照得弟娃两筒玉白的膀子镀上了一层清辉。父亲那晚兴致特高，替我跟弟娃两人，一人做了一只柚子灯。没想到父亲那双青筋叠暴，瘤瘤节节的巨掌，做起柚子灯来，竟那般灵巧，几下便把柚子心剥了出来，而柚子壳却丝毫无损。他用一柄水果尖刀，极其用心地把柚子壳镂刻出两个人面来，鼻眼分明。弟娃那只嘴巴歪左边，我那只歪右边，两只柚子灯，圆头圆脸，歪着嘴笑嘻嘻的。我们把红蜡烛点上，插进柚子灯里，挂到屋檐下，亮黄的烛火，便从柚子灯的眼里嘴里射了出来。月到中天时，母亲点上了香，对天喃喃祝祷一番，拜罢便坐到她那张竹椅上去，把弟娃抱进了怀里,轻拍着他的背,哄他睡觉。弟娃已经吃了一只半月饼,他的头伏在母亲的胸房上,打了两个饱嗝,张着嘴,满足地矇然睡去。父亲在天井里背着手,踱过来,踱过去,一个晚上,也没有开过口。他走到那两盏柚子灯下,抬起花白的头,端详了半天,突然间自言自语说道:

"我们四川的柚子,比这个大多了。"

我走到巷口,仰天望去,月光像一盆冷水,迎面泼下来,浇了我一身,我一连打了几个寒噤,身上的汗毛不禁都张了开来。

六

我在西门町南洋百货公司门口,遇见了吴敏。我到南洋去买内衣裤,我的汗背心都穿洞了,内裤的松紧带也失去了弹性,晾在晒台上,破破烂烂,垮兮兮的,阿巴桑认为有碍观瞻,并且威胁要收去当抹布。南洋百货公司秋季大减价三天,门口挂了大红条子:衬衫睡衣内裤一律七折。吴敏见了我,吞吞吐吐周身不自然起来。我发觉在他身边,跟着一个中年男人,那个男人约莫五十上下,剃着个青亮的光头,全身瘦得皮包骨,一脸苍白,额上的青筋,却根根暴起,一双眼睛深坑了下去,散涣无神,眼塘子两片乌青,好像久病初愈一般,神情委顿。他身上穿了件泛黄的白衬衫,衬衫领磨破了,起了毛,一条宽松的黑裤子系在身上,晃荡晃荡的。足上一双黑胶鞋,一只的鞋尖都开了口。

"阿青——"吴敏强笑着招呼我道。

"你到哪里去?"我在南洋百货公司门口停了下来。

"我也到南洋来买点东西——"吴敏迟疑了一下,才介绍他身旁那个病容满面的中年男人。

"阿青,这是我父亲。"

我赶忙点头招呼道:

"伯父。"

吴敏父亲羞怯地笑了一下,却望着吴敏,好像在等他代答些什么话,解除困窘似的。吴敏没有作声,推开南洋百货公司的大门,径自走了进去,他父亲跟在他身后也走到里面。进去后吴敏先到衬衫部,那边柜台上,摊满了清货大减价的衬衫,捡便宜的顾客都围在那里,一阵翻腾。吴敏也挤了进去,抓了两件出来,一件蓝的,一件灰的,转身问他父亲道:

"阿爸,你穿十四时半,还是十五时的?"

"都可以嘛!"吴敏父亲应道。

"这两种颜色行么?"

吴敏把衬衫递给他父亲,他父亲接了过去,捧在手里,左看右看,斟酌了半天,说道:

"就是这件灰的吧。"

他把那件蓝的退给吴敏,吴敏又塞回到他手里。

"两件一齐买好了,难得大减价。"

买了衬衫,吴敏又领着他父亲一个一个部门走了过去。内衣裤、手巾、袜子、拖鞋,从头到脚都买齐了,又到日用品那边,买了牙膏牙刷,剃胡刀,还买了一瓶三花牌生发油。吴敏付了钞票,大包小包地提在手里,后来的几件东西,他根本也不跟他父亲商量,自己抓了算数。我也买了四套三箭牌的内衣裤,捡便宜抢了一件蓝白条子衬衫。我们走出南洋百货公司的大门,吴敏却在我耳根下悄声说道:

"阿青,你陪我一块儿到火车站,等我送我父亲上车后,我们一起吃饭。"

吴敏的父亲是乘四点半的普通车到新竹去。吴敏替我也买了一张月台票,我们把吴敏父亲送到二号月台去等车。站在月台上,吴敏两只手提满了包裹,对他父亲说道:

"你还需要什么,写信来给我好了。"

吴敏父亲用手拭去了额上的汗水,一双散涣的眼睛直发怔,沉吟半天说道:

"够了,不要什么了。"

过了半晌,他却卷起他右手的衬衫袖子,露出细瘦的手腕来,举起给吴敏看。

"这个癣,生了两年。总也不好,痒得难过得很。你知道有什么药可以医没有?"

吴敏父亲的手腕上,重重叠叠,长满了一圈圈的金钱癣,有的结了疤变成赤红色,有的刚抓破,露出鲜红的嫩肉来。吴敏皱了皱眉头,说道:

"你早又不说,南洋百货公司对面就是华美药房,他们有一种'疗百肤',是治癣的特效药——这样吧,我买了寄到二叔家给你好了。"

吴敏父亲瞅了吴敏一眼,点了点头,把衬衫袖子仍旧放下,也就不作声了。我们三个人默默地立在月台上,好一会儿,吴敏才突然若有所思地叮嘱他父亲道:

"阿爸,你到了二叔那里,二叔不讲究,二婶的为人你是知道的,她那里的便宜,千万占不得。"

"晓得了。"吴敏父亲应道。

"那瓶生发油,你一到就先拿去送给二婶,就说是我买给她的,那是她常用的牌子。"

吴敏父亲又点了点头。火车进站,吴敏等他父亲上车找到座位,才一包一包将衣物从车窗递进去给他。吴敏父亲坐定后,又从窗口伸出半截身子来,指了一指他的右手腕。

"阿敏,癣药,莫忘了,痒得很难过——"

"知道了,"吴敏皱起眉头,答道,"我寄给你就是了。"

火车开动,出了站,吴敏仍愣愣地站在那里,眼睛一直遥望着远去的火车,非常平静地说道:

"我父亲,今天早上刚出狱,他在台北监狱坐了三年的牢。"

七

"七岁那一年,我才第一次见到我父亲。"

吴敏跟我走到车站附近馆前路的老大昌里,一个人叫了一客快餐,火腿鸡蛋三明治。老大昌二楼静悄悄的,下午四点半,不早不晚,没有什么人。二楼的光线很暗,楼下的轻音乐隐隐约约传上来。我们吃完三明治,喝着咖啡,吴敏点上一支玉山,深深地吸了一口烟,说道:

"我第一次见到他,很害怕,那个时候他壮多了,还没开始吸毒,留着个油亮的西装头,还蛮神气。他一到我二叔家,就跟我二婶吵了起来,因为他要把我领走。我母亲怀着我的时候,他第一次坐牢,我是在我二叔家出生的。我看见他凶巴巴,便一溜烟躲进米仓里去。二叔在新竹开碾米厂,米仓里堆满了装谷子米糠的大箩筐,我钻进箩筐堆里,抵死不肯出来。我父亲来捉我,我就满地爬,一脚踢翻了一箩米糠,洒得一头一身。二婶看见倒笑了,说道:'这倒像只偷米糠的老鼠仔!'"

说着吴敏自己先笑了起来。

"客家女人最厉害!"吴敏犹有余悸似的,耸起肩膀说道。

"你二叔怕不怕老婆?"我笑道,"听说客家男人都是怕老婆的呢。"

"二叔么? 二婶吼一声,他吓得脸都发黄,你说他怕不怕?"吴敏笑道,"二婶家是新竹的客家望族,那家碾米厂就是她的陪嫁。二叔光棍一条,站在二婶面前人都矮了一截。我跟他同病相怜,每天总要挨二婶一顿臭骂,从饭桌上骂到饭桌下。我在二婶家那几年,时时刻刻提心吊胆。我最记得,我二婶把我母亲赶出去的那天晚上,把我叫到她房里去睡。睡到半夜尿胀了,又不敢起来,怕吵醒她,只好溺在裤子里——"

"可怜,"我摇头笑叹道,"像个小媳妇儿似的。"

"有什么办法呢?"吴敏抽了一口烟,"谁叫自己的老爸老母不争气? 老爸坐牢,老母偷人——跟碾米厂的工人睡大了肚皮,让二婶一路推出大门外去。"

"你后来见过你母亲么?"

"我没有见着她,"吴敏摇摇头,"不知道她在哪里,只听说她嫁给那个工人了,大概过得还不错。"

"阿青，"吴敏沉思了片刻，把烟按熄，突然叫道，"你听说过有人戒赌砍指头么？"

"有呀，"我笑道，"有些人还砍去两三根呢！"

"我那个赌鬼老爸就是砍去九根指头，还剩一根他也要去摸牌的！"吴敏摇头笑叹道，"他跟台湾人赌三公可以三天三夜不下桌子。他的一生就那样赌掉了。不是我说句狠心话，我老爸关在台北监狱里也就算了，在那里我还可以时常去看看他，照顾他一下。现在放出来，不出三个月，他的赌性一发，天晓得又会闹出什么事故来？阿青，人生为什么这么麻烦？活着很艰苦呢！"

吴敏望着我满脸无奈地笑道。

"艰苦莫人知呀！"我应道，"难道你又想去割手不成？小玉说过：'下次吴敏割鸡巴，小爷也不输血给他了！'"

"不会了，哪还会去做那种傻事？"吴敏不好意思起来，头一直俯着。

"阿青，昨晚张先生又叫我去陪他，搬回去跟他一块儿住。"

"你怎么说？"

"我答应他了。"

"难怪小玉骂你是个小贱人！怎么那个'刀疤王五'招一下，你的魂儿就飞过去了？你贪图他什么？他光武新村那间漂亮的公寓么？"

我记得吴敏告诉过我，他头一天搬进张先生的公寓，在他那间蓝色瓷砖的浴室里，泡了一个钟头不肯出来。

"我并没有说我现在要搬回去跟他一块儿住呀，"吴敏分辩道，"我只是到他那里去陪陪他，昨天晚上，离开安乐乡，我就到他家去看他去，我知道他一定又喝醉了，他的酒量并不好。"

我突然想起那天我到张先生那里，张先生叫小精怪萧勤快把吴敏留在他那里的一包旧衣物掷给我，要我拿走。大概就是那一刻，我突然发现张先生嘴角那道纹路，像一条深陷的刀痕，他使我想起演"刀疤王五"的反派明星龙飞，龙飞在那个电影里，老喜欢嘿嘿狞笑，嘴角露出一道深深的刀疤来。

"那样绝情的人，也值得你这么对他！"我突然觉得，我输给吴敏那五百 CC 的血，确实有点划不来。

"我可怜他。"吴敏望着我说道。

"你可怜他？"我扑哧一下，刚喝进嘴里的一口咖啡，喷了出来，"我的小乖乖，你先可怜可怜你自己吧，你那条小命儿也差点葬送在他手里。"

"你不知道，阿青，张先生是个很寂寞的男人呢。从前我住在他那儿的时候，平常他总是冷冷的，不大爱说话。可是一喝了酒，就发作了，先拿我来出气，无缘无故骂一顿。然后就一个人把房门关上，倒头睡觉去。有一次他醉狠了，在房里吐得天翻地覆，我赶忙进去服侍他，替他更换衣服。他醉得糊里糊涂，大概也没分清我是谁，一把搂住我，头钻到我怀里痛哭起来，哭得心肝都裂了似的。阿青，你见过么？你见过一个大男人也会哭得那么可怕么？"

我说我见过。我想起在瑶台旅社跟我开房间的那个体育老师，那个北方大汉，小腹上练起一块块的肌肉，像铁一样硬，他一直要我用手去摸。可是那晚他躺在我身旁却哭得那般哀恸，哭得叫我手足无措，那晚他也醉得很厉害，一嘴的酒气。

"从前我还以为大男人不会哭的呢，尤其像张先生那样冷冷的一个人。谁知道他的泪水也是滚烫的，而且还流了那么多，不停地滴到我的手背上。张先生人缘很不好，刻薄、多疑又小气。平常也没有什么朋友，跟他同居的那些男孩子，没有一个对他是真心的，都处不长，而且分手的时候总要占他的便宜，拿些东西走，萧勤快那个家伙最狠了。张先生告诉我，他还不止拿走张先生一架加隆照相机呢，连张先生最宝贝的一套三洋音响也搬走了，而且还很凶，他说张先生要是去告警察，他就把他跟张先生的关系抖出来。张先生受到这次打击，又想起我来了，大概他觉得只有我还靠得住些，所以要我回去陪他。"

"那你为什么不干脆搬回去跟他一块儿住，又去做那个'刀疤王五'的小奴隶算了？"

"我想开了，暂时还是这样好，张先生的脾气怪，他一时寂寞，要我回去，万一他又后悔起来，我就太难堪了。而且现在我又不是没有去处，师傅要我晚上在安乐乡住，好守店。我对他说：'张先生，等你真的需要我的时候，我一定搬回来陪你。'"

吴敏停了片刻，望着我，继续说道：

"阿青，我知道张先生不是一个很可爱的人。但是我跟他相处过一段不算短的日子，虽然他对我曾经绝情过，可是只要他用得着我的时候，我还是会去照顾他的。不管怎么说，他总还让我在他那里住了那样久呀。老实说，从小到大，还算跟张先生在一起的那段日子，我过得最舒服呢。"

吴敏的嘴角浮起了一抹微笑，他抬头望了一眼壁上的电钟，拾起桌上的账单起身说道：

"六点钟，我们该到安乐乡去上班了。"

八

安乐乡开张以后，生意鼎盛，一个礼拜下来，差不多天天都挤得满满的。公园老窝里那群鸟儿，固然一只只恨不得长出两对翅膀来，往安乐乡这个新巢里直飞直扑，而且还添了不少从前不敢在公园里露面的新角色。公园里月黑风高，危机四伏，没有几分泼皮无赖的胆识，真还不敢贸贸然就闯进咱们那个黑暗王国里去呢。譬如说那一群没见过阵仗嫩手嫩脚的大专学生，那批良家子弟，有的连公园大门也没跨过，有的溜进去，也只是掩掩藏藏，躲在那丛樟树林子里看看罢了。可是咱们这个新窝巢却成了这批良家子弟的天堂，他们大摇大摆地走进来，很安全，很笃定。琥珀色的灯光、悠扬的电子琴、直冒白泡沫的啤酒——这个调调儿正合了这群来寻找罗曼史的少年家的胃口。他们好像是到咱们安乐乡来开大专联谊晚会的：两个是淡江的、两个是东吴的、好几个辅仁的、一大群文化的，一个身材健硕穿着紧绷绷蓝哥牛仔裤白色爱迪达运动鞋的是体专的高材生，金龙篮球队的队长。一个蓄着一头猖张的长发，唇上两撇骚胡髭的是艺专音乐系的天才歌手。他写了一首歌，叫做"你那双灼灼的眼睛"。有时晚上，我们打烊了，那群大学生还不肯走，天才歌手坐上了电子琴，自弹自唱起来：

　　你那双灼灼的眼睛
　　炙伤了我的心
　　你那双灼灼的眼睛
　　焚痛了我的魂灵
　　我举起双手
　　却捧起一掬爱的灰烬
　　天已荒
　　地已老
　　山已崩
　　海已倾
　　可是哟
　　我的情
　　为什么总也
　　理不清
　　毁不尽

　　天才歌手的声音激越、哀楚，他歪着头，长发披到一边，闭上眼睛，紧皱起眉头，两颧烧得绯红，好像痛苦得不堪负荷一般，那一群大学生围着他，仰面张口，听得着了迷。而我和小玉，一人一把扫帚，却从地上扫起了一阵冉冉飘起的灰尘。小玉一直暗骂，骂那群大学生还不回家，我们好打烊休息。那些大学生都配成了对，落单的几个，大概刚失恋。艺专那个天才歌手，他的爱人上个月才离开他去了新加坡，他是台湾大学外文系的侨生，据说人长得很漂亮，而且真还有一双灼灼的眼睛。

　　另外还有一种新客人，他们在社会上有地位、有脸面，而且也有妻室儿女。公园里的凶杀、勒索、幽暗中发生的恐怖事件，唬得他们裹足不前。可是在咱们安乐乡里，在温柔的琥珀色的灯光下，这批董事长、总经理、博士教授，却感到如鱼得水，宾至如归，把他们白天为事业、为家务的烦恼一股脑儿抛掉，在我们这个新窝巢里，暂且沉醉片刻。这批皮夹子饱满的中年人，是我们的最佳客人，师傅叮嘱我们，一定要加倍奉承，至于那些大学生，三个人分一瓶啤酒，两袋空空，榨也榨不出几滴油水来，摆在那儿，当花瓶看看罢了。师傅这几天笑得合不拢嘴，替我跟小玉一人买了一只浪琴镀金打火机。那些阔客人抽出一支三个5，我们便赶忙嚓地一下，打着火，金闪闪的浪琴送到客人的面前，又殷勤，又够气派。于是我们便趁着他们不在意，暗暗地便替他们把最贵的拿破仑斟得满满一杯，一边听他们倾吐许多我们似懂不懂的牢骚话。原来这些功成身就有家有室皮夹里塞满了百元大钞的中年人，两杯下肚，竟也会吐露出他们惊人的烦恼。一个秃头大肚在板桥开了两家压克力工厂的老板柯金发柯董事长，喝掉了半瓶白兰地，抽掉大半包红吉士，扣住我的手腕不放，唠叨了一夜：他的三个儿子，一个是赌鬼，一个专门追小歌星，最小的一个刚给学校开除，三个儿子什么不会，就会穷花老头子辛辛苦苦赚来的钱，秃头董事长激动得直磨牙，恨道："三个败家子，歹命呵！"我不停地替他斟白兰地，点香烟，直到秃头董事长说完了他的家庭悲剧，打赏了我一百元的小费，在师傅面前大大地赞扬了我几句，说我服务周到。小玉这几天特别起劲。因为师傅交给他一个重要客人，要他小心伺候，客人是永兴航运公司翠华号的船长。龙船长约莫五十上下，身高六呎，宽肩膀大胸膛，屋子里一站，竖起一块大门板似的。大概常年海风吹刮，一身漆黑发亮，好像穿了铁甲一般，威武异常。他头一晚来，小玉悄悄笑道：龙王爷来了！龙船长那颗头确也大得出奇，一脸崎岖，高额大鼻，一双铜铃眼，一张嘴两排白牙森森，确实龙头龙脸。可是龙船长的人却非常豪爽热情，揪住小玉的腮帮子直打哈哈，叫道：小蜜糖！他的口音带着浓浊的江浙腔，很像小玉从前的老户头老周说国语。翠华号是条货轮，运石油为主，专走波斯湾到日本的航线。龙船长刚从日本回台湾休假,所以夜夜有空到咱们安乐乡来买醉。师傅吩咐过,龙船长喝威士忌要给够量,酒菜一律奉送,不许收钱。师傅看准龙船长是块无价之宝,与咱们安乐乡兴衰攸关。因为日后安乐乡的洋酒,都可以托龙船长私带进口了。一瓶红牌威士忌可省两百块,一瓶拿破仑赚下三百八,这笔开销,不知要卖多少杯酒才抵得过,咱们安乐乡的生意,就赚在这些洋酒上。所以师傅对小玉道:

"玉仔,这个人要紧,你替我好生看着,这条大鱼莫让他溜掉了。"

"师傅放心,"小玉笑道:"我把龙王爷的龙蛋抓紧不放就是了。"

在安乐乡的诸多旧雨新知中,只有一个人不喜欢我们这个新窝巢。他怀念我们的老家,怀念公园里那片拔去了莲花的永生池,怀念那一丛丛纠缠不清的绿珊瑚,怀念那深深的黑暗里,一双双飞高飞低萤火虫般碧灼灼充满了欲望的眼睛。艺术大师说我们的老窝遍布原始气息,野性的生命力,那是一个惊心动魄令人神魂颠倒的幽冥地带。他结论道:还是咱们那个黑暗王国够刺激!大师认为我们这个新窝太人工化、太庸俗、太安适。大师不喜欢柔靡声中琥珀灯下的杯光鬓影。他批评那些大学生:矫作肤浅,沾沾自喜。在他们受过文明洗礼的身上,大师找不到一丝灵感。他最怀念那群从华西街、从三重埔、从狂风暴雨的恒春渔港奔逃到公园里的野孩子。他们,才是他艺术创作的泉源。大师告诉我,他曾经周游欧美,在巴黎和纽约都住过许多年,可是他终于又回到了台湾来,回到了公园的老窝里,因为只有莲花池头的那群野孩子,才能激起他对生的欲望,生的狂热。他替他们画像,记载下一幅幅"青春狂想曲"。在安乐乡进门右侧电子琴台的后面,有一片白墙壁,替安乐乡装潢的那家胜美装潢公司,本来在那面墙上挂了一张外销油画,画的是一瓶大红大绿的大丽花。大师看到,眉头一皱,说道:"恶俗!"于是我们师傅便乞请大师赠送一张他自己的作品,给我们挂挂,增加安乐乡的艺术情调。大师说他的画,从来不赠送,不过为了提高安乐乡的情调,他却破例借给我们一张作品,悬挂一个月。可是我们没料到,大师竟肯把他那张杰作:《野性的呼唤》，借给了安乐乡。那是一张巨幅油画，六呎高三呎宽的一幅人像，画面的背景是一片模糊的破旧房屋，摊棚、街巷、一角庙宇飞檐插空，有点像华西街龙山寺一带的景象，时间是黄昏，庙宇飞檐上一片血红的夕阳，把那些肮脏的房屋街巷涂成暗赤色。画中街口立着一个黑衣黑裤的少年，少年的身子拉得长长一条，一头乱发像一蓬狮鬃，把整个额头罩住，一双虬眉缠成了一条，那双眼睛，那双奇特的眼睛，在画里也好像在挣扎着迸跳似的，像两团闪烁不定的黑火，一个倒三角脸，犀薄的嘴唇紧紧闭着，少年打着赤足，身上的黑衣敞开，胸膛上印着异兽的刺青，画中的少年，神态那样生猛，好像随时都要跳下来似的。我第一眼看到这张画，不禁脱口惊叫道：

"是他！"

"是他。"大师应道，大师那张山川纵横的脸上，突然变得悲肃起来。

"我第一次见到他，是在公园里莲花池的台阶上，他昂首阔步，旁若无人地匆匆而过。我突然想起烧山的野火，轰轰烈烈，一焚千里，扑也扑不灭！我知道我一定得赶快把他画下来，我预感到，野火不能持久，焚烧过后，便是灰烬一片。他倒很爽快，一口答应，也不要报酬，只有一个条件：要把华西街龙山寺画进去。他说，那就是他出生的地方。那张画是我最得意的作品之一。"

大师的得意之作终于挂上了安乐乡那面白壁上。画中那双闪烁不定的眼睛，像两团跳动的黑火，一径怨愤不平似的俯视着安乐乡里的芸芸众生。于是在琥珀迷茫的灯光下，在杨三郎悠然扬起的电子琴声中，在各个角落的喁喁细语里，公园里野凤凰那则古老沧桑的神话，又重新开始，在安乐乡我们这个新窝巢中，改头换面地传延下去。

九

"龙王爷是个老可爱！"小玉喜滋滋地告诉我道。

这几晚小玉都跟我回锦州街丽月那里去睡，我们冲完澡，坐着抽烟闲聊的当儿，小玉就兴高采烈地大谈龙船长一生的传奇故事。丽月把安乐乡称作"水晶宫",她说我们这些"玻璃货"都升了格,涨了价,变成"水晶玻璃"了。她一直嚷着要加我们的房租,她指着小玉笑道:

"玉仔,你好运气,在水晶宫里又遇见了海龙王,我看你快要成仙了!"

小玉说龙王爷是宁波人,从小便跑到上海黄浦滩头去混生活。后来一个犹太佬看上他,教了他一口洋泾浜英文,把他推荐到一艘外国船上去当仆欧,十八岁便下了海。那条船叫"康悌浮弟",是一条来往上海香港意大利豪华邮轮,派头大得唬人,龙王爷说他在船上饭厅伺候那些老爷奶奶们时,是穿着燕尾礼服的,而且还戴上白手套,脚下是光可鉴人的黑漆皮鞋,走起路来喀噔喀噔响——我想不出龙船长穿了燕尾礼服的模样,不过他块头大,大概也挺神气吧——而且菜单上一道汤就有十几种名式,都是法国字,有些上海财主,到船上去开洋荤,连点两三道汤,也是常有的事。龙王爷在"康悌浮弟"上熬了几年,船上的规矩全学会了,便跳槽到了那条有名的鬼船"太平轮"上去当三副,才上去一年,上海便乱。民国三十七年冬天太平轮最后一次从上海航行香港,船上挤满了上海有钱人,有些绑了一身的钻石美金。哪知道"太平轮"一出港,便触了礁,沉到了海底去,船上的乘客,无一生还,那些上海有钱人带着他们的黄金珠宝,都真的去见了海龙王——只有龙王爷一个人逃过了死门关。

"为什么?"我和丽月不禁齐声问道,小玉满脸得色卖了一阵关子,说道:

"开船的前一刻,龙王爷在甲板上正在指挥水手运货,突然脚下一滑,好像有人从背后推了一把似的,一跤摔下去头便碰在铁栏杆上,撞得他眼前一黑,当场晕了过去,等他安了神睁开眼一看,甲板上那些水手,一个个的头都不见了。"

"玉仔!"丽月指着小玉正色道:"鬼月才过,深更半夜,你少来编这些鬼话。"丽月什么都不怕,就是怕鬼,她每次梦见她死去的老爸,总要去买香烛冥钱,大烧一轮。

"真的嘛!"小玉笑嘻嘻说道,"是龙王爷说的么,他说那些水手穿着白制服的身体,一个个还在走动呢!他感到一阵恶心,胆水都吐了出来,所以才临时下了船,逃过了那次大难。"

"我看你说得眉飞色舞,干脆你也跟了你那个龙王爷上船出海,去见那些无头鬼去!"丽月说着,倏地立起身来,悻悻然走出了我们的房间,我跟小玉都拍手大笑起来。自从丽月把小弟撵走以后,我对她一直心怀不满,有时也会借故给她一点难堪。我看见小玉作弄她,不禁感到一阵幸灾乐祸的快意。

"小玉,师傅该颁奖给你了!"我和小玉熄了灯,一齐躺下后,对小玉说道,"你这几天猛灌龙王爷的迷魂汤,把老龙迷得昏陶陶的,我看你什么招数都使了出来,就还差没去舔他的卵泡!"

"他要我舔我也干呀!"小玉说道。

"你那么下作?"我笑道,"龙王爷给了你什么好处了?"

"你懂什么?"小玉冷笑了一声,"你知道这个人有多重要?"

"师傅要他替咱们带私酒嘛。"

"私酒不私酒,与小爷卵相干!"小玉猛然翻过身来,"阿青,我跟你说,这个老龙头,可能就是我命中救星了!"

"你又在打什么歪主意啦?"我知道小玉工心计,专门钓大鱼放长线。

"时机还没到,本来不打算告诉你这个驴头听的,"小玉干脆坐起身在黑暗中,窸窸窣窣摸出了香烟,打火机,点起烟来,"我昨天早上到中华烹饪学校去报名,参加速成班三个星期就领到证书了。今天上午才去上第一课:刀工、切、剁、片、削、劓,全试过了。我考考你,牛肚子怎么切?直切还是横切?"

"直切吧。"

"蠢材!"小玉咯咯地笑了起来,"直切就咬不动了。今天我们还学做了一道菜:水晶鸡。我们老师尝了一轮,直夸我做得最入味。我没告诉她:咱们是水晶宫里出来的,当然会做水晶鸡喽!"

"你学烧菜干什么?"我也坐了起来。

"学个一技之长有什么不好，"小玉把手中的香烟递给我，"等到年老色衰，没有人要了，就去替人家烧饭去。老实告诉你吧，阿青，龙王爷的翠华号要招一名二厨——"

"罢、罢、罢，"小玉还没说完，我便止住他道，"你这么个金枝玉叶的人儿，船上那种苦是你吃得了的？我看上船就让那些烂水手奸掉了！"

"妈的，说你不生性，"小玉有点发急了，"你等小爷说完再放屁也不迟。小爷是什么人？服侍那些烂水手么？前晚，龙王爷无意透露翠华号原来那个二厨失踪了，是在东京跳船的。我一听，差点昏了过去，赶快拿话套他，他说跳船的事常发生。东京新宿有一家中华料理大三元，老板就是翠华号的跳船三副。阿青，别人会跳，我不会跳么？我到了东京，比谁都跳得快！"

"啧、啧，"我叹息道，"小玉，你还没有死心呵？原来还想做你的樱花梦哪！"

"我为什么要死心？我为什么要死心？"小玉嚷了起来，"我的人死了烧成灰，这个心也不会死！就是变了鬼，我也要飞过太平洋去的！不错，上回成城药厂的林样，没能带我去成日本，叫我伤了好一阵心。你以为我就那样算了么？我不讲罢咧，我心里天天在转念头，一旦有机会，哪怕上刀山下油锅，也吓不住我王小玉，上船吃点苦算什么？我下午去了三重，见到我阿母，都跟她说了。她说：'你现在有份工作，不好好做，又起那个怪念头；万一跳船不成，给日本政府抓去关起来，怎么办？'说着一把鼻涕一把眼泪，哭完了她却褪下她腕上那只宝贝金镯头来，那是我那个死鬼阿爸资生堂的林正雄在东云阁追我阿母的时候，给她的定情礼，镯头内侧刻着我阿母王秀子及我阿爸的日本名字'中岛正雄'。我阿母把那只金镯头塞给我，她说：'你去成东京，万一找到那卡几麻，你把这只镯头拿出来，他就会认你的。如果找不到，卖掉当路费回来，免得流落在外国。'"

小玉兴高采烈讲了一大堆计划，好像明天就要跳船似的。

"阿青。"我们说完话，睡下了小玉又推醒我。每次他来跟我睡，都闹得我睡眠不足。

"什么事？你跳船还不够，难道还要去跳海不成？"

"下个月我要到台大医院去割盲肠去。"

"最好连大肠小肠一齐割掉，"我没好气地说，可是却又耐不住好奇起来，"为什么要割盲肠？"

小玉叹了一口气，说道：

"龙王爷说的，翠华号新招的船员，通通要先割盲肠。因为怕上了船，万一害盲肠炎，没有人会开刀。"

十

傅崇山傅老爷子家的老女佣吴大娘上菜场的时候滑了一跤，右腿骨节脱了臼，送到医院里接骨上了石膏，要休养一个月，她那当军人的儿子便把她接回家里去了。傅老爷子打了单，一切家务便得自己动手。我们师傅去探望老爷子，看见傅老爷子正在客厅里擦地板，他蹲在地上，驼背高高拱起，双手揪住抹布抖擞擞地来回擦，累得一头的汗。师傅赶紧把傅老爷子搀了起来，向他建议，找一个人，暂时顶替吴大娘，师傅提了我，说我老成。傅老爷子起初不肯，后来师傅又骗说我给房东撵了出来，正找不到地方住，求傅老爷子暂且收容，傅老爷子才答应了。丽月倒没有撵我，但却把房租加了一倍，伙食也加了三成。丽月纽约一个姊妹淘倒会，倒掉丽月两万块，丽月心疼得哭了又骂，骂了又哭，而且阿巴桑吵着加薪，并且威胁要离去帮"中国娃娃"的露露做厨娘，一连串破财的事，弄得丽月情绪极恶劣。加房租的时候，很不客气地对我说过："你要嫌贵，就搬走好了。"当我把迁入傅老爷子家的消息告诉丽月时，她倒反而有点过意不去，叫阿巴桑做了几味我素日爱吃的小菜，把小玉也叫了来，替我饯别，她舀了一瓢酸菜炒鱿鱼，搁在我碟子里，说道：

"你要凭良心，阿青，你在这里，丽月姐没有亏待你，你现在有了好去处，莫要过河拆桥，出去尽说丽月姐的坏话！"

"怎么会呢？"我连忙笑着分辩道，"你不信问小玉，背后我总是说丽月姐是个大好人!"

"阿青说,丽月姐是我们的观音妈!"小玉笑嘻嘻响应道。

"我不信!"丽月扑哧一笑,"两个小玻璃,串通好了的。阿青这么急急忙忙搬出去,一定是心里怨我了。要不然,最近怎么老跟我过不去?"

"丽月姐把人家的命根子弄走了,怎么怪他怨你?"小玉抢着说道。

"什么命根子?"丽月诧异道。

"你把他那个小神经郎赶走了,他伤心得要命!"

"啊呀,"丽月喊了起来,"那个小神经,连屙屎屙尿都不会,撒得一屋子。而且又伤了我们小强尼,那种东西,能留的么?阿青有什么本事?养得活那样一个白痴仔?"

"你不要听小玉胡说,"我有点不好意思起来,"我搬出去,完全是为了傅老爷子。他现在一个人,没有人照顾,身体又不太好。傅老爷子救过我们出牢,现在去陪陪他,也是很应该的嘛。"

丽月睬着我,点头叹道:

"看不出你这么个玻璃货,还有点良心。"

我把搁在床底小玉那只破皮箱拖了出来,将小玉的东西统统抖出来堆在床上,自己那些衣服什物,胡乱往里一塞,箱子的锁坏了,关不上,我向阿巴桑要了一卷麻绳,将破皮箱捆绑起来。阿巴桑又替我找来了一个网袋,将我的面盆、漱口盅、两双旧鞋子,都网好,袋口打一个结,挂在我左手臂上。丽月怀里抱着小强尼,送我到门口,她用手举起小强尼一只白胖的膀子摇了两摇,教他道:

"Bye—Bye—叫舅舅 Bye—Bye—"

"Bye—Bye—"小强尼突然咯咯地尖笑起来叫道,他那一双绿玻璃球似的眼睛眨巴眨巴,也在笑。

"Bye—Bye—"我也禁不住笑了。

十一

傍晚我把两件破行李先运到傅老爷子家,暂时搁在玄关,再赶去安乐乡去上班,师傅放了我两个钟头假,十点钟就让我先走。傅老爷子一直在家里等候着,我回去后,他叫我把行李搬进房里。那间房紧靠着傅老爷子自己的卧室,六个榻榻米大,床铺桌椅都是齐全的,床上垫了草席,连被单枕头套也好像刚换过,房间打理得异常整洁,我从来没有住过这样舒适像样的一间卧房。自从离家以后,在锦州街那间小洞穴里蜗居了几个月,总觉得是一个临时凑合的地方,从来也没有住定下来,何况常常还不回去,在一些陌生人的家里过夜,到处流荡。

"这就是你的睡房了,"傅老爷子跟进来说道,"这间房别的没有什么,就是窗口朝西,下午有点西晒——我把一面竹帘子找了出来,明天你自己挂上吧。"

傅老爷子指了一指一卷倚在窗下的竹帘子,帘上的绿漆都已剥落,大概很旧了。他又驼着背吃力地弯下身去,从床下掣出一只盛蚊香的瓷盘子,盘子里的铁皮架上放着一饼三星蚊香。

"园子里有水池,蚊子多,晚上睡觉,你把蚊香点起来,"傅老爷子吩咐我道,他在房间里巡视了一遭,东摸摸,西看看,似乎挑不出什么毛病了,才对我说道:

"你先住进来,如果发觉还缺什么,再向我要好了。"

"老爷子不必操心,"我赶忙应道,"这个房间太好了。"

傅老爷子走到那张书桌前面停了下来,书桌上摆着一套英文书,一只收音机,一个闹钟,还有一架铜制的高射炮模型。

"这本来是我的儿子傅卫的睡房,这些东西都是他留下来——"傅老爷子停了一停,他那拱起如小山丘的背一直向着我,他那颗白发苍苍的头,压得低低的,伏到桌面上,"你要用都可以用。"

说着他又颤巍巍地,蹭到壁橱那边,拉开纸门,半个壁橱里,都挂满了衣服,傅老爷子捞起一件,查视了一下,自言自语说道:

"该拿出去晒一晒,都发霉了。"

他回头朝我打量了一下。

"你的身材倒跟傅卫差不多,这些衣服你可以穿。"

"用不着了,"我赶忙推辞道,"我自己有衣服。"

"冬天的也有么?"傅老爷子问道。

我一下子语塞,支吾了两句,我的破皮箱里,只有几件单衣。傅老爷子从衣挂上卸下一件人字呢咖啡色的西装外套,要我穿上试试,我把外套穿上,傅老爷子瞅了我半晌,唔了一声。

"还合身,就是袖子长了些。他的衣服,我都送给别人了,就还剩下这几件,过个冬,也够了。"

我看见壁橱还挂着一袭草绿色的粗呢大衣,一件黑色皮夹克,还有几件旧毛衣,大概很久没有人穿,透出一股强烈的樟脑味。我把西装外套挂回原处,傅老爷子把壁橱门仍旧拉上,然后引着我回到客厅里去。

"阿青。"

我们坐定后,傅老爷子端起搁在茶几上的一杯茶,啜了一口,若有所思地唤我道。

"你搬了进来,就把这里当你自己家一样,不必太拘束。"

"谢谢老爷子。"我应道。

"杨金海跟我再三提起,说你很老成,可以搬进来给我做伴。吴大娘年纪大,那一跤摔得不轻,一下子恐怕好不了。近来我的身体也不大好,重事劳累不得,你来了,正好可以帮帮我的忙。"

"老爷子有什么事,只管吩咐我好了。"

"我这里也没有什么烦事,"傅老爷子微笑道,"就是烧两餐饭,打扫庭院一些家务,不知道你做不做得惯?"

"从前在家里,也要帮着父亲做家务的。"我解说道,"只是饭烧得不太好——"

"不要紧,"傅老爷子笑道,"我吃得粗淡,每餐两样青菜豆腐就够了。"

"青菜豆腐,倒还会炒。"我也笑了起来。

"听说你也是军人子弟呢?"傅老爷子沉思半晌抬头问道。

"我父亲从前在大陆当过团长的——不过,到台湾来给革了职,因为他被俘虏过——"提到父亲,我又不自在起来,说话也开始有点口吃了。

"他是哪个兵团的,你知道吗?"

"我搞不大清楚,"我摇头道,父亲曾经提过的,不过他提到他那个兵团抗日的光荣历史,总是激动得口齿不清,"我只记得他说过他们的兵团司令是章淦。"

"哦,是章淦兵团,"傅老爷子点头道,"那个兵团是川军,抗战的时候,很有表现,长沙那一仗打得很好。"

"'长沙大捷'父亲还受过勋呢,"我突然记起父亲那只小红木箱里锁着的那枚生了铜锈的宝鼎勋章来。

傅老爷子却叹了一口气,说道:

"他那个兵团,后来运气不太好。"

"父亲说,连章司令也被俘虏了。"

"是的,整个兵团覆灭了。"傅老爷子感慨地叹道。

"你家里还有些什么人呢?"傅老爷子转了话题。

我告诉他母亲跟弟娃已过世,只剩下父亲一个人。

傅老爷子一双铁灰的寿眉紧皱在一起,说道:

"杨金海告诉我,好像你们父子有点不合——"

我的头垂了下去,避开了傅老爷子那双一直淌着泪水眬朦的眼睛。

"你父亲,一下子气在头上,过些时,等他气消了,你还是该回去看看他。"

我一直低垂着头,没有作声。

"先去洗个澡早点休息吧,"傅老爷子立起来,走到我的身旁,拍了一拍我的肩膀。

我冲完澡,回到房中,把带来的两件破行李稍微整理了一下,将蚊香点了起来,熄灯上床,书桌那只荧光闹钟已经到十二点半。或许是换了新地方,一下子很难入睡。窗外大概就是那个浮满了葫芦花的水池子,不停传来嘎嘎的蛙鸣。隔壁傅老爷子大概也睡得不安,我听见他起身两三次，去上厕所，他踮着拖鞋的脚步声，由近而远，由远而近。我记得在家里夜半三更也常常听到隔壁房父亲踱来踱去的脚步声。因为板壁薄，父亲房中的动静，我躺床上，听得真切。母亲离家出走的头两年，父亲的脾气及行动都变得异常乖张。常常在深夜里，他会突然从床上一跳起来，好像中了魔一般，在房中走来走去。他的脚步那般急切、沉重，好像铁笼里的困兽，在不停地打转似的。我在隔壁，躺在黑暗里，凝神屏息地听着父亲磕、磕、磕的脚步声，突然会感到一阵莫名的紧张，就是冬天，额上的冷汗也会猛然沁出来。

<h1 style="text-align:center">十二</h1>

一觉醒来，已经快十一点钟，我赶忙起身胡乱穿上衣服，匆匆走出房间，傅老爷子坐在客厅里戴着一副老花眼镜在看报纸，他身上穿得很整齐，外面罩了一件深蓝对襟夹背心，好像准备外出的模样。

"我看你睡得很甜，没有叫醒你。"傅老爷子放下报纸，对我微笑说道。

"不知怎的，一下睡过了头。"我有点不好意思起来，昨晚蒙过去的时候，恐怕都快天亮了。

"我清早出去散步，在巷口那家西点铺买了两罐克林奶粉回来，你去冲一杯来喝吧，奶粉就搁在冰箱上头，暖水壶里有热开水。"傅老爷子仔细地交代道。

"老爷子也要喝一杯么？"

"我不喝那种东西的，"傅老爷子摆手道，"时候不早，就要吃中饭了。"

"中饭我来做。"我赶忙接口道。

"咱们随便点吧，吃面条好了。冰箱里还有几碟剩菜，是你们师傅送过来的，回头拿出来热一热就行了。"

"我这就去烧水煮饭。"

"不急，"傅老爷子止住我道，"你先去喝杯奶粉再说。"

"好的。"我应道。

我去开了一罐克林奶粉,用热水,浓浓地冲了一杯。从前在家里,隔壁巷子黄婶婶有时候会送一罐奶粉给我们。那是公家配给的脱脂奶粉,据说是美援的。父亲不喝,都是我跟弟娃两人吃掉。脱脂奶的味道很差劲,淡淡的,没有什么奶香。克林奶粉大不相同,是正宗美国货,不放糖,也有一股甘芳。我喝完奶粉,发觉傅老爷子在厨房里,翻箱倒柜。

　　"吴大娘那个老太太,东西收得真紧,我总找不到。"傅老爷子佝着背踮起脚,喘吁吁地去开碗柜,一面嘀咕道。

　　"让我来,老爷子。"我赶紧跑过去,把碗柜打开。

　　"我记得她把面条放在最高一层。"

　　我伸手去碗柜最上层,摸了一下,果然搜出一大包干面来。

　　"老太婆怕蟑螂偷吃,藏在那个上头,蟑螂有翅膀,要飞还不是飞上去?"傅老爷子笑道。

　　我烧了水,把面放在锅里。又把冰箱里的几碟剩菜拿出来,在扁锅里翻炒了一下。面煮好捞起来,盛到碗里,又洒了几滴麻油酱油。

　　"看你这个样子,从前大概是下过厨房的。"傅老爷子立在一旁,微笑道。

　　"在家里,父亲上班,是我烧饭的时候多。我上夜校,晚上才去上学。"我也笑道,"父亲也爱吃面条,我们常吃担担面,辣子花生酱一拌就行了。"

　　我跟傅老爷子两人在厨房里一张小饭桌坐下,一同共进午餐。傅老爷子告诉我,下午他要到中和乡灵光育幼院去,帮忙照顾育幼院里的那些孤儿。他说灵光育幼院的院长找了好几位老先生老太太到院里去义务帮忙。这些老人大多是大陆人,有的儿女留在大陆,有的儿女早已长大离开了。他们的家境都还不错,只是晚年寂寞,到育幼院,精神有所寄托。

　　"我也是三年前才开始到灵光育幼院去的,"傅老爷子吃完面,我奉上一杯热茶,他吸了两口,缓缓地说道,"他们的院长到处募捐,把我们几个人请到育幼院去参观。那些孩子都养得活活泼泼,蹦蹦跳跳,很讨人喜。可是我却在一个角落,发觉了一个畸形婴儿。他没有手臂,身上穿的衣服两截空袖子垂下来,甩荡甩荡。那时他只有三岁,走路都走不稳,跌跌撞撞。我看见他一跤摔在地板上,因为没有手臂,在地板上滚来滚去,爬不起来,急得一脸通红。我赶忙过去,把他抱起,他一头撞进我怀里,哇的一声大哭起来。好像把一肚子与生俱来的委屈都哭了出来似的。院长告诉我,那个畸形儿是个弃婴。襁褓里就给他父母丢弃在育幼院门口。不过那个婴儿特别奇怪,生下来就没有手臂的。我可怜他,当场就捐了一万元,特别指定给那个畸形儿。"

傅老爷子那满布苍斑的脸上,漾起一抹悲悯的笑容来。

"说来也奇怪,回家后,我却老忘不了那个畸形儿。在育幼院里,院长把那个畸形儿的袖子捞开给我看,两个肩膀光秃秃的,好像手臂让人家斩断了一般。我一想起他那光秃秃的肩膀,心里就难过。过了两天,忍不住又到灵光育幼院去看他去了。没料到愈去愈勤,竟去了三年——"

傅老爷子摇头微笑立起身,走到客厅门口从门背后,掣出了一根藤拐杖来,驼着背踱向玄关,我送他出大门时,他好像又想起了什么似的补充道:

"他本来没有名字的,我叫他傅天赐。"

十三

我在傅老爷子家,做了一个下午的杂事。打了一桶水,把客厅的地板擦亮,厨房的炉灶洗干净,垃圾倒掉,才换上制服,到安乐乡上班。师傅见了我,迎面就训了一顿:

"我把你荐到傅老爷子那里,说了你一箩筐的好话。你也要争口气,这一回无论如何莫让师傅再丢脸。你在老爷子那儿有吃有住,天堂似的。自己也要识相,少年家勤快些,多做点事,身上不会去块肉的。"

"人家刚才擦好地板,洗完厨房才过来,师傅不信,去问老爷子看,中饭还是我下厨烧的呢!"我笑着答道。

师傅把嘴一撇,说道:

"新开张的茅厕三天香! 你刚过去,想表现,做些表面功夫也是有的。我是要你拿出真心来,好好服侍那个老人家,晚上莫睡得那么死,老爷子叫唤,也听着些。"

"知道了,"我应道,"师傅让我先试一个月,我犯了什么错,再来说我也不迟。"

"你莫得意!"师傅喝道,"要是老爷子有半句怨言,我自然把你换掉。"

"换掉他,我去代替!"小玉笑着接嘴道,他在酒吧台后面用一块毛巾在揩拭酒杯。

"你么?"师傅嗤笑了一下,"你那些花花巧巧的言语举动,只有去哄哄盛公那个老花蝴蝶儿。傅老爷子是正经人,用不着你那一套。"

"师傅此言差矣!"小玉笑道,"我正经起来,比谁都还正经,师傅没看见罢咧! 我要去服侍老爷子,只怕比他的亲儿子还要孝顺呢!"

"此刻你另有重任。我问你,龙船长那里的消息,你替我打听好了没有?"

"没问题,师傅。龙王爷说他们公司经常有几条船泊基隆。上个月还有一条在基隆外港把两箱红牌威士忌踢到海里头。货是不会缺的,下一次有船进港,龙王爷说他替我们留意就是了。"

"一有消息你就先告诉我,我来和老龙谈价钱。"

师傅又督促吴敏把烟碟烟缸洗刷干净,点了一下,却少了一只葡萄叶形的瓷烟碟。吴敏承认,是他失手打破了。

"三十五块一只,你赔出来就是了!"师傅瞧也不瞧吴敏一眼,径自走到后面,豁琅一下,把厕所门打开。

"老鼠呢?"师傅在里头喝道。

"老鼠今天还没来上班。"小玉在外面大声答道。

师傅气冲冲地跑出来,一径骂道:

"回头那个死贼来了,我就把他丢到厕所尿池子里去,活活溺死!厕所塞住了,也不来报告。里面臭气冲天!咱们安乐乡这块招牌也要让他给砸掉了呢!"

安乐乡的自动门轰隆一下打开,老鼠一头便撞了进来。师傅赶上去,正要举起扇子,手却在半空中停住了,我们每个人都放下了手中的活儿。老鼠怀中紧紧搂住他那只百宝箱,走一步,晃两下,好像喝醉了酒一般,跟跟跄跄,身上却簌簌地抖成了一团。

"老天爷!"师傅叫了起来。

老鼠身上那件白衬衫给撕得丝丝缕缕,破了好几处,胸前印着斑斑血迹。老鼠整个脸都变了形,两片嘴唇肿得乌紫,翻了起来,左眼鼓肿,像只熟烂了的朱砂李,眯成了一条缝,鼻梁也肿得宽了一倍,一张脸青红紫,都是伤痕。我们一伙儿都围了上去。老鼠两片厚肿的嘴唇开翕了几下,牙关上下直打战,迸出嘶嘶的声音来。

"乌鸦——乌鸦——乌鸦——"

老鼠那双细瘦的手臂紧紧地环抱着他胸前那只百宝箱,歪着头,梗着脖子,那张鼻青眼肿的脸很不逊地扬起,呜哇呜哇,他好像急怒攻心迷了本性似的,语无伦次地叫道。

"你这个样子见不得人,"师傅皱起眉头,"快躲到厨房里去吧,客人们马上就要来了。你这个小贼是欠揍,不过你那个流氓老哥也太狠了,下这样的毒手。"

"师傅,我带他到傅老爷子那儿,休息一下好了。"我建议道。

"也好,"师傅想了一下点头应道,"你对老爷子说得婉转些,不要太惊动了他老人家。"

我叫了一辆计程车,把老鼠送到傅老爷子家。傅老爷子大概刚从中和乡回来不久,他看到老鼠那副模样,马上拉了他到灯下,仔细端详了一番。说道:

"我有田七粉,我去拿来给你敷一敷,先止止痛。"

傅老爷子伛着身颤巍巍地踅到房中去,拿出一包田七粉来。

"阿青。"傅老爷子吩咐我道,"你到厨房里,把灶头上那瓶烧酒拿来,拿只酒杯、一只酱油碟来。"

我到厨房里,把烧酒跟杯碟拿到客厅。递给傅老爷子,傅老爷子把田七粉倒在酱油碟里,和上烧酒,拌成糊状,用手指头蘸了抹在老鼠脸上的伤肿上,抹得老鼠一脸好像上了一层粉似的,白一块黄一块。擦完傅老爷子又冲了半杯烧酒加上田七粉,要老鼠喝下去。

"你坐下来,把这杯药酒慢慢喝掉,发散一下淤血,过两天,就会消肿了。"

老鼠开始还不肯放下手里那只百宝箱,死死搂在怀里,我过去在他耳边叫道:

"你把你那只宝贝箱子交给我好了,这儿没有人抢你的。"

老鼠瞄了我一眼,很勉强地把他那只百宝箱交出来,接过傅老爷子的药酒,坐到椅子上,一口一口慢慢喝起来,喝一口便唉地叹一口气。傅老爷子定定地望着他,说道:

"怎么打成这副德性?"

我把乌鸦凶神恶煞的形状说了一个大概。

"你去上你的班吧,"傅老爷子交代我道,"留下他在这里,陪我吃饭。"

十四

回到安乐乡,里面已经来了不少客人。我向师傅报到后,便到酒吧台后面去帮小玉。小玉一个人在那里又要配酒,又要招呼客人,忙得不可开交。我一过去他就赶忙把酒瓶塞给我,说道:

"威士忌加苏打,"然后又悄声问道,"老鼠怎么了? 那个小贼给乌鸦揍得失魂落魄,我早就料到会有这一天,算他运气,还没打废掉。"

"老爷子给他敷了药,我看不要紧的,倒是亏了他,怎么把他那只百宝箱也给抢了出来。"

"那是他的命根子,他肯不带出来?"小玉又悄悄在我耳边笑道,"俞先生今晚问起你好几回了,我告诉过他,你一会儿就回来,他直不放心,念着你,说:'李青呢? 他今晚还会来么?' 你快过去招呼他去吧。"

我抬头望去,看见俞先生俞浩坐在吧台的末端,正朝着我微笑,我赶紧走了过去,跟他打招呼。一连好几晚了,俞先生到安乐乡来,总坐到吧台来找我聊天。他在一个专科学校当讲师,教英文。俞先生大概三十七八岁,身材很挺,高高的个子,宽肩膀,非常神气。他从前在学校里爱运动,是游泳健将。俞先生也是四川人,四川重庆,我告诉他我是半个四川人,就叫我"青娃儿"。我学了几句我父亲说的四川土话,父亲生气的时候,会骂一声:妈那个巴子。俞先生大笑,说我说的是台湾四川话。

"青娃儿,"俞先生向我招呼叫道,"你看,我给你带了什么东西来?"

他把一只牛皮纸的封套递给我,我打开一看,是诸葛警我写的《大熊岭恩仇记》,一套四本。

"哇! 俞先生,棒透了!"我兴奋地叫了起来。上次俞先生来,我们谈起武侠小说。他说他也是武侠迷。他问我喜欢看哪一家的,我说了几个人,也提到诸葛警我。他那部《大熊岭恩仇记》,我只看了头二集,是在我们龙江街那家专租武侠小说的书铺租来的,我跟弟娃两人轮流看,他先看头集,我看二集,然后两人交换。可是我们还来不及去租三四集,弟娃就病倒了。《大熊岭恩仇记》我总也没有看完。这部武侠小说是诸葛警我的成名作,故事是讲明朝末年,清兵入关,一个叫万里飞鹏丁云翔的大侠士,率领一家老幼及门下子弟逃出京城,可是半路却把一个最小的儿子走丢了。丁大侠后来逃到了云贵边境大熊岭上隐居起来,一面暗结天下江湖义士,招兵买马,以图反清复明。丁家那个小儿子却被清兵的大将鄂尔苏掳了去改名鄂顺,二十年后变成了清兵一员骁将,带领清兵赴大熊岭征讨丁家庄。第二集刚写到万里飞鹏两父子第一次交锋。

"后来怎么样? 万里飞鹏胜了还是败了?"我翻着手里的《大熊岭恩仇记》第三册,急切地问俞先生道。

"你回去慢慢自己看嘛,讲给你听就没有意思了。"俞先生笑道,"我下午去逛书摊,看见这套书,我记得你提过,所以就买了来给你。"

"谢了,俞先生,"我敬了一个礼,"诸葛警我的小说我最爱看。我还看过他的《天山奇侠传》和《星宿海浮沉录》。"

"青娃儿,你的武功蛮要得嘛,"俞先生笑道,"那两部小说我也看过,不如《大熊岭》,丁云翔父子斗法,曲折惨烈,真是惊心动魄——"

"俞先生,刚刚你还教我自己回去看,现在又来吊人家胃口了!"我恨不得马上把《大熊岭恩仇记》的三四集一口气啃完。

"好、好,我不再提了,"俞先生笑道,"青娃儿,你去拿瓶啤酒来,你陪我喝一杯,怎么样?"

"我们上班不准喝酒的,"我悄声说道,"这是我们老板杨教头的规定。"

"不要紧,"俞先生挥了一挥手,"回头你们老板找你麻烦,我来替你挡掉。"

我去拿了一瓶冰啤酒,多拿了一只玻璃杯来,把啤酒斟上,我举杯敬俞先生道:

"来,俞先生,我们敬万里飞鹏一杯!"

俞先生呵呵大笑起来,跟我两人咕嘟咕嘟把一杯啤酒都饮尽了。我又去拿了一碟油炸花生来过酒,陪着俞先生喝啤酒,摆龙门阵。安乐乡里人声嘈杂,小玉那边龙船长龙王爷带来了几个海员,喝幺呼六的,在那里搳拳。盛公这几天有点感冒,进来的时候,穿了一件驼绒背心,师傅特别为他熬了一碗姜糖水,陪了他坐在一角聊天。杨三郎仍旧戴着他那副墨黑的眼镜,仰着面,奋力在奏着一曲曲没有人注意听的古老的台湾曲调。

"青娃儿,"俞先生临走时凑近我的耳朵叫道,"过两天,我请你去吃川味面。"

"万岁!"我也凑近俞先生的耳朵叫道。

十五

回到傅老爷子家,已是半夜。傅老爷子早已安息,我进到房中,老鼠却还没有睡,他穿了一身汗衫内裤,盘起脚,坐在我的床上,他那只百宝箱里的那些宝贝通通倒了出来,摆得一床。老鼠坐在他那些宝货中央,东翻翻,西弄弄。清点赃物。

"干伊娘!"老鼠自言自语咒骂道,"一定是她偷的。"

"你在骂谁?"我问道。

"烂桃子! 还有谁?"老鼠猛然抬起头来,他的左眼一圈乌青肿得只剩下一条缝,右眼倒瞪得老大,而且目露凶光。他那一脸敷了田七药粉,斑斑斓斓,两片嘴唇肿得翻了起来。

"到底怎么搞的? 你这个小贼头,怎么反倒失窃了?"

"阿青,我那管派克五一金管子的,你还记得么?"

"是不是高雄那个饭店经理的?"

"不见了,不见了啊!"老鼠叫道,他的声音充满了痛楚。

"我当时不是叫你拿去当掉,我们去吃吴抄手,你不干,现在还不是白丢了?"我在床沿上坐了下来。

"我天天都要检查一次的,今天早上我发觉我箱子的锁给人撬开了。还有一只'宝露华'、几只戒指、一条链子,也不见了。我急得发昏,别的还无所谓,我那管派克五一,我那管派克五一——"老鼠一面叫着,快要哭出来了。

"你怎么知道是烂桃子偷的呢?"

"不是她,还有谁?"老鼠愤怒地喊道,"乌鸦虽然凶,但是偷东西他是不干的。我那间房里,只有烂桃子常常去。我去问她,她恶人先告状,劈劈啪啪打了我两个耳光,跑到我房里,举起我那只箱子,就要往窗外丢。我揍她、踢她,把箱子从她手里抢了下来——"

老鼠突然举起他那只烧起过烟泡的细瘦膀子,喊道:"哪个敢碰我的百宝箱,我就跟他拼命——"

"嘘——"我赶快止住他,"小声点,老爷子睡觉了。"

老鼠激动得气喘喘的,说道:

"乌鸦以为我还怕他呢,不怕! 老子什么人都不怕了!"

老鼠头一歪,脖子一梗。

"他也跑来帮烂桃子,要夺走我的箱子呢! 我咬他,咬掉了他一块皮。他们两个人打我、打我——"

老鼠一只手猛打自己的头。

"他们打死我也夺不走我手里抱着的箱子!"

老鼠嘿嘿地笑了起来,还很得意的模样。

"后来乌鸦拿我没法子,只得把我赶了出来。"

"好了,这下子你也无家可归了!"

"怕什么?"老鼠突然变得非常无畏起来,"难道还饿得死我不成?"

"师傅说,要你明天搬到安乐乡去住,晚上在那里,跟吴敏一块儿守店。"

老鼠沉吟了半晌,说道:"阿青,明天你去替我办件事好么?"

"什么事?"

"你去五金店替我买一把锁来,要把结实的。"

"你要来锁你那只百宝箱么? 人家要偷不会把你整只箱子牵走?"

"所以说喽,"老鼠抬起头望着我,肿得丑怪的脸上一副乞怜的样子,"老哥,我要拜托你,我这只宝贝箱子,就放在你这里,请你替我保管,好么? 安乐乡那里人多手杂,带过去,我是怎么也不放心的!"

"那么我的保管费呢?"我笑道。

"那还有什么问题?"老鼠咧开他那两片肿得翻了起来的嘴唇狡猾地说道,"老哥,你要什么,只管告诉我,天上的月亮我也替你去弄来。"

"算了吧,"我笑了起来,"你再去偷鸡摸狗让警察捉去,就真要送到火烧岛去了。"

老鼠跳下床来,把他撒在床上的那些宝货小心翼翼地一一放回到他那只箱子里，然后把箱子塞进床底下去。他舒了一口气，摸摸脸上的青肿，说道：

"傅老爷子的药酒很管用呢，已经不痛了。"

十六

阴历九月十八是傅老爷子的七十大寿，师傅把我们召集起来，商量如何替傅老爷子做寿。一个月下来，安乐乡的生意，做得轰轰烈烈，颇有盈余，师傅预备十八这天，关门休息，专门替傅老爷子庆生。但是师傅说，事前绝不能让傅老爷子知道，因为他晓得傅老爷子从不做寿的，他知道了，一定不许。师傅说，自己人，不必摆场面，十八那天，我们在安乐乡做几道菜，拿过去就行了。师傅倒是说动了聚宝盆的卢司务卢胖子，请他过来，亲自下厨，做了几道聚宝盆的招牌菜：一道雪花鸡、一道荷叶粉蒸鸭、一道大乌参嵌肉，卢司务还特别做了一道应景菜八仙上寿，一共凑齐了十样，最后连寿桃也一并蒸了两笼。小玉系上了围布，抢着要做卢司务的二厨。他最近从烹饪学校学了几样菜，一直想找机会露两手。他央求卢司务把一道松鼠黄鱼让给他做。我们都围在旁边观看，小玉上了几天课，居然沾了一身大司务的派头，一忽儿要老鼠替他涮锅，一忽儿要吴敏替他切姜丝，又要我递油拿盐，把我们三个人支使得团团转，老鼠正要抗议，却让小玉喝止道：

"这是厨房里的规矩，我现在掌厨，你们几个打杂，不用你们用谁？"

小玉拿糖作醋折腾了一番，终于把条黄鱼炸了出来，他挥着一柄锅铲喊道：

"你们瞧，我这条黄鱼像不像松鼠？还会站起来的呢！"

我们把菜弄妥当，放进了抬盒里。师傅又特地出去买了几把银丝面来当寿面，并携了半打花雕酒，六个人叫了两部计程车，往傅老爷子家去拜寿。傅老爷子上半天还到中和乡灵光育幼院去过，大概刚回来，一个人坐在客厅，闭着眼睛在养神，一颗苍苍白发的头垂得低低的。客厅里靠墙的那张供案上,换了新鲜的白菊花,而且还添了一只黑陶香炉,香炉里烧了檀香,缭绕的香烟,正袅袅地升到墙上那两张傅老爷子及傅卫两父子着了军装的相片上去。我们一伙人涌进了客厅把傅老爷子惊醒了,见到我们,一脸愕然,师傅赶忙上前向傅老爷子赔了罪,并把我们的来意,也委婉地说明了。

"老爷子,都是这群孩子们的意思,"师傅回过身来,把我们几个人连推带拉,弄上去,"他们知道今天是老爷子的好日子,都嚷着要来跟老爷子拜寿,就是我想拦也拦不住的。"

傅老爷子开始有点不悦,责怪师傅,后来看到我们几个人手里捧的捧抬盒,提的提酒,原始人阿雄仔端着两盘高高堆起白白胖胖的寿桃,他那苍斑重叠的脸上竟也绽开了一抹笑容,叹道:

"杨金海,你也太多事了。你是知道我从来不兴这一套的,倒是难为了这几个孩子。"

"我们沾老爷子的光,"小玉笑嘻嘻地说道,"要不是老爷子的好日子,今天师傅哪放我们的假?"

"好吧,"傅老爷子笑道,"这些日子你们也辛苦了,今晚大家一块儿吃顿饭,喝杯酒,轻松轻松。"

师傅一声令下,我们几个人七手八脚便开始摆设起来。我到厨房里,把竖着靠放在墙上的一张大圆桌面扛了出来,将桌子架好,摆上七副碗筷。小玉在厨房里烧水煮面,吴敏把酒也暖上了,大家忙了一阵子,差不多八点钟才坐上桌子。傅老爷子先在首位坐下来,师傅坐了对面,吴敏和小玉坐在傅老爷子左右手,阿雄仔跟我坐在师傅两侧,老鼠夹在我跟吴敏中间,他脸上的青肿消下去了,可是淤血还没有散尽,乌黑的东一块西一块,好像贴了一脸膏药似的。小玉起身把壶,先将酒替傅老爷子斟上,又过来一一将我们面前的酒杯斟满。师傅领头,我们都立了起来,向傅老爷子上寿敬酒。

"老爷子——"师傅的双手擎着酒杯,正要发话,却让傅老爷子止住了。

"杨金海,你别啰唆了,坐下来吃饭吧。"

"老爷子，"师傅仍旧坚持道，"咱们并不敢啰唆，只有一句话！咱们安乐乡今天撑了起来，都是托老爷子的福。今晚借老爷子这杯寿酒，一来祝老爷子万寿无疆，二来也是庆祝咱们安乐乡鸿发大吉。"

师傅一仰而尽先把酒干了，我们也跟上，大家干了杯。傅老爷子徐徐地把一杯绍兴酒饮尽，我从来没有看见傅老爷子喝过酒，于是笑道：

"老爷子好酒量！"

傅老爷子也笑道：

"从前我也喝几杯的，在大陆上，我最爱喝汾酒。后来有了病，才戒掉了。今天看见你们这几个人，兴致这么高，也来凑凑你们的兴。"

小玉赶忙替傅老爷子敬菜，桌上摆着的十样菜，红的红绿的绿，小玉那碟黄鱼缩头拱背拖着条尾巴倒真的像只松鼠在爬行似的。小玉挟了一块鱼，献到老爷子面前，说道：

"老爷子，这是我亲手做的，请老爷子赏光尝尝。"

"瞧不出你还有这一手呢？"傅老爷子笑道，尝了一口黄鱼又点头称赞了两句，对师傅说道：

"我常常问阿青的，你们安乐乡做得如何。他说十晚倒有九晚是满的。看样子，你们的生意是可以维持得下去的了，我也很为你们高兴。"

"不瞒老爷子说，"师傅答道，"咱们这家酒馆子一上来就得了你老人家的口彩，名字取得好。二来说良心话，这一个月来，也靠这几个孩子们卖力，连这个傻仔也劲得很，帮上不少忙呢。"

师傅说道，却在阿雄仔的厚背上拍了一巴掌。

"达达，干杯！"阿雄仔突然双手捧起酒杯敬师傅道，师傅无限惊异，旋即呵呵大笑起来。

"好乖儿子！这下可是公鸡下蛋，出了奇文了！傻仔也会孝敬他爹了。好，达达生受你这一杯！"

师傅说着把一杯满满的酒咕嘟咕嘟喝得一滴不剩，长长舒了一口气，望着阿雄仔点头叹道：

"傻东西,也亏了你,达达总算没有白疼了你一场!"

师傅起身从那碟荷叶粉蒸鸭撕下了一只鸭腿,搁到阿雄仔碟里,阿雄仔用手把那只鸭腿高高擎起,咧开大嘴,念道:

"鸭鸭——达达——"

我们都大笑起来,傅老爷子也忍不住笑得大咳,背拱得愈更高了。小玉赶忙过去,替傅老爷子捶背,又替傅老爷子盛上一碗热腾腾的清炖鸡汤。

"杨金海,你这个干儿子总算没有白认,"傅老爷子喝了两瓢汤,清了一清喉咙说道。

"唉,老爷子,"师傅无限感慨地叹道,"干爹也并不好当啊!给他拖累得只怕寿命也要短十年。"

傅老爷子要我们几个人开怀畅饮,不要受拘。小玉跟吴敏,我跟老鼠,隔着桌子便猜起拳来。傅老爷子放下了箸,一手握着酒杯,默默地看着我们吃喝作乐。几轮下来,小玉和吴敏争得面红耳赤。

"小敏,"小玉喊道,"你输不起就不要玩,输了就该乖乖罚酒。"

"三拳两胜,"吴敏笑着辩道,"才输一拳怎么就要罚酒呢?"

"谁跟你婆婆妈妈三拳两胜,一拳一杯酒,你快替我喝掉吧!"

吴敏不肯喝,小玉便跑过去,揪住吴敏的领子就要灌,吴敏挣扎着躲来躲去,把小玉手中一杯酒泼得淋淋漓漓。

"小玉,"傅老爷子笑劝道,"吴敏大概没有酒量,你就放过他这一遭吧。"

"老爷子,"小玉不服气地喊道,"他在装死,他陪他那个'刀疤王五'喝起酒来,一杯杯才痛快哩。"

"谁是'刀疤王五'?"傅老爷子问道。

"就是上次小敏为他割手的那个人嘛。"

"哦。"傅老爷子望着吴敏应道。

"老爷子不要听他胡说。"吴敏急道。

"我胡说?这是什么?"小玉一把捉住吴敏的左腕,用力往外一翻,露出他腕上那道寸把长像条蜈蚣似的殷红的刀痕来。"你有割手的狠劲,怎么连杯酒都不敢喝?"

吴敏赶忙挣脱小玉,把他那只受过伤的左手藏到桌子下面去。

"吴敏,你让我看看。"傅老爷子突然向吴敏伸出了他的手。

"不要了,老爷子,很难看嘛。"吴敏一脸通红望着傅老爷子乞求道。

"不要紧的,我来瞧一瞧。"傅老爷子放柔了声音。

吴敏十分无奈只得把手从桌子底下抽了出来,傅老爷子握住吴敏那只割伤过的手腕,端详了半晌,腕上那道刀痕,在灯下犹自发着鲜红的亮光。傅老爷子突然将自己左腕上戴着的一只手表褪下来,套到吴敏的手上。

"老爷子——"吴敏大概有点惊呆了,戴上了表的左手悬在空中,好像不知该怎么办才好。

"你戴上这只表,手上的疤便看不见了。"傅老爷子拍拍吴敏的肩膀说道,手表那条不锈钢弹簧表带正好将手腕上那道寸把长的伤痕遮掉。

"谢谢老爷子。"吴敏收回了手,低声谢道,右手不停地抚弄起左腕上那只表来。

"这是一只亚美茄,旧了些,倒是一只好表,我托人从香港带来的——"傅老爷子顿了一顿,"本来是买给我儿子傅卫的,他那时刚升排长连只好表都没有。后来我自己拿来戴,只修过一次,因为进了水汽。准是准得很。"

傅老爷子瞅着吴敏,半晌却摇头叹道:

"真是个糊涂孩子,年纪轻轻,那种事也是能做的么?"

"吴敏,"师傅隔着桌子叫道,"快去向老爷子下跪,要不是老爷子,你那条小命儿早就没有了!"

"杨金海,"傅老爷子赶忙挥手喝止师傅道,"你不要来打岔。"然后又转向我们道,"你们吃饭吧,菜都凉了。"

我们刚才忙着搳拳闹酒,还没有工夫吃菜,这下才把寿面盛好,大家又敬了傅老爷子一巡酒,才开始大嚼起来。傅老爷子只舀了一小碗雪花鸡,尝了两口,便放下了箸。

"老爷子,"我在旁边悄悄唤道,傅老爷子一颗白发闪闪的头,愈垂愈低,泪眼蒙眬,竟像是快要盹着了的模样。

"嗯?"傅老爷子猛然抬起头来,一脸的倦容。

"老爷子累了吧?"我低声问道。

"嗳,"傅老爷子勉强笑道,"到底上了年纪,才一杯酒,就抵不住了。"

说着便立起身来。

"我先去休息了,你们只管闹,不碍事的。"

我也站起来,想去搀扶傅老爷子,却让他一把推开,他转过身去,背上驼着一座小山似的,颤巍巍一步一步蹭回房中去。

傅老爷子一走,小玉便伸出他那只光光的左手,哀叹了一声,说道:

"到底小敏比我命好,还有老爷子赠表。我想了一辈子,到现在连只表也没有捞到!"

"天行的吴老板不是答应要送给你一只精工表么?"我笑着问道。

"那个傻老头么?你猜他那晚对我说什么?'你要表么?给只鸟给你要不要?'"

十七

星期一的晚上大雨滂沱,才是六七点钟,巷子里的积水便升到三寸高,连车子都难驶进来了。安乐乡开张以来,就算这晚的客人最少,到了十点钟,也不过来了七八个天天报到的常客。因为杨三郎没有来,无人弹琴,酒店里显得更加冷清。酒吧台只有龙船长一个人,小玉陪着他喝酒聊天。我闲着没事,便把俞浩借给我诸葛警我写的那套《大熊岭恩仇记》最后一册拿出来看,正看到万里飞鹏丁云翔被他那个陷落清兵的儿子鄂顺误伤咯血的紧张时刻,却听到有人低声唤我道:

"阿青。"

"啊，"我猛抬头来不由得惊叫了一声，一个高大的男人站在吧台面前，他穿了一袭白色雨衣，低低地戴着一顶白雨帽，雨衣上雨珠点点，雨帽边沿的水滴到吧台面上来，在琥珀色的灯光下，他那消瘦的脸颊都是青白的。

"王先生。"我叫道。

"最近我才听说，你在这里工作——我一直不知道。"王夔龙说道，他仍旧矗立在那里，一身水淋淋的。我突然想起那天晚上，那个台风来临的风雨夜，在公园里，王夔龙身上穿的大概就是这件白雨衣，那晚在风里，给吹得飘飘的一团白影。

"王先生要喝杯酒么?"我也立起身来，问道。

"好的——"他迟疑道，"那就给我一杯白兰地吧。"他脱去雨帽，他那黑蓬蓬的头发也濡湿了，一绺绺重叠在头上，更加墨浓。我去倒了一杯三星白兰地来，看见他仍旧站着，便问道:

"王先生要坐吧台还是坐桌子?"

"到那边去吧。"他指了一指最里面一角，一张空台。

我端了酒，拿了一包三个5香烟，便跟了他过去，他卸掉雨衣，掏出手帕擦掉额上脸上身上的雨珠，才坐下来。

"你也坐下来吧。"他指着他对面的座位，我把酒杯搁到他跟前，也坐下了。

"你近来好么，阿青?"他望着我，问道。

"我很好，王先生。"我答道。

他那双瘦骨嶙峋的手捧起酒杯，啜了一口白兰地，咂咂嘴，舒了一口气。

"我一直挂着你，向人打听，才知道你在这间安乐乡工作，所以今晚特地来看看你。"

"谢谢王先生。"

"这家酒吧还不错，生意好么?"他抬起头，四周看了一下。

"本来天天晚上都是满的，今晚大雨才没有人来。"我拆开香烟，敬了他一支，替他点上火，自己也点上一支。

"当酒保也挺有意思的吧?"他望着我笑道。

"可以遇见许多奇奇怪怪的人。"我吐了一口烟笑道。

"阿青,我在纽约也在酒吧里当过两年酒保呢,"王夔龙说道,"我那家酒吧叫'快活谷',在曼赫顿七十二街上,就离中央公园不远。那是一家很有名但是很下流的酒吧,去的人有黑人、波多黎各人,还有各式各样的白人,也有少数东方人。"

"美国也有像我们这样的酒吧么?"我不禁好奇道,我知道东京有许多,是小玉告诉我的。

"太多了、太多了,数不清,"王夔龙笑叹道,"纽约一个城恐怕就有上百家,有的还讲究得很,都是有钱人上流人士去的,医生喽、律师喽,进去还要穿西装打领带呢。有些在学校附近,专门是大学生聚会的地方,也有些怪酒吧,去的人全穿皮夹克,骑摩托车,他们叫做SM吧。"

"SM是什么意思?"

"是虐待狂被虐狂的意思。"

"哦——"我想告诉他,我们这里也有,老鼠就碰见过,手臂上烧起几个烟泡。

"不过我们那个'快活谷'比较特殊一点就是了,去的大多是流浪汉,不少是离家出走的孩子,'快活谷'就是他们暂时歇脚的地方,一个庇护所。那些孩子大多染上了毒瘾或者性病。我去当酒保,一来想赚几个零用钱,二来我也喜欢躲在那个极深极深的地窖里,跟那群流浪汉混在一起——不过我赚来的两个钱,大多贴到那些孩子身上去了,因为他们总是没钱看病,毒又戒不掉——"

王夔龙摇摇头,他那青白的脸上浮漾着一抹无奈的笑容,他举起手中的酒杯,默默地吮着杯中的白兰地。

"王先生——"我试探着问道,"小金宝呢?"

常来安乐乡的三水街小么儿花仔,告诉我一个多礼拜以前,他在西门町撞见王夔龙带着小金宝在街上走,王夔龙又高又瘦,小金宝又小又跛,他走在王夔龙前面一步一拐,一步一跳,像只欢跃的小哈巴狗儿似的。三水街的小幺儿圈子里都那样传说,自从那个台风夜王夔龙把小金宝带回去后,就收养他了。花仔很艳羡又带着醋意地说道:

"龙子替那个小瘸子买了好多新衣服,穿得那一身,可是怎么穿,他那只跛脚却穿不上鞋子——只好打着光脚板满街跳!"

"小金宝么?我刚才还去看他来——他在医院里。"王夔龙略带倦意地微笑道。

"他病了么?"

"小金宝昨天早上在台大医院动了手术,是台大最有名一位外科医生开的刀,手术很顺利,可是人却辛苦了——你知道他那只右脚,是天生的畸形,走路只好用脚背——"

我记起在公园里小金宝爬上莲花池的台阶时,蹒跚吃力的模样。他平时都不敢在公园里露面,总是等到夜深了又深,莲花池畔只剩下两三个游魂了,他才蹦着跳着,从林子里一下钻出来,东张西望,像头受惊的小鹿似的。

"开了刀他的脚会变好么?"我问道,我只真正看到一次小金宝那只畸形的右足,因为不能穿鞋子,脚背磨得起了一层酱紫色的老茧。

"我跟医生详细讨论过,台大几个医生会诊,据他们的诊断,有百分之六十的希望,我问过小金宝本人,得他同意,我们就决定开了——倒是难为了他,小家伙很勇敢哩,麻药过后,痛得直冒冷汗,可是他一声也不吭。"

王夔龙说着又叹息道:

"他那只畸形的右足,不知让他受过多少罪。他告诉我,三水街那群小幺儿恶作剧,有时围住他,要他用脚背一拐一跳地走圈圈,他们就拍手笑——你知道,小金宝是在三水街那些黑暗的巷子里长大的,他母亲是三水街的一个暗娼,小金宝说他小的时候,他母亲在家里接客,他就站在巷子口替他母亲把风。他记得他母亲有几个老客人,他直管叫他们阿爸。我问他:'小金宝,你自己的父亲呢?'他摇晃着脑袋,笑嘻嘻咧开嘴说道:'不记得了。'——"

"阿青——"王夔龙的声音都有些颤抖了,"我抚摸着他那只创痕累累的跛脚时,我的心都在发疼,总希望能够替他治好。这次开刀虽然还不一定作准,但至少有六七成希望。我答应他,出院后,第一件事,我就带他到生生皮鞋店去替他定做一只软底皮鞋,可怜他一辈子还没穿过皮鞋呢!今天我去台大医院看他,痛减轻了些,可是整条腿却肿了起来,大概伤口有点发炎,躺在床上完全不能动,大小便也要人服侍。你知道台大的护士小姐有多可恶?根本不理人的。所以我在医院里陪了他一天,出来的时候,没想到外面的雨竟下得那么大了。不知怎的,今晚我会突然想起你来,所以来找你聊聊。"

"王先生还要来杯白兰地么?"我看见王夔龙把手中那杯白兰地饮得一滴也不剩了,一只空杯子却仍然紧紧地握在手里。

"好吧,"王夔龙想了一下,笑道,"大概累了一天,刚才我的头有点痛,喝了杯白兰地,倒散发了。"

我又到酒吧台那边,斟了一杯白兰地端给王夔龙。

"阿青,你现在生活还好么?还需要什么没有?"王夔龙定定地注视着我,"你知道,我一直是关心着你的。"

"我现在生活很好,王先生,"我避开了他的目光答道,不知道为了什么,我一感到王夔龙接近我,我就开始想逃,我记得那晚我从他父亲那间古老的官邸仓促爬过铁门出来,把腿都划破了。"真的,王先生,我现在的生活很安定。我们师傅开了这家安乐乡倒真是给了我们一个像你所说的'庇护所'。我们生意好的时候,小费还不错呢。而且现在我又搬到傅老爷子家去住了,傅崇山傅老爷子是我们的大恩人,对我很好,在他那里吃住都不要钱。"

"傅崇山——你是说谁?"

王夔龙突然坐直了,有点激动起来。

"王先生认识傅崇山傅老爷子么?"我问道,"傅老爷子是山东人,从前在大陆当过副师长的——"

王夔龙伸出他那瘦骨棱棱的大手一把紧紧扣住我的手腕,捏得我的手都有点发疼了,他那双深坑的眼睛烁烁发光,急切而郑重地对我说道：

"阿青，你回去跟傅崇山傅老爷子说：王夔龙从美国回来了，无论如何希望能见傅老爷子一面，请他明天下午两点钟在家里等我。"

十八

回去第二天我把王夔龙的口信告诉傅老爷子，傅老爷子并没有感到惊讶，沉思片刻，却叹息道：

"我早听说他回来了，我算着他也该来看我了。"

"老爷子也认识王夔龙?"我好奇问道。

"我跟他父亲王尚德是旧交，抗日时期，我们都在五战区，算是袍泽。不过我退得早，王尚德倒是升上去了，官做得很大。从前在南京，我们都住在大悲巷，过往很密，到了台湾，才渐渐疏远了。夔龙——我是看他长大的。"

傅老爷子本来打算下午到中和乡灵光育幼院去，也因此打消，他换了一身家常穿的白竹布唐装，坐到客厅里，等候王夔龙，并且吩咐我烧水沏茶。王夔龙准下午两点钟来到，他穿了一身黑西装，连领带也是黑的，衬得他的脸色愈更苍白，他腮上的胡须刮得铁青，一头蓬乱的浓发倒抹上了油，梳整齐了。我引他到客厅里，他见了傅老爷子，颤着声音叫了一声：

"傅伯。"

"夔龙，"傅老爷子也颤巍巍地立了起来，伸出一只手，迎着王夔龙唤道，他佝着背，勉强仰起头来，王夔龙赶紧上前，握住傅老爷子的手，两人互相凝视良久，欲言又止，最后还是傅老爷子叫王夔龙就了座。我去沏了一壶铁观音，用茶盘端到客厅，替他们两人都斟上了茶。傅老爷子捧起茶杯，吹开浮面的茶叶，啜了一口。王夔龙也举起杯子，默默地饮着茶。

"傅伯，我一回来就想来找你的。"王夔龙终于开口道。

"我知道，"傅老爷子点头答道，"我也在等你。"

"我是一直都想回来的。"

"这些年,在外面,也够你受的了。"傅老爷子望着王夔龙,喟然叹道。

"四年前姆妈过世,我打电报给爹爹,要回来奔丧,爹爹不准。"

"夔龙,"傅老爷子举起手叫了一声,却又默然了。

"你父亲——"过了片刻傅老爷子开口道,"他也很为难。"

"我知道,"王夔龙惨笑道,"我们王家不幸,出了我这么一个妖孽,把爹爹一世的英名都拖累坏了。"

"你要明白,你父亲不比常人,他对国家是有过功勋的,"傅老爷子劝解道,"他的社会地位高,当然有许多顾忌。你也要为他着想。"

"傅伯,我在美国埋名隐姓,流浪十年,也就是为了爹爹的一句话啊,"王夔龙的声音充满了愤懑,"我临走的时候,爹爹对我说:'你这一去,我在世一天,你不许回来。'他那句话,说得很决绝。我明白,我是他一生的奇耻大辱,在纽约我们还有不少亲戚,我从来也不去找他们,也不让他们知道,就是为了不要再添加爹爹的麻烦。可是傅伯,这次爹爹去世,他临终都不让我回来见一面,连葬礼也不要我参加呢。我叔叔告诉我,是爹爹交代的,他的遗体下了葬才发电报给我。"

"出殡那天,我去了的,"傅老爷子的声音也有点沙哑起来,"是国葬的仪式,令尊的身后哀荣算是很风光了。那天有关系的人通通到齐,你们家亲友又多,你在场,确实有许多不便的地方。"

"当然喽,"王夔龙苦笑道,"我叔叔也是这么说,生前我已经使爹爹丢尽了脸,难道他出殡那天大日子还要去使他难堪么?回来这些日子,我一直没有去替爹爹上坟,直到大七那一天,我才跟我叔叔婶婶他们一齐上六张犁去。爹爹的坟还没有包好,一堆黄土上面,盖着一张黑油布。我站在那堆黄土面前,一滴眼泪也没有。我看见叔叔满面怒容,我知道,他一定暗暗在咒骂我:'这个畜生,来到父亲墓前,还不掉泪!'——"

王夔龙冷笑了两声,突然间他抬起头来,他那双深坑的眼睛炯炯发光,苍白的面颊变得赤红,激动地喊道:

"傅伯、傅伯,他哪里知道我那一刻内心在想什么?那一刻我恨不得扑向前去,揭开那张黑油布,扒开那堆土,跳到坑里去,抱住爹爹的遗体,痛哭三天三夜,哭出血来,看看洗不洗得净爹爹心中那一股怨毒——他是恨透了我了!他连他的遗容也不愿我见最后一面呢。我等了十年,就在等他那一道赦令。他那一句话,就好像一道符咒,一直烙在我的身上,我背着他那一道放逐令,像一个流犯,在纽约那些不见天日的摩天大楼下面,到处流窜。十年,我逃了十年,他那道符咒在我背上,天天在焚烧,只有他,只有他才能解除。可是他一句话也没留下,就入了土了。他这是咒我呢,咒我永世不得超生——"

王夔龙的声音好像痛得在发抖。

"夔龙,"傅老爷子也变得激动起来,他的肩胛高高耸起,他的驼背压得他好像不堪负荷了似的,他那双铁灰的寿眉蹙成一团,"你这样说你父亲,太不公平了!"

"不是么?不是么?"王夔龙喊道,"傅伯,我这次来,就是想问你,爹爹去世以前,你一定见过他的。"

"他病重时,在荣民总医院,我去看过他一两次。"

"他跟你说过什么来着?"

"我们谈了一些老话,他精神不好,我也没有多留。"

"我知道嘛,他不会提到我的了。他对我是完全绝了情了。"王夔龙拼命摇头。

"夔龙,你只顾怨你父亲,你可曾想过,你父亲为你受过多少罪?"傅老爷子似乎有点动气了似的。

"我怎么没有想过呢?"王夔龙无奈地说道,"我就是希望他能够给我一个机会,我设法弥补一些他为我所受的痛苦。"

"你们说得好容易!"傅老爷子也颤声叫了起来,"父亲的痛苦,你们以为能够弥补得起来?不错,夔龙,你父亲从来没跟我提过你,而这些年我也很少与你父亲来往。但我知道,他受的苦,绝不会在你之下。这些年你在外面我相信一定受尽了折磨,但是你以为你的苦难只是你一个人的么?你父亲也在这里与你分担着呢!你愈痛,你父亲更痛!"

"可是——傅伯——"王夔龙伸出他那嶙峋的瘦手抓住傅老爷子的手背，哀痛地问道，"为甚他连最后一面都不要见我呢?"

傅老爷子望着王夔龙，他那苍斑满布的脸上充满了怜悯，喃喃说道：

"他不忍见你——他闭上了眼睛也不忍见你。"

十九

王夔龙离开后，傅老爷子已经疲惫不堪，满脸困顿的神情，背更弯驼了，而且又开始感到心在绞痛。我赶忙服侍他用了药，扶他进房躺下休息。傅老爷子不想吃晚饭，我自己一个人胡乱添了一碗剩饭，将中午吃剩的一碟芹菜炒牛肉拿来送饭。我告诉傅老爷子冰箱里还有半锅火腿冬瓜汤，要是饿了，随时热来吃。本来我打算向师傅告假一晚，留在家中陪伴傅老爷子，可他不肯，坚持道：

"你只管去上班，不要紧的，我休息一下，松散松散就好了。"

我在安乐乡，心里一直悬挂着，怕傅老爷子病发。我跟师傅说明，师傅要我提早下班，不到十点钟，我就回到傅老爷子家。傅老爷子倒起来了，他披了一件外衣，坐在客厅里，独自出神。客厅里的供桌上又点上了檀香，静静散着一股浓郁的香味。

"老爷子好点了? 心还疼么?"我问道。

"我睡了一觉，好多了，"傅老爷子微笑道，脸上仍有一丝倦意，"这么早就回来了?"

"师傅要我早点回来，怕老爷子有什么使唤。"

"难为你挂心。"

"老爷子饿了没有?"

"我刚才把汤热了，喝了一碗，心里很受用。"

"还要不要我去下碗面条来呢?"

"不必了，"傅老爷子摆手阻止道，"阿青，你去沏壶茶来，陪我坐坐，我还有话要跟你说。"

我到厨房里去烧开水，沏了壶龙井，端到客厅，替傅老爷子斟上

茶,在他脚下一张矮圆凳上坐下。傅老爷子捧起茶杯,啜了两口龙井,惋惜叹道:

"王夔龙,没料到他竟变成了这副模样,我都认不出来了——"

"听说他从前长得很好的呢。"我插嘴道。

"不错,那个时候,他确实仪表堂堂,书又念得好。他父亲王尚德,对他期望很高,希望他能进外交界,创一番事业。本来打算送他出国深造的,连手续都办好了。他却偏偏闯下那滔天大祸,害人害己,也害苦了他父亲——"

"我听说他那个案子很轰动,报纸天天登。"

"他害得他父亲,无法做人。有好一阵子,他父亲人也不见。他又怎能怨他父亲绝情啊!"

傅老爷子定定地望着我,铁灰的眉毛蹙在一起。

"你们这些孩子,哪里能够体谅得到父亲内心的沉痛呢?"他伸出了一只手,压在我的肩上,郑重地说道,"阿青,你在我这里住了这些日子,我已经把你当作自己人一样了。你也有父亲,我敢说你父亲这一刻也正在为你受苦呢。我也有过儿子,我那个儿子,也像王夔龙一样,曾经叫他父亲心碎。今天晚上我就要讲给你听,讲给你听一个父亲的故事——"

二十

"阿青,天下父母心,你们懂么? 你们能懂么? 我那个阿卫,要是还在,今年他该是三十七了,跟王夔龙同年。阿卫出世,就不寻常,是剖腹而生的。他母亲体弱,开刀开狠了,吃不住,产下阿卫,没有多久,竟去世了。阿卫自小丧母,又是独子,我对他难免格外爱惜,管教上也就特别严格,其实也是望子成龙的意思。

"阿卫那个孩子,从小就讨人喜欢,聪敏异常,文的武的,一学就会,我亲自教他读古文,一篇《出师表》,背得朗朗上口。那几年,除了上前方打仗,我总把他带在身边,亲自抚养,甚至我们军团驻扎陕西汉中,我也把他一同带了去,在军营里,我教他骑马、打猎。天天早上，我骑我那匹烈马'回头望月'，他骑他那头小银驹'雪狮子'——我们两父子，一前一后总要在跑马场上遛几圈。说到那两匹宝马，都是青海的名种，我们得来，还有一段故事呢。抗日胜利，我到青海去巡查，阿卫也跟了去。青海的军区司令是我一个旧同学，跟我私交很密。青海产名驹，他特别挑了几匹，让我过目，指着他最心爱的那匹'回头望月'跟我打赌，我降服得了那匹烈马，他便甘心奉送我。我一个翻身上马，骑得行走如飞，我那位司令朋友夸下了海口，只得忍痛割爱。谁知阿卫却站在我身后指着那头'雪狮子'说道：'爹爹，我也要试试这一匹！'我虽然也想儿子出风头，但是却不免担心，怕他当众出丑。因悄悄问他道：'你行么?'小家伙一口应道：'爹爹，我行！'那时他才十五岁，长得又高又壮，穿了一身我替他特别缝制的军装马靴，神气十足。他揪住那匹通体雪青的小银驹，一跃便纵上了马背，放蹄奔去，那匹马让他跑得马腹贴到了地面，碧绿的草原上，一团银光。我那位司令官朋友，禁不住脱口喝彩道：'好个将门虎子，这匹马，就送给他！'那一刻，我心中着实得意，我那个儿子，确实令我感到光彩。

"阿卫，从小便是一个争强好胜，心性极为高傲的孩子，事事都爬在别人的前头。他在军校毕业，那一期两百五十个学生，学科术科他都遥遥领先，他的长官十分奖许他，在我面前，夸他是个标准军人。有子如此，我做父亲的，内心的喜悦，无法形容，我感到安慰，我在阿卫身上，二十多年的心血，没有白费。

"可是——可是，阿卫只活到二十六岁，而且死得极不光荣，极不值得，极悲惨。他升了排长，便调下部队去训练新兵。我也去过他那个训练中心去参观。阿卫带兵还真有一套，他排上的新兵个个服他，很爱戴他们的傅排长。阿卫威重令行，干得非常起劲。可是在他当排长的第二年，就发生事故了，他被撤职查办，而且还要受到军法审判。一天夜里，他的长官查勤，无意间在他寝室里撞见他跟一个充员兵躺在一起，在做那不可告人的事情。我接到通知，当场气得晕死过去。我万万没有料到，我那一手教养成人，最心爱、最器重的儿子傅卫，一个青年有为的标准军官，居然会跟他的下属做出那般可耻非人

332

的禽兽行为。我马上写了一封长信给他，用了最严厉的谴责字语。过了两天，他给我打了一个长途电话。那天正是旧历九月十八，是我五十八岁的生日。亲友故旧本来预备替我庆生的，也让我托病回掉。阿卫在电话里要求回台北来见我一面，因为第二天，就要出庭受审了。我冷冷地拒绝了他，我说不必回家，既然犯了军法，就应该在基地静待处罚，自己闭门思过。电话里他的声音颤抖沙哑，几乎带着哭音，完全不像平常我心目中那个雄姿英发的青年军官。我的怒火陡然增加了三分，而且感到一阵厌恶、鄙视。他还想解释，我厉声把他喝住，将电话切断。那一刻，任何人我都不想见，尤其不想见我那个令我绝顶灰心失望的儿子。那天晚上，他排上的兵发现他倒毙在自己的寝室里，手上握着一柄手枪，枪弹从他口腔穿过后脑，把他的脸炸开了花，官方鉴定他是擦枪走火，意外死亡。可是我知道，我那个性情高傲，好强自负的独生子傅卫，在我五十八岁生日那天晚上，用手枪结束了他自己的生命。

"阿卫自杀后，有很长一段时间，晚上我常做噩梦，而且总是梦到同一张面孔，那是一张极年轻的脸，白得像纸，一双眼睛睁得老大，嘴巴不停地开翕，好像惊惶过度，拼命想叫却发不出声音来似的。他那双睁得老大的眼睛，一径望着我，向我乞求什么，却无法传达，脸上一副痛苦不堪的神情。那张极年轻的脸，我似乎在什么地方见过，可是总也想不起来，那个年轻人是谁。一连三四夜，夜夜我都梦到那张惨白的脸，脸上那副惊惶失措的神情。有一晚醒来，一身冷汗，我又在睡梦里看到那张脸，那天晚上，一脸的血，我才猛然醒悟，那是好多年前，抗战的时候，我在五战区前方作战时，在阵前枪毙的一个小兵。那时在徐州，前方正吃紧，我手下的部队驻守第一线。一天晚上我到前线巡逻，部下擒来两个擅离战壕的士兵，两人在野地里苟合。一个老兵还不露畏色，那个新兵大概只有十七八岁，早已吓得全身颤抖，面色惨白，一双眼睛睁得老大，嘴巴张开，大概要向我求赦，却恐惧得发不出声音来——就像我梦中见到的那副神情，当然在那种情形之下，我一声令下，就当场拖出去枪毙掉了。那件事当时我处置得心安

333

理得,所以也就没有十分放在心上,时间一久,竟淡忘了。没想到,隔了那么多年,那张惊惶失措的脸,又突然出现在我的梦里。那晚我的心脏病大发,绞痛难耐,给送进荣民医院,一住就是好几个月,差点儿丧了性命。

"出院回家,足足有一年,我都闭门谢客,深居简出,在家中静养。阿卫惨死,我感到了无生趣,整个人登时如同槁木死灰,人世间的一切苦乐,我都冰然,无动于衷了——

"一直到一个冬天的晚上,那是十年前阴历年除夕夜的前一天。那一阵子,我的血压波动,常常感到头晕。我到台大医院去看医生,那个内科主任是个名医,很难挂号,只有挂到晚间门诊。看完医生,已经是晚上九点多钟了。我还记得,那天有寒流,天气阴冷,晚上还下着濛濛细雨。我从医院出来,穿过新公园,想到馆前路去乘车。那天大概有雨,公园里没有什么人。我经过公园里莲花池那边,突然听见一阵哭声从池头的亭子里传过来,那是一声声断断续续的吞泣,哭得异常凄凉,在寒风冷雨里,听着十分刺心。我禁不住绕了过去,走上池头的亭子,亭子里的板凳上孤零零地坐着一个少年,他穿上了一身黑色的单衣,双手抱头面伏在膝上,抖瑟瑟地在那里哭泣。我从来没有见过一个人竟会哭得那般哀痛,好像受了天大的委屈似的。我过去摇摇他的肩膀,问他道:'你年纪轻轻,在这里哭什么呢?'那个孩子真是古怪,他抽抽搭搭回答我道:'我的心口胀得发疼,不哭不舒服。'我问他有家没有,有没有去处,他都说没有。那晚那样冷,我穿了一身棉袍,还感到寒意。而那个孩子身上只有一件单衣,说话的时候,牙关都冷得在打战。我突然感到一阵不忍,便把那个孩子,带回了家中。大概他几夜没睡,回到我家,我让他喝了一杯热牛奶,他眼睛便困得睁不开了。我把他安置在阿卫房中,他一倒在床上——就是你现在睡的那铺床——立刻呼呼睡去,连衣服也来不及脱。我从柜子里,把阿卫那床棉被拿出来,盖到那个孩子身上。那个孩子侧着身,脸偎在枕上,大概冻狠了,一脸青白。我仔细端详了他一下,发觉他的长相竟是异常奇特,一张三角脸,下巴颏又短又尖,翘起来。睡着了两道浓浓的眉毛仍然虬结在一起，把眼睛都盖过去了似的。我懂一些相术，可是我从来没有见过像那个孩子那么薄、那么贱、又带着那么多凶煞的一副长相。突然间，不知怎的，我对他竟产生了一股无限的哀怜来，我把棉被拉过他的肩膀，把他盖得严严的。那是自阿卫死后，两年来，头一次，我又开始恢复了感觉。

"他累过了头，睡到第二天下午才醒来。那天是除夕，本来我并没有心情过年的，因为他的缘故，我吩咐吴大娘特别做了几样年菜，叫他跟我吃了一餐年夜饭——没料到那竟是他在人世间的最后一餐。那晚他突然变得兴高采烈，大吃大喝，把一只红烧肘子也吃得精光，一嘴的油，拍着鼓胀的肚皮对我笑道：'傅爷爷，我从来没有吃过这么好吃的年夜饭，我们在孤儿院里，只过圣诞节，不过旧历年的。'他开始喋喋不休，把他的身世通通告诉了给我听。他的身世又离奇，又凄凉——你们在公园里大概都听说过了。阿凤，他就是你们公园里那个野孩子、那只野凤凰。是他告诉我听的，你们公园里的故事都是他告诉我听的。他告诉我公园里头还有许许多多像他那样无家可归的孩子，个个身世凄凉。他讲得兴兴头头，指着他自己的胸口说道：'这是我们血里头带来的——公园里的老园丁郭公公这样告诉我们，他说我们血里就带着野性，就好像这个岛上的台风地震一般，一发不可收拾。傅爷爷，所以我爱哭，我要把血里头的毒哭干净。'后来我在中和乡灵光育幼院里碰到从前抚养过阿凤的那位河南老修士，他告诉我阿凤确实是个奇异的孩子，半夜三更他会跑到教堂里放声痛哭，把院里的人都吵醒来。有一个脾气暴躁的爱尔兰神父，特别不喜欢阿凤，提起他还会愤然说道：'那个孩子，一定是魔鬼附了身，连教堂里的圣像他都捣毁了！'那晚吃完年夜饭，阿凤便要离去。我对他说：'阿凤，要是你没有地方去，你可以在这里住几夜。'他笑道：'不了，傅爷爷，不要打扰你了，我还要回到公园里去，有人在找我呢！'他告诉我，有一个人在养他，他逃了出来，这个人一直到处在找他。他还笑着对我说：'今夜我会在公园里碰见他，趁着大年夜，我要把我跟他之间的账了一了。'一直到第二天，上了报我才知道他跟王夔龙之间那一段孽缘——

"唉，说也奇怪，阿凤那个孩子，虽然在我家里，只逗留过短短的一夜，可是我对他却产生了一份特别的情感及关怀。阿凤那样横死，我心里竟受到一阵猛烈的震撼，一股哀怜油然而生。那是自阿卫死亡后，我那颗枯竭的心，如同死灰复燃，又重新燃起了生机。也是在公园里遇见阿凤那个苦命儿，看到他那种悲惨的下场，我才发下宏愿，伸手去援救你们这一群在公园里浮沉的孩子——"

"阿青，"傅老爷子说完他自己的故事，一只手按到我的肩膀上，一只手背拭了一拭他那一径淌着泪水的眼睛，深深地叹道，"你们这些孩子，只顾怨恨你们的父亲，可是你们可也曾想过，你们的父亲为你们受的苦，有多深么？王夔龙出事后，我去探望他父亲王尚德，才隔半年，他父亲那一头头发好像猛然盖上了一层雪，全白了——阿青，你父亲呢？你知道你父亲也在为你受苦么？"

二十一

我替傅老爷子悄悄放下了蚊帐，他面朝里，侧着身子躺着，他那佝偻的背在床上弯曲成一个 S 形。我关掉灯，轻轻掩上房门。回到客厅中，客厅靠墙的供桌上，香炉里仍然在散着一股浓郁的檀香，我去倒了一杯水，将香炉里的余烬浇灭。我抬头看见墙上并排挂着傅老爷子及阿卫父子两人身着军装的照片，突然记起旧历九月十八傅老爷子生日的那天，他一早就出去了，回来时却买了一大束白菊花，亲手插到供桌上那只天青瓷瓶里，又从玻璃柜里取出了那只三脚鼎古铜香炉来，供到桌案上，点上了檀香。我看见他一个人默默坐在客厅里，神情肃穆，没敢去惊动他。没料到傅老爷子那天生辰竟是他儿子阿卫的忌日。难怪那天晚上师傅领着我们替傅老爷子庆生祝寿，傅老爷子的心事那么重，喝两杯酒，一下子就醉了。阿卫偏偏选中他父亲生日那天自戕，难道他也怨恨他父亲，怨得那么深么？我仔细端详了阿卫那张照片，那张方方正正的脸，高高的颧骨，削薄的嘴唇坚决地紧闭着，一双精光外露的眼睛透着无比自负与兀傲。那一身笔挺的军服,额上一顶端正的军帽,确实是一个标准军人的形象,而且跟傅老爷子年轻时,又长得那么像。

我躺到床上时,又想起父亲来了。我想起他那次将他那枚宝鼎勋章别到我的衣襟上时,他是那样的严肃、慎重,那时大概他也认为我长得跟他相像,错把他的希望都寄托在我的身上了吧。然而假如我没有给学校开除,而能顺利地考入陆军官校,我相信我也可能成为一个优秀的军官,而使父亲感到自豪。在学校的时候,军训术科,我得分很高,基本动作最标准,教官常常叫我出队做班上的示范。我也曾因此洋洋自得,自认为不愧是军人子弟。而且我也喜欢玩枪,每次到野外练习打靶,总感到兴高采烈,我喜欢听那一声声划空而过子弹的呼啸。在家里,有几次,我曾把父亲藏在床褥下的他那管在大陆上当团长时佩带的自卫手枪拿出来,偷偷玩弄。那管枪,父亲不常擦拭,枪膛里已经生了黄锈。我把手枪插在腰际,昂首阔步,走来走去,感到很英雄、很威风。那天父亲将我逐出家门的时候,手里挥舞着的是一管空枪,其实父亲是除籍军人,根本无法配到子弹——大概父亲觉得手里有管枪,才能镇压得住人吧。那次母亲出走,父亲也是摇着他那管生了锈的空枪,追赶出去。

不,我想我是知道父亲所受的苦有多深的,尤其离家这几个月来,我愈来愈感觉到父亲那沉重如山的痛苦,时时有形无形地压在我的心头。我要躲避的可能正是他那令人无法承担的痛苦。那次我护送母亲的骨灰回家,站在我们那间阴暗潮湿、在静静散着霉味的客厅里,我看见那张让父亲坐得油亮的空空的竹靠椅,我突然感到窒息的压迫,而兴起一阵逃离的念头。我要避开父亲,因为我不敢正视他那张痛苦不堪灰败苍老的面容。

我听见隔壁房傅老爷子咳嗽的声音,我不禁想到,不知此刻父亲安睡了没有,会不会还在他的房中,一个人踱过来,踱过去。

二十二

星期五晚上俞浩俞先生请我到信义路川味面去吃消夜,他跟我

337

约好安乐乡下班后在新生南路及信义路口见面,他的家就住在新生南路二段。还不到十二点,我便悄悄到后面把制服换掉,我拜托了小玉替我洗酒杯,并且要他转告师傅,说我胃痛,先走了。其实我饿得胃真有点痛,因为知道晚上有消夜吃,晚饭只随便吃了一碟街边卖的炒米粉,早已饥肠辘辘,嘴里老淌清口水。我到达信义路口,俞先生已经站在那儿等我了。他穿了一件宽松的套头深蓝运动衫,脚下趿着一双皮拖鞋,很潇洒的模样,大概刚从家里出来。他见了我很高兴,招呼道:

"青娃儿,你很准时。"

"还没下班,我就先溜了,"我笑道,"我们约好十二点半见面,一分钟也没有超过。"

"你吃过川味面没有?"我们往信义路川味面走去,俞先生问我道。

"我小时候来吃过一次——那是好久以前了,那时川味面还是一个小摊子呢。"

那是三年前,父亲带我跟弟娃到川味面去吃过一次消夜——那也是唯一的一次,父亲带我们上馆子。那年夏天我刚考上高中,那天是我的生日,父亲破例带我们出去,大概也是奖赏的意思。大馆子上不起,只有到川味面去吃小摊子,可是在我跟弟娃来说,那是桩破天荒的大事情。我们两人都兴奋得手舞足蹈,父亲只让我们各人点了一碗红油抄手,我们还想吃第二碗的时候,父亲却皱皱眉道:够了、够了。他把他自己碗里的抄手,又分给我们一人一只。

"俞先生,等一下我可不可以吃两碗红油抄手?"我笑道,"晚饭我没吃饱,已经饿得发昏了。"

"青娃儿,随便你吃几碗,吃饱算数,好么?"俞先生伸出手,摸了一摸我的头笑道。

我们上了川味面的二楼,里面早已坐得满满的了。我们等了十几分钟,才等到一张角落头的台子。坐下后,俞先生指着压在玻璃垫下的菜牌,说道:

"这里的粉蒸小肠、豆豉排骨、荷叶牛杂,都很棒。"

"俞先生,我还是想吃红油抄手。"我说道。

"好,好,"俞先生笑了起来,"红油抄手也点,这几样也点。"

小菜来了,俞先生又叫跑堂的拿了一瓶白干来。红油抄手一口一个,一下子一碗抄手便让我囫囵吞了下去,又热又辣,非常来劲,我的额头在冒汗了。第一碗吃完,果然俞先生又替我叫了第二碗。

"俞先生,我敬你一杯酒,"我举起一杯白干敬俞先生道,白干一下喉便燃起来,我的整个身体都开始发烧。俞先生看我狼吞虎咽吃得那般热烈,也很高兴,不停地将小肠排骨挟到我的碟里笑道:

"青娃儿,你还在发育,这么大的个子,要多加些油!"

"俞先生,《大熊岭恩仇记》果然精彩!"我吃完第二碗红油抄手,想起诸葛警我的武侠小说来,俞先生送给我的那部书我已经看完第二遍了,"不过鄂顺死得也太惨了些,他老爸万里飞鹏本来可以放他一马的。"

我看到最后那一回万里飞鹏丁云翔计陷鄂顺,亲自将自己的儿子手刃而死,不禁触目惊心。

"这叫做大义灭亲呀!"俞先生笑道,"鄂顺认贼作父,丁云翔也是万不得已嘛。最后那场万里飞鹏抚着鄂顺的尸体老泪纵横,写得最好,最动人,诸葛警我到底不愧是武林高手。"

"俞先生那里还有别的武侠小说没有?"

"多的是,一柜子。"

"有没有王度庐的?"

"我有他的《铁骑银瓶》。"

"好极了!"我兴奋地叫了起来,"俞先生,可不可以借给我?我一直想看那部小说,几次都借不到。"

"可以,吃完消夜,你跟我到家里去拿好了。"俞先生笑道,我们举杯把杯里辛辣的白干酒饮尽了。

俞先生俞浩住在新生南路一四五巷一栋住宅的三楼。他那间小公寓,布置得很舒坦,一套藤编桌椅,铺着一色绛红厚软椅垫,一串三个由大而小的灯笼悬在客厅一角,头一只大如合抱,灯一亮,燃起一球球乳白的光来。俞先生把收音机打开了,美军电台正在播送着半夜的轻音乐。他招手叫我到他书房里,里面有两只书柜,有一只果然全是武侠小说,从老牌武侠王度庐、卧龙生,到后起之秀司马翎、东方玉通通有了。俞先生把王度庐那部《铁骑银瓶》取出来交给我,指着他那一柜子武侠小说说道:

"青娃儿以后欢迎你来这里,跟我一同练武功。"

"万岁!"我欢呼道。

我们回到客厅里坐下,俞先生去倒了两杯冰水来过口,吃了辣子,嘴巴很干。我们并排坐在那张藤沙发上,我也脱去了鞋子,盘坐起来。柔白灯光照在俞先生的脸上,他的眼皮都着了酒意,一双飞扬的剑眉碧青的。

"俞先生,你很像南侠展昭呢!"我突然间想起我从前看七侠五义的连环图上南侠展昭的绘像来。俞先生呵呵大笑起来,说道:

"你说我像那只御猫? 那么你呢? 你是锦毛鼠白玉堂了么?"

"不、不、不,"我摇手笑道:"我没有白玉堂那么标致,从前我把我弟弟叫锦毛鼠。"

"你弟弟也看武侠小说么?"

"是我教他看的,后来他比我还要着迷。我租一本武侠小说回来,他总要先抢去看。"

"都是这个样子的,"俞先生笑叹道,"我买一本武侠回来,还没翻两页,小宏便抢走了。"

"小宏是谁?"我问道。

"从前跟我住在一起的一个孩子——他去当兵去了,现在在马祖。那一柜子武侠小说,倒有一大半是为他买的。"

俞先生告诉我小宏是从屏东到台北来念书的学生,念大同工专,在他这里住了两年多,都是俞先生照顾他,因为小宏家里穷困,俞先生供他读书,还替他补习英文。俞先生从皮夹里拿出了一张他们两人合照的照片来给我看,俞先生搂住小宏的肩膀,两个人笑得很开心。

"这才是锦毛鼠白玉堂呢!"我指着小宏笑道,小宏长得非常俊秀。

"小宏很漂亮,"俞先生一面端详着那张相片笑叹道,"他走了,我很想念他呢。"

"他几时服完役?"

"还有两年。"

"哇,两年还早得很哪!"

"是啊,"俞先生摇头笑道,"所以有时我一个人寂寞起来,便到你们安乐乡去坐坐,喝杯酒。"

美军电台的轻音乐停了,广播报告已经清晨两点钟。

"俞先生,我该走了。"我正要立起身来,俞先生却按住我的肩膀说道:

"青娃儿,今晚你不要回去了,就在我这里住。"

"俞先生——"我踌躇着。

"难得遇见像你这样一个四川娃儿,我们摆龙门阵摆得正起劲,你不要走了。"

自从安乐乡开张以来,有几次也有客人要约我出去,我都拒绝了。但是俞先生我觉得他的人很好,而且确实如他所讲的,我们是四川同乡,感到特别亲切。我喜欢他这间小公寓,令人觉得温暖、舒服。

"我们躺在床上,再慢慢聊。"俞先生说道。

"那么,我先去洗一个澡。可以么?"我做了一天的工,刚才又吃下两碗又热又辣的红油抄手,身上的汗酸,自己都可以闻到了。

"好的,"俞先生立起身来,"我替你去把瓦斯炉打开。"

俞先生去打开了瓦斯炉,又拿了一条干净浴巾给我,把我带进他的洗澡房,并且告诉我,搁在澡盆旁边的两块肥皂,那块乳白的力士香皂是洗脸用的,另外一块药皂是洗身体的。

"你慢慢洗,我去铺床。"俞先生带上洗澡房的门时,对我笑道。

我挂上花洒的莲蓬头,打开热水,从头冲到脚,我擦了两次肥皂,连头发都洗了,我把浴巾包住头,猛搓一阵,把头发擦干。我赤着上身,提着外衣裤,走进了俞先生的卧房里,俞先生的卧房很小,但也是收拾得干干净净的,他那张双人床上刚铺上一条天蓝色的新床单,他正在把枕头囊套入枕头套里,将两只枕头并排放着,说道:

"青娃儿,你睡里面。"

我爬上床去先躺了下来,俞先生也卸去衣服,将床头的台灯熄灭,在黑暗中,我们肩并肩地仰卧着,俞先生便开始问起我的身世来,我一一地告诉他听,我们那个破败的家,死去的母亲、弟娃,还有活得很痛苦的父亲。

"青娃儿,也亏了你,"俞先生惋叹道,"如果你弟弟还在,也许你就不会觉得这么孤单了。"

"俞先生,要是弟娃还在,他一定会喜欢你这些武侠小说。《大熊岭恩仇记》他也只看完前两集呢!"我笑道,"有一次在梦里我也梦到他跟我抢武侠小说看,抢急了我还打了他一拳。俞先生,你相信鬼吗?"

"我不知道,"俞先生笑了起来,"我没见过。"

"弟娃死了我常常在梦里见到他,有一次,我还明明记得握过他的手,他伸出手,向我要口琴。"

"口琴?"

"是一管蝴蝶牌的口琴。我送给他的,他生日我买给他的礼物。他要讨回去呢。"

"大概你记迷了心,所以常常梦见你弟弟吧。"

"可是我从来没有梦见过我母亲——她活着的时候很不喜欢我,所以大概她死了也不要见我吧。"

"不会的,青娃儿,你不要胡思乱想了。"

俞先生岔开了我的话,我们就天南地北地随便聊起来。他告诉我他从前在重庆的时候,常常到嘉陵江里去游泳。十六岁他就能游过嘉陵江了。我告诉他,我也喜欢游泳,从前我常常跟弟娃两人到水源地去游泳。

"那么夏天我带你到鹭鸶潭去游泳去。"他说。

"好的。"我说。

"那儿的水又清凉又干净,你一定会喜欢。"

"好的。"我含糊应道。

我的眼皮渐渐重了,我转过了身去,脸向着墙壁,矇了过去。在睡梦间,我感到俞先生的手搂到了我的肩上。

"俞先生——"

我惊醒过来,身子往里面挪了一下,俞先生那只手仍旧搭在我的肩上,他的掌心温温的。

"俞先生——对不起——"

"青娃儿。"俞先生柔声唤道。

"俞先生——真的对不起——"我的声音陡然颤抖起来。

"那么——你好好睡吧。"俞先生迟疑了片刻,他的手在我肩上轻轻拍了两下,终于抽了回去。

"俞先生——我——"

一阵不可抑止的心酸,沸沸扬扬直往上涌,顷刻间我禁不住失声痛哭起来。这一哭,愈发不可收拾,把心肝肚肺都哭得呕了出来似的。这几个月来,压抑在心中的悲愤、损伤、凌辱和委屈,像大河决堤,一下子宣泄出来。俞先生恐怕是我遇见的这些人中,最正派、最可亲、最谈得来的一个了。可是刚才他搂住我的肩膀那一刻时,我感到的却是莫名的羞耻,好像自己身上长满了疥疮,生怕别人碰到似的。我无法告诉他,在那些又深又黑的夜里,在后车站那里下流客栈的阁楼上,在西门町中华商场那些闷臭的厕所中,那一个个面目模糊的人,在我身体上留下来的污秽。我无法告诉他,在那个狂风暴雨的大台风夜里,在公园里莲花池的亭阁内,当那个巨大臃肿的人,在凶猛地啃噬着我被雨水浸得湿透的身体时,我心中牵挂的,却是搁在我们那个破败的家发霉的客厅里饭桌上那只酱色的骨灰坛,里面封装着母亲满载罪孽烧变了灰的遗骸。俞先生一直不停地在拍着我的背,在安慰我,可是我却愈哭愈悲切,愈更猛烈起来。

二十三

第二天早上，我醒来时，俞先生已经走了。他在床头留了一件衬衫，是一件斯麦脱牌子的蓝格子衬衫。衬衫上放着一张字条：

青娃儿：

　　我有两堂早课。等我中午回来，带你到刘家鸭庄去吃腊味饭。这件衬衫是新的，你拿去穿好了。

俞浩

我看看床头的闹钟，已经十一点二十，便赶快跳了起来。我把那件新衬衫穿到身上试了一下，完全合适，可是我却匆匆脱下，仍旧叠好，放回床上去。我在那张字条的背面写道：

俞先生：

　　我走了。对不起，昨晚打扰了你一夜。王度庐的《铁骑银瓶》以后有机会再来向你借吧。谢谢！

李青

外面的秋阳在湛蓝的天空里，照得异常光辉灿烂。习习的凉风，吹得人很爽快。我买了一套烧饼油条，一面啃着，一面在台北的大街上漫无目的荡了下去。我感到有点惘然，但却轻松无比，昨晚那一阵号啕，好像把郁积在心中多时累累的淤块，都倾吐光了似的，身体内变得空空如也。我从一条街荡到另一条街，不知不觉竟走到重庆南路尽头，南海路的交叉口处了。自从我被学校开除后，这半年来，我总是有意无意避免走近这一带地方，因为育德中学就在南海路上，我不愿撞见旧日的同学师长。但是这一刻，我却突然起了一阵冲动，要回到那母校去看看。这是星期六的下午，学校不上课，即使碰见旧日的老师同学，他们也未必还认得出我来。我的头发留长了，长得盖住

344

了眉毛,而且又穿着一条牛仔裤,完全不像一个中学生。育德中学的围墙是红砖砌的,巍峨高耸,两扇铁闸敞开着,我走了进去,穿过对着正门的那座办公大楼,大楼下面墙上的布告栏里贴满了布告,也有两则是学生犯规记过的:高二乙班黄柱国数学月考作弊,大过一次。初三丁班刘健行偷窃公物,留校察看。倒是没有勒令退学的。大楼后面的"戈壁沙漠"仍旧在飞沙走石,我们的操场一刮风便黄尘滚滚,我们叫做"戈壁沙漠",每次我们在操场上上完军训,回到教室,大家的眉毛都白掉了,敷上一层薄沙。操场上空荡荡的,一个人也没有,可是操场旁边的篮球场上,却有人在投篮,篮球着地,发出嘭嘭的响声,夹着阵阵吆喝欢呼:

"好球!"

我绕到篮球场边,看见几个初中生在传球,一个个打着赤膊,穿着童军短裤,一共五个人。我站在篮底,观看了片刻,发觉他们原来在赛球。一队两人,一队三人,动作激烈,厮杀得难分难解,两人队显然渐渐不支,阵脚有点乱了,在篮下已经失去好几球,而且其中一个大个子刚刚吃了一记令人相当难堪的闷火锅,三人队一面欢笑,一面调侃,得意洋洋。

"你那么独霸,叫你 pass 你又不 pass!"两人队起内讧了,其中那个小个子,愤愤然叫道,他是五个人中,最矮小的一个,可是动作灵活,上篮时窜得很灵敏。他那张浑圆的娃娃脸涨得鲜红,满头大汗。

"我已经带球上篮了,还不该 shoot 么?"两人队中的大个子张开双手,咧着嘴傻笑,替自己辩护。他最高大,但却是一个傻大个儿,笨手笨脚,而且还相当独霸。

"shoot 你的头!挨了人家一记大火锅!"娃娃脸悻悻地把球掷给了对方,不停地咕哝、抱怨。

三人队已经赢了好几球,遥遥领先,行动言语也就更加嚣张起来。其中一个小黑炭捡到球,开始进攻,一下子窜到了篮底,娃娃脸一急,整个人扑了上去阻拦。

"拉手!"小黑炭的球投了出去,没有射中,举起手高叫道。

"哪个拉手？你莫瞎扯！"娃娃脸气急败坏地驳道。

"拉手！拉手！"三人队其他两名队员也帮腔道，并且学拉手的姿势。

"放屁！"娃娃脸恼怒地喊道，"你们问他！"

他指向傻大个儿，傻大个儿愣了一下，讪笑道：

"我也没看清楚啊。"

三人队一齐欢呼起来，就要罚球。娃娃脸跑过去就狠狠捶了傻大个儿一下，啐道：

"你这个驴蛋！"

"我是没有看清楚嘛。"傻大个儿抓耳挠腮据实说道。

小黑炭投篮下球，偏偏两球都罚进去了，第二球唰地一下，还是个空心。三人队愈更乐不可支，又拍手，又喝彩。娃娃脸捧住个球，眼睛直眨巴，额上的青筋都暴了起来。

"加入！"

我在篮下举手叫道，一面脱去了衬衫，也打起赤膊来。三人队面面相觑，娃娃脸转怒为喜，率先叫道：

"欢迎！欢迎！我们来了救兵。"

我这个生力军加入两人队后，形势立刻扭转，上半场结束，两队已经打成平手，二十比二十了。娃娃脸喜得又叫又跳，也不骂傻大个儿了。下半场开始，我们一路领先，娃娃脸跟我合作得很好。我传球，他上篮，他人虽矮小，右勾手的擦板球倒投得很准，一连擦进三四球。从前在学校，我是我们高三丙班的篮球班队，打中锋。夜间部对日间部比赛，我们还赢过一面锦旗，高校长颁奖，是我上去领的。我们打到下半场后场，原先的三人队已经败相大露，溃不成军了，而且三个人也开始彼此抱怨起来。最后一球，我站在中场，来了一个长射，唰的一下，篮网子一翻，一个空心便进去了。

"好球！"娃娃脸拍手雀跃道。

我们终于以四十五比二十八，打了个大胜仗。娃娃脸跑过来抱住我的腰乱蹦乱跳，又去踢傻大个儿的屁股。

"认输了吧?"娃娃脸笑嘻嘻地指着小黑炭道:"快请我们吃清冰吧!"

"去你的蛋!"小黑炭吐了一泡口水,喘吁吁啐道,"请帮手,不算数。"

"喂,有人想赖账呢!"娃娃脸笑着向傻大个儿叫道。

"咱们再赛过,"三人队里另外一个翘嘴巴跑上来帮小黑炭道,"谅你没种!"

"少啰唆,"娃娃脸一把推开翘嘴,"你们输了,对不对? 四十五比二十八,惨败。君子一言为定,输家请客。你们赖账才没种!"

翘嘴喘着气,厚厚的嘴唇撅得老高。娃娃脸打量了一下翘嘴,突然指着他尖声笑道:

"尖嘴,你去照照镜子,你的嘴巴现在像什么? 像鸭屁股!"

翘嘴脸一红,挥拳便揍。娃娃脸赶忙窜逃,可是却给小黑炭一把拦住,翘嘴赶上去,揪住娃娃脸,两人殴斗成一团。小黑炭在旁边放冷箭,娃娃脸背上腰上已经吃了好几下暗亏了。

"大个子,快来帮忙呀!"娃娃脸大声讨救。

傻大个儿跑上去助战,三人队另外一个青春痘也不甘落后。于是五个人,拳脚交加,混战起来。一场赌清冰的球赛,演变成全武行,五个人开始还边打边笑,后来大概出手重,打痛了,竟认起真来。尤其是娃娃脸跟翘嘴两人,噼噼啪啪,没头没脸,乱揍一顿,两人打红了眼。我看见事态严重,赶忙抢上前去,一把先将娃娃脸跟翘嘴隔开,然后大喝一声:

"停战!"

五个小家伙都慑住了,停了下来,一个个叉的叉腰,歪的歪脖子,气呼呼互相瞄来瞄去。

"你们赌东道的,是么?"我问道。

"明明讲好了的,输的一队请客,吃清冰。"娃娃脸理直气壮地答道。

"那么你们输了,要不要请客呢?"我问三人队。

"你帮他们,不算!"小黑炭抗议道。

"你不帮他们,他们不输掉裤子才怪呢!"翘嘴帮腔道。

娃娃脸跳上前去叫道:

"你管我们怎么赢的,你们明明输不起,想赖账。赖账的是龟孙子。"

翘嘴跟小黑炭又摩拳擦掌起来,我忙阻止道:

"我来调停,折中一下吧。你们不是都想吃清冰么?既然没有人愿意请客,我提议各人出各人的钱,大家一齐去吃算了。"

三人队面面相觑了一番,借此收场,同声应道:

"也好。"

"便宜了你们!"娃娃脸心犹不甘,嘀咕道。

我们各人捡起自己的外衣,都搭在肩上,娃娃脸把篮球抱在怀里,我们六个人,一身汗淋淋的,一头一脸都蒙上了黄沙,打着赤膊大摇大摆地走出了校门。学校对面,植物园门口,卖清冰老李的摊子还在那里。他那辆拖车,旧得一路咯咯轧轧响下去,车上刨清冰的机器锈得发了黑,几只装五色糖浆的玻璃缸也是烟黄烟黄的。老李是个超级大胖,一个夏天敞着衣衫,大肚子挺在外面,头上的汗珠子从来没有停过,他也不用毛巾揩拭,手一抹,将汗水往地上一甩,然后又很起劲地去刨清冰去。然而老李的清冰生意一直很兴隆,其他几个摊子总也竞争不过他。一来他的价钱公道,分量给得够。二来老李是个老交际,得人缘,他是个退役兵,大陆上地方跑得多,有说不完的鼓儿词,育德的学生都喜欢照顾他。从前夏天晚上放了学,要是口袋里还有钱,我便跟同学们结伙到老李的摊子上吃清冰,一边听他讲湘西赶尸的故事。他推车上那盏散着呛鼻气味的电石灯,青光摇曳,老李挺着个大肚子,学僵尸一跳一跳地走路,我们都听得咯咯骇笑起来。

"老李。"我笑着叫道。

老李朝我上下打量了半天才认出我来,即刻堆下了满脸笑容。

"嘿,李青小子,好久不见,毕业了么?"

"来六碗清冰,"我说道,"我们都渴死了。"

娃娃脸一来便跑过去揭开老李推车上装红色糖浆的玻璃缸，尖起鼻子去闻了一下。老李赶忙将玻璃缸盖子一把抢走，仍旧盖上，喝道：

“小鬼最多事，又打什么歪主意了？”

“你们猜为什么老李的清冰特别够味？”娃娃脸笑嘻嘻地问道，“他的糖浆里加了料，羼了他的香汗。”

“你妈的——”

老李的眼睛鼓得铜铃那么大，却说不出话来，一面又赶快用手去揩拭额头上的汗珠子，我们忍不住都哈哈大笑起来。老李一面用机器刨冰，一面犹自不停地咕哝着，他刨了六碗清冰，加上五颜六色的糖浆，递给我们，却指着娃娃脸斥道：

“小鬼头，你懂啥？你李爷爷就是济公活佛，吃了你李爷爷的汗，长生不老呢！”

“老李倒真像个济公活佛，你们看，他肚子上搓得下一碗老泥呢！”娃娃脸笑着指向老李的大肚子。

老李举起手便要打，却又撑不住笑了，他揪了娃娃脸的腮一下，笑道：

“娃娃，你就是那个牛魔王的红孩儿，专门翻精捣怪！”

我们稀里哗啦把碗里的清冰吃得点滴不剩，各自付了五块钱。吃完清冰，大家的火气也消了，傻大个儿、小黑炭、翘嘴、青春痘、娃娃脸，都向我道了声再见，一哄而散。

二十四

娃娃脸一个人抱着球，肩上搭着外衫，往植物园里走去，我也跟着进到植物园内。有半年没有回返植物园了，从前上学下学，天天穿过园里，来来往往，有五年多的日子。植物园，我跟弟娃差不多是在里面长大的，如同我们自己的花园一般。我们在育德念书时，常常跟一大伙人，成群结党，到植物园里去斗剑。我们龙江街二十八巷秦参谋家的大宝、二宝也是我们的死党。我用童军刀削了两把竹剑，我那柄是"龙吟"，弟娃那柄是"虎啸"，我们是昆仑山龙虎双侠，大宝二宝是终南二煞，龙吟虎啸双剑合璧大战二煞。我们在植物园假石山的台阶上，跳上跳下，厮杀得天昏地暗，日月无光。终南二煞邪不胜正，往往让龙虎双侠追杀出植物园外。有一次我一剑把秦大宝砍下台阶，他的头撞在石头上，撞起核桃大的一个肿瘤，秦妈妈护短，告到父亲那里，说道："你的两个娃仔实在野得不像话，也该好好管管了。"我们的"龙吟""虎啸"被没收去，当柴火烧掉。大宝二宝高中没有考上育德，后来进了泰北中学耍太保去了。植物园的一草一木，我们都熟悉得好像老朋友一般。春天捞蝌蚪，夏天爬到油加里树上去捉知了，秋天——秋天到荷花池塘去摘莲蓬。

一个夏天没来，植物园里池塘中的荷花已经盛开过了，池塘浮满了粉红的花瓣，冒出水面三四尺高的荷叶，大扇大扇的，一顷碧绿，给雨水洗得非常鲜润。青青的莲蓬，已经开始在结子了。荷叶荷花的清香随风扑来，一入鼻，好像清凉剂一般，直沁入脑里去。

"再过一个礼拜，就可以来采这些莲蓬了。"我赶上娃娃脸，指着池塘内几只迎风摇曳的莲蓬说道。

"不到一个礼拜，这几个大的早就不见了！"娃娃脸笑道，"这几天，天天早上我都来看一遍，一结子我就采掉。"

"那几个够不到，可惜了，恐怕已经熟了，"我指着池塘中心那几只特别大的莲蓬说道。

"我家里有根长竹竿，竿头系着一把月牙刀，我去拿来试试，去钩那几只大莲蓬。"

"那么远哪里钩得着？小心掉到池塘里去。"

娃娃脸咯咯地笑了起来说：

"尖嘴有一次跟我们一齐来采莲蓬，贪心鬼，采了三个还不够，一跤滑进池塘里，裹了一身的污泥，活像只大乌龟！"

娃娃脸把球抛到空中，又赶紧跑上前接住。

"你们是哪班的学生？"我问道。

"初三丙班。"

"哦,你们的导师是'鸭嘴兽'不是?"

"对了,正是她,你怎么知道?"娃娃脸笑了起来。

"从前我也让她教过,乖乖,好厉害!"

王瑛是育德有名的罗刹女,下笔如刀,绝不留情。博物题目最是刁钻古怪,有一次,她出了一题鸭嘴兽,把学生都考倒了,所以大家都叫她"鸭嘴兽"。其实王瑛长得很漂亮,来上课时,常常撑着一柄粉红遮阳伞。

"你的博物分数一定很惨了吧?"

"才不是呢!"

娃娃脸赶忙抗议道,"我在初二时,植物全班第一,九十五分。"

"嗄,很了不起嘛!我听说'鸭嘴兽'从来不给九十分的。你的植物为什么那样棒?"

"我就住在植物园里,"娃娃脸笑道,"我爹爹在农林实验所当研究员,从小他就教我认各科植物了。"

我们已经走过石桥,进入农林实验所的花园里去。园里有一连五座玻璃花房,房里层层叠叠放满了盆栽花草。外面一排排都是花圃,培养着各色各种的花苗,圃内插着许多标签,上面写着拉丁学名。我们经过一座玻璃花房,里面吊着许多羊齿植物,长条长条的绿叶垂下来像飘带一般。

"这些都是金发藓,"娃娃脸指着一溜吊在半空绿茸茸极为纤细像天鹅绒似的羊齿植物,解释给我听。

"这又叫'处女发',很难栽培呢,花房里可以调节湿度,这种植物最喜欢水分了——"

"呀,快来瞧,果然都开了!"

娃娃脸兴冲冲跑到前面一畦花圃,蹲了下去,又回头直向我招手。我走过去,花圃里密密地种着一片深紫浅红相间的小花,通通绽开了。

"这些花是我爹爹种的。"娃娃脸兴奋地对我说道。

"这些花叫什么名字?"我问道,花草的名字,我都不记得,我的植物补考过才及格的。

"这个你也不知道呀?"娃娃脸洋洋得意地说道,"这叫三色堇,这种颜色是突变,我爹爹用人工交配栽培出来的,你仔细瞧瞧,这些花像什么?"

"猫儿脸。"我说。

"呵,呵,"娃娃脸乱摇手,大笑道,"不对、不对,像人面,所以又叫'人面花'。"

娃娃脸立起身来,一面走着,一面告诉我听他父亲常常半夜三更起身,到花圃里来,观察他种植的花苗。我们穿过花园,便到了农林实验所的宿舍面前,那是一排陈旧的日式木屋,里里外外,树木成荫。

"那是我们的家,"娃娃脸停下来指着第二栋木屋,对我说道,那幢房子,整座都给翠绿肥大的芭蕉树遮掩住了。

"幺弟!"

屋子里突然跑出一个十七八岁的大男孩来,迎面喝问娃娃脸道:"你疯到哪里去了? 找了你一个下午!"

"我到学校打球去了。"娃娃脸把手上的篮球抛给了大男孩,大男孩一把捞住,责怪道:

"好家伙,又把我的球偷走了。"

"我们跟尖嘴他们赌清冰,尖嘴他们输了,又赖掉了!"

娃娃脸回头向我扮了一下鬼脸笑道。

"你只管野吧,你闯祸了。爹爹叫你去向刘伯伯借那本百科全书的,书呢?"

"哎呀! 该死! 该死!"娃娃脸直敲自己的脑袋,"我这就去借。"

"还等你去? 我早去借来了。爹爹正在生气,你还不快点进去,当心挨揍!"

大男孩拎住娃娃脸一只耳朵便往里面拖,娃娃脸的头给拉得歪到一边,脚下一蹦一跳地跟了进去,到了大门口,他挣脱了大男孩的手,回过头来,朝我咧开嘴,挥了一下手。大男孩砰地一声便把大门关上了。嘭嘭嘭,门内传来几声篮球着地的声音。

夕阳斜了，地上的树影愈拉愈长，一条条横卧在草坪上。我自己的影子，也给夕阳拉得长长的，在那交叉横斜的树影中，穿来插去。我爬上草坡，影子便渐渐竖了起来，我跑下坡去，影子又急急地往前窜逃。走出林外，突然间，随着一阵风，隐隐约约吹来一流细颤颤的口琴声。一忽儿琴声似乎很遥远，起自荷花池塘的对岸，一忽儿似乎又很近就在身边，那棵须发垂地古榕的后面，断断续续，时起时伏，我向着琴声奔跑过去穿进了那丛茂密的金丝竹林中，地上焦碎的竹叶竹箨，被我踩得发出哔剥的脆响，我双手护住头，挡开那些尖刺的竹枝，在林中横冲直闯。我记得那天下午，那是最后一次，我们一齐到植物园来，我跟弟娃约好放了学在植物园中见面的，我叫他在竹林外石桥桥头那棵大面包树下等我，我骑车把他载回家去。我到了石桥桥头，可是却没有看到弟娃的踪影。弟娃，我叫道，弟娃，你在哪里。猛然间，从那棵阔叶重叠巨大的面包树上，一声嘹亮的口琴像抛线似的溜了下来。我抬头一望，弟娃正坐在那棵面包树的一枝横干上，那些墨绿的阔叶像一把把大扇子，把弟娃的身子都遮去了一半，他露出了头来，双手捧着我送给他的那管蝴蝶牌口琴，在吹奏那支《清平调》。弟娃，我叫道。弟娃，我大声叫道。

琴音突然中断，竹林外面，那一大顷荷塘，婷婷的荷叶，在晚风中招翻得万众欢腾，满园子里流动着一股微带涩味的荷叶清香。又一阵风掠过去，一排荷盖哗啦啦互相倾轧着斜卧了下去，荷塘对面的石径上，现出了三五个男学生的头颅来。隔了不一会儿，刚刚那缕口琴的声音，又在荷塘的对岸，颤然升起，渐去渐远，随着风，杳然而逝。

二十五

游妖窟

上星期六晚，笔者误打误撞，竟闯入一个非常禁地。古人刘阮上天台，笔者却往妖窟一游，大开眼界。话说本市南京东路一二五巷，本是一个茶楼酒榭栉比鳞次的热闹地区，可是在这些烤肉店、咖啡厅、日本料理店的下面，却掩藏着一个叫"安乐乡"的秘密酒吧。如果读者从金天使隔壁一道窄门走下去,便会进入这个别有洞天的妖窟里。请别紧张,这儿没有三头六臂的吃人妖怪,有的倒是一群玉面朱唇巧笑倩兮的"人妖"。笔者无意间竟发现了本市的男色大本营,一时眼花缭乱,心荡神摇,几疑置身世外"桃"源。"安乐乡"装潢豪华,气氛奢皇,加上歌声细细,笑语如痴,端的是一个红灯绿酒的温柔乡。据云来这里吃禁果(分桃)的人,上至富商巨贾,医生律师,下至店员伙计,士兵学生,九流三教,同"病"相怜。笔者旁敲侧击,打听出来,"安乐乡"的后台老板乃是影剧界某名流,难怪那晚星光熠熠,一位最近刚冒红的小生,竟也赫然在场。然而人妖异路,妖窟到底不可久留,笔者喝完啤酒一瓶,赶紧匆匆离去,返回人间。是为《游妖窟》记,与读者共飨奇遇。

——本报记者樊仁

我到安乐乡去上班,一进酒吧便听见我们师傅杨教头与小玉、吴敏、老鼠几个人在里面议论纷纷,大家都似乎很激动。师傅看见我,气吁吁地将手里捏着的一份《春申晚报》塞给我看。晚报第三版的社会传真专栏,便登着樊仁报道的那篇《游妖窟》,标题还用的是特大号字。《春申晚报》据说是从前上海一个青帮小头目办的,专靠黑幕新闻发迹。前个月《春申晚报》把一个小有名气的女明星罗俐俐未发迹以前在华都当舞女的秘闻挖了出来,添油添醋写得十分不堪,那个女明星气得服安眠药,差点送命,闹得满城风雨。

"儿子们!"师傅把我们召集在一起,手里挥动着那份《春申晚报》,对我们训话道:"这叫做'祸从天降'!咱们流年不利,偏偏闯到这么一个煞星,把咱们的身份通通掀了出来。今后恐怕没有太平日子过了。这两个多月来,咱们师徒总算享了一场福,过了一段像人的生活。眼看着咱们安乐乡就要大发起来,这个月还没结账,看样子起码比上个月加三成。这样下去,咱们师徒的生计是不愁没有着落。

当初师傅想尽办法，把这个酒店开起来，一半也是为了你们这几个东西，起一个窝，免得你们流落街头。你们不能怨你们师傅，我为你们是尽了心了。这要怪你们这几个东西，生来便是奔波命，这种安安稳稳的日子，你们恐怕无福消受了。《春申晚报》那一伙王八羔子最惹不得，你们都还记得罗俐俐那桩公案吧？害得人家求生不能，求死不得呢。这下子一传出去，咱们可成了台北市头号新闻人物啦，比那罗俐俐更加稀奇。盛公大概还没看到今天的《春申晚报》呢，要不然恐怕早已急得脑充血啦，还敢到安乐乡来替咱们撑腰么？这个叫樊仁的烂记者——你们上星期六可记得见过什么形迹可疑的人没有？"

我们面面相觑，半晌，小玉却想起了什么似的叫道：

"我记起来了！那晚有个陌生人曾经向我东问西问，打听安乐乡的老板是谁。那个家伙鬼头鬼脑，又穿了一身的黑西装，一看就知道是个外人，可是都没想到是《春申晚报》的害人精！"

"哦，"师傅点了点头，思索片刻，叮嘱我们道，"这下张扬开来，回头还不知会招来一班什么看热闹的人。你们听着：今晚大家沉得住气，一切逆来顺受，不许多嘴，不许毛躁，此后的风险正多着哩，一个不好，送火烧岛也有咱们的份呢！"

师傅的话还没有落音，唰地一声，大门开处，三三两两已经闯进来一些不相干的陌生人了。开始疏疏落落分别坐在各个角落，还不怎么起眼，师傅也就照例指使我们端酒送烟。八点过后，形势大变，一伙一伙的外路客竟成群结党涌进了安乐乡来，不到一刻工夫，一个地下室里，挤满了我们从来没见过的不速之客。每晚到安乐乡来报到的那一群鸟儿，大概得到了风声，一个个不见了踪迹，即使有一两个，冒冒失失地飞了进来，一看见老窝里鸠占鹊巢，全是些生面孔，知道情势不妙，也就悄悄溜走了。陌生客大多是年轻人，有一伙是常在野人咖啡馆穷泡的浮滑少年，我在野人里见过他们几次，还带了几个妞儿来，都是来看热闹的。那群少年，一进门，一双双的眼睛便骨碌骨碌转，到处搜索找寻，接着便交头接耳，指指点点起来。一阵阵扑哧的笑声，此起彼落，笑得最尖锐、最刺耳的，是一个梳着马尾，穿着一双长筒靴,眼皮涂着蓝色眼圈膏的一个女孩子。

    在哪里?
            在那边。
    是哪个?
            是那两个吧。
    报纸上不是说有好多——

    那个马尾巴就站在离吧台不远的地方,她凑近一个身穿火红 T
恤的青少年耳边,一直追问道。在嗡嗡嘤嘤的笑语声中,有两个字在
这琥珀灯光照得夕雾濛濛的地下室内一直跳来跳去,从这个角落跳
跃到那个角落,从那个角落又跳蹦蹦地滚了回来。

    人妖
        人妖
    人妖
        人妖
    人妖

    酒吧台周围,浮动着一双双带笑的眼睛,紧紧跟随着我和小玉,
巡过来巡过去。我跟小玉圈围在酒吧台内,让那一双双眼睛从头睨
到脚,从脚又一寸一寸往上爬,一直爬回到我们的脸上来。那些眼
睛,从四面八方射过来,我们无法躲避,亦无法逃逸。我记得八岁的
时候,那一年母亲刚刚出走。有一回我带着弟娃到舒兰街河边去玩,
河边一棵柳树干上悬着一只菠萝大的蜂窝,我不懂得厉害,拾起泥块
去掷着玩,一下把蜂窝砸掉了一角,嗡地一声,飞出一窝愤怒的黄蜂,
向我追扑过来,我吓得大叫狂奔,头上脸上早挨叮了几下,怎么用手
挥赶也赶不掉那群狂追不舍的怒蜂,回到家中,我的脸上肿得紫亮,
眼皮上也遭了一下,眼睛肿成了一条缝,痛得晚上不能睡觉。突然

间,我觉得那些眼睛,就像那群激怒的黄蜂一般,一只只紧盯在我的头上脸上,死死咬住不放。我端着啤酒杯的手,瑟瑟颤抖起来,杯内冒着白泡沫的啤酒直往外泼,溅在裤子鞋子上,小玉大概也被盯得慌了手脚,一只酒杯哐啷滑掉到地上,砸得粉碎。老鼠端着酒在人堆里穿来插去,倒还没有人理会,吴敏却吃够了苦头,让那群浮滑少年狠狠地戏弄了一番。"玻璃",一个拦住他叫道。"兔儿",另外一个摸了他的头一把。吴敏躲来躲去,倒真像一只被猎犬追逐惊惶奔逃的白兔了。阿雄仔被师傅关进了厨房里,不许出来,因为怕他不懂事,打人闯祸。

在酒吧的另一端,电子琴的那边,杨三郎仍旧无动于衷地坐在那里,戴着他那副黑眼镜,半仰着头,脸上漾着一抹木然的微笑,仍旧在那里不急不缓地,按奏着他自己谱的那首《台北桥勃露斯》。

二十六

晚上打烊后,我们一个个早已累得筋疲力尽,刚才那四五个钟头的班,每一分钟都是硬着头皮熬过去的。师傅倒夸奖了我们一番,说我们果然还沉得住气没有惹出乱子。他把账结好,特别打赏我们每人一百元,却叹了一口气,告诫我们道:

"儿子们,今晚你们都看到了,咱们的处境有多艰难!平日你们只顾抱怨师傅管教太严,你们瞧瞧,外头的世界,对咱们是很友善的么?要是明后晚还是像这种情形,那些外路杂人还要来咱们安乐乡捣蛋、拆场合,儿子们,这个地方咱们恐怕就待不下去了!"

回到傅老爷子家,已是深更半夜,天气有点凉意,我身上穿着一件傅卫留下来的军用夹克。傅老爷子家灯火全熄了,黑漆漆的一片,我摸着黑,上了玄关。平常傅老爷子早睡,但他总把玄关一盏小灯开着,让我照路。我昨夜一夜没有回来,不禁有些悬心。我进到屋内,便悄悄走到傅老爷子房间外面,隔着房门凝神屏息聆听了片刻,我似乎听到傅老爷子房中有微弱的呻吟。

"老爷子,"我低声叫道,里面仍旧是哼哼的声音,我打开房门,走进去,房中也没有开灯,黑暗中,傅老爷子床上传来呻吟的声音愈更清楚了,好像喘息很困难似的。我把床头五斗柜上一盏台灯捻亮,傅老爷子躺在床上,脸色苍白,额上冒着涔涔的汗珠,两道铁灰的寿眉紧紧蹙在一处,他的喉头一直发着嘎哑的呻吟,异常痛苦的模样。

"老爷子,怎么了?"我蹲下身去,凑近傅老爷子问道。

"阿青——"傅老爷子吃力地唤道,"去倒杯开水来。"

我赶紧到厨房里,从暖水壶里倒了一杯温开水,端回傅老爷子房中。

"那瓶药——"傅老爷子抬起手,指了一指床头边五斗柜上一只塑胶药瓶,药瓶里是绿色胶囊的药丸,不是傅老爷子平日服用的药水。我记得傅老爷子说过,这是特效药,心痛得实在厉害,救急用的。药瓶上写着六小时服用一粒。我取出一枚药丸,将傅老爷子扶坐起来,把药丸塞进他嘴里,把玻璃杯里的开水,一口一口缓缓地喂了他小半杯,然后才把他的头又放回到枕上。傅老爷子的头发都让汗水浸湿了,而且是冷汗,我掏出手帕,替他拭去额上颊上的汗水。

"老爷子,要不要我送你到医院去看看大夫?"我问道,傅老爷子这次的病似乎来得很凶,我不禁有点慌了起来。傅老爷子却摆了一摆手,他的眼睛仍旧闭着,说道:

"吃了药,暂时还不碍事,明天我去荣总看丁大夫去。"

丁仲强丁大夫是荣民总医院的心脏科主治医生,傅老爷子的心脏病一直是他医治的。

"那么明天一早我就送你去,老爷子。"我说道。

傅老爷子点了点头,过了一会儿,他张开了眼睛。才缓缓地将他发病的原因说了一个大概,原来早上他去了中和乡灵光育幼院,去把那个没有手臂的残废儿童傅天赐带去台大医院去看病。傅天赐已经病了一个星期了,一直发烧。育幼院的特约医生开了药,可是并没有效,孩子病得很辛苦,傅老爷子不忍,所以想带他到台大医院去诊治。谁知台大医院的电梯偏偏坏了,内科诊室又在三楼。平时傅天赐走路便不平衡,容易摔跤,何况又在病中。傅老爷子半抱半拖,把傅天赐弄上三楼时,自己却累倒了,在医院里心就疼了起来,人都差点昏厥过去。傅老爷子说完却打量了我半晌,嘴角浮起一丝倦怠的笑容来,喃喃说道:

"阿卫的衣服,你穿着正合适,阿青。"

我低头看了一看自己身上那件墨绿的军用夹克,说道:

"外面天气,有点转凉了。"

晚上我睡在傅老爷子房中,靠在房中一张藤卧椅上休息。一夜我们两人都没有真正睡着过,傅老爷子大概人很不舒服,隔不了一会儿就要哼一下,他一呻吟,我便惊醒过来,这样反反复复,终于折腾到天亮。我起身去烧水,冲了一杯阿华田,傅老爷子本来不肯喝,我劝了半天,总算把一杯阿华田细细啜完了。我找了一件对襟夹袄出来,替傅老爷子穿上。然后自己也去匆匆梳洗了一番,八点半钟,我便到巷子口拦了一辆计程车进来,然后从床上将傅老爷子扶起,他的右手臂挽住我的脖子,我的左手却绕过他那佝偻的背脊,抱住他整个身子,两个人互相倚靠着、挽扶着,一步一步,蹒跚地走下玄关去。

我们到石牌荣总时,还不到九点,而且又挂了特别号。丁大夫的门诊,第一个就轮到傅老爷子,护士特别推了一架轮椅,把傅老爷子接进去。我在外面等候了差不多四十分钟,丁大夫却亲自出来,找我谈话,丁仲强大夫是一个身材高大,银发粲然的医生,穿着一身白制服,很有威严的模样,他把我叫过去,语调低沉地说道:

"你们老太爷这次的病,很不轻呢,我要他马上住院。"

"哦,今天就进来么?"我嗫嚅问道。

"今天就住进来。"丁大夫斩钉截铁地说道。

接着他大略向我解释了一些傅老爷子的病情。傅老爷子的心脏一向衰弱,这次有心肌梗塞的现象,随时会休克,万一昏厥一摔跤,即刻发生危险。接着他便递给我一张他签的住院证明书,交代我道:

"你先到下面去办住院手续,你们老太爷正在做心电图。"

我走到楼下住院处,替傅老爷子办妥住院手续,傅老爷子是老荣民,不必预先缴住院费。回到楼上,傅老爷子已经做完心电图了,他

身上换上了绿色的病人睡袍,佝着背坐在轮椅上,让护士推往别的诊疗室。他看见我,却把我招过去,声音虚弱地吩咐我道:

"你先回去,拿两套我洗换的衣服来,还有我的牙刷面巾——别的东西,日后再说吧。这几天,恐怕你要两头跑了呢。"

"不要紧,老爷子,"我赶紧应道,"老爷子家里的药还要不要拿来呢?"

"用不着,"傅老爷子挥了一下手,"丁大夫说,另外开药。"

"老爷子,我去了,马上就回来,"我说道,"晚上我不去上班了。"

傅老爷子嘴唇抖动了一下,要说什么,却只点头唔了一声。我转身离开,傅老爷子苍哑的声音却在我身后问道:

"身上有钱么?"

"有!"我回头拍了一下裤袋笑道。

二十七

我匆匆赶回傅老爷子家,家里静悄悄的,傅老爷子入了医院,整栋屋子一下子好像空掉了一般。我到他房中,从衣柜里理出了几套洗换的内衣裤,他的牙刷牙膏洗脸手巾我也装进了一只塑胶袋里,又从我房中的壁橱里,找到了一只军用绿色帆布旅行袋,把东西什物都放了进去,末了我把一罐阿华田也一并带走了。

返回荣总以前,我到安乐乡去弯了一趟,想把傅老爷子发病住院的消息,告诉师傅听。师傅不在,小玉、老鼠和吴敏三个人倒围在一张桌子上,一边吃饭一边吵吵嚷嚷不知在争什么。我猛然想起肚子饿了,干脆也坐下来跟他们吃点东西才走,小玉一看见我,却指着我咯咯笑道:

"又来了一个! 叫他什么呢? 叫他鲤鱼精吧!"

老鼠和吴敏都呵呵笑了起来。

"你妈的,什么鲤鱼精?"我坐了下来,把小玉面前的碗筷拿过来,便扒了两口饭,"我看你才是个狐狸精呢!"

老鼠马上跳了起来,指着小玉嚷道:

"你看、你看,我跟小敏叫你狐狸精,你还不以为然,现在是公认的了!"

"好吧、好吧,就算我是狐狸精,"小玉拍拍胸口道,"那么你是耗子精,你是兔子精,"他指指吴敏,又指指我,"你是鲤鱼精,咱们师傅是千年乌龟精,阿雄仔嘛,是个超级马猴精——那么咱们这个'妖窟'什么妖精都齐全了。今晚有人来'游妖窟'看'人妖',咱们就收他们的门票,一个一百块。多看一眼,加一百,那么,咱们以后便不必卖酒了。"小玉说着却把老鼠手中的筷子抢了过来,一边当当地敲着碗,一边用着幼稚园的歌《两只老虎》的调子唱道:

四个人妖
四个人妖
一般高
一般高
一个没有卵椒
一个没有卵泡
真奇妙
真奇妙

我们都哈哈大笑起来,也跟着用筷子敲碗齐唱"人妖歌"。

"师傅到哪里去了?"我笑得差点岔了气,止住小玉问道。

"盛公召去了。盛公看到《春申晚报》,气急败坏把师傅召去开紧急会议。我看咱们安乐乡也是好景不长了。我不知道你们有什么打算。小爷可打定了主意,下个月龙船长龙王爷的翠华号要开航,我是一定要跟了去的。我的厨子执照已经考到了,到翠华号上去当二厨。下个礼拜我就去割盲肠去。你呢,老鼠,乌鸦那里你回不去了,我看你怎么办?你那第三只手又要伸出来了——"

老鼠龇着一嘴焦黄的牙齿,痴笑了两笑。

"小敏又怎么办?难道还回去当'刀疤王五'的小媳妇儿不成?

只有你最好,阿青,你有傅老爷子庇护着,一切不必发愁,我看你也拉他们两人一把,请老爷子发发慈悲,一起收留算了——"

"傅老爷子病重,进了医院。"我说道。

"哦——"他们三个人都惊叫了起来,一个个呆住了。

我把傅老爷子昨晚病发今天早上入了荣总的情形跟他们说了一遍,三个人都急着问医生怎么说。

"丁大夫说,随时有休克的危险!"

"休克?"老鼠愣愣地问道。

"昏迷过去,懂不懂? 土包子!"小玉低声骂道。

我们几个人商量的结果,不等师傅回来,大家先去荣总去看傅老爷子。我们出去巷口,经过一个水果摊,小玉提议买几只日本进口的苹果给傅老爷子带去。五十块一只,我们每个人出五十,一共买了四只鲜红的日本大苹果,叫了一辆计程车,四个人往石牌荣总驰去。

傅老爷子在三〇五病室,一个二等病房,里面住了另外一个病人,两张病床中间隔着一张白布幔。傅老爷子的病床在里面,我领着小玉、吴敏、老鼠蹑手蹑脚绕到傅老爷子床边,傅老爷子盖着一张白床单,侧着身在睡觉,只露出了他那白发凌乱的头。房里的光线很暗,我们站在床脚边,看不清楚傅老爷子的脸,只听得他浊重的呼吸声很不均匀地从他喉咙里发出来。我们四个人在那阴暗的病房中,我手上提着那只军用旅行袋,小玉手上拎着一只塑胶袋,里面装着四只苹果,吴敏和老鼠在我们身后,都在凝神屏息地候立着,我们就那样静静地等了差不多一刻钟,傅老爷子才翻身醒来。

"是阿青么?"傅老爷子问道。

我赶紧凑上前去,弯下身应道:"我回来了,老爷子,"我举起手中的旅行袋,"衣服手巾也拿来了。"我又向小玉他们指了一下,"小玉、吴敏、老鼠来看老爷子。"

小玉、吴敏和老鼠才一个个蹭了过来。

"你们没上班么?"傅老爷子问道,他的声音很微弱。

"还早呢,老爷子,"小玉上前答道,"阿青告诉我们,老爷子身体不舒服——"

小玉说着却把手上一袋苹果递给了我,我把苹果接过去,举给傅老爷子看。

"小玉他们买了几个苹果来给老爷子。"

我从塑胶袋里掏出了一只又红又大的苹果来,傅老爷子望了一望那只红苹果,嘴角浮起一丝笑容叹道:

"咳,你们哪里有闲钱买这个? 糟蹋了。"

傅老爷子吩咐我把枕头垫高,他靠了起来,歇了一会儿神,眼睛巡了我们一周,却第一个把老鼠召了过去。

"你哥哥对你不好,你日后的路恐怕要难走些。我对阿青说过,要他特别照顾你。"

老鼠咧着嘴傻笑,又偷偷地瞅了我一眼。

"吴敏,你这条命是捡来的,等于二世人,你要珍惜才是。"傅老爷子望着吴敏说道。

"是的,老爷子。"吴敏低声应道。

"听说你一心一意想到日本去呢。"傅老爷子转向小玉道。

"有机会,也想到外面去看看。"小玉解说道。

傅老爷子却望着小玉,片刻点头说道:

"你想去找你的生父,这份心是好的。但愿上天可怜你,成全了你的心愿吧。"

小玉垂下了头去,我们都默然起来,我看傅老爷子仰靠在枕上,很吃力的模样,便说道:

"老爷子该休息了,他们也要去上班了。"

"师傅还不知道老爷子住院,所以没有来。"小玉离开时解说道,傅老爷子沉吟了半晌却道:

"你去对杨金海说,明天早上要他一个人来见见我,我有话吩咐他。"

小玉、吴敏跟老鼠离开后,护士不停地进来量血压测温度,送药打针,傅老爷子刚闭上眼朦着一会儿,就会让护士唤醒。护士拿了一只扁平的便盆来，她告诉我，要替傅老爷子验大便，她交给我一只盛大便抽样的塑胶盒子及一根竹签，要我等傅老爷子大便后，把大便抽样拿给她。傅老爷子说，这两天便秘，所以一直没有出恭。我去问护士借了一柄水果刀来，削了一碟苹果，喂傅老爷子吃了，又倒了一杯开水让他喝下去。差不多过了一个钟头，傅老爷子觉得腹中有了响动，我便将那只白搪瓷的便盆拿到他床上，塞到他身下去，但是傅老爷子的背驼得厉害，无法仰卧，我只好将他扶起身来，他一只手勾住我的脖子，坐在便盆上。傅老爷子累得一头的汗，我也拼命撑住。

"辛苦你了，阿青。"傅老爷子过意不去，说道。

"不要紧，老爷子，你再使使劲。"我说。

闹了半天，傅老爷子终于解了出来，我们两人都如释重负一般，笑了起来。我递了卫生纸给他，让他揩拭干净，他才舒了一口气，躺了下去。便盆里是一堆乌黑的粪便，大概傅老爷子这几天身体不好，消化不良，大便恶臭。我捧着傅老爷子的大便到外面厕所里去，挑了一些大便抽样盛到塑胶盒内，然后拿给护士小姐。

我一直在医院里陪伴傅老爷子到晚上八点，探病的时间截止，才离开。临走时，傅老爷子却突然叫住我托付道：

"你明天早上，替我到中和乡灵光育幼院，看看那个傅天赐。我答应明天去看他的，我还不知道医生说他是什么病呢。"

"好的——"我应道。

"你不必告诉育幼院的人我住院，"傅老爷子交代我，"你去跟那个孩子说：傅爷爷过几天就去看他。这几个苹果你也带去给他吧。"

袋子里剩下的三枚苹果，我拿了两枚走。

二十八

灵光育幼院在中和乡偏僻的一角，我按着地址过了萤桥一直下去，穿过几条街转进入南山路底，才看到一道篱笆围着几栋红砖平房，一个完全孤立的所在，倒有点像一所乡村小学。大门上一块焦黑的木牌，"灵光育幼院"几个字已经模糊了，左下角有"耶稣会"的题款。我进到门内，前院右侧是一片幼儿游乐园，里面有跷跷板、秋千、木马，有七八个儿童在里面游戏，儿童们都系着白围兜，上面绣着"小天使"三个红字。一个老头和一个老太在看顾这群孩童，跷跷板上一头坐着一个胖胖的男童，一上一下，两个男童在发着一连串兴奋的尖笑。左侧的两栋砖房是教室，我从一栋窗外看到里面坐着高高矮矮不同年纪的少年在上课，讲台上站着一位穿了黑袍的神父在讲课。另外一栋教室里在上音乐课，随着风琴的伴奏，一流混合着参差不齐的男童的歌声，荒腔走调奋力地在唱着一首听着叫人感到莫名的凄酸的圣歌。那两栋红砖教室的后面，有一座小教堂，教堂很旧了，红砖都起了绿苔，教堂门楣上横着一块匾上面刻着"灵光堂"。我突然想到郭老告诉我，从前阿凤在灵光育幼院时，行为乖张忤逆，常常半夜三更一个人跪在教堂里哭泣，大概就跪在这间灵光堂里吧。

"你找什么人么？"教堂的门开了，走出来一个身材异常高大的老教士，老教士穿着长长的黑布袍，头上戴着一顶黑色绒方帽，一张黝黑的方脸，皱得全是龟裂。

"是傅崇山傅老爷子叫我来的，"我赶忙应道，"他自己不能来，要我来看看傅天赐的病，送苹果给他。"我举起手上的苹果。

"哦——"老教士那张黝黑的脸上绽露出和蔼的笑容来，"傅天赐么？他今天好多了，吃了医生开的特效药，烧都退了。"

老教士领着我绕过教堂，往后面另外一栋红砖房走去。

"您是孙修士么？"我试探着问道，我听老教士的口音带着浓浊的北方音。

老教士侧过头来望着我，满脸诧异。

"你怎么知道我的，小弟？"

我记得郭老说过灵光育幼院里有个河南籍的老修士，院里只有他一个人怜爱阿凤。傅老爷子也提起院里有个北方老修士，人很慈祥，专门照顾院里的残障儿童，他对没有手臂的傅天赐最是照顾。

"傅老爷子对我提过您。"我说道。

"傅老先生人太好了，"孙修士赞叹道，"他对咱们院里的孩子们真是慷慨,这几年傅天赐那个孩子全靠他呢。"

"孙修士,您还记得阿凤么?"我悄悄瞄了一眼老教士,问道。我记得郭老告诉过我,孙修士常常陪着阿凤,跪在教堂里念玫瑰经,想感化他。

孙修士听我问起阿凤便止住了脚,望着我思索了半晌。

"阿凤么?唉——"孙修士长叹了一声,他那张龟裂满布黝黑的脸上,泛起一片怅然的神情,"那个孩子,是我一手带大的,怎么会不记得?阿凤太古怪了,别人都不懂得他。我尽力帮助他,可是也没有用,他跑出去后,听说变得很堕落,而且又遭到那样悲惨的下场,实在叫人痛心。其实阿凤那个孩子,本性并不坏的——"

孙修士提起阿凤突然变得兴奋起来,站在教堂后面的石阶下,跟我絮絮地追忆起许多年前阿凤在灵光育幼院时,一些异于常人的言行来。他说阿凤在襁褓中就有了许多异兆。他开始牙牙学语的时候,一教他叫"爸爸""妈妈",他就哭泣。孙修士说,他从来没见过那样爱哭的婴孩,愈哄他哭得愈凶,到了后来简直变成嘶喊了。有一次他把阿凤抱在怀里,阿凤才八九个月大,可是阿凤却不停地哭,直哭了两个钟头,哭得昏死了过去,脸上发蓝,一身痉挛,医生打了一针镇静剂才把他救转过来。好像那个孩子生下来就有一肚子的冤屈,总也哭不尽似的。其实阿凤是个天生异禀的孩子,他那一种悟性也是少见的。无论学什么,只要他一用心,总要比别人快几倍,高出一大截。他的要理问答倒背如流,圣经的故事也熟得提头知尾。孙修士亲自教他国文,一篇《桃花源记》刚讲完,他已经朗朗上口,背得一字不差了。

"可是——可是——"孙修士却迟疑道,他的眼睛里充满了迷惘,"那个孩子,不知怎的,做出一些事情来,却总是那么乖张叛逆,不近人情,正如同我们院长说的,那个孩子有时简直是中了邪、着了魔一般。这些年来,我一想起他那悲惨的结局就不禁难过,我时常为他祈祷,祈祷他的灵魂得到主的保佑,得到安宁。——"

老教士有点哀伤起来,连连摇头叹道:

"傅老先生告诉我,出事的前一天,他还看过阿凤呢,真是想不到。"

孙修士引着我走到一间寝室的门口,却停下来,打量了我一下,慈蔼地笑问道:

"你呢,孩子,你叫什么名字?"

"李青。"我说道。

"哦,李青,"老教士点了一点头,指着我手上的苹果说道,"好大的苹果,傅天赐会乐坏啦。"

寝室里的孩子,全是残障儿童,一共有五个,一个完全没有双腿,呆坐在一张靠椅上,只剩下半截身子,有两个大概是低能儿,对坐在地板上玩积木,嘴里一直在啊啊地叫着。另外一个年纪比较大,大概有十几岁了,可是头却一直歪倒到左边又反弹回来,这个动作奇快,不断地来回起伏,脖子上像装了一个弹簧一般,他自己显然无法控制这个动作,脸上满露着痛苦无助的神情。寝室中有三个老太在看护这些残障儿童。傅老爷子告诉过我,育幼院里这些老头老太都是义务帮忙的,有的是教友,有的不是,他们的儿女大了,在家中感到孤寂。

傅天赐躺在床上,他是一个六七岁大,非常单薄的孩子。他的上身穿着一件天蓝色短袖旧衬衫,因为没有手臂,衬衫的袖子空空地垂了下来,大概刚退烧,人还很虚,脸色发青,一点血气也没有。傅老爷子在家里有时跟我谈起傅天赐来,他说那孩子先天不足,无论怎么调养,总是羸弱多病,壮不起来,而且孩子的心思又很灵巧,对于病痛,特别敏感,因此更是受苦。

"傅爷爷叫我来看你呢,傅天赐,"我站在傅天赐的床前对那个躺在床上两袖空空的孩子说道,"你的病好了吗?"

孩子睁着一双深坑的大眼,好奇地望着我,嘴巴紧紧闭着,没有出声。

"完全没有烧了。"孙修士上前用手摸了一下孩子的额头说道。

"刚刚吃了一碗麦片,胃口很好呢。"旁边一位老太笑着插嘴道。

"傅爷爷呢?"孩子突然开口问道。

"他今天不能来,他要我送苹果来给你吃,你瞧。"我把胶袋里两枚苹果拿出来,苹果隔了一夜,更熟了,透着一股甜香。我将鲜红的大苹果搁到孩子的枕头边去。孩子奋力移动了一下身子,侧过头,鼻子凑近枕边的苹果嗅了一下。

"香不香?"孙修士弯下身去问道。

孩子点了点头,笑了。

"看你这副馋相,刚刚才吃过东西,"老太插嘴笑道,"回头吃了饭,奶奶再削给你吃。"

"傅爷爷什么时候来呢?"孩子又问道。

"过几天他就来看你。"我说。

"哦——"孩子应道,他舒了一口气,却又紧闭上嘴巴,不肯作声了。

我因为心里挂着傅老爷子,要赶到石牌荣总去,便向孙修士告了辞,跟傅天赐说了再见。孙修士一直送我到育幼院的大门口,我们经过教室时,里面那些孤儿还在唱着那些凄酸圣歌,而且唱得那般努力,那般参差不齐。

"傅天赐那个孩子今天特别开心呢。"孙修士站在灵光育幼院的大门口,对我笑道。

"我回去会告诉傅老爷子听的。"我说。

二十九

我到达荣总时,傅老爷子不在病房,师傅却坐在房中,他说他在等我,有话交代,傅老爷子让护士推出去做检验去了。

"老爷子的病很险,"师傅开门见山对我说道,"我早上去问过丁大夫。他说老爷子的低血压冒到一百二十五,血压波动很厉害,他这个年纪的人,随时会出事。你在这里守住,一步都不要离开了。我问过护士,晚上可以在这里搭铺陪伴病人。你这两夜辛苦些,不要睡觉了。白天我叫小玉他们来换你的班。"

师傅又从口袋里掏出了两千块来交给我用。

"老爷子交给我的事情,我马上还得替他去办。咱们安乐乡那边又闹得天翻地覆,不可开交,我也走不开。要是这边有事,你就马上打电话到酒吧里来。"

师傅走后,我乘机到下面餐厅里去吃了一碟蛋炒饭。回到三〇五号病房,护士已经把傅老爷子送回房中,房里的窗帘拉了下来,变得暗沉沉的,像晚上一般。床头多了一架氧气筒,傅老爷子闭着眼睛,静静地躺着,我不敢惊动,便坐在床脚的椅子上陪伴着他。另外床上躺的那个病人,也是一位退了役的老将官。据说是脑溢血,已经几天昏迷不醒了,他的家属不停地轮班来看守。亲友送来许多鲜花,摆满了半边房。花香混着药味加上病人排泄物的秽气,使得房中的空气愈加混浊。

差不多到傍晚六点钟,护士送晚餐来,才把傅老爷子唤醒。晚餐是一碗牛肉炖红萝卜汤,两片焖烂的鸡脯还有青豆及一小团白饭。傅老爷子的手发抖,拿不稳碗筷。我把他抱起来,在他胸前围上餐巾。端起牛肉汤一匙羹一匙羹喂他喝了半碗牛肉汤,又用刀把鸡脯割成细条,挟到傅老爷子口中,只吃了两挟傅老爷子便不要吃了。护士把餐盘收走后,一位年轻的住院医生进来,替傅老爷子量了脉搏血压,又试了一试旁边的氧气筒,循例问了傅老爷子一些状况。邻床的那个昏迷老将官,住院医生只摸了一摸他的脉搏便走了。我过去替傅老爷子盖好床单,乘机把早上到灵光育幼院去看傅天赐的情形简单地向傅老爷子说了。

"傅天赐还问老爷子什么时候去看他呢。"我笑道。

"唉,那个孩子,最是教人挂心,"傅老爷子叹道,"我的一点东西,都留了给他和灵光育幼院里那些孩子了。"

傅老爷子望着我,又说道:

"阿青,老爷子恐怕没有什么好东西留给你了呢——"

"老爷子说这些干什么!"我阻止道。

"你把椅子端过来。"傅老爷子命我道。

"老爷子该休息了，有话明天说吧。"

"趁我现在人还清爽，有些话要跟你说。"傅老爷子坚持道。

我看见傅老爷子确实似乎精神比较朗爽了些，声音也不像先前微弱，便把椅子拉到床头，在他头边坐了下来。

"听说安乐乡有人去捣乱么？"傅老爷子问道。

"《春申晚报》一个烂记者，写了篇无聊的文章，招了一些好奇的人去看热闹——我看过几天就恢复正常了的。"

"只怕你们在'安乐乡'那个窝又待不长了呢！"傅老爷子惋惜道，"你们这群孩子，恐怕从此又要各分东西，开始流浪了。你们这种孩子，这十把年来，前前后后，我也看过不少。有的还争气，自己爬了上去。有的却掉到下面，愈陷愈深，我也无能为力。你们这几个，凭你们各人的造化吧。阿青——"

傅老爷子从被单下面伸出一只颤抖抖的手来，我迎上去，双手握住傅老爷子那只干枯的手。

"我知道，我的大限也不远了。早晨杨金海来，我把后事都向他交代清楚，我不想拖累别人，一切从简。但是我怕总还有些未了之事，需得个人来替我收场。你跟了我这些日子，也摸清楚了我的脾气，你就斟酌替我料理了吧。像傅天赐那个孩子，日后你有空，替我常去灵光看看他。"

"好的，老爷子，我一定去。"我应道。

"阿青，"傅老爷子的手紧握了我一下，"这两夜，我的心神很不宁，一闭上眼睛，便看到阿卫，他的样子好像很痛苦——"

在那盏暗淡的台灯灯光下，我看见傅老爷子那张苍斑满布的脸上，消瘦的面颊上突然添增了两道濡湿的泪痕。

"老爷子，今晚可以好好睡，"我把傅老爷子的手轻轻放回被单里，"我不回去了，就在这里陪你。"

我捻熄了床头的台灯，将椅子拉回原处。我把身上那件阿卫留下来的军用夹克脱下，盖在胸前，坐在昏暗的病室里，守候着。医院里的夜，特别漫长，一分一秒都好像延长了多少倍似的，而且也特别安静,外面走廊偶尔有值夜护士走过,脚步也是轻悄悄的。我靠在椅子上,努力地支撑着,不让自己睡过去,一边倾耳听着病床上傅老爷子一声一声沉重的呼吸。大约到了半夜,我听见傅老爷子的呼吸声起了变化,开始有点急促,过了会儿,喉头竟发出嘎嘎的异声来。我急忙起身,将台灯打亮。傅老爷子的嘴巴张开,口涎直往外淌,口角冒起了白沫,他的眼睛睁得老大,望着我,却说不出话来,只硬着舌头啊啊地喊了两声,脸色大变,发青了。我一手按亮了警示灯,一面飞跑出去找到值夜护士,护士跑进来,马上开了氧气筒,替傅老爷子装上氧气面罩。那位住院医生也急急忙忙带了另外两个护士进来,立刻替傅老爷子打了一针,他指挥着几个护士,用了一架推床连同氧气筒一并推到急救室里去。我在急救室外等了两个钟头,医生才满头是汗地出来说,傅老爷子的情况已经稳定下来,不过人却昏迷了。

傅老爷子一直在昏迷状态中,没有醒来过,拖得非常辛苦。他脸上盖着氧气罩,手臂插上针筒不断地点滴注射,全身都缠满了胶管,他的背原本就佝偻得厉害,现在因为呼吸困难,身体愈更蜷缩成了一团。

早上师傅领了小玉吴敏老鼠来,把原始人阿雄仔也带了来。大家围着傅老爷子的病床静静地立着,都不敢作声。阿雄仔慑住了,嘴巴掉下来张得老大。我在师傅耳边悄悄地把昨夜的经过情形说了一个大概,最危险的时候,傅老爷子的高血压降到七十,低血压接近于零。清晨丁大夫来看过,他说得很坦白,他说最多只有三五天的工夫。师傅马上调配工作,他叫小玉替换我,让我回去休息晚上好接班,他自己带着阿雄仔去看棺材、定孝服、制寿衣,预备傅老爷子的后事,吴敏和老鼠仍旧回安乐乡去。

果然如丁大夫所料,傅老爷子是在昏迷后第五天早上十点钟断气的,断气的时候,师傅带着阿雄仔跟我们几个都在房中,大家围着傅老爷子,站在病床两侧。丁大夫宣布了傅老爷子的死亡,护士将氧气筒关上,把罩在傅老爷子脸上的氧气罩掀起。傅老爷子的脸已经发乌了,大概最后喘息痛苦,他的眉毛紧皱,嘴巴歪斜,整张脸扭曲得变了形,好像还在挣扎着似的。护士把白被单拉上去盖到傅老爷子的头上,白被单下面盖着傅老爷子那弯曲成弧形的遗体。

我们当天便把傅老爷子的遗体迎回了家中。这几天师傅把傅老爷子的后事都准备妥当,棺材前一天已经买好运回家,搁在客厅中央,架在两张长凳上。师傅说,傅老爷子交代要薄葬,不发讣闻,不上殡仪馆,一切宗教仪式免除,而且特别叮咛过,要一副质料粗陋、价钱便宜的棺木。棺材是杉木的,工很粗,棺材面也没有磨光,凹凸不平,油漆刚干,乌沉沉的,一点光泽也没有。棺材倒是标准样式尺寸,长长地横在客厅中,头尾翘起。我们回到傅老爷子家,第一件师傅便吩咐我们替傅老爷子净身换衣衾。我去厨房里烧了一锅热水,然后倒到浴缸中,羼了冷水,调到温热适中。我们把傅老爷子的遗体放到了他的床上,他的身体已经冰凉了,开始僵硬。我们脱除了他身上外面罩着的睡袍,可是里面贴身穿着的圆领汗衫,却不容易剥掉,因为傅老爷子的手臂都已僵冻,要勉强扳起来才行。我去找了一把剪刀,将汗衫前后齐中间剪开,小玉帮着我将两半汗衫慢慢从傅老爷子身上褪了下来,我们把他的内裤也卸掉,这两天没有替傅老爷子换衣衫,内衣裤斑斑块块都是污迹,我叫吴敏用睡袍把污秽的衣裤包起拿出去。我跟小玉两人,我抬上身,小玉抬下身,将傅老爷子抬到浴室里去。我跟小玉都卷起了袖子,用香皂替傅老爷子擦洗起来。傅老爷子的身体,瘦得干瘪了,他那佝偻的背脊更加显得嶙峋高耸,他的下身沾满了粪便,我们换了一盆水,才洗干净。老鼠找了两条毛巾来,我们四个人一齐动手,替傅老爷子擦干身体,小玉用一把梳子将他那凌乱的白发也梳得整整齐齐,然后我们将傅老爷子抬回房中。师傅已经出去把寿衣也取了回来,而且还买了香烛鲜花。寿衣是一套白绸子的唐装衣裤。我们替傅老爷子穿上了寿衣,几个人扶持着,将傅老爷子的遗体,殓入了那副粗陋的杉木棺柩中。

在客厅里我们布置了一个简单的灵堂,从厨房里找出了一对瓦罐,装上了米,把一对蜡烛插到里面,当蜡烛台用。我们把瓦罐搁到客厅的供桌上,傅老爷子那幅军装相片的下端,把蜡烛点亮。师傅本来买了安息香的，但我觉得傅老爷子平日用檀香用惯了，家里还有，便仍旧在香炉里点上了檀香。鲜花是姜花，我把花瓶换了水，插上花，供到两支蜡烛的中间。香烛都冉冉地燃了起来，我们大家围着傅老爷子的灵柩坐下，开始替傅老爷子守起灵来。

师傅对着棺材头坐在傅老爷子常坐的那张靠椅上，压低了声音，向我们交代出殡的事项。

"按规矩，该先到寺里念经超度才送老爷子上山的。但老爷子再三叮咛，所有仪式一律免除，而且不愿在家里停留，马上入土。老爷子的寿坟老早包好了，就在六张犁极乐公墓的山顶上。前天我特别上去看来，一切都是现成的，不必再费手脚。我看明天我们就送老爷子上山去吧。"

师傅又说安乐乡杂人愈来愈多，终究会把警察招来，现在傅老爷子又不在了，更没了庇护，师傅很沉重地宣布道：

"咱们安乐乡，今晚起，暂时停业。"

我们大家都沉默了一阵，师傅又继续分派工作。

"今晚守灵，我带着阿雄坐头更，小玉二更，阿青三更，吴敏四更，老鼠最后坐五更——蜡烛香火，小心些，不要睡着了。"

还没轮到坐更的，便先到傅老爷子房中及我房中休息。我到厨房里熬了一锅稀饭，预备大家守夜饿了可以果腹，我在厨房里先扒了一碗，我打算坐完更，才去睡觉。

二更过了，小玉也到厨房去吃了一碗稀饭，然后回到我的房间去，由我来接他的班。我一个人坐在客厅中，在摇曳的烛光中，对着墙上傅老爷子及傅卫那两张遗像。傅老爷子穿着将官制服，胸前系着斜皮带，雄姿勃勃，旁边傅卫那张遗像，等于傅老爷子年轻了二十年，一样方正的面庞，一样坚决上翘的嘴角，不过傅卫身上穿的尉官制服，领上别着一条杠。可是傅卫那双眼睛却闪着一股奇异的神采，一股狂放不羁的傲态，那是傅老爷子眼里所没有的。我突然记了起来，那晚傅老爷子告诉我，抗战胜利后，他带了阿卫到青海去视察。他们两父子一人得了一匹名驹"回头望月"跟"雪狮子"。傅卫跨上雪狮子,在碧绿草原上放蹄奔驰,赢得在场的官兵们一片喝彩那一刻,傅老爷子内心的喜悦与骄傲大概达到了巅峰了吧。供台上的蜡烛愈烧愈低,檀香味却更加浓郁起来。几日来的疲倦一下子都发着了,我的双眼又酸又涩,墙上的相片也愈来愈模糊。朦胧间,我似乎看到两个人影坐在客厅那张靠椅上,一个是傅老爷子,他仍旧坐在他往常那张椅子上,另一个却是王夔龙。他们两人对着的姿势,就像那天一模一样。傅老爷子穿了一身月白的衣衫,他的背高高耸起像是覆着一座小山峰一般,王夔龙就穿了一身黑衣,他双目炯炯,急切地在向傅老爷子倾诉,他的嘴巴一张一翕,可是却没有声音,他那双钉耙似瘦骨棱棱的手,拼命地在向傅老爷子挥动示意。傅老爷子满面悲容,定定地望着王夔龙,没有答话。他们两人这样对峙着,半天一点声音也没有。我走过去,王夔龙倏地不见了,傅老爷子却缓缓立起身,转过脸来。我一看,不是傅老爷子,却是父亲!他那一头钢丝般花白的短发根根倒竖,他那双血丝满布的眼睛,瞪着我,在喷怒火。我转身便逃,可是脚下一软摔了下去,哎呀一声醒来,睁开眼睛,出了一身的冷汗,背脊上的汗水,一条条直往下淌,横在我面前的是一条长长的黑棺材。

三十

早上我们分头进行,出去办事。师傅到殡仪公司去接洽灵车。我到长春路裁缝店去取孝服。我到那家裁缝店时,老板娘说,还有两件正在赶制。我说今天就要出殡,无论如何中午以前要赶好。老板娘答应一个钟头可以交货,她自己也坐上了机车,帮忙赶制。那家裁缝店专门包制孝服寿衣,里面白花花全是一匹匹白棉布,裁缝师傅剪裁布匹时,哗啦哗啦将布匹撕开发出刺耳的裂帛声,棉线头到处飞扬,呛得人很不舒服。这几天一直睡眠不足,我感到口中焦渴,头非常重,心中有说不出的烦躁。我又想起昨晚那个梦来。梦里王夔龙急迫地挥动着那双瘦骨棱棱的手。

我跟老板娘说,过一个钟头我再回来拿。我出了裁缝店,沿着长春路,一直走到南京东路,我在寻找王夔龙父亲的那幢古旧的官邸。那晚王夔龙带我回家,我只记得在离松江路不远的一条巷子里。穿来穿去,终于在南京东路三段的一条巷子里,找到了那幢铁闸森森门上竖着铁刺的那幢房子。我拉了铃铛,里面走出一个年老的门房来。

"王夔龙先生在家么?"我问道。

老门房朝我上下打量起来。

"我有急事要找他。"我说道。

"少爷一早就出去了。"老门房答道。

"他几时回来呢?"我又问道。

老门房摇摇头。

"不知道。"

他看见我迟疑不走,又说道:

"他到台大医院去看朋友去了。这阵子他天天上医院,有时中午回来吃饭,有时不回来。他的事,说不准的。"

"那么,我留个字条好么?"我央求道。

老门房瞅着我,未置可否。我便蹲下身去,抽出地址簿扯下一页,用膝盖垫着,在上面简略地写下几行字,告诉王夔龙傅老爷子病逝,今天出殡下葬在六张犁极乐公墓,最高的山顶上。我将字条交给那个老门房,他转身去,蹒跚地走回门内,将铁闸砰地一下关上。

我回到长春路裁缝店,最后两件孝服勉强赶完。老板娘将六件孝衣叠在一起,用一条白孝带捆绑起来,让我带走。师傅还没有回家,小玉倒把馒头蒸好了,他又买了一碟卤肉回来,切成片,烧水煮了一锅蛋花汤。我们都帮着摆桌子,预备中饭。大家都没有睡好,一个个青脸白唇的,老鼠伤风了,稀稀呼呼,鼻涕涟涟,他也不用手巾去擦,鼻涕流出来,手背一抹算数。师傅中午才转来,他说今天是吉日,出殡的人家多。几家殡仪公司的灵车,早上都出租光了。有一家答应下午开来。我们都坐下啃了馒头,将碗筷收走后,大家便开始将孝服穿上。孝服只有一个尺寸,我的身材最合适,老鼠穿着太大了,拖到脚背上,头上披上麻,把半个脸都遮掉了,走起路来拖拖曳曳。穿在阿雄仔身上又太短小,半截手臂露在外面,下面只遮到膝盖头。我们披麻戴孝,穿着停当,便围着傅老爷子的灵柩团团坐下,静悄悄地一直等到下午三点左右,灵车才来。我们几个人一齐扛着灵柩,将傅老爷子抬出了门。

六张犁极乐公墓车子只能开到半山,到山顶,还得步行一大段弯弯曲曲的山径,那条山径像一匹大蟒蛇般一直蜿蜒伸到山巅。极乐公墓一座山旧茔新冢成千上万重重叠叠,沿着山坡一排又一排,挤得满满的。整个弧形的山谷里,高高低低,矗立着墓碑,好像一片片的石林一般,苍绿的松柏,疏疏落落,点缀其间。这是一座幅员广大,而又异常稠密拥挤的坟场。因为日近黄昏,送葬祭拜的人大概都已归去,这座累累的墓地里,静沉沉的,罩在一片无边无垠的荒凉中。

我们六个人扶灵上山,分开左右两排。左边由师傅带头,中间是吴敏,阿雄仔托棺殿后。右边小玉领先,老鼠排第二,我在最后扶持。我们六个人,披戴着雪白的孝衣,一齐弯下身去,将傅老爷子那副沉甸甸乌黑的灵柩,用力提了起来,扛到肩膀上去。从半山到山顶这段山径,相当陡斜,石级崎岖不平,忽高忽低。我们六个人的步伐,必得一致才不会左右颠簸。我们落脚都很谨慎,一步一步,扛着傅老爷子的灵柩往山上爬去。愈往上,坡愈陡,棺木的倾斜度愈大,我和阿雄仔居后,肩上的重量,愈来愈沉,渐渐往下压,我的面颊紧紧抵住那粗糙的棺木,肩胛骨已经给压得隐隐作痛起来,汗水开始从头上背上冒了出来。我们蹭蹬了半天,才爬到一半,大家都开始有点不支了,我们默默地爬着,听得到彼此的喘息声。突然间,我的右脚一滑,脚底下踩到一块松动的石头,一个跟跄,我右腿便弯跪了下去。于是整副棺木压着我的左肩,向我倾滑下来,我的肩上感到一阵彻骨之痛,棺木的底板好像嵌进了我的肉内一般,我眼前一黑,痛得泪水直流,几乎支持不住,整个人将往后倒去。我一急,也顾不得痛楚,用肩往上拼命将倾滑的棺木抵住。幸亏阿雄仔力气大,双手托住棺尾,将棺木慢慢举起,其余几个人也死命撑着,才将棺木扶平。我挣扎着,用尽了力气,终于站了起来,可是整个左肩,早已痛得麻木了。我们一齐伫立着,等大家缓过一口气来,又重新出发,一步一步,迟缓地、艰辛地,将傅老爷子的灵柩,护送到山顶。我们小心翼翼地将灵柩卸下肩来,搁置在地上,大家开始揩拭脸上的汗水。我伸手到衣内,去摸了一下左边的肩胛,觉得肩窝上黏湿黏湿的,抽出来一看,手上沾了鲜血,肩上的皮肉已给磨破,这时我才开始感到肩膀上一扯一扯一阵阵痉挛一般的剧痛来。

山顶那片墓地比较荒疏,只有零零星星的几堆坟墓,一些荒地上,长满了齐人高的狗尾草,一丛丛发着白絮子。傅老爷子的坟墓果然包好了,是一座青灰色磨石子的石椁,一半埋在地下。紧接着旁边有一个旧坟,外壳石头变黑了,可是坟上草木却修剪得很整齐。我走近去,看到墓碑上赫然题着"陆军少尉傅卫之墓",日期是"中华民国二一年生中华民国四七年殁"。

十二月冬日的夕阳已经冉冉偏西,快降落山头了,赤红的一轮,滴血一般,染得遍山遍野,赤烟滚滚,那些碑林松柏通通涂出了一层红晕。山顶的狗尾草好像刚在红色的染缸里浸过似的,我们身上的白孝服也泛起了一片夕辉。顶上起了山风,凉飕飕地将我们身上的孝服吹得衣带飞扬。我们歇了一刻,打开了石椁的盖子,六个人又同心协力地将傅老爷子的灵柩兢兢业业地放落到石椁里,正当我们将傅老爷子的墓封盖起来的一刹那,山径石级上一阵脚步声,突然冒出一个人来。王爱龙及时赶来了,他穿了一身的黑西装,打着黑领带,胸前捧着一大束拳头大一朵的白菊花,总有二十来枝。他大概爬山爬急了,兀自在重重地喘息,一脸发青。他看到石椁里躺着傅老爷子的灵柩,便往前走了几步,弯下身去,将那束白菊花轻轻放在墓前,然后立起身,双手下垂,默然俯首,望着石椁里傅老爷子的棺木,静静地凝视了十多分钟。陡然间,扑通一声,他那高大嶙峋的身躯,竟跪跌在傅老爷子墓前,他全身匍匐,顶额抵地,开始放声恸哭起来,他那高耸的双肩,急剧地抽搐着,一声比一声大,一声比一声凶猛。他的呼号,愈来愈高亢,愈来愈凄厉,简直不像人类发出的哭声,好似一头受了重创的猛兽,在最深最深的黑夜里蹲在幽暗的洞穴口,朝着苍天，发出最后一声穿石裂帛痛不可当的悲啸来。那轮巨大赤红的夕阳，正正落在山头，把王夔龙照得全身浴血一般。王夔龙那一声声撼天震地的悲啸，随着夕辉的血浪，沸沸滚滚往山脚冲流下去，在那千茎百茎的山谷里，此起彼落地激荡着。于是我们六个人，由师傅领头，在那浴血般的夕阳影里，也一齐白纷纷地跪拜了下去。

那些青春鸟的行旅

一

小玉来信

阿青：

我终于来到东京了！今天是我到达日本的第十天，可是有时还不敢相信，以为自己在做梦。尤其有几次半夜醒来，我以为还睡在台北锦州街丽月姐那间小屋子里。直到我伸头出去，看到窗外新宿那些红红绿绿的霓虹灯，才松了一口气：果然到了东京了！这次跳船出人意料之外地顺利，全靠龙船长龙王爷。我把实况都告诉了他，当然还施了一些苦肉计，龙王爷知道我到日本是去找自己的父亲，善心大动，不但让我开溜，还介绍我到"大三元"中华料理去做事。"大三元"的老板从前也是翠华号的三副，一样也跳了船，对我还很照顾。谁说天下没有好人？龙王爷就是个活菩萨，以后我发达了，一定替他立个长生牌位。你放心，我在翠华号上并没有让那些烂水手动过一根毛。有一个广东佬要认我做"契弟"，他拿了一件开什米的绒背心，香港货，要送给我，那个马鹿野郎想打小爷的主意呢！我对他说："我刚生过淋病。"他瞪了我一眼，把那件背心又拿了回去。

东京叫人兴奋、叫人着迷、叫人心惊胆跳！昨天我去逛银座，看见那么多的车子、人、高楼大厦，我恨不得跳起来大叫。银座就是咱们的西门町，可是要比西门町大个一百倍，说到气派，那就更不能比了！我看日本佬阔得很呀！穿的戴的，个个人有车。我喜欢这里的繁华,百货公司之多之大,买不起进去逛逛也是好的。难怪我那个野郎老爸要替资生堂做事,我到银座最大的一家百货公司松坂屋,看到资生堂的化妆品占了七楼一层楼!乖乖,名堂之多,吓死人的。谁知道,也许以后我也在资生堂谋得到一份差事呢,说不定爬得比我老爸的位置还高,那样,我阿母便不愁胭脂水粉擦了!不过这些都还言之过早,我目前最大的苦恼是不会说日本话,满街叽叽呱呱的东洋屁,一句也不懂,哑巴似的,只有跟着他们打躬作揖装内行。不过我的日文课已经开始了,老师是"大三元"的三厨,也是一个跳船的水手,在日本多年,是个道地"老东京"。第一课他教我,日文打炮叫做"塞股死、塞股死"。我学得很快,他认为我的日文颇有前途。好的开始,是成功的一半,这是我们小学校长告诉我们的。

事实上我在"大三元"的工作是在厨房里打杂,从拔鸡毛、剥虾壳,到涮锅洗灶。什么水晶鸡、松鼠黄鱼,在台北烹饪学校学的那一套,这里全派不上用场。大三元的大司务凶如阎罗,连老板都让他三分。我的虾子剥慢了些,他便直起两只眼睛骂山门。我当然没有回嘴,君子能屈能伸,现在我的翅膀羽毛还没长齐,暂且忍气吞声。不过我趁他没在意,他炒的那盘茄汁虾仁,其中两只最大的虾子,我手一掐,便下了肚。我现在睡在"大三元"二楼一间货仓里,活动空间只有四个榻榻米大。货仓里堆满了虾米、干鲍、豆豉、咸鱼、皮蛋,十天下来,我已经被熏陶得香臭不分了。不过东京的房租贵得惊人,比台北起码高十倍,有这个四个榻榻米的地方睡睡觉,至少目前我已经很满足了。只是偶尔半夜醒来,会想到台北,想到你们。你呢,阿青,你好吗?小敏呢?老鼠那个小贼呢?见到师傅就替我问安,我会给他写信报告的。如果赵无常那批老玻璃问起来,不要告诉他们我在"大三元"打杂,你跟他们说:王小玉在东京抖得很呀!

祝

新年快乐

小玉

十二月卅日

又：你不是老笑我做樱花梦吗？现在我的梦里真的有了樱花了。明年春天，樱花开的时候，我会穿了和服在樱花树下照张相片寄给你。

给小玉的信

小玉：

接到你的信，我们才松了一口气。这几天我常常跟吴敏说，不知小玉跳船跳上岸没有，有没有给日本政府捉了去。我把你的信拿去给吴敏看，他一兴奋，便去买一瓶啤酒回来，我们两人对饮了几大杯，为你庆祝。我们说，小玉到底是个九尾狐，怎么就让他混到东京去了！你信上把东京说成个花花世界，我看你如鱼得水，乐不可支的模样。你快去尝尝东京的"沙西米"，下次写信告诉我们是什么滋味。前天在西门町你猜我碰到谁？老周！那个胖阿公也听闻你去了日本，酸溜溜地对我说道："听说那个小卖货走到日本去了？我看他在东京也卖不出几文钱！"我漫不经意地答道："人家那个华侨干爹接他去了，小玉来信说，干爹刚带他去箱根洗过温泉澡呢。"老周嘿嘿冷笑了两声，我看他至少也信了一半。

自从你离开后，我们这个圈子里，几经波折，有了很大的变化。咱们安乐乡正式歇业了。《春申晚报》那个樊仁又写了两篇报道，而且愈写愈明，只差没把盛公的名字点出来。万年青董事长为此苦恼不堪，听说他暗地里还塞了不少钱，才把那个烂记者的嘴堵住。当然，咱们安乐乡就开不下去了。师傅最伤心，关门的那天，师傅跟我们几个人在安乐乡里喝得酩酊大醉，师傅对我们说道："儿子们，你们自己飞吧，师傅顾不得你们了。"说着便掉下了两滴眼泪来，倒是把阿雄仔吓坏了，拉着师傅的手直叫达达。上个星期我经过安乐乡的门口，早已换了新主，改名字叫"香妃"，变成个招徕日本人的酒馆，听说有酒女陪酒的。

我现在在中山北路的"圆桌"当酒保，这是一家高级酒吧，蛮有情调。这里的顾客也很高级，大多数是来幽会谈恋爱的哥儿姐儿，一杯薄荷酒泡一夜。我的薪水还不错,三千块一个月,那些哥儿当着女朋友的面,小费给得特别甜。我的工作还算轻松,调完酒,便坐着听录音机里翻来覆去的《蓝色多瑙河》。我已搬出傅老爷子的家了,傅老爷子遗嘱里把他的房子捐给了灵光育幼院。灵光的院长来把房子收走了。傅老爷子生前在灵光育幼院里认养了一个残障儿童,他叫傅天赐,生下来便没有手的。现在我常去看他,教他用嘴巴写字。我也去看过丽月姐,可惜她把我们从前那间房租走了。要不然我会搬回锦州街的,我喜欢吃阿巴桑做的鱿鱼炒酸菜。丽月姐告诉我,你母亲知道你跳船上了岸,笑得嘴巴都歪了。她说她在等你接她到东京去呢。我现在住在大龙峒,房租稍微贵了些,不过房间还宽敞,通风也不错,而且没有咸鱼臭!

吴敏也找了一份差事,在林森北路凯撒琳西餐厅当服务生。不过近来他很苦恼。他的张先生,那个"刀疤王五"不知怎的,去年圣诞夜,大概多喝了点酒,洗澡的时候,一跤跌在浴缸里便中了风,半身不遂,现在还躺在马偕医院里。吴敏天天下了班得去服侍他,有一次吴敏拉了我一块儿去,张先生的样子完全脱了形,从前那份潇洒劲儿全不见了,像只泄了气的气球,软趴趴地躺在病床上,眼睛斜了,嘴巴也歪了,可是脾气却变得愈更暴躁,把吴敏骂得团团转,东也不是,西也不是。离开医院,我对吴敏说:"小敏,到了这种地步,你还能忍受,还不趁机离开他算了?"吴敏一本正经地对我说道:"这是什么话?他现在更用得着我,我不能没有良心,就这样走开!"我看吴敏也是个苦命人,一个张先生已经够他受的了,又加上他那个赌鬼老爸。他父亲跟他叔叔一家吵翻了,也跑到台北来投靠他。吴敏又要服侍病人,又要照顾父亲。也亏他,居然还顶得住,没有垮下来。

至于老鼠呢,他的下场我们早就料到了的。老鼠现在在桃园辅育院里,受感化教育。两个多礼拜以前,老鼠在国宾饭店,重施故伎,伸出他那第三只手,去扒一个观光客的钢笔,谁知这次却让国宾的经理逮个正着。我跟吴敏约好了,下个星期天去桃园看他,带点水果去安慰那个问题少年。这样关一关,或许把那个小贼的贼性关掉些,也未可知。

小玉，你的樱花梦终于实现了，你现在在"大三元"让咸鱼熏熏，还是划得来的。

祝

新春万事如意

阿青
一月十七日

老鼠来信

阿青：

你跟小敏真不够意思！我关了进来两个多礼拜了，你们也不来看看我。我在这里受感化教育，很艰苦哩。感化教育就是教人做好人的意思，天天要念书，还要写读书心得。我离开国民小学，就没有正经看过一本书，哪里会写什么读书心得？我们天天早上上国文、历史、民族精神教育，很莫意思，我常常想打瞌睡，又怕老师骂，只好猛掐大腿。今天早上我们的民族精神教育课，老师给我们讲岳飞的故事，岳飞就是打金兵那个宋朝大将，你知道吗？老师说，岳飞的老母用针在岳飞背上刺字——岳飞老母很厉害呢！——老师在黑板上写了"精忠报国"四个字。有一个浑小子问："精忠"是什么意思？差劲！连"精忠报国"都没有看过，火车站的牌子上不是常有这四个字吗？老师说中国家庭的母教很重要，岳飞有了那样明大义的母亲，才会变成民族英雄，所以老师要我们以后听从母亲的教导。那个浑小子又起来捣蛋说道："老师，我阿母是宝斗里的妓女，明什么大义呀！"老师一脸通红，说不出话来。我们在下面挤眉眨眼，嗤嗤暗笑。下午的职业训练比较有意思，我选的是染织科，中坜大中华染织厂一个老师傅来教我们。今天刚刚学过配色，很好玩，搅一下一个颜色。老师傅赞我配色配得很准，我问他，日后我出去在染织厂找得到一份工么，他说没问题，只要我努力跟着他学手艺就行了。

阿青，我们这里是个强盗窝哩！我不过在旅馆里拿了人家一点东西罢咧，算不了什么。这里的混混，做案比我精彩多了。他们真的持枪动杖到人家家里去打家劫舍呢。有一个竹联帮的头头,因为跟三重的天地帮武斗,把天地帮一个老幺杀成了重伤。这个小子是个混世魔王,在我们这里称老大,手下有一批喽啰,帮着他耀武扬威,专门欺负人。这个小子横得很,动不动就竖起眼睛指到人头上说:老子要你好看! 好哥哥,我整天混在这群强盗里头,怎不教人提心吊胆哪! 我打定主意,好汉不吃眼前亏。昨天还挨了那个头头一顿揍,打得我头冒金星,我只好赖在地下装死狗。你们又不在这里,我一个人能还手么? 有一个傻子不知厉害,顶撞了那个混世魔王几句,晚上让他们捉了去,你猜干什么? 灌了一嘴巴的尿!

在这里,我最不满意的地方,就是他们把我归成"惯窃类",你说难不难听? 每个星期三,有个师范大学社会系的研究生来找我谈话,他说他在研究台湾青少年的惯窃问题。他问东问西,挖我的材料。他问我为什么喜欢偷东西,我说我看见人家的东西,喜欢就拿来玩玩。他说拿人家的东西就算偷窃,我说光拿东西不拿钱,算不算偷窃。那个研究生唔唔呃呃答不上来,给我考倒了。我跟他说,我有一次拿了人家一个皮夹,里面有几十块美金,我看见没别的东西,那个皮夹也莫意思,便又放回那个人的口袋里去了。那个研究生把我说的话都记了下来;他说我是个极有意思的特殊个案,他说我的心理有问题,他要建议辅育院给我心理治疗。去他娘的,我的心好好的,治疗个鸟。

阿青,我的百宝箱呢? 你千万要替我好好收藏起来,不要让别人发现,把我的宝贝偷走了。你来看我的时候,拿支钢笔来给我玩玩。不要拿那几支好钢笔,拿那支旧的蓝色犀飞利就够了。这里的人很可怕,好东西不能露白。好哥哥,你到底什么时候来呢? 你们再不来看我,我要闷死啦。

祝

　　新春愉快

　　　　　　　　　　　　　　　　老鼠

　　　　　　　　　　　　　　　　一月廿一日

又：聚宝盆的卢司务今天来看我，还带了一只熏鸡来给我打牙祭。卢司务这个人很讲情义呢。我请他把这封信带出去寄给你。听说这里寄信要检查，讲这里的坏话不行的。前天有两个小子想逃跑，给抓了回来戴上了脚镣。两个小子走路左一拐右一拐活像两只螃蟹。

小玉来信

阿青：

很久没有跟你写信，实在太忙，忙得连屁都没空放。这一个月我们"大三元"生意好得出奇，天天满座。日本人真奇怪，放着"沙西米"不去吃，偏偏全家跑来吃我们的中华料理。老板笑得合不拢嘴，只是苦了我们厨房里的人。天天夜里磨到一两点，倒上床已是筋疲力尽，哪里还提得动笔写信？而且有一点空，我便去干要紧的事。我已经开始在寻找我父亲的下落了。第一步我打电话到资生堂去查问，他们的职员里头有没有一个叫中岛正雄的人，是归籍日本的台湾人。资生堂光是在东京便有几十个经销处。我一个个去问，倒是在浅草查到一个叫中岛正雄的职员，不过那个人是个二十来岁的小伙子，没有资格做我的老爸，而且是大阪人。我又到东京华侨的林氏宗亲会去查过，有林武雄、林胜雄、林金雄，偏他娘的，就是没有林正雄。我去找了一本电话簿来，先从新宿区查起，把电话簿上那些中岛正雄的地址都抄下来。光是新宿就有二十七个中岛正雄，我又不能打电话去问人家在台湾有没有一个私生子，这件事这么复杂微妙，我的日本话才学了一个月哪里讲得清楚，就算讲得清楚，人家在电话也不会认野仔呀。这个月来，一有空，我便按着地址去找中岛正雄。东京的街道门牌号码乱得可怕，我在新宿那些大街小巷里横冲直闯，像在迷宫里打转转。到昨天为止，才查过十个中岛正雄，各式各样的中岛正雄都有。一个是整形医生，一个是卖假发义乳的，一个电器行的经理，有一个跑出来，麻面兔唇，又瞎了一只眼睛，像个恶鬼，我吓得拔足飞奔。要是我老爸真的生成那副德性，我宁愿不认他！

昨天我们公休,我出去跑了一整天。今年东京大雪,街上的雪泥有一尺厚,行走起来,非常不方便,鞋子里渗进雪水,冻得两只脚又僵又痛。我跑了三家中岛正雄,都是日本人。到了傍晚的时候,有一家中岛正雄,居然是中国人!一刹那,我的心差不多跳到嘴里来。等我问清楚,那个中岛正雄竟是个满洲旗人,从天津来的。他姓金,有六十岁的模样,人很体面文雅,家里的陈设也很讲究。他知道我是从台湾来的,很高兴,邀我进去喝了一杯茶,谈了一会儿天。出到外面,大雪纷飞,新宿那些成千上万的霓虹灯,在雪花里眨得热闹得很,我站在街心,那一刻真是感到人海茫茫。那晚我去了新宿歌舞伎町的桐壶,那是新宿最有名的一家 gay bar。

东京据说有上百家的"安乐乡",光是新宿歌舞伎町就有十二家。涩谷、六本木,也有好多好多。东京的青春鸟可厉害着哪,满街乱飞,他们是不怕警察的。在酒吧里又跳舞又亲嘴,什么都来。新宿也有一个新公园,叫御苑,比咱们的新公园可要大十倍哩,那些青春鸟在里面捉起迷藏来也比咱们野得多。阿青,比起这些东洋鸟儿来,咱们几个人算是很规矩的了。桐壶比咱们安乐乡大概要大两三倍,灯光很新潮。周末挤得满满的,还可以跳舞。可是昨天是星期一,又下大雪,酒吧里寥寥落落只有十来个人,而且也没有久待。我一个人暖了一壶清酒,在桐壶泡了一夜,酒吧里有一架落地唱机一直放着森进一的歌。森进一是日本现在最红的男歌星。这里 gay bar 的人都很迷他,他的歌唱得人心酸酸。到了半夜我醉得差不多了,有一个穿灰西装的中年日本人过来跟我搭讪,他咕噜咕噜讲了一通,我也不懂。他发觉我是支那人,便拿出纸来跟我写汉字,他问我为什么看起来这样哀愁。我说:"煞比西呢!煞比西呢!"这句话也是大三元的三厨教我的,意思就是:"寂寞啊!寂寞啊!"那个中年日本人便把我带了回去,他住在上野,好远好远,坐地下车还要转两次。

阿青,我会继续寻找下去。找完了新宿的中岛正雄,就找浅草、涩谷、上野,一直找下去。东京找完了,等我攒了点钱,便到横滨、大阪、名古屋去。我要找遍日本每一寸土地,如果果然像傅老爷子说的,上天可怜我,总有一天,我会把我老爸逮住。你猜我找到他,第一件事我要干什么? 我要把那个野郎的鸡巴狠狠咬一口,问问他为什么无端端地生出我这个野种来,害我一生一世受苦受难。

老鼠给关进感化院,我确实没感到意外。关关也好,也许把他关好了。吴敏自作孽,不必可怜他。我那个华侨干爹林茂雄,我并没有去找人家。我在这里听说林茂雄在日本华侨界很有地位,很受尊敬。我在台湾的时候,他对我非常好,很看重我,说我懂事体贴比他亲生儿子强百倍。如果我现在去找他,会使他感到为难,我不想那样做,我要他在心中对我永远保持一个好印象。我跟林样虽然相处很短,可是阿青,那却是我一生中最快乐的几天。
祝

好

小玉
二月一日

又:我突然想了起来,还有十天就要过旧历年了。我要托你一件事,请你到信义路刘家鸭庄替我买两只鸭饼(钱以后还给你)大年初一到三重镇给我母亲送去,我老母最爱吃刘家鸭庄的鸭饼了,过年的时候,喜欢蒸了鸭饼过酒,喝五加皮。

二

除夕这天,寒流突然来袭,入夜时分,温度愈降愈低,空气凛冽,没有风也是寒恻恻的。我到了馆前路新公园的正门口,远远地便看见博物馆前石阶上立了一个人,白发白须,穿了一袭玄色的长袍,在向我招手。

"小苍鹰——"新公园的老园丁郭老向我呼唤道。

"郭公公好。"我赶忙快步迎了上去,向郭老请安道。

"好久没见着你了,阿青,"郭老感叹道,"今夜你终于又飞回来了。"

"是啊,"我笑答道,"今晚是大年夜,我特地赶回咱们这个老窝里来跟大家一块儿守岁呢。"

"唉——"郭老摸了一摸他胸前那挂白胡须,"我早就料到了的,你们这群鸟儿,一只一只还不是都飞回来了。我听说你们几个人又闹着开了一个酒馆,叫什么来着?"

"安乐乡。"

"哦,安乐乡,听说一样也关掉了。"

"本来生意还不错的,"我说道,"后来有人去捣蛋。"

"总是这样的,"郭老摇着头笑道,"杨胖子不死心,他十年前开那个'桃源春',开头还不是轰轰烈烈,转眼就关了门,这些年来,此起彼落,也有过好几家,什么香槟、白夜、六福堂,开了关,关了开,最后全部了无踪迹。可是咱们这个老窝还在这里,等着那群倦鸟投林,回来休息。风险总是难免的,宵禁什么的,只要熬过一阵,也就雨过天晴了。小苍鹰,进去吧,他们都聚在莲花池畔那里了。"郭老朝我挥了一挥手满脸慈祥地笑道。

我进到公园里,莲花池那一端,石阶上,果然人影幢幢,远远便传来一阵阵人语喧笑了。我们师傅新公园总教头杨金海仍旧领袖群雄,在那儿指挥若定。他穿了一件茶色缎面起暗团花的棉短袄,头戴黑紫羔方帽,脖子上围了一条宝蓝长围巾,一端悬在胸前,一端挂在身后,他那原本富泰的身躯裹着棉袄,愈更硕大了。他在台阶上,气势凌人地来回巡逻,口里不停地吆喝着,围巾前后飘飘。杨教头身前身后都跟了两个孩子,大概都是刚飞进园内的嫩角色,让杨教头指挥得团团转。原始人阿雄仔紧跟在杨教头左侧,亦步亦趋。他兜着一件红黑相间花呢短褛,头上罩了一顶西洋红喇叭形的绒线帽,帽顶一个鸡卵大的紫绒球,他的身量好像愈更庞大了,昂头挺胸,顾盼自得地跟着师傅在台阶上巡来巡去,脑后帽顶那颗紫绒球欢欣地上下跳跃着。

"师傅,"我踏上台阶,向新公园的总教头杨金海师傅俯身一拜行礼道,杨教头忙了一脚,朝我上下打量了一下,却没有应声。

"师傅,"我清了一下喉咙又叫道,"阿青向师傅请安。"

"你是对我说话么?"杨教头又朝我瞥了一眼,冷笑道,"我以为你们早就不认我这个师傅了呢!"

"师傅说的什么话!"我赶忙赔笑道,"这阵子我在中山北路'圆桌'上班,天天弄到晚上一两点,实在忙不过来,所以没有来看师傅。今晚休假,特别赶来跟师傅拜个早年。"我双手合抱作揖。

"哦,也难怪,都飞到高枝儿上去了,"杨教头又哼了一下,"别人我也不理论,我只怪吴敏那个孩子,算我白疼了他!"

"请师傅不要错怪小敏,"我连忙解说道,"小敏那个张先生又进了医院,这次更凶,动都不能动了,小敏一步都离不开,扶上扶下,全靠他。小敏今夜还特别要我带口信来跟师傅请罪,他说连明天大年初一他都没法去跟师傅拜年了。"我从夹克口袋里掏出了一只红蜡纸包住的小盒子来,里面是一根镶着蓝珠子的镀银领带夹,是吴敏托我买的,"这点小礼物是小敏要我带给师傅的。"

"唔,"杨教头接过那只小盒子,脸上的颜色才缓和了下来,语气也松动多了,"我说么,吴敏看来也不像个没良心的孩子。"

杨教头捧着那只小盒子,肥胖滚圆的脸上终于露了一丝笑容来。

"阿青。"原始人阿雄仔蹭过来,张开两只巨臂将我一把环抱住。

"哎呀,"我给阿雄仔箍得一身发痛,"轻些,轻些,阿雄仔,我的骨头要断了!"我笑着叫道。

阿雄放开我,呵呵地笑着,双手将我满头满脸乱摸一阵。我在他那宽大的胸膛上捶了一拳,笑道:

"怎么样,阿雄仔,你这顶帽子标致得很呀!"

阿雄仔伸手到脑后揪住那颗紫绒球,洋洋得意地说道:

"达达买给我的!"

我从另外一只夹克口袋里摸一只塑胶袋的巧克力糖来,巧克力包着金的银的,五颜六色的锡纸,我擎到阿雄仔脸上摇晃了一下,逗他道:

"阿雄仔,叫我一声哥哥,这袋巧克力糖就送给你。"

"哥哥、哥哥。"阿雄仔叫着,却一把将那袋巧克力糖攫走了。

"达达——糖糖——"阿雄仔高举着那袋五颜六色的巧克力糖欢

呼道。

"下流东西!"杨教头呵斥道,"还有脸在这里献宝呢!"

我陪着杨教头,在台阶上来回地走了两趟,一边向他报告各人的近况。

"小玉那个狐狸精,在东京混得怎么样了?"杨教头问起小玉道。

"小玉在新宿的 gay bar 里红得很呀!"我笑道,"他天天在吃'沙西米'呢。"

"这个小屄养的!"杨教头笑骂了一句,却赞道,"还是那个小狐狸行!"

我又谈起我去桃园辅育院去探望老鼠来,老鼠向我哭诉,他在里面给那些小流氓欺负得很惨,不过提到染织训练,老鼠又破涕为笑,喜滋滋地谈起他的学习心得来。他说染织科的老师傅,对他大加赏识,拿他的作品在班上示范。

"老鼠伸出双手给我看,他的十个指甲里都渗了颜色进去,红红绿绿,洗也洗不掉。"

"那个小贼么?"杨教头鼻子眼里哼了一声,"依我的脾气早该把他那双贼爪子剁掉了!"

除夕夜,大家回到公园这个老窝里来团拜似的,大部分的人都在寒流里飞了回来,在莲花池的台阶上,挤成了一团,互相呵嘘取暖。我们从鼻子嘴巴里喷出来的热气,在寒流中,化成了一道道的白雾。莲花池的四周,增加了几盏柱灯,把三水街那群小么儿身上大红大紫的太空衣,照得愈更鲜明。那群小么儿仍旧三五成群,勾肩搭背,示威似的在台阶上来回地踏走着。花仔不唱《三声无奈》了,兴致勃勃地又在唱起《望春风》来。赵无常愈来愈没落,披着一件黑色的旧风衣,萎靡地缩在一角。他那些陈旧的故事,讲得太多遍,连他自己也无精打采,听的人也就兴趣索然。老龟头的下流动作,激起了公愤,遭到大家的排斥,已经不敢上台阶了,只有躲在黑暗里远远的一角,干瞅着。聚宝盆的卢司务卢胖子,仍旧笑得像尊欢喜佛一般,在选择一块最精瘦的排骨。宵禁解除后,艺术大师又恢复了他的《百子图》

的巨作，最近的一个模特儿，又是一个三重镇来的野娃儿，据说非常原始，完全可以代替给送去火烧岛上的那头铁牛。开始还踟蹰，后来终于忍耐不住，几个胆怯的大学生，也鼓起勇气，步上了莲花池畔的石阶，几个充员士兵最后也赶来了。于是老年的、中年的、少年的，社会地位高尚的、社会地位卑下的、多情的、无情的、痛苦的、快乐的，种种不同的差异区别，在这个寒流来临的除夕夜，在这没有月亮却是满天星斗的灿烂夜空下，在新公园莲花池畔我们这个与外面世界隔绝的隐秘王国里，突然间通通泯灭消逝。我们平等地立在莲花池的台阶上，像元宵节的走马灯一般，开始一个跟着一个，互相踏着彼此的影子，不管是天真无邪，或是沧桑堕落，我们的脚印，都在我们这个王国里，在莲花池畔的台阶上留下一页不可抹灭的历史。

正当大家循着规律绕着池子行走时，突然间，队伍里起了骚动。原来刚刚消息传来，八德路盛公馆里，我们那位德高望重的宿者万年青电影公司董事长盛公要开一个年夜"派对"，庆祝新年，"派对"晚上十时开始，于是掀起了一阵嗡嗡嘤嘤充满了兴奋期待交头接耳的隐语。最先走下台阶呼啸而去的是那群穿着大红大紫太空衣的三水街小幺儿，不一会儿，几个大学生也悄悄地溜了下去，于是一个又一个，一群又一群，离开了莲花池，到公园外，乘上摩托车计程车私家小汽车，像一群夜里的蝙蝠，往同一个地点，八德路盛公馆飞奔投去。

"小万、小赵、金旺喜、赖文雄。"杨教头好像军队里点名似的唱道。

"来了，师傅。"几个年轻的声音一齐答应。

于是新公园里的总教头杨金海杨师傅，最后也步下了台阶，前呼后拥，团团围着几个十六七岁的子弟兵，由超级巨人原始人阿雄仔押后，一队新的杨家将浩浩荡荡，迈出新公园外。

顷刻间，莲花池畔倏地沉寂下来，那一片台阶石栏，竟变得无限空旷。我一个人绕着那空寂的莲花池走了两周，我的脚步声，在空阶上橐、橐、橐，一声声清脆地回响着。我发觉几个月没有来，莲花池连最后几片莲叶也枯残消失了，定定的一池水里，映着满天亮晶晶的星火。我不禁蓦然一惊，算算自从去年五月里那个异常晴朗的下午，我让父亲逐出了家门,在台北的街头流浪到半夜,最后终于跨入了新公园,我们这个王国里来,前后也不过九个多月,但我感到那已经恍惚是发生在前一世的事情,那样遥远,那样邈茫,我记得那个五月的夜里,月亮是红的,我进到公园里来,心中充满了惧畏、恐怖、紧张,又有一点莫名的奋亢,我饿得饥肠辘辘,头在发晕,全身一直抖着爬上石阶钻进池中那个八角亭阁里,躲藏起来。

忽然间,橐、橐、橐,莲花池的另一端石阶上也响起了一阵孤独的脚步声。一个高大瘦长的身影朝我踱了过来,他穿着一件深色的长大衣,大衣角飘飘地拂扬着。

“阿青,”王夔龙走了过来,向我招呼道。在夜里,王夔龙那双深坑的眼睛又如同原始森林中的磷光般,碧灼灼地燃烧起来。

“王先生。”我惊喜地叫道。

“我心里想,今晚会在这里见到你,阿青。”王夔龙说道,他的声音有一种说不出的激奋。

“王先生,真的,我也在等候你。”我说,刚才其他的人都离开莲花池去赴盛公的“派对”,也有人邀我一起去,我回绝了。当时我不明白为什么要一个人留在这里,冥冥中,我只觉得我在等一个人,现在我知道,我在等候王夔龙,我们黑暗王国里那则神话中的龙子。

“好极了,”王夔龙说道,“今夜是除夕,我们两人应该聚一聚,刚才这里人多,我等了好一会儿才进来的。”

“是的,刚才好热闹,大家都来了。盛公家里开‘年夜派对’,他们都去盛公馆守岁去了。”

“小金宝呢,王先生。”我问道,我听说最近小金宝已经能走路了,还是有点瘸,可是可以穿鞋子了,有人常看见王夔龙带着小金宝去上馆子。

“下午我把他送到桃园去了,”王夔龙笑道,“小金宝有一个姨婆住在桃园,是他唯一的亲戚,把他接去吃年夜饭。”

我跟王夔龙两个人并肩齐步,在台阶上绕着莲花池行走起来,我们两人的脚步声,响彻了整个台阶。

"我在傅伯的墓上，种了一些花树。"王夔龙说道。

"难怪!"我叫道,"前个礼拜我去替傅老爷子上坟,看见他的墓上种满了杜鹃和龙柏,原来是王先生种的。"

"那些杜鹃都是深红色的,还有一两个月就要开了,不过那几棵龙柏还要等好几年才长得高呢。"

我们两人步到台阶的中央,王夔龙却停了下来,他仰起他那颗黑发蓬松的头,望着夜空,半晌喃喃自语道:

"就像今夜这样,那天晚上,也是满天的星火——"他的声音渐渐激昂起来,"十年前,十年前那个除夕夜,就是这个时刻,差不多半夜十二点,满天满天里的星星——"

"就在这儿,"他指了一指他脚下那块水泥台阶,"他就站在你那里。"他又指了一指我的脚下。

"'阿凤,'我对他说,'跟我回去吧,我是来接你回家去过年的。'我哄他、我求他、我威逼他,他只是摇头,他只是笑,而且笑得那般怪异,最后他近乎忧伤地笑着对我说道:'龙子,我不能跟你回去了。我要跟他走——'他指了一指他身边一个酒臭熏人的糟老头子,'他要给我五十块钱,五十块压岁钱呢!'他又按着他的胸口奇怪地笑道:'你要这个么?'他欺身上前笑道:'你要我这个么?'我的那一把刀,正正地插进了他的胸口,插在他的心上头——"

王夔龙蹲了下去,一双钉耙般瘦骨棱棱的手,满地摸索。

"阿凤的血,滚烫的,流得一地,就流在这里。我把他抱在怀里,他那双垂死的眼睛,望着我,一点怨毒也没有,竟然还露着歉然和无奈的神情。他那双大大的,痛得在跳跃似的眼睛,跟了我一辈子,无论到哪里,我总看得到他那双痛得发黑的眼睛。那天晚上,我记得我坐在台阶上狂叫:火!火!火!我看见满天的星火都纷纷掉了下来,落在莲花池里,在熊熊地燃烧——"

我也蹲了下去,面对着王夔龙,他的声音,时而高亢、时而低沉,时而变得一种近乎狂喜的兴奋,时而悲痛欲绝,饮泣起来。又一次,我在新公园莲花池的台阶上,在十年后同一个除夕夜里,从头到尾最完整地复习一遍,我们新公园莲花池畔黑暗王国里龙子和阿凤,那个野凤凰、那个不死鸟的那一则古老的神话传说。

这一次跟我头一次听到王夔龙叙述这则故事的时候,完全不同,头一次那种恐惧、困惑都没有了。我静静地听着,等他说完,情绪平静下来,两人默然相对了片刻,我伸出手去,跟他那只瘦骨棱棱的手重重地握了一下。

"再见,阿青。"王夔龙立起身跟我道别道。

"再见,王先生。"我也笑着向他挥了一挥手。

我离开莲花池之前,踅到池中那个八角亭阁中去。我一踏进那间亭阁内,靠窗的长凳上,突然一个人影坐了起来,啊地惊叫一声。我走过去,借着从窗外射进来的灯光,发觉原来是一个十四五岁的孩子,本来大概躺在凳子上正在睡觉,我进去把他惊醒了,吓得全身发抖,缩在一角直打战。我发现他躺卧的地方,正是我第一次进到公园来,躲在池中亭阁内,睡卧的那张长凳。

"别害怕,小弟,"我坐到他身边,笑着安慰他道,"我把你吓着了。"

我发觉那个孩子身上只穿了一件单薄的蓝布外衣,一脸冻得发白,他剃着小平头,尖尖的下巴,一双眼睛惊惶得乱躲。

"你叫什么名字,小弟?"我问他道,我用手拍了一拍他的肩膀,他好像触电一般,猛地一跳。

"罗——平——"他的声音细小得几乎听不见了,他的牙齿上下打磕。

"今夜有寒流,这个地方睡不得的,要冻坏了。"我说道。

"你有地方去么?"我又问他。

罗平摇了一摇头。

"那么,我带你回家吧,"我说道,"今晚你可以住在我那里。"

罗平惶惑地望着我,不知所措。

"你莫怕,"我又安慰他道,"我住在大龙峒,只有我一个人。我那里很好,比你一个人睡在这里好得多,我们走。"

我站了起来,罗平才迟疑跟着我立起了身。我们走出亭阁外,走下莲花池的台阶,往新公园的大门口走去。迎门一阵冷风,砭骨的寒意,直往人的体内钻去。我看见罗平走在我身边,双手插在裤袋里,颈脖缩起。我停了下来,将围在我自己颈子上,那条傅卫留下的厚绒围巾解下,替罗平围上,在他脖子上绕了两圈。

"你家在哪里?"我们走到馆前路上,我问他道。

"莺歌。"他答道,他的声音大了一些,牙齿也不再打战了。

"大年夜,你不在家里,跑出来做什么呢?"

罗平垂下头去,没有作声。

"我家里有吃剩下的半碗鸡汤,回去我热给你喝吧,"我将手搭在他的肩上,说道,"你一定饿得发昏了,对不对?"

罗平偏过头来,点了两下,咧开嘴笑了。我们转到忠孝西路上,台北市万家灯火,人们都在这寒流侵袭的大年夜,躲在温暖的家中,与家人团圆守岁去了。路上行人几乎绝迹,只有几辆计程车及公共汽车,载了一些客人急急在赶路。此起彼落,远远近近,爆竹声不断地响着。我带着罗平,到公共汽车站去赶乘最后一班车。我们在路上愈走愈冷,我便向罗平提议道:

"我们一齐跑步吧,罗平。"

"好的。"罗平笑应道,他把掉到胸前一端围巾甩到背后去。

我跟罗平两人,肩并肩,在忠孝西路了无人迹的人行道上,放步跑了下去。我突然记了起来,从前在学校里,军训出操,我是我们小班的班长,我们在操场上练习跑步总是由我带头叫口令的。在一片劈劈啪啪的爆竹声中,我领着罗平,两人迎着寒流,在那条长长的忠孝路上,一面跑,我嘴里一面叫着:

一二

一二

一二

一二

创
作
要
目

1958 年
9 月,《金大奶奶》刊《文学杂志》五卷一期。

1959 年
1 月,《入院》刊《文学杂志》五卷五期(后改名为《我们看菊花去》)。
10 月,《闷雷》刊《笔汇》革新号一卷六期。

1960 年
3 月,《月梦》《玉卿嫂》刊《现代文学》第一期。
5 月,《黑虹》刊《现代文学》第二期。

1961 年
1 月,《小阳春》刊《现代文学》第六期。
3 月,《青春》刊《现代文学》第七期。
5 月,《藏在裤袋里的手》刊《现代文学》第八期。
11 月,《寂寞的十七岁》刊《现代文学》第十一期。

1962 年
1 月,《毕业》刊《现代文学》第十二期(后改名为《那晚的月光》)。

1964 年
1 月,《芝加哥之死》刊《现代文学》第十九期。
3 月,《上摩天楼去》刊《现代文学》第二十期。

6 月,《香港一九六〇》刊《现代文学》第二十一期。

10 月,《安乐乡的一日》刊《现代文学》第二十二期。

1965 年

2 月,《火岛之行》刊《现代文学》第二十三期。

4 月,《永远的尹雪艳》刊《现代文学》第二十四期。

7 月,《谪仙记》刊《现代文学》第二十五期。

1966 年

8 月,《一把青》刊《现代文学》第二十九期。

12 月,《游园惊梦》刊《现代文学》第三十期。

1967 年

6 月,短篇小说集《谪仙记》出版,文星书店印行。

8 月,《岁除》刊《现代文学》第三十二期。

12 月,《梁父吟》刊《现代文学》第三十三期。

1968 年

5 月,《金大班的最后一夜》刊《现代文学》第三十四期。

10 月,短篇小说集《游园惊梦》出版,仙人掌出版社印行。

1969 年

1 月,《那片血一般红的杜鹃花》刊《现代文学》第三十六期。

3 月,《思旧赋》《谪仙记》刊《现代文学》第三十七期。

7 月,《满天里亮晶晶的星星》刊《现代文学》第三十八期。

1970 年

3 月,《孤恋花》刊《现代文学》第四十期。

10 月,《冬夜》刊《现代文学》第四十一期。

12 月,《花桥荣记》刊《现代文学》第四十二期。

1971 年

4 月,短篇小说集《台北人》出版,晨钟出版社印行。

5 月,《秋思》刊《中国时报》。

5 月,《国葬》刊《现代文学》第四十三期。

1976 年

12 月,短篇小说集《寂寞的十七岁》出版,远景出版公司印行。

1977 年

7 月,长篇小说《孽子》开始连载于《现代文学》复刊号。

1978 年

9 月,散文集《蓦然回首》出版,尔雅出版社印行。

1979 年

1 月,《夜曲》刊《中国时报》"人间"副刊。

1980 年

9 月,《白先勇小说选》出版,广西人民出版社印行。

1981 年

长篇小说《孽子》由新加坡《南洋商报》全本连载完毕。

1982 年

8 月,《游园惊梦》剧本出版,远景出版公司印行。

12 月,《白先勇短篇小说选》出版,福建人民出版社印行。

1983 年

3 月,长篇小说《孽子》出版,远景出版公司印行。

4 月,新版《台北人》出版,尔雅出版社印行。

1984 年

6 月,散文集《明星咖啡馆》出版,皇冠出版社印行。

1985 年

5 月,电影剧本《金大班的最后一夜》《玉卿嫂》出版,远景出版公司印行。

11 月,短篇小说集《台北人》出版,中国友谊出版公司印行。

1987 年

11 月,短篇小说集《骨灰》出版,华汉出版事业公司印行。

12 月,长篇小说《孽子》出版,北方文艺出版社印行。

1988 年

12 月,长篇小说《孽子》出版,华汉出版事业公司印行。

12 月,长篇小说《孽子》出版,人民文学出版社印行。

12 月,散文集《第六只手指》出版,华汉出版事业公司印行。

1991 年

6 月,短篇小说集《孤恋花》出版,中国文联出版公司印行。

1992 年

2 月,短篇小说集《台北人》出版,人民文学出版社印行。

1993 年

10 月,短篇小说集《永远的尹雪艳》出版,长江文艺出版社印行。

1995 年

11 月,散文集《第六只手指》出版,尔雅出版社印行。

1996 年

6 月,《白先勇自选集》出版,花城出版社印行。

1999 年

8 月,短篇小说集《寂寞的十七岁》《台北人》,长篇小说《孽子》出版,上海文艺出版社印行。

10 月,散文集《蓦然回首》《第六只手指》出版,文汇出版社印行。

2000 年

4 月,《白先勇文集》(五卷)出版,花城出版社印行。

2001 年

7 月,《中外文学》"永远的白先勇"专号出版。

12 月,短篇小说《Danny Boy》发表于《中外文学》三十七卷七期。

2002 年

散文集《昔我往矣——白先勇自选集》出版,天地图书有限公司印行。

2 月,散文集《树犹如此》出版,联合文学出版社有限公司印行;短篇小说集《台北人》典藏版出版,尔雅出版社印行。

2003 年

3 月,短篇小说《Tea for Two》连载于《联合报・副刊》。

2004 年

4 月,《白先勇说昆曲》出版,联经出版公司印行;《姹紫嫣红牡丹亭》出版,远流出版公司印行。

5 月,《姹紫嫣红牡丹亭》《青春念想:白先勇自选集》出版,广西师范大学出版社印行。

6 月,《白先勇说昆曲》出版,广西师范大学出版社印行。

11 月,《牡丹还魂》出版,文汇出版社印行。

刘俊

图书在版编目 (CIP) 数据

白先勇精选集／白先勇著.—北京：北京燕山出版社，2015.6（2021.1重印）

ISBN 978-7-5402-3868-1

Ⅰ.①白… Ⅱ.①白… Ⅲ.①小说集-中国-当代 Ⅳ.①I247

中国版本图书馆 CIP 数据核字（2015）第 129675 号

白先勇精选集

白先勇 著

编 选 者／刘　俊

责任编辑／张红梅　王　然

装帧设计／小　贾　张　佳

北京燕山出版社出版发行

北京市丰台区东铁匠营苇子坑 138 号嘉城商务中心 C 座　邮编 100079

全国新华书店经销

北京市松源印刷有限公司印刷

开本 850mm×1168mm　1/32　印张 13　字数 330,000

2015 年 8 月第 1 版　2021 年 1 月第 3 次印刷

定价:58.00 元

版权所有　盗版必究